国家社会科学基金结项成果项目批准号：12BWW007

比较文学主题学

孟昭毅 / 著

Thematology in
COMPARATIVE
LITERATURE

北京大学出版社
PEKING UNIVERSITY PRESS

图书在版编目(CIP)数据

比较文学主题学/孟昭毅著. —北京:北京大学出版社,2022.5
ISBN 978-7-301-31193-6

Ⅰ.①比… Ⅱ.①孟… Ⅲ.①比较文学—研究 Ⅳ.①I0-03

中国版本图书馆 CIP 数据核字(2022)第 060692 号

书　　　名	比较文学主题学
	BIJIAO WENXUE ZHUTIXUE
著作责任者	孟昭毅　著
责任编辑	严　悦
标准书号	ISBN 978-7-301-31193-6
出版发行	北京大学出版社
地　　　址	北京市海淀区成府路 205 号　100871
网　　　址	http://www.pup.cn　　新浪微博:@北京大学出版社
电子信箱	pkupress_yan@qq.com
电　　　话	邮购部 010-62752015　发行部 010-62750672　编辑部 010-62754382
印　刷　者	北京中科印刷有限公司
经　销　者	新华书店
	720 毫米×1020 毫米　16 开本　35.75 印张　插页 1　610 千字
	2022 年 5 月第 1 版　2022 年 5 月第 1 次印刷
定　　　价	138.00 元

未经许可,不得以任何方式复制或抄袭本书之部分或全部内容。
版权所有,侵权必究
举报电话: 010-62752024　电子信箱: fd@pup.pku.edu.cn
图书如有印装质量问题,请与出版部联系,电话: 010-62756370

作者简介

孟昭毅 天津师范大学教授、博士生导师,天津师范大学东方文学文化研究中心主任,跨文化与世界文学研究院教授,北京大学东方文学研究中心学术委员会委员、研究员。曾任天津师范大学文学院院长、中国比较文学教学研究会副会长、全国东方文学学会副会长等。已出版学术专著20余部,主编学术著作20余部,发表学术论文、译文200多篇。曾多次参与和主持国家社科重大项目及一般项目的研究与写作,并7次获得省部级哲学社会科学一、二等奖。全国"五一"劳动奖章获得者、享受国务院政府特殊津贴。

目 录

绪论 中国语境 理论自信：中国比较文学主题学 …………………… 1

理论编 主题学研究的学科史

第一章 主题学的发生学意蕴 …………………………………… 19
第一节 德国民俗学的孕育 ………………………………………… 19
第二节 欧美主流学者的质疑 ……………………………………… 29
第三节 主题学在比较文学的确立 ………………………………… 33

第二章 主题学的哲学内涵 ……………………………………… 38
第一节 主题学本体论探源 ………………………………………… 38
第二节 主题学认识论解读 ………………………………………… 57
第三节 主题学方法论阐释 ………………………………………… 73

第三章 主题学在中国的勃发 …………………………………… 109
第一节 百年来中国学者的贡献 …………………………………… 109
第二节 王国维《〈红楼梦〉评论》的主题 ……………………… 116
第三节 胡适《〈西游记〉考证》的题材 ……………………… 133

史论编 主题学研究的中国谱系

第一章 民间文艺学范畴的主题学 ……………………………… 143
第一节 学术研究概况 ……………………………………………… 143

第二节　顾颉刚民俗学研究与主题学 …………………………… 151
第三节　钟敬文故事类型研究与主题学 …………………………… 158
第四节　季羡林民间文学研究与主题学 …………………………… 164
第五节　饶宗颐比较神话学与主题学 ……………………………… 171
第六节　钱锺书《管锥编》与主题学研究 ………………………… 179
第七节　杨宪益《译馀偶拾》与主题学研究 ……………………… 188
第八节　刘安武中印文学比较与主题学 …………………………… 195
第九节　刘守华民间故事学研究与主题学 ………………………… 213
第十节　刘魁立民间文艺学研究与主题学 ………………………… 218

第二章　比较文学范畴的主题学 …………………………………… 227
第一节　学术研究概况 ……………………………………………… 227
第二节　谢天振比较研究的主题学理论 …………………………… 231
第三节　乐黛云平行研究的主题学观点 …………………………… 238
第四节　陈鹏翔中西比较研究的主题学 …………………………… 243
第五节　刘象愚东西比较研究的主题学理论 ……………………… 250
第六节　曹顺庆比较诗学研究的主题学 …………………………… 254
第七节　王志耕类型研究的主题学理论 …………………………… 258
第八节　王向远题材学研究的理论与实践 ………………………… 263

第三章　中国文学范畴的主题学 …………………………………… 270
第一节　学术研究概况 ……………………………………………… 270
第二节　王立主题学系列研究 ……………………………………… 273
第三节　宁稼雨叙事文化学研究 …………………………………… 277
第四节　叶舒宪神话意象研究 ……………………………………… 282
第五节　陈建宪神话母题研究 ……………………………………… 287
第六节　万建中禁忌主题研究 ……………………………………… 292
第七节　王春荣新时期文学主题学研究 …………………………… 295

实论编　主题学研究的具体实践

第一章　主题研究 ······ 303
- 第一节　印度史诗的"分合论"主题 ······ 303
- 第二节　《长生殿》与《沙恭达罗》的"爱情"主题 ······ 313
- 第三节　《罗摩衍那》与荷马史诗的"英雄"主题 ······ 318
- 第四节　东西方文学中的"情感与义务"主题 ······ 327
- 第五节　"香巴拉"和"香格里拉"的"乌托邦"主题 ······ 333

第二章　母题研究 ······ 347
- 第一节　"中越神话"相同母题 ······ 347
- 第二节　"胁生神话"母题 ······ 357
- 第三节　"二妇争子"母题 ······ 360
- 第四节　《列王纪》"父子相残"母题 ······ 363
- 第五节　《红楼梦》与"失乐园"母题 ······ 372

第三章　题材研究 ······ 378
- 第一节　"瓮算"题材的前世今生 ······ 378
- 第二节　题材"变异":《赵氏孤儿》与《中国孤儿》 ······ 382
- 第三节　中外文学"变形"题材辑要 ······ 390
- 第四节　西方文学"乌托邦"题材流变 ······ 395
- 第五节　"玛卡梅"题材:从艺术到文学 ······ 413

第四章　人物研究 ······ 426
- 第一节　"拿破仑"形象的试金石作用 ······ 426
- 第二节　"图兰朵"形象的国际化 ······ 448
- 第三节　"灰姑娘"形象的现代启示 ······ 463
- 第四节　"哈奴曼"形象的经典化 ······ 468

第五章　意象研究 ······································· 475
第一节　丝路文学中的"蚕""蛾"意象 ····················· 475
第二节　中外文学的"蛇"及"蛇女"意象 ··················· 484
第三节　东亚汉诗画的"渔父"意象 ······················· 490
第四节　《室思》与《云使》的"云"意象 ····················· 505

第六章　情境研究 ······································· 512
第一节　面具的"情境"意义 ···························· 512
第二节　中外文学中的"徒劳" ·························· 527
第三节　东方戏剧审美与"情境" ························ 530
第四节　东亚汉诗中的"禅境" ·························· 538

余论　中外会通　东西交流：21 世纪比较文学主题学 ············ 548
主要参考文献 ··· 554
后　记 ·· 563

绪论
中国语境 理论自信：中国比较文学主题学

21世纪以来，整个中国的精神面貌、文化症候、学术气象正在发生深刻而复杂的变化。西方话语体系正在被解构，而中国话语体系在重构中具有特定的语境，即中国语境。它表明在人文、历史、社会、自然环境、教育领域里由所谓学术话语体系所形成的中国语境，包括特定的问题、观点、假设、表达和理解方式，以及特定的话语主体、传播方式、社会地位等，代表整个中国立场的方方面面正在向着更加本土化的方向发展。

一

自19世纪中叶西方文化大规模介绍到中国以来，西方语境就伴随"西学东渐"成了强势一方。西方语境的深层次特征即二元对立的思维模式，主体与客体、主观与客观、西方与东方、民主与专制、个人与社会、理性与情感、自由与责任、人类与自然等诸多事物被截然分裂对立起来。在诸多二元化张力中，体现的是哲学的思考，即"人与自然的关系问题"。从20世纪初开始，在西方语境下建立起来的知识结构体系，包括所有的研究范型、理论工具、方法路径、设计旨趣等，几乎都是西方的。它基本上是以一种强力文化势能的形式，横向地移到了中国。虽经过一个世纪的转化、适应和消解，但这些学科的西方化气质并无大的、本质上的改变。在这种大的学术历史背景下，比较文学这一学科也进入了中国学术界的视野。

西方语境下的学术话语体系包括的逻辑思辨、探究真理、服务社会、不断反思、追求民主、保护自由等，都具有一定的学习价值。其业绩无疑在中国学术发展史上留下重要的一页。但是另一方面，又必须认清，外来文化全方位的引进和移入必然带来某些副作用，其深层次的二元对立思维模式、科学主义注重物质和"西方中心主义"等,又是包括理性蜕变、东方歧视在内的问题祸根。这在客观上造成了包括中国在内的东方理论界民族独创性的丧失。季羡林先生曾深刻地指出:"我们东方国家,在文艺理论方面,噤若寒蝉,在近现代没有一个人创造出什么比较有影响的文艺理论体系。"①因此,再不能让西方语境下的思想、价值观、旨趣不断被传播、接受、效仿、再生产,以致成为所谓的"普世"标准而在中国被不断复制。应当承认,20世纪初中国学术界对欧美学术成果自觉不自觉地大量接受,意义重大,是中国学术从传统向现代的结构性转型的必备条件。而且这一来自西方的人文社会科学学术体系迄今无疑仍有巨大的借鉴价值和参考意义。

  问题在于我们是否能够运用西方学术分类这一框架,使其研究内容和对象向本土经验转向,即是说将人文社会科学的学科工具化,变成认识转型期中国学术重构或重建的利器,从而形成新生的中国特色的话语体系,即特定的中国语境。当前人文社会科学遇到了如此大的挑战,完全可以变为凤凰涅槃式的机遇,唯一出路即是中国学术本土化。首先,占主流地位的学科体系仍然因为自身具有的学术张力而存在强大的发展空间。其关键是调整发展方向,利用中国经验,注重挖掘中国学术的优势或优秀资源,将自己的注意力和精力集中到对中国经济和中国转型问题的探讨上来,从而指导并诠释这个转型的全过程,并向全世界提供对这种转型的说明和概括。其次,中国学术界要从出材料、出文献、出数据、出案例、出调研报告等,向着出理论、出思想、出概念、出话语、出方法论的方向转变;要从实证、辩证研究向义理、思想研究转变;从对西方学术的"学徒状态"向"出师状态"转变;从学术成果的"中国制造"向"中国创造"转变。最后,要开启中国理论、中国观点、中国学派、中国问题、中国方法、中国道路的发掘、表述、正名等工作,要形成一整套话语体系,要有一个中国语境的氛围。一句话,中国应该从材料、文献、数据中心向世界的理论中心、思想中心、学术中心过渡或演变。现在包括比较文学在内的中国人文社会科学应该尽快进入一个大范围综合的新阶段,也应该尽早进入一个大规模理论化的新时代,即"后理论"时代。

  我们必须承认,当今中国的人文社会科学理论在很大程度上还处于对西方学术的模仿状态中。中国语境中的话语体系被提出,并获得原则高度的重现,明显意

---

① 季羡林:《东方文论选·序》,见曹顺庆主编:《东方文论选》,成都:四川人民出版社,1996年,第5页。

味着中国的人文社会科学开始要求取得其自主性的"自我主张",即开始要求在进一步发展中逐步摆脱"言必称希腊"的盲从心理。这无疑是任何一种学术在实际上已经成熟起来的标志,即从必然王国进入自由王国的一条必由之路,要求某种学术以特有的方式形成自主性的"自我主张"。百余年来,由于受制于西方所移植过来的人文社会科学整体框架和思想体系,中国一直在竭力追逐和模仿西方,用西方的标准、价值、模式、话语来描述和表达自己的诉求。具体而言,比较文学主题学作为舶来品,最先和德国民间文学产生了联系,以后又受法国、美国、俄罗斯等国主流文艺理论的影响。中国比较文学主题学研究的实践,基本上是用西方的理论来整理中国材料,用西方的概念来表达中国的经验,用西方的法则来统领中国的研究。处于弱势的本土话语几乎被西方强势话语所淹没,中国比较文学主题学研究难以表达自己的主体性。曹顺庆先生从比较诗学的角度对这种"失语"状况有过深刻的反思:由于没有中国自己的话语体系,"一旦离开西方文论话语,就几乎没有办法说话,活生生一个学术'哑巴'"。他认为目前"关键一步在于如何接上传统文化的血脉"[①]。真可谓"一矢中的"。

二

当前的实际情况是,中国比较文学研究的实践经验已经十分丰厚,中国比较文学主题学的研究信息已经难以历数,中国学者研究的成功案例也已经不胜枚举,各式各样的关于主题学范畴内的具体研究成果让人目不暇接。但是包括主题学研究在内的中国比较文学界尚未从这些材料中抽象出应有的在中国语境下建构的概念、理论、法则和范式。中国比较文学界在和国际学术界进行交流时不能只是输出材料、文献、信息等一类的初级学术成果,而要重点输出"概念化"和"理论化"的高级研究成果。这一点由于中国国际地位的快速提升,相关学科的学术水平日新月异,而显得越发急切和紧迫。中国比较文学正在成为国际比较文学学术界不可或缺乃至越来越重要的组成部分。从中国比较文学实践中抽绎出来的"中国观点""中国法则",正日益成为国际学术界关注的焦点。

---

① 曹顺庆:《文化失语症与文化病态》,《文艺争鸣》1996 年第 2 期。

其实,早在20世纪30年代中国学术界就提出了"学术中国化"的问题。它标志着当时文化思想界已经意识到在中西会通之际要向本土化方面发展。他们在研究中国问题时已经达到了较高的自觉。他们希望将更多的精力、更多的时间用在研究中国问题和中国材料上,可惜由于时事艰难,这个"世纪任务"被搁置为"世纪难题"。当然,成功的个案也是有的。例如,在"社会学中国化"的学术主张感召之下,做得最为出色也是最有影响的是费孝通先生,尤其是他的《乡土中国》堪称典范。他不仅为学者如何下基层进行社会调查提供了评价的案例,而且在于"不是一个对具体社会的描写,而是从具体社会里提炼出一些概念"①。如"乡土社会""差序格局""礼治秩序""长老政治"等。这些概念回答了作为中国基层社会的乡土社会究竟是个什么样社会的问题。

钟敬文先生是中国比较文学主题学的先驱式人物。他20岁左右时就受到新文化思潮和北大歌谣学运动的影响而对民间文学发生兴趣,开始"不知疲倦地向周围的人们采录民间歌谣、故事"②,并陆续发表作品。1927年秋,他经顾颉刚先生介绍,进入中山大学,和聚集中大的北京大学原歌谣研究会与风俗调查会的骨干容肇祖、董作宾等继续从事北大未了的学术事业。此间,他协助顾颉刚等成立了我国第一个民俗学刊物等。1930年左右,他克服重重困难,在杭州团结了一批志同道合的同仁成立了"中国民俗学会"。他致力于民间文学的搜集研究,写了不少相关的著述。其中代表性的是《中国民谭型式》(1931)一书。它虽然明显受到西方故事类型学研究和英国人类学派观点的影响,但是他对中国民间故事类型的研究与整理,已经具有明确的利用中国材料、研究中国问题的色彩和立场。

比较文学于20世纪70年代末到80年代初进入中国的学术界。从此以后,努力建构既有国际视野,又有本土经验的"中国学派"的思想此起彼伏。虽然对于如何实现这一任务的可能性与可行性,仁者见仁,智者见智,但是却极大地促进了文学界的进一步反思。建构比较文学的"中国学派"既是当代中国日益崛起的对学术发展的客观要求,也是这一学科不断成长发展的必然趋势。中国学者面对"法国学派""美国学派"正在比较文学界甚嚣尘上之时,能够大胆提出建构世界文学领域的

---

① 费孝通:《乡土中国》"序言",北京:生活·读书·新知三联书店,1984年。
② 钟敬文:《钟敬文学术论著自选集》"自序",北京:首都师范大学出版社,1994年。

"中国学派"的呐喊,无疑是对"西方中心主义"的反拨。当时,比较文学在中国尚属新兴学科,学术基础尚欠厚重,学术积淀也比较薄弱。能否在世界文学研究这一领域形成比较文学的"中国学派",究竟以什么作为"中国学派"形成的学术范式和价值标准,在当时比较文学危机论前赴后继的情况下,无疑成为众声喧哗中的焦点,讨论中从不乏质疑之声。实事求是地看,当时的中国学者要想探究世界文学领域的比较文学规律,在语言训练、学术信息的掌握与异域文化的体悟上,确实存在着某些"先天不足",有着诸多的局限,要形成有学术创见的、独树一帜的学术认同很困难。但学术史的经验表明:只要勇于持之以恒地开拓,经过日积月累的学术积淀,这一理想是完全可以而且能够实现的。

中国比较文学半个世纪的发展历程表明,在世界文学研究领域建构比较文学的"中国学派"并非是"镜中花""水中月",而是对中国文学界的前景昭示与境界呼唤。因为从研究实绩来考察,以学术样本为参照,仔细审视中国的世界文学研究领域,就不难发现建构比较文学"中国学派"既已有了良好的基础,也已形成相对稳定的学术传统。几十年来,中国的世界文学研究拓展迅速,比较文学在多视角、多领域借鉴西方学术成果的基础上,在本土原始资料的搜集与运用上,在多元文化对话交流的基础上,在对重大文学现象的阐发理解上,都取得了前所未有的进步。与之相对应,则形成了一些可以彰显学脉传承与研究深度、涉猎广泛的学术群体。他们是以"文学发生学"为学理基础形成的中外文学关系研究;以文化学为学理基础形成的译介学研究;以形象学为学理基础形成的域外汉学研究;以流散写作与认同理论为学理基础形成的华人文学研究;以文化人类学为学理基础形成的文学人类学研究;以及以中外文艺理论为学理基础形成的比较诗学等。许多学者都在这些领域有所开拓,有所成就。这些研究实绩无疑都为比较文学"中国学派"的建构奠定了较好的基础。但是"中国学派"的形成理应是水到渠成式,而不能拔苗助长。因为学派的标准要求很高,要在指导思想、研究旨趣、学术视野、考量角度、研究方法等方面独具一格,别开生面。它要将国际接轨与本土特色有机地整合起来,以一批名家和高水平的学术成果走进世界文学领域,在平等交流与双向对话中获得广泛认同和学术话语权。只有形成这样的学术大趋势,中国语境中的比较文学才能立于世界学术之林。

三

　　主题学作为比较文学研究的一个重要学术范畴,可以追溯到从19世纪初德国民俗学学者F.史雷格尔和格林兄弟关于神话故事和民间传说的研究中发展起来的源头。继后,19世纪中叶德国学者本菲对印度《五卷书》中的寓言、故事以多种渠道和形式向世界播扬过程的研究,也对比较文学主题学的研究传统有所贡献。这种研究倾向主要探讨神话故事和民间传说的描述轮廓,以及人物形象的典型性在不同文化环境中的发展变异。相当长的一段时间这种主题学的研究倾向,未被法国学者,尤其不被英美国家的主流学者所广泛认同。主要理由是他们认为这种研究"不具有文学性"。20世纪50年代以后,美国学派平行研究中的主题学研究取得显著成绩。20世纪60年代主题学才被正式纳入比较文学研究的理论体系。此时的主题学重在以文学故事情节的思想诉求形成比较文学观念。

　　这样的学术史变化历程,使得比较文学主题学在国外的发展历尽坎坷,较长时间都属于有争议的研究领域。国外比较文学理论和文艺理论的书籍中涉及主题学的研究也较少,尤其是比较文学主题学所涉猎的主要学理元素,如主题、母题、意象、原型、题材、类型、情境等专有词汇,都缺少本体论意义上的界定。这使得"主题学"在本体论、方法论乃至实践论等方面,长期以来都有很大的学术探讨空间。至今主题学研究仍难以形成一种明晰的、确定的,并在国际学界得到普遍认同的理论体系。正因为如此,中国学者在这一领域才有更大的用武之地。当然相对而言,俄苏的比较文学研究,他们称之为"历史—比较文艺学",其中涉及类型学范畴里的主题学方面的内容,还是较为详细的。但是,他们的主题学理论,主要是俄国形式主义在主题学研究中的反映,是从比较文学定义出发而言的。

　　由此观之,主题学理论在这样的学科历史背景下进入中国学术界,必然会带给中国学科领域以诸多的反响,并产生多元化的发展趋向和多样化的学术成果。这样的学术积淀对于形成中国特色、中国经验的主题学,形成本土化的主题学都是很有必要和可能的。当然,比较文学主题学所产生的丰硕的研究成果,是有深广的历史文化背景的。中国的比较文学主题学的初兴发生在近代,它由自发的文学研究走向自觉的学术研究,由民间文学的基础研究发展为比较文学诗学层面的研究,大致经历了近代"西学东渐"的影响；现代"理性反思"的洗礼两个阶段。其前期的先驱人物主要有王国维、鲁迅、吴宓和胡适等。他们努力适应并基本完成了文化启蒙到文化自觉的变化过程。后期诸多的中国学者从学着西方讲变为与西方面对面交流的理论自觉，并对比较文学主题学的理论和实践提出诸多有积极意义的探索。

自王国维、鲁迅始，中国比较文学主题学就超过了自身研究的价值，诸多先贤智者都投入到对这种研究的激情之中。以顾颉刚、钟敬文、季羡林、饶宗颐、钱锺书、杨宪益、乐黛云等人为代表的众多学者，他们或者积极进行理论探索与学科建构，或者沉醉于著书立说与实践研究。总之，都在为中国比较文学的主题学研究确立"中国语境"而殚精竭虑。所谓"中国语境"即是该领域研究中的一种学术立场和学术氛围。比较文学主题学研究虽然产生于欧洲，并在西方范围内受到不同程度的质疑与诟病，但是它自身包含的东方元素、其阐释对象的东方性质，例如东方的民间文学、东方的文化底蕴、东方民族思想的产物等，都使之不能在比较文学主题学研究中处于缺席的地位，因为东方的观点会隐含在场。这不只是因为这种研究也应该以古代东方文本为基础，要对东方语言、社会和民间文艺展开研究，而且也是作为一种学科的本体论与认识论构成的文学谱系的研究。这种研究所表现出的历史主义倾向和世界文学性质都说明，文学作为人学的社会功能不能没有东方参与。只有以此为立场，才能发现多元动态而复杂的人类现实之间的联系。中国的研究者清醒地认识到，中国本身就属于东方，中国人的学术立场就是要在比较文学主题学研究中发出中国的声音，表现出中国的特点，反映出中国的水平，营造一种在该领域研究中舍我其谁的中国化的学术局面。

四

作为舶来品的比较文学主题学，原本的话语体系、学科建构等都是西方学者设定的，其诸多的理念、严格的逻辑都是依照西方学界、西方读者的要求定制的。中国学者根本无法完全套用它们来表述自己的一切，而只能被西方话语所表述。中国语境就是要求中国学者大胆突破西方式的各种学术规则，以及自我设限的学科束缚，从理论研究到实践探索两个方面确立中国自己的学术定位与价值取向。凡从事比较文学主题学研究的中国学者要义不容辞地担当起历史的责任，进行建设性的理论建构与批评性的专业实践。其中包括以开阔的学术视域、活跃的逻辑思维，牢牢把握住历史的深邃内涵与现实的丰赡形式，将作为一种文学现象和社会联系的比较文学主题学进行全方位、有理有据的分析与评判。努力发现具有中国特色的符合中国研究实情的比较文学主题学史论的概观，以填补该领域研究的学术空白。

比较文学主题学研究中的中国语境本质上是中国理论自信的产物，它源于文化自信。文化作为人的本质力量的对象化，其核心在于人文自信，即人的自我认知程度的自信。相对于产生于民间文学的比较文学主题学这样的研究，中国学者的文化自信更有力量，更有根基。理论自信追求一种价值的体现，而文化自信则表现出一种精神上的魄力，它们根植于中国五千年文明传承和人文精神的基础之上。作为文化自信之一部分的主题学研究更因有深厚的民间文学基础和传统而表现出中国文化自信、理论自信的追随者姿态。它追求的是中国人文精神的内涵、中国吐纳融摄的风格。有了这样的底气，中国比较文学主题学的建构与研究更要以高度的文化自信、博大的人文胸怀，采取拿来主义的态度吸纳西方学界的百家优长、汇集西方诸家的八方精华，以我为主，为我所用。此外，还应该自始至终坚持中国学者的理论自觉，主动强化"在场"的身份，克服历史上遗留下来的不同形式的自卑感。选取审视自身理论客观性的最佳视角，完成中国比较文学主题学的理论建构与实践发展的重任。

中国比较文学主题学要超越西方已有的该领域的研究，首先要超越以往研究中那种处处以西方话语体系来考量中国研究成果价值的思维范式。因为西方范式的形成既有强权意识的支配，有先入为主的话语霸权色彩；也有人们对西方文化盲目崇拜的心理自欺，以及对自身缺乏自信心的不良影响。强调中国语境、中国立场即可摆脱这种困惑，增强文化自信，找到自己的位置，发出自己的声音，用中国语境建构比较文学主题学。超越西方原有的话语体系首先要牢记一点，即接受一种知识，就意味着被一种权力所征服的"后殖民主义语境"的启示，因此，要有针对性地、为我所用地汲取西方已有成果的营养。因为"超越"本身就具有现代性、吸纳性、创造性和重建性，从一定意义上讲，它就具有了离经叛道的性质。其次，要超越西方中心主义建构的比较文学主题学的学术倾向，要有一种"会当凌绝顶"的心理状态，一种"敢为天下先"的理论自信。当前该领域的话语权已在向着中国学术界移动，中国学者已经摆脱"跟着讲""对着讲"的境遇,而到了能够"领着讲"的时刻。中国政治清明、经济发达、文化强盛的气象和态势,为中国学者的理论自信增强了话语底气。在相对应的研究中要做到理直气壮地表达,而不能沉默"无语"。在有针对性地评价已有的研究成果时再也不能出现"不在场"或"失语"状态,要从多方面向国内外学术界表达具有中国特色的理论诉求,将中国的理论自信、文化自信,转化为具有国际影响的学术公信,让中国比较文学主题学在国际比较文学界发扬光大。

中国提出的"一带一路"倡议和"构建人类命运共同体"的发展方案,使当今世界,和平、发展、合作、共赢成为时代的主潮。世界多极化、经济全球化的历史进程进一步加速。文化多样化、信息社会化也在持续推进。中国正以文学发展的贡献者和国际学术引领者的身份走向世界、走向未来。如果说近现代"西学东渐"以引进西学为主调,具有使世界进入中国的性质,那么当代以来,尤其是21世纪以来"东学西渐"正在成为事实。它以送出东学为主调,具有使中国学术进入世界之林的性质。中国比较文学主题学从理论建构,到实践发展都表明:一个在文化上日益自信的中国,已经意识到它应该以明确有力的文化话语表达和创新学术的自我教育来担负起东方大国的责任,为世界学术作出应有的贡献。

我们一方面应该以博大的胸怀,对待世界各国各民族的文化,尤其是西方的优秀文化遗产,取其精华,弃其糟粕,采取"拿来主义",大胆为我所用;另一方面,要以文化自信为定力,增强建构中国比较文学主题学话语体系的底气,对中国当前文化的进步和发展的良好态势要有充分的估计和认识。努力做到在该领域的本体论、认识论、方法论和实践论等方面,有针对性并实事求是地分析和阐发,不能"失语",更不能"无语"。因为过去按照西方学术概念体系研究和撰写的种种主题学著作,虽然包括相关东方元素的写作,但也充斥着西方的价值观。与其说有东方(包括中国)的历史文化遗存,还不如说是通过切割与截取的演绎推理方法,将包括中国在内的东方的社会历史和文学文化状况变为证明西方思想观念普适性的具体案例。这显然是不科学的,也是不公正的。因此,中国比较文学主题学需要建立在客观事实基础上进行的科学研究,要表达中国学者的学理诉求,其本质是在"东学西渐"大趋势下的一种中国语境中的理论建构。

五

多年前,季羡林先生就主张在中国和外国的学术交流中,既要"拿来",又要"送去",学界普遍支持这种观点。他提倡:"我们对西方文化和外国文化,当然要重视'拿来'。但我们不能只讲西化,不讲'东化'。""概括历史事实,在中西文化交流史上,'东学西渐'从未中断过。"只是囿于西方中心主义的话语霸权,"东学西渐"没有得到充分的话语表达,只有当包括中国在内的"东方"真正强大起来以后,才能真正形成大趋势,并产生话语积累。季羡林还坚持认为:"'三十年河东,三十年河西',21 世纪是东方文化的世纪,东方文化将取代西方文化在世界上占统治地位。"新世纪以来,东方政治、经济、文化的发展越来越证明这个论断的正确。季羡林和王宁主编的"东学西渐丛书",1999 年由河北人民出版社出版。刘登阁和周云芳合著的《西学东渐和东学西渐》一书,2000 年由中国社会科学出版社出版。尤其是 2010 年由全国哲学社会科学规划办公室组织的中华学术外译项目,规模庞大,成果丰硕,让人目不暇接。这些都表明中国学者已经清醒地意识到中国要有属于自己的学术成果,以及将具有中国特色的学术成果送出国门的重要性。事实雄辩地说明"西学东渐"在经行了 400 余年后,正逐步让位于"东学西渐"的学术现实。中国广袤深厚的学术资源正在成为东方学术重新复苏与再生的沃土。西方的批判性的思维范式正在受到中国的建设性的思维范式的挑战。包括中国在内的东方开始从西方心中的"东方"变为现实中西方需要正视自己时的"东方"。①

中国比较文学主题学的勃兴是"东学西渐"大潮的必然产物。以前的主题学只是西方学术研究的产物,只有在中国崛起,中国学术话语已经准备充分的前提下,中国比较文学主题学才会真正具有本体论和学科意义。中国比较文学主题学未来发展应该提倡三个原则:学理上的中国立场;学术上的世界视野;方法上的跨界研究。首先,"中国立场"这一规定性,不仅体现在中国比较文学主题学的建构过程中,而且还体现在中国优秀的文化基因和根脉血缘上。任何优秀的传统文化都能

---

① 参见季羡林:《"东学西渐"与东化——为〈东方论坛〉"东学西渐"栏目而作》,《东方论坛》2004 年第 5 期。

在很大程度上超越时空限制,中国自然也不例外。源于中国民间文艺学的主题学,它体现了中华民族理解和把握世界的独特精神、独特视角和独特方法,以致形成一种"独特立场"。它能为社会历史发展提供滋养、提供智慧。因此,中华优秀传统文化是中国比较文学主题学得以建构、发展并能繁荣持久的根脉所系,是中国学术得以自立于世界文学研究之林的根本标识。其次,"世界视野"这一视域范围,不仅要求中国比较文学主题学研究时要站在中国放眼世界,而且还要让比较文学主题学的学术成果在世界上有影响。要善于从学科意义上环顾周边世界,在发现、品鉴、甄别、欣赏他人成果的基础上加以继承和吸收。放眼世界是该学科学术传承和建构的前提。看清现象与本质、主流与支流、正面与负面、精华与糟粕,才能更好地弘扬和建构学科理论。融通国外有关主题学研究的各种资源,要有一种明确的科学判断力和科学鉴别力的学术目光。一方面要避免盲目崇洋媚外,完全肯定和照搬国外的有关主题学的研究成果,表现出民族虚无主义倾向;另一方面,也不要对国外传统的主题学研究持全盘否定态度,出现历史虚无主义倾向。要以科学理性的态度看待主题学研究中的"古""今"关系和"中""外"关系,真正做到在继承中扬弃,有批判地吸收。只有这样才能真正建构起中国的"主题学"。最后,"跨界研究"这一创制,不仅规避了故步自封的封闭式研究的不可取之处,也指出了中国比较文学主题学跨学科、跨文化的科际整合性质。比较文学主题学本质上是一种科际整合,它涉及哲学、史学、文学、社会学等诸多学科和专业。其中不少研究成果跨越了语言、民族、国家等界限,因此需要人们发扬传承弘扬中外优秀传统文化经典的思想。在研究方法上不断增强融通转化能力,将具有重要借鉴价值的各学科的优秀资源融通转化为中国自己和为时代所需的文化营养。要在固有的文化形态及其内涵价值的基础上,根据时代对中国比较文学主题学的要求,对其实践进行拓展,增加研究成果的创新性,突出中国比较文学主题学的研究特色。

六

建构主义理论提出:"学习是学习者主动建构的过程,学习的关键在于主体性、经验性和建构性。学习者通过认知图式的不断同化和顺应的过程,实现认知的不断建构过程。"①认知活动总要经历一个从相对到绝对的过程,这样便形成了认知和真理的相对性。因此,我们建构中国比较文学主题学,主要有两点理论意义,即从主体论、认识论上要对中国比较文学主题学进行理论上的总结,找出具有中国特色的研究规律。前者要求将有关主题学的基本概念"中国化"或者"本土化",要面对本土经验,重构基于其上的中国化的概念。最后再整合为一种具有相当解释力、表达力的规范,从而在国际上填补某些理论空白,或造就一个有别于西方学术范式的人文社会科学的中国范式。后者要求从中国学者关于中外比较文学主题学研究的实例与举隅中,总结提炼出反映中国文艺研究经验的基本概念和具有推广意义的研究方法,以便与国际进行学术交流时从理论到实践上都克服所谓的"失语症"等问题。使中国范式在将西方学术精华汲取过来的基础上,更大、更好地规模化地成就自己、丰富自己,以便形成一种崭新的中国比较文学主题学。

建构中国比较文学主题学还有一个重要的实际意义,即意味着该学科更强烈地面临着一个向本土化转型的问题。其本质就是要将主题学研究的中国经验升华为一般的理论原则,从而丰富、补充乃至部分地修订曾被人们视为"普适"规则的那些若干比较文学领域的预设。无论是当前的中国比较文学界同仁是否都能认识到这一点,也无论认识到以后在短期内的实践中是否能够实现这一目标,有一点是确定无疑的,即主题学研究的本土化转移是比较文学学科在该领域发展的必然趋势和唯一出路。因为就这一学科领域而言,只有转型才有可能成为领跑者,否则步西方后尘,亦步亦趋,不可能成为领跑者,而可能永远只是跟跑者。就具体的主题学研究而言,在学术思维上以学科为本体向以问题为主体转移才是该学科转型的当务之急。主题学应该成为解决问题的工具,应从主题学的本体化走向问题的工具化。即是说主题学应该成为研究与诠释中国问题、中国经验的工具。

建构比较文学主题学实质上是对人类文化现象的一种哲学思考,而文化必定有它的"传统的历史意义"和"生命之绵延精神"。哲学的文化职能在于以人性自觉、价值理性、辩证批判的态度提供一种实践性的"文化反思",而不是一种外在描述性的"文化解释"。比较文学主题学产生于"真理只有一个"的文化基因渗透一切、统摄一切的西方世界。但它在中国得到了充分的发展,因此,全面深入探赜、梳

---

① 陈琦、刘儒德主编:《当代教育心理学》,北京:北京师范大学出版社,1997年,第197页。

理中国优秀的文化基因图谱,创造属于中华民族的思想认知,是厘清中国比较文学主题学发展脉络的重要思想前提。首先,在本土文化与他者文化交流互鉴中,彰显中国比较文学主题学研究的特色。在新时期文化转型中、文化创新中获取主动地位,占领学术制高点。依照费孝通先生的观点,这种主动性是一个艰难的过程,既要亲熟自己的本土文化,又要理解所接触的异域文化和他者文化,才有条件和可能在这个正在形成中的多元文化学术体系中占有一席之地。经过自主的适应,取长补短,甚至是削峰填谷,才能够建构一个有共同认可基础的新的话语体系。其次,在大众文化与精英文化的辩证理解中,增强鲜明的理论前沿意义。钟敬文先生2000年4月在北京师范大学召开的全国性的"文艺学与文化研究学术研讨会"上所做的学术报告中告诫说:"大量的、原初的、有价值的东西,却被忽略不计了。一个民族的大量民间文学创作,没有被这个民族的文艺学作为应有的研究对象进行理论概括,而只集中于上层文学或精英文学,这样的文艺学,应该说是不完全的。"[①]而中国比较文学主题学研究,也恰恰发轫于中国的民间文学研究。无论是下里巴人的民间文学,抑或是阳春白雪的精英文学都是主题学研究的丰厚资源,不可偏废,雪中送炭往往比锦上添花更重要。

七

人类能够发现社会实践中事物存在和发展的规律,并对其加以总结并形成知识,这是毫无疑义的。但是这种知识并非社会规律本身,而是经人为考察与思考后得出的假设,随着科学与学术水平的不断提高,其内容会不断发生改变。由于不同个体在不同环境下的体验获得的知识有所不同,所以主观认识也不尽相同。即使人们以文字为载体将经典化的知识记录下来,以个性的方式解读相同的文字,亦会得出不同的结论。因而,人们得到的只能是对经验事物的其中一部分或某一方面的正确认识,而绝非整体或全部。于是人们发现建立在时间性和空间性观念基础上的比较文学主题学,不可能是从来就有,且一成不变的,而只能是经历从无到有、

---

① 钟敬文:《民俗学对文艺学发展的作用》,见陈勤建主编:《文艺民俗学论文集》,上海:上海文化出版社,2009年,第312页。

从原初到成熟的发展过程。中国比较文学主题学的建构自然也不可能例外，所以中国比较文学对主题学的要求才是苛刻的，务必完善的。本课题中的中国比较文学主题学作为一个学科在建设过程中，除了本体论的理论建设、谱系梳理；认识论的研究对象、性质意义；方法论的研究体系、范式规则，以及实践论的研究人才和学术成果以外，还要有一个从随意性转向规范化的重要标志，即一个富有现代意识的"科学"的特色。其主要表现在"原史""原典""原理"的基础上，找到那些以往研究中的"历史在场"的感觉，例如"历史元素""时间叙事""历史书写"等。因此，本书主要由理论编、史论编和实论编三部分组成。

理论编即理论阐发部分，主要解决比较文学主题学学科史的各种疑难问题。首先，主题学的发生学意义何在，它在德国民间文学的研究中孕育而成，如何从题材史完成了到主题学研究的转变；又是如何完成了从影响研究到平行研究的过渡，并最终在欧洲学者诸多的质疑声中跻身比较文学研究领域。其次，主题学的哲学内涵主要有哪些内容，即从本体论角度发现主题学的学理基础和主要研究视域；从认识论角度解读主题学与文学主题、主题学与比较文学的关系，以及主题学的性质和意义等；从方法论参照系的角度分析主题学与文学类型学、文学流传学、文学人类学、文学文类学、文学接受学和神话原型批评等相关学科领域的互参与互鉴、互学与互动。再次，论述百年来中国学者在主题学学科史研究方面不容忽视的贡献。尤其是王国维《〈红楼梦〉评论》中的主题分析，胡适《〈西游记〉考证》中的题材研究等，对中国比较文学主题学研究所产生的重要影响。

史论编即从历史的时间顺序评论主题学在中国形成的三种主要研究领域，并对其中主要的代表人物的研究观点进行评述。首先，论及的是文艺学范畴的主题学研究。在总体论述概况的前提下，对顾颉刚的民俗学研究、钟敬文的故事类型研究、季羡林的民间文学研究、饶宗颐的比较神话学研究、钱锺书的《管锥编》研究、杨宪益的《译馀偶拾》研究、刘安武的中印文学比较研究、刘守华的民间故事学研究、刘魁立的民间文艺学研究等，与主题学的关系进行重点的分析、评判与论述。其次，论及的是比较文学范畴的主题学理论研究。除对总的学术概况进行宏观梳理以外，主要对有代表性的人物，如乐黛云的平行研究、谢天振的主题学研究、陈鹏翔的中西比较研究、刘象愚的东西比较研究、曹顺庆的比较诗学研究、王志耕的类型研究、王向远的题材学研究等，在主题学理论的建树中，发掘出他们的主要观点和独立的学术品格。再次,论及的是中国文学范畴的主题学研究。除对总的学术概况进行论述外,重点对有代表性的学者,如王立的主题学系列研究、宁稼雨的叙事文化学研究、叶舒宪的神话意象研究、陈建宪的神话主题研究、万建中的禁忌主题研究、王春荣的新时期文学主题学研究等,进行系统详尽的评述与阐发。总的设想是对中国比较文学界当前形成的几种主要研究趋向进行有明晰区分度、理论深度和学科高度的总结。以便为后学提供一个客观、公正的参照,为中国比较文学主题学研究建构一些高屋建瓴式的学术范式。

实论编主要选取笔者本人学术视野内研究中外文学时涉及比较文学主题学内容的具体研究实例进行分析阐释。主要内容包括主题研究、母题研究、题材研究、人物研究、意象研究、情境研究等诸多具有代表性的论文,以验证、说明、阐释、深化主题学的理论,努力达到以供"三隅之反"的实证效果。关于比较文学主题学研究的案例尽管难以尽数,但是,学界具有较大共识的可以总结为上述六大类。当然其中仍有不少分歧意见,书中所述只是作者作为中国学者的一家之言,尚有不少值得商榷之处和进一步进行研讨的学术空间。

总之,比较文学主题学的形成史几乎就是一部比较文学学科发展史。而对于主题学研究从理论到实践的探讨,就是对比较文学研究领域的一次新的开拓。19世纪初产生于德国民俗学研究的主题学对研究客体的源流关系、相互间的传播与关联,以及影响与接受等因素进行实证性考察,形成了早期主题学研究的影响研究性质。20世纪中期,经美国学者提倡,注重文本内部研究的平行研究又将主题学纳入其中。主题学在不断的质疑声中发展壮大,标志着整个比较文学学科的研究正在进入更高更深的层次。主题学进入比较文学范畴经历了漫长的一个多世纪的时间。它不仅建构了自己的理论体系,而且具有了介于影响研究和平行研究之间的第三种研究思路,形成了多重性、相互交叉的学科特点。在此基础上,主题学不仅形成了自己独特的学术范式以昭示学界,而且在其学术思想指引下的丰硕研究实践,又彰显它在学术界的强大生命力。当前"后理论"时代,关于比较文学主题学理论观点与实践的探索,不仅对中国比较文学的发展具有重大的现实意义,而且也将对世界比较文学界产生重大而深远的影响。21世纪以来,正是由于大量中国学者的不懈努力,才使得国内外比较文学界出现了主题学研究的勃兴气象。由于中国学者的研究始终立足于中国实际,发出自己的声音,表现出"在场"的学术姿态与文化自信,因此他们所取得的大量理论与实践的研究成果,才使得学术界逐渐淡化了对主题学的种种质疑,使之成为比较文学研究的重要领域,并为中国学术界自立于国际学界树立了标杆与旗帜。

由此可见,中国比较文学主题学的研究,需要一个中国语境。它在学术上,要创造一种立足于中国学术传统与历史文化、又汲取西方文艺理论内核的中国比较文学学术派别;在理论上,要搭建一个基于本土经验、中国范式的中国比较文学主题学的概念范畴框架。最终达到建构一种从中国文学经验出发,最大限度地尊重中国实际、中国案例的有别于西方原有或未有的崭新的研究范式。在"他山之石"与"本土之玉"之间营造出"道生一,一生二,二生三,三生万物"的学术境界。

理论编

主题学研究的学科史

第一章 主题学的发生学意蕴

第一节 德国民俗学的孕育

主题学最早产生在德国,它原是文学研究的一个分支,继后逐渐成为比较文学的一个重要领域。以发生学的起源分析法进行考查,这种现象的出现是有其历史渊源的。17世纪的德国,自三十年战争①以后,国家处于四分五裂的状态。300多个小公国割据称霸,政治腐败,经济落后,人民怨声载道。德国人是最早知道咖啡的欧洲人,但是因为贫穷,在英国人、法国人、奥地利人已经喝了一百多年以后,才在18世纪初喝上咖啡。德意志在这样的社会基础上,要想象西欧其他国家那样通过启蒙运动引导政治革命,那是不可能的。因此,当时普鲁士具有启蒙思想的进步知识分子普遍认为:外来的古典主义文学改造在于德国现实本身,要想振兴民族文学和文化,只能从研究传统的民俗学入手,只有建立统一的民族文化和文学,促进民族的统一,才是当务之急。于是他们几乎将自己无用武之地的全部精神创造力完全集中在了民族文化艺术上,以便在精神领域构筑他们具有浪漫主义色彩的理想王国。在这一过程中,他们形成了一种具有德国特色的浪漫主义的民族概念。"它赋予'每个民族'以自己的'超个性的个性',把每个民族的语言、文学、艺术、哲学、政治等连在一起,作为'民族灵魂'亦即'民族精神'的统一标志。"②这种民族概念为德国主题学的产生准备了温床。英国哲学家以赛亚·伯林在其《浪漫主义的根源》一书中也实事求是地指出:"反启蒙运动的思潮,其实源自别的地方,源自那

---

① 欧洲历史上第一次大规模的国际战争,从1618年打到1648年,共30年,从而得名。其为各种政治经济和宗教利益冲突的结果,战场在德意志。

② [德]胡戈·狄泽林克:《比较文学导论》,方维规译,北京:北京师范大学出版社,2009年,第11页。

些德国人。"①他在继后的论述中进一步强调:"无论如何,浪漫主义运动起源于德国。"②经过浪漫主义者的努力,终于形成德国18世纪在文学、哲学、音乐、美术等方面的繁荣局面。正如恩格斯所指出的:"这个时代在政治和社会方面是可耻的,但是在德国文学方面却是伟大的。"③在诸多的先进人物中,主要有德国民族文学奠基人莱辛(1729—1781)、"狂飙突进"运动的代表作家赫尔德(1744—1803)、歌德(1749—1832)、瓦格纳(1747—1779)、席勒(1759—1805)等。

其中,作为民族概念之父的赫尔德的学术思想对德国主题学的发生影响最大。他青年时代的著作《论德国新文学》(1766—1767)指出德国文学是一个独立的文学。每个民族都有自己独特的文学,它依赖于各自的语言,而语言又依赖于社会。他强调了"把文学本身理解为民族精神的表现"④的观点。其理论著作《论语言的起源》(1772)认为语言是人类精神的产物;《论莪相和古代民族的诗歌》(1773)提倡文学要打破陈规陋习,以适应自由表达感情的需要;《民歌中各族人民的声音》(又名《民歌集》1778)主要收集和翻译了德国、秘鲁、马达加斯加等国的162首民歌。他对民歌的重视,影响了继后浪漫主义诗人对民歌的态度,以及主张重视民间文学研究的风气。以"世界公民"自称的赫尔德还在实践中大量收集民歌,重视民俗学的研究工作,通过研究民间文学、民族诗歌,主张和颂扬世界主义。他那种历史的、总体的文学观对德国初期的文学题材与主题史研究产生了明显的影响。德国当代著名思想史作家吕迪格尔·萨弗兰斯基(1945—　)在《荣耀与丑闻:反思德国浪漫主义》一书"前言"中指出:"我们可以说浪漫主义的历史始于1769年的那个时刻。当时赫尔德匆忙启程,航海赴法。"⑤他在法国结识了百科全书派的代表人物狄德罗,并受到狄德罗世界观的影响。译者卫茂平也在"代译序"中写道:"但'浪漫'的思维方式,或者'浪漫主义的精神姿态',作为德意志民族的性格要素,存至今

---

① [英]以赛亚·伯林:《浪漫主义的根源》,吕梁等译,南京:译林出版社,2008年,第40页。
② 同上书,第131页。
③ [德]恩格斯:《德国状况》,见《马克思恩格斯全集》第二卷,北京:人民出版社,1957年,第634页。
④ [德]胡戈·狄泽林克:《比较文学导论》,方维规译,北京:北京师范大学出版社,2009年,第18页。
⑤ [德]吕迪格尔·萨弗兰斯基:《荣耀与丑闻:反思德国浪漫主义》,卫茂平译,上海:上海人民出版社,2014年,第11页。

日。"①由此可见,浪漫主义及其代表人物赫尔德在德国文学中的重要地位及其深远影响。

　　18世纪下半叶,在德国历史思想和历史研究的文化传统影响下,赫尔德完成了他最重要的巨著《关于人类历史的哲学思想》(1784—1791)。"此书涉及许多国家的地理、历史、艺术、文学、科学、哲学及风俗习惯。作者试图从对各个国家的不同领域的分析、研究中抽象出人类历史发展的规律。"②他的这种历史主义和世界主义的思想导致了浪漫主义先驱、文艺理论家、语言学家弗利德里希·史雷格尔(1772—1829)在1789年提出"宇宙诗"(即:环宇诗)(Universal poesie)的观点。他"认为由于人类的感觉类似,心灵相通,诗的表达方式容或不一,但它的题材具普遍性,包含人类经验的共相,故探讨人类的心灵,便能发现一切文学的真相"③。他们另外一个重要的观点是,古典的诗歌形式是"机械的",来自外部,浪漫的诗歌形式是"有机的",是从题材中产生的。这些理论,尤其是关于"题材"的论述,都影响了18世纪末、19世纪初的一批德国学者。他们从对民间文学语言为主的研究发展为对整个德国民俗学进行全面研究并形成热潮。这些浪漫主义时期的作家和学者受德国古典哲学的影响,提倡个性解放,放纵主观幻想,追求神秘和奇异感。主要代表人物除弗利德里希·史雷格尔以外,还有奥古斯特·史雷格尔(1767—1845)、路德维希·蒂克(1773—1853)、克莱门斯·布伦塔诺(1778—1842)、阿西姆·冯·阿尔尼姆(1781—1831)、雅各布·格林(1785—1863)、威廉·格林(1786—1859)、沙米索(1781—1838)和维廉·豪夫(1802—1827)等。他们的主要贡献在于民间文学的整理和研究方面。蒂克的《民间童话集》对安徒生很有影响。布伦塔诺和阿尔尼姆在大量收集整理民歌和童话的基础上出版的《儿童的奇异号角》(1806—1808)也影响颇大。但是"正如梅林所说,没有赫尔德尔这一民歌集(《民歌中各族人民的声音》——笔者注),也就不会产生浪漫派的著名民歌集《儿童的奇异号角》"④。沙米索的童话体小说《彼德·史雷米尔奇异的故事》(1814)具有现实性和进步意义。豪

---

① [德]吕迪格尔·萨弗兰斯基:《荣耀与丑闻:反思德国浪漫主义》,卫茂平译,上海:上海人民出版社,2014年,第10页。
② 丁建弘、李霞:《德国文化:普鲁士精神和文化》,上海:上海社会科学院出版社,2003年,第177页。
③ 张汉良:《比较文学理论与实践》,台北:东大图书公司,1986年,第22页。
④ 丁建弘、李霞:《德国文化:普鲁士精神和文化》,上海:上海社会科学院出版社,2003年,第176页。

夫受浪漫主义影响,擅长运用历史和民间材料编写童话,颇有声誉。尤其是格林兄弟在共同搜集、亲自记录民间故事、传说和童话的过程中,受到布伦塔诺和阿尔尼姆采集民歌时观点的影响,竭力保持民间想象力的特色和口语风格,最终整理出版的《儿童与家庭童话集》,即《格林童话集》(1812—1815),成为世界儿童文学宝库中最珍贵的财富。

格林兄弟自1806年起,根据流传于德国民间的传说、童话和神话(绝大部分出自黑森和哈瑙伯爵领地美因河、金齐希河地区)加工整理而成。他们"重点联系"了民间的讲故事的能人,如哈克斯特豪森和德罗斯特—许尔斯霍夫家的"故事大妈"们,将其口述编辑成书。《格林童话集》共200余篇童话,被格林兄弟等人修订和整理过,因为在当时除了安徒生,尚未发现有原创的童话作品存在。即使有儿童读物和所谓的童话作品,那也不过是民间故事和民间传说的翻版而已。这些童话无可争辩地具有文学传承和文学传统上的学术意义和贡献。但是过度解读也无科学上的必要性。因为童话和寓言不同,未必需要有寓意或说明一个道理。它更注重故事性,其中的对话和人物个性只要有吸引人的叙事性,就能得到充分的展示。格林童话和其他民间文学一样,通常也有共同的故事模式和人物类型。其正面人物常常是公主或善良的姑娘,继母和皇后往往是巫婆一类的坏女人;王子是能拯救灰姑娘一类女孩的英雄;猎人帮助弱小打败邪恶势力,是正义的代表等。书中永远充斥着恶魔的贪婪,巫术的威力和坏人的恶毒等相同的题材和主题。因为童话遵循的不是事理的逻辑,而是情感逻辑,所以其中的非现实成分会让阅读者学会思考真实的社会因素。其实,赫尔德在浪漫主义思潮中形成的注重民族性研究的传统,不仅对德国民间文学研究产生了重大影响,而且也使其成为德国文学史研究的一个热点。其中艾希霍恩(1752—1827)和布特维克(1766—1828)的研究都是其回响。继后的科贝斯泰因(1797—1870)关于"破晓歌"的研究和盖尔维努斯(1805—1871)从历史角度来解说文学的主张,则是其余波。他们的努力虽然有的受到德国比较文学界的批评,但是对于主题学在德国的研究与发展,还是有一定意义的。

德国早期浪漫主义的这些作家不少也是学者和语言学家,他们侧重从文献的角度研究语言和文学问题,运用比较语言学的知识研究欧洲民间故事;发现它们平行发展,但有共同的渊源。他们起初研究的侧重点仅仅在于探索民间传统和神话故事等在神奇幻想和奇异情节方面的演变,但是随着研究的不断深入,他们关注的已不再是相同的神话故事,民间传统的主题、题材、情节在不同时期不同作家笔下反复出现的规律性问题,而是将研究视野扩大到探讨诸如友谊、时间、别离、自然、世外桃源和宿命观念等一些与神话传统、童话故事联系不那么密切的相关问题上。德国民间文学的研究,"一开始就集中在那些往往支离破碎、传播不广的文学本体的产生和演变上,它发现一个故事总有大致相同但又有区别的若干说法,于是感到有必要进行比较,并大致描绘一个故事的系谱图"①。随着研究视域的扩大,必然要求学者对研究对象要有本质上的认识,在研究方法上要有创新。于是在整理诸多碎片化、口耳相传采集而来的民间文学作品进行正本清源,系统研究,综合分析,并注重其影响接受时,他们在研究方法上开始注意对比研究和影响接受的研究。因此,主题学开始时是通过对题材、主题的研究与比较文学产生了从逻辑到事实上的联系。学界也相继发表了"多得不可胜数"的博士论文和一些短论文。19世纪中叶的德国学者泰依多尔·本菲(Theodor Benfey,1809—1881)撰写了《五卷书:印度寓言、童话和小故事》一书,其中对印度《五卷书》中的寓言、传说、故事进行的多种渠道和形式的世界播扬过程的研究,是比较文学主题学形成研究传统的重要参照。德国另一位学者约瑟夫·冯·戈莱斯(Joseph von Görres,1776—1848)的《德国民间故事书》是"比较文学史中研究主题流变的早期文献"②。他在书中对比分析了《尼伯龙根之歌》与北欧英雄传说的异同。这种学术研究主要倾向于探讨神话故事和民间传说的描述轮廓,以及人物形象的典型性在不同文化环境中的发展变异。这就形成了19世纪下半叶得到广泛承认的流传论、借用论、题材迁徙论等。其研究成果包含在主题学(题材史)的研究中,以至于梵·第根在1931年评论道:"主题学……在德国发展极为迅速。在那些民间文学研究十分活跃的国家里,情形确是如此。只要主题学蓬勃发展,它就会对文人创作的文学发生深刻影响。"③

承其余绪,胡戈·封·梅茨(1846—1908)自1878年起独立主编的《比较文学杂志》,1887年停刊。梅茨属于在匈牙利说德语的少数民族,处于奥匈帝国

---

① [美]乌尔利希·韦斯坦因:《比较文字与文学理论》,刘象愚译,沈阳:辽宁人民出版社,1987年,第126页。
② 刘介民:《从民间文学到比较文学》,广州:暨南大学出版社,1998年,第2页。
③ [美]乌尔利希·韦斯坦因:《比较文字与文学理论》,刘象愚译,沈阳:辽宁人民出版社,1987年,第126页。

(1867—1918)的一个多语种区域。他在德国进过莱比锡大学和海德堡大学学习，1872年任新建的科洛斯堡大学的日耳曼文学史教授。"随着梅茨讲座中深入探讨的比较文学而来的专业杂志的创刊(1877)实际上是把自赫尔德和浪漫派以来所有迟疑不决的倡导汇集起来的第一次尝试，并以此作为组建这个学科(比较文学——笔者注)的基础。"①从某种意义上来说，该杂志的创刊客观上意味着德国以前主题学的研究传统被阻断。因为"这本杂志的立场和方向是明确的：典型的超国界方法。这在当时主要有两个意义：一方面，是对单一语言文学研究中盛行的民族主义思想的严厉批评。"例如批评日耳曼文学史家科贝斯泰因的"破晓歌理论"有民族主义倾向；批评日耳曼历史学家、文学史家盖尔维努斯等对歌德的世界文学观点的误解。"另一方面，梅茨还强调指出'世界主义的捉摸不透的各种理论与比较文学的理想完全不是一回事。'"②这本杂志的作者不乏国别文学研究领域的重要学者，也有其他不同学科的代表人物。因此其内容也很广泛，文学比较、文学关系、翻译问题、民歌概况甚至民俗比较，乃至人类学民族志学等学科的比较等。自1881年6月起，该杂志单行本扉页上注明一点是"一本多语言的半月刊，涉及歌德所说的世界文学，涉及较高的翻译艺术，'民俗学'、比较民歌概况以及类似的比较人类学和人种学学科"。③由此可见，该杂志在19世纪后期虽然未将主题学的名称归入其中，但已将其研究的内容纳入比较文学范畴里了，而且成了当时德国比较文学研究的热门。

　　梅茨的《比较文学杂志》停刊的前一年，马克思·科赫(1855—1931)在柏林创办了《比较文学史杂志》(1886—1910)。"他的探索带着19世纪末德国精神科学普遍发展中的有利因素，宣告了当时的德意志比较文学新时期的开端。"科赫曾为该杂志写了纲领性的《引论》，其宗旨"就是研究国际文学要更好地为本国文学服务"。例如他在《论德国诗歌的起源与发展》一文中写道："应当先看一下外国其他民族的韵律诗，诸如法国的、意大利的、伊斯帕尼亚的(伊比利亚半岛古名——笔者注)，以及英国的、荷兰的，等等；这么做，是为了考察其他诗歌的源流是否与德国的诗歌有

---

① [德]胡戈·狄泽林克：《比较文学导论》，方维规译，北京：北京师范大学出版社，2009年，第15页。
② 同上书，第15页。
③ 同上书，第174页。

相同之处。"①他不仅指出莱辛《论戏剧历史与戏剧接受》(1754)是德国第一篇论述比较文学史的本质、任务和作用的论文,而且"还认为赫尔德的研究也显示出类似的端倪,着重指出赫尔德'把文学本身理解为民族精神表现'的观点"②。科赫的这种重视民族诗歌研究和民族精神表现的学术思路是和赫尔德一脉相承的。除此以外,在他的论述和设想中,科赫"期望借助于可追溯到赫尔德的民歌研究,为促进民俗学的研究作出贡献;尤其在其他一些国家,民俗学'已经成了独立的学科'。此外,他对传说研究和素材史(即题材史——笔者注)研究也表现出浓厚的兴趣"③。由此可以看出,科赫已将主题学研究的内容纳入比较文学的范畴,甚至可以说德国主题学是从科赫的研究开始进入德国比较文学领域的,亦即主题学在德国的诞生,是以科赫的研究为标志的。

这种观点在国际比较文学界是有共识的。法国第一位比较文学教授、法国比较文学史上的重要人物约瑟夫·戴克斯特(1855—1900)即有类似的论述。1892年他受聘里昂大学主持题为"文艺复兴以后日耳曼文学对法国文学的影响"的讲座。他认为"比较文学滥觞于18世纪的德国"④,并"把赫尔德称为'比较文学真正的创立者'"⑤。在戴克斯特看来,关键在于比较文学在德国的发展有一种特殊的辩证法基础。即"德国的不同观察方法既同本国利益有关,又关注国际文学状况,后者正是我们所要采用的研究方法的特征。"⑥主题学作为一种研究方法之所以首先在德国发生,正是由于以赫尔德为首的德意志语言文学学者在既注重民族文学研究,又注重世界文学发展的双重视野之下,发现了比较文学这一兼容的交感区域,才使之成为可能。遗憾的是,虽然20世纪前后的比较文学界并不感谢德国学者在比较文学产生过程的开创之功,但是在科赫《比较文学史杂志》1910年停刊后,德国要设立比较文学学科的尝试却举步维艰。"皮之不存,毛将焉附",比较文学学科专业难以确立,主题学研究则更难有立锥之地。

20世纪初的德国,比较文学遭到国别文学研究者,尤其是以民族文学为己任

---

① [德]胡戈·狄泽林克:《比较文学导论》,方维规译,北京:北京师范大学出版社,2009年,第17页。
② 同上书,第18页。
③ 同上书,第19页。
④ 同上书,第20页。
⑤ 同上书,第11页。
⑥ 同上书,第21页。

的日耳曼语言文学家的拒绝。瑞士比较文学家路易·保尔·贝兹(1861—1904)则力挺其发展。争论一直持续到1903年,维也纳的耶利内克(1876—1903)在柏林发表了《比较文学书目》。该《书目》"更强调民俗学、民间文学以及研究古代圣像的圣像学,并视之为题材史和主题史的进一步深化"①。虽然这一事实显示出比较文学实证主义思维方法的局限,但是主题学研究的主要内容还是和科赫的主张有了沟通,并得以延续。因为"德国比较文学专心经营的、'毫无问题的题材史'同实证主义牵扯到一起",已经成为他们的学术传统。德国语言学家、文学史家威廉·舍雷尔(1841—1886)是实证主义研究方法的创始人。他既接受了雅各布·格林用语言学方法研究民间文学,又继承了盖尔维努斯用历史学方法研究文学,像研究自然科学一样研究语言和文学。致使实证主义的文学研究在19世纪后期在德国十分流行。直至20世纪初,多所大学执教的德国文学史家均出自其门下。这种在日耳曼语言文学中将民族文学史整理得极其严谨的学风,也成为主题学研究能够在比较文学中安身立命的根基。

与日耳曼语言文学排斥德国比较文学的发展相反,德国从事罗曼语言文学研究的学者却努力为比较文学正名。他们借助"罗曼语言文学与比较文学"课程进行教学与研究。在这一过程中,德国维尔茨堡大学讲师爱德华·封·雅恩的努力值得记忆。他在1927年所作的就职演说中,"把比较文学说成'无法绕过的要求'"②。1929年他在格赖夫斯瓦尔德大学担任讲座教授。另一位不能忘记的奋斗者是1934年取得教授资格的图宾根大学高级讲师库尔特·魏斯。他直到退休一直从事罗曼语言文学和比较文学两个领域的教学与研究。作为罗曼语言文学和日耳曼语言文学专家,他们的努力虽然未能使比较文学作为独立学科在德国学界真正立足,但是也给人一种包括主题学在内的德国比较文学传统没有断裂的感觉。之所以德国的罗曼语言文学在很大程度上可能进行比较文学研究的原因,是因为"同它的出发点有关,即从共同的源流出发,同时研究罗曼语族的各种语言和文化,它的与多种文学打交道,促使其走上超国界亦即比较文学研究之路"③。其中最优秀的代表,即德国罗曼语言文学学者恩斯特·罗伯特·库尔提乌斯(1886—1956)。"他

---

① [德]胡戈·狄泽林克:《比较文学导论》,方维规译,北京:北京师范大学出版社,2009年,第31页。
② 同上书,第33页。
③ 同上书,第34页。

的著作《欧洲文学与拉丁中世纪》(1948)(简称"欧拉"——笔者注)在文学史领域展现了一个基本观点,这一观点堪称比较文学研究的典范。"①从本质上说,德国日耳曼语言文学研究走上比较文学之路和罗曼语言文学研究走上比较文学之路轨迹是一致的,即都是从同一语族的各种语言和文化的研究,发展到对多种文学形态的研究,包括涉及"素材""主题""神话"等方面的研究,从而进入比较文学领域。

由此看来,比较文学中的主题学研究主要是在德语区的国别文学研究中展开的。它从梅茨的《比较文学杂志》时开始兴起,到科赫的《比较文学史杂志》时成为主要内容之一。"很重要的原因是,'素材史'和'主题史'在这以前就在德国受到注重实证主义的日耳曼文学的竭力推崇。处在开拓阶段的比较文学,只需把它看作研究模式吸收就是了。"②尽管主题学在比较文学的发展过程中长期处于或隐或显的"潜行"状态,但是由于它的实证主义研究方法和史学的研究方法的科学严谨,所以直到20世纪上半叶,依然受到德语区各国的日耳曼文学史家的钟情,以致一些与之有密切联系的现代文学史家也很欣赏这种表现颇为顽强的学术传统,从而使主题学的相关研究理念能够在其他语言文学,包括中国语言文学中也能立足发展。实际上直到20世纪下半叶,比较文学主题学才开始凭借自己丰硕的研究成果,在世界范围内向着积极、全面的方面转化。主题学终于在德国民俗学的孕育之下,在日耳曼语言文学中成长壮大,最后进入德国比较文学的大雅之堂。

事实确实如此,1929年至1937年间,法国学者保尔·梅克尔努力编辑了一套主题学丛书。1937年,德国学者沃尔夫·爱伯哈德编撰了《中国民间故事类型》一书,尽管其中有偏颇的观点,但还是极有意义的。正如法国著名比较文学家马·法·基亚所说:"如果民间风俗已被格式化了,那么就要转到比较文学的领域了。"③第二次世界大战后,德国学者伊丽莎白·弗伦泽尔(E. Frenzel)开始编纂文学主题词典,"形成了以比较为方向的主题学不可或缺的论坛",成为比较文学主题学研究的重要阵地。1962年,弗伦泽尔又出版了主题学研究专著《文学史的纵剖面》,它成了研究比较文学主题学必不可少的一种工具书。1966年,弗伦泽尔还出版了《题材与动机史》。这些涉及从民俗学切入比较文学主题学研究的专论专著,

---

① [德]胡戈·狄泽林克:《比较文学导论》,方维规译,北京:北京师范大学出版社,2009年,第35页。
② 同上书,第99—100页。
③ [法]马·法·基亚:《比较文学》,颜保译,北京:北京大学出版社,1983年,第41页。

不仅在德国,而且在相邻的国家和地区也产生了影响,主要有法国、瑞士、意大利和捷克等。法国以加斯东·帕里斯(1839—1903)为代表的一批学者对此类研究颇感兴趣。例如,伊索寓言或米利都人的笑话、民间故事或宗教寓意诗等,是如何流传下来的;《蓝胡子》的故事是否还能觉察出是在传播雅利安人分散居住前虚构的一个古老太阳的神话等。另外,波西米亚(捷克)作家学者聂姆佐娃(1820—1862)作为民间传奇,童话故事的作者和研究者也有代表性。其童话故事基本上都是民间故事和民间传说的二度创作,即使有个人的原创童话,也延续的是格林童话的风格。聂姆佐娃的《七只秃鹰》和格林的《六只天鹅》是内容相同的故事,主题都是妹妹忍辱负重救哥哥。在格林童话里人物主要有巫婆、国王、继母、六个儿子和一个女儿,她的作品里父母是普通人,有一个儿子,一个女儿。这些受德国此类文本影响的作家和学者采取的研究策略大致相同,普遍是将以前文学作品中的各种主题归纳合并为作品传统的单纯叙事要素,再进行新的组合,但并不改变其主要内容。以聂姆佐娃的童话为例,原作中的巫婆的威力、继母的恶毒等主题,变为普通母亲因嫌弃孩子的吵闹而说了"让你们全都变成秃雕"的话,于是原作中的六只天鹅就变成七只秃鹰了。由此可以看出民间文学这种主题史的变化过程。此后,他们又着手考察浮士德、唐璜等民间传说题材的渊源及其流传的情况,考察民间文学怎样和何时进入"高级文学",以及口头文学与书面文学的关系等,从而使主题学研究日益深入。因此,韦斯坦因在自己的《比较文学与文学理论》一书中论述主题学时,强调指出:"这里我想重申,主题学从传统上讲被认为是一块德国的领地,因为它是在19世纪从德国的民俗学热潮中培育出来的一门学问。"①

　　由此可见,主题学发端于德国19世纪浪漫主义文学思潮中的民间文学整理与研究,历经百余年,明显表现出发生学理论的历史主义特征。德国作家与学者出于振兴德国文学之目的,对丰富的民间故事、神话传说和童话进行了收集和编纂,发现其主题、题材、情节相同的传说,故事和童话会在不同时代,不同地域的作品里反复出现,于是自觉不自觉地就用比较的方法来对比,归纳它们之间的异同点和流传演变过程,从而初步奠定了主题学研究的理论与实践的基础。客观上也丰富了比

---

① [美]乌尔利希·韦斯坦因:《比较文学与文学理论》,刘象愚译,沈阳:辽宁人民出版社,1987年,第126页。

较文学研究的内容。

第二节　欧美主流学者的质疑

主题学研究由于民间文学的孕育,在德国茁壮成长起来。实事求是地分析,这种研究无论是其研究方法,还是其研究宗旨,都对当时的比较文学研究是一种补充,与比较文学研究的目的也相一致,理应受到比较文学界的欢迎,然而事实并非如此。主题学在德国产生伊始,到以后相当长的一段时间内,并没有得到欧美比较文学界主流学者的认同。它是在被排斥和抨击中顽强生存下来的,即使说早期的主题学研究本身确实还存在着某些缺陷,但在比较文学研究的诸多领域里,像主题学那样在如此困难的境遇里能顽强维持到现在的情况也是不多见的。之所以形成如此态势,一方面是因为早期的主题学研究是在民间文学,扩大可称之为民俗学的研究材料之上发展而来的,虽然有某些理论概括和总结,但仍缺乏理性思维上的提升和系统的批评范式。另一方面比较文学在研究本质上是学院派的产物,是阳春白雪,和这种来自民间的下里巴人的学问可谓界限分明,二者之间存在一种雅文学和俗文化的分野。现在的比较文学主题学研究仍然潜藏着这种倾向。这是不能不让人警醒的。于是欧美学者对主题学的质疑接踵而来。

首先,法国比较文学界的巨擘,法国学派创始人之一巴登斯贝格(1871—1958)以用考证的方法研究文学影响见长。他的研究成果《歌德在法国》(1904)在法国比较文学研究领域颇具权威性,被誉为"几乎是无懈可击的高地。"[①]他对主题学否定大于肯定。他在为《比较文学评论》创刊号撰写的《比较文学:名称与实质》一文中对主题学提出态度鲜明的批评。他认为"18世纪人们对原始的和自然的作品所发生的好感",引发了"F.史雷格尔、格林兄弟和他们的浪漫主义门徒"及其后辈的格外努力,"渊源的共同性,雅利安各民族之间存在的最初潜在的亲属关系,由于民间意识的作用而显得真正重要的全部材料所必然引起对于神话的喜爱,所有这些浪漫主义的准备阶段,都导致产生了一种有意义的研究工作:'民俗学'或'题材史',

---

① [法]马·法·基亚:《比较文学》,颜保译,北京:北京大学出版社,1983年,第59页。

形形色色的比较文学,都向这个中心靠拢"①。可见,他对于主题学研究的初步首肯是有限度的、有条件的,因此,他随后笔锋一转,紧接着就又对这种研究提出质疑。"这种研究似乎对材料比对艺术更感好奇,对隐秘的遗迹比对艺术家的创造性更感兴趣;在这里,人们对杂乱东西的关心胜过事物的特征。因此,当谈到真正的文学作品时,流浪的犹太人,伊诺克·阿登,浮士德原型,或唐璜等,都可能被作为这种研究的对象,但其目的则几乎和艺术活动的目的相反……"②不仅如此,巴登斯贝格还对受德国主题学研究方法影响的法国比较文学家加斯东·帕里斯的研究提出批评:"这一研究致力于将文学赖以生存的各种主题归并为单纯的传统要素,没有对它们的主要内容进行根本的变革,除了新的组合之外,也没有什么变化,这一研究所采用的方法是,不断地在这些主题的原始简朴性和最初的含义中加入伪造的成分,而从前由集体民间意识所提出的一种艺术概念,却绝对纯正地被保留下来。"③他讥讽这是一种"卖弄风骚的办法"。所以,他最终觉得"探讨文学'主题'的起源和最初含义怎样?严格说来,关于起源的许多假设的脆弱性,为许多有争议的说法提供了口舌。"④因为其着眼点只在于追溯一些简单的文学形式,即主题、题材、原型等,而未去发掘和确定某些文学独特的创造性,仅此而已。

其次,法国另一位比较文学奠基人,保罗·阿扎尔(Paul Hazard)(1878—1944)曾任国际性的比较文学杂志《比较文学评论》的主编,他对主题学的研究也持否定态度。阿扎尔不知疲倦的求知欲和他的研究活动令后世学者敬佩不已。他创作了两部巨著《欧洲思想的危机(1680—1715)》(1935)和《十八世纪的欧洲思想》(1946)。"这两部作品在将近一个世纪的时间里一直统治着欧洲的思想界。它告诉人们,一个思想史学家在把比较的方法与最精细的文学含义结合起来时,他将可以企望得到什么并如何去获得成功。"⑤他的著作对欧洲各大文学互相之间的关系进行了比较研究,为欧洲文学研究注入了激情与活力。这样一位人物对主题学研究几乎没有什么认同感。因为他不可能将自己限制在法国学派主张的"事实联系"

---

① 干永昌等选编:《比较文学研究译文集》,上海:上海译文出版社,1985年,第37页。
② 同上。
③ 同上书,第41页。
④ 同上书,第44页。
⑤ [法]马·法·基亚:《比较文学》,颜保译,北京:北京大学出版社,1983年,第100页。

的研究范围之内。即梵·第根所说的"保尔·阿沙尔(即保罗·阿扎尔——笔者注)甚至不把主题学归在比较文学之内,因为它是不管文学影响的"①。马·法·基亚评价他说:"保罗·阿扎尔很想阻止比较文学工作者们去研究题材问题。"因为他将主题学研究的对象即题材"仅只看成是文学的材料,认为它要依靠类型,形式和风格才能发挥作用"②。很明显,这位对欧洲文学的比较研究做出重大贡献的学者认为从比较文学研究的观点来分析,主题学研究的题材只注重文学材料本身,完全忽视了对文学含义和文体意义的考察,应该将主题学研究排除在比较文学研究对象之外。

再次,欧洲除法国以外,意大利著名学者克罗齐(1866—1952)对主题学研究也多有微词。其实这也并不奇怪,因为他虽用比较的方法写出文学批评著作《阿里奥斯托·莎士比亚和高乃依》(1920),但他却不承认比较文学,因此,他指责主题学研究更是理所当然。他批评说:"这类研究只能归入单纯的繁琐考证一类,从未进行有机的研究,本身从未引导我们去认识一部作品,从未让我们触及艺术创作的至关重要的内心和中枢,其研究课题并不包含文学创作的美学秉赋,而是已成形的文学外部历史(翻译,模仿,发展中的连续更替和改变),或是对一部作品的形成起过作用的种种零碎材料(文学传统)。"③克罗齐既然认为"比较"不能成为一门独立学科的理论基石,那么,对于主题学这种纯粹的材料积累,尤其是不注重审美性质的研究,作为一个美学家他更是不能接受了。他认为所谓的主题学研究是"旧批评最喜爱的题材"。④ 主题学或题材史是实证主义的产物,对同一题材不同处理的比较,艺术前提是虚构的,艺术表现与归纳、抽象活动的"概念"是矛盾的,所以站在自己美学立场上的克罗齐认为主题学并不具备文学研究的价值。

最后,再来分析法国另一位比较文学的后起之秀马里奥斯-法朗索瓦·基亚的态度。他热衷于法国文学与外国文学关系的研究。在1951年撰写的《比较文学》一书中,他在涉及主题学的研究分支,如类型、题材、传说等问题时,表现出怀疑

---

① [法]提格亨(梵·第根):《比较文学论》,戴望舒译,上海:商务印书馆,1937年,第87页。
② [法]马·法·基亚:《比较文学》,颜保译,北京:北京大学出版社,1983年,第40页。
③ 乐黛云主编:《中西比较文学教程》,北京:高等教育出版社,1988年,第178页。
④ [法]布吕奈尔·比叔瓦·卢梭:《什么是比较文学》,葛雷、张连奎译,北京:北京大学出版社,1987年,第126页。

的态度。第一,他认为文学类型是法国比较文学长期忽略的研究领域。而"浪漫主义者们只加速把历史小说降格到民间文学类型中去了。"第二,在关于"题材和传说"的问题上,他指出题材史虽然是"德国学者们非常乐意研究的一个方向",但是"在法国,甚至到现在(1951年——笔者注),题材的研究也没有得到什么好评"。因为"题材与主题和文学虚构是全然不同的两回事。"可见他对主题学相关领域认识的模糊与偏颇。第三,他指出"民间传说""古代传说"和"历史人物"的区别。"梵·第根是法国比较孤单的研究文学类型和题材的热心人。"以此说明主题学研究"还存在许多尚未得到解答的大问题"。最后他表示:"比较文学可以避免陷入那种专搞民间传说或杂乱繁琐的研究工作中去。找到一个比较稳妥的机会来为人们思想感情的历史作出贡献。"①

早期的主题学研究不仅在欧洲学术界受到冷遇,在美国也有相似的境况。美国著名比较文学家,文学评论家韦勒克(1903—1995)以他丰富的生活经历和渊博的文学知识研究比较文学。他认为所谓比较文学就是将文学视为一种人类的自由活动而进行的全面研究,无论在语言或者民族方面,"比较"都不承认任何人为的或者武断的限制。他的文学理论和文学批评著述,在评价作品美学价值的同时,也不否认作品与外界现实和历史存在的复杂关系,具有世界性的学术视野。其代表性著作是他与奥斯汀·沃伦合著的《文学理论》(1948)一书。该书以研究作品为重点,论述了文学的种种问题,但是并未设置专门的章节来探讨主题学问题,甚至在书后索引中都未出现"题材"和"主题"的有关资料。该书的作者代表新批评派的学术立场,认为文学研究的对象只是文学作品本身,所以着力区分文学的内部研究和外部研究。他们竭力推崇"文学内部研究",即研究小说、戏剧或诗歌等纯文学的结构、体裁、意象、韵律、故事模式、风格等各方面的特征。而"文学的外部研究"则主要指文学与其他艺术和科学的研究,包括历史文化研究、社会背景研究和作者生平研究等。韦勒克和沃伦明确提出:"题材在尚未被作家吸收、消化之前属于外部研究,而一旦被吸收、消化而发生根本变化之后就属于内部研究了。"这种质的飞跃造成的差异性分野,"使得主题学十分可悲地被逐出这两种研究范围之外"。②《文学

---

① [法]马·法·基亚:《比较文学》,颜保译,北京:北京大学出版社,1983年,第40页、41页、49页、50页。
② [美]乌尔利希·韦斯坦因:《比较文学与文学理论》,刘象愚译,沈阳:辽宁人民出版社,1987年,第131页。

理论》一书只在"文学史"一章中,论及"主题学",其阐述还是否定的。"有人会期望这类研究能把许多主题和母题(themes and motifs)的历史研究加以分类,如分类为哈姆雷特或唐璜或漂泊的犹太人等主题或母题;但是实际上这是些不同的问题。同一个故事的种种变体之间并没有像格律和措辞那样的必然联系和连续性……这种探索本身并没有真正的一贯性。它提不出任何问题,当然也就提不出批判性的问题。材料史(Stoffgeschichte)是文学史中最少文学性的一支。"[①]新批评派唯一的研究对象是文本的内部研究。而主题学研究主要涉及文本以外的内容,往往会超出文学研究的范畴,成为非文学性的研究。这是主题学受到西方主流学者质疑的重要原因。

上述欧美学界的主流学者对主题学以质疑的目光和审慎的态度进行了长时期的排挤,使主题学研究疏离于比较文学的中心区域,并被不断地边缘化。但是这种产生于民间文艺学的研究,由于它生存土壤的丰厚,并有一种逆反性张力,即愈是被边缘化,愈是趋向于中心,愈是被人蔑视,愈是要自强不息,使得主题学研究在不断寻求新的生存空间和新的理论支持的情况下,顽强潜行。

第三节 主题学在比较文学的确立

主题学自19世纪上半叶的德国民间文学研究以来,在比较文学范畴一直处于颇有争议的地位。一方面,在较长的一段时期内,它受到像巴登斯贝格、阿扎尔、克罗齐、韦勒克等一批欧美声名显赫的主流人物的诘难;另一方面,在德国学术界也只有部分人将最初的主题、题材研究等纳入比较文学。原因在于德国和法国情况类似,与其将比较文学说成是文学"批评"或者文学"理论"的分支,还不如说将其视为文学史的分支。在这种情况下,主题学在自己的发祥地也难以找到理论支撑。当然尽管它缺少理论总结指导,但不乏大量的研究实践与成果。在这种情况下,在德国逐渐产生影响的主题学在欧洲比较文学界的尴尬地位开始发生转变。

在活跃于20世纪初的比较文学名家中,梵·第根(1871—1948)和巴登斯贝格

[①] [美]雷·韦勒克、奥·沃伦:《文学理论》,刘象愚等译,北京:生活·读书·新知三联书店,1984年,第300页。

以及阿扎尔齐名。作为法国学派的代表人物之一,他对主题学的评价相对来说还是较为中肯、科学、公允、宽容的。他在1931年出版的著作《比较文学论》第一章中,描述比较文学雏形期的状况时说:"民俗的传统已被发掘了出来。这些新的东西无疑对于传播(例如在法国)外国文学是很有用的,可是对于比较文学的发展,却一点也没有助力过。"①他认为直至"在十九世纪的初年,德国有许多文学史家稍稍让了一点地位给真正的比较文学"。继后,一些比较语言学家"创立了'民俗学'(Folklore)或民间传统的历史;这个新的科学不断地记录着国际间的假借。最后,在那些对于欧洲近代各国文学发生兴趣的探讨者们之间去研究某一些历史的或传说的典型或英雄的移转,便渐渐地流行起来了……那在比较文学的领域中稍稍有力稍稍深刻的最初的努力,是在民俗学的范围中以及在对于主题和典型的研究中实施的"②。由此可以得知,在19世纪30年代初,梵·第根就已经承认"主题"和"典型"的研究属于比较文学范畴了。

梵·第根在该书的第三章:"题材典型与传说"中,论到关于德国产生于民俗学的主题学问题的"反对与争论"时,他写道:"在本书第一部中我们已说过了:那对于各国文学互相假借着的'题材'研究,是比较文学底稍稍明晰的探讨所取的第一个形式。这范围广大的研究在法文中没有一个确定的名称;德国称它为Stoffgeschichte(题材的历史);我们现在提出了Thématologie(主题学)这名称。"人们可以清楚地看到从德国的题材史研究如何变为主题学研究的过程。他接着说,法国最近,即当时的20世纪初,有些人"放弃了这类研究";"反之,这类研究在德国却很发达,这类研究特别发达的,是在民间文学十分重要,依然生存着,并影响到文士的文学的那些国家中;例如多瑙河流域各国。"③由此可知,当时德国的主题学研究在欧洲是处于什么状态了。随后他分析说:"人们所责备于法国的主题学,正就是它重于文学方面而轻于思想和艺术方面。""就是前文所说的两位学者(巴登斯贝格和保罗·阿扎尔——笔者注)以及其他的学者们,都不大肯让民间的主题,神奇或魔术的信仰,乡里间的传说等的研究归入比较文学去。当他们说'这是民俗学,这不是比较文学;因为比较文学是以写作艺术看出来的人类思想史'的时候,我们

---

① [法]提格亨(梵·第根):《比较文学论》,戴望舒译,上海:商务印书馆,1937年,第20页。
② 同上书,第26—27页。
③ 同上书,第99页。

是只能说他们是对的……反之,把那些能产生一些有一种充分的文学特质的主题、典型和传说归入比较文学去,倒是理应正当,而我们大家又都同意的。"最后他总结说:"主题学的领域因而是很广大的:它有时和民俗学或民间传统毗接(当它着眼于传统的主题和无作者的源流的转移问题的时候);有时接触到诸大作家相互的影响问题(当它着眼于那每一位大作家取用同一传说或同一史实的态度的时候)。在这两个极端之间,它包容着虽则表面上类似,但根底却颇驳杂的种种研究。"①这个结论所涉及的"两个极端",其实正是主题学研究在比较文学中应归属于影响研究还是平行研究的根本区别问题。韦勒克之所以对主题学持怀疑态度就是因为其本质到底应该归属于"文学的内部研究",还是"文学的外部研究"的不确定性。而梵·第根则明确指出其研究方法到底应归入影响研究,还是平行研究。这就是主题学在欧美学界的真实处境,也是一直到当前中国学者才最后解决的问题,即"两个极端之间"的哪些"表面上类似,但根底却驳杂的种种研究"。我们当下称之为影响研究与平行研究兼容的交感区域——"第三空间"。

另外一位对德国主题学研究很感兴趣的比较文学家是法国的加斯东·帕里斯。以他为代表的一批学者致力于将以前的文学作品中的各种主题归纳为单纯的传统要素,并进行重新组合,但不改变其主要内容。他们所采用的研究方法是,剔除那些主题的原始简朴性和最初的含义中不断浸润渗透其中的伪造成分,尽量将从前由集体民间意识所提出的艺术概念,绝对纯正地保留下来。② 这种研究无论是其宗旨,还是其方法,基本与比较文学研究相一致。梵·第根在1931年出版的《比较文学论》中还提醒学界同仁不要忘记"比较文学大会"的新动态和新研究趋势。他指出:"这大会是在1900年夏天巴黎开世界博览会的时候开的,会中有一组是'比较文学史',由加斯东·巴黎任名誉主席,勃吕纳狄尔任主席。这两位名教授代表着两种很不相同的倾向。前者(加斯东·帕里斯——笔者注)是中世纪文学史家,对于那些传说和典型特别发生兴趣。这些传说和典型多少有点变了形,从这一国流传到另一国,藏在那些最有名的作品中,而博学的历史家便努力去探寻它们来去的线索,并注意它们的变化。""加斯东·巴黎对于主题的兴味,是比对于文艺价

---

① [法]提格亨(梵·第根):《比较文学论》,戴望舒译,上海:商务印书馆,1937年,第100—102页。
② 干永昌等编选:《比较文学研究译文集》,上海:上海译文出版社,1985年,第41页。

值、个人的表达和艺术表现的兴趣,而他对艺术形式又没有像对于题材那样地注意;事实上,他常常研究那些文艺的趣味和价值是可以忽略的民间故事和寓言。"①由此可知,加斯东·帕里斯不仅肯定了德国主题学研究的学术倾向,而且还有一批志同道合的支持者。他们的研究使德国的主题学有了国际性影响。

除以上两位法国比较文学大师对德国主题学研究的首肯以外,德国自己的学者,日耳曼学家和文学史家科赫对本国传统的主题学研究也有很大的贡献。1886年他创办了第一本比较文学杂志《比较文学史杂志》,又创办了其副刊《比较文学研究》(1901—1909),被学界视为德国比较文学的滥觞。他为杂志所写的"序言"成为德国比较文学日后发展的一面旗帜,"包含下列各项:(一)翻译的艺术;(二)文学的形式和主题的历史,以及超越国家的影响的研究;(三)思想史(安吉尔的'历史的问题');(四)政治史与文学史之间的关系;(五)文学与创作艺术、哲学与文学发展等等之间的联系;(六)过去一直被忽略而最近终于得以发展的民俗学。"②仔细考察这些杂志,可以发现,科赫十分忠实于执行自己的计划。其中不乏对欧洲地区及非欧洲地区,如印度、非洲及中国的关注。杂志中的神话和传说、神话与童话故事、题材与主题史、文学渊源与影响、主题研究与民俗学调查等比较研究据有中心地位。科赫的工作在德国比较文学史上树立了一个里程碑。他不仅简明扼要地梳理了德国比较文学的批评与历史,更为重要的是他使德国传统的主题学研究得以堂而皇之地进入比较文学领域,并使之专门化,学科化。科赫自然也成为了德国主题学研究的转折发展时期的代表人物。

真正将主题学引入比较文学主流研究范畴的功臣是美国著名比较文学家哈里·列文(1921—1994)。他在比较文学史上第一次提出了"主题学"这一术语,而且形成了自己的理论体系。他将主题学研究与思想史、文化史研究紧密地结合起来,成为其主题学理论的基本特征。他强调西方文化的根源、希腊罗马文化的重要性,但又不忽视东方文化的存在,具有世界主义思想。他在《中国的遗产》一文中具有远见卓识地指出中国文学研究在比较文学研究中的重要性。他"认为中国文学

---

① [法]提格亨(梵·第根):《比较文学论》,戴望舒译,上海:商务印书馆,1937年,第35页。
② [美]约翰·丁·迪尼:《比较文学译文集》,刘介民编,许文宏、冯明慧译,长沙:湖南人民出版社,1984年,第374页。

研究的价值乃在于它本身形成了一个独立的、与西方完全无关的文学世界"①。哈利·列文在为《批评的各种方法》所写的文章中,明确表示了对主题学研究的肯定:"如果一个主题能够被具体确定,纳入一个具体的范围,赋予一种名称,那么主题学的理论范畴就会更广泛、更灵活些。我们已经看到它包括了许多从前被当作文学的外部材料而搁置一边的东西。我们现在愿意承认,作家对题材的选择是一种审美决定,观念性的观点是结构模式的决定性因素,信息是媒介中固有的。"②从此,主题学研究从欧洲到美洲基本确立了它在比较文学研究界的地位。

正如德国现代比较文学家霍斯特·吕迪格在《比较文学的内容、研究方法和目的》一文中所指出的:"比较文学研究现在已不再仅仅满足于确定'影响',而是把注意力集中于由精神力量所起的作用,集中于独特的、在文艺美学上可以把握的接受类型和方式,也就是说,集中于被接受了的促进因素所发生的变化。所谓'后期发展研究'(Nachleben-Forschung)在超出了个别民族文学的范围时,就与此密切相关。这种研究可以涉及世界文学范围内大的联系,涉及个别的作家,涉及题材和主题、文体现象,特定的体裁、形式等等。过去旧式的题材和主题史研究是纯粹的题材积累,不注意审美性质,或是把语言艺术作品完全分解成各条主题线索;随着文学阐释方法的改进,这种危险应当说已经过去了。"③即是说,现在的比较文学主题学研究已经告别了旧有的研究模式而进入比较文学"后期发展研究"的轨道。它涉及世界文学范畴,其中心题材和主题应该有一个全新的含义。这个任务已经由中国学者承担了下来,并已初见研究成果。

---

① 上海外语学院语言文学研究所编:《中西比较文学手册》,成都:四川人民出版社,1987年,第40页。
② [美]乌尔利希·韦斯坦因:《比较文学与文学理论》,刘象愚译,沈阳:辽宁人民出版社,1987年,第132—133页。
③ [德]霍斯特·吕迪格:《比较文学的内容、研究方法和目的》,张隆溪译,见张隆溪选编:《比较文学译文集》,北京:北京大学出版社,1982年,第20页。

第二章　主题学的哲学内涵

第一节　主题学本体论探源

　　第一编"主题学研究的学科史"中第一章详细分析、讨论了发生学意义上的主题学从孕育、发展到确立的过程。第二章将主要从主题学的本体论、认识论和方法论等研究规律中抽象总结出相关的公理认知。第一节主要探讨主题学的本体论问题。本体论又名实体论,是探究事物终极存在的理论。在这里主要是理清主题学的内涵与外延的问题;主题学是本体论而不是方法论的问题等。这个问题的提出与解答,对主题学研究者进一步解决诸多分歧,形成相对统一完整的主题学的基本理论,有着至关重要的意义和作用,对于形成相对明确的主题学学科意识也大有裨益。

　　"本体论"的"本体"一词可以追溯到希腊文"ousia"。"ousia"的拉丁译文"essentia",有"本性""本质""本体"等内涵。现在讨论问题时所使用的"本体"(noumenon)这一概念,其内涵即源于"essentia",意指万物恒定不变的基点,本源。[①]"本体论"这一概念是 17 世纪西方哲学界开始使用的。其德文书写为"Ontologie",英文书写成"Ontology"。这个概念曾在中国现代汉语中先后被译为"万有论""是论""存在论"与"本体论"。学术界普遍认为,以中国古代哲学的某些相应范畴与话语表达作为参照来理解,英文的"ontology"翻译为"本体论"较为合适。中国先秦老子的道(Tao)基本相当于西方的"本体",是中国古代哲人从本体论意义上对万物创生的元点进行猜想的终极范畴。

　　主题学在比较文学领域诸类研究中长期处于有争议的状态,它被比较文学界所普遍接受也是较为晚近的事情。因此"主题学"作为比较文学学科的专用术语,

---

① 参见杨乃乔编:《比较文学概论》,北京:北京大学出版社,2002 年,第 105 页。

并具有了现代的文学研究意义上的学术内涵,历来为各国比较文学界所重视。主题学并不是一种简易的文学研究方法,也不是一种肤浅的理论概念的表达。它要剔除因在广泛议论中产生的种种误读与曲解,在学界得到广泛认同,就必须对"主题学"这一专有名词,展开从外来语到汉语的变迁过程的详细考查。正如对主题学颇有研究与见地的美国著名学者韦斯坦因在其著述《比较文学与文学理论》中所坦言:"我遇到的最令人困惑的问题,也许要算从国际的角度看文学理论、文学史和文学批评中普遍存在的术语方面的混淆。一种语言中习用的术语,在另一种语言中往往找不到确切的对应语,真正的同义语就像寒冬的蝴蝶那样稀罕。因此,人们虽然不得不迁就术语的流行用法(或者旧用法),但为了克服其中的混乱,有时又需要提出一种人为的、统一的用法。"[①]因为他这本书最早是用德文撰写,后被译成英文时,他又作了全面修订。这种情况和主题学最早发生在德国,也是用德文进行表述,后在英语世界大行其道一样。因此,先要对主题学的由来过程进行梳理,然后再对主题学在汉语中的表达做进一步整理。

一、什么是主题学

首先谈一谈印欧语系语境中的"主题学"。

德国主题学的产生是和题材有着千丝万缕联系的。18世纪德国知识分子在振兴民族语言文学以提升民族自豪感和凝聚力时,关注的是民族戏剧、民间文学等民俗艺术形式中的题材问题。人们大多相信,题材(Subject-matter, Stoff)不单单是指文学作品中的素材,而且应该是经过作家选择、提炼、加工过的素材。当它在具体的文学体裁中被赋予一定的形式之后,它可以形成一个完整的叙事结构,并获得审美价值。在德国的文学研究中,"题材"常常被"内容"(Inhalt)所取代,而"内容"一词比较宽泛并具有非特指性。题材则不然,它由于经过理性推敲而显得较为具体。当研究这些已获得一定审美价值的题材在各民族文学中发展,演变的历史时,就是题材史。德文称之为"Stoffgeschichte";有时也称为动机史,德文称之为"Motivgeschichte"。题材史在不少相关书籍中又被迫称为"主题史"。这是德国文学研究中的一个传统课题。其研究内容常常涉及社会科学、哲学和心理学等多种

[①] [美]乌尔利希·韦斯坦因:《比较文学与文学理论》"原序",刘象愚译,沈阳:辽宁人民出版社,1987年。

学科。德文的"主题学"(Stoffkunde)是指有主题的学问。

　　法国学者在1770年左右发现了德国文学的价值,尤其是赫尔德。这位"新人物"便是德意志浪漫主义前期思想的主要代表。然而他们发现赫尔德对于比较文学的发展贡献也不大。当比较文学的出现使"文学的眼界已扩大了许多;外国文学已被更坚固地认识,更充分地了解;确切地考证已代替了似是而非;民俗的传统已被发掘了出来"①。但是这些研究只看到研究对象的相异之处,而不去探究其共同特点和相互影响,于比较文学研究也无大补益。史雷格尔兄弟和格林兄弟就是这种研究倾向的代表。直至19世纪,一批广义的比较语言学家"创立了'民俗学'(Folklore)或民间传统的历史;这个新的科学不断地记录着国际间的假借。"②。假借的那些东西,即"题材"。德国人称它为Storigeschichte(题材的历史);继后,法国梵·第根等人又提出了Thématologie(主题学)这一名称。③

　　再来看英语世界的学者,就在法国学界出现了几部重要的这类研究著作之后,由于人们责备法国主题学的,正是它重视文学方面而轻视思想和艺术方面的不足,所以在英语世界国家里的学者们一般以妥协的方式使用Storigeschichte,称其为主题学。例如在韦勒克和沃伦所著的《文学理论》和斯托克奈西特、弗兰茨编的《比较文学的方法和角度》中就是如此。在美国学者哈里·列文自己的《主题学与文学批评》等论著中,他创造性地运用了"主题学"(Thematology),这一新的术语,并首先在比较文学研究中采用了"主题"(Theme)一词,在此基础上形成了他独特的主题学及其研究的理论体系。从此,主题学的英文书写正式进入了比较文学研究领域。

　　俄国学术界对主题学的关注由来已久。早在1919年,俄国比较文学的代表人物——专注民间文学、西欧文学和中世纪文学比较研究的日尔蒙斯基(1891—1971)就在《诗学任务》中提及主题学。他说:"我们是根据诗歌语言,即附着于艺术功能的语言来考察诗学问题的。同诸如主题学(тематика)部分的修辞学和结构部分的修辞学并列的诗学本质现象(狭义上的诗性语言学说),是否与此矛盾呢?……在诗歌中,主题选择本身是服务于艺术任务即诗学方法的。"④很显然,日

---

① [法]提格亨(梵·第根):《比较文学论》,戴望舒译,上海:商务印书馆,1937年,第19—20页。
② 同上书,第26页。
③ 同上书,第86页。
④ 杨乃乔主编:《比较文学概论》,北京:北京大学出版社,2002年,第225页。

尔蒙斯基在论述主题学和主题时是从俄国形式主义立场出发的,他强调了诗歌的特殊性不在其内容,而在于诗歌语言的诗学特征,即语言的运用,修辞技巧等。他重点指出诗歌中的主题学选择本身要服务于艺术任务,即诗歌方法。日尔蒙斯基继承了俄国比较文学奠基人维谢洛夫斯基(1830—1906)受德国影响重视民间文学研究的传统,发展了他的"借用论"和"多源论"。前者即不同民族的神话、传说、故事、歌谣中的类似现象,有可能出于同一源流。后者即有些民族文学并无影响接受关系,却有某些雷同或相似。这对于日尔蒙斯基的主题学理论建构有很大影响,成为日后俄苏比较文学理论的基石。

接下来谈一谈汉语语境中的主题学。

中国从孔子时代就强调"正名"的重要性,认为"名不正,则言不顺"。因为比较文学主题学研究要求跨越语言界限,所以"名不正"的问题显得格外重要。好在除国际比较文学会议推出《国际文学术语大辞典》外,类似的这种努力在各国比较文学界、理论界不胜枚举。因此比较文学研究中的"主题学"在汉语表达上也和其他术语一样存在这一问题。现在所谓的"汉语语境中的主题学"指的不是译介学中翻译的意义,而是指中外学者直接用汉语写作时所表达的对"主题学"的表述,从而达到正视听的目的。

主题学作为比较文学研究的专门术语进入汉语书写的历史不是很久远的事情。据学者陈鹏翔著文称,中国台湾地区是他和马幼垣、李达三等人最先使用"主题学"这个术语的。美籍学者李达三(即 John J. Deeney)在 1978 年出版的《比较文学研究之新方向》一书的"附录二"中的"比较文学常用语汇"部分,对"主题学"以及相关的概念进行了极其详尽的解释。他指出:"主题学就是要从'主题'及'母题'着手,研究文学作品的国际关系。""常见主题学研究仅限于'主题史'(Stoffgeschichte),其实主题学即德文 Stoffkunde",这才是 thematology 的正确翻译,即是有关主题的学问或知识,有别于研究主题历史的 Stoffgeschichte。"[①]李达三这位中英文兼通的比较文学家十分精到地介绍了汉语语境下的"主题学"的外文书写。

陈鹏翔在 1983 年出版的论文《主题学研究与中国文学》中对"主题学"有一段简明扼要的汉文表述:"主题学是比较文学中的一个部门(a field study),而普通一

[①] 李达三:《比较文学研究之新方向》,台北:联经出版事业公司,1978 年,第 394 页。

般主题研究(thematic studies)则是任何文学作品许多层面中一个层面的研究;主题学探索的是相同主题(包括套语,意象和母题等)在不同时代以及不同的作家手中的处理,据以了解时代的特征和作家的'用意'(intention),而一般的主题研究探讨的是个别主题的呈现。最重要的是,主题学溯自19世纪的德国民俗学的开拓,而主题研究应可溯自柏拉图的'文以载道'观和儒家的诗教观。"①

大陆学界"主题学"一词最早出现在1984年的卢康华、孙景尧合著的《比较文学导论》一书第二章"比较文学的研究方法"的第三节"平行研究"中。书中介绍"主题学"时写道:"主题学研究同一主题思想在不同国家文学中的表现,如'爱情与义务的冲突','人性短暂与自然永恒的矛盾','爱情战胜死亡','有生化为无生'等等。"②

1985年,中国比较文学崛起的重镇深圳大学比较文学研究所隆重推出一套"比较文学丛书"。乐黛云在这套丛书的总序"比较文学的名与实"中介绍了主题学。她说:"从内容方面来说,文学反映人的思想、感情和心理状态,人类共有的欢乐、痛苦和困扰往往可以从不相干的文学体系中看到……构成了并无事实联系的不同文学之间的一种可比性。这种比较在比较文学中被称为'主题学'。"③相继,1986年刘献彪主编的《比较文学手册》(湖南文艺出版社),1987年上海外语学院外国语言文学研究所编写的《中西比较文学手册》(四川人民出版社)等,也开始以词条的形式介绍主题学及其相关的内容。

1987年,对于中国比较文学界是个重要的年份。因为中国学者在主题学研究领域从理念到实践都进行了较为系统的梳理与研究,使中国学界的主题学研究豁然开朗,局面大开。谢天振在1987年由广东省比较文学研究会和暨南大学中文系合办的杂志《比较文学研究》季刊第四期上发表了题为"主题学"的专题论文。他在文中对"主题学"一词在国外的产生,在国内的传播进行了简单的梳理与说明。明确指出:"主题学研究讨论的是不同作家对同一主题、题材、情节、人物典型的不同处理,重点在于研究对象的外部——手段和形式。"这篇文章的意义在于为中国比

---

① 陈鹏翔主编:《主题学研究论文集》,台北:东大图书公司,1983年,第15页。该作者在2004年再版的该书中,对主题学的定义有新的观点,鉴于时间先后的原因,本书还决定用此段文字。
② 卢康华、孙景尧:《比较文学导论》,哈尔滨:黑龙江人民出版社,1984年,第176页。
③ 乐黛云:《比较文学的名与实》,见《比较文学原理》,长沙:湖南文艺出版社,1988年,第2页。

较文学的主题学研究,尤其是大陆学者的研究奠定了学科基础。自此以后,汉语书写中的主题学,主题、母题、题材、意象等表达,日益繁盛而且日趋规范化和学术化。

二、主题学的学理基础

主题学产生于18世纪末19世纪初的德国。它历经了德国近代史上多种时代精神的洗礼,启蒙思潮,狂飙突进运动,德国古典时期,浪漫主义等无不为德国主题学的研究传统留下自己的印迹。从学科史上看,主题学又经历了比较文学界名声显赫的法国巴登斯贝格、保罗·阿扎尔,意大利克罗齐,美国的韦勒克等大师们的诘难与非议,但是它在德国这块文学土壤顽强地生存下来。先是在欧洲潜行,直至20世纪60年代以后,它开始在整个比较文学界勃兴。至80年代中期以后,它又以新的激活力融入当代各种理论与实践研究之中,进入到精神分析、女性主义批评、神话原型批评等学术领域,形成一种新的变异性再生。在这种再生的学术研究案例里,仍然隐约可见的是主题学原生态时的种种遗存,是形态不断变异中的主题学基因。这时人们才发现德国近代文学研究形成的主题学传统有着深厚的学理依据,即世界文学的理想与民族文学的基础。

首先,主题学与世界文学的理想。

世界文学(Weltliteratur)一词是个德语复合词,谁是它的首创者,德语界看法不一。但可以肯定的是这个"世界文学"的概念诞生于18世纪末19世纪初的德国。当时的德意志政治上分崩离析,积重难返,几百个小国各自为政,尚未形成统一的民族国家;经济上处于向工业化过渡阶段,贫弱落后,发展极不平衡。在这种情况下,知识精英阶层既无力与现实政治抗争,也无改变社会现状的良策,只得紧紧抓住维系德意志民族的真正纽带,即文化这个唯一还可能推动整个民族和社会前进的大旗。他们超越时空局限,在浪漫主义的思潮中将世界历史和整个人类作为鼎新图变的实验场。德国狂飙突进时期的理论先锋赫尔德和浪漫主义前驱的史雷格尔兄弟,都曾在歌德之前的著述中或隐或现地表达过充满世界意识的"世界文学"的憧憬和构想。

18—19世纪之交的德意志知识界由于自身的落后如一潭死水,而对英法启蒙思想却充满激情。他们对于启蒙思想超越国界的普遍原则不仅认同,而且到了推崇的程度。这种世界意识还明显地体现在他们美化欧洲古典文化的态度上。18

世纪中叶的德意志甚至成了这种将古希腊文化理想化的希腊主义(Hellenism)文化思潮的发源地之一。从赫尔德、诺瓦利斯、史雷格尔兄弟到歌德,几乎都受到影响。这种跨越国界和语言界限的世界意识也直接影响到德国学术界世界文学思想的生成。

赫尔德是"狂飙突进"运动的理论家和精神领袖。他在一系列文艺美学论著中,明确提出历史主义和总体主义的思想。他认为,任何作品都是历史的产物。所以要正确地认识一部作品,首先要对其民族或国家、历史、语言乃至想象的世界等有所了解。他明确提出:"人们只能通过哺育出果子的树木才能认识果子"①这种历史主义的文学观对世界意识的生成有推动意义。他在将文学视为一个总体观念来考察时,认为各民族文学所组成的这个整体,是个基本的实体。他第一个采用"民歌"这一概念,建议收集和研究德、英、北欧诸国、拉脱维亚、波兰等国各民族的民歌和民谣等民间文学作品,考察它们各自的特色,不仅要在日耳曼人中间进行,也要在"西德亚人和斯拉夫人、汪达尔人和波西米亚人、俄罗斯人、瑞典人和波兰人"中进行。其目的和用意即在维护和捍卫每个民族文学的纯洁和独创性的同时增强总体观念和世界意识。他的《民歌中各族人民的声音》一书,就收入了世界许多国家的民歌,堪称是一部较完整的"世界文学"民歌类的选集,完好地体现了他的历史主义和总体主义的思想。张隆溪指出:"赫德尔(即赫尔德——笔者注)认为,不同的语言文学体现了不同民族的声音,所以他对世界各民族文学,包括非西方的文学,尤其是各民族世代相传的民歌和民谣,都抱有强烈的世界主义(cosmopolitanism)的兴趣。"②他还写出《论中古英国和德国诗歌的相似性及其他》这种比较英、德两国民歌的著作,也颇有总体主义的思想倾向。

继后在浪漫主义先驱和文艺理论家史雷格尔兄弟的思想中这种世界意识也得到进一步增强。他们不仅关注欧洲文学的发展,对印度文学也颇有研究。弗·史雷格尔研究古希腊、德国及整个欧洲的文学时,强调了各国文学的民族性和欧洲文学的整体性。他在民族文学的相互关联中发现了其中的总体性。他在《法兰西之旅》中说:"如果不是作宏观把握,而是细致入微地观察,那么甚至在外在的生活方

---

① 上海外语学院语言文学研究所编:《中西比较文学手册》,成都:四川人民出版社,1987年,第201页。
② 张隆溪:《比较文学研究入门》,上海:复旦大学出版社,2008年,第4页。

式上,两个民族的差异仅仅是在第一印象里才不甚显著,倘若作进一步观察,人们就会发现存在着一个巨大的差异。"①他所说的"宏观把握"可以理解为总体把握,这是很清楚的一种总体主义思想的反映。在《古今文学史》的"前言"中,他说:"对于一个民族整个的后来发展和全部精神存在而言,文学首先正是在这个历史的、按照各民族的价值来对各民族进行比较的观点上显示出她的重要性。"②这种历史主义思想既和赫尔德一脉相承,又开启歌德的世界主义思想。弗·史雷格尔在1797年《关于希腊诗歌研究》的文章中指出:现代诗歌是一部相互联系的整体。如果把这个整体中的各个不同民族的部分分而视之,解释就无法进行。在这种总体主义思想指导下,他在文章中从共同起源,互相影响等方面探讨了欧洲的文学关系。他1808年出版的《印度人的语言和智慧》一书使之成为德国梵文研究的奠基人。奥·史雷格尔则在《论戏剧艺术和文学》(1809—1911)中对欧洲许多国家的文学及戏剧进行了比较分析。他还编著了《印度文库》,表现出对印度文化的极大兴趣。这些研究倾向无不显示出其总体主义思想。正是由于德意志的分裂状况才激发了知识界以历史主义和总体主义形式反映自己的世界意识。对此约翰·皮泽评论说:"歌德的故乡缺乏政治统一,这与世界主义精神在欧洲的复兴、交流媒介和交通基础设施的进步,以及越来越多的翻译活动相伴共生。"这种残酷的现实反差,也催生了"文化上对全世界都具有吸引力的反民族主义的世界主义"③。由此可知,晚年的歌德在长期寻找"Welt(世界)"+构成复合词,如"世界精神""世界人""世界宗教""世界场景""世界运动"等词汇时,憧憬求同存异的共享世界的"世界文学"一词便应运而生。19世纪初期歌德率先将"世界文学"概念付诸写作实践,并发现了文学将成为世界性文化现象的趋势。正如张隆溪所指出:"正是在这种世界主义式德国观念的背景之上,我们可以明白何以歌德在读到欧洲语言译本的中国小说《好逑传》和《玉娇梨》时,能够提出'世界文学'这个重要概念,并且认为世界文学的时代已经来临。"④

---

① [德]弗·施勒格尔:《浪漫派风格:施勒格尔批评文集》,李伯杰译,北京:华夏出版社,2005年,第231页。
② 同上书,第273页。
③ [美]约翰·皮泽:《世界文学的出现:歌德与浪漫派》,尹星译,见大卫·达姆罗什、刘洪涛、尹星编:《世界文学理论读本》,北京:北京大学出版社,2013年,第7,19页。
④ 张隆溪:《比较文学研究入门》,上海:复旦大学出版社,2008年,第4页。

歌德一生著述颇丰，其关于"世界文学"的表述并不系统，主要散见于他晚年的诗歌、信件和日记中。尤其是爱克曼辑录的《歌德谈话录（1823—1832）》中歌德关于"世界文学"精辟表述，至今在学界耳熟能详。歌德"世界文学"的理念在诞生之初是有其特定的历史语境与写作语境的。歌德曾在自己办的《艺术与古典》杂志中提及是"人类取得的消息"和"关于世界和人的生活前景更加广阔的消息"使他坚信"一种具有普遍意义的世界文学正在形成"。另外，歌德因为挚友席勒在1805年过世，在思想上和创作上都处于孤独状态。可是19世纪以后，欧洲和世界都发生了很大变化，科学技术突飞猛进，文化交流空前频繁。歌德热心接受新事物，不再独尊古希腊文化和译著，在原来学习研究的基础上，对欧洲其他国家以及东方包括中国的文学艺术都产生了浓厚的兴趣，这种学术研究范式和思路的转变，不仅表现在1819年完成了"西方人写的东方诗歌"《西东合集》（又译《东西诗集》——笔者注）；1827年完成了《中德四季晨昏杂咏》，而且导致了他在1827年首次正式提出"世界文学"的概念。

歌德的"世界文学"的理念是一种具有乌托邦性质的文学和美学构想。它既体现了历史现实的必然，又隐含着"世界公民"的诉求，即超越一切民族精神的世界主义。世界文学对于歌德而言，虽然是一种理想，一种憧憬，但是实现这一目标的最重要的方法，就是容忍。以容忍为基本内容的世界文学，其思想是一种热爱人类、热爱和平的真诚情感在文学上的反映。它发展了歌德和席勒紧密合作时提出的美育改造人性的理想，将启蒙思想家倡导的不同宗教和教派之间的容忍扩展为民族间的容忍。这一思想至今仍有意义。"世界文学"是歌德时代的德国知识分子在建构民族国家受挫的情况下，发展出的一种集体认同，也是他们世界意识的集中体现，并成为他们从语言文学研究中的主题学传统过渡到比较文学主题学研究的学理支撑。

其次，主题学与民族文学的基础。

民族文学（National Literature）对单一民族组成的国家，又称国家文学，欧洲尤其如此。德国著名理论家赫尔德被认为是确定民族文学观念的先行者。他认为民族文学理应是民族的，其标志就是独特性，因而民族文学不应在古代经典作品中去发现，而必须到日耳曼亦即本国民族起源中去追溯本源。他还指出，各国文学艺术与各国风土、民族文明有着密切的内在联系。从比较文学的角度理解，民族文学应该是由该民族(或国家)的各种政治、社会、心理及语言方面的特点决定的,或者它是一组遵循共同的美学标准,且以相同语言写成的作品,其作者又拥有共同的文化背景。民族文学由18—19世纪之交的学者赫尔曼率先提出,可见他生活的时代,现代民族国家意义上的"德国"尚未形成。主题学研究传统的形成恰恰就由于民族文学研究需要有,从"德意志"民族"想象"到民族国家的"德国"意象这样一个过渡时期。这一研究范式的确立是和德国民族文学中的主体部分民间文学的调查与研究分不开的。民间文学是流传在人民大众口头上的一切民间创作形式的总称,主要包括神话、传说、民谣、民歌、民间故事、寓言、童话、谚语、谜语等。民间文学离不开民俗,因此二者构成了"民俗学"的一部分,而民族文学包括了民俗学中的民间文学部分。

赫尔德不仅提出民族文学的特殊性,还受英国民谣的影响,提倡收集和研究各民族的民谣,与此同时受民间文学影响,文人创作的民谣也开始出现。前者是民间自然生成的,是集体创作的有韵律的口头诗歌,即民间歌谣(Folk Ballad);后者是诗人模仿民间歌谣的创作,主要是故事诗,讲究韵律,简洁,结构性强,大多取材于神话、传说、历史故事,称为创作歌谣(Literature Ballad)。民间歌谣作为德国民间文学的重要组成部分为主题学研究提供了大量的素材。

格林兄弟对德国民族文学的最大贡献显然主要不在建构理论方面。他们均为童话作家,或者更确切地说是童话研究家,童话搜集的记述者,即童话学家。除此之外,他们更是语言学家。作为这两大领域成果的代表,一个是他们为世界文学宝库提供了用一百多种语言翻译的《格林童话集》母本;另一个是《格林童话大辞典》(正式名称为《德语大辞典》)。这部鸿篇巨制的辞典在他们生前曾分卷出版,但没有出全,后继的学者接着编纂,直至1961年才全部完成。他们为德国民族文学的发展所做的贡献,从雅俗两个方面来分析都是非常杰出的。他们还运用比较语言学的知识研究欧洲民间故事,发现各民族文学中的民间语言文学的发展呈现平行状态,但出于共同的渊源,即最古老的神话。后来这一研究向民俗学和渊源学方向发展。这些成果包括在主题学(题材学)的研究领域里。此外,格林兄弟还为民间文学研究中的神话学派在德国的形成,做出了重大贡献,可说有开创之功。他们将弗·谢林(1775—1854)和史雷格尔兄弟民间文学研究中的神话理论熔于一炉,认为民间故事、叙事诗、传说等文学形态,均是相继从神话中应运而生的。民间文学是集体的部族心灵、无意识的、佚名的创作。这种神话研究也为主题、母题研究增添了学术活力。尤其是雅各布·格林还从比较语言学的角度探索了印欧语系的源头：雅利安语。因此，他诠释了法国的《列那狐传奇》、西班牙的《古代传奇集》，以及北欧诸国的古老传说。通过各民族神话的比较研究，他发现了一切民间文学形式都可以找到原始神话的元素和架构，一切民间文学都源于神话。其中神话学中的母题和原型又成为主题学研究的主要内容。

歌德不仅提出了"世界文学"的理论构想，而且还是个研究民族语言文学的行家里手。他自幼开始学习拉丁文、希腊文、法文、英文、意大利文乃至希伯来文等多种语言。10岁时便开始阅读《伊索寓言》，"浮士德博士"等德国民间故事，熟读了《一千零一夜》，还研读过波斯诗集、印度文学和中国文学作品。他博采众长，致力于不同民族文学的融合，写下著名的《西东合集》。在此基础上，他发现了不同地域、不同民族文学在一些基本方面有共同性，但同时又强调，不同的民族要保持自己的特点。他讲"世界文学"，"并不意味着要求各民族思想变得一致"。他在其主编的《艺术与古典》(*Über Kunst und Altertum*)杂志第六卷第一期中，不仅再次强调了"一种具有普遍意义的世界文学在形成"，而且还重申"未来的世界文学中，将为我们德国人保留一个光荣的席位"。① 在"世界文学"与"民族文学"的关系上，歌德认为二者并不矛盾，在世界文学形成的过程中，"德国人能够和应该作出最多的贡献"，"发挥卓越的作用"。

德国比较文学家迈耶尔在《德语文学和世界文学》(*Deutsche Literatur und Weltliteratur*, 1957)一书中提出"世界文学是民族文学的对立范畴"。他认为"民族文学属于政治概念，首先要服务于政治主体，即德国作为民主国家和民族国家的一体化进程。早在1813年，'民族文学'概念已经显示出排外特征。歌德正是为了反对狭隘的民族观和文学观才将'世界文学'定义为'互相的施与受'、'民族文学之间丰富的交流'。"②迈耶尔的观点在很长时间内代表了德语学界的主流意见。但是也同时应该注意到歌德在创作实践中，对于其他民族文学中优秀的东西，他还是奉行"拿来主义"的。他努力吸收其他民族文学的优点，又注意不放弃自己的传统，

---

① [德]艾克曼：《歌德谈话录》，杨武能译，成都：四川文艺出版社，2007年，第134页。
② Mayer, Hans. *Deutsche Literatur und Weltliteratur. Reden und Aufsätze*. Berlin: Rütten & Loening, 1957, p172.

他创作的《西东合集》也好,《中德四季晨昏杂咏》也罢,其基调仍然是西方的德国。他的代表作《浮士德》中的同名主人公,人类杰出的代表,也始终是一个德国人。由此观之,歌德虽有其世界文学的思想及其实践,但并无抹煞民族文学特点和特定历史传统的倾向。

30 余年之后,德国著名东方学家本菲对印度古代寓言故事集《五卷书》中的故事进行了多年的考证,梳理了它们以多种渠道和形式向世界播扬的过程。他在 1859 年写出的文章中认为,欧洲文学中大部分故事情节源出于印度,然后流行于全世界,以说明民族文学题材经流传迁徙,依然相似,其主题也基本大同小异。这种主要探讨民族神话故事和民间传说的描述轮廓以及人物形象的典型在不同民族文化语境中发展变异的研究倾向,在 19 世纪下半叶逐渐形成的流传论、借用论、题材迁徙论并得到承认。这些民族文学的研究成果也囊括在主题学的范畴之中,是后来比较文学德国学派感兴趣的题目,并成为其学术传统。

由此可知,比较文学主题学的学理基础是"世界文学"的理念和民族文学的根基。世界文学这一理念的深层是世界意识发展成的世界主义精神;民族文学这一根基的传统是民间文学、民俗学,发展的动因是民族主义情绪。这二者之间的关系具有互补性、相互依存性。一个是精英世界文学,一个是大众民族文学,一个是雅文学的美学建构,一个俗文学的审美欣赏。主题学在德国的确立、在比较文学学科史上的发展都与这二者有着深广的渊源关系。

三、主题学的研究内容

主题学的研究内容相当宽泛,因为它在跨界的文学现象之间除了影响研究、平行研究之外,又增加了两者之间兼容的"交感区域",即"第三空间"研究。所以在实际研究中它几乎囊括了主题、母题、题材、人物、意象、情境、套语,以及原型、典型、象征、寓意等诸多文学元素。在论述主题学研究内容时,理所当然地要对主题学研究内容进行分类,然后分别阐释。主题学研究的内容要进行分类就必须有一个相对客观、合理的标准,以使各个局部之间最大可能地避免重复。遵照这一原则,以"意义元素的多寡以及变异情况"为标准,可以将比较文学主题学研究分为母题研究、题材研究、主题研究三大类。其中,母题是人类体认世界的最小的意义单元,题材是一系列意义单元结构而成的有机体,主题则是作者根据题材立意而生发的思想感情。其他如人物、意象、情境、套语等研究对象,则依据其所含意义元素的具体情况,分属到三个门类之中。

1. 母题研究

母题是比较文学主题学最基本的研究范畴。中国学术界目前尚未对这一术语有相对统一的解释或概念界定。学者在运用或阐释这一术语时,或是自我言说,或是移用国外的观点。究其原因,首先,"母题"是一个纯粹的外来语,即"motif"一词的汉语音译与意译。中国传统的文艺理论中不仅没有此术语,也没有与之意义相对应的概念。最早将这一术语译介到中国并将其运用于研究实践的是胡适。他在《歌谣的比较的研究法的一个例》[1](1922)一文中,首先将西文中的"motif"一词译为"母题"。他发现了中国不同歌谣文本有出于同一"母题"的现象,因而具备了某种可比性。胡适将"motif"译为"母题"也引发了争议。这个译法虽然在一定程度上反映了"母题"的所指,但也容易造成误解,即是否还有与之相对应的"子题"一类的联想。作为一个舶来品的词语,即使是追根溯源,到国外去寻找原始出处,仍然会发现国外学术界对"母题"这一术语在概念界定上也众说纷纭,莫衷一是。

"motif"一词源于拉丁语"motivere",有"运动"之意。在音乐学中,"motif"一词意为"动机,是指一首乐曲中反复出现的一组音符,它是衬托乐曲主题的一个结构因素"。正是在这个意义上,有的学者认为母题与动机有关,而且有反复出现的特点。最早运用这一概念进行研究的是民俗学和民间文学等民间文艺学界的学者。在这一领域里,"母题"这一术语源于荷兰民俗学,后经俄国形式主义学者的改造,成为"最基本的情节因素"。例如托马舍夫斯基就认为母题是指"叙事句"的最小单位。在母题研究方面影响很大的是美国学者斯蒂·汤普森。他在《世界民间故事分类学》一书中对"母题"这一术语进行了这样的界定:"一个母题是一个故事中最小的、能够持续存在于传统中的成分。要如此它就必须具有某种不寻常的和动人的力量。"[2]1984年就有中国学者将"母题"译为"情节单元"。《六朝志怪小说情节单元分类索引》一书的作者金荣华在该书"序文"中写道:"'情节单元'一词,就

---

[1] 《胡适古典文学研究论集》(全二册),上海:上海古籍出版社,1988年,第479页。
[2] [美]斯蒂·汤普森:《世界民间故事分类学》,郑海等译,上海:上海文艺出版社,1991年,第499页。

是西方所谓的'motif'。前贤译'motif'为'母题',似乎有音义兼顾之妙,但实际上并未译明其意义,因为'motif'所指是一则故事中不能再加分析的最简单情节,译作'母题'使人误会其中还有较小的'子题'。有人译作'子题',意在表明其为最基本的情节,但是译作'子题'会使人想到其上还有较大的'母题',而一则故事固然可能由几个'motif'组成,也可以只有一个'motif',所以仍不妥当。"[1]他把"motif"的汉语译名由一半音译一半意译的"母题",以意译方式改称为"情节单元",其含义就十分明确了。虽然"母题"的译名也可以约定俗成的继续使用。改用"情节单元"一词来分析故事更为便当。这一概念已出现在一些中国民间文艺学家的笔下,说明已有一定的认可度。

这就清楚地表明,由于这一术语原初发生于对神话故事和民间传说的研究,所以它的运用主要局限于叙事文学作品的范畴。其初时只是叙事学中的"母题",而非比较文学主题学中的"母题"。同为叙事学意义上的"母题",既是"最基本的情节因素",又是"叙事句"的最小单位,在多个意义单元的有机组合下,基本可以将这些视为一个"事件"了,因而也就具有了主题学中题材研究的性质。叙事学意义上的母题是对题材的基本概括,是对情节中的一个或数个事件的概括。但它并不形成问题,因而它还成为不了主题学研究中的"母题"。作为比较文学主题学研究范畴里的"母题",从本体论意义上讲,它是人类认知世界时,从某种状态中总结成的具象化的最小的元意义单位(元素)。主要包括文学作品在反映人类精神生活和物质生活时重复出现的人的基本行为和精神体验,以及人对生存空间的体认,诸如爱、恨、情、仇、生、老、病、死、时、空、昼、夜等。

从认识论意义上分析,"母题"相对主题而言,表现出比较明显的具象性特征。尤金·H. 福尔克在《主题建构类型:纪德、库提乌斯和萨特作品中母题的性质和功用》中认为:"主题可以指从诸如表现人物心态、感情、姿态的行为和言辞或寓意深刻的背景等作品成分的特别建构中出现的观点,作品中的这种成分,我称之为母题;而以抽象的途径从母题中产生的观点,我称之为主题。"[2]即是说他认为"表现人物心态、感情、姿态的行为和言辞或寓意深刻的背景等作品成分"就是"母题",而

---

[1] 金荣华:《六朝志怪小说情节单元分类索引》,"序",中国文化大学中国文学研究所(台北),1984年。
[2] 《比较文学概论》编写组:《比较文学概论》,北京:高等教育出版社,2015年,第197页。

这些成分无一不表现出"母题"的具象性的特点。因为"母题"是从"状态"中产生的,因此它不会升华到抽象的概念层面,而始终表现出具象层面的意义。"母题"的这种具体的直观性,以及自然的原发性,使它的数目受到一定的限制。其数目据德国学者保尔·梅克尔估计,可能有一百个左右。

"母题"相对"主题"而言,还表现出较强的客观性。"母题"作为比较文学主题学研究中的重要基础和元单位,是客观的现实存在。"母题"在作品里的提取方式,一定是来自客观实际中存在的人物、意象或情境,而不是研究者主观归纳总结出的"主题"或者"创作思想"。"母题"的这种"客观性"为作家组合母题成为题材提供了很大的空间。因此"母题"作为主题学中题材构成的基本元素,而成为人们不断探索的领域。

"母题"在主题学研究中,常因为其高度浓缩、频繁出现、重新组合等表征而具有了重复性的特点。它能在多种渠道的传承中独立自在,因此,可以在不同的时间和空间里被重复,甚至被复制。一些反复出现的词语、意象都可以因此而构成母题。这种重复性便于人们在实践研究中发现它的存在,辨别它和相关概念,如主题、意象等的关系。

母题的研究对象,除最常见的各种神话母题之外,还可以包括人物母题(典型形象)、意象母题(自然环境)、情境母题(社会环境)三大类。

人物母题基本上可分为两类,一类是想象型人物典型,多为人类初民时期流传下来的神话、传说中的人物,经过长期历史的"洗涤"和"过滤"并"积淀"成为某个母题的具象化身。其名字就是那个母题的代名词。如海伦代表着美貌的母题,亚当代表始祖母题,大禹代表无私母题,浮士德代表求索母题,普罗米修斯则代表智慧母题等。它们成为后世许多作家笔下的人物典型。另一类是现实性人物典型,多为具有实际意义的人物,他们既有普遍意义,又有特定的历史含义。如夏洛克是贪婪母题的代表,俄狄浦斯是父子相残母题的代表,关羽是忠义母题的代表等。

意象母题中的"意象"即"表意之象",是人的情感体认事物时意识中所呈现出的能知与可视的并具有某种意蕴的形象。它是对作者运用形象思维在作品中创造的感觉或直觉经验的种种重现或回忆。因此,意象作为自然环境在作品中的抽象与概括,几乎包括了所有的能知与可视的形象。如视觉形象、听觉形象、触觉形象和嗅觉形象等。例如中印文学作品中的云意象,异质文化背景中的月亮意象;中外文学中的蛇和蛇女意象；东亚汉诗画中的渔父、潇湘意象，以及中外诗歌中的"蚕"意象等等。

情境母题（也称作"情势"）中的"情境"即构成"母题"与"行为"之间的环节。如果说母题是文学作品的潜在部分，那么情境则是其外显部分。它一般被认为可以展示作品中的人物在某种特定时空环境里的相互关系或形成格局，是一种可以重复组合出现的典型人生境遇。情境母题塑造的是一种经过高度浓缩与抽象以后形成的程式化、类型化的社会环境。例如钱锺书在《管锥编》所说的"鹅笼境地"；能引起人们欲望与幻象的"面具"；现实中不得不做的、劳而无功的"徒劳"；东方戏剧艺术审美中的"情境"，以及人们在佛教修行中能体味到的"禅境"等。

总之，母题研究作为主题学研究中的一个重要领域，由于其定义的多样性，本体论的不确定性，中外学者认知的主观性，形成学界见仁见智的诸多观点。狭义的母题研究认为母题是比较文学"主题学"最基本的研究范畴，也是最小的元意义单位，是人们无法回避的重要问题。广义的母题研究将以往一些学者的观点进行了归纳总结，澄清了模糊认识，统一了研究范畴，即将人物母题、意象母题、情境母题统统囊括进来，从而使本体论、认识论、方法论和实践论意义上的母题研究呈现出相对统一、比较清晰的面貌，并为主题学研究奠下坚实的理论和实践上的基石。

2. 题材研究

题材是比较文学主题学重要的研究范畴。学术界一般认为题材是经过理性推敲、选择、提炼，并经过集中、综合、虚构、变形等加工处理过的素材。在其形成作品固态形式的过程中，成为作品内容的生活材料。题材是作者一切立意、运用技巧的依托物，是主题安身立命之所。它是作品里相对完整的生活材料或生活现象，不仅表现了加工处理者的目的和意图，而且被注入他们的思想情感，具有他们的审美标准。

题材与母题关系极为密切。一般情况下，母题从存在方式上分析要小于题材，它是题材构成的必备要素。多个母题依照一定序列结构成为一个有机体即是题材。在作品里母题大多寄寓于题材之中。但是母题一般存在于创作之前，主要具有结构功能，而题材则存在于创作之后的文本中，传达了某种思想认识。作品中的题材作为生活材料或生活现象几乎包罗万象，远非母题这种人类认知世界的最小元意义单位所能比。它可以涵盖若干个母题类型，为主题学研究提供了材料。

题材研究主要探讨同一题材在不同民族文学中的不同形态、变迁过程及其文化历史。在这一领域，神话学家和民俗学家对世界各国、各民族的神话传说和民间文学的比较研究有突出贡献。神话题材作为人类始祖的一种不自觉的艺术创造，在同一文化系统或文化区域内是各民族共有的文化财富。事实上即使是属于不同文化系统或文化区域的神话，因为初民时期的人类大脑机能相同，生活境遇相似，所以各民族神话所包含的题材也有许多相同之处。如创世、造人、盗火、洪水等几乎成为具有世界性意义的题材。但是由于社会历史状况和文化心理结构的不尽相同，各个民族在处理相同题材时也会有具体细节的差异。关于"神造人"的题材，在世界各主要的神话体系中都有相关的记述。在中国古代神话中，女娲抟黄土造人；在巴比伦神话中，马尔杜克用血造人；在古希腊神话中，普罗米修斯用泥土造人；在希伯来神话中，人们更相信是上帝耶和华按照自己的形象造了人。由此可见，在神话各个体系中都认为是神造了人，但造人的方式和材料各不相同。更重要的是，虽然世界神话中认为人是神造的，实际上却是人类在蒙昧时期按照自己的生活，创造了神话世界，并按照自己的形象创造了各式各样的神。在神话世界里，人类往往听命于神，这明显是人类愚昧心理的一种反映，值得深思。

具体而言，比较文学主题学中的题材研究应当包括如下两个方面：

其一，研究同一题材在不同民族文学中的流传和演变情况。这种有实际影响关系的题材，是早期比较文学主题学研究的重点。以"赵氏孤儿"题材在欧洲文学中的流变为例。《赵氏孤儿》是中国元朝纪君祥创作的一部历史杂剧，原名《赵氏孤儿大报仇》，故事情节来自司马迁《史记·赵世家》里晋大夫屠岸贾诛杀赵氏家族和晋景公等人谋立赵氏孤儿的记载。1735年，杜赫德主编的《中国通志》全文刊载法国耶稣会士马若瑟的译文。而后，欧洲各国陆续出现了对该题材的改编本：在英国，先后有剧作家哈切特的《中国孤儿》(1741)和谋飞的《中国孤儿》(1759)；在意大利，有诗人梅塔斯塔齐奥的歌剧《中国英雄》(1752)；在法国，有伏尔泰改编的五幕剧《中国孤儿——孔子的伦理》(1755)；在德国，有歌德的未尽稿《埃尔佩诺》(1781)。众多改编本大都沿袭原著描写正义与邪恶斗争，并最终取得胜利的主题。唯独伏尔泰独辟蹊径，将题材重新加工，意在表现情感和理性的冲突，在和解的结局中，洋溢着理智、仁爱和道德的光辉。当然，对伏尔泰剧作新意的研究，已成为主题研究的课题了。

其二,研究不同民族文学中出现的相似题材。这类题材虽然内容相似,却未必有确凿的事实联系。之所以会出现这种情况,合理的解释是人类最基本的生活际遇是相似的,文化心理结构也会大致相同,在特定的历史时期,往往会不约而同地在各自的作品中使用相同的题材。例如分析比较古希腊两大史诗和印度两大史诗的题材,从它们流传的轨迹来考察,应该不会有实质上的影响存在。但是这两大史诗的题材是何其相似乃尔,都描写了为了一个被抢劫的女子(海伦和悉多)而进行的长期部落战争。这两次大战一个是讨伐特洛伊岛,一个是征战楞伽岛,都是大陆与海岛之战。两大史诗中的男主人公奥德修斯和罗摩都是拉断神弓之后得到妻子的爱情等等。题材中这些实际存在的"卓然可比"的类比现象,不禁使人对这些隐隐约约的相似之处产生许多联想,并对其中的同中之异进行探讨,以求得出那些无事实联系的"同出有因"的结论。再如中外文学中描写隐私的小说,它们都具有惊世骇俗的暴露性和自我反省精神。如郭沫若的《沫若自传》《我的童年》、郁达夫的《沉沦》、卢梭的《忏悔录》、乔伊斯的《青年艺术家的画像》、岛崎藤村的《新生》、田山花袋的《棉被》等,都是通过男性主人公自己身心的发展过程,以及发自心灵深处的思想言行,来表现人性的复苏、觉醒和叛逆。它反映了当时一代人的种种苦闷,既有代表性,又有很高的审美价值。

在阐明了母题和题材这两个研究范畴之后,人们很容易辨析惯用语(即套语)的性质及其归属问题。有不少学者将其单独列为比较文学主题学的研究内容之一,理论上并没有这个必要。惯用语因学界没有取得共识的定义,只能依据其所包含的基本意义单元的寡众,分别纳入母题和题材的研究范畴。举例而言,如"漂泊的犹太人""假洋鬼子"等套语可以归入人物母题研究范畴;而"一石二鸟""南柯一梦"等套语则可以归入题材研究范畴。

3. 主题研究

比较文学主题学不可能离开对主题的跨民族、跨语言、跨文化、跨学科的研究。这里便无法回避一个最基本的问题,即如何理解主题。随着比较文学主题学的发展,关于主题的内涵也变得越发复杂:它以作者为中心,指基本思想。后来,形式主义者削弱了其主观说教性,把主题的根基从作者转移到文本上来。但也有学者认为这一术语含混不清,没有多大的实用价值。不过,目前绝大多数学者都认为,主题应该属于文学的内容范畴,是作者通过题材表达出来的思想情感。换句话说,主题是作者以特定的思想立场、人生态度和审美情趣对题材加以倾向性介入后才产生的。在这一过程中必然会对母题和题材有所取舍、重构,甚至在特定语境中诠释出新的意义。

至此,可以对母题、题材、主题三者之间的关系梳理出一个较全面的概括:母题是最基本的意义单元,在文学中可反复出现,是题材和主题的必备要素;题材是多种母题组合而成的有机体,有一个相对完整的结构;母题和题材可以蕴含一定的思想,不过这种思想是一般的、抽象的、模糊的,而经过作家再诠释产生的主题才能展现个别的、具体的思想,甚至会在特定语境中生发出新意。在上述三个研究范畴中,主题是最具主观色彩的,它含有明显的价值判断和道德取向,并随着文化、观念的迁徙而演变。因此,比较文学主题学的主题研究是建立在对母题和题材研究的基础上,深入阐释作家个案,明辨其作品的传承性和独创性,进而把握作家创作个性、时代特征和民族文化等因素的一种学理升华。

具体而言,作为比较文学主题学研究范畴之一的主题研究可以分为如下四个部分:

其一,作家对已有题材的再利用。如希伯来和古希腊神话传说中都有的"主母反告"题材。代表性的男主人公分别为约瑟和希波吕托斯,主母向他们求爱不成,则反咬一口。这无疑反映了母系社会瓦解时期,男性对女性作为主妇地位的颠覆意识。但20世纪俄国女诗人茨维塔耶娃的长诗《费德乐》,却对主母的处境给予了充分的理解和同情,从乳母角度渲染费德乐的苦闷和无助,并批判希波吕托斯的冷漠。在这首长诗中,题材基本没有改变,却成功颠覆了传统主题,成为现代女性主义的代表作品。

其二,作家对一些人物母题的再加工。譬如西方作家对古希腊神话人物普罗米修斯的重新诠释:古希腊悲剧家埃斯库罗斯的《被缚的普罗米修斯》,虽然也描绘了普罗米修斯对宙斯的无畏反抗,但最终表现的是言归于好的思想;19世纪英国浪漫派诗人雪莱的《解放了的普罗米修斯》,表现了基于博爱的民主思想和时代精神;20世纪美国剧作家罗威尔的《被缚的普罗米修斯》,则意在强调现代人精神的复杂,以及存在的荒谬。由此可见,人物母题虽然相同,都是普罗米修斯,但作家的再加工使其中所蕴含的主题有了很大的差别。

其三,作家对一些意象母题的处理。在文学作品中,意象常常以隐喻的形态传达出作者的文化心理、审美倾向和情感意识。中国建安诗人徐干的《室思》和印度古典梵文抒情诗《云使》都将抽象的情意概念化为可感的意象——"云",来表情达意。云是一种常见的自然现象,它飘忽不定、自由自在,是古人寄托自己情思的对象之一。中印诗人利用"云"意象,让云彩像信使一样传递自己的信息和生命情怀,不能不说有异曲同工之妙。通过对"云"意象的探讨与阐释,可以发现中印两国人民不同的文化心理结构和各异的审美意识与美学理想。

其四,作家对一些情境母题的新诠释。这里以人们所熟悉的"三角恋"情境为例。一般而言,"三角恋"情境所包含的文化含义,多指有悖常理的道理观念,最多再加上一些浪漫、悲情和感伤的叙述色彩。但法国作家萨特却给予"三角恋"情境以全新的阐释,在其著名的存在主义独幕剧《禁闭》(1944)中,萨特通过加尔散、艾比黛尔、伊内丝三个灵魂之间复杂畸形的爱恋关系,表现出存在主义的著名哲理:"他人即地狱!"不难看出,萨特给"三角恋"情境母题赋予的全新意义是常人难以依据传统思维设想出来的。

最后,需要特别指出的是,文学作品中的母题、题材和主题,三者是有机组合在一起的,泾渭分明地强行分割是有悖于研究实践的。不过,在进行比较文学主题学研究时,从理论层面上作适当的区分还是必要的。只是任何分类都不应该"作茧自缚",限制具体研究实践的探索和开拓。任何理论都不可能是终极真理,它总会随着实践的检验而不断被修正。

第二节　主题学认识论解读

第二节主要探讨主题学的认识论问题,即对主题学与主题的区别,以及主题学的性质和意义等研究对象的认知程度与差异的辨析问题。其中贯穿始终的是哲理思辨和形而上学,这是最根本的,也是生命力最强的认识论传统。它依靠对主题学研究的理性反思,同时杂糅了科学主义、历史进步论、社会进化论等思想的影响,最终形成考察和认知主题学这一体系的认识论。当然在以抽象思辨的形而上学方式去推论主题学的研究时,其鲜活性和动态性容易受到忽视。我们只能在不断地思考和进一步归纳总结时,使主题学的认识论更加完善。

一、主题学与文学主题

主题学是19世纪德国民俗学者在研究神话故事和民间传说的基础上发展起来的。他们研究同一主题在不同神话传说的民间文学中的变迁史。作为比较文学的一个组成部分,主题学基本上包括文学的平行研究和影响研究两个领域。如果对主题学的定义进行言简意赅地概括,可以认为:主题学研究同一主题思想及其相关因素,如母题、题材、人物、意象、情境、套语等,在不同民族或国家文学中的表现形式或被处理的方式,并从主题中进一步阐发之所以产生不同点的那些民族或国家的文化背景、道德观念、审美情趣等方面的异同。

1. 主题与主题学的关系

主题是对作品题材的提炼和形象塑造时所得出的高度浓缩的思想结晶,也是表达作者观点和见解的基本态度。作为西方文论的术语,它大略相当于中国古代文论中的"立意"和"主旨"。比较文学研究领域里所涉及的主题,是指在文学研究的领域里,从形象思维到形成文本的过程中,将某些情节、某类人物和某种思想概括升华成种种抽象的认知理念,是文学创作内部的重要元素。这些主题跨越文化、国家或民族、语言等界限,不断重复,表现人类从古至今的社会复杂性和生存困境、思想方法和伦理道德。

德国罗曼语言与文学批评家恩斯特·R.库尔提乌斯在《欧洲文学与拉丁中世纪》一书的论述"主题学"的第五章中指出"主题"与文学的关系:"如果修辞给现代人的印象就是面目狰狞的妖怪,那谁还敢饶有兴致地研究主题(topics)(只凭字面意思,恐怕连'文学专家'都说不出个所以然,因为他们有意绕开了欧洲文学的基础!)?"[①]他在继续论述"历史的主题"时指出:"并非所有主题都可由修辞体裁演化而来。很多主题先源于诗歌,后转入修辞。然而,在所有诗歌主题中,表现风格却是由历史决定的。"[②]

---

① [德]恩斯特·R.库尔提乌斯:《欧洲文学与拉丁中世纪》,林振华译,杭州:浙江大学出版社,2017年,第79页。
② 同上书,第96页。

主题相对作者和读者而言，都具有主观性。因为每一时代的作家，或不同时代的异域作家，都千方百计地想在相同的主题上推陈出新。他们以特定的思想立场、人生态度和审美情趣对题材、情节和人物加以倾向性介入后，主题才会逐渐显现。而作为读者无论是同时代的还是历代的，都会以自己独特的视角去发现或诠释文本中的主题，以求新解。主题的这种主观性决定了它的动态性。

主题学是 19 世纪德国民俗学者在研究神话故事和民间传说的基础上发展起来的。他们研究同一主题在不同神话传说中的变迁史，代表人物是格林兄弟。但是，这种研究自 20 世纪初以来一直遭到非议。反对最厉害的法国学者巴登斯贝格、阿扎尔等，认为主题是无穷无尽的，"会永远不完整"。英美学者也以这类主题研究"不具有文学性"为由排斥主题学。直至 60 年代以后，美国学者哈里·列文在论著《主题学与文学批评》(Thematics and Criticism, 1968)中，首次用由英文"theme"深化而来的"thematology"一词取代了德语"stoff"（题材）引申来的"stoffgeschichte"（有题材史、主题史之意），才从字面上统一了"主题学"的概念。而韦斯坦因在仅有七章的《比较文学与文学理论》(1968)一书中，就用一章的篇幅研究了主题学。至此，主题学作为比较文学的一个组成部分逐渐成为定论。"主题学"作为专门术语于 20 世纪 70 年代出现于中国港台地区，约在 80 年代初传入大陆。现在本体论意义上的主题学是针对同一主题在不同民族文学中的表现的研究，是文学作品与外部产生联系的必然结果，具有客观性。而这种客观性无疑表明了主题学研究相对的静态性。

主题学在比较文学领域里长期受到冷遇，以往的主题学研究又多注重实例的收集整理，而鲜有理论上的阐发，因此，主题学的定义长期处于不确定之中。尚未划清主题学研究与主题研究的学者，将主题学界定为"研究主题的学问"。重复某些国外学者观点的学者不加辨析地片面认为，主题学就是"题材史"。其实主题学除研究题材史以外，还有母题、情境和人物等研究层面。因此又有些学者认为应将题材史从主题学中剥离出来，形成题材学，这种理解也是不全面的。要对主题学的定义有准确的把握，首先要区别主题和主题学这两个不同的理论范畴。主题探求某一部作品或某一个人物典型所表现的思想，是在提炼题材的基础上、在塑造形象的过程中所形成的思想内核，重点在于揭示研究对象的内涵；主题学研究的是异域作家对同一主题、题材、情节、人物的不同处理，一般重点在于对研究对象外部的考察,是对手段和形式的关注。当然在实际研究中,人们很难将二者划分得泾渭分明。尤其是当主题学的研究对象是神话传说、民间故事或典型形象的思想演变时,不仅与民俗学、社会史、思想史的研究合流,而且不可能与研究对象的内涵即主题毫不相干。

例如,当人们读了英国诗人拜伦的名作《唐璜》以后,主题研究多集中于对这一典型形象的性格和思想进行剖析,力图揭示作者通过这一形象所要抨击、讽刺、嘲弄的对象。由于这首长诗思想内涵丰富,人物形象复杂,一般文学研究者对这部诗人自称是"讽刺史诗"的主题的看法莫衷一是。有人认为长诗表达了反对一切暴君和专制暴政的思想;有人认为长诗反映了作者本人对外部环境由对抗到妥协的转变;也有人认为通过唐璜的亲身经历与感受,长诗表现了诗人对女性(诗中涉及从女皇到平民少女等十几位女性)的爱、欲、妒、恨等思想认识。而要对《唐璜》进行主题学研究,学者首要关注的是如何找出这一传说人物的原始出处,尽管其出处至今尚未彻底搞清(学者在流传于意大利、葡萄牙、德国、西班牙等国的传说中,难以确定始作俑者)。其次要确定这一人物的最初文学形式出自何人之手。接着就是将所有写过唐璜这一人物形象的作家和作品依次列出,并进行分析。于是人们发现,同一人物形象在不同国家、不同作家的笔下,如何被涂上了不同的色彩,被赋予了不同的个性。有懦弱而染恶习的诱惑者,有玩世不恭的浪子,有无所畏惧的情郎,有浪漫的梦想者,也有梦幻的醉心寻求者,以及不知满足的享乐者等。

由此可知,主题研究往往可进入影响研究领域,而主题学基本上包括了平行研究和影响研究两个领域。如果为了区别主题和主题学的界限,可以这样认为:主题学研究同一主题思想及其相关因素,如母题、题材、人物、意象、情境、套语等,在不同民族或国家文学中的表现形式或被处理的方式,并进一步阐发之所以产生不同点的那些民族或国家独特的文化背景、道德观念、审美情趣等方面的异同,或进一步推求这些异同表现在不同时代或地区形成的过程、规律、特点、成因等。主题学研究是从某一主题入手,打破时空界限,融会各民族文化,找出同一主题、题材、情节、人物典型在不同民族作家笔下的不同表现。如同主题学源于德国19世纪的学者 F.史雷格尔和格林兄弟等人对民俗学近于狂热的研究一样,事实上,中国类似西方主题学的研究至少也有百余年的历史了。他们的研究最初也是源于民俗学研究的领域,如钟敬文的《中国与欧洲民间故事之相似》(1916)、顾颉刚的《孟姜女故事的转变》(1924)、季羡林的《罗摩衍那初探》(1979)、陈鹏翔的《主题学研究与中国文学》(1983)等,无不如此。

2. 主题学研究的主题

主题学研究常见的主题有以下多种:

爱情与义务冲突的主题。中国洪昇的《长生殿》中,唐明皇是失朝纲还是占情场的冲突;罗马诗人维吉尔的《埃涅阿斯纪》中,主人公为建立罗马国的义务而抛弃迦太基女王狄多所引起的冲突;印度迦梨陀娑的《沙恭达罗》中,国王豆扇陀为理朝政而离开沙恭达罗所引起的冲突;法国司汤达的《法尼娜·法尼尼》中,烧炭党人彼得和女主人公之间革命与爱情的尖锐矛盾等,都表现了人的感情和理智的矛盾冲突,具有反思人生的意义。

不相识父子相残的主题。在中外著名的作品中,如中国的《薛仁贵征东》、古希腊的《俄狄浦斯王》、日耳曼英雄史诗《希尔德布兰特之歌》、古波斯的《鲁斯坦姆和苏赫拉布》、肖洛霍夫的《胎记》等,都描写由于某种不可抗拒的原因而造成的父子不相识,最终导致互相残杀,或子弑父,或父杀子的惨剧。这种并非是人的力量所能左右的人生悲剧,具有能净化人思想的艺术感染力。

大家族盛衰史的主题。曹雪芹的《红楼梦》、紫式部的《源氏物语》、克立·巴莫的《四朝代》、纳吉布·马哈福兹的《两宫之间》、左拉的《卢贡—马卡尔家族》、高尔基的《阿尔达莫诺夫家的事业》、托马斯·曼的《布登勃洛克一家》、马丹·杜加尔的《蒂波一家》、高尔斯华绥的《福尔赛世家》等,都通过家族的盛衰反映历史的变迁和广阔的社会历史背景,具有见微知著的审美效果。

战争的主题。中国的《三国演义》、日本的《平家物语》、朝鲜的《壬辰录》、俄国的《战争与和平》、美国的《战争风云》等,都以雄浑的笔调,描写了宏大的战争场面,既有幕后的运筹帷幄,也有战场上的肉搏厮杀,无论是残酷的暴力场面,还是闲暇的浪漫抒情,都从不同侧面告慰人生,给人以振奋和力量。

失乐园主题。描写人总有一天会被逐出"乐园"的主题。这类作品主要表现人在离开某种福地或佳境时产生的一种失落感,一种"人有旦夕祸福,月有阴晴圆缺"的遗憾。中国的《红楼梦》、日本的《源氏物语》、希伯来的《创世记》、英国的《失乐园》等,都描写了不同时代、不同种族、不同性格和不同身份的主人公,总归有一天会被逐出自己"乐园"的事实。他们在被迫离开福地时所产生的失落感和遗憾是普遍存在的,曾震撼多少读者的心灵,引起人们无限的怅惘。

生死恋主题。描写生死恋主题的作品更多。中国的《梁山伯与祝英台》、英国的《罗密欧与朱丽叶》、波斯的《蕾莉与马杰农》、埃及的《莱伊拉的痴情人》等,尽管这些主人公民族身份不同,生活时代各异,性格特征有差别,但他们为追求自由幸福的婚姻爱情所付出的巨大代价,甚至牺牲自己的青春生命也在所不惜的精神,都有令人同情与赞美的共通之处。

"反咬一口"主题。这种主题在中外文学作品中多有反映。《东周列国志》第二十七回,骊姬设宴款待太子,又巧施蜜蜂计,在晋献公面前诬告太子调戏她,申生因而被害。《水浒传》第二十四回,潘金莲挑逗武松被拒,就在丈夫面前撒谎说武松调戏她。《旧约·创世记》中,约瑟的主母强拖住约瑟,他被吓跑,主母诬告约瑟调戏她,约瑟被关进狱里。意大利薄伽丘《十日谈》第二天故事的第八,法国王妃引诱伯爵不成,就自扯头发,自毁衣服,说伯爵要强奸她,伯爵只得隐姓埋名出逃。法国拉辛的戏剧《费德尔》也写费德尔想得到继子希波吕托斯的爱不成,就诬陷他不轨,最后希波吕托斯被害。中外作品中这类主题使人得出一个偏见性的结论"最毒妇人心",这明显是男权社会对女性的一种有意曲解。

英雄主题。某些英雄人物,如普罗米修斯、浮士德、罗摩等,都可以成为英雄主题。比利时学者雷蒙·图松指出:"英雄主题有适应性强、多变化、具有多重价值、不依赖叙述结构的特点,由于它能产生几乎无穷无尽的现象,因此能够使它自己和一个时代的思想、风俗、趣味的特征结合成一体,能够接受一切,甚至最矛盾的意义,能够通过接受一切变异使自己适应当代生活中一切细微的差别。"[①]以往许多欧洲作家都在自己的作品里描写过拿破仑的形象,褒贬不一,无论他们的叙述方式、情节结构有怎样的独特性,他们还是把这一形象和自己的时代、思想、审美要求等结合起来,从而形成拿破仑主题。

法国诗人贝朗瑞在《意弗都国王》《与丽洽谈政治》《人民的怀念》《滑铁卢之战》等诗中颂扬了拿破仑。司汤达写《拿破仑生平》《回忆拿破仑》等传记作品,表达了

---

① [美]乌尔利希·韦斯坦因:《比较文学与文学理论》,刘象愚译,沈阳:辽宁人民出版社,1987年,第140页。

对拿破仑的崇拜心情。他在《拉辛与莎士比亚》《红与黑》《自传记事》《自我主义的回忆录》中，也从侧面描写了拿破仑。英国诗人拜伦在《拿破仑颂》《拿破仑的告别》等诗中，表达了自己的矛盾心情。他既称拿破仑是"盖世英雄"，也称他是"毒心汉"，因为"如果把你（拿破仑）像美名一样哀悼，那么，另一个拿破仑就会跃出，再来把这个世界凌辱"。雪莱则在《一个共和党人对波拿巴的倾覆所感到的》诗中，指出欧洲封建复辟势力，这些"最邪恶的形象"毁灭了拿破仑和法国革命。湖畔派代表诗人华兹华斯在《致杜桑》、柯勒律治在《拿破仑》等作品中，表达了他们反对拿破仑，希望封建势力复辟的思想。历史小说家司各特的《拿破仑传》，全书充满敌视拿破仑的基调。俄国作家普希金在自己的《拿破仑》《亚历山大一世》等诗中，流露出对拿破仑的某些惋惜和同情，在另一些关于拿破仑的诗中，如《给诽谤俄罗斯的人》也有宣扬民族沙文主义的倾向。莱蒙托夫在关于描写拿破仑的诗《七月十日》《两个巨人》《波罗金诺》《最后的新居》等，都流露出对这一历史巨人的惋惜之情，并勇敢地指出沙皇俄国是其"最顽强的敌人"。列夫·托尔斯泰在《战争与和平》这部作品中，美化沙皇亚历山大一世，诋毁拿破仑，表现了他早年在世界观还未发生转变时贵族保守的唯心主义历史观。德国诗人海涅的《德国——一个冬天的童话》《观念——勒·格朗特文集》等，曾多次描写拿破仑，态度始终是同情与赞扬的，认为在德国他是革命代表，是革命的传播者。意大利的曼佐尼曾在《五月五日》的名诗中赞扬拿破仑是革命的堡垒和被奴役人民的保卫者。波兰的密茨凯维支在代表作《塔杜施先生》里，以1812年拿破仑远征俄国为背景，高度肯定了拿破仑在促进波兰民族解放斗争中的进步作用。在19世纪前半叶欧洲文学作品中，拿破仑是个重要的主题，他就像一块试金石、一道分水岭，把当时的作家截然分成进步与落后、革命与反动两大阵营。也有些作家的态度是暧昧的，甚至是矛盾的。通过拿破仑主题的研究，可以从世界文学的高度重新评价一个民族作家的各种局限性，重新认识一部作品的历史真实性，得出与传统观点不同的新结论。

其他如始乱终弃、因果报应、恋父恋母、寻父寻夫、报仇雪恨、"围城"心理、"乌托邦"想象等，都是比较文学主题学研究中常见的主题。

二、主题学的性质和意义

主题学作为一门学科被学界厘定之后，它的学科特征和学术研究的意义也随之成为学界关注的问题。主题学在学科身份上的确立,是基于研究主体对象的客观存在而定位的。主题学的研究者作为研究主体,所面对的研究客体(对象)不是某种一元的,纯粹的民族(国别)文学,其实从发生学角度而言,纯粹的民族(国别)文学是不存在的。所以主题学的研究客体(对象)是介于各种民族(国别)文学之间或介于文学与其他艺术门类之间的二元关系。这种二元关系是依据研究主体,即研究者对两种民族语言文学之间,或文学与其他艺术门类之间的汇通性进行比较研究而成立的。这种二元的关系不可能在客观上完全从属于两种民族(国别)语言文学之间的任何一方,也不可能在客观上完全隶属于文学与其他艺术门类两者之间的任何一方。因此,研究主体的介入以及对双方学理关系的梳理;研究客体即研究对象所表现出的区别于其他学科与研究方法的特征、性质等,都对主题学的认识有着至关重要的作用。从这点来分析主题学的认识论,还要包括主题学的性质和意义。

首先,要分析、认识的是主题学的性质。其内容主要包括汇通性和民间性。

关于汇通性。主题学的研究主体与研究客体(对象)所涉及的二元关系,在进一步分析研究客体(对象)的这些具体关系时,会发现主要有三种不同的类型,即材料的实证关系;美学的价值关系;学科的交叉关系。而这三种关系则决定了主题学汇通性的特征。

第一,材料的实证关系。主题学源于德国的民俗文学研究,这些早期的口头文学和笔头文学是建立在两种民族(国别)文学;抑或是文学与其他艺术门类之间的影响演变关系之上的。这种二元关系必须建立在文献学与考据学之上的材料的实证关系之上才可能成立。这种事实联系的考证要精细到"某一作家,某一作品或某一页,某一思想或某一情感"[①]。德国这种重视材料实证关系的传统虽然遭后人诟病,但是却使德国早期的有关主题、题材的研究有了可信度,对德国民族提升文学自豪感颇有好处。

第二,美学的价值关系。德国早期以主题或题材史为重点的主题学研究在随后的发展过程中,对那些当时尚未发现在材料上有实证关系的两种民族(国别)的文学,视之为人类审美文化的有机体,在这一整体中可能存在某些共同的价值结

---

① [法]提格亨(梵·第根):《比较文学论》,戴望舒译,上海:商务印书馆,1937年,第58页。

构。而主题学研究可以深入到这一整体结构中去,追寻两者之间共同的美学价值关系。有时主题学研究的美学价值既存在于有材料的实证关系影响研究中,有时也存在于毫无材料实证关系的文学现象或类型的平行研究中。德国主题学研究的先驱人物史雷格尔兄弟就曾认为:"由于人类的感觉类似,心灵相通,诗的表达方式容或不一,但它的题材具普遍性,包含人类经验的共相,故探讨人类的心灵,便能发现一切文学的真相。"①

第三,学科的交叉关系。由于人类在思维、情感、心理与审美等等方面呈现出来的人性共通性,不仅表现在不同民族(国别)文学之间,而且也表现在文学与不同艺术门类之间。德国民族文学奠基人莱辛在其重要的美学著作《拉奥孔》(1766)中,就提出"为什么拉奥孔在雕刻里不哀号,而在诗里哀号?"的问题。他以此为切入点,划分了诗画两种艺术的界限,以致形成西方美学史上两种对立的理论:"诗画一律"说与"诗画对立"说。无论是统一也好,还是对立也罢,都说明诗和画存在着客观上的交叉关系。中国古代也有"诗画同源"和"诗画同炉"说。

从上述三种学理关系来理解主题学的汇通性很有必要。因为正是这三种关系将作为主题学研究的客体(对象)与其他比较文学研究的对象区别开来,形成了比较文学主题学研究的德国传统和学派。

关于民间性。主题学研究客体(对象)的民间性,不同于比较文学的民族文学研究,它没有对应的民族文学、世界文学等研究方法,只是将主题学的研究客体,即对象的民间形态进行学术性与学理性的描述,从而分析出它的学科特性。

第一,德意志是个有着丰富的民间文学及其悠久历史传统的国家。早在1200年前后,就出现了被誉为德意志《伊利亚特》的《尼伯龙根之歌》。诗中的故事发生在5世纪欧洲民族大迁徙时代,取材于古日耳曼人的传说。继后,德国民间出现了笑谭之类的作品。城市平民出身的流浪诗人史特里克尔(约1215—1250)曾编成一部以神父阿米斯为主人公的笑谭集,主要描写这位过分狡黠的神父平凡可笑的经历。文艺复兴时期,德意志民间文学就已经相当繁荣。其中以《梯尔·厄伦史皮格尔》(1515)和《浮士德博士传》(1587)为代表。尤其是后者在欧洲产生了广泛的影响。17世纪文化落后的德意志具有民间性的作品是格里美尔斯豪森(1622—

---

① 张汉良:《比较文学理论与实践》,台北:东大图书公司,1986年,第22页。

1676)的《痴儿西木传》。这是一部自叙体的流浪汉小说,主人公西木生活在社会底层,受尽种种苦难与屈辱,表现出广泛的人民性。18世纪以赫尔德为先驱,格林兄弟、歌德、席勒等均在民间文学研究方面有重大建树,使得在形成期的主题学研究表现出明显的民间性。

第二,德意志民族从中世纪开始崛起时民间文学中就有丰富的人文色彩。其代表英雄传说,笑谭故事等民间文学形态奠定了德国文学民间性的基石。近代以来,具体而言,17世纪后期德意志民族在与法国、意大利、英国等的交流发展中,因发现差距。并具体了解到自己在各方面的落后,于是诸多的思想家、作家极力弘扬民族传统,同时向民间创作学习,挖掘民间文学的精华。他们主要的贡献是积极搜集、整理、编订加工民间创作。其体裁大多是神话传说、民谣民歌、史诗箴言、说唱故事、寓言童话等;表现形式上常用朴素的比喻,强烈的对话性,夸张引人入胜,传奇幻想手法等,这些都明显具有民间性的特点。这种口传文学的民间性也表现在文人创作中,其中不少具有民间文学特色的文学形式,是学习借鉴民间创作,经过加工完善而形成的,如《格林童话》和《浮士德》等。即使是这些文人作品都有民间故事、民间传说翻版的痕迹,但是也都不乏深刻的民间性。

主题学性质所包括的汇通性和民间性,其学理根源在于影响研究和平行研究的"间性"。这种间性使主题学研究出现了一种"你中有我,我中有你"的交感区域现象。如果从时间和空间的维度观察这种交感区域,会发现它有超越时空界限的兼容性,但它不同于比较文学研究中的跨界性。因为主题学的这种兼容性更突显了异质文化、跨学科等研究时的文学对话的文化间性,即它所表现出的文学共存、文学交流的本质特征。

另外,要从认识论的角度去理解主题学的意义。如果主题学在学科史和学术史上无任何意义的话,那么其研究就成为无源之水、无本之木。其实不然,主题学非但有意义,而且意义重大:如统一了研究范式,加深了对民间文艺学的认知,建构了具有民族特色的主题学体系等。

第一,统一的研究范式是学术规范的必经之路。主题学自产生以来,争议不断,说法不一,定义不规范,学理不清晰,难分轩轾。这种"剪不断,理还乱"的状态,使主题学研究难以持久、深入、健康的发展。现在的主题学将文学分为表层结构和深层结构,在研究过程中,有时在表层结构看到的是差异性,而在深层结构又发现了同质性；反之,有时在表层结构看到的是同质性,而在深层结构又发现了差异性,更为诱人的是往往表层结构的差异隐藏着深层结构的文化异质性。结果是实际上的主题学研究可以同时或先后进入影响研究领域或平行研究领域。当主题学研究的目的通过表层结构的分析、比较,发现了深层结构的意义,那么主题学原来隶属于平行研究或影响研究单一范畴的研究对象,就自然而然地扩大了自己的研究视野,同时也拓宽了比较文学研究领域。其他,如划清了主题与题材、主题与题材史、主题与母题等界限,使主题学研究进入正常的学术轨道,而不是我行我素的无序状态。这无论是对于主题学研究,还是比较文学研究都有重大的学术史意义。

第二,主题学的民间文艺学意义。学界一般认为主题学源于德国民俗学,也有学者称之为源于民间文学,为统一起见,确切地说应该源于现代意义上的德国民间文艺学。它包括民间文艺创作,民间文艺以及民间文艺与文人文艺的区别等。民间文艺具有类同性的特点,无论它是散文的神话、童话；还是韵文的民谣、俚谚等,它们其中之一往往会在同时或异时、同一地域或诸多地域的社会生活中,存在着和它相同或相近的文艺形态。它超越时空的千年、万里都可能会出现这种现象。这或者是口耳相传的结果,或者是创作者心理相同的缘故。就其本质而言,这些民间文艺创作与文人文艺创作是有很大不同的,主要呈现出文人文艺所表现的机能大多不适合于民间文艺；反之,大部分民间文艺所具有的机能,在文人文艺中也难以表现其特点。民间文艺往往和民族最紧要的物质生活手段密切相联,甚至成为其中之一部分；而文人文艺则是文人一般所谓的高级精神的表现物和慰藉物。二者之不同在于一个属于"下里巴人",一个属于"阳春白雪",一个难登大雅庭堂,一个难下俚俗厨房。但是德国主题学却最终由民间文学研究进入学院派的比较文学研究,不无现实意义。

第三,主题学研究理论体系的建构,无疑具有重要的学科史意义和学术史研究的意义。主题学理论的厘清,对于主题学研究有极大的规范性。因为以往民族文学研究或国别文学研究是依据文学现象本身在历史上存在的时空条件来定位的。这是一种客体定位,所以它的研究视域与研究语境是一维的、单向度的、一元的。而主题学作为比较文学研究之一翼,所研究的对象是两种或两种以上民族(国别)文学之间的关系。作为学科而言,它关注的是研究主体的定位,所以主题学的研究视域与研究语境是二维的、双向度的、二元的,甚至是多维的、多向度的、多元的。

其实在德国主题学发生、发展的历史上,对于主题学研究都一直存在着两种不同的观点。即主题学研究是属于文学的外部研究,还是内部研究。"所谓外部研究,即研究文学与(其他)艺术和科学的关系,而内部研究则是研究小说、戏剧或诗歌的纯文学的各方面特征。"①由此观之可以发现,就一般而言,法国学派的学者强调的是外部研究,而美国学派的学者强调的则是内部研究。尽管"韦勒克和沃伦的回答是很明确的:题材在尚未被作家吸收、消化之前属于外部研究,而一旦被吸收、消化而发生根本变化之后就属于内部研究了"②。但是由于这两种状况之间实际存在的质的飞跃所引起的差异难以把握,所以德国传统的主题学研究最终还是"使主题学十分可悲地被逐出了两种研究范围之外"③。这种十分明显的二元对立论,在当时是不够宽容的,它限制了主题学进入比较文学研究的范畴。

当前正处于变"二元对立"为"多元共生"的时代潮流之中,也是世界文学的建构正在方兴未艾之时,主题学的命运今非昔比了。因为主题学研究的客体扩展到多种文学关系以后,如民族(国别)文学之间或是文学与其他学科之间寻找学理关系,即材料的实证关系,美学的价值关系,学科的交叉关系等,必然会体现出多维的,多向度的,多元的研究视域与研究语境。在此基础上建构的主题学的理论体系,无疑会对比较文学研究是个扩充,对比较文学本体认知是个匡正,从而产生了建构学科史的学术意义和填补学术史研究空白的现实意义。

三、主题学的平行研究与影响研究

比较文学主题学的研究主要涉及平行研究和影响研究两个领域。因为在考察主题学的研究对象时,如果只注意到平行研究的视角,而忽视了影响研究的切入点,不仅会造成认识上的偏颇,实际上也是行不通的。如此理解会将母题、意象,甚至是题材的跨民族、跨语言、跨文化界限的研究从主题学中割裂出去。因为无论是从主题学发展的历史纵向考察,还是从主题学目前形成的学科特点横向来分析那都是不全面的。

---

① [美]乌尔利希·韦斯坦因:《比较文学与文学理论》,刘象愚译,沈阳:辽宁人民出版社,1987年,第131页。
② 同上。
③ 同上。

首先，主题学从发生学角度来分析，主要源于民间故事和题材史的研究。它在初创时期既有平行研究的考量，也有影响研究的因素。这种视角有利于进行国别的主题史和题材史的研究，梳理其脉络，规避其他无涉的相互影响。这显然是一种明智的学理立场选择。

其次，主题学不是空泛的理论研究，也不是简单、肤浅的从内容到内容的梳理，而是涉及从母题到题材再到主题的流变过程，并针对具体对象进行实际探讨的一种追根溯源式的研究。它不仅要有理论分析，还要具有实践的可操作性，从而才能形成的一种科学的研究方法。

再次，在主题学研究中，凡域外母题、题材都会有自己特定的母题群落和题材疆域，这是由文化传统的相对独立性、文化心理结构的各异性造成的。在相对稳定的文化氛围里，对母题、题材乃至主题的内核含义进行重复、模仿和再创造等文学现象，都是主题学研究的重要内容。

最后，分析中外主题学的研究实践不难发现，在研究主题学构成的母题、题材、主题等重要构件时，几乎全都涉及其具体的表现功能，即外在的关联性和内在的文学性。深入探索必然会发现它们自身的渊源和文化属性，从而找到研究的学理依据，并形成以理服人的说服力。

正是这些具有动态特质的母题、题材、主题，使主题学研究始终充满活力。它们不可能被任何界限所束缚而成为理论概念的专有物。恰恰相反，它们会表现得越来越有内涵，成为平行研究和影响研究中都不可或缺的重要元素。至于在运用这些主题学的构件时，是使之进入平行研究或是影响研究领域进行探讨，则应该视实际情况而定，不可先入为主，向壁虚构。

第一，关于神话传说方面的相似题材。美国民俗家克莱德·克拉克霍恩和其同事曾经研究了世界上6个文化区域（欧亚大陆东部、地中海周围、非洲、太平洋岛屿、北美、南美）的50余个神话，其中有34个涉及洪水，39个涉及斩妖除怪，32个涉及兄弟姐妹同胞争斗。中国神话也同样有类似的题材。闻一多先生在《伏羲考》中列举了流传在中国西南部湘西、广西、贵州、西康诸少数民族和中国台湾，以及越南、印度等地的49个洪水遗民故事，总结成基本模式："一个家长（父或兄），家中有一对童男童女（家长的子女或弟妹）。被家长拘禁的仇家（往往是家长的弟兄），因童男女的搭救而逃脱后，发动洪水来向家长报仇，但对童男女，则已预先教以特殊手段,使之免于灾难。洪水退后,人类灭绝,只剩童男女二人,他们便以兄妹(或姐弟)结为夫妇,再造人类。"①伏羲、女娲便是其中的一对兄妹。他们为躲避洪水而进入了葫芦。另外,由于初民时期的族内婚、血缘亲等事实,在原始人类的神话中,还出现了"兄妹乱伦"的相似题材。不仅中国的伏羲、女娲兄妹婚配,成为再造人类的始祖,世界许多神话都有类似的故事。希腊神话中地母该亚和儿子乌拉诺斯生下克洛诺斯,而克洛诺斯又和自己的姐妹瑞亚生下宙斯等。日本神话伊邪那歧命和伊邪那美命兄妹结合而生出众神。严格地讲,希伯来文学中亚当、夏娃也是血缘亲的关系,有乱伦的性质。

这类题材不胜枚举,很容易理解。因为初民时期,交通极为不便,人的认识极为狭窄、肤浅,他们只能在自己群居之地繁衍、生息,别无他途。于是形成族内婚、血缘亲的生活事实,这种情形反映到原始神话中,即形成了乱伦的母题。通过对世界各民族神话中相同题材的平行类比或对比分析,人们试图论证:古老的神话同仪礼和仪典的关系;相同的神话是否说明产生这些神话的民族具有同源的历史文化;人类的思维与文化发展是否表现出同步趋势;神话是否具有"释源功能",即旨在对世界的本质,人的境遇,当时的习俗、信仰,神秘之处所,神圣之人物等的缘起与由来加以阐释;神话是否是原始心理、原始型动机的一种沉积,其功用在于揭示和诠释人类集体无意识的本质等。这些都是学界关注的问题。

第二,关于民间文学方面的题材。有关"灰姑娘"的题材已形成一个具有世界性的民间故事网络和系统。它流传在亚洲、欧洲、美洲的许多国家和民族中。据英国人柯各斯(Marian Rolfe Cox)考证后的不完全统计,"这故事在欧洲和近东共有三百四十五种大同小异的传说"②。这类故事都写一个受虐待的少女,因忙于灶边劳动,意译为"灰姑娘";后获得意外帮助,参加某种集会,因匆忙逃离而不慎丢下一只鞋;最后通过鞋找到意中人,终于成亲。鞋子成为这类题材的关键道具,只是不同民族中的"灰姑娘"遗落鞋子的质地大不相同:汉族的鞋子是皮制的,埃及的鞋子是玫瑰色的拖鞋,美国的是水晶鞋,此外还有金制、毛制、玻璃制及绣花鞋等,但鞋的价值都很贵重,其意在证明男女婚配如同一只鞋寻觅另一只鞋似的求偶成双。

---

① 闻一多:《伏羲考》,上海:上海古籍出版社,2006年,第54—55页。
② 杨宪益:《译馀偶拾》,北京:生活·读书·新知三联书店,1983年,第78页。

另外,中国贵州苗族有故事说,土司的两女儿和一男孩相约在林边见面。姐妹俩先到,男孩还未来,一只老虎将姐妹中的一个叼走,另一个跑回。土司赶来,见女儿已死,老虎也被杀。杀虎人已离去,仅留下一把刀鞘和一只鞋在死虎旁。土司开三天舞会,男孩前来参加,因为刀合鞘,鞋合脚,而证明虎被男孩所杀,土司将另一女嫁给他。这则"灰姑娘"型的故事中,女方凭鞋找男方,而且女方身份高于男方。在日本,据《伊豆岛风土记》载,传说中的秦人徐福漂洋过海抵达日本后,并未得仙草,不敢归秦复命,只好滞留纪州熊野定居。所带童男童女的船只在海上遇风,童男漂到中国青岛,童女漂到日本八丈岛。两地分别有"男岛"和"女护岛"之称,每年春季刮南风时,男岛上的童男和女护岛上的童女相会一次,童男趁季风乘船前往八丈岛,而岛上定居的童女则把结上红布条的草鞋排放在岸上,迎接远方来客,谁穿上自己编制的草鞋,谁就是自己的丈夫。只是鞋的质地太差,为草制,但据鞋择偶的核心内容已有。这也是一种题材学研究,至于为什么要据鞋择偶则属于民俗学和社会学的范畴了。但是在比较文学主题学研究时人们会关注这些相似的题材是否有影响接受的因素,很可能会在影响研究中找到回响。

第三,还有一类偏重于情节方面的类似题材。这些故事情节,往往表现了人们热望中的理想,由于某种外界的条件,常常会变成现实。唐朝杜荀鹤在《松窗杂记》中记载的关于画中人的故事,和越南无名氏的《碧沟奇遇》、罗马奥维德《变形记》中有关皮格马利翁的故事等,有大致相似的情节结构。画中人故事讲唐朝进士赵颜在画工处见到了一幅丽人图,赵颜认真地说,世上绝无此等美女,如有真人,愿娶为妻室。画工说这是一幅神画,画中人名叫真真,昼夜呼其名百日,她必应声,到时以百家绿灰酒灌之,即可成真人。赵颜如法办理,真真果然活了,完全和常人一样,还生了儿子。《碧沟奇遇》写黎朝末年书生陈秀渊在玉湖寺游玩,路遇一绝代佳人,朝思暮想。梦中经神人指点,到苏历河桥东去找卖画人,所画美女酷肖路遇人,就买回挂在墙上,异常爱惜,后美女从画中走出,自称绛翘,和他结为夫妻,并生有一子。《变形记》写希腊神话中的塞浦路斯国王皮格马利翁雕刻了一尊精美的象牙女郎,并祈求爱神阿芙罗狄忒能将象牙女郎赐予他为妻,爱神满足了他的要求。象牙女郎不仅作了他的妻子,还生了子女。明代戏剧家吴柄杂采了赵颜与真真,以及张榉与四娘、葛棠与桃花等传奇故事的内核,进行艺术加工,写成剧本《画中人》。越南的《碧沟奇遇》被载抄于多数学者认为是段氏点写成的汉语作品《传奇新谱》中。英国剧作家吉尔伯特写了剧本《皮格马利翁和伽拉忒亚》。把这些情节相似的作品加以平行比较，会对作品情节的异同、变异前后的美学价值及变异原因等有新的发现。

第四，还有一种是从意象的角度运用相同的题材创作的作品。蚕吐丝作茧不过是蚕的生活史上由成虫变为蛹所必须经历的阶段，但在各国作家的视野里，吐丝的春蚕这一题材被描绘成为爱情或事业而献身的感人形象，通过这些意象给人以感发的力量。晚唐诗人李商隐在《无题》一诗中写下"春蚕到死丝方尽，蜡炬成灰泪始干"的千古绝唱。其先，白居易也写有"烛蛾谁救活，蚕茧自缠萦"的诗句，其后，宋代诗人戴复古的诗句"寒蚕啮枯桑，一身终茧丝"，也表现出一种舍身益人的牺牲精神。外国作家的创作中也有不少类似题材的作品。但丁在《神曲·天堂篇》第八章中，描写金星天里一个幸福的灵魂被欢乐的光辉包裹着的时候，说它如吐丝自缚的蚕。德国大诗人歌德也曾以春蚕吐丝来比喻诗人出于不可遏制的冲动而进行创作，辞意和李商隐的诗所表达得很贴近："你岂能阻止蚕宝宝吐丝？即使死到临头，它还继续吐下去"(《塔索》第五幕第二场)；"到最后由于贪恋光明，飞蛾啊，你就以此焚身"(《东西诗集》)。这种意象在东方作家的笔下也有充分的表现。中古波斯诗人哈菲兹用飞蛾与蜡烛来表现恋人复杂的内心情感："假如你是恋人，就请围着美丽的情人身边转，只有在欲火中焚身才能从飞蛾那里学会爱。哈菲兹为了你即使不能像飞蛾那样殉情，他在你面前也势必像蜡烛那样熔化成灰。"中古朝鲜诗人金克俭(1439—1499)的著名诗句"未授三冬服，空催半夜砧。银釭还似妾，泪尽却烧心"，也以烛泪象征妾泪，与李商隐的诗句相映成趣。

这些对同一题材无独有偶的相同比喻、相同象征、相同意象、相同体会，东西方这么多作家都注意到了，在没有发现因袭影响的情况下，只能承认这是他们的共同感受。当然从中外文化交流的角度进一步探索，可以发现，西方原本没有蚕，是6世纪中叶拜占庭帝国从中国走私蚕种后，才发展起养蚕和丝绸业的。据拜占庭史学家普罗科波记载，曾有两个拜占庭人在皇帝查士丁尼一世唆使下，从中国将蚕卵和桑种偷藏在一根空心手杖里，悄悄地带到君士坦丁堡。西方的文学家因此才有可能将春蚕吐丝用于文学题材。中外文学家以蚕与烛为题材，"可以言情，可以喻道"，形成了比较文学题材学广阔的学术空间。

从上述释例中可以看出，涉及主题学的平行研究和影响研究时二者很难泾渭分明地区别开。其中在有些方面不乏两种研究会出现交叉融合的现象。因此,在进行主题学研究时,要实事求是地阐释说明,而不能望文生义,主观臆断。

第三节　主题学方法论阐释

主题学作为一个新兴的学科,在其本体论确定之后,而且其认识论也进一步廓清的情况下,方法论的阐释就显得尤为重要。没有方法论的学科就缺少了实践和研究意义。尤其是主题学在本体论多有争议,认识论较为肤浅的情况下,方法论就必须有所确定,否则无法进行实践确证与研究举隅。现在主题学常用的研究方法可以和文学类型学研究、文学流传学研究、文学文类学研究、文学接受学研究、文学人类学研究、神话原型批评研究等,兼容交叉,互为征引。

一、文学类型学研究

本文研究的"类型学"(Typology),是一个较为宽泛的概念。就一般意义而言,"类型"一词是指文学作品中具有某些共同或类似特征的文学现象,但是,"类"和"型"也可各有所指。"类"一般指涉文学内容或者文学题材,具有某种规定性;"型"则主要指涉文学样式和文学表现形式,具有一定的表现性。一旦将某些文学类型化的范式固定下来,并试图通过比较来揭示其中的某种文学或美学的共性,努力阐明某一文学现象的类型关系,并最终成为一种文学的类型研究时,就进入了比较文学类型学研究的领域,即比较文学类型学。法国比较文学学者艾田伯指出:"每一件文学作品归根到底都是一个有结构的整体,大体上都能归属某一种文学类型。根据这些不同的文学类型,作家也将他们从事的活动分门别类。我们的比较学者当然也在研究类型,但这仅仅是出于它们是由'事实联系'连接起来的'西方的'类型这一考虑。"①当然现在我们从主题学角度研究的文学类型远比他所说的要宽泛得多。

---

① [法]艾田伯:《比较文学的目的、方法、规划》,戴耘译,载于干永昌等选编:《比较文学研究译文集》,上海:上海译文出版社,1985年,第113页。

1. 类型学定义与研究对象

文学类型学研究是主题学研究的内容之一，主要是对比研究不同国家或民族同一类型的作家作品、人物形象、情节结构、艺术手法和思潮流派之间异同的学问。比较文学类型学研究的具体对象是类同的作家作品、题材情节、人物形象、表现技巧和思潮流派等，二者之间有共同感兴趣的研究对象。

文学类型学作为比较文学研究的一个领域，既是法国学派主张的影响研究的一个重要部分，又是美国学派倡导的平行研究的一个重要部分，同时也与俄苏的比较文学理论与实践的研究密不可分。俄苏学术界非常重视类型学研究，将比较文学称为历史—比较文艺学。日尔蒙斯基对比较文学的界定是："历史—比较文艺学是文学史的一个分支，它研究国际联系和国际关系，研究世界各国文艺现象的相同点与不同点。文学事实相同一方面可能出于社会和各民族文化发展相同，另一方面则可能出于各民族之间的文化接触和文学接触；相应地区分为：文学过程的类型学的类似和'文学联系与影响'，通常两者相互为用，但不应将它们混为一谈。"[①]他的观点既吸收了法国学者和美国学者的成分，又有自己的特色。在把比较文学看作是文学史的一个分支及影响关系方面，他的观点与法国学者类似；在把研究范围扩展到"研究世界各国文艺现象的相同点和不同点"问题方面，他的观点又与美国学者相近。他针对民族文学中有类同现象可能是"出于社会和各民族文化发展相同"这一历史发展同步现象的事实，而提出"类型学"的新观点。在他看来，"历史类型的类似和文学的相互影响是辩证地相互联系的，并且在文学的发展过程中，应该被看成是同一历史现象的两个方面"。20 世纪 50 年代以后，日尔蒙斯基在他诸多比较文学的论著中，集中而具体地阐述了类型学的比较研究问题。主要著述有《对文学进行历史比较研究的问题》(1960)、《文学流派是国际性现象》(1967)、《作为比较文学研究对象的中世纪文学》(1970)等。

康拉德(1891—1970)是苏联东方学家，对中国、日本、朝鲜及中亚各国文学均有专门研究。在研究上述各国相似的文学现象时，他得出了世界文学的发展具有

---

① 见苏联《大百科全书》(1976 年)对"历史—比较文艺学"的界定，转引自北京师范大学中文系比较文学研究组选编：《比较文学研究资料》，北京：北京师范大学出版社，1986 年，第 84—85 页。

某些共同规律的结论。他还认为,不能仅仅用文学的相互关系和相互影响来解释为什么会出现内容、形式和体裁等方面都相近似的作品,因为"同一类型文学产生的决定条件是:各民族社会历史和文化的发展进入了同一个阶段,并且这一发展所表现的形式十分相似"。他坚决否定"欧洲中心论",重视对东方各民族文学的研究,主张将东方文学纳入比较文学研究的轨道。他在《现代比较文艺学问题》(1959)一文中,以实际例子说明国际文学联系的范围远远超出欧洲,不仅西方文学在东方各国文学史上起过巨大作用,而且东方文学也对欧洲文学史的发展产生过积极的影响。后起之秀赫拉普钦科(1904—1985)的《作家的创作个性和文学的发展》第六章"文学的分类研究"则探讨了对文学进行分类研究的必要和依据。他明显地继承了日尔蒙斯基的思想,对文艺类型学的对象、原则、意义等都作了深入的理论探讨。与法国学派、美国学派的理论相比,俄苏比较文学学者更加注重类型学研究。他们认为,文学的相互联系和影响与历史类型的相似,是文学发展过程中关系密切的两个方面。其中类型学研究最重要,因为类型学研究更接近比较文学的"文学内核"。同时,许多学者强调马克思主义的方法论同样适用于比较文学研究,坚持将历史唯物主义作为比较文学研究的指导思想。

2. 文学现象类似的原因

文学现象的类似不仅使文学类型学研究成为可能,也促成了比较文学平行研究的兴起。学界对平行研究进行理论上的探讨已有一段历史。早在1931年,力主根据"事实关系"进行影响研究的法国学者梵·第根,在提出总体文学概念之初,就探讨过"无影响的类似"问题。1958年,法国研究中世纪文学专家让－弗拉比埃在美国北卡罗来纳大学所在地教堂山举行的国际比较文学学会第二届会议上提交的论文里,提倡要重视"在任何历史上可以觉察的影响之外,对于世界文学范围内研究的思想与形式的平行关系作的比较"。"俄国比较文学之父"维谢洛夫斯基(1838—1906)在进行缺类研究时提出的类型学的"相似"和"汇流"现象等,都对平行研究这一新的研究方法,从感性认识发现,到逐渐进行理性总结,最后形成系统理论,无不具有重大的奠基意义。随之,由于结构主义方法的普遍采用,由于东西方文学比较研究的发展,平行研究在美国比较文学界得到了广泛认同、系统的总结和应用。1961年,美国比较文学家雷马克(1916—2009)在他的著名论文《比较文学的定义和功能》中尖锐地指出,"比较文学"并非是"影响文学"。"赫尔德和狄德罗、诺瓦利斯和夏多勃里昂、缪塞和海涅、巴尔扎克和狄更斯、《白鲸》和《浮士德》、霍桑的《罗吉·摩尔文的葬仪》和特罗斯德—乌尔肖夫的《犹太山毛榉》、哈代和霍普特曼、阿座灵和法朗士、巴洛耶和斯丹达尔、汉姆逊和基奥诺、托马斯·曼和纪德,不管他们是否彼此影响,或者影响的程度如何,他们显然是可以相互比较的。"[①]"显然是可以相互比较的"这句话准确地指出平行研究这一方法能风行多年而不衰的原因。这种方法不关注被研究的文学对象之间是否有直接的影响关系,只重视二者之间是否存在可比的文学因素。这种方法不分时空差异、地位高下,只注意研究对象之间的价值判断、美学意义等文学性问题。是否具有明显的可比性,就将平行研究分为类比比较和对比比较两大类,二者在理论和实践中有明显的区别和不同。

首先,所谓类比比较是从相同的文学现象入手进行分析,重在对"同"的论证。但是文学范畴里似乎并不存在两种完全相同的可比较的对象,因此,它往往要进而对相同文学现象的"同中之异"进行辨析,以求从更深层次去认识那些"同"。例如,《暴风雨》为英国杰出戏剧家莎士比亚的"压卷之作",《沙恭达罗》是印度大诗人迦梨陀娑"最伟大的作品"。这两部在世界戏剧史上享有盛誉的名著,分别代表了西方和东方戏剧史上两个不同发展阶段的极高水平。二者创作时空差距之大,令人难以相信会有机缘"相会在一个鸟巢里"。[②] 在没有任何材料可以证明相互之间有某种事实联系的情势下,它们却存在着某些共同点,譬如,社会与自然的对立、速成式的爱情和皆大欢喜的结局等。从美学层面剖析这些相似点,可以深掘出两剧在意境上的巨大差异,以及作者在发挥丰富的艺术想象力来表现这些意境时所反映出的东西方迥然不同的美学本质。再如,中外文学作品中关于象征手法的运用。象征手法用于文学创作由来已久,意大利但丁的《神曲》,英国约翰·班扬的《天路历程》,法国的《玫瑰传奇》,日本芥川龙之介的《水虎》,中国的《西游记》《南柯太守传》等,它们或整部小说具有整体的象征意义,或局部或主要人物具有象征性的描写,都利用象征手法表现了深刻的社会内涵。

[①] [美]雷马克:《比较文学的定义和功能》,金国嘉译,载于干永昌等选编:《比较文学研究译文集》,上海:上海译文出版社,1985年,第209—210页。

[②] 孟昭毅:《比较文学探索》,长春:吉林人民出版社,1991年,第35页。

其次，所谓对比比较是从相异的文学现象入手进行分析，重在对"异"的论证。文学范畴里并不存在两种完全相异的比较对象，总能从它们本体上发现它们的某些"异中之同"。因此，这种比较往往首先要寻找出相异文学现象中的共同点，以作为进一步比较的基础，然后再在辨异的过程中，进而发现可比的文学现象中的异中之同，以求在更深层次意义上去发掘那些文学现象中的"异"。例如，屈原是中国古代大诗人，但丁是中古意大利伟大的民族诗人。他们从表面上看并无任何相同之处，但是他们在许多方面又存在着相同点。他们都是因爱国而遭到诽谤，一个被放逐，一个被流放；一个客死他乡，一个沉江而死。这样就形成了可比较的基础。当然，陈寅恪曾批评过孔子可比歌德、荷马可比屈原这类的对比比较，但是在对屈原和但丁作进一步分析时，可以发现两位大诗人这些异中之"同"，并进而发现在他们的同中之异即各自生存困境和心理中的那些相异点。再如比较汤显祖和莎士比亚，二人同生于17世纪前后，同是剧作家，代表作同是悲剧，都反映了封建桎梏下的青年男女为争取幸福爱情而造成的生离死别的人生悲剧，都对梦境有出色的描写，都有很大的美学价值等。

　　早在比较文学学科尚未形成时期，平行研究就已萌芽。伏尔泰曾从哲学、理性主义等方面进行过西方文学的平行比较，赫尔德是从心理学、诗学方面进行过平行研究，而歌德则是从道德和美学方面进行平行研究。这三者的共同点都是利用平行研究探索文学的一般规律。用赫尔德的话说，就是探求文学"一般通行的原则、原理"。由他们开创的平行研究曾长期被法国学派的影响研究所湮没，但是这种研究方法所包含的科学意义，却使之蕴藏着强大的生命力，待机勃发。在美国学者的倡导下，它终于冲破种种羁绊而复苏，并重新脱颖而出，成为当今比较文学学科中能与法国学派影响研究平分秋色、分庭抗礼的另一种重要的研究方法。现在它已经被许多国家的比较文学学者接受。于是杜甫可以与歌德相比，汤显祖可以与莎士比亚并论，鲁迅、高尔基、普列姆昌德可以相互引为知音，《红楼梦》可以与《源氏物语》同议。比较文学画地为牢的现象消失了，代之以研究空间的拓展。

　　根据平行研究的定义可知，不同民族、不同时代的作家作品，在无任何事实联系的前提下，完全有可能表现出许多相似之处。如内容方面，包括主题、题材、情节、人物等；形式方面，则主要包括文体、风格、手法、技巧、叙述模式等。这表明，文学就其本质而言，是人类智慧的结晶和生活经验的总结，主要反映了人类在面对自然、社会等诸方面时的某些共同心态。这是人文现象中超越时空、语言界限的某些相近的倾向和类似的成分。类型学研究使平行研究扩大了视野,也为主题学研究提供了发现机遇。

3. 文化同步发展中的主题学

文学类型学研究不能回避"社会和各民族文化发展相同",即文化同步发展中的主题学问题。从本质上说,由于人的一般性才形成了世界文化的同步发展,在比较文学中才可能形成文学可比性的基础。从文学表现出的丰富内容来分析,有许多共同的东西是人类所关心的,是"人同此心,心同此理"的。人们一般称文学为"人学",是因为文学是表现人的,即是说文学是表现人心的学问。然而人有千差万别,由于时代、地域、民族、阶级、性格,以及肤色习俗的不同,世界上不会出现两个丝毫没有差别的人。尽管如此人与人之间的交流与心灵的契合却从未停止过,因为人类有许多可以相互沟通一致的因素。罗曼·罗兰就在日记中写道:这种"人的一致性"使文学这种人类生命运动过程中的物化形态超越了时空的界限,形成了人类共同具有的、彼此相通的、有审美共鸣的文学的同一性。正如金圣叹评《西厢记》所说:"世间妙文,原是天下万世人人心里公共之宝。"①这种同一性是类型学研究中文学产生可比性的首要前提,也是比较文学在世界上已经成为一门"显学"的根本原因之一。因为这种针对同一性的文学研究,不是在扩大人类心理上的差异与不平衡,而是消除人类之间由于历史和地理等因素所造成的鸿沟,符合世界正在走向综合的大趋势。正是这种"人的一致性",才使比较文学成为"一种没有语言、伦理和政治界线的文学研究",才使"一切文学创作和经验是统一的"②观点等有了立足之地。

类型学在研究文学类型时形成共同的视域,也是因为"人的一致性"造成的。古今中外的文学作品有很多都表现了人类共同的生活经验和理想。由于人类面临的客观世界是同一的,因而都有生老病死之苦、喜怒哀乐之情等。例如,人类在遭受困难和灾祸时,往往企图从宗教信仰中得到解脱,以求得心理上的某种平衡与安

---

① 金圣叹:《贯华堂第六才子书西厢记》卷二,周锡山编校,沈阳:万卷出版公司,2009年,第19页。
② [美]韦勒克:《比较文学的名称与性质》,黄源深译,载于干永昌等选编:《比较文学研究译文集》,上海:上海译文出版社,1985年,第144页。

慰。古代希伯来的《圣经》、印度的《吠陀》、阿拉伯的《古兰经》等宗教经典中都保存了不少文学素材。《红楼梦》和《源氏物语》重点表现的都是自己无法左右自己的人生所产生的痛苦。弥尔顿的《失乐园》、泰戈尔的《吉檀迦利》,都是作者在感觉世界之外的信仰世界里构筑自己的理想大厦。他们将自己对人生真谛的追求、对幸福理想的渴望,统统寄托于宗教形式之中,使人在迷惘中获得真知,在苦难中获得力量。至于东西方文学中渗透了宗教因素的作品更不胜枚举,文学和宗教几乎成了人类孕育的一对双胞胎,始终血脉相通。又如,人类在受到强大的同类欺侮而无法或无处申述时,总将自己的复仇希望寄托于梦幻之中或鬼魅身上,以填补由此而产生的心理落差上的空缺。《窦娥冤》中屈死的窦娥,在叫天天不应、唤地地不灵的情势下,只好化作一股阴魂,来到其父、清官窦天章的身旁,在梦中向他诉说自己的冤情,最后才得以申冤报仇。果戈理《外套》中被侮辱与被损害的小人物巴什马奇金死后,他的幽灵以幻梦的方式大闹彼得堡城,表达了无辜被害者的复仇心理和摆脱困境的强烈愿望。蒲松龄《聊斋志异》中的名篇《促织》,写成名 9 岁的儿子因弄死一只进贡的蟋蟀而投井,他昏死后化为一只蟋蟀替父亲交了差,直至数年后才苏醒。但丁在《神曲》的长梦中,预言自己所痛恨的、当时还活着的教皇包尼法西八世死后将被倒栽在石穴里,受火刑的惩罚,这种复仇心理也是受迫害的人所共有的。

再如,人类在对异性的爱恋方面,时常表现出爱与恨的困惑,情与欲的分野,灵与肉的对峙。歌德《少年维特之烦恼》写出了当时封建落后的德国,像维特那样的青年对女性欲爱不能、欲罢不忍的情恨;郁达夫《沉沦》表现了正从封建传统中挣脱出来的一代青年"性的苦闷";卢梭《忏悔录》表现主人公面对虚伪的社会,不避流言秽语,对情爱进行大胆的自我解剖;田山花袋《棉被》披露的是一种凡血肉之躯都会产生感应的真情。这些带有自传色彩的真挚情感不知曾经拨动了多少青少年的心弦,使假道学们目瞪口呆。还有,人类在直面惨淡的人生、感叹大千世界变化莫测时,总有寂寞、空虚、孤独或犹如隔世的感觉。李白的"众鸟高飞尽,孤云独去闲;相看两不厌,只有敬亭山"等佳句,已成抒发寂寞情愫的千古绝唱。鲁迅小说《伤逝》中涓生时时有人生不如意的空虚感。普希金笔下《叶甫盖尼·奥涅金》中的奥涅金有不见容于社会的那种多余人的苦恼。荒诞派戏剧《等待戈多》中,弗拉基米尔总有一种孤独感。加缪的《局外人》里,主人公莫尔索对母亲逝世、情人求爱、入狱判刑都表现得麻木不仁,对生存状态漠不关心,这也是一种孤独。川端康成《雪国》

中,岛村始终觉得在生活、事业、爱情上的追求是徒劳无益的,内心世界总有一种寂寞与空虚的感觉。

从文学手法上来看,钱锺书的《通感》一文介绍了诸多运用通感的典型案例。限于篇幅,兹不赘述。

表现类似上述共同感受的文学类型学研究的例子不胜枚举。这些和主题学的研究基础是一致的。这种文学创作和感受经验的统一、社会历史条件和文化氛围的相似,以及文学传统发展和美学传统继承的一致等,无疑都源于"人的一致性"和人类所面临的现实世界挑战的同一性。因而,文学的内容就表现出在某些方面和某种程度上的类同。其中有不少可供文学类型学进行比较研究,从而形成平行研究中的主题学,并发现其中那些迥异于影响研究的结论。

二、文学流传学研究

文学流传学研究即誉舆学(Doxologie)研究,开始时不是比较文学的研究范式,而是民间文艺学研究领域中的流传学派。它是19世纪中叶,在德国格林兄弟所创立的神话学派的基础上,逐渐形成的一个新的流派。在中国这个学派及其学说曾有传播学派、播化学派、因袭派、迁徙说、外借说等不同的称谓,但其内容是相同的。该学派主张在民间文艺学研究范畴,一些情节类似的作品之所以在诸多不同民族之中出现,主要原因在于这些情节能够在各个民族中间不断地迁徙、流动、播扬,即它们是处于流动状态之中的。该学派的诸多学者在理论和实践的研究中,强调这些相同情节的民间文学作品(尤其是民间故事)溯源的结果都可发现印度文化的元素。随着研究的不断深入,继后的学者逐渐放弃了这种只注重追根溯源的学术范式,而将研究的侧重点放在了专门研究民间文学作品之间彼此影响接受的交流轨迹和实际路径上。该派的学术主张不仅在民间文艺学的学术史上产生过很大的影响,而且也对比较文学主题学的研究发生了潜移默化的作用。

比较文学的誉舆学主要研究作为放送者的某个作家作品在国外的声誉、成就和影响,"是从起点(放送者)出发,目的是找到'终点'(接受者),也可以称之为流传学。这类研究在西方极多,以致长期以来人们认为这几乎就等于比较文学"[①]。中

---

① 卢康华、孙景尧:《比较文学导论》,哈尔滨:黑龙江人民出版社,第144页。

国比较文学的前辈学者认为"理解了这些术语的含义,就可以借鉴下面影响研究的方法了"①。然而它和民间文艺学的流传学派还是有较大的区别。首先,民间文艺学流传学派主要研究对象是民间文学作品,尤其是民间故事,很具体也很世俗化,而不是像比较文学影响研究那样,研究对象那么宽泛化、那么典雅化。其次,前者的研究者主要是语言学家和东方学家,他们往往运用神话学派所主张的、被当时社会所广泛承认的历史比较研究方法研究民间故事;后者的研究者主要是文学史家和批评家,他们主要运用实证主义的研究方法研究文学事实是如何从放送者经过媒介者的传递到达接受者手里的全过程。再次,更重要的是前者在19世纪中叶欧洲学者对于东方民族和东方文化给予极大关注的大趋势下,在语言学、社会学、民族学、宗教学等学科的研究方向上受到影响的结果;而后者则是在西学东渐的文化交流大背景下,文学影响接受研究的必然产物。

民间文艺学研究中的流传学派是对格林兄弟创立的神话学派的一个新发展。神话学派认为神话是民族文化的滥觞,并用神话对民间创作现象的起源和意义进行阐释,几乎到了无所不包的程度。他们将弗·谢林和史雷格尔兄弟的浪漫主义美学作为该学派的哲学基础,追随格林兄弟的创作理论与实践,并将上述诸多因素熔为一炉,主张民间故事、叙事诗、传说等相继从神话中应运向生。神话学派为比较神话学、比较民间文艺学等奠定了学术基础,并提出一系列重大理论问题。流传学派就是在神话学派所搜集的大量民间文学资料和他们所提倡的历史比较研究方法的基础上,另辟蹊径,重在探索东西方文学交流的规律,并做了许多实证的、细微的考察。同时它又是颇具价值的分析和研究,为以后的比较文学主题学研究提供了许多有益的借鉴。

流传学派形成以前,西方就已有类似研究的传统。自17世纪以来就有许多学者在著述中认为,不同民族会有相同情节的民间作品。其原因在于这些情节是由一个民族流布到另一个民族的结果。例如1670年法国的丹埃尔·雨埃主教(P. Danie'l Huet)在所著《论小说的起源》一书中,提出小说的故乡在东方。小说产生的原因在于人的创作素质,在于作者对于新奇和幻想的追求。而这些特点在东方民族表现得最突出,尤其是印度人、阿拉伯人和波斯人最具特殊的幻想才能。

---

① 卢康华、孙景尧:《比较文学导论》,哈尔滨:黑龙江人民出版社,第144页。

当时阿拉伯著名的故事集《一千零一夜》已被译成法文和其他欧洲文字，无疑对这种传统起到了推波助澜的作用。19世纪初英国学者约翰·邓洛普（John Dunlop）在其《小说史》（1814）一书中，已经粗略地拟出小说自东方逐渐西传的路线。1816年法国东方学家西尔维斯特·德·萨西（Silrevstre de Sacy）认定8世纪出现的阿拉伯《卡里莱和笛木乃》来源于印度。19世纪40年代西方学界开始注意到故事的起源问题，比利时学者瓦格纳（A. Wagner）指出，印度寓言同希腊寓言极其相似，印度寓言可能最先产生等等。到了19世纪50年代时，民间故事的东方起源说已经基本定型。

恰逢其时，神话学派主张的一切民间文学作品都源于所谓雅利安人共同"神话理念"的偏颇，已使许多学者注意到在考察民间文学现象时应探索新问题、发现新路径，于是流传学派应运而生。其奠基人和代表人物即德国学者泰依多尔·本菲。作为著名的语言学家和东方学家，他在比较语言学、古希腊语和梵语研究方面成就非凡。他曾编撰出版过《希腊语词典》（1839—1842）、《梵语语法和文选》（1852—1854）、《梵语英语词典》（1866）、《娑摩吠陀》（Samaveda）等。本菲在1859年将印度古代故事集《五卷书》译成德文出版时，曾写了一篇长达500余页的序文。在这篇学术专著性质的文章中，他运用历史比较研究的方法分析印度古代文献和其他东方文献，发现在雅利安民族和非雅利安民族之间有很多相同的文学现象存在。在进一步研究后，他提出"流传说"，即欧洲的口头和书面故事并非欧洲原来所固有，而是来源于印度。这些故事在发源地成型后通过各种渠道向其他民族、其他地域迁徙、流布。他在《五卷书》"序言"中说："我研究寓言、故事、传说的结果使我坚信，为数不多的寓言和绝大多数的故事、传说均来自于印度，然后才在世界各地广泛流传开来。"①

据本菲考证，10世纪以前故事流传并不广泛，而且大都是通过商人、旅行者的口耳相传的方式进行。自10世纪开始，从东方传来大量的故事体的文学作品，这种书面形式逐渐取代了口传形式。而印度的各种故事集传到波斯和阿拉伯以后逐渐在穆斯林地区广为播扬，继而又通过伊斯兰教徒传到拜占庭、意大利、西班牙等。以后乃至整个欧洲都开始弥漫着东方民间故事的书香。印度故事另外一种可能的

---

① 刘魁立：《民俗学论集》，上海：上海文艺出版社，1998年，第275页。

传播途径,是印度通过蒙古草原地带的中介将故事传播到欧洲。13世纪初蒙古大帝国曾长期占领着欧洲东部的广大的地区,随着宗教的传播,印度的故事集也浸润到欧洲诸多民族的文艺中。其实本菲的一些结论还是有待商榷的。首先,10世纪前故事流传不活跃,只限于东西方之间,而在西方世界,如《伊索寓言》、荷马史诗中的故事流传还是相当广泛的,东方世界的佛经故事、希伯来故事也流布甚远。其次,10世纪至13世纪这三百多年的时间相比过去的历史,是东西方文化交流最频繁、最壮观、最深刻的时期。10世纪左右阿拉伯帝国的版图已横跨亚非欧三大洲;11世纪至13世纪有8次十字军东征(1096—1291);13世纪蒙古人的三次西征,这都使东西方在民间文艺学方面有了流传的最佳机遇和迁徙的最大可能。正是因为这些时空变化的契机为印度故事集的广泛流传提供了可能性和可行性。毋庸置疑,本菲的开拓性研究使流传学学者研究民间故事及其流传问题的兴趣大增。例如:曾就读于德国波恩大学的法国文学史家加斯东·帕里斯、法国的文学批评家埃尔顿·柯思品(E. Cosquin)、美国学者克劳斯顿(A. Clouston)、德国文学史家列·克列尔(R. Kohler,1830—1892)、德国学者约·鲍尔特(J. Bolte,1858—1937)、奥地利学者马·兰达乌(M. Landau)、捷克民间文艺学家尤·波利夫卡(Polivka,1858—1933)、俄国学者费·布斯拉耶夫(F. Buslaev,1818—1897)和亚·维谢洛夫斯基(A. Veselovesky)等。他们都在本菲著述观点的影响与感召下,在自己擅长的领域,利用自己长期积累的资料,阐述了流传学的观点与方法,并写下诸多足以长久影响后世学术发展的著作。

　　本菲创立的流传学派在发展过程中并非一帆风顺,曾不断受到主张民间文学神话起源论的神话学派的攻击,尤其是受到当时浪漫主义热情正处于高涨期的德国学者的非议。可是恰恰是作为神话学派代表人物和主将麦科斯·缪勒(Max Müller,1823—1900)的极其科学的态度,实事求是的精神,使之撰文支持语言学派观点的客观性。1873年他在《故事的流动》一文中,公开承认了神话学派及他个人在以往研究中的种种偏颇与失误。他利用本菲曾举隅论证过的故事实例,进行具体的阐释与辨析,并补充一系列实例详尽地说明该故事内核是如何从一个民族迁徙、流布到另一个民族的过程。重要的是,他还进一步补充说明,任何一个民族在因袭其他民族的民间故事时,并未放弃自己的民族精神,而是用自己的民族特点来改造因袭的作品。因此,如果摆在研究者面前的研究对象,不是原始神话,而是在各民族间广泛流传的作品,他就应该在理清其具体流传过程的同时,也探索不同的民族对待这同一情节的不同态度。① 这种观点和研究方法已经和主题学中的题材史研究几乎完全相同了。因为他已指出,同一个故事,它所反映的主题上大体相同,但是在各个民族文学中的表现形式却是千差万别的。由此可知,就麦科斯·缪勒的研究理论和实践而言,神话学派和流传学派并非势不两立,在某些具体的研究领域会有交叉区域出现。就比较文学主题学的研究而言,双方可以互相取长补短,因为对二者都是有益的,都丰富了主题学研究的思维方式和研究方法。

神话学派中派生出来的流传学派尽管在本领域的研究与探索中还存在着理论和实践上的不足,但是他们在研究某些民间文学作品的流传事实方面,在探索东西方文学交流方面,在比较文学主题学的研究方面,不仅进行了许多大胆创新的尝试,而且做出不少有益的实际贡献。从学术史上分析,流传学派研究的建树至今对比较文学主题学研究仍有不少借鉴意义和启发意义。

三、文学文类学研究

文类(Genre),即文学的体裁或曰文体。文学文类学研究的主要对象是文学的种类和式样,也就是对文学的体裁、文体进行比较研究。这种研究由于从国际角度进行观察和比较,从跨国、跨文化的历史深层进行分析,从而获得了以往国别文学传统的文体研究难以发现的新的认知。由于采用比较文学的方法研究文学种类和式样已获得大量的实践经验,因而有了上升为理论研究的必要性,于是,比较文学"文类学"便应运而生。当它形成一门学问之后,不仅涉及传统的影响研究和平行研究两个领域,而且还包括了"缺类研究"和"文学风格研究",并与主题学研究有了契合点。

1. 不同文类研究分析

中国文学的分类与西方文学的分类大不相同。这是比较文类学大有作为的异质性的可比之处,也是不少西方学者没有认识到的。在西方文学史上,认为"文类"一般是指戏剧、抒情诗和叙事文学。这些被厄尔·迈纳称为"基础文类"

---

① 刘魁立:《民俗学论集》,上海:上海文艺出版社,1998年,第280—281页。

(foundation genres)。①而在这个基础文类下,又分有许多亚类。如叙事类可分为史诗、长篇小说、中篇小说、短篇小说;抒情类又可分十四行诗、颂歌、挽歌、赞歌、回旋诗、歌谣等;戏剧也可分为悲剧、喜剧、正剧等。亚里士多德将不同的媒介、对象和方式作为文学的分类标准。在他的《诗学》中,他认为文学作品"因为模仿的媒介不同,所取的对象不同,所采用的方式不同而划分为史诗、悲剧、喜剧和酒神颂"②。亚里士多德将柏拉图的"颂歌"变成了"酒神颂",后来酒神颂又演化为戏剧。不难看出,柏拉图和亚里士多德都没有把抒情诗当作单独的一类,但他们的分类方法长期影响后世的西方文学批评家。文学批评家们只是分别讨论了诗歌的不同形式,即颂歌、挽歌等,并没有把抒情诗当作独立的类型与其他两种基础文类——史诗和戏剧平行并列对待。

西方比较文学学者很重视文类研究。美国学者韦斯坦因在《比较文学与文学理论》的第五章"文学体裁研究"中指出:从比较的角度研究文学的学者会发现,体裁的概念像时期、潮流、运动等概念一样,为文学研究提供了一个广阔而富有成果的领域。他认为法国学者对文类学研究不足,并强调说:"从这种情况看,体裁研究在比较文学中的重要地位是无论怎样说也不过分的。"③美国学者韦勒克和沃伦专门探讨文类划分:"我们认为文学类型应视为一种对文学作品的分类编组,在理论上,这种编组是建立在两个根据之上的:一个是外在形式(如特殊的格律或结构等),一个是内在形式(如态度、情调、目的等,以及较为粗糙的题材和读者观众范围等)。外表上的根据可以是这一个,也可以是另外一个(比如内在的形式是'田园诗的'和'讽刺的',外在形式是二音步的和平达体颂歌式的);但关键性的问题是接着去找寻'另外一个'根据,以便从外在与内在两个方面确定文学类型。"④

在中国,抒情诗歌与散文一直是中心文体。从《诗经》,就有了"风""雅""颂"的分类。虽然这不是今天意义上的文学分类,却开启了中国古代文学分类的先河。

---

① [美]厄尔·迈纳:《比较诗学》,王宇根等译,北京:中央编译出版社,1998年,第7页。根据他的记载,文类三分法的概念最早见于安东尼奥·明图尔诺(Antonio Minturno)在1954年出版的《诗艺》。
② [古希腊]亚里士多德:《诗学》,罗念生等译,北京:人民文学出版社,1962年,第3页。
③ [美]乌尔利希·韦斯坦因:《比较文学与文学理论》,刘象愚译,沈阳:辽宁人民出版社,1987年,第97、100页。
④ [美]雷·韦勒克、奥·沃伦:《文学理论》,刘象愚等译,北京:生活·读书·新知三联书店,1984年,第263—264页。

《尚书》根据无韵之文的特征和功用,将其分为典、谟、训、诰、誓、命等类型。中国古代文学在艺术形式上的觉醒和成熟应当从魏晋南北朝开始,并且出现了真正意义上的文体研究。比如曹丕在《典论·论文》中将文体划分为四科八类:奏议、书论、铭诔、诗赋;陆机在《文赋》中将文体确定为十类,分别是诗、赋、碑、诔、铭、箴、颂、论、奏、说,并对各类文体的特点进行了较详细的介绍和解释。在中国古代文体研究中划分最细密、介绍最细致的应是刘勰,他在《文心雕龙》中一共讨论了三十五种文体,其中韵文十七种,分别是骚、诗、乐府、赋、颂、赞、祝、盟、铭、箴、诔、碑、哀、吊、杂文、谐、隐;无韵文十八种,分别是史传、诸子、论、说、诏、制、策、箴、檄、移、封禅、章、表、奏、启、议、对、书记等。同时,刘勰还注明了每种文体各自遵循的法式:"章、表、奏、议,则准的乎典雅;赋、颂、歌、诗,则羽仪乎清丽;符、檄、书、移,则楷式于明断;史、论、序、注,则师范于核要;箴、铭、碑、诔,则体制于弘深;连珠、七辞,则从事于巧艳。此循体而成势,随变而立功者也。虽复契会相参,节文互杂,譬五色之锦,各以本采为地矣。"①这些论述已是非常具体并成体系的了。

我们知道,同一种文学形式在不同国家因不同文化传统和不同的知识谱系,有着不同的发展道路。即使同一文类在不同国家也会有种种差异。因而,将不同国家、不同文化的文学分类进行比较,将是大有作为的。

从文学形式和文学发展趋势的视角来观察、分析并进行中外文类比较研究,也可以发现不少具有共性的规律。例如中外散文比较、中外诗歌比较、中外小说比较、中外戏剧比较等。

文学形式主要包括体裁、韵律和文体手法等。在体裁方面,中外的散文都是由有韵的诗体散文发展为灵活轻便的无韵律散文。中国秦汉时期的散文时常杂有韵律,如庄子的《逍遥游》、汉代的抒情小赋等都是如此。直到唐代散文运动,散文才真正从韵律的束缚下解放出来。欧洲的散文是近世的产物,从古代到文艺复兴,人们始终未能从古希腊罗马的诗韵体典范中解脱出来。从伊丽莎白时代的锡德尼开始,经培根、弥尔顿至约翰·戴登之手,无韵散文趋于成熟,直到18世纪初笛福和斯威夫特的笔下,流利的散文才真正形成传统。

在韵律方面,中外诗歌都押韵,但因时因地情况有别,宽严有节。中国古诗的

---

① 刘勰:《文心雕龙》,陆侃如、牟世金译注,济南:齐鲁书社,1995年,第394页。

格律偏宽,而绝句和律诗则格律较严。欧洲诗体中,十四行诗格律最严谨,而法文的亚历山大押韵体和英文的无韵五节格的格律则宽些。至于表现手法,无论是现实主义还是浪漫主义,相似之处就更多了。

另外从文体的发展来看,也是如此。中外文艺理论的产生发展都基于丰富的文学创作实践之上,在各种文学样式基本齐备之后,才逐渐形成系统。中国早期的文艺理论,如陆机的《文赋》、刘勰的《文心雕龙》、钟嵘的《诗品》等,都产生在魏晋南北朝时期。这种现象除了和当时文士善清谈、喜品头论足的世风有关之外,主要是因为文学样式已基本齐备,以《诗经》为代表的诗歌经过楚辞、汉赋发展到这一时期已很发达。在出于先秦,秦汉间又有附益的晋代郭璞作注的《山海经》中,保存了不少远古时期的神话传说。到了晋代,干宝的志怪小说《搜神记》、刘义庆的志人小说《世说新语》,已使短篇小说从内容到形式都初具规模。魏晋南北朝时虽无戏剧文学,但戏剧的"雏形"——"百戏"和"角抵戏"也已有之。在这些文学实践的基础上,中国文艺理论的产生势在必行。在西方,文学发展到古希腊后期,内容与体裁已相当丰富。古希腊神话传说、荷马史诗、抒情诗歌、寓言故事、悲喜剧等大量的艺术实践,使文艺理论能够总结出规律性的东西,才可能出现柏拉图和亚里士多德等一批成熟的、著名的文艺理论家。这些方面的相同与近似,是人类利用文学表达主观意愿,在进行文学研究时认真总结经验以求发展的结果,也是文学发展的必然趋势。

从东方到西方,从古代至现代,各个历史时期的作家利用各种文类,进行创作与研究的努力从未停止过。进入20世纪以后,一些对东西方文化进行哲理思考的文学家,都在探讨人生的问题上表现出一种对传统与历史的反思,在文类研究的过程中发现了一种东西方的相互依赖性。这种心态与文学走向,犹如一股强劲的冲击波,荡涤着历史上一切传统文化中不适应现代意识与发展的因素,汇成正在走向综合的新的历史潮流,人类对自身周边环境的认识即将进入一个新的探索时期。例如科幻文学这一文类研究作为比较文学的一个重要研究领域,正在出现新的研究成果,而且日益受到学界重视。

2. 缺类研究的特殊性

文类研究中,被称为缺类研究的领域,颇能突出中国比较文学的特点。它研究一种文体为何在这个民族或国家里有,而在其他民族或国家则没有,或者即使有这种文体的样式,而其实质或表现形态又相差甚远等。在这类研究中,中国有没有长篇叙事史诗,有没有按照西方古典文论界定的悲剧等,就成了必然要涉及的内容。如果按照中国文学传统的史诗观和戏剧观进行分析,会得出截然不同的结论。长时间以来形成一种观点,即认为中国无史诗,但是当今不少学者经研究后认为,这是用西方史诗概念衡量中国文学的一种偏见。中国不仅有史诗,而且很丰富,也颇有特色。中国的史诗出现在周文王时代,被称为"周文史诗"或"文王史诗"。这种中国式的史诗所表现的不是西方史诗中的那种尚武的英雄主义,而是一种所谓的崇文的英雄主义。这种中国史诗中的英雄是聪明睿智、文质彬彬的圣哲,而不是西方史诗中那种骁勇善战、极端表现个人的英雄,二者明显不同。中国少数民族也是有史诗的。如果将宋元时期已成形的藏族史诗《格萨尔王传》与外国史诗相比,不仅荷马史诗,即使是被称为世界上最长的史诗《摩诃婆罗多》,恐怕也难分高下。

《格萨尔王传》产生于11世纪至13世纪,在中国西藏、青海、四川、甘肃、云南等藏族聚居区和土族、纳西族等聚居地区广泛流传。国外在尼泊尔、不丹和印度北部也有传播,其中部分章节已被译成英、法、德、俄、日、印度等国的十几种文字。这部史诗在16世纪至17世纪之间随藏传佛教北传,从藏族传到蒙古族,演变为具有浓厚蒙古族特色的史诗《格斯尔》。它不仅在中国内蒙古、新疆、青海、甘肃等省区的蒙古族地区广为流传,而且还传到俄罗斯布里亚特共和国、匈牙利、伊朗等国家和地区。这两部史诗虽有源流关系,但属于藏、蒙两个民族的两部史诗,不能混同为一部作品来研究。18世纪上半叶,在新疆蒙古族卫拉特部落中还流传着另一部史诗《江格尔》。另一部史诗《玛纳斯》普遍认为产生于18世纪以前的某个时期,它不但在中国新疆柯尔克孜族地区流传,在吉尔吉斯、俄罗斯和阿富汗地区也有流传。俄罗斯、德国、英国、法国、土耳其、匈牙利等国学者都对这部史诗很感兴趣,中国对它的研究也方兴未艾。其他如苗族的史诗《亚鲁王》、赫哲族的英雄史诗《伊玛堪》,傣族史诗《相勐》《兰嘎西贺》,以及被发掘整理并出版的汉族神话史诗《黑暗传》等,都有研究价值。中外史诗比较研究有待于中国英雄史诗的全部的、系统的文学定型本的出现,到那时,中国的史诗自然就不可能再纳入缺类研究的范畴了。

关于中国有无悲剧的问题,有关学者各抒己见,至今尚无定论。实事求是地讲,即使是用西方传统的悲剧理论衡量中国的戏剧,也不能作出中国绝无悲剧的偏颇结论。朱光潜曾于1927年在国外发表了题为《悲剧心理学》的博士论文。文中阐述了这样的观点:"事实上,戏剧在中国几乎都是喜剧的同义词……仅仅元代(即不到一百年时间)就有五百多部剧作,但其中没有一部可以真正算得悲剧。"①朱光潜之所以落地有声地得出中国无悲剧的结论,是因为他以欧洲悲剧模式及理论为标准来衡量中国戏剧的结果。另外,他的一个重要论据是中国戏剧"结尾总是大团圆",而这种说法显然是不够全面的。即使按西方的悲剧理论严格筛选后的悲剧中,也不乏大团圆的结局。古典主义的悲剧的奠基人高乃依的代表作《熙德》,就是以主人公罗狄克和施曼娜的谅解团圆为结局的,但此剧仍被誉为是古典主义悲剧的奠基之作。在1982年上海文艺出版社出版的《中国十大古典悲剧集》的"前言"中,著名戏剧理论家王季思指出:"我国古代虽然没有系统的悲剧理论,但从宋元以来的舞台演出和戏曲创作来看,悲剧是存在的。"只可惜由于篇幅的原因,王季思未能进一步加以论证。中国古代尚且有悲剧,近代和现当代更不待言,如曹禺的《雷雨》《日出》《北京人》等,则更不乏悲剧的感染力。

3. 文学风格研究的异同

比较文学文类研究中,除研究文学体裁外,文学风格研究也是一个值得探索的领域。就实际情况而言,从文学风格的角度进行跨文化之间的文学对话,较易于达成共识。文学风格不同,说明人们的审美价值取向不同,其间不应存在文学优劣高下的区别。文学风格比较由于涉及文化审美心理结构,因此,它必然是一种跨文化的比较研究。例如,欧洲古典主义时期,严格僵化、强求一律、恪守"三一律"等文学风格,是与17世纪法国的文化形态要求个性绝对服从国家、宫廷趣味高于一切等原则相适应的。而作为古典主义的反拨,浪漫主义自由洒脱、开放灵活的个性化等文化特征则强烈体现了18、19世纪崇尚个性自由的文化立场。新时期以来,中国本体文化回归,文学创作尤其是小说的文学风格发生了根本性的变化。当对这些文学风格进行比较研究时,那种跨文化性质是绝对不容忽视的。

仔细考察欧洲文学风格流变即会发现,一种文类风格的构成,例如小说风格,其整体特征是主人公塑造与情节布局关系构成的。作品风格发生变化,总是以主人公塑造与情节布局同时发生变化为因。因此,可以认为这二者是决定作品文学

---

① 朱光潜:《悲剧心理学》,北京:人民文学出版社,1983年,第216页。

风格的结构要素。那么中国文学风格的变化是否也存在这样的规律呢？这是一个值得考虑的问题。《儒林外史》之所以成为名著，是因其在中国文学风格系统中形成的。它"虽则长篇，颇同短制"的情节布局，与入木三分的主人公塑造，都可以看出作品风格变化的端倪。

文学风格比较研究，不应以对话双方中之任意一方放弃自己的风格系统为代价。不能像文化、文学交流那样，以高势能文化、文学输出的形式进行。如中国古典文学对日本文学的影响，西欧文学对美国文学和俄罗斯文学的影响，中国文学对欧洲文学的接受，歌德、庞德等对东方文学的借鉴等，而要以对话双方都在对话中获得新的艺术创造活力为前提。既然歌德和庞德等对东方文学的接受，并未使欧美诸多文学放弃自己的模仿、再现的传统风格，那么，中国新时期小说也不应该在借鉴西方文学以后，使中国民族文学风格系统丧失掉自己的求实、表现的传统模式。无论如何，随意地将《西游记》比附欧洲文学，然后不加分析地肤浅地称之为中国的浪漫主义这一类误读与曲解，不是文学风格比较研究所应采取的正确态度。

4. 文类学的平行研究与影响研究

文类学研究如同主题学研究一样，也可以涉及平行研究和影响研究两个领域。因为它在研究无事实联系的同一文体在不同民族或国家文学中的发展过程及其共同的规律和特点时，具有平行研究的特征；而在研究某些文体产生于某种民族或国家文学之中、又流传到其他民族或国家文学的历史轨迹，以及变迁演化的过程时，又具有影响研究的性质。这恰恰是文类学研究可以被主题学借鉴的原因。具体分析如下。

（1）不同文体的平行研究

对不同的文体进行比较研究，具有广泛的社会意义和美学价值。如果将荷马、维吉尔、莎士比亚相互比较，把但丁、弥尔顿、歌德相互比较，可能会发现他们的文体都具有雄浑、壮美的相似之处。如果将中国的《格萨尔王传》《江格尔》，法国的《罗兰之歌》，德国的《尼伯龙根之歌》，俄罗斯的《伊戈尔远征记》等古代史诗进行比较，会发现不少"伶工文学"的文体特点：作品篇幅都很长，包含着许多短歌、短的叙事诗和赞歌，都由到处游走的伶工在民间传唱。这些作品的最初措辞并不固定，句子可长可短，重点放在内容上，而不在辞藻上和韵律上。这些作品在民间代代口耳相传的过程中吸收融合了大量的俗语、俚语和套语,形成了唱起来易懂,听起来易记等适合于吟唱的形式。修辞方法上多重复描述,善用夸张比喻等。这些都表明史诗和民间说唱文学有着血肉不可分的联系。

还可以比较类似的文学形式,注重研究它们表现方法方面的同与异。比如,比较东西方意识流小说的代表作:乔伊斯的《尤利西斯》、普鲁斯特的《追忆逝水年华》、福克纳的《喧哗与骚动》、王蒙的《春之声》、川端康成的《睡美人》等,就不难发现中外、东西意识流小说的不同点。中国的意识流小说主要是新时期文学中的意识流小说,中国意识流小说中的人物是由与社会发生关联的行动中的思考引起的意识流动;而国外的意识流小说中的人物始终是生活在自我的内心世界里,是自我意识的一种记录。东西方意识流小说中,东方小说的意识流是偏重主导与定向的流动,即具有人为导向性;西方小说却偏重于缺乏理性思考的诱因所引起的流动,表现出很大程度的随意性。东方意识流小说往往照顾到接受者的心理承受能力,相对西方而言,比较重视故事的情节结构;西方意识流小说却重在内心意识流动的本身,不大重视情节的发展进程,有淡化情节的倾向。

中西戏剧的平行研究,就一般而言,具有以下不同。中国的戏剧告诉观众现在是在演戏,有意识地让观众看戏,以唤起观众欣赏的热情,尽量将情节放在表面;西方戏剧努力将戏化为剧情,把观众带入其中,以唤起观众相应的(或悲或喜)感情,将观众送入情节中去。中国戏剧舞台有第四面墙,演出多采用象征手法,表演程式化,动作舞蹈化,歌、舞、剧三结合;西方戏剧舞台有三面墙,大多写实,反对程式化,也不允许动作舞蹈化,歌、舞、剧三分流。中国的戏剧表演在框架中进行,场景自由,空间无限制,场景更迭多,人物身份自报;西方戏剧表演在现实中进行,场景特定,空间有限制,场景更迭少,人物身份在情节展开中交代。中国戏剧的剧本对表演的制约不大,以演员表演为主,观众最注意演员表演,情节跳跃发展,剧情的丰盈程度不平衡,本质上是以观众审美为中心;西方戏剧的剧本对表演制约很大,以导演为中心,观众最注意剧情,情节渐渐发展,情节的丰盈程度基本平衡,其本质是舞台中心论。再如中外文学作品对于象征表现方法的运用。象征手法用于文学创作由来已久,意大利但丁的《神曲》,英国约翰·班扬的《天路历程》,法国的《玫瑰传奇》,日本芥川龙之介的《水虎》,中国的《西游记》《南柯太守传》等,它们或整部小说具有整体的象征意义,或局部或主要人物具有象征性的描写,都利用象征手法表现了深刻的社会内涵。

（2）文学表现方法的影响研究

它主要指放送者所制造的或改进后的文体、艺术形式、创作方法等一些艺术表现形式影响了接受者。如意大利彼特拉克的十四行诗体就影响了莎士比亚的十四行诗的创作。西班牙的流浪汉小说影响了英国菲尔丁的《汤姆·琼斯的历史》、法国勒萨日的《吉尔布拉斯》以及狄更斯、马克·吐温等人的许多作品等。阿拉伯民间故事集《一千零一夜》中的框架式结构和讲故事的手法，曾影响了英国乔叟的《坎特伯雷故事集》、意大利薄伽丘的《十日谈》等。中国明代瞿佑的传奇小说集《剪灯新话》影响了日本的《伽俾子》、朝鲜金时习的《金鳌新话》、越南阮屿的《传奇漫录》等。20世纪60年代西方现代派小说的艺术手法盛行于日本、埃及、伊拉克等东方国家，其中意识流手法对中国施蛰存的《梅雨之夕》、王蒙的《春之声》、柯云路的《夜与昼》等一些现当代作品均有影响。

俳句是日本韵文学的一种传统形式，也是世界文学中最短的格律诗之一。每首俳句只由十七个日语字母组成，内容重意象、含蓄，适于抒发瞬间的内心感受。俳句又名"发句"，原为"俳谐连歌"的第一句。"俳谐"二字源出中国《史记·滑稽列传》中"滑稽如俳谐"一句。俳句脱胎于和歌，经过数百年的发展，在"俳圣"松尾芭蕉的笔下达到黄金时代。经谷口芜村的中兴，在明治维新时代俳坛宗师正冈子规的大力革新努力下，俳句渐渐产生了世界性影响。中国清代罗朝斌（号苏山人）曾投师正冈子规门下，写有数百首俳句，在日本颇有影响。另一位在日本俳界负有盛名的是葛祖兰，他早在20世纪30年代即开始在日本发表作品，而且与不少现当代日本俳人往来密切。1981年，日本曾出版他的俳句选集《祖兰俳存》。他还将大量的日本俳句译介到中国，为中日俳句的交流作出了杰出贡献。中国当代诗人赵朴初也用汉字按五、七、五格式创作了不少意远韵长、词丽句雅的俳句，称为"汉俳"，颇受中日同人好评。钟敬文、陈大远等的汉俳在中国也很出名。其他有影响的汉俳作者还有公木、袁鹰、林林等。20世纪初，俳句还西渐到法、英、美、德等国。1902年，法国保罗·路易·库舒在考察了日本的文化、文学之后，回到法国大量介绍日本俳句，并写了大量法语俳句发表在法国杂志上，以后效仿者蜂起。1910年前后，以赫尔姆为代表的英国幻想派诗人开始把一些俳句译成英文。1912年，美国哈佛大学开始介绍俳句。1913年，庞德在《诗歌》四月号刊登了第一首英文仿俳句诗《在地铁车站》。杰克·凯鲁克的俳句《达玛流浪汉》为美国俳句的兴盛立下汗马功劳。1991年中国还出版了美国诗人汉弗莱·诺伊斯的《英文俳句选译》。作家王蒙、诗人邹荻帆在《人民日报》《北京晚报》上翻译、介绍过德国女俳句诗人萨比妮·梭模凯卜的俳句等。至今日本俳句已先后在英国、法国、德国、西班牙、意大利及其他一些欧洲国家中被模仿创作。

在以往的比较文学研究中,讨论某一文学类型或体裁在他国的流传时,大多以法国学派的实证方法来进行研究,说明一种文类对他国的影响,这与法国学派梵·第根和基亚最初的研究成果的影响不无关系。法国比较文学家梵·第根在其专著《比较文学论》中用比较文学之方法专章讨论"文体与作风",主张比较文学学者应意识到艺术形式和文体之重要性,并论述了跨越国界的"形式"——散文、诗歌和戏曲,及诗法、作风等在西方的源流和影响,追溯了写实小说由法国传播到西班牙后的影响,流浪汉小说在西班牙以外的传播以及恐怖小说、历史小说等在欧洲大陆的传播与影响。

然而,在这种实证性的影响研究中,往往忽视了一个问题,即文类的流传变异问题。文类的发展,离不开滋生它的文化土壤。所以,当一种文类从一国流传到他国,因为不同的国家有着不同的语言背景、不同的文化土壤、不同的文化传统,要想完全保持其形态是不可能的。所以说,当一种文类和体裁流传至他国,由于不同国家和文明体系的文化传统的巨大影响,必然会产生种种流变和变异。这一点其实早已在比较文学研究中得到了验证,中国文学受佛教的影响之深远是众所周知的。然而,即使佛教在中国文学的发展中有如此重要的地位,它仍然受到了中国传统文化的制约。体现在文学形式上,唐朝的变文就是一个很好的例子。可以说,没有佛教文学的传入,也就不会产生"变文"这样一种新文类。从这个角度上来讲,变文可以说是佛教文体在中国的新生。然而,它传入中国,并非是简单的移植、切换,而是受到中国文学传统的改造,成为当时人们喜闻乐见的文学形式,最终在中国文学中扎下了根。从魏晋到隋唐,佛教的流传日益深广,而僧侣通俗宣传的花样也越来越多,有转读、唱导、俗讲等名称。它们既直接继承了佛经里以散文叙说、以偈语宣赞的形式,同时也接受了我国民间流传的故事赋、叙事诗的影响,在诵说时运用大量的四言六言句子，而在吟唱时采用五言诗或七言诗的形式。① 所以说，虽然在形式上，变文的结构和佛典一样，都是韵文和散文间错成文，但还是受到中国传统文化的影响，并加以改造。后来，变文又发展成其他的文学样式，如平话、诸宫调、宝卷、弹词等。

正如韦斯坦因所说："一种体裁从一个民族文学流传入另一个民族文学中，名称却发生了变化。这类变化发生时产生了什么样的后果，体裁的名称迻译成别种文字是否正确得当，对这样的问题文学史家可以也应该加以研讨。因为从词源学上看，名称的改变通常意味着意义的改变，这种改变往往是感觉不到的改变。"②从佛典到变文，再到后来的平话、诸宫调、宝卷、弹词，这些不同的文学形式到底发生了哪些改变，都是比较文学文类学研究中很好的论题，也是主题学研究文体或文类时的领域。

文类学研究是比较文学中一个严肃的领域，切忌做些表面的、简单的比附文章。要努力探求那些习焉不察的同一文学体裁、文学样式、文学表现方法等，如诗歌、戏剧、小说等在不同国家和民族中有哪些不同的反映，如形成、变异或消亡的情况，以及产生这些不同反映的深刻原因等问题。由于中外各国文类学均有悠久的发展史，因此研究文类由来已久。只是传统的文类学研究大多注意文类表面的形式特点，直至近几十年来，由于文类理论的不断深化和比较文学研究的开展，才使文类学研究从理论到实践不断开创出新的局面。但是比较文学文类学研究和主题学研究交融的空间还很大，很多领域中外学者尚未涉足，有些研究边界还区分得不够清晰。这都有待于学界进一步用研究实绩来作结论。

四、文学接受学研究

主题学开创之初的主题史研究，或题材史研究，都有一个"接受"的问题。"接受"是指接受者从域外汲取某些成分、因素、素材用于自己创作的行为。"接受"在比较文学研究中，是文学欣赏和文学批评的组成部分。文学"接受"与文学"影响"有区别，因为信息与接受者之间形成两个向量；或者"信息——接受者"；或者"接受

---

① 游国恩等主编：《中国文学史》（二），北京：人民文学出版社，2006年，第242—246页。
② ［美］乌尔利希·韦斯坦因：《比较文学与文学理论》，刘象愚等译，沈阳：辽宁人民出版社，1987年，第101页。

者——信息"。前者在接受者主动或被动接受的情况下都是"影响",而后者在接受者主动或被接受情况下都是"接受"。由此可见,接受可以利用自己的主观能动性成为发生影响的推动力或产生媒介作用。另外一个值得注意的倾向是,域外文学被接受,可能会对该国的文学产生影响,也可能对该国文学没有什么影响。文学的接受研究是一个很复杂的领域,它无疑涉及人类学、社会学、心理学、美学等方方面面。这些都会形成对主题学的挑战。

首先,接受和接受史的学术研究意义。如果说文学批评史的两翼是创作史和接受史的话,那么,作家在文学史上的地位就是由创作和接受来决定的。经典作家作品的前世、今生在批评家那里受到的待遇不同,创作受重视,接受受轻视。对接受的重视就是要以"接受文本"为学术研究的基础,对经典作家作品进行客观、正确的评价。但是由于接受的向度问题所决定的历时性结构的批评,使得接受研究重在材料的梳理,而缺少理论上分析,以至于成为缺乏创意性的"学术避难所",即经典作家作品的"研究资料汇编"。这种研究由于缺乏问题意识,而流于资料堆积。这是对接受研究过于模式化、浅表化和庸俗化的理解造成的。因此,接受和接受史研究的过程不应该是单向的、一维的、独立的历时性梳理,而是要在双向对话,相互沟通理解的基础上,注重意义生成的过程。另外,接受主体不应是单一的读者或评论家,而必然是由多元接受者组成的接受群体。他们的接受活动是有选择性的,个性化的,价值取向各异的。接受史也不同于一般的批评史或学术史,它有自己的研究领域,自己的研究功能。接受史应该是"授受相随"的双方发现的"对话桥",由此产生放送者与接受者共建的审美意义生成的过程。它必是多元审美的结晶,也是一部心灵交流史的写照。一个耳熟能详的经典作家或一部众生喧哗的经典作品所形成的异域接受史,就是一种思想和文化交流史的事件。在其背后必然隐含着深邃的人生意义,诗学审美意义和文化史建设的意义。真正的接受或接受史研究决不能理解为简单的文本梳理和肤浅的诠释,而应该深入探寻隐藏于这个思想和文化交流史事件背后的各种潜在的意义。研究主体必须从文献资料整理的层面上升到理论批评的高度,从文学史进入思想史,从文本接受的表层进入精神文化的深层,这样才能发现有学术价值的新问题,提出有学术史创新意义的新见解。亦或是有学科建设意义的新标志。

20世纪80年代初,1967年滥觞于西德学院派文艺理论评论家姚斯等人的"接受美学"传入中国。学界同仁源于前人留下的丰厚"接受文本",产生了汩汩如泉水的学术灵感。经典作家、作品的接受研究成为中国学术界,包括比较文学界的一大学术景观。事实上,接受美学产生之初,便与比较文学结下不解之缘,尽管当时这种因缘表现为一种批评态度。接受美学先驱之一的姚斯就曾尖锐地指出:"比较文学仍在很大程度上停留在朴素的、解释意义上未开化的客观主义。比较文学并没有留意其比较的相关物问题。"①由此可见,以接受美学的观点考察比较文学研究,会认为它过分强调了客观存在的某些事实联系而忽视了形成这种联系的"相关物",即读者与文本。因此,当接受美学以新兴学科的激活力被接收并进入比较文学范畴,并且很快形成"接受研究"这一新的研究方法以后,则更加顽强地表现出从接受角度分析文学史各种现象的倾向。因此,美国当代比较文学家乌尔利希·韦斯坦因针对德国学者提出的从方法论角度看,什么是接受研究中最迫切的问题时指出:"'接受研究'是文学史研究中的一支,德国学者对其格外亲切。它主要探讨文学的效果,文学原则如何形成、如何变化之类的问题。这就要求对政治和社会的因素在形成文学原则过程中的作用作细致的研讨。"②但是,韦斯坦因也曾从严格的美学层面,对"影响"和"接受"进行了明确的区分。他指出:"'影响'(influence)应该用来指已经完成的文学作品之间的关系,而'接受'(reception)则可以指明更广大的研究范围,也就是说,它可以指明这些作品和它们的环境、氛围、作者、读者、评论者、出版者及其周围情况的种种关系。因此,文学'接受'的研究指向了文学的社会学和文学的心理学范畴。"③由此观之,"影响"和"接受"这两个概念,自进入比较文学的影响研究和接受研究这两个相关的学术研究范畴以后,二者之间就形成了辩证统一的关系,既有因果联系的一致性,又表现出泾渭分明的对立性。接受研究同样关注一个民族的作家、作品对异域民族文学的影响,或者研究本民族作家、作品对域外民族文学的接受,从这个意义上讲它与影响研究有一致性。但它与传统的影响研究又存在着明显的差别。就比较文学的理论与实践而言,接受研究主要探索读者如何理解和鉴定域外文学作品,以及这些作品被接受后的嬗变过程,学

---

① [德]H. R. 姚斯、[美]R. C. 霍拉勃:《接受美学与接受理论》,周宁、金元浦译,沈阳:辽宁人民出版社,1987年,第139页。
② [美]乌尔利希·韦斯坦因:《比较文学与文学理论》,刘象愚译,沈阳:辽宁人民出版社,1987年,第55页。
③ 同上书,第47页。

术视线主要凝聚在读者身上。影响研究则要在前者的研究视野里,进一步探明那些被接受的"异域"文学所产生的影响作用,即侧重对域外文学的那些借鉴、模仿的成分,以及素材渊源等的事实联系,进行仔细梳理,研究视点主要集中在作品上,而这正是主题学研究关注的问题。二者间存在的对立性也是显而易见的。

当代外国文学专家张黎先生说得很公允:"文学的接受活动,实际上是两种对立的使命统一起来的过程。研究文学的接受总是同研究文学的影响分不开的。接受是从读者这方面来说的。文学接受的全过程,必然包括两个方面。因此,接受美学往往又被称为接受——影响美学。"① 正如法国当代比较文学学者 Y.谢弗莱尔所说:"我认为比较文学是一个危险的学科,接受研究就是一个证明,它对根深蒂固的价值观念提出质疑,提醒人们永远不要以为穷尽了一部作品,永远不要以为完全懂得了什么是文学。"②

人们应该注意的是,在"接受"或"接受史"的研究中,无论是研究者,作家还是读者都在"接受"语境中建构了自己所有的立场和观点。因此,从接受过程中的关注焦点,接受方式和功能效应来分析,经典作家,作品的接受研究,主要分为经典地位的确立史、经典序列的形成史、艺术风格的阐释史、艺术典范的影响史,以及人格精神的传播史等5个方面。以便从微观到宏观,从局部到整体,从诗品到人品,从书写到审美,为审美客体展示出一部主体的、全方位的、全知视角的、丰富真实的经典作家作品的身后史。有了如此的思想奠基,进一步分析就不难发现,经典作家和经典作品围绕授受双方的"对话——交往"轨迹,表现出的侧重点有所不同。经典作家的接受研究由于作家自身的丰富性、灵动性、深刻性,往往要从以下几个方面进行思考。首先是通过作家经典地位的确立史和鼎盛期的考察,揭示作家艺术声誉的形成变迁、不同时代的审美价值取向、社会文化心理结构,及其意识形态观念的发展变化。其次是通过经典序列形成史的排查,和艺术风格阐释史的考察,揭示其经典作品的遴选过程和作品传播的时空广度和心灵深度,以及历代接受者对作家艺术个性的认知高度。再次是通过艺术典范影响史的调查,深入了解作家在文学史上的影响力,被接受时变异与排异的原因和结果,以及对文学变革的推动作

---

① 张黎:《接受美学》,《百科知识》1984年第9期。
② 深圳大学比较文学研究所编:《比较文学讲演录》,西安:陕西师范大学出版社,1987年,第12页。

用,对普通作家模仿与创新的影响。最后,通过域外作家人格形象史的分析,深入认识作家在民族精神发展史和民族性格塑造史上发挥的独特作用,以及在接受国家如何进入其精神文化史的过程。如果说经典作家接受史着眼于创作主体的异域接受的全面考察,那么经典作品异域接受研究则着眼于单一文本的微观研究。

经典作家、经典作品在异域的接受研究,由此为出发点,可以真正成为一种具有独特研究对象、独立问题意识和独有研究范型的学术模式。其独具特色的研究成果既丰富了文学接受的理论和研究实践,也从另辟蹊径的角度深入认识经典作家、经典作品的历史命运,历史贡献和现代的精神文化价值。这些经验可以使主题学研究者将文献材料整理升华为批评理论;从文本文学史钩沉提炼为时代思想史,从表层的文本接受进入深层的精神文化结构,一定会发现新问题,得出新结论。

五、文学人类学研究

主题学发源于民间文学、民俗学、民间文艺学,是民间文艺学向学院派的精英文学渗透的结果。而人类学向文学伸展、渗透的结果,即是文学人类学。长期以来,文学研究界对于文学本质的探讨,基本上借用科学方法论来解决或解释文学问题,或者搬用某些哲学框架来图解文学或引导文学,尚未上升到文学本体论的高度。西方传统的文学研究习惯将文学视为以文字为载体、以想象为特征的诗性和叙事性表达。自古希腊以来,文学研究的主要途径便从诗学向着文艺学、美学、哲学的方向发展,具有明显的"形而上"的文本倾向和创作主体的精英化色彩。19世纪浪漫主义思潮使人的思想大为解放,于是这种近乎精致化、抽象化和封闭化的文学研究传统,开始转向门户洞开。主题学进入比较文学、人类学进入文学都是由于学者的研究视域从书写文本,拓展到文字以外广阔世界。这时人们开始发现科学、哲学、美学不是万能的,不是打开文学本源的唯一钥匙。文学的本质只能从文学与人的多种多样的联系中去寻找,只能从文学本体论与人类学本体论的关系中去探求。

人类学是对于人的生存状态进行研究反思的理论体系。其先期任务之一是以西方文化为参照,考察各种"异文化",对世界各地区的不同族群和社会存在进行全面的描述。文学现象自然是其考察的对象之一。开始之初这种考察更多地关注所谓的"原始民族"的口传文化,如民间的神话传说、故事歌谣、童话寓言等。19世纪下半叶，英国人类学家泰勒(1832—1917)在对南美洲"原始民族"进行实地考察的基础上，提出了颇有影响的"文化"定义。他指出：所谓"文化，或文明，就其广泛的民族学意义来说，是包括全部的知识、信仰、艺术、道德、法律、风俗，以及作为社会成员的人所掌握和接受的任何其他才能和习惯的复合体。"①

他在这一经典的定义中首次将文学艺术纳入"文化"之中，进行整体研究。从而完成了从人的生存出发的研究，必然要走向人的文学的正确道路；而从人的文学出发，又必然会深入到人的生存的看似二律背反，实则辩证统一的必由之路上来。既然人的存在与人的文学实在是无法各自独立自足的，那么人类学与文学是完全可能合二为一的。因此，在文学研究上主张文学人类学的方法不仅是可能的，而且也是可行的。

泰勒在其代表作《原始文化》中对人类的神话进行了系统、全面的分析，其得出结论认为"神话的发生和最初的发展，想必是在人类智慧的早期儿童状态之中。"因此，"日常经验的事实变为神话的最初和主要的原因，是对万物有灵的信仰。"②受泰勒研究的影响，曾以古典文学为专业，并有过诗歌创作经验的英国人类学家弗雷泽(1854—1941)经过多年的钻研，写出鸿篇巨制《金枝》。在书中，他旁征博引，系统考察，分析评述了世界众多地区的原始神话，形成体系严谨的神话网络。弗雷泽以"图腾崇拜"解释人兽婚，人兽易形神话，认为"万物有灵"是初民唯一的信仰。他还从神话看巫术，指出巫术的神奇力量；再从巫术看原始宗教，指出其实质是人与神的沟通，从而对人类的原始文化进行个案分析与理论总结。重要的是自他开始，神话作为"文学"的标志性形态，成为能够认识人类文化和原始社会规律的依据。因此使文学与人类学融为一体，形成"文学人类学的同一性"。人们可以看到，任何特殊的文学现象，无论其形态如何，都会带有人类文学的特征，并可以将体现在文学中的"人的类的特征"，合称为"文学人类学的同一性"。正是这一特性造就了文学人类学之所以能够存在的学理依据和实践基础，也正是这种特殊性使不同时空的文学现象在具有差异性(文学的民族性)的情况下可以跨越民族、国家、语言、文化等界限，形成人类文化心理结构中最基本的元素，并成为主题学研究的基础。

---

① [英]爱德华·泰勒：《原始文化》，连树声译，桂林：广西师范大学出版社，2005年，第1页。
② 同上书，第233页。

文学人类学作为自觉和有学理依据的文学批评与研究方法,和加拿大学者诺斯洛普·弗莱(1912—1991)的重要著作《批评的解剖》(1957)有关。他主要以西方文学为研究对象,以具体的神话为"原型",考察西方文学的诗歌、散文、小说、戏剧等具体的形态,发现要探求文学的意义必须从具体的文本分析入手,还要联系纵向的古今和横向的内外等全部的关系,才能系统、整体的把握。按照弗莱的思路去探索,真正的文本其实只有一个,即从古希腊神话,口传史诗到"圣经";再到《神曲》、莎士比亚戏剧;直到现代小说和散文。这是一个整体存在的"文学",其中神话是"文学"这一大文本的基本形式,其余文学形态则是神话的延续和演变。这就造成了反思以往的研究与批评的局限,即只留心由统一的文学"原型"演变出来的各种文学形态的外在意象和表层异同,而缺乏对文学内在的整体统一性的把握。于是弗莱参照人类学和心理学相关研究理论,提出要从内在深层结构把握"文学总体"的主张。尽管他本人考察人类文学现象时存在明显的"西方中心主义"倾向,但是他还是原型批评领域不可忽视的权威。以神话研究和原型批评为特征的文学人类学研究日益引起世人众多的研究兴趣。

世界上各个民族虽然空间距离遥远,文化背景迥异,但各个民族最早的文学形态——上古神话都很丰富多彩,且具有惊人的内在一致性。学界对神话作科学性研究,形成了神话学、神话学派。它们认为神话乃民族文学文化之渊源,具有无所不包的性质,用神话对民间创作现象从起源到意义进行阐述,给文学带来新的生命和境界。神话研究还探讨文学的共同来源,以此沟通时间和空间上都不相关的作品。例如,东西方神话都有其天地开辟神话,人类起源神话,英雄神话,自然神话等几个基本类型,就其内容的实质与基本要素而言,也十分相似。几乎所有的天地开辟的神话都表明,同处于蒙昧无知和恶劣低级生活环境中的先民,都经历过相同的心理发展阶段,对同一世界为何出现的认识与思考,都具有相同的"混沌初开"的理念。在人类起源神话中,原本神话是人根据自己的生活状态创造了神话,即神是人造的,却在神话中都表现人是神造的,从而进一步发现虽然是人造了神,但人都听命于神的普遍性描述。世界许多民族的人类起源神话大致都经历了由独身神神话(单性生殖)向偶生神神话(两性生殖)发展的历时性进程。

文学人类学的神话研究还探讨各种文学的共同性,使历史上不相关的文学现象在比较中产生了更为丰富的潜在的研究价值。从文学的表现对象,即题材和主题方面分析,这种文学的共同性更容易发现。文学研究中有所谓"永恒的主题"之说,尤其是男女爱情的题材和主题,可以说贯穿了全部人类文学发展史的整个过程。其他像"追求"的主题,"有生化无生"的主题,"人生短暂与时间永恒"的冲突主题,"神性与人性"冲突的主题等,也都可以说是"永恒的主题"。上述这些文学的主题告诉人们,从古至今,东方西方,人类都在做着同一个梦。它们都体现了前文所说的文学人类学的"同一性"。因为人类对文学的需要,乃是出于自身生存的需要,出于人类了解自身、审视自身、体验自身、实现自身、建构自身的需要。文学是人类经验的结晶。文学审美价值主要是向读者提供体验性的心境,经验性的书写,感性动人的语境。正是在对人类生活经验重建与肯定之中,文学人类学才最终找到了自身存在和研究的价值。

从文学人类学的角度考察人类的经验,尽管有属于个体的、特殊的经验,但从本源上说应该又属于人类一般经验这个大范畴。其中最重要的生与死、饮与食和情与性这几种生命现象,同时又是人类最基本的经验。当这些经验得到集中表现和特殊强调时,无论时空条件如何,它们都会形成文学的主题,在其他情况下,它们就构成了文学的题材和情节。为什么人类会产生如此多的共同基本经验呢,因为人类有共同的脑髓机能、共同的生存需要。既然人类有相同的基本经验、相通的心理感受,那么文学会有同一的永恒的主题也是很自然的。人类历史的实证和思维逻辑的推理都说明了这一点。文学家和艺术家最有价值的工作就是反映与表现这些基本经验或永恒的主题,而文学评论家最有价值的工作则是发现并说明这些基本经验或永恒主题,这就是主题学研究的任务。

人类的基本经验犹如一个又一个的"故事",值得人们尤其是文学家、艺术家和批评家去为之讲述、为之表现、为之评说。在文学人类学里这些"故事"主要指的是神的诞生和恋爱、历险和胜利、受难和死亡、离世和再生。"神话就是人话",神的这些故事,本质上就是人类生命的基本体验,人类生活的基本经验。不同民族,不同文化背景,不同时空的不同作家所做的工作,实际就是从不同方向、不同角度、不同层面去反映,去表现这些典型的原始意象或人类基本的经验而已。但是由于它凝聚着人类从远古以来就长期积淀于心底的太多东西,其中蕴藏着巨大的心理能量,所以其普遍的情感内容会比个人的心理经验要强烈得多,也深刻得多。这就使人类运用文字这种表达方式反观自己,审视他人,从而恢复人类关于追寻、教训、震惊、激奋、安危等被忽略的经验,并产生震撼性的审美效果。只要人们阅读了这样的作品,那在心理积淀中的人类永恒的经验便会被激活,并释放出难以理解和想象的巨大能量。彼时彼地彼此,人们不再是个人,而是人类,全人类的各种存在都会在他们心中引发共鸣。文学作品之所以会产生如此大的艺术感染力,正是因为文学人类学的同一性普遍存在的结果。另一方面,面对饱含人类基本经验的这些"故事",不同民族、不同时空、不同文化基础和学术背景的评论家所要做的工作就是要从理论层面、审美层面去发现并说明这些原始意象或人类基本经验之所以产生的原因,其形成的过程,以及所产生的影响和意义。这就要求评论家必须披沙拣金、慧眼独具,要善于从原始意象的叙事书写中,从人类基本经验发生的人物身上找出某种足以让人心悦诚服的解释。因为其中的价值观念,其中的信仰都很难以一种标准来衡量它,也很难给予其以终极的价值判断。评论家最终将以自己高屋建瓴的批评见解与文学家、艺术家共同完成由人类共同经验构成的故事原创与解读。

  文学人类学作为一种批评方法,就是各种背景的批评家根据有关神话的知识所建立起的一套诠释依据体系。由此可以迅速、正确地探明文学作品的核心所在。正如文学人类学研究所认为的,文学虽可能因时代变迁而不同,但其表现形式却都是永恒不变的。其中各种各样的"故事"可以追溯到远古的神话和仪式;而似曾相识的各种主题、题材又完全可能出现于不同文化背景的神话之中;那些时常出现于时代、环境相距甚远的民族神话中的某些意象,也极可能有共通之处。这些意象可能勾连出人们某些类似的心理反应,甚至其文化上的功用也极为相近。这些主题、意象就是原型。这些具有原型性质的主题、意象以及情节等,不断在文学作品中反复出现,令人难以琢磨。文学人类学所涉及的"原型批评"和比较文学中的"主题学"所探讨的内容有相同之处。目的都是要将深藏在文学中的某些原始意象(即原型)或某些基本的主题(或母题)等模式挖掘出来,找出并分析它们的同一性,使人类学和文学产生联系。以便拓展主题学的研究空间,并赋予比较文学更为丰富的学术内涵。

六、神话原型批评

  神话—原型批评又称"原型批评"或"神话批评"。它诞生于 20 世纪初,兴盛于 50 年代,是 20 世纪文学批评的重要理论和流派。原型批评重点考察人类共有的形象、共同的状态；并从文学作品中寻找其轨迹。它注重作品之间的联系，从宏观上将全部文学纳入完整的结构，力求找出普遍规律，以使文学批评成为一种科学。原型批评理论认为文学的内容可能因时代变迁而不同，但其形式却是不变的。各种程式、原型可以一直追溯到远古时期的神话和仪式。许多"原型"性质的主题、母题、题材、意象等因在文学作品中反复出现而历久弥新。因此也和主题学产生了这样或那样的联系。这种批评理论在方法上由于注重综合而系统性较强，学术视域开阔，往往将神话、仪式、原型等和文学作品联系起来分析，并借鉴人类学、文化学、心理学等学科的理论。从一些新角度入手，对文学现象进行阐释，不仅扩大了考察文学的视野，也开拓了文学研究的领域。由此观之，原型批评的理论来源呈现出多元化的特征。

首先，原型批评来源于人类学。弗雷泽是第一个以创造神话研究文学及其直接来源的人。他的名著《金枝》，比较研究了魔术、仪式与神话中随处可见的宗教信仰和原始渊源。其中的人类学的研究方法对原型批评的产生形成给予了重要的影响。他发现并提出的作为原始民族思维和行为规则的"交感巫术"原则，即他们有一个相同的信念：人类与自然之间始终存在着某种相互交感的区域和关系。人们可以通过各种象征性的活动将自我的情感、欲望与意志投射到自然中去，如此即可达到控制它的目的。根据"交感巫术"的原则，弗雷泽又研究了诸多类似的仪式，发现了在西方文化和文学中大量存在的"死亡与复活"的原型。主要有"弑圣天子"的神话和"代罪羔羊"的原型等。弗雷泽的《金枝》属于人类学著作，但它对文学批评的影响远比其所属领域的影响要大得多。它不仅为后续的原型批评提供了方法论的借鉴，而且为研究者提供了在西方文学中反复出现的一些"原型"。在弗雷泽的影响下，原型批评思潮中曾一度形成过一个著名的"剑桥学派"。该派出现于20世纪初的英国，当时剑桥大学的希腊学者出版了一系列的研究论著。他们应用近代人类学研究的新发现，从神话与仪式的起源来探讨希腊古典作品，取得了令人瞩目的成果。他们的重要观点是，仪式的发生先于神话和神学。其中哈莉生（女）的《西密司女神》(1912)一书，探讨了希腊冥世神话的背景和希腊悲剧中隐约可见的仪式形式。其主要论点之一是："神话不是其他任何事物的替代，它自成一格，自有其渊源。"该派另一重要成果是牛津大学穆瑞的一篇讲演《哈姆雷特与欧雷斯蒂》(1914)即(欧里庇得斯的《奥瑞斯忒斯》)。他指出此二剧虽时代相隔久远，却本源于同一神话与仪式。其主要观点是:"两剧本身非神话非仪式,而是道地的文学作品。"①

其次,原型批评来源之二:心理学。弗洛伊德与荣格的心理研究为人类认识深层心理潜意识等领域提供了宝贵的经验,为文学研究尤其是神话研究开拓了新的领域。弗洛伊德的《图腾与禁忌》就提出一种假设:弑父的原型是社会组织形成的基础。荣格原为弗洛伊德的学生,继后觉得弗氏的心理分析方法过于狭窄,强调的是精神病,而非健全的心理研究;同时,他认为"力比多"并非是以情欲为主的心理能量,而是"生命过程的能量"。作为心理学家和哲学家双重身份的荣格,他以挑战者的姿态提出一种对文学艺术家和批评家都颇具吸引力的"原型"理论,其核心概念是"集体无意识"。荣格在《集体无意识的概念》一文的开篇便对其内涵做了说明:"集体无意识是精神的一部分,它与个人无意识截然不同,因为它的存在不像后者那样可以归结为个人的经验,因此不能为个人获得。构成个人无意识的主要是一些我们曾经意识到,但以后由于遗忘或压抑而从意识中消失了的内容;集体无意识的内容从来就没有发现在意识之中,因此也就从未为个人所获得,它们的存在完全得自于遗传。个人无意识主要是由各种情结构成的,集体无意识的内容则主要是'原型'。"②他意在说明,集体无意识反映的是人类或种族世代遗传下来的一种心理上的文化积淀物。它显现在神话、仪式、传说、巫术的意象和想象之中,被称为"原型"。它们经常反复出现在文艺作品中。荣格进一步指出:"原型概念对集体无意识观点是不可缺少的,它指出了精神中各种确定形式的存在,这些形式无论在何时何地都普遍地存在着。在神话研究中它们被称为'母题'。"③在此处"原型"和主题学中的"母题"有了交集。荣格在学理层面以"集体无意识"和"原型"为原型批评提供了理论支撑。从研究实践上为文艺家和批评家提供了独特视角和丰富的材料。这都说明,由集体无意识形成的原型是文学艺术之所以拥有经久不衰魅力的原因所在。

最后,原型批评来源之三:神话学。神话学主要对神话做科学研究。它始于文艺复兴时期,后属于文艺学研究范畴。它形成学派后,认为神话是民族文学之根源,具有无所不包的内涵,主要用神话对民间创作现象的起源和意义进行阐释。

---

① 李达三:《比较文学研究之新方向》,台北:联经出版事业公司,1978年,第223—224页。
② [瑞士]荣格:《心理学与文学》,北京:生活·读书·新知三联书店,1987年,第94页。
③ 同上。

弗·谢林和史雷格尔兄弟的浪漫主义美学主张被视为其哲学基础,另外,主题学先驱格林兄弟在神话学发展过程中也起过重要作用。他们对前人的神话理论进行了梳理与总结,认为民间故事、叙事诗、传说等,皆因神话而应运而生,水到渠成。神话学为比较神话学,民间文艺学中的神话研究奠定了基础,开辟了道路。神话研究主要探讨神话与文学之间的关系,近代以来它主要依靠人类学、心理学、语言学等其他相关学科所提供的有关神话研究的成果来探讨文学的内涵。神话研究重点探讨神话在文学中的功用以及神话渗透、浸润、注入到文学中的情形。例如弥尔顿的《失乐园》等作品就充分并成功运用了传统的神话题材。重点要了解作家对已知神话原型做了哪些增删改动;或者如何采用了神话中的人物、主题、意象等进行了互文性再创作等情况。这些都与比较文学研究中的主题学、类型学、题材学等有诸多汇通之处。神话研究还寻找文学的共同来源,以此沟通时间和空间互不相关的作品,努力发现在神话传说基础上的各种文学共同性,使历史上表面似乎并不相关的文学现象能够具有丰富的潜在研究价值。神话研究作为一种批评范式,是评论家根据相关神话的知识所建立起的诠释文学文本的依据,以便得以准确、迅速地探明文学作品潜在的核心是何种状态。神话原型批评理论就认为文学虽可能因时代变迁而呈现出不同的形貌,但其型式却是难以改变的。其各种原型、意象、母题皆可追溯到远古的神话和仪式。类似的主题、题材、类型可能出现于不同的时空背景的神话中;时常出现于时代、环境相距甚远的民族神话中的某些意象、母题,可能有相通之处或相同的源头。可能表现出某些类似的心理反应,其文化上的功能也极其相近。这些主题、意象、母题就是原型。因此有学者将原型也视为主题学研究对象之一。原型性质的主题,意象以及情节,可以在文学作品中反复出现,虽然其表现形态可能会变化,但其内核却经久不衰。例如有的学者认为哈姆雷特的故事内核基本上就是俄狄浦斯情结的再现。

将原型批评的三个来源融为一体的集大成者就是加拿大学者诺斯洛普·弗莱。他将人类学、心理学、神话学对原型研究的诸多成果加以吸收改造,建立起自己的原型批评理论体系,成为第一个真正将"原型"理论运用到文学研究和文学批评领域的学者。其代表作《批评的解剖》一书被当时学术界视为原型批评理论的"圣经"。首先,弗莱对"原型"的概念给予新的阐发,使之真正进入文学研究领域。在他看来,"原型"就是"典型的即反复出现"的意象。他在《布莱克的原型处理手法》一文中明确表示:"我把原型看作是文学作品里的因素,它或是一个人物、一个意象、一个叙事定势,或是一种可以从范畴较大的同类描述中抽取出来的思想。"①他的原型概念范畴较之前人的认知有较大的扩展,它已不仅仅局限于神话和仪式的研究中,而且被视为现今的文学与传统古典相关联的中介与桥梁。这样"原型"就成为一种现实广泛存在的文学结构要素被置于文学传统中进行考察,从而使原型概念在批评实践中有了重要的意义。其次,弗莱认为神话是一种结构形式,逐渐"移位"为文学。他总结归纳出神话中的黎明、春天和出生;正午、夏天、婚姻和胜利;日落、秋天和死亡;黑暗、冬天和毁灭这四种叙述模式。并指出:"一天日出、日落的循环,一年不同季节的循环,以及人的生命的有机循环,其中都有同样意义的模式;依据这一模式,神话环绕某个形象构成具有中心地位的叙述——这形象一部分是太阳,一部分是茂盛的草木,一部分是神或原型的人。"②由此看来,神话中的神从诞生开始,历险,胜利,受难,到死亡,复活的过程,犹如昼夜交替,四季变换,往复循环一样,包含了文学的一切故事。文学是神话的延续,神变成了文学中的人物,最终文学成为移位了的神话。

  以弗莱为代表的原型批评理论主要表现出以下理论特征。首先,注重对文学作品进行"远观"式研究。弗莱曾说:"赏画可以近观,细辨画家的笔法和刀法。这大致相当于文学方面新批评派对作品的修辞分析。离画面稍远一点,便更加清晰地看到构图,这时观察到的是表现的内容。从某种意义上说,这是在'读画'。再远一点,就愈见其整体构思……在文学批评中,我们也常常需要远观作品,以便发现其原型结构。"③其次,注重对文学现象进行总体把握。弗莱以宏观的角度来考察整个欧洲文学的发展流变,为人们勾勒出一幅轮廓清晰的文学史脉络,让人们对西方文学的全貌有了概括的了解,便于总结和发现文学发展中的规律。原型批评要求将文学的各种要素,如文体、题材、主题、结构等统统放进文化整体这一大框架中去考察,以恢复被新批评方法割断了的文学的"外部联系",达到对当代文学中神话

---

① 邱运华:《文学批评方法与案例》,北京:北京大学出版社,2006年,第117页。
② [加]弗莱:《文学的若干原型》,见伍蠡甫主编:《现代西方文论选》,上海:上海译文出版社,1983年,第344—345页。
③ [加]弗莱:《批评的解剖》,见叶舒宪编:《神话-原型批评》,西安:陕西师范大学出版社,1987年,第180页。

复兴趋势的描述时所应具有的新的历史感。再次,强调文学创作与文学传统的关联。原型批评认为文学作品不是个人的创造,而是文学传统的产物。举例说明:"诗只能从别的诗里产生,小说只能从别的小说里产生。文学形成文学,而不是被外来的东西赋予形体:文学的形式不可能存在于文学之外,正如奏鸣曲的形式不可能存在于音乐之外一样。"①这种注重作家创作与文学传统联系的特征,在原型批评中被不遗余力地表现。弗莱甚至不无偏激地说:"只有原型批评才考虑到作品与其他文学的关系。"②最后一点,始终重视原始文化形态研究的发展趋势。原型批评从神话、仪式出发研究文学创作及文学作品的内在结构,并从此角度深掘、阐释出文本背后的深刻内涵,这始终是原型批评擅长的视角。因此弗莱说:"对于一部小说,一部戏剧中某一情节的原型分析将按照下列方式展开:把这一情节当做某种普遍的、重复发生的或显示出与仪式相类似的传统的行为:婚礼、葬礼,智力方面或社会方面的加入仪式,死刑或模拟死刑,对替罪羊或恶人的驱逐等等。"③

原型批评理论横空出世,使文学研究的思维空间得到了较大的拓展。从此文学研究不再局限于文学自身内部狭小的范畴里,就文学研究文学,而是将文学作品置于整个文学传统中加以分析研究,尤其是对文学中文化诸多因素的探求,使得潜藏在文本背后深层的意蕴得以显现,这无论如何都是文学批评的一大幸事。原型批评中的"原型"即"母题""主题"的研究直接成为比较文学主题学研究中的重要领域。它使得产生于19世纪初期的德国主题学研究至今得到进一步的深化。

主题学方法论的阐释表现出一种"漂移"状态,这种"漂移"是在不知不觉中,在潜移默化中形成的。主题学在学科成熟的过程中,就从民间文学研究进入比较文学研究,从边缘化的民族文学进入中心的世界文学。主题学以其特有的学科兼容度和吸引力,以及跨界研究的优势,将诸多相邻学科的研究内容和方法纳入自己的学术视野,极大地丰富了本体的研究方法,也极大地开拓了主题学的研究空间,给主题学研究带来了新的生机。但是这种"漂移"状态不是全无疆界的,而是处于有限的动态平衡状态。它是在"守成固本"的传统基础上,以当下情怀开疆拓土的。

---

① [加]弗莱:《批评的解剖》,见叶舒宪编:《神话—原型批评》,西安:陕西师范大学出版社,1987年,第151页。
② 同上书,第154页。
③ 同上书,第159页。

"本""末"二者互相补充、取长补短，才使得主题学的研究能够实现自身发展的现实图景。

如果对主题学的哲学内涵进行理论总结的话，我们是否可以这样认为：主题学的本体论体现的是理性主义哲学；主题学的认识论则体现的是实用主义哲学；那么主题学的方法论体现的就是实证主义哲学。从此，在本体论、认识论和方法论这三足鼎立之上的主题学，才真正成为比较文学研究中的一个重要学科。

第三章　主题学在中国的勃发

第一节　百年来中国学者的贡献

主题学是有学理基础做支撑的,它具有独特的本体论意义。主题学研究无疑是比较文学的一个重要的研究领域。因此,它以跨异质文化为本质特征,以跨诸多学科为表象,从而表现出网状思维和星云式联想的优势,以及追根溯源式的树根型考察,给人一种广可纵横捭阖,深可探源索迹的学术视域。比较文学主题学研究是跨越语言、跨越民族、跨越国界、跨越学科、跨越文化等多种界限的关于主题、母题、意象、原型、题材、人物、情境等方面的中外文学关系与联系的研究。它自20世纪70年代末至80年代初,进入中国学术界以后,形成了民间文艺学领域的主题学研究;比较文学领域中的主题学研究;中国文学领域的主题学研究三种主要趋向。在经历了中国比较文学学科定型后的三十多年之后,无论是在理论建构还是在研究实践上都取得了巨大的成就,具体分析如下。

第一种趋向,最先发轫的是民俗学、民间文学的主题学研究。

作为一种自发的研究方法,主题学应该可以说此前早已有之。因为主题学既然源于欧洲民俗学和民间文学的研究,那么中国在这一领域里显然有着极其丰富的学术资源可利用。因此,从理论上说中国比较文学的主题学研究应该有深广的学术基础,更何况当时正值西学东渐、中西交融的大背景下,中国相关学者在民俗学和民间文学的研究中对应西方主题学的研究成果进行相关的思考、利用是完全可以理解的。

早在20世纪初中国文坛就开始出现王国维《〈红楼梦〉评论》(1904)、鲁迅的《摩罗诗力说》(1907)、胡适的《〈西游记〉考证》(1923)等具有中国色彩的比较文学研究成果。也出现了顾颉刚的《孟姜女故事的转变》(1924)、钱南阳的《祝英台故事叙论》(1930)、钟敬文的《中国民谭型式》(1931)等一批民俗学和民间文学方面有关主题学和类型学的研究成果。在此基础上,到了20世纪70年代末80年代初,受了西方主题学和类型学理论的影响,海峡两岸的主题学研究有了复兴勃发之势。季羡林的《罗摩衍那初探》(1979)、饶宗颐的比较"神话学"研究、钱锺书的《管锥编》(1979)、陈鹏翔的《主题学研究论文集》(1983)、杨宪益的《译馀偶拾》(1983)、刘安武的中印文学比较等著作就成为这一时期主题学研究的扛鼎之作。在此基础上刘守华的《民间故事的比较研究》(1986);刘魁立的"民间文艺学"研究;金荣华的《六朝志怪小说情节单元索引》(1984)《民间故事类型索引》(2007)等著作,主要代表了以西方传统主题学研究范式在中国民间文艺学范畴主题学研究中的重要标志。

第二种趋向,发展壮大的比较文学研究中的主题学成果。

这些学者大多为中国第一批以中外文学关系为研究对象的比较文学专业学者。主要以乐黛云、孙景尧、陈鹏翔、谢天振、陈惇、刘象愚、曹顺庆、刘介民、王志耕、王向远等为代表。

"主题学"作为比较文学研究的专门术语传入中国的时间并不久远。陈鹏翔自称,20世纪70年代末在台湾地区,他和马幼垣、李达三等人最早使用了"主题学"一词。大陆学者在专书专论中提及"主题学"的应该是20世纪80年代的卢康华、孙景尧合著的《比较文学导论》(1984)和乐黛云的《比较文学原理》(1988)。前者在"平行研究"一节中用了1200多个字的篇幅简单概括了"主题学研究同一主题思想在不同国家文学中的表现,如'爱情与义务的冲突''人生短暂与自然永恒的矛盾''爱情战胜死亡''有生化为无生'等等"①。此后文中列举了大量中外文学中表现相同主题的作品进行说明。现在看来,由于当时条件和篇幅所限,这种"主题学"的理论定义和研究实践都论述得还不够充分、具体。

关于"主题学"的理论,大陆学者在教材中论述较早且较充分的是乐黛云先生。她在1985年由深圳大学比较研究所编辑的"比较文学丛书"总序《比较文学的名与实》中,写道:"从内容方面来说,文学反映人的思想、感情和心理状态,人类共有的欢乐、痛苦和困扰往往可以从全不相干的文学体系中看到。……构成了并无事实联系的不同文学之间的一种可比性。这种比较在比较文学中被称为'主题学'。"②

---

① 卢康华、孙景尧:《比较文学导论》,哈尔滨:黑龙江人民出版社,1984年,第176页。
② 乐黛云:《比较文学的名与实》,见乐黛云:《比较文学原理》,长沙:湖南文艺出版社,1988年,第2页。

毫无疑问可以看出乐黛云当时是将"主题学"归入无事联系的平行研究一类的。

另外,一批比较文学教材和刘献彪主编的《比较文学手册》(1986)、上海外语学院外国语言文学研究所编写的《中西比较文学手册》(1987)等相继开始介绍主题学。但是中国大陆学者系统介绍主题学理论的是谢天振先生。他在 1987 年由广东省比较文学研究会和暨南大学中文系合办的《比较文学研究》季刊第四期上发表了 16000 多字的关于"主题学"的专题论文。他在文中首先对"主题学"一词在国外的产生,传入国内的时间进行了简单的考证。其次,以具体事例对"主题学"的产生及其在比较文学中的地位进行了阐发。再次,对"主题学"的定义等属于本体论范畴的内容进行了从理论到实践,从国外到国内的厘清。文章最后,也是最重要的部分,是对"主题学"研究对象的分类。因为国外学者思想认识的不统一,导致作者耗费了大量的理论思考和实例分析来说明主题学研究的不同分类标准和内容;主题研究、母题研究和情境研究的具体策略与方法等。毫不夸张地说,这篇文章为当时的学者研究比较文学主题学的理论与实践奠定了学科基础。10 年之后,他在和陈惇、孙景尧主编、由高等教育出版社出版的《比较文学》一书中,又重新撰写了"主题学"一章,20000 余字。就这样,中国比较文学平行研究中的主题学研究,尤其是中外文学中的主题研究一发不可收。

陈鹏翔对中国比较文学主题学的理论建构、实践推广而言都是一个重要人物。他是当代马华作家的代表,其诗歌创作和文学评论在台湾地区马华作家群中颇有影响。20 世纪 70 年代末 80 年代初他开始致力于比较文学研究,并积极推广主题学的理论与实践。他在博士论文《中英古典诗歌里的秋天:主题学研究》中就开始运用主题学的理论来研究中英诗歌里关于"秋天"的母题。从此他开始重点进行比较文学主题学研究。相关著述有《主题学研究论文集》(1983 版、2004 年新版)、《主题学理论与实践》(2001)。他的主题学研究在中国比较文学学科史上有一定的历史地位。

陈惇、刘象愚二位先生在国家教委"七五"高校文科教材《比较文学概论》(1988)一书中用了一节,近 9000 字的篇幅重点对"主题学"进行了理论上的阐释。作者首先从历史沿革和术语形成两个方面对"主题学"进行了较为详细的解说。其中着重指出:"比较文学中的主题学并不等于我们通常所说的主题研究,它包括对题材、主题、母题、情节、人物、意象等方面的研究。"①这就厘清了主题学与主题二者研究范畴的区别。在对意象与主题的关系进行了严格的界定之后,作者又对题材提出了主题学意义上的要求。"题材是作品的素材,尚未经过作家的处理。……题材的上面是情节、人物和一定的艺术形式;再上面一层是从具体的情节、人物中概括出来的一系列母题;母题上面的最高层次是作品的主题。""主题学即是以作品的这四个层次为对象,于是有题材研究、人物研究、母题研究、主题研究等。"②这两位作者清晰地描述了文学作品在主题意义上的四层结构,并分别对应着一种主题学研究的范畴,这不仅在当时,即使是现在也有比较文学主题学研究的学理意义。

刘介民在《比较文学方法论》(1995)的第五章"比较文学理论之平行研究"中论及的第一种方法即"主题学的方法"。虽然他的论述只用了 3700 余字,但是他的观点极其明确。首先,主题学是平行研究的一种首要方法。其次,他对主题学进行了本体性意义的界定:"主题学就是要从'主题'(theme)及'母题'(motif)入手,研究文学作品的国际关系;研究同一主题思想在不同国家文学中的表现形式。"他还进一步指出:"主题学基本是属于平行研究,而主题研究则为法国影响研究所盛行。"③再次,文中指出比较文学"它探讨从一国转向另一国的过程及其演变,和那些充分体现文学特质的主题、典型和传说。当然,民俗学与比较文学也有相接的情况,尤其是某些主题学的领域"。在这里他指出了民俗学和比较文学研究对象和领域有叠加之处,这也正是西方早期民俗学不被正统的比较文学接纳而后又进入平行研究的契机。因为"这些主题,不同国家的不同作家有不同的取舍,也可能在不同国家不同作家找见相似之点。用这种方法进行对比与比较的对象,就不仅仅是存在着直接的影响关系,有很多是不同国家不同历史时期出现的相似现象。因此,比较文学由影响研究走向了平行研究"。最后,他还指出:"每一时代的作家都在主题上翻新立意或创造出某些琐节。主题学的方法要研究这些与主题的相互取舍关系、主题的相互联系和相互影响。"④其最后结论是:"可见主题学的方法,已从德、

---

① 陈惇、刘象愚:《比较文学概论》,北京:北京师范大学出版社,1988 年,第 243 页。
② 同上书,第 246 页。
③ 刘介民:《比较文学方法论》,天津:天津人民出版社,第 243 页。
④ 同上书,第 244 页。

法题材史、主题史的研究转向国际文学的平行研究。"①而这恰恰是中国比较文学主题学研究最早是由民俗学、民间文学萌芽，最终归于世界文学研究的原因。

第三种趋向，西方主题学在中国文学史研究中延展形成了主题史研究。

这是一种以舶来品的主题学理论重构中国文学史现象的阐发式研究。例如以王立的《中国文学主题学》(1995)、宁稼雨的《先唐叙事文学故事主题类型索引》(2011)、叶舒宪的《神话意象》(2007)、陈建宪的《神祇与英雄》(1994)、万建中的《解读禁忌》(2001)等为代表的运用神话母题所进行的神话研究和古典叙事研究；以谭桂林的《长篇小说与文化母题》(2002)、王春荣的《意义的生成与阐释——新时期文学的主题学研究》(2007)等为代表的针对中国现当代文学的发展，所进行的题材史和主题史研究等。

21世纪以来，构建具有中国特色的比较文学主题学研究已初显端倪。

21世纪以来，在大量比较文学主题学研究实践的基础上，对于主题学的理论研究也有新的发展。比较重要的有孙景尧主编的《比较文学经典要著研读》(2006)中对主题学理论的阐释与解读；美国哈佛大学大卫·达姆罗什的《新方向——比较文学与世界文学读本》(2010)中也有不少关于跨文化比较中的主题学的理论问题。2011年由笔者在《湖南人文科技学院学报》第5期作为特邀主持人发表了"比较文学主题学研究"的系列文章。2014年张汉良先生发表于《中国比较文学》中的《透过几个图表反思"文学关系研究"》一文中提出主题学的学理基础，即"发生学的接触"与"类型学的平行"等问题。这都表明比较文学主题学研究日渐成为这一领域的显学，在理论与实践上都取得新的成果，并逐步形成独立的学科体系。

许多学者一直都在关注比较文学学科理论的发展变化，一直处于比较文学理论探讨和实践研究的前沿。他们对主题学的理论和实践有着连续性的思考，在大量理论思辨和研究实践的基础上对主题学从本体论定位到认识论定性；从方法论入手到实践论践行，都进行了全方位的考察与创新。尤其是在"一代博学鸿儒"钱锺书治学方法的影响下，大家都希望像他一样能够建构具有中国特色的主题学的学术大厦。

古人云："究天人之际，通古今之变，成一家之言"，言外之意即是说，只有对

---

① 刘介民：《比较文学方法论》，天津：天津人民出版社，第248页。

"史"的"通",才可有"思"之"变",在此基础上,才可能建立自己的学术思想。钱锺书先生在《谈艺录》开篇,即讲"东海西海,心理攸同;南学北学,道术未裂",并用这种思想贯穿了他的《管锥编》等学术著作。这种学术探索使他的学术研究始终有一种"打通"的思想主脉,即"打通古今""打通中外""打通学科",在这种"三通"之中形成他的思想之变和思维之辨。他在自己的书中以深厚的学养、大量的典籍和难以辩驳的批评理论,说明不同民族、国家的文学艺术家能够创造出相近或相似的思想内容、主题意象、情节结构、类型文体。他将《续玄怪录》中的薛伟化鱼的记载,与卡夫卡《变形记》中格里高尔变成甲虫一事相比较,得出"变形"是形象思维共通、共同的"艺术规律"。① 这明显说明作为文艺理论家和批评家的钱锺书也能提出心领神会、文化心理结构相同、文艺观点共通的见解。他将鲍照的《舞鹤赋》与德国席勒、英国叶慈等人的作品比较,证明中西文学规律也有相通之处。② 钱锺书在中外纵向历史影响和横向现实影响的互动关系中,将大量的有关文艺作品的意象、题材、母题和主题的学术探讨,深化为在人类思想史、精神史上的鲜活亮点和哲理追求,这都是后人难以企及,但大受启发的。

前有古人,后有来者。2015 年 2 月高等教育出版社出版了"马克思主义理论研究和建设工程重点教材"《比较文学概论》。在这部最新著作的第五章"文学的类型研究"的第二节"文学主题与主题学"中,笔者用了 17000 余字的篇幅对"主题和主题学的联系与区别""主题学研究的分类""主题学研究的主题""主题学的平行研究与影响研究"四个问题进行了系统、全面的理论与实践的阐发。并开宗明义地指出:"在基本廓清了类型学、主题学与文类学这三者各自的学术疆界和独有的研究对象和方法之后,本章明确指出:类型学、主题学与文类学既属于平行研究,又属于影响研究,这是本教程结构上的一大创新。"③但是笔者也在继后的论述中明确指出:"正是这些具有动态特质的母题、题材、主题,使主题学研究始终充满活力。它们不可能被任何界限所束缚而成为专有物,恰恰相反,它们会越来越活跃,成为平行研究和影响研究中都不可或缺的重要因素。至于在运用这些主题学的构件时,使之进入平行研究或是影响研究领域进行探讨,则应该视实际情况而定,不可先入

---

① 钱锺书:《管锥编》,北京:中华书局,1979 年,第 568 页。
② 同上书,第 1312 页。
③ 《比较文学概论》编写组:《比较文学概论》,北京:高等教育出版社,2015 年,第 185 页。

为主。"①我们是学者就要尊重学术,遵循学术规律,不能因向壁虚构的初衷,导致向隅而泣的结局。

中国比较文学学会前会长、《比较文学概论》主编、首席专家曹顺庆教授在《光明日报》发表的署名文章《构建比较文学研究的新体系与新话语》一文中,论及"马克思主义理论研究和建设工程重点教材"《比较文学概论》的创新之处时就以"文学的类型研究与比较诗学"板块为例,评价说:它"囊括了'主题学''文类学'的影响研究和平行研究,打通了以往教材将影响研究与平行研究严格区分的结构,解决了比较文学教材以往的结构难题"②。即是说类型学研究中的主题学在影响研究和平行研究的实际操作中并没有严格区分。其实它不仅打破了比较文学教材的结构难题,而且打通了比较文学主要的两种研究方法,即影响研究和平行研究之间学理隔阂的樊篱,形成比较文学研究的第三空间。这既是文化之间转向的结果,也是文化间性使然。只要是在异质文化背景下进行的比较文学研究,就会发现各民族文学作品中的确存在共通而又共同的主题。所以这些相同的主题既不是平行研究中的文化间的比照,也不是影响研究中的文化之间的沟通,而是类型学研究中的文化之间的转换。于是异质文化背景下的文学主题最终会整合为一种异质文化相互叠加交叉的契合点,成为一种关联性的产物,这才是比较文学主题学研究的本质和意义所在。

以"马克思主义理论研究和建设工程重点教材"《比较文学概论》为标志,中国比较文学主题学研究正在表现出如下特点:

一、以比较文学领域的学者为主体的研究成果主要集中在比较文学主题学的理论建构和中外文学比较中的主题学研究实践上;以中国文学史和民间文艺学等研究领域的学者为主体的研究成果主要集中在比较文学主题学的题材史和主题史的研究实践上。

二、前者侧重于主题学研究,即内容上狭义、范畴上广义的世界文学国际性的类型学研究,主要表现为平行研究和影响研究。后者侧重于主题研究,即内容上的广义、范畴上狭义的国内民族文学研究,主要表现为影响研究和接受研究。

---

① 《比较文学概论》编写组:《比较文学概论》,北京:高等教育出版社,2015年,第207页。
② 《光明日报》2015年12月2日,理论版。

三、这两大群体都在努力表现比较文学主题学研究的中国特色,即在理论和实践上彰显具有中国特色的比较文学主题学的理论建构和实践研究,在中国主题学研究的实践上建构中国学者认同的比较文学主题学理论,并开始在世界比较文学界产生深远的影响。

第二节 王国维《〈红楼梦〉评论》的主题

王国维《〈红楼梦〉评论》一文最初发表于甲辰(1904)四月,他刚接任主编三个月左右的《教育世界》杂志总第七十六号上。这篇完全凭借西方理论体系审视中国文学批评的阐发研究性质的文章大开风气之先。同时它也被现代比较文学界视为最早的典范文章之一。此文比蔡元培所写的《〈石头记〉索隐》(初版于1917年)要早13年;比胡适所写的《〈红楼梦〉考证》(初稿完成于1921年)要早17年;比俞平伯写的《〈红楼梦〉辨》(初版于1923年)要早19年。虽然王国维此文发表后的这几位红学大师级人物的研究各有千秋,但是《〈红楼梦〉评论》从哲学与美学的观点和视域来评价《红楼梦》一书的审美价值和社会意义,可以说是前无古人,后无来者的。对王国维其人其文颇有研究的叶嘉莹先生曾评论说:"从中国文学批评的历史来看,则在静安(系王国维笔名——笔者注)先生此文之前,在中国一向从没有任何一个人曾使用这种理论和方法从事过任何一部文学著作的批评,所以静安先生此文在中国文学批评史上实在乃是一部开山创始之作。"[①]

一、关于《〈红楼梦〉评论》

《〈红楼梦〉评论》一文长达14000余字,分5次连载于《教育世界》杂志,即甲辰(1904)四月下旬的第八期、五月上旬第九期、五月下旬第十期、六月下旬第十二期、七月上旬第十三期。它在结构上共分为5章。开篇第一章,他即简明扼要、开宗明义地概述了自己对人生和美术的看法。他认为人生的本质就是欲,"生活之本质何?'欲'而已矣。""然则人生之所欲,既无以逾于生活,而生活之性质又不外乎苦痛,故欲与生活、与苦痛,三者一而已矣。"因此只有无欲才能解脱苦痛。他认为只

---

① 叶嘉莹:《王国维及其文学批评》,广州:广东人民出版社,1982年,第176—177页。

有艺术之美"全存于使人易忘物我之关系也",而且"夫优美与壮美,皆使吾人离生活之欲,而入于纯粹之知识者"。最后,他点出题旨,"今既述人生与美术之概略如左,吾人且持此标准,以观我国之美术。而美术中以诗歌、戏曲、小说为其顶点,以其目的在描写人生故。吾人于是得一绝大著作曰《红楼梦》"。①

第二章至第四章是文章的主体部分。他在第二章中认为《红楼梦》的精神在于表现生活之欲与解脱之道,于是先提出:"饮食男女,人之大欲存焉。"然后论述:"男女之欲,尤强于饮食之欲",因为前者之苦痛,胜于后者之苦痛。"而《红楼梦》一书,实示此生活、此苦痛之由于自造,又示其解脱之道不可不由自己求之者也。"他得出结论:红楼梦之精神主要体现在宝玉之"欲"所产生的苦痛及其解脱的途径。作者在第三章中主要论述了《红楼梦》在美学上的价值。他从《红楼梦》的悲剧性质入手,指出中国人的乐天精神,并指出:"故代表其精神之戏曲小说,无往而不著此乐天之色彩,始于悲者终于欢,始于离者终于合,始于困者终于亨",而《红楼梦》则"大背于吾国人之精神",是"彻头彻尾之悲剧也"。他通过对叔本华三种悲剧说的分析,认为:"《红楼梦》者,可谓悲剧中之悲剧也"。最后他点出悲剧的意义在于"美学上最终之目的,与伦理学上最终之目的合",而"《红楼梦》之美学上之价值,亦与其伦理学上之价值相联络也"。作者在第四章中,继续分析《红楼梦》在伦理学上的价值。并推理出"解脱"为"伦理学上最高之理想"。他从人生谈到世界,从宗教谈到哲学,得出"其最高之理想,亦存于解脱"的结论。最后指出:《红楼梦》不仅"以解脱为理想者",而且也表现出在伦理学上的价值,堪称"宇宙之大著述"。

第五章是余论,显然是全文的最后一部分,即总结部分。作者指出旧红学研究界的种种不良学风,对《红楼梦》的艺术价值再次进行了总体性评述。无论是考证索隐,还是本事自传都未能概括《红楼梦》一书的经典意义。因为"惟美术之特质,贵具体而不贵抽象",形象思维创作的作品不必"本于作者之经验","故《红楼梦》之主人公,谓之贾宝玉可,谓之'子虚''乌有先生'可,即谓之纳兰容若,谓之曹雪芹,亦无不可也"。作者要肯定的是《红楼梦》一书在美学与伦理学上的价值,"足为我国美术上之唯一大著述",而非脱离文学性的考证与索隐。

王国维《〈红楼梦〉评论》一文以叔本华的哲学思想为主导,直抒胸臆;说理精

---

① 王国维:《王国维文集》(上部),北京:中国文史出版社,2007年,第1—3页。以下引文,均见此书。

辟,真知灼见。当然,该文的价值与意义,以及其不尽成熟之处,前辈学者李长之、叶嘉莹、陈鸿祥等多人皆有定评。根据《静庵文集·自序》可知,王国维第一篇文学批评论著《〈红楼梦〉评论》写于他正在耽读叔本华哲学的年代。1898年5月,罗振玉与友人斥资在上海开办东文学社,该校不仅教授日语,而且还用日语讲授近代西方科学文化知识。东文学社开学初,王国维刚从海宁到上海,在《时务报》任书记员。他报名入学社开始认识罗振玉和田冈佐代治等,后者喜好哲学,引领王国维接触康德、叔本华、尼采的著作。康德的文字艰深难懂,而叔本华的悲观厌世学说,与王国维的忧郁性格相适应;王国维的天才情结也在叔本华那里找到知音。于是乎,王国维悲天悯人的敏感心理以及人生经历,使他情感上愿意接近叔本华,认识上也更理解叔本华。王国维从1899年在东文学社开始接触到叔本华,到三年后直接阅读叔本华原著,已完全认同这位精神导师的思想。另外,他关于"取异民族之故书与吾国之旧籍互相补正,取外来之观念与固有材料互相参证"的方法,即其"二重证据法"的观点,也在实际研究中有所表达。所以,他在1904年用叔本华学说阐释《红楼梦》,自然是顺理成章的事情了。

王国维对于《红楼梦》的认识,基于是从西方哲学与美学的观点来评论的,自然有独到之处,并流露出主题学研究的端倪。多年来中外学者对《红楼梦》一书有过不少研究与阐释,本文既然不是讨论这一问题的专论,也就不想过多地征引各家之说,只想从比较文学主题学研究的角度,对《〈红楼梦〉评论》一文进行新的解读。主要涉及"比较文学阐发研究""悲剧文类平行研究""伦理学批评比较研究"三个方面。

二、关于"比较文学阐发研究"

1978年,学者古添洪在题为《中西比较文学:范畴、方法、精神的初探》的论文中,率先也是正式提出"阐发法"。① 他认为:"利用西方有系统的文学批评来发展中国文学及中国文学理论,我们可命之为'阐发法'。"其实在他之先,已有余国藩、朱立民等人提出过相类似的观点。不仅如此,中国自近代以来,就有不少学者已经

---

① 中国社会科学院文学所科研处、《文学研究动态》编辑组编选:《比较文学论文选集》,北京:中国社会科学院文学研究所,1982年,第43页。

自觉不自觉地运用"阐发法"进行雏形期的比较文学研究了。

早在汉代,"从外国来华的和尚想要翻译佛经,必须同中国和尚或居士合作才能胜任"。① 译者往往需借"外书",即中国道家和儒家学说中哲理上的名词术语,来附和"内学",即佛教教义中类似和等同的概念。这种被称之为"格义"的方法,尽管有生搬硬套、牵强附会之嫌,但依稀可辨阐发研究的雏形。近代,在西学东渐的大潮中,不少兼通中西之学的文人都探索如何将西方富于思辨的理论概念融入中国优秀的文学传统,以建立系统完整的中国文学批评理论体系的问题。

陈寅恪在1934年写的《〈王静安先生遗书〉序》一文中对王国维的学术方法与学术成就进行分析总结时,其中一条即认为:"取外来之观念与固有之材料互相参证。凡属于文艺批评及小说戏曲之作,如《红楼梦》评论》及《宋元戏剧考》等是也。"②他将王国维的"二重证据法"从史学领域扩大到文学艺术领域。王国维在继承宋代金石学、清代乾嘉考据学的治学传统基础上,融合通过日本学者接受到的西方治学方法,从事创造性研究的最重要成果之一,就是利用西方美学理论体系评述了博大精深的《红楼梦》这部"宇宙之大著述"。他在《〈红楼梦〉评论》一文中,将《红楼梦》的悲剧纳入叔本华所记的三种悲剧说中的第三种。进而又从亚里士多德的悲剧理论入手,发现了"《红楼梦》之美学上之价值,亦与其伦理学上之价值相联络也"③的特点。王国维利用西方文艺理论评价中国文学对阐发研究有开山创始的意义,当然也应该实事求是地指出他套用叔本华哲学及美学观点评论《红楼梦》时所产生的疏失和偏颇。但无论如何,他运用这种阐发法研究中国文学,不失为一个大胆的尝试,在文学研究领域里大开先河。

叶嘉莹先生曾对王国维的这种阐发式的治学方法予以中肯的评价:"静安先生早期的杂文中,既已表现了因外来思想之刺激,透过他自己性格上的特色与传统相参融而形成的一些重要概念,那么下一步所当从事的工作当然便是如何以这些概念为基础来建立起有系统的批评理论。关于这一步建立的工作,有两种不同的方式可以采取,一种是完全凭借西方既有之理论体系为基础,将之应用到中国文学批评中来;另一种则是并不使用西方之体系而仅采纳其可以适用于中国的某些重要

---

① 季羡林:《中印文化关系史论文集》,北京:生活·读书·新知三联书店,1982年,第180页。
② 陈寅恪:《陈寅恪集:金明馆丛稿二编》,北京:生活·读书·新知三联书店,2001年,第247页。
③ 王国维:《王国维文集》(上部),北京:中国文史出版社,2007年,第9页。

概念,而将之融合入中国文学的精神生命之中,从而建立起自己的一套批评理论来。静安先生对于这两种都曾有所尝试,他早期杂文中的《〈红楼梦〉批评》一篇可以说是前一种尝试的代表作,而他后期的《人间词话》则可以说是后一种尝试的代表作。"①可见叶先生写出此种评价时还未预见到这是一种新的文学研究方法,并将在今后学术界尤其是比较文学界产生深远的影响。王国维《〈红楼梦〉评论》一文发表以后,留学美国哈佛大学的中国比较文学先驱吴宓先生在1920年正月号的《中国留美学生月报》上发表《论新文化运动》一文,认为"西洋真正之文化与吾国之国粹实多互相发明,互相裨益之处,甚可兼蓄并收相得益彰"②。在《〈红楼梦〉新谈》一书中,他引用亚里士多德等诸多外国古典作家评论家的论述来阐发和印证《红楼梦》的内容,也颇多新意。

  在运用这种阐发法进行文学研究的中国学者中,钱锺书先生无疑是最值得称道的。1934年,他发表的论文《中国古有的文学批评的一个特点》,以西方文学理论中的"移情说"来解释中国传统的文学批评,指出中国文学批评的"人化倾向",即"把文章通盘的人化或生命化"。他的《谈艺录》是20世纪40年代文坛上最重要的理论批评著作。这部用札记形式写成的书,不仅将俄国形式主义评论家什克洛夫斯基和法国诗人瓦勒利等人的理论运用于中国古典文学研究中去,而且将法国马拉美、韩波,英国雪莱、阿诺德,美国爱伦·坡,德国诺瓦利斯等人的观点,和《沧浪诗话》互相参照,比较阐发,使中西文学理论融为一炉,奠定了中国阐发研究的基础。2012年,杨绛为编纂《钱锺书手稿集·外文笔记》请来的通晓多国语言的德国著名汉学家莫芝宜佳认为:"钱先生与他的欧洲同行一样对古代文学史和当代文学史感兴趣。不同的是,他对比较文学情有独钟,要以西方文学为'考镜'。而且,因为钱先生中国文学和欧洲文学两方面的知识都很渊博,所以其学识深远,就是西方学者也很难比得上。"③

  受这种文学研究传统的影响,在20世纪六七十年代的中国港台文坛阐发法用于文学研究呈异军突起之势。当时港台比较文学正值垦拓之初,随着对现代西方

---

  ① 叶嘉莹:《王国维及其文学批评》,广州:广东人民出版社,1982年,第174—175页。
  ② 参见《学衡》第4期,1922年4月。
  ③ 参见《人民日报》2016年4月12日副刊:"连接中国与世界的'万里长桥'——汉学家眼里的《钱锺书手稿集·外文笔记》"。

文学理论与文学批评的大量介绍与引进,使一些既受过中国传统文学熏陶,又曾留学英美接受过西方文化教育的港台学者,得心应手地运用西方理论与方法来研究中国文学,而且势头日益强劲。1975年,在第二届国际比较文学会议上,学者朱立民就指出:"许多论文是研究中国文学,而大多数的作者用的是西方现在流行的批评方法。这就是我们当前所需要的。"[①]1976年,学者古添洪、陈慧桦在《比较文学的垦拓在台湾》一书的"序言"中则进一步论述道:"我国文学,丰富含蓄;但对于研究文学的方法,却缺乏系统性、缺乏既能深探本源又能平实可辨的理论;故晚近受西方文学训练的中国学者,回头研究中国古典或近代文学时,即援用西方的理论与方法,以开发中国文学的宝藏。由于这援用西方的理论和方法,即涉及西方文学,而其援用亦往往加以调整,即对原理论与方法作一考验、作一修正,故此种文学研究亦可目之为比较文学。我们不妨大胆宣言说,这援用西方文学理论与方法并加以考验、调整以用之于中国文学的研究,是比较文学中的中国派。"[②]

港台学者的上述观点对推动中国比较文学的发展不无价值,但以此确定中国学派显然还值得讨论和商榷。此后,部分港台学者在倡导"中国学派"时,主张在研究范畴上着重进行中西文学的比较,在研究方法上要利用西方较系统的文学理论来阐发中国文学及中国文学理论,这种方法就被称为"阐发法"。但是,阐发法用于比较文学研究,还不能将其视为比较文学界普遍认同的一种研究方法。初时它只是部分港台学者的提倡,并在中国文学研究中推广,直至20世纪80年代,这种研究在中国学术界引起热烈反响。于是,阐发法由个别学者提倡的一种研究中国文学的方法,逐渐发展成为一种被许多学者所认同的、有一定学术影响的比较文学研究的特殊方法——阐发研究。

针对这种阐发研究可能出现的问题,不少学者不仅已经注意到,而且引起某些忧虑。美籍华裔比较文学学者叶维廉就曾指出:"这些专书中亦有对近年来最新的西方文学理论脉络的介绍和讨论,包括结构主义、现象哲学、符号学、读者反应美学、诠释学等,并试探它们应用到中国文学研究上的可行性及其可能引起的危

[①] 朱立民:《比较文学的垦拓在台湾》,见古添洪、陈慧桦编著:《比较文学的垦拓在台湾》,台北:东大图书公司,1976年,第4页。

[②] 古添洪、陈慧桦编著:《比较文学的垦拓在台湾》,台北:东大图书公司,1976年,第1—2页。

机。"①可见这种运用西方文学理论与方法研究中国文学的尝试也有其局限性。学者周英雄在回顾港台近20年来中西比较文学大趋势时写道:"在这学科中用力最勤,同时也是最受诟病的莫过于所谓的阐明法(illumination)。阐明法使用外来的理论架构,来阐明本土文学。这种方法的好处在于能发前人所未见;但缺点仍在西法硬套,令人有生吞活剥、囫囵吞枣之感。当然,所谓应用之妙,在乎一心。阐明法并不一定循由西方理论到中国作品这么一条单行道。批评家往往在实践上,证明理论的地方性,并给予理论修正,矫正欧美中心的沙文主义。不过理论体系通常有其封闭性,能作多少修正是个问题,再说从外国理论的立场,作品改变理论效果究竟不大,正有如狗尾摇狗身,幅度必然不大。"他进一步指出:"西方理论在西方本土自有其历史性与合法性,可是一经转移,西方理论的诠释力可就相应减低,因此不应强加诸中国文学。"②他对阐发研究的评价应该说是中肯的,也是有说服力的。这些观点用于评价王国维《〈红楼梦〉评论》一文,对他用西方哲学、美学、伦理学等理论观点评论《红楼梦》时所产生的得失,也颇有启示。

叶嘉莹先生深刻地指出:"静安先生用西方叔本华的哲学来解说《红楼梦》,其所以造成了许多疏失错误的结果,原来有属于静安先生个人之时代及性格的许多因素在,我们当然不可以据此而否定一切用西方理论来评说中国文学的作品和作者。不过从《〈红楼梦〉评论》一文之疏失错误,我们却可以清楚地看到,以作品来附会某一固定之理论,原来是极应该小心警惕的一件事。李长之就曾批评《〈红楼梦〉评论》一文说:'关于作批评,我尤其不赞成王国维硬扣的态度……把作品来迁就自己,是难有是处的'。"叶先生还进一步分析说:"事实上则东方与西方及古代与现代之间,在思想和感受方面原有着许多差别不同之处,如果完全不顾及作品本身的质素,而一味勉强地牵附,当然不免于错误扭曲的缺失。"最后她总结说:"所以中国文学批评虽需要有理论体系之建立,然而完全假借西方之理论来批评中国固有之文学,却绝非真正可以通行无碍的途径,静安先生《〈红楼梦〉评论》一文的错误和失败就是一个最好的证明。"③

尽管如此,王国维的《〈红楼梦〉评论》一文中所用的批评方法,即"阐发法",由

---

① 叶维廉:《比较诗学》"总序",台北:东大图书公司,1983年。
② 周英雄:《比较文学与小说阐释》,北京:北京大学出版社,1990年,第4页。
③ 叶嘉莹:《王国维及其文学批评》,广州:广东人民出版社,1982年,第203—204页。

于后人的不断修正、补充,发展为中国比较文学研究的一种重要方法,即"阐发研究",并在相当长的一段时间里给予中国文学批评界以新鲜的气息和有益的营养,以至成为比较文学中国学派的一种重要的研究方法,这些事实都是难以抹杀的。王国维《〈红楼梦〉评论》一文中的观点虽有因生搬硬套而造成的偏颇,但其大胆尝试西学中用的努力还是值得肯定的。

三、关于"悲剧文类平行研究"

比较文学平行研究将并无直接事实联系的不同民族国家的文学,在题材、文类、主题等文学内部诸多方面实际存在的类同或差异作为研究对象,经过演绎、推理、分析、阐发,总结出某些有意义的并具有规律的结论,给予文学评论或研究以启发。王国维《〈红楼梦〉评论》一文就对中西方的悲剧、悲剧意识、悲剧精神,对具体的《红楼梦》的悲剧性和歌德名作《浮士德》的悲剧性进行了宏观的评论和微观的比较。王国维为什么选择"悲剧"这一文类进行论述和研究呢,原因有两个。一个是他认为《红楼梦》是"悲剧中之悲剧";第二个是"悲剧"最能体现民族精神。因此,悲剧性就成为《〈红楼梦〉评论》一文的肯綮之处。

王国维在文章中不仅承认人活在世上,有欲望是本能的正常的反应,即古人云:"饮食男女,人之大欲存焉。"而且从"形而下"上升为"形而上"的哲学高度指出:"二千年间,仅有叔本华之《男女之爱之形而上学》耳。""其自哲学上解此问题者。"而《红楼梦》一书之所以成为"通古今东西,殆不能悉数"的文学作品难以与之相比美的原因,就在于其"非徒提出此问题,又解决之者也"。一句话,男女之欲这个"人人所有之问题,而人人未解决之大问题",《红楼梦》一书为之解决了。为此,王国维在《〈红楼梦〉评论》一文中征引了《红楼梦》"开卷第一回"的"女娲氏炼石补天"神话:"却说女娲氏炼石补天之时,于大荒山无稽崖,炼成高十二丈,见方二十四丈大的顽石三万六千五百零一块……单单剩下一块未用,弃在青埂峰下。"这剩余的一块,便是挂在贾宝玉胸前,即有宝玉之"欲"象征的"通了灵性"的顽石,"所谓玉者,不过生活之欲之代表而已矣"。正如作者在文中说明的,"此可知生活之欲之先人生而存在,而人生不过此欲之发现也"。尽管有名家批评:"《红楼梦》中的'宝玉'决非'欲'之代表。静安先生指'玉'为'欲',不仅犯了中国旧文学批评传统之比附字义勉强立说的通病,而且这种比附也证明了他对《红楼梦》中宝玉之解脱与叔本华哲学中绝灭意志之欲的根本歧异之处，未曾有清楚的辨别。"①难道王国维真的不清楚这种说法在《红楼梦》中确有诸多不合之处吗？也许未必。可能他只想以此为据顺势说明自己的观点。因为此后，他又举一百十七回贾宝玉与和尚谈论"来处来，去处去"及"还玉"一事时，评论说："所谓'自己的底里未知'者，未知其生活乃自己之一念之误，而此念之所自造也。及一闻和尚之言，始知此不幸之生活，由自己之所欲，而其拒绝之也，亦不得由自己，是以有还玉之言。所谓玉者，不过生活之欲之代表而已矣。故携之红尘者，非彼二人之所为，顽石自己而已……此岂独宝玉一人然哉？人类之堕落与解脱，亦视其意志而已。而此生活之意志，其于永远之生活，比个人之生活为尤切；易言以明之，则男女之欲，尤强于饮食之欲。何则？前者无尽的，后者有限的也；前者形而上的，后者形而下的也。又如上章所说，生活之于苦痛，二者一而非二，而苦痛之度，与主张生活之欲之度为比例。是故前者之苦痛，尤倍蓰于后者之苦痛。而《红楼梦》一书，实示此生活、此苦痛之由于自造，又示其解脱之道不可不由自己求之者出。"②这就是《红楼梦》悲剧的根源。

正如缪钺先生（1904—1995）也在《王静安与叔本华》一文中分析说："据王静安自序，谓少治西洋哲学，尤喜叔本华之说，殆不免受其影响"，"叔本华近承康德，远绍柏拉图，旁搜于印度佛说，遂自创为一家之言"。③ 但其思想具东方色彩，谓人生乃凌乱忧苦，故持悲观主解脱。"先生取精用宏，以其哲学方法与思想以研究《红楼梦》。夫人皆有生活之意志，因而即有欲望，有欲望则求满足，实则欲望永无满足之时，故人生与痛苦相终始。欲免痛苦，惟有否认生活之欲，而求其解脱，先生即本此理以评《红楼梦》。以为男女之欲为人生诸欲中之最大者，《红楼梦》一书，即写人生男女之欲而示所以及如何解脱之道，其中人物，多为此欲所困苦，贾宝玉初亦备尝男女之欲的苦痛，其后弃家为僧，否认生活之欲，是为解脱。所谓'此生活之苦痛由于自造，又示其解脱之道不可不由自己求之者也。而解脱之道存于出世，而不存于自杀，出世者，拒绝一切生活之欲者也'。"④文章指出了王国维写《〈红楼梦〉评论》一文中的悲剧意识。

---

① 叶嘉莹：《王国维及其文学批评》，广州：广东人民出版社，1982年，第180页。
② 王国维：《王国维文集》（上部），北京：中国文史出版社，2007年，第5页。
③ 缪钺：《古典文学论丛》，杭州：浙江大学出版社，2009年，第490、491页。
④ 袁英光、刘寅生：《王国维年谱长编（1877—1927）》，天津：天津人民出版社，1996年，第32—33页。

王国维在文中进一步表示,《红楼梦》的悲剧性还在于揭示了生活的真谛。宝玉出家的悲剧说明最好的解脱之道在于出世,而不在于自杀,诸如金钏之堕井,司棋之触墙,尤三姐、潘又安之自刎,皆非真正的解脱。只有宝玉、惜春、紫鹃的解脱才具有悲剧意义。他认为文艺作品之要务在于"描写人生之苦痛与其解脱之道,而使吾侪冯生之徒,于此桎梏之世界中,离此生活之欲之争斗,而得其暂时之平和"①。这正是《红楼梦》一书的悲剧意义与悲剧精神之所在。因此,王国维称之为"宇宙之大著述",并将它和歌德的《浮士德》相提并论,可谓推崇备至。

　　早在1900年,王国维就译出了一本长期无人问津的,名为《势力不灭论》(即"能量守恒与转换定律")的科学论文。这不仅成为他在《〈红楼梦〉评论》中阐扬的"厌世解脱"精神的理论基础,而且成为他在文中将《红楼梦》和《浮士德》在悲剧性这一问题上进行比较的契机。王国维在所译《势力不灭论》中以古奥难懂的四言诗形式从英文转译了歌德原本艰深,但寄寓了"开天辟地创世记"的《梅斐司托翻尔司之诗》。他在译文夹注说:"mephistopheles(郭沫若译靡非斯特匪勒司——笔者注),德国大诗人奇台(王氏在其后译注中译作格代,今通译歌德——笔者注)之著作Faust(王译为《法斯特》,郭译为《浮士德》,今昔从之)中所假设之魔鬼之名。"②此注出于《浮士德》第一部《书斋》中,靡非斯特匪勒司与浮士德对话中的"靡非斯特"一节。由此可知,王国维由于1900年译述德国近代自然科学著作《势力不灭论》,而译介了"世界之大文豪"歌德及其"大著述"《浮士德》之概况。人们完全可以认为,这与他在四年之后的1904年初夏发表的《〈红楼梦〉评论》一文有关,即那时的译介活动成为文中以贾宝玉之悲剧与浮士德之悲剧进行比较研究与阐释的基础。

　　王国维注重文学艺术的美学价值,尤其推崇悲剧之说。他认为《红楼梦》的悲剧具有审美意义,他写道:"《红楼梦》之为悲剧也如此。昔雅里大德勒于《诗论》中,谓悲剧者,所以感发人之情绪而高上之,殊如恐惧与悲悯之二者,为悲剧中固有之物,由此感发,而人之精神于焉洗涤。故其目的,伦理学上之目的也。叔本华置诗歌于美术之顶点,又置悲剧于诗歌之顶点;而于悲剧之中,又特重第三种,以其示人

---

① 王国维:《王国维文集》(上部),北京:中国文史出版社,2007年,第6页。
② 陈鸿祥:《王国维与近代东西方学人》,天津:天津古籍出版社,1990年,第193页。

生之真相,又示解脱之不可已故。故美学上最终之目的,与伦理学上最终之目的合。"①引文中的"雅里大德勒",今译亚里士多德,他的代表作《诗论》今译为《诗学》,是著名的文艺理论著作。他在这里引用亚里士多德的话,意在说明悲剧精神能净化人的心灵,能使人的精神升华高尚。王国维在《〈红楼梦〉评论》中曾引歌德之诗:"凡人生中足以使人悲者,于美术中则吾人乐而观之。"又引亚里士多德《诗论》的观点:"谓悲剧者,所以感发人之情绪而高上之";再引叔本华"置诗歌于美术之顶点,又置悲剧于诗歌之顶点,而于悲剧之中,又特重第三种"之说。最后一种悲剧最悲惨、最感人,而《红楼梦》即属于这一种,因此,被王国维称之为"悲剧中之悲剧",并最具美学意义。晚于此文之后的蔡元培在所著《石头记索隐》中,对于容纳了"种种伤心惨目的事实寄托在美人香草"的《红楼梦》悲剧进行评价说:"我看过的书,只有德国第一诗人鞠台(即歌德)所著《缶斯脱》(今译《浮士德》)可与之比拟。"他的观点明显受到王国维《〈红楼梦〉评论》的影响,与王国维文中"夫欧洲近世之文学中,所以推格代(歌德)之《法斯特》(《浮士德》)为第一者"的浮士德悲剧,并和贾宝玉之悲剧相提并论进行比较,如出一辙。

  王国维之所以这么推崇《红楼梦》的悲剧意义,是因为作品所表现出的明显的民族精神。他在《〈红楼梦〉评论》中表示出这样的观点,即中国人的精神是世间的、乐天的,这种精神的代表是戏曲小说,这些作品往往是"始于悲者终于欢,始于离者终于合,始于困者终于亨;非是而欲厌阅者之心,难矣"②。他举《牡丹亭》里的"返魂",《长生殿》中的"重圆",为明显例证。而中国文学中最具厌世解脱精神的是《红楼梦》与《桃花扇》。王国维就这两部作品进行了比较,他在深刻分析了两书以后指出:"故《桃花扇》,政治的也,国民的也,历史的也;《红楼梦》,哲学的也,宇宙的也,文学的也。此《红楼梦》之所以大背于吾国人之精神,而其价值亦即存乎此。彼《南桃花扇》、《红楼复梦》等,正代表吾国人乐天之精神者也。"③正如张连科指出:"中国人有乐天的精神,所以不喜欢悲剧,戏剧小说的结局往往是善人得善报,恶人有恶报。《红楼梦》却一反以上传统,书中人物只要有生活之欲,则必然伴随着苦痛,人物之死亦非鬼神罚彼良心,而是由于自己的苦痛。所以王国维认为《红楼梦》

---

① 王国维:《王国维文集》(上部),北京:中国文史出版社,2007年,第9页。
② 同上书,第6页。
③ 同上书,第7页。

是彻头彻尾的悲剧。"①

　　王国维之所以在文章中评价《红楼梦》是"大背于吾国人之精神"的"彻头彻尾的悲剧",是因为他觉得"吾国人之精神"就是乐天的精神,喜欢喜剧的结局,而不喜欢悲剧的结局。其实这种乐天精神的形成是因为中国古代社会建立于农耕文明之上。而农耕文明的基本特点即是以土地为中心,安于一地,少有迁徙,安土重迁。这种安居、定居的意识是以"家"为基础的。安居乐业的世俗取向主要表现在肯定和满足个人欲望,人生追求安宁、幸福的生活目标。中国人不大注重来世、永生、天堂这些世俗外的目标,而是追求在平淡的居家生活中静享清福,颐养天年。所以追求中庸、平和、圆满、和谐成为其精神核心。作为"家"文化反映在《红楼梦》这种表现大家族盛衰史的作品中,就是用了几乎将近三分之一的篇幅在描写饮食男女,并以各种家宴、夜宴、节令宴等细节串接起情节的起承转合;历数各种家族中极其复杂的长幼尊卑等人际关系,以推动书中人物情感的变化发展。在这种血缘家族关系中,往往被中国文化有意无意忽视的男女两性之爱,只能通过婚姻的方式转化为亲情之爱。如此的家庭氛围和家境状况,使得贾宝玉长期处于杂糅着既反抗又依恋的矛盾心态中,一旦有意外发生,出家的悲剧在所难免。当然这种悲剧与浮士德的人生悲剧因为二者追求的各异而本质也会截然不同。

　　浮士德的悲剧是在西方游牧、航海、经商等动态的社会生活下,不断追求人生目标而形成的。这种漂泊的生活状态经常要和陌生人交往,这种生人文化淡化了血缘关系,强化了要求诚信的"契约"关系。《浮士德》在情节上就是以天主与魔鬼靡非斯特赌赛,浮士德和魔鬼靡非斯特签约为推动力的。《浮士德》通过同名主人公在人生道路上所经历的五个阶段,即追求知识悲剧、生活悲剧、政治悲剧、美的悲剧和事业的悲剧,集中展示了浮士德形象所具有的性格特点:既受生命本能欲望的驱使,沉迷于对名利、权势、地位和女人等现实欲望的追求,又能不断摆脱上述各种诱惑,勇敢地超越自我,向更高的目标奋进。浮士德形象表现出的这种"灵"与"肉"的矛盾,非常鲜明地体现了普通人性格所具有的两重性,实质上也是人类自身复杂性的体现。但是,浮士德在赌赛中取胜,以及灵魂的得救,则主要是由于他永不满足,不断追求,坚持不懈的奋斗精神。而这也是天主在"天堂里的序幕"里所预见到

---

① 张连科:《王国维与罗振玉》,天津:天津人民出版社,2002年,第95页。

的。这种自强不息、积极进取、勇于探索的精神,就是所谓的浮士德精神。正如他所说的那样:人应该"每天每日去开拓生活和自由,然后才能作自由和生活的享受"。可见,浮士德义是一种积极进取精神的象征,是一个自强不息的探索者。他和贾宝玉最大不同点是人生道路和生活追求的差异,因此也导致了他们各自悲剧性质的不同。

王国维在《〈红楼梦〉评论》一文中将《红楼梦》与《浮士德》相提并论,认为他们都是悲剧。这两部作品的主人公也都是因为欲望而生出许多痛苦,只是"法斯德(浮士德)之苦痛,天才之苦痛;宝玉之苦痛,人人之所有之苦痛也。"贾宝玉因痛苦而厌世,浮士德则因痛苦而追求,最后都得到人生的解脱。实际上它们的悲剧结局在本质上还有很多区别。首先,贾宝玉的追求是想脱离封建世俗大家庭对自己的束缚,反礼教,向往自由爱情;而浮士德的追求则是实现自我价值、探索人生的意义。其次,前者的悲剧是生活在封建血缘家庭关系之下的个人生存悲剧,而后者则是社会秩序形成的契约精神束缚个体生命张力时,个人因为永不满足而形成的悲剧。前者表现出的是追求个人幸福的仁爱至上精神,后者则反映的是在追求个人理想永恒状态下的自由至上精神。这些区别主要是由于生活的时代不同而造成的。

四、关于"伦理学批评比较研究"

文学伦理学批评作为一种跨学科、跨文化的比较文学研究方法,近年来成为我国文学批评界颇有发展潜力的一种趋势。由于中国外国文学评论界的大力倡导,仅"文学伦理学批评国际学术研讨会"就已开了 5 次,在国际上也产生了很大影响。在即将召开的第六届国际研讨会上,预设的 7 个会议议题中就有 4 个与比较文学研究相关。如"文学伦理学批评与跨学科研究""文学伦理学批评与文学教育""文学伦理学批评与文学的道德教诲功能""文学伦理学批评与'中心'—'边缘'文学及跨国文化对话"等。现在看来,这种将文学伦理学批评用于文学研究的方法,早在王国维的《〈红楼梦〉评论》一文中就已初显端倪了。

伦理学并不是"舶来品",在中国的文学传统中,从"子不语,怪力乱神",到"诗言志""文以载道",始终非常注重伦理学的内容。20 世纪初,传统的注重实践性的儒家伦理学受到注重理论性的西方伦理学的挑战。王国维总结说:"泰西之伦理,皆出自科学,惟骛理论,不问实行之如何。泰东之伦理,则重修德之实行,不问理论之如何。此为实行的,彼为思辨的也。"①王国维欲以思辨的西方伦理学来对应考察实行的中国传统的伦理学,所以,他从翻译、介绍、评价近代西方伦理学理论开始,到身体力行地将这种伦理学用于实际的文学批评,即在《〈红楼梦〉评论》一文中对《红楼梦》进行的伦理学批评的实践,是一以贯之的。

首先,王国维曾"抄译"了1903年刊印的《西洋伦理学史要》一书。该书作者为19世纪后半叶英国著名伦理学家西季威克(Sidgwick,1838—1900)。该书自苏格拉底始,迄于康德、叔本华,涉及西欧英、德、法等各国的主要人物,各学派的学说等,堪称是一部西方伦理学史。现今分析这部抄译的旧著,虽然有时过境迁的感觉,但还是可以发现王国维著述《〈红楼梦〉评论》时,那些有关伦理学批评的渊源。从他抄译的这部《西洋伦理学史要》中可以看到英国伦理学家霍布斯(Hobbes,1588—1679)的主要观点,即人类一切之冲动,皆出于"自爱"。而所谓的"伦理学上之快乐论"则只不过是以这个"伦理的心理学"观点看问题。人之一切欲望无不为着保存或助长自己之生命,即"求快乐"而"避痛苦",如同人类趋利避害的本能一样。正是因为王国维在译介叔本华"意志(欲念)寂灭"(涅槃)的"厌世解脱"论之前,首先译介了霍布斯的"一切非自爱之感情"皆出于"自爱"的"快乐论",人们才能真正理解《〈红楼梦〉评论》一文中注重阐发的"超然利害之外之快乐"的非功利的美学观。而在伦理学上,则对叔本华之"涅槃"说提出"疑问"的同时,又认为"所谓最大多数之最大福祉者,亦仅归于伦理学者之梦想而已"。其实,这个"最大多数之最大福祉"说,也是他从"抄译"的《西洋伦理学史要》中引来的。②

王国维在"抄译"《西洋伦理学史要》前后,还翻译了日本元良勇次郎(1858—1912)的《伦理学》一书。此书是供中等师范教育之用的,作为《哲学丛书初集》之一种,由教育世界杂志出版。在伦理学观点方法上,此译著可视为对前译书的一个补充。1904年底,王国维撰写《释理》一文,其中目录"理字之语源""理之广义的解释""理之狭义的解释""理之客观的假定""理之主观的性质"等,都取自《伦理学》一书。但是论述部分,却是王国维参照比对中西学理,自有发现与发明,远非原著所

---

① 《孔子之学说·叙论》,见姚淦铭、王燕主编:《王国维文集》(下部),北京:中国文史出版社,2007年,第61页。
② 陈鸿祥:《王国维与近代东西方学人》,天津:天津古籍出版社,1990年,第113—114页。

能比。这也是《〈红楼梦〉评论》一文的第四章,作者对伦理学的价值提出自己的观点与疑问的原因。这种"旋悟叔氏之说,半出于其主观的气质,而无关于客观的知识。此意于《叔本华及尼采》一文中始畅发之"①。王国维对伦理学的关注、译介与思考,成为他在《〈红楼梦〉评论》一文中进行伦理学批评研究的理论基础和思想积淀。

在该文的第四章,作者观点明确地提出:"《红楼梦》者,悲剧中之悲剧也。其美学上之价值,即存乎此。然使无伦理学上之价值以继之,则其于美术上之价值,尚未可知也。"即是说他认为:小说《红楼梦》因为正是"以解脱为理想者",所以这也就是《红楼梦》一书在伦理学上的价值。而正是这种伦理学上的价值,才使得《红楼梦》在艺术上有了"悲剧中之悲剧"的赞誉。因此,作者不仅在美学上给予《红楼梦》以很高的评价,称之为"宇宙之大著述",而且在伦理学上也对此书有不少溢美之词。他在第三章就已经有针对性地提出中国人的伦理学突出了人的世俗与乐天的精神实质。而中国文学中最具厌世解脱精神的作品是小说《红楼梦》和戏曲《桃花扇》。在当时传统观念中认为小说只是小道末流、街头巷议,无甚学术上的研讨价值和审美价值。更无人从伦理学的角度对《红楼梦》进行评论和深探其实质的努力。但是,王国维在举例《红楼梦》和《桃花扇》这两部作品进行伦理学方面的比较时,还是想说明二者厌世解脱精神的区别。文中写道:"而《桃花扇》之解脱,非真解脱也;沧桑之变,目击之而身历之,不能自悟,而悟于张道士之一言;且以历数千里,冒不测之险,投缧绁之中,所索之女子,才得一面,而以道士之言,一朝而舍之,自非三尺童子,其谁信之哉?故《桃花扇》之解脱,他律的也;而《红楼梦》之解脱,自律的也。"此处作者在对这两部作品比较时,运用了康德的伦理学用语,即"自律"和"他律"。"自律"指不受外界约束,不为感情支配,根据自己的良心,为追求道德本身的目的,而制定的伦理原则。"他律"则指根据外界事物或情感冲动,为追求道德之外的目的而制定的伦理原则。康德认为只有遵循自律的行为才是道德的行为,而遵循他律的行为即使是合法的,也不能视之为道德行为。《红楼梦》中的人物往往由于有了生活之欲,所以伴随着苦痛,因为欲望和苦痛是双胞胎。而书中人物几乎都

---

① 王国维:《静庵文集·自序》,见姚淦铭、王燕主编:《王国维文集》(下部),北京:中国文史出版社,2007年,第282页。

无法接受自己的双重身份,他们不是因外界事物惩罚他们的良心,而是自己因情势所迫的苦痛,形成了自身解不开的"伦理结"①,即作品中各种复杂矛盾与冲突集中体现在一个人的内心,形成了某种伦理困境,致使他们产生了"哀莫大于心'不'死"的"明知不可为而为之"的悲剧。这也是《红楼梦》悲剧意识在伦理学批评中的最明显的体现。

其实,王国维在论及《红楼梦》伦理学价值的第四章中,不仅对叔本华以解脱为最高理想的观点提出了质疑,而且对康德的思想和学说也多有困惑之处。在王国维早期译介过的多个学科领域里,几乎都涉及康德,他译其名为伊默尼哀尔·汗德。在 1904 年初,王国维主持译编《教育世界》杂志以后,康德更是成为该刊物上出现频率最高的西方学人之一,可见康德对他的影响。在这种情况下,《〈红楼梦〉评论》一文中第四章出现康德的伦理学用语"自律"与"他律",自然没有什么值得奇怪的了。可是,王国维在其《静庵文集·自序》中写道:"余之研究哲学,始于辛壬之间。癸卯春,始读汗德之《纯理批评》,苦其不可解,读几半而辍。嗣读叔本华之书而大好之。……去夏(1904)所作《〈红楼梦〉评论》,其立论虽全在叔氏之脚地,然于第四章内已提出绝大之疑问,旋悟叔氏之说,半出于其主观的气质,而无关于客观的知识。此意于《叔本华及尼采》一文中始畅发之。……今岁之春,复返而读汗德之书,嗣今以后,将以数年之力,研究汗德,他日稍有所进,取前说而读之,亦一快也。"②由此可知,当时王国维已对叔本华之哲学有疑虑之处,而且希望在经年研习康德学说的基础上,"他日稍有所进",并运用其伦理学知识对《红楼梦》一书进行了探讨性批评,力开风气之先。

其次,《〈红楼梦〉评论》中的伦理学批评倾向的出现,和当时的文化背景还是有不少关系的。近代中国"新小说"的勃兴,发轫于梁启超 1902 年创刊的《新小说》杂志。在他提出的"小说界革命"的口号影响下,创办小说杂志,刊发小说作品蔚然成风。罗振玉 1901 年创办《教育世界》初时,为了振兴人才,移译东西洋教育学说,以作"他山之石",与文学无关。可是自王国维 1904 年主持译编该刊以后,除发表"教育小说"以外,还增加了"军事小说""家庭小说""心理小说",以及实为"短篇小说"

---

① 参见聂珍钊:《文学伦理学批评导论》,北京:北京大学出版社,2014 年,第 258 页。
② 王国维:《静庵文集·自序》,见姚淦铭、王燕主编:《王国维文集》(下部),北京:中国文史出版社,2007 年,第 282 页。

的"随笔"等的刊发。尤其是当《〈红楼梦〉评论》发表时,刊物特设"小说评论"专栏,为其张目。可见该文推崇诗歌、小说、戏剧为"文学之顶点",并在文中举小说与戏曲为例说明自己的观点,是和他呼应并同意小说这一文学体裁可以振兴中国文明的时代风气有关。他在《〈红楼梦〉评论》中批评小说(以及其他文艺作品)中的"眩惑",即使读者沉迷于生活之欲中而不能自拔,而不是让人在阅读审美中摒弃生活之欲,升华自己的思想,进入优美与壮美的美学境界。可见王国维注重通过诗歌、小说、戏曲的审美达到道德上的"高尚纯洁",使人世间的"欲念"得到净化,这种伦理学的审美倾向无论是在当时还是现在都是有教育意义的。

通观全文,贯穿其中的"厌世解脱"的"解脱"在伦理学上有何价值,王国维又是如何评论的,颇有认识意义。他在《〈红楼梦〉评论》中是这样说的:"然则解脱者,果足为伦理学上最高之理想否乎?""然则举世界之人类,而尽入于解脱之域,则所谓宇宙者,不诚无物也欤?"他用两个设问的方式提出自己的观点,表达了自己对解脱之事终不可能的理解。因为王国维认识到:"故世界之大宗教,如印度之婆罗门教及佛教,希伯来之基督教,皆以解脱为唯一之宗旨。哲学家说,古代希腊之柏拉图,近世德意志之叔本华,其最高之理想,亦存于解脱。"而"解脱之足以为伦理学上最高之理想与否,实存于解脱之可能与否"。经过他各方面论述推理判断,他得出结论说:"今使解脱之事,终不可能,然一切伦理学上之理想,果皆可能也欤?……所谓最大多数之最大福祉者,亦仅归于伦理学者之梦想而已。"这种观点与结论其实也是王国维悲剧意识的另类表现而已。当人们现在重新探讨《〈红楼梦〉评论》一文中伦理学批评这一问题时,虽然有某种时过境迁的陈旧感,甚至是"沉舟侧畔千帆过,病树前头万木春"的叹惋,但是再与百年后兴起的伦理学批评大潮相提并论,还是有"温故而知新"的兴奋。更为重要的是,对《〈红楼梦〉评论》中的伦理学批评的前世今生,有了更为明晰的认识。

文章结束时,再来分析诸多学者对王国维先生的评价,应该说还是有意义的。因为许多文章都立意于他自沉之后,当然深刻得多。而本文只不过是从新兴的比较文学这一学科的领域,重新审视、阐发《〈红楼梦〉评论》一文主题学的研究价值。对于王国维这样一位大学者来说颇有些佛头著粪之嫌。但是从另外的角度对该文进行重新认识,自觉也颇有收获。这篇《〈红楼梦〉评论》其实早已被三十多年前的中国学者认为中国是比较文学的滥觞之作,但是利用继后出现的主题学研究方法对其进行深度解读也不失为后学者的一种努力,尤其是用主题学的观点对其悲剧主题与解脱之情境的阐发与解读,可视为中国学者在主题学领域初创期的一种大胆尝试。

第三节　胡适《〈西游记〉考证》的题材

胡适《〈西游记〉考证》一文是发表于1923年为上海亚东图书馆再版付印的《西游记》一书所写的"代序"。1921年12月,他曾为上海亚东图书馆出版《西游记》写过一篇《西游记》"序",他认为:"当时搜集材料的时间甚少,故对于考证的方面很不能满足自己的期望。这一年之中,承许多朋友的帮助,添了一些材料;病中多闲暇,遂整理成一篇考证,先在《读书杂志》的第六期上发表。"(1923年2月4日刊出——笔者注)他自己交代,"这回《西游记》再版付印,我又把前做的《西游记序》和《考证》合并起来,成为这一篇"①。由此可见,《〈西游记〉考证》(以下简称《考证》)一文的内容是作者经过2年左右的时间,在原稿基础上扩充而成,可见其用功之辛劳、求真之务实。正如他在《文存》第二集"序"中说:"回看我这十年来做的文章,觉得我总算不曾做过一篇潦草不用气力的文章,总算不曾说过一句我自己不深信的话;只有这两点可以减少我良心上的惭愧。"②因此,我们有理由认为《考证》一文是胡适的精心尽力之作,也是他的问心无愧之文。

胡适治学除受中国古代传统的辞章、义理、考据三大方法影响之外,到国外学习时又受到杜威的实验主义(现称"实用主义")影响也是人所共知的。"考据"和"实验"从词意上分析有不同但有兼容,在研究对象上形成交感区域,即二者都将"证据"看得很重要,具有史学研究有一分材料说一分话的味道。胡适在《杜威先生与中国》一文中指出:"他的哲学方法,总名叫做'实验主义';分开来可作两步说:(1)历史的方法——'祖孙的方法'……(2)实验的方法。"他认为如果"使历史的观念与实验的态度渐渐的变成思想界的风尚与习惯"那么这种哲学的影响会更大。③在《考证》一文中主要考证的是《西游记》作品中的材料,即题材的出处与来源,并从

---

① 《胡适文存》二集,合肥:黄山书社,1996年,第458页。
② 同上书,"序",第1页。
③ 《胡适文存》一集,合肥:黄山书社,1996年,第277、278页。

中进行发生学意义上的追根溯源,形成实际上的比较文学主题学中题材的比较研究,即研究在不同的民族、不同的文学体系中,同一类题材的流传与变异、相互影响与相互借鉴;也可研究在不同语言的文学文本中相同或相似的题材是如何被选取或被使用的。《考证》一文中就有不少属于这类研究的实例,让当今学者认为这是一篇比较文学题材研究的论文。

胡适在文中先将小说《西游记》和元朝长春真人丘处机所作地理学意义上的《西游记》进行区分,然后又指出小说《西游记》与唐代沙门慧玄做的《慈恩三藏法师传》和《大唐西域记》的关系。接着作者指出玄奘西天取经"这个故事是中国佛教史上一件极伟大的故事;所以这个故事的传播,和一切大故事的传播一样,渐渐的把详细节目都丢开了,都'神话化'过了"[①]。他举例说,玄奘初时在蜀地见一病人,遂多方救助,病人惭愧,授其诵《般若心经》,后玄奘诵之,遇难即转危为安。此事在宋初《太平广记》九十二中,引《独异志》和《唐新语》时,说玄奘取经道险,遇虎豹无以为计,后见一老病僧授其《多心经》,方使他得以转危为安、取经而归,至今诵之。另《西游记》第十二回、又一百回,有玄奘说"但看那山门里松枝头向东,我即回来"的话,在《太平广记》九十二中说,玄奘将往西域时,见灵岩寺有松,以手摩其枝曰:"吾西去求佛教,汝可西长。若吾归,即可东回,使吾弟子知之。"松枝东回时,玄奘果还,今谓之摩顶松。"这也可证取经故事的神话化。"胡适还指出,1915 年,罗振玉和王国维在日本三浦将军处借得一部《大唐三藏取经诗话》,影印行世。书中有诗有话,故名"诗话"。"我们看这个目录,可以知道在南宋时,民间已有一种《唐三藏取经》小说,完全是神话的,完全脱离玄奘取经的真故事了。这部书确是《西游记》的祖宗。"[②]胡适由初时考证《西游记》的个别故事情节,或称题材被"神话化"进而到现在指出整部小说的故事被"神话化"。最后他总结说:"这一本小册子(《大唐三藏取经诗话》——笔者注)的出现,使我们明白南宋或元朝已有了这种完全神话化了的取经故事;使我们明白《西游记》小说——同《水浒》《三国》一样——也有了五六百年的演化的历史:这真是可宝贵的文学史料了。"[③]以上考证结论可以说是中国传统的考据法与杜威的实验主义成功结合的产物。它在比较文学主题学的研究

---

① 《胡适文存》二集,合肥:黄山书社,1996 年,第 461 页。
② 同上书,第 463 页。
③ 同上书,第 467 页。

范畴里,最多尚属不同民族的文学体系中的题材被袭用的问题,但是在后面的文字里,在追叙取经故事里的猴行者的来历时,比较文学主题学中题材研究的性质就发生了根本的变化。它已不仅仅是考据和实验的问题了,而是涉及在异质文化的文学体系中,同一题材的流传与变异、影响与接受,和相互借鉴的问题了。

与前三部分的文字表现与叙述不同,胡适在第四部分,插入了一个提问,主要探讨:"何以南宋时代的玄奘神话里忽然插入一个神通广大的猴行者?这个猴子是国货呢?还是进口货呢?"①这一问题的提出,就使胡适的研究笔触涉及比较文学主题学的题材问题了。在论及猴子是国货时,他举例周豫才先生在《纳书楹曲谱》补遗卷一所选《西游记》四出戏中两出,即《定心》和《女国》都提及"无支祁"和"巫枝祁"。"周先生指出,作《西游记》的人或亦受这个巫枝祁故事的影响。"②胡适遂寻此故事来源,发现在《太平广记》卷四六七李汤条下,引《古岳渎经》第八卷文字后说:"这个无支祁是一个'形若猿猴'淮水神,《词源》引《太平寰宇记》,说略同。"他最后总结说:"无支祁被禹锁在龟山足下,后来出来作怪,又有被僧伽(观音菩萨化身)降伏的传说;这一层和《取经神话》的猴王,和《西游记》的猴王,都有点相像。或者猴行者的故事确曾从无支祁的神话里得着一点暗示,也未可知。"③

他的本意并不在此,所以接着他笔锋一转:"以上是猜想猴行者是从中国传说或神话里演化出来的。但我总疑心这个神通广大的猴子不是国货,乃是一件从印度进口的。也许连无支祁的神话也是受了印度影响而仿造的。……在印度最古的纪事诗《拉麻传》(Rāmāyana)(今译《罗摩衍那》)里寻得一个哈奴曼(Hanumān),大概可以算是齐天大圣的背影了。"④胡适在大胆提出这一假设的观点之后,开始了小心的求证过程。其探讨完全进入比较文学主题学研究在不同语言文化的文学文本中相同或相似的题材是如何被选取、改造、使用的模式。他首先评述了印度史诗《拉麻传》的主要内容,其中重点介绍了神猴哈奴曼的神通广大与本领高强。因为当时《拉麻传》还未有汉文的全译本,所以胡适只能提及神猴与猴行者几点重要的相似点,如变化无穷、力大无边、能腾云驾雾飞行、能从人肚子里出来等。另外,

---

① 《胡适文存》二集,合肥:黄山书社,1996年,第476页。
② 同上书,第468页。
③ 同上书,第469页。
④ 同上书,第476页。

"行者是八万四千猴子的王,与哈奴曼的身份也很相近。""《拉麻传》里说哈奴曼不但神通广大,并且学问渊深;他是一个文法大家;……《取经诗话》里的猴行者初见时乃是一个白衣秀才,也许是这位文法大家堕落的变相呢!"这一切都使得他认为:"除了《拉麻传》之外,当第十世纪和第十一世纪之间(唐末宋初),另有一部《哈奴曼传奇》(Hanumān Nātaka)出现,是一部专记哈奴曼奇迹的戏剧,风行民间。中国同印度有了一千多年的文化上的密切交通,印度人来中国的不计其数,这样一桩伟大的哈奴曼故事是不会不传进中国来的。所以我假定哈奴曼是猴行者的根本。"① 胡适终于完成了一种比较文学主题学题材变迁的研究,不仅很规范,而且结论也很有说服力。

《〈西游记〉考证》的后一部分,即"叙述宋以后取经故事的演化史",这实质是《西游记》题材的接受史研究。胡适指出:"金代的院本里有《唐三藏》之目,但不传于后。元代的杂剧里有吴昌龄做的《唐三藏西天取经》,亦名《西游记》。"因此,他觉得"元代已有一个很丰富的《西游记》故事了。但是这个故事在戏曲里虽然已很发达,……然而这个故事还不曾有相当的散文的写定,还不曾成为《西游记》小说。当时若有散文《西游记》,大概也不过是在《取经诗话》与今本《西游记》之间的一种平凡的'话本'。"② 由此可见,尽管编戏的人运用丰富的想象力,敷演民间传说,使此类故事进入戏曲,但尚缺少大规模的散文写定本。因此胡适指出:"最后的大结集还须等待一百多年后的另一位姓吴的作者。"(即后文提及的吴承恩——笔者注)其实,他在写作此文前一年多还不知道《西游记》的真正作者是谁,只能说:"是明朝中叶以后一位无名的小说家做的"。后经友人周豫才等的帮助,在他的小心求证下,才确认小说《西游记》为淮安嘉靖中岁贡生吴承恩所作。这才最终了却一段公案,使《西游记》有了确切的作者。

《考证》一文最后将《西游记》分为三部分:齐天大圣传、取经因缘与取经人、八十一难经历。胡适的评语是"第一部分乃是世间最有价值的一篇神话文学。我在上文已略考这个猴王故事的来历。这个神猴的故事,虽是从印度传来的,但我们还可以说这七回的大部分是著者创造出来的。"③ 他认为第二部分"有很多不合历史

---

① 《胡适文存》二集,合肥:黄山书社,1996年,第470—471页。
② 同上书,第471、473页。
③ 同上书,第477页。

事实的地方",其实这也很自然,小说是艺术创作,是形象思维的产物,不必拘泥史实。最重要的第三部分,共有 87 回,是《西游记》的主体部分。他认为:"第三部分(八十一难)是《西游记》本身。这一部分有四个来源。第一个来源自然是玄奘本传里的记载"。"第二个来源是南宋或元初的《唐三藏取经诗话》和金元戏剧里的《唐三藏西天取经》故事。""第三个来源是最古的,是《华严经》的最后一大部分,名为《入法界品》的。(晋译第三十四品,唐译第三十九品。)这一品占《华严经》全书的四分之一,说的只是一个善财童子信心求法,勇猛精进,经历一百一十城,访问一百一十个善知识,毕竟得成正果。这一部《入法界品》便是《西游记》的影子,一百一十城的经过便是八十一难的影子。"①众所周知《华严经》为印度梵文佛教汉化后之名,全称《大方广佛华严经》。除东晋时的《旧译华严经》和唐初时《新译华严经》外,唐乾元二年(759)至贞元十四年(798)由般若译出的《四十华严》或《贞元经》是《华严经》《入法界品》的别译。《入法界品》的布局结构是由文殊师利告善财言,功德云比丘告善财言,海云比丘告善财言,善往比丘告善财言……,这样一个传一个,直至一百一十个,直到弥勒佛,才见到文殊师利,达到圆行、圆解。作者认为:"这一个'信心求法,勇猛精进'的故事,一定给了《西游记》的著者无数的暗示。"②他的意思是说这一百一十城的经历影响了"八十一难"的构思。笔者认为,十进位是印度创制的,一百一十城的说法只是言其多而不言其实,犹如阿拉伯《一千零一夜》。《入法界品》中一百一十城的故事,汉化后变异为中国的八十一难,是中国老子的"道生一,一生二,二生三,三生万物"的思想反映。"八十一"是"三"的倍数,中国文化传统数字之多,都是"三"的 n 次倍。这又是一个比较文学主题学范畴里的题材变异的研究。至于"第四个来源自然是著者的想象力与创造力了"。作者从行文的语气上已认为它不甚重要了。

最后,胡适总结说:"《西游记》被这三四百年来的无数道士和尚秀才弄坏了。""把一部《西游记》罩上了儒释道三教的袍子;因此,我不能不用我的笨眼光,指出《西游记》有了几百年逐渐演化的历史;指出这部书起于民间传说和神话,并无'微言大义'可说……"③在胡适这篇《〈西游记〉考证》的文章中,不仅有中国传统的考

---

① 《胡适文存》二集,合肥:黄山书社,1996 年,第 480 页。
② 同上书,第 481 页。
③ 同上书,第 483 页。

据、杜威的实验,更重要的是,能够发现他对文学题材跨越异质文化边界的变迁研究已胸有成竹,几乎达到随手拈来的程度。这自然和他的域外学习经历和广阔的学术视野是分不开的。

胡适在《〈西游记〉考证》一文发表前两个月,即1922年12月发表过《歌谣的比较的研究法的一个例》的文章。这是比较文学主题学在中国发轫之初的典型文章。西方比较文学主题学源于19世纪德国民俗学者对神话故事和民间传说的题材型式和流传过程的研究。受其影响,早期中国的比较文学主题学研究也源于许多民间文艺学的学者对民间文学,初时是对民间歌谣的研究。而胡适的这篇文章恰逢其盛,并在歌谣的研究中大胆运用了比较的方法。文章开篇即说:"研究歌谣,有一个很有趣的法子,就是'比较的研究法'。"他所认为的比较法是怎样的呢?他指出:"有许多歌谣是大同小异的。大同的地方是他们的本旨,在文学的术语上叫做'母题(motif)'。小异的地方是随时随地添上的枝叶细节。往往有一个'母题',从北方直传到南方,从江苏直传到四川,随地加上许多'本地风光'。……然而我们试把这些歌谣比较着看,剥去枝叶,仍旧可以看出他们原来同出于一个'母题'。这种研究法,叫做'比较研究法'。"① 由此可知在20世纪20年代初,中国学界就已经知晓"母题"属于比较文学研究的范畴了。在至今学术界仍然难以区别"母题"和"主题""题材"的关系时,胡适在当时就能用简洁、比喻性的话语将其讲明白,难能可贵。"母题"是一个纯粹的外来语,即"motif"一词的汉语音译与意译。有人将其译为"情节单元"。《六朝志怪小说情节单元分类索引》一书的作者金荣华就在该书序文中写道:"'情节单元'一词,就是西方所谓的'motif'。前贤译'motif'为'母题',似乎有音义兼顾之妙,但实际上并未译明其意义,因为'motif'所指是一则故事中不能再加分析的最简单情节,译作'母题'使人误会其中还有较小的'子题'。有人译作'子题',意在表明其为最基本的情节,但是译作'子题'会使人想到其上还有较大的'母题',而一则故事固然可能由几个'motif'组成,也可以只有一个'motif',所以仍不妥当。"② 必须指出的是,无论是作为"情节单元",还是称之为"母题",都是题材构成的必备要素,无须有妥当与否的忧虑。

---

① 《胡适文存》二集,合肥:黄山书社,1996年,第581页。
② 刘守华:《比较故事学论考》,哈尔滨:黑龙江人民出版社,2003年,第91页。

由此可见，胡适对于主题学的题材并非一无所知，而是知之甚多。他在《〈西游记〉考证》一文中涉及的"猴行者"题材，即是人物母题；而涉及的"八十一难"题材，每一难即是一个"情节单元"即"母题"。这些诸多的"母题"依照一定的序列结构成一个有机体，即是题材。母题一般存在于创作之前，主要具有结构功能，而题材则存在于创作之后的文本中，传达了作者某种思想意识。结合着这篇关于《歌谣的比较的研究法的一个例》的文章，再反思胡适的《〈西游记〉考证》一文，就自然会觉得他对猴行者与哈奴曼的联想，就不只是空穴来风式的无稽之谈了。而对《华严经》《入法界品》中"一百一十城的经过便是八十一难的影子"的说法，也不会简单地认为这是穿凿附会之说了。由此可以推定，胡适是中国早期比较文学主题学关于题材研究的涉猎者，概不会有什么问题。

总之，"理论编"主要解决主题学研究的学科史上，历来颇有争议并且模糊不清的三个问题。利用发生学的起源分析法探讨了主题学在德国发生的经过，以及在欧美学界确立的历程；运用逻辑思维的规律性，阐释了主题学的本体论、认识论和方法论等本质问题；遵循实证主义原则梳理了近代以来，主题学在中国兴起，尤其是先驱者王国维和胡适等的贡献。从而使原来主题学研究中的一些难分轩轾的分歧通过客观分析取得共识。总之，"理论编"是对主题学的理论体系进行的一次较为系统、全面的梳理以及创新性的建构。

史论编

主题学研究的中国谱系

第一章　民间文艺学范畴的主题学

第一节　学术研究概况

　　文艺学是研究文艺的种种现象,从而阐明其基本规律及基本原理的科学,又称"文艺科学"。它主要包括三个方面的内容:文艺史、文艺理论和文艺批评。民间文艺学是文艺学的一个组成部分。它的理论建构必须以丰富的民间文艺创作和民间文艺批评为基础。它的实践研究必须关注民间文艺创作史和民间文艺影响接受史两个方面。当前的民间文艺学已经从文艺作品的思想内容到主题、题材、母题;从艺术形式、叙事类型到意象、情感、人物等多个层面进行分析与比较,以便探讨民间文艺发展变异的规律和原因,掌握各地区、各民族民间文艺作品的异同和独特之处。在民间文艺学中,民间文学的比较研究随着民间文学的搜集、记录、整理、分析等诸多工作的展开,已取得丰硕的成果。它通过比较回答了同一文本的各种异文的演变及其原因;作品是如何从口耳相传而转向文本书写的传播路径;民间文学同社会生活的关系如何等一系列问题。对民间文学作品的创作史、接受史、批评史的比较研究,不仅可以了解这些作品的民族特点和地方特色,而且还可以发现民间作品的优秀传统和时代迹象。

　　民间文艺学的发展是与中国社会发展紧密相联系的。近代以来,由于西方文化思潮的不断冲击和影响,中国的文化传统和学科体制开始以"冲击—回应"的模式向现代转型。在古代的儒、释、道思想仍以各种方式继续传承的基础上,文艺学、民俗学、人类学、社会学、民族学等新的社会学科不断进入知识界,逐渐形成中西交汇,彼此消长的局面。五四以来,文学被确立为独立的学科门类,相关研究便先后围绕着"国家""民族""社会""历史""民俗"等领域逐一展开。于是乎不仅民族文学、国家文学的诸多问题被关注并讨论,而且神话传说、民间故事、民间歌谣等也登堂入室,进入文人学者的学术视野。自此以后,"从文学看社会到从社会看文学";

"从中西文化比较到东西文化讨论";以及"从传统文化到现代文化"等诸多研究已成为中国知识界无法回避的话题。反思 20 世纪上半叶中国学术思想的发展历程,不难发现由于文艺学与民间文学、历史学与民俗学等各界的共同努力,民间文艺学领域的研究已取得了相当可观的业绩。包括顾颉刚、钟敬文、茅盾、郑振铎、赵景深、江绍源、周作人、黄石等在内的一批著名学者,他们坚持不懈地收集、整理了数量巨大的神话传说、民间故事,发表了不计其数的从民间文学和民俗学角度研究民间文艺学的著述。正如段宝林在《中国民间文学概要》中总结的,以往的研究是在全面收集、忠实记录和慎重整理的原则下,进行民间文学的历史研究和比较研究的。他还阐述了民俗学和民间文艺学等学科的研究方法和学术规范,其研究颇有学术史和学科史的研究意义。

民间文学作为民间文艺学研究的重要内容,也是与比较文学联系最紧密的一种文学形式。作为历代民族集体创作的一种口头语言表达艺术,它用民间口头语言以口耳相传的形式在民间传播,所以也可称之为口头文学。民间文学的口传性、大众性及民间性等特点,无疑决定了民间文学的易变性与流动性。其实在尚未有书面文学的时代或文学形态发展得不够健全的时期,几乎所有文学差不多都处于民间文学状态。所以民间文学无不为全人类所拥有,几乎在所有古往今来的民族中都存在着、流传着,只是各个地区各个民族的民间文学表现出各自不同的特点而已。民间文学存在于民间的历史悠久,难以考证口传的确切时间。但是学者收集整理研究民间文学的时间却相对较短,只是近二三百年以来的事。过去它是民俗学的一个组成部分。因为从民族文化传统和文化心理结构的角度来分析,民间文学是依靠该民族的民俗活动而加以继承和流变的,而民俗活动往往也运用民间文学的各种形式,如:神话、传说、故事、寓言、史诗、叙事诗、歌谣、谚语、谜语、戏曲等载体,来为它表现自己或传播其影响。当然就文学研究而言,民间文学有它自己独立的品格,它并非只是表现民俗的单纯附属品。

民间文学和民俗学属于民间文艺学范畴。早在 1935 年,钟敬文在日本留学时,就曾撰文倡导"民间文艺学"。他说:"民间文艺学的断片的、部分的理论方面的探究,可以说是'古已有之'的了。但它的研究的科学化,却还是很新的事。把这种文化的事象,作为一个对象,而创设一种独立的系统的科学——民间文艺学,这在寡闻的我,以前还没有听到过。但是,现在我以为这种科学的建设,是不容许再迟缓了。我们得勇敢地把这种职务担当起来。"①在这篇长达近8千字的论文中,他还从本体论、方法论等层面分析了民间文艺学与普通文艺学的区别,并指出民间文艺重要的特点,"就是它的口传性、集团性等,此外,还可以添上两项,就是类同性和朴素性"②。其实这也是它区别于普通文艺的标志,也是中国主题学产生于民间文学和民俗学的根本性原因。从此以后,有相当一部分中国特色的主题学研究就在"民间文艺学"的大旗之下,蓬勃发展起来了。虽然起初的研究可能并未有这种学科意识,但是由于研究基础和研究方法,以及发现的问题相类似,解决问题的路径也不谋而合,因此,民间文艺学领域的主题学研究至今方兴未艾。

西方的民间文艺学作为一门独立的科学,以19世纪初德国格林兄弟从事童话整理与神话研究等民间文学的工作所形成的神话学派计起,发展到今天,已有两个世纪左右的历史。包括中国学者的努力与贡献,其成就是举世瞩目的。民间文学研究,是民间文艺学关注的重要内容,它可以从不同的角度进行,如可以从哲学、历史学、语言学、民俗学等视角来入手研究,也可以从文化学、人类学、社会学等领域来进行考察。但归根结底,民间文学毕竟是一种文学现象,只有从文学的角度,从文学性的深度进行审视阐发,才可以视为是真正意义上的民间文艺学。而这种研究必然会与比较文学主题学结下不解之缘。季羡林进一步总结这一现象时指出:"在国与国之间,洲与洲之间,最早流传而且始终流传的几乎都是来源于民间的寓言、童话和小故事。"③因为比较文学学科史告诉人们:"在比较文学发展的初期,民间文学与比较文学之间的关系是密不可分的。就以德国为例,在19世纪中叶,梵文学者本发伊(Theodor Benfey)(又名本菲——笔者注)发表了他的名著《五卷书:印度寓言、童话和小故事》(简称《五卷书》),有德文译文、长篇导论和详尽的注释。在导论中,他使用了多种语言的材料,详详细细地追溯了书中故事在欧洲和亚洲等地流传的过程。他从此奠定了一门新的基础学科:比较童话或者比较文学史,两者都属于比较文学的范畴。而《五卷书》中的故事几乎都是来自印度民间文学。从此,民间文学与比较文学就结下了难解难分的缘分。"④民间文学研究与比较文学

---

① 钟敬文:《钟敬文学术论著自选集》,北京:首都师范大学出版社,1994年,第4页。
② 同上书,第9页。
③ 季羡林:《比较文学与民间文学》,北京:北京大学出版社,1991年,第1页。
④ 同上。

的学术因缘还表现在它们二者之间在学理层面和研究深度上形成的相辅相成的学术交流区域。季羡林在这个问题上认识相当深刻。他明确指出："没有比较文学、则民族文学研究将流于表面,趋于片面。没有民间文学,则比较文学研究的内容也将受到限制。如果二者结合起来,再加上我们丰富的古典文学和少数民族文学,这两方面的研究成果必将光辉灿烂,开辟一个新的天地。我这里说的民间文学,不限于中国,外国的民间文学也包括在里面。"[①]当我们现在看这些文字时,不能不说这些真知灼见的表述多么有远见,因为它基本概括了中国比较文学主题学研究的几乎所有内容。

中国主题学研究的特色是,以中国民间文学、民俗故事为基础的研究。顾颉刚的《孟姜女故事的转变》(1924),是当前中国有案可稽的最早的主题学研究论文之一。继后,钱南扬的《祝英台故事集》(1930),以及其他学者的《吕洞宾故事》(二集,1927)、《徐文长故事》(五集,1929)等,都是以中国民俗为研究对象的著作。只有当以下研究出现后才涉及域外民间文学。茅盾的《神话杂论》(1926)中将中国神话与其他民族神话进行比较,并考察了二者间诸多的相同点;钟敬文的《印欧民间故事型式表》在1928年印行;赵景深的《童话论集》(1927)、《童话学ABC》(1929),论述了相关童话的主题。其中前者涉及徐文长故事与西洋传统的关系,安徒生童话的来源与经过等,都是主题学研究的个案。而秦女、凌云的《〈白蛇传〉考证》(1938)又有白蛇故事确有可能来自印度,然后传至希腊的说法。当这些文学研究因涉及域外民间文学而具有了跨界性以后,才使中国民俗学的主题学研究与比较文学产生直接的联系。

民间文艺学研究的发展,以后渐渐发展成为两个分支。其一,主要研究中国的民间文学和民俗学中的主题史或题材史。这些学者继顾颉刚、钱南阳传统之后,再行开掘。主要有黄紫琇在1933年发表的《王昭君故事的演变》等。这种中国民俗研究中的人物主题探索从20世纪30年代中期到70年代中期,由于各种原因其间中断了近40年。20世纪70年代以来,这类研究才显出复兴之势。如许文宏1973年发表在《淡江评论》上的关于白蛇故事的英文论文,1978年陈芳英的硕士论文《目莲救母故事之演进及其有关文学之研究》,1978年王秋桂发表在《淡江评论》上

---

① 季羡林:《比较文学与民间文学》,北京:北京大学出版社,1991年,第168页。

的英文论文《孟姜女故事早期版本的发展》,潘江东于 1979 年在文化大学完成的硕士论文《白蛇故事研究》,曾永义于 1979 年发表的《梁祝故事的渊源与发展》和 1980 年发表的《从西施说到梁祝》等。正如中国早期提倡主题学研究的学者马幼垣在《有关包公故事的比较研究——三现身故事与清风闸》(1978)一文的结尾部分总结说:"近年比较文学兴盛,大家开始在'主题研究'(thematic studies)上下功夫。在中国文学内,此种课题甚多,包公自然是其中显著之例,其他如孟姜女、王昭君、董永、八仙、目莲、刘知远、杨家将、呼家将、狄青、岳飞、白蛇等,都是极繁绕的问题,牵涉长时期的演化和好几种不同的文体,而且往往还需借重西方学者对西方同类文学作品的研究,以资启发参证。由于此等问题的异常复杂,对研究者来说,挑衅性也增加。"①此后,20 世纪 80 年代,又有王金生的硕士论文《白兔记故事研究》(1986)以及洪淑苓的硕士论文《牛郎织女研究》(1987)等,这些著述都是有意识地运用主题学理论写成的。但是被评论家批评为:他们的论述"很可惜都尚未能进入到主题学理论的拓展","仍只能停滞在考述神话传说人物的源流系统(亦即停滞在传统的主题史研究)"②的层面上,原因在于其论述尚未走出国门。

其二,主要研究中国民间文学和民俗学中涉及域外的这些主题史和题材史研究。这些学者有世界性的学术视野,继承了茅盾、钟敬文和赵景深等人的研究传统,将中国的民间文学、民俗文学研究拓展到域外,不仅发现了这些研究的国际性特点,而且在诸多联系中发现了中国民间文学的审美价值。比较重要的学者有钟敬文于 1931 年发表了《中国民谭型式》、于 1937 年发表的用日文写成的《中国古代民俗中的鼠》。季羡林 1941 年写出《印度寓言自序》,1946 年完成《一个故事的演变》《梵文五卷书:一部征服了世界的寓言童话集》,1947 年他相继完成《一个流传欧亚的笑话》《从比较文学的观点上看寓言与童话》《柳宗元〈黔之驴〉取材来源考》和《中国文学在德国》等。1947 年杨宪益出版《零墨新笺》收文 20 余篇。闻一多的《伏羲考》(1942—1948)列举了中国、越南、印度等地区和国家的洪水遗民故事 49 个,并整理出其基本类型。最值得一提的是文史大家饶宗颐先生,他的《中国古代"胁生"的传说》《中、外史诗上天地开辟与造人神话之初步比较研究》及《古代东西

---

① 马幼垣:《中国小说史集稿》,台北:时报文化出版事业有限公司,1980 年,第 211 页。原载台北《联合报》1978 年 4 月 11、12 日。
② 陈鹏翔主编:《主题学研究论文集》,台北:东大图书公司,2004 年,第 2 页。

鸟俗神话——论太皞与少皞》等论文，更是为这一学术传统张目。刘守华自1956年在大学求学期间开始钻研民间文学，60年来孜孜不倦。他1979年发表的《一组民间童话的比较研究》被《新华文摘》转载之后，成为中国民间文艺学开始新转变的一个标志。此后，如刘魁立的《欧洲民间文学流变中神话学派》(1982)、《世界各地民间故事情节类型索引述评》(1982)、《论民间文学的比较研究》(1997)等；以及陈岗龙的《尸语故事：东亚民间故事的一大原型》(1995)，刘介民的《从民间文学到比较文学》(1998)等，都是这一研究分支的力作。正如钟敬文先生在《中国百科年鉴》(1985)中写的文章评价这种研究趋势时所说："这些都是致力于国际间民间文学作品的比较文学研究的。"即在民间文艺学和比较文学的交感区域中来进行民间文学比较研究的，其核心即是主题学的内容。

20世纪下半叶，民间文艺学与主题学的关系从研究个案到研究整体，从实践研究到理论研究，出现了思想结晶与理论升华的繁盛局面。代表人物主要有季羡林、钱锺书、杨宪益、刘安武、刘魁立、刘守华等人，他们的研究以民间文艺学为基础，从比较文学主题学入手，将二者汇通研究，表现出中国学者的气派和中国学术的特色。尤其是世纪之交的前后三十年间，学术思想空前解放，文学研究向传统和现代两个向度纵深发展。向传统发展推动了文学与文化的"寻根"，民间文艺学研究大行其道；向现代发展促使中外主题学研究方兴未艾。当前，一批中文功底深，外文水平高，学术思维活跃，学术视野开阔的年富力强的学者，他们在民间文艺学和比较文学主题学二者相结合进行研究的方面做出了突出的贡献。如陈岗龙的《东方民间文学比较研究》(2003)，王青的《"灰姑娘"故事的传输地——兼论中欧民间故事传播中的海上通道》(2006)，金荣华的《民间故事类型索引》(2007)，李丽丹的《18—20世纪中国异类婚恋故事研究》(2013)等，不一而足。

总的来看，民间文艺学范畴的主题学研究已经取得了可喜的成绩，但是仍然有较大的发展空间。陈鹏翔曾引用李汉亭在20世纪90年代的评论提出问题："跨国性的主题学论题，应该是可以大量垦拓的对象，因为中国在文化上主导东亚数千年，民俗故事或一般概念给予四邻的影响相当充沛。若以接受而言，印度佛教母题影响中国文学处同样不少。种种因缘皆显示我们拥有足够的文化资源，可以在跨国性的主题学领域中发挥所长。然而，事实远非如此：专书不论，单篇论文处理的仍以本国民俗主题母题的演变为主,跨出门槛者极少,原因何在?"①他有针对性地指出:"我认为,一来当然是我们对这一套理论的介绍做得不够;但是,最关键的应是我们学界本身缺乏客观思想。"②这种描述在当时是实事求是的。季羡林出版专著《比较文学与民间文学》时,从比较文学和整体人文学科的历史和前景反思考察比较文学与民间文学关系,语重心长地指出:"我们甚至可以说,没有民间文学,就不会有比较文学的概念。"③可喜的是自21世纪以来,以主题学研究为代表的成果在这一领域不断出现,反映出后继有人、学术日新的大好势头。我们相信,不远的将来,无论是在理论方法的探索上,还是系统研究的实践上,都会出现在中国立场、世界视野、跨界方法三个方面的更大进步。其中对推动该学科发展具有重要意义的代表人物主要有顾颉刚、钟敬文、季羡林、饶宗颐、钱锺书、杨宪益、刘安武,以及刘守华、刘魁立等。

总之,通观民间文艺学范畴的主题学研究,可以归纳出以下几点特征。

首先,比较文学主题学源于民间文艺学的民间文学研究。19世纪初德国浪漫主义思潮中以格林兄弟为代表的一批学者、作家出于振兴德意志民族文学的目的,对其丰富的神话传说、民间故事和童话,进行了从语言到内容的整理与研究。他们发现题材,主题,情节相同的内容会以异文的形式反复出现在不同时空的作家笔下,于是采用了历史比较法来研究其异同和流变过程,从而初步奠定了主题学的理论基础。同样出于振兴中华民族文学的目的,中国的主题学研究也发端于民间文学的歌谣、故事和传说的研究。正如法国比较文学家梵·第根评论说:"主题学……在德国发展极为迅速。在那些民间文学研究十分活跃的国家里,情形确是如此。只要主题学蓬勃发展,它就会对文人创作的文学发生深刻影响。"④

其次,民间文学是主题学研究取之不尽的源泉。民间文学相对于书面文学最重要的一点是它的原创性和鲜活性。民间文学表现了生活在民间的普通人杰出的天才和艺术创造力,是历代人民集体创作的一种优秀口头语言艺术。民间文学的

---

① 陈鹏翔:《主题学理论与实践》,台北:万卷楼图书有限公司,2001年,第2页。
② 陈鹏翔主编:《主题学研究论文集》,台北:东大图书公司,2004年,第3页。
③ 季羡林:《比较文学与民间文学》,北京:北京大学出版社,1991年,第1页。
④ [美]乌尔利希·韦斯坦因:《比较文学与文学理论》,刘象愚译,沈阳:辽宁人民出版社,1987年,第126页。

原创性主要表现在民间口头创作都是经过多次流传的作品。它口耳相传沿习下来，要不断重新讲给新的听众，这本身是不可能完全重复的，必然要对原作品进行又一次的再加工、再创造。这种即兴的特点是根据听众的文化心理和接受程度来决定的。因此，民间文学作品的每一次讲述都是鲜活的，都有它丰富多彩的艺术生命之一瞬。民间文学作品的生命力之所以顽强，在于它永远处于动态之中，观察、探讨、阐释民间文学作品的发生、演变、异化是民间文学研究的课题，也是比较文学主题要研究的重要领域。因此，丰富多彩、日新月异、充满活力的民间文学是主题学研究用之不竭的材料库。美国比较文学家雷马克也承认："在估量偶然巧合的可能性与实际影响的可能性时，比较学者可以学习民俗学家的技巧，因为民俗学家在研究民间传说的主题时早就面临这样的问题了。许多民间传说研究都是典型的比较研究。"①

再次，主题学是民间文学研究的理论升华。民间文学的创作和流传基本上是口耳相传，不借用物质化的媒体，因此具体的作品浩如烟海，不计其数。而被整理、记录下来的文献也多如牛毛。如此大的体量，复杂的异文如何进行研究是个难题。在具体的研究实践中，无论他是民间文艺学，还是比较文学领域的学者，都会不约而同地发现对诸多的民间文学作品中的故事母题、题材、主题和类型做出比较时，可以吸收比较文学主题学研究的方法、路径和策略，从而使民间文学研究避免了表面化和片面化的不足。另外，主题学的理论建构就是在民间文艺学研究的大量实践的基础上分析总结出来的，即是说民间文学研究的实践最终理论化提升为民间文艺学，而二者之间的中介与桥梁就是主题学研究。由此可知，中国的主题学研究一开始就透过作家对故事的不同处理来了解作家的心理意向，透过故事的演变过程来窥测各个时代的真貌，"而避免了西方早期主题学只考证故事源流而不及其他的缺失"②。这是值得庆幸的现实。民间文艺学范畴的主题学研究使他们二者相得益彰，对这两个研究领域都有促进，既能够促使民间文艺学向着深度开掘，也能够使比较文学主题学向着广度发展。

---

① 张隆溪选编：《比较文学译文集》，北京：北京大学出版社，1982年，第14页。
② 陈鹏翔：《主题学研究论文集》，台北：东大图书公司，1983年，第7页。

第二节　顾颉刚民俗学研究与主题学

顾颉刚(1893—1980)是中国著名历史学家、民间文艺学家、民俗学家。他于20世纪20年代初提出"层累地造成中国古史观"(1923)开启了中国史学界的一个新纪元。从而引发了学界对古代史料真伪的考辨,产生了中国"古史辨学派"。同时他又以民俗学材料印证古史,并对民谣、故事、风俗等进行开拓性研究,成为中国民俗学的倡导者。他的这些研究,为中国的主题学研究发端于民俗学开了先河。

顾颉刚出身于诗书人家,在家庭主仆都"极能讲故事"的环境中长大。他从读《论语》《孟子》时,就将这些从身边人听到的故事和书本上关于尧舜禹的记载"联串"起来。1913年,他20岁时考进北京大学预科班,"成了戏迷","于是只能抑住了读书人的高傲去和民众思想接近,戏剧中的许多基本故事也就随时留意了"。[①] 1917年,北京大学教授刘半农先生为了活泼新体诗的风格,丰富其内容,在校内创办歌谣研究会,每天在《北大日刊》上发表一二首。1922年又创办了《歌谣》周刊,于是歌谣的收集、整理、发表如鱼得水。受其影响,顾颉刚在幼时爱听故事的基础上,也开始多方搜集苏州的歌谣。"很奇怪的,搜集的结果使我知道歌谣也和小说戏剧中的故事一样会得随时随地变化","我为要搜集歌谣,并明了它的意义,自然地把范围扩张得很大:方言、谚语、谜语、唱本、风俗、宗教各种材料都着手搜集起来。我对于民众的东西除了戏剧之外,向来没有注意过,总以为是极简单的;到了这时,竟愈弄愈觉得里面有复杂的情状,非经过长期的研究不易知道得清楚了。"[②] 于是他开始"懂得怎样研究故事了"。

顾颉刚注意到民间文艺虽说历史久远,但是,他在读私塾期间受的是"学而优则仕"的教育,不可能注意到民间文艺。他改变学术兴趣与研究方向是慢慢摸索出来的。其实他在十五六岁时就已开始注意到神话和传说了。最先启发他的是夏曾佑著的中等学校用的《中国历史教科书》,"这可以说是中国第一部注意到传说和历史关系的书"。夏曾佑一反当时的史学传统,"确定了太古和夏、商、周三代都是'传

---

① 顾颉刚:《顾颉刚民俗学论集·自序》,钱小柏编,上海:上海文艺出版社,1998年,第2页。
② 同上书,第3页。

疑时代'"。"他说明了神话在古代史中的地位,并举出巴比伦、希伯来和我国云南彝族的许多神话例子来和我国传统的古史相比较,又用非洲、美洲、澳洲的土人的渔猎社会和亚洲北方、西方的土人的游牧社会来说明社会进化有一定的秩序,暗示黄帝时代不可能一下子就进入高度的文明。""我开始感到传统的中国古代史里有许多不可靠的地方,但还没法搜集民间的神话和传说,来发展夏曾佑的思想。"①继后启发他的是戏剧。1913年他20岁时考进北京大学读书,课余时间经常去看戏,他的出生地苏州就是一个盛产戏剧的地方,他看戏不会唱,只关注戏里面的故事,久而久之,就看出了问题,即同一个故事在各个剧种里演时内容不一样。为了解释这一疑问,他开始注意看小说。"过去我是专读高文典册,看不起小说的,但到了看戏之后就不得不沿流溯源,看戏剧所从出的小说了,可是拿了小说去比戏,又看出了许多问题。"②即找不到故事的源头,再往上溯,去看历史,又有问题了,许多人物,历史上查无此人。因此,他开始认识到"历史、小说、戏剧层层相因,却层层变化,我们可以在这些变化里,看出民间传说是真真假假,有些则完全不是这回事。不过,故事虽然是假的,它所反映的感情和要求却是真实的,它是为了适应人民的需要,满足人民的希望而产生的"③。

总的分析,顾颉刚的民间文艺学和民俗学研究主要集中在歌谣、故事和民俗三个方面。他与主题学产生学术上的联系也反映在这三方面的研究中。

首先,顾颉刚身为"世家子弟"对于市民们的文娱活动,如唱歌、拍曲、说书、摊簧、宝卷,虽常有接触的机会,但总不愿意屈就它。但是独有歌谣他未能回避。因为"歌谣是在人们的口头唱的,除非你塞住两个耳朵才听不见"。"他们声调的高朗和悠扬,我也觉得很有意味;但终于想到这不是我辈的事,虽生性不怕写字,也从没有提笔记录过。"④直到1917年北大本科教授沈尹默、预科教授刘半农等人,为作新体诗,要发掘其在本国文化里的传统,于是注意到歌谣,并发起"歌谣研究会",征集各地民歌,发表在《北大日刊》上。顾颉刚在戏剧中曾发现不少歌谣,现在就水到渠成地接受了这一新事物。适逢其时他在家养病,开始搜集歌谣,还连带搜集了谚语

---

① 钱小柏编:《顾颉刚民俗学论集》,上海:上海文艺出版社,1998年,第15—16页。
② 同上书,第17页。
③ 同上。
④ 同上书,第29页。

和歇后语等。他将搜集的大量歌谣陆续发表在《北大日刊》上。由于版面所限,他又用"铭坚"的笔名,在《晨报》副刊上发表了一些苏州歌谣,还取了一个古典名词,叫作"吴歈集录",并将其中的方言加了注释。为了鼓励人们搜集歌谣的兴趣,并研讨歌谣中所存在的各种问题,1922 年冬,北大研究所决定出版《歌谣》周刊。自从有了这个阵地,他就成了主要撰稿人。他将以前搜集的苏州歌谣,先选定一百首,并加上注释,编成了《吴歌甲集》,并在此刊物上依次刊齐。从此,在他周围团结了一批志同道合者,大家对于民俗学和民间文艺的研究同样抱着极大的信心和希望。

其实,顾颉刚对于歌谣本身并没有太大的研究兴趣,他研究歌谣的目的主要想借此发现民歌和儿歌的真相,想了解历史上所谓童谣的性质究竟是怎样的,《诗经》上所载的诗篇是否有一部分确为民间流行的徒歌。关于前一个问题,"我们可以知道历史上所谓应验的童谣一半是有意的造作,一半是无意的误会。"关于后一个问题,就歌词的复沓,方面的铺张,乐曲的采集,民歌的保存上说明《诗经》所录悉为乐曲,又从典礼所用与非典礼所用的歌曲上证明,前人定诸国诗为徒歌的谬误。顾颉刚很想用这些方法,"将现在流行的儿歌和民歌解释各时各种的不同的事实,打破这种历史上的迷信"①。因为他在歌谣方面发表的文章很多,知道他研究歌谣的人也很多,常有人称他为歌谣专家。对这种不期而遇的荣誉,他不太愿意承受。因为初时他搜集歌谣的动机是出于养病时的消遣,继后所作的研究是为读《诗经》时的比较。至于他搜集苏州歌谣并编刊问世,主要是想提供给歌谣专家以研究的材料,并非是公布他研究歌谣的结果。他明确提出:"我的研究文学的兴味远不及我的研究历史的兴味来的浓厚;我也不能在文学上有所主张,使得歌谣在文学的领土里占得它应有的地位;我只想把歌谣作我的历史的研究的辅助。"②由此可以发现顾颉刚是从戏剧、歌谣中得到研究古史的方法,并用民俗学的材料去印证古史,是将民俗学作为历史研究的辅助而进行探索的。

顾颉刚与歌谣相关的研究主要有《诗经的厄运与幸运》(原刊于《小说月报》第十四卷,第三、四、五号,时间为 1923 年 3 月 10 日至 5 月 10 日,后因未作完,而改篇名为《诗经在春秋战国间的地位》重印);《论〈诗经〉所录全为乐歌》(原刊于北京

---

① 钱小柏编:《顾颉刚民俗学论集》,上海:上海文艺出版社,1998 年,第 13—14 页。
② 同上书,第 14 页。

大学研究所《国学门周刊》第十、十一、十二期,时间为1926年12月16日至30日);《瞎子断匾的一例——静女》(原刊于《现代评论》第三卷第六十三期,时间为1926年2月);《吴歈集录的序》(原刊于《歌谣》周刊第15号,时间为1923年4月22日);《吴歌小史》(原刊于《歌谣》周刊第二卷第二十三期);《苏州近代乐歌》(原刊于《歌谣》周刊第三卷第一期);《苏州的歌谣》(原刊于日本《改造杂志》8卷8号,1926年7月。又刊于广州中山大学《民俗》第十一、十二合期,时间为1928年6月3日);《〈山歌〉序》(原刊于顾颉刚校点冯梦龙《山歌》,1935年);《〈吴歌甲集〉自序》(原刊于北京大学《歌谣》周刊第九十七号,1925年6月28日。又刊于《文学周刊》第188期,1925年8月30日。又刊于北大研究所国学门歌谣研究会《吴歌甲集》,1926年7月)。

其次,顾颉刚在民俗学方面的研究主要有《抛彩球》(原刊于中华书局《史林杂识》,1963年2月);《关于〈谜史〉》(原刊于广州中山大学《民俗》周刊第二十三、二十四合刊,1928年9月5日。民俗丛书钱南阳《谜史》,1928年7月);《关于中国新年风俗志》(原刊于《民间月刊》二卷三号,1932年12月1日。又刊于商务印书馆娄子匡著《中国新年风俗志》,1935年1月。此文系该书之序);《〈清代燕都梨园史料集〉序》(1934年12月);《东岳庙游记》(原刊于北京大学《歌谣》周刊六十一号,1924年6月29日);《东岳庙的七十二司》(原刊于北京大学《歌谣》周刊第五十号,1924年4月13日);《妙峰山的香会》(《妙峰山》之一节。原刊于《京报副刊》第251期《妙峰山进香专号》,1925年5月23日。又刊于中山大学"民俗丛书"顾颉刚编《妙峰山》,1928年9月);《游妙峰山杂记》(原刊于《京报副刊》第251期《妙峰山进香专号》,1925年8月27日。又刊于中山大学"民俗丛书"顾颉刚编《妙峰山》,1928年9月);《〈妙峰山〉自序》(原刊于广州中山大学"民俗丛书"顾颉刚编《妙峰山》,1928年9月);《两个出殡的导子账》(原刊于北京大学《歌谣》周刊五十二号,1924年4月27日);《一个'全金六礼'的总礼单》(原刊于北京大学《歌谣》周刊五十六号,1924年5月25日);《一个光绪十五年的夜目》(原刊于北京大学《歌谣》周刊五十八号,1924年6月8日)。凡以上种种关于民俗学方面的文章足见顾颉刚眼中学问的材料,只要是一件事没有不可用的,根本不存在雅俗、贵贱、贤愚、善恶、美丑、净染等的界限。各种古物、史料、风俗物品都有它的来源,都有它的经历,都有它的历史,都有它存在的价值。这些都是人们可以用来研究的。顾颉刚为代表的一批同人,从发端于北京大学教授征集歌谣以及北大歌谣研究会的成立,《歌谣》周刊创刊,到广州中山大学民俗学会的成立以及《民俗》周刊创刊,实际上都反映了一种时代精神,即"五四"为标志的新文化运动。而这场运动所提倡的"白话文"运动和"到民间去"等口号,都成为顾颉刚等人提倡民俗研究,振兴民族文学,振奋民族精神以致形成民俗运动的文化背景与学术契机。

再次,顾颉刚的故事研究也起步较早。他从最初对戏剧故事的感受到后来对孟姜女传说进行研究,其学术思想和研究方法经历了一个较为完整的变化过程。他认为故事、歌谣、传说和古史神话等都具有"演变"的特征。因此,只要用"演变"的立场、观点和方法就可以分析研究出故事、歌谣、传说和神话的构成。他用这种"演变"的理论分析评价了诸多的文学形态。写有:《穆天子传〉及其著作时代》(原刊于山东大学《文史哲》第一卷,第二期,1951年2月);《嫦娥故事之演化》(原刊于《书林》第一卷,1979年第二期);《羿的故事》(原刊于燕京大学《史学年报》第二卷第三期,1963年6月);《〈庄子〉和〈楚辞〉中昆仑和蓬莱两个神话系统的融合》(原刊于《中华文史论丛》1979年2辑,1979年4月);《洪水之传说及治水之传说》(原刊于《史学年报》第一卷第二期,1930年11月);《尾生故事》(原刊于中华书局《史林杂识》,1963年2月)和《论地方传说〈两广地方传说〉序》(原刊于开明《文学周报》第七卷合订本,1928年9月)。

尤为值得提及的是顾颉刚在故事研究中对孟姜女故事的系列研究所取得的重大成果,至今为学者称道。孟姜女哭倒长城的故事传遍全国。其历史从春秋至今已有二千五百多年。前代学者对其流传情况早已关注。顾颉刚在辑郑樵的《诗说》时,在《通志乐略》中读到他论汉代蔡邕《琴操》的一段话:"虞舜之父,杞梁之妻,于经传所言者不过数十言耳,彼则演成万千言。"随后又从姚际恒《诗经通论》,《郑风·有女同车》篇,得知"在未有杞梁之妻的故事时,孟姜一名早已成为美女的通名了"。顾颉刚由此而"惊讶其历年的久远引动搜辑这件故事的好奇心"[①],于是将涌到眼前的材料略加整理,编排出这一故事的变迁线索。1924年11月,应歌谣研究会之邀,写出12000字的长文《孟姜女故事的转变》。这次研究孟姜女故事的结果,使顾颉刚深刻地认识到,"一件故事虽是微小,但一样地随顺了文化中心而迁流,承

---

① 顾颉刚:《古史辨》第一册序,上海:上海古籍出版社,1982年,第75页。

受了各地的时势和风俗而改变,凭借了民众的情感和想象而发展"①。此文在《歌谣》周刊第 69 号刊出后,学界为之震动。原因在于顾颉刚用研究史学的科学方法和严谨精神研究历史中被认为"不登大雅之堂"的故事传说,令人耳目一新。此后,他又先后发表了《孟姜女故事研究——古史辨自序中删去之一部分》。(原刊于《现代评论》第二周年增刊,1927 年 1 月);《〈孟姜女故事研究集〉第一册自序》(原刊于中山大学民俗丛书《孟姜女故事研究集》第一册,1928 年 4 月);《〈孟姜女故事研究集〉第三册自序》(原刊于中山大学民俗丛书《孟姜女故事研究集》第三册,1928 年 6 月)等。《唐代孟姜女故事的传说》(原刊于上海古籍出版社《中华文史论丛》第三辑,1982 年 8 月),原为顾颉刚于 1925 年 10 月 30 日至 11 月 2 日写的初稿。其中的一些详细分析和论证都是其他孟姜女故事研究中所没有的,所以特缮清后于近 40 年后才发表。顾颉刚通过多年来对孟姜女故事转变的研究,体会颇深,他明确指出:"我是研究古代史的,一生读古书,可是对于民间文学方面的兴趣却很高,知道历史上和古典文学上的许多问题必须用民间文艺的眼光方可得到解释和证实。"②这番体会写于 1961 年,可并不是像顾颉刚那样的知名学者都能说出来的,因为只有长期的学术积累与深刻的学术体会的大家,才能讲得如此令人信服。

顾颉刚在研究民俗学方面还对研究神道很感兴趣,并发现了道教里受到佛教影响的痕迹。他指出:"佛教侵入,它自有一个东岳——阎罗王。因为中国人并不抵抗佛教,所以东岳大帝和阎罗王可以并存,死人受着二重的管束。"他进一步指出:"但阎罗王也不是印度固有,乃是受的埃及的影响。阎罗王大约即是尼罗河之神乌悉立斯(Osiris)。看'阎罗'与'尼罗'的声音相合,甚为可信。"③

此外,顾颉刚在研究故事时也发现了,"中国故事有的是我国自己发生、发展起来的,也有些是发生在外国而流传到中国来发展的"④。例如:他提出:"昆仑山的故事里有悬圃,《穆天子传》《楚辞》和《淮南子》里都曾提到。……我们一向以为这是中国土生土长的故事,其实这是从巴比伦传来的。"他说的中国"悬圃"即巴比伦的"空中花园"。此外,他还提及《大唐西域记》中的印度故事《救命池》,在郑还古

---

① 钱小柏编:《顾颉刚民俗学论集》,上海:上海文艺出版社,1998 年,第 5 页。
② 同上书,第 31 页。
③ 同上书,"自序",第 9 页。
④ 同上书,第 23 页。

《续玄怪录》中的《杜子春传》中被中国化了。《列子·汤问篇》里的一位工人偃师会做机关木人和《天方夜谭》里的"月宫宝盒"(原名《巴格达窃贼》)中的阿拉伯奸相槔法能造机关木人和马很类似。唐朝小说《幻异志》中有"板桥三娘子的故事,……这个故事也是《天方夜谭》里面人化畜的故事的发展"。此外,他还写有书话:《孟姜女故事有掺入阿拉伯故事之可能》和《〈天方夜谭〉与中国故事》。① 中国《东郭先生》的故事,"却是苏联、西亚一带流传的《老朋友是很容易忘记的吗?》的故事"等。他指出:人们不难"看出中国化了的外国故事,指出中外文化交流的证据","这或许不是直接交通而是间接交通"的结果。②

综上所述,顾颉刚对于民俗学的偏爱,不仅由于他个人的经历,即从戏剧和歌谣中得到研究古史之方法,并成功地运用民俗材料去印证,而且也因为在五四新文化运动中,整理国故以及推行白话文这种思潮所导致的对研究大众文化积极性的影响。相继,胡适等人提倡的"'用历史的眼光扩大国学研究的范围'的观念,以及当时社会上'到民间去'的呼声,却使顾颉刚先生深受启发和鼓舞。"③和顾颉刚一样,五四新文化运动中的一些先知先觉的知识分子在中国传统的普通民间文学艺术中发现了他们正在提倡的个性解放、自由、平等、民主等因素,于是中国传统的普通民间文学艺术就成为他们在西方的"德先生""赛先生"之外的另一种重要的反传统的武器。五四新文化运动在提出"打倒孔家店"这一口号以后,又提出"到民间去"的口号,正是这种思维逻辑的结果。这即是说五四时期一代先知先觉者为了在中国建立新文化,在向西方寻求真理的同时,也从本土文化中发掘出新的资源。而下层民间文学艺术正是民俗学研究的最佳对象,可以说正是中国五四新文化运动催生出了中国的民俗学学科,并使之逐渐完善。

从顾颉刚的《孟姜女故事的转变》(1924)到《孟姜女故事研究集》(1928)为代表的中国民俗学的研究成果,不仅让当时远在巴黎留学的刘半农"佩服得五体投地",称之为"二千五百年来一篇有价值的文章",而且也为当时的学术界竖起一个风标,铺设了一种崭新的学术道路,大开风气之先。最为重要的是,他成就了中国发端于民俗学的主题学研究。陈鹏翔在著名的《主题学研究与中国文学》一文中指出:"顾

---

① 钱谷融主编:《近人书话系列》,《顾颉刚书话》,杭州:浙江人民出版社,1998年,第352页、338页。
② 钱小柏编:《顾颉刚民俗学论集》,上海:上海文艺出版社,1998年,第26—28页。
③ 同上书,第455页。原刊于顾潮、顾洪:《顾颉刚评传》,南昌:百花洲文艺出版社,1996年,第2页。

氏(顾颉刚——笔者注)的主题学研究是否曾受到西方民俗学研究的影响,迄今我尚无资料来证实这一点。不过他初次的尝试以及往后的研究都能把握住郑樵这一段话的真谛而避免了西方早期主题史研究只考证故事的增衍而不及其他的缺失,这确是有目共睹的事。"①他在文中提出两点,一点是顾颉刚的主题学研究是否受到西方影响,另一点他摆脱了西方主题学研究的偏颇。

对于第一个疑点的分析应该是这样的。如前文所述,西方的民俗学研究起源于德国对18世纪以来的欧洲文化史发展的一种反拨,即西欧文学艺术的发达使德国人自己相形见绌,出于当时德意志民族的奋发图强,民俗学起源于德意志民族主义。与之不同的是中国的民俗学是五四民主思潮影响下的产物,是这种民主主义思想使得顾颉刚等人将一向为人所忽视的民间文艺材料视为文学研究的对象,所以中国的民俗学发端于民主主义。由于这种本质上的不同,德意志18世纪末生成的浪漫主义和顾颉刚等人的浪漫主义就有了区别,一个是重在精英式的科学研究与探讨,一个是平民式的科学开掘与升华。但是由于浪漫主义,反映在民俗学上的特点基本相同,而且五四时期的中国现状又与当时的封建割据的德意志相仿,所以,中国早期的民俗学史上的浪漫主义学术思想或多或少地受到西方浪漫主义民俗学运动,以及五四时期反传统思想的启发应该是不容怀疑的。当然对于第二点,由于顾颉刚的主题学研究,一开始就能透过历代作家对故事题材不同处理的分析,并从思想史上理解阐释了他们的文化心理趋向,所以很自然地这种研究倾向就避免了西方早期主题学研究的那种只注重考证故事题材的源流而忽视其产生、发展的思想史、文化史、社会等深层研究的弊端。从而使中国的主题学研究能够始终沿着康庄大道顺利发展。

第三节 钟敬文故事类型研究与主题学

比较文学源于德国民间文学和民俗学研究是不争的事实。民间文学中的故事性部分和民俗学中的文学性部分构成了民间文艺学的叙事研究的基础。对民间文艺学的研究史梳理,故事类型研究具有跨界性的国际化特点。在中国要讨论故事

---

① 陈鹏翔主编:《主题学研究论文集》,台北:东大图书公司,1983年,第17—18页。

类型研究,钟敬文先生的作用是不容忽视的。从比较文学角度分析,要拨开叙事类型研究在形式化上的迷雾,对它的跨文化性质进行深入的发掘利用,剖析解读,钟敬文先生的研究也是具有开创性的。

钟敬文早在1927年就已向国内学术界介绍欧洲人编写的印欧故事类型。当时英国学者库洛德(Rev. S. Baring-Gould)编、约瑟·雅科布斯(Joseph Jacobs)修订的《印欧民间故事型式表》,由钟敬文和杨成志翻译,1927年冬完成。它作为中山大学民俗学会编选的小丛书之一,1928年由广州中山大学语言历史研究所印行。其中有"三蠹人式",里面包含了猫鼠对手和猫狗对手型的故事。另见钟敬文《中国印欧民间故事之相似》一文中所举类型六十九"三蠹人式"的编制。① 1928年,他发表了中国故事类型研究的论文,其中对猫狗结仇型的故事作了专门研究,至1937年前,他在中国和日本完成了一系列故事类型研究论文,其中的重点是老鼠娶亲型故事,也涉及强中自有强中手型故事。钟敬文《中国古代民俗中的鼠》原文最初以日文发表,中文本发表于《民俗》季刊,1937年第1卷第2期。②

钟敬文在1927年翻译的印欧故事类型是英文本,曾参考了日本学者冈正熊的日译文本。当时对猫鼠型的研究,中日学者几乎是在竞赛。1936年钟敬文在日本应日本同行的约稿,于1937年发表了关于鼠类型的专题论文《中国古代民俗中的鼠》。这是他厚积薄发的研究成果。自1920年代他接触到西方人的故事类型学说以后,就用现代搜集到的猫鼠型故事做资料,再对照中国历史文献中的同类记载进行研究,如从《尚书》《山海经》《说文解字》、晋葛洪引《玉策记》、唐《初学记》和宋《太平广记》等典籍的文字中对猫鼠型主题故事归纳出若干不同的类型。钟敬文研究猫鼠型故事的主题,在四个类型中采用了一个特殊的视角,即老鼠嫁女型故事进行深究,并逐渐形成自己的研究特色。他注意到老鼠嫁女型故事其原型虽然源于印度,但至少在500年前的明代,已在中国农业社会的土壤中生根、开花、结果,在南北方各地诸多民族中广为流传,人们在记忆中已不知它的印度渊源。

中外学者在故事类型研究中几乎都承认印度往往是许多故事主题的原型产地。但一般认为,其中的猫鼠型故事的研究重点已在不少西方学者的研究视野里,

---

① 钟敬文:《中国印欧民间故事之相似》一文中所举类型六十九"三蠹人式"的编制,见钟敬文:《民间文学文学论集》(下),上海:上海文艺出版社,1985年,第241—244页。

② 钟敬文:《俍俗蠢测》,巴莫曲布嫫、康丽编,上海:上海文艺出版社,2001年,第66—80页。

而老鼠嫁女型却无人问津。例如在西方颇有影响的两部用外文撰写的中国故事类型著作,即艾伯华(Wolfram Eberhard)的《中国民间故事类型》(1937),和丁乃通(Nai-tung Ting)的《中国民间故事类型索引》(1978)都没有收入老鼠嫁女型。他们的脱漏说明他们对中国故事类型的了解还不够全面。艾伯华在《中国故事类型》中收入了猫鼠型主题故事中的猫鼠对手型和强中自有强中手型。他主要是根据中国浙江地区流传的这类故事整理的,对中国的猫鼠型故事相对有关注度,而对老鼠嫁女型故事则未置一辞。丁乃通的《中国民间故事类型索引》虽收入了猫鼠型主题故事中的猫鼠对手型、异猫命名型和强中自有强中手型,也没有编入老鼠嫁女型。这两位是西方同行中了解中国故事类型的行家里手,但是都对老鼠嫁女型故事没有给予充分的注意。这是由于他们对中国文化缺乏深广的了解,而无法辨析到老鼠嫁女型在猫鼠型主题故事系列内在联通的奥秘。钟敬文将猫鼠型主题故事的研究中心集中到老鼠嫁女型,无疑说明他在中国文化基础上独具慧眼,是超越西方学者的创新发现。他在中国民间故事丰富的资源里发现猫鼠型主题故事的内核,以及相互复杂的转换关系,应该说得到了中国民间叙事逻辑的真谛。

钟敬文初时的这些学术成果对中国早期民俗学和民间文学的有关主题学和类型学研究有十分重要的意义。正如民俗典籍研究专家董晓萍指出:"一个国家的某学科创建者的理论兴趣和治学经历是对该学科的基础研究有着整体影响的,以猫鼠型故事研究为例,钟先生的这类研究也给我国民间文艺学的研究带来了深刻的影响,大体有三:第一,他提供了一种可供观察的发展途径,就是通过口头传统及其民俗生活中的故事资料进行文学性的描述,使民间文学研究变为一门现代学问。第二,以比较方法为主的中国故事类型研究,需要补充古典文学、历史学、人类学、民族学、艺术学和东方文学知识,开展交叉研究(特别是在印度和日本民间文学方面)。钟先生的中日印故事类型比较研究就在民间文艺学的方法论建设上起到核心作用。第三,民间文艺学研究以拥有国际化又符合中国实际的故事类型学方法,成为民俗学的基础部分。"①实际上早在19世纪具有文艺学研究传统的俄国就提出"历史比较文艺学"的观点。被誉为"俄国比较文学之父"的维谢洛夫斯基在著名论

---

① 董晓萍:《猫鼠型故事的跨文化研究——兼论钟敬文与季羡林先生关于同型故事的研究方法》,《广西师范大学学报》2012年第6期。

著《历史诗学三章》中提出"借用说"和"多源论"的观点。"前者指的是不同民族的神话、传说、故事、歌谣中的类似现象,有的是因为出于同一源流,是民族文学相互传承的结果。后者指的是有些民族文学现象之间并无直接的、源流上的依存关系或影响接受关系,但却存在着某些雷同或相似。"①这种历史比较研究的方法,突破了比较文学影响研究的范畴,对"一系列平行的相似事实"进行对比,找出是否有因果联系,以便发现一些规律性。

继后,俄国形式主义的代表人物日尔蒙斯基继承了维谢洛夫斯基的"借用说"和"多源论"的等理论观点,在俄国形式主义衰微之后的1935年所作的题为"比较文艺学与文学影响问题"的报告中,从比较文艺学的视角进一步总结出人类社会历史发展的一致性可以决定文学发展过程的一致性的理论。他从类似的文学现象之间未必一定存在影响接受这一角度进行研究与思考分析,形成了俄国比较文学研究类型学的观点。② 俄国形式主义过于强调文学形式,即语言的运用、修辞技巧、艺术结构等,忽视作品的文学性和文学思想内容等倾向,虽对后世出现的英美新批评派和法国结构主义都产生了影响,但是却在俄国文坛湮没了。最后还是日尔蒙斯基将其化茧为蛾,形成了比较文学类型学研究的一脉。钟敬文基于民俗学和民间文学方面的有关主题学和类型学研究,虽然与俄苏学者的比较文学类型学研究有交感区域,但是并不完全重合;而董晓萍评价钟敬文的这种故事类型研究属于民间文艺学范畴;可是我们仍然不得不承认,钟敬文"猫鼠型故事的跨文化研究"无论如何还是有了比较文学的性质。尤其是他作为有留学背景的中国学者,在这种"国际化"的故事类型研究中,运用了西方的理论,是很自然的事情。但他并没有简单地套用,而是将它与中国民间故事的资料进行对比式研究,"洋"为"中"用,再生新意。这不仅为故事类型研究本土化树立了榜样,也为中国比较文学早期的研究发展,拓宽了视野。

钟敬文作为民间文艺学家的行家里手,早年在日本就已知道猫鼠型故事在印度等一些东方国家流传的信息。他曾在《中日民间故事比较泛说》一文中写道:"据日本有些学者指出,它还流传于印度等国家。"③他虽然在1936年就已引用胡怀琛

---

① 孟昭毅:《比较文学通论》,天津:南开大学出版社,2003年,第80—81页。
② 参见干永昌等选编:《比较文学研究译文集》,上海:上海译文出版社,1985年,第284页。
③ 钟敬文:《钟敬文学术论著自选集》,北京:首都师范大学出版社,1994年,第389页。

关于印度有老鼠嫁女的文章，但是他并没有回应这种说法。因为他发现老鼠嫁女型虽为印度所有，但与其他动物故事格格不入，只有在对其他大量动物故事研究的基础上才能得出真知。于是他在这段时间里又研究了蛇郎型、熊妻型、蛤蟆儿子型（青蛙王子型）、猴娃娘型、马头娘型等故事。这些动物都是可以和人婚配的，惟有猫和鼠除外，钟敬文仍未附和印度来源说。直到晚年，他和季羡林多次切磋，才最后接受了猫鼠型故事源于印度的观点。此后，他对猫鼠型主题故事的类型研究，又增加了农业文化和宗教仪式等方面的考虑与分析。钟敬文还将关注印度故事类型研究成果扩大到对月兔和月中人等中印相似故事类型的探讨之中，终于使自己的研究自成一家，别开生面。

钟敬文从民间文艺学的角度研究中、日、印猫鼠型故事，用现代搜集的猫鼠型故事作为资料基础，再对照中国历史文献中的同类记载进行深入的分析研究。他从19世纪20年代开始接触西方的故事类型学说之后，对猫鼠型主题故事归纳出若干不同的类型。他能够在尊重文化多元性的认识基础之上，尊重跨文化对话，发现这一故事类型的特殊价值，对它的跨文化研究功能给予新的发掘，充分发挥它的阐释功能和主题学、类型学的意义，难能可贵。东方国家素有口耳相传故事、寓言、童话的传统，极富民间文艺学、民俗学的口传内容。梳理故事类型研究的轨迹，总结故事类型研究范式，发掘前人的理论与实践的文化遗产，有助于归纳东方各国故事类型流传的规律。整理东方口传文学中所蕴含的海量的原型和异文，揭示东方各国口传故事所显现出的自身文化特点和民族特色，促使传统的故事资源成为现代国家文化转型时期的重要组成部分。这不仅是民间文艺学，也是比较文学重要的任务。钟敬文对猫鼠型故事的研究在这方面为后继者提供了很好的典范个案。

应该指出的是，钟敬文在故事类型方面的一系列研究，是从民间文艺学的角度进行的。他成功地运用西方故事类型的研究方法，考察大量的中国历史文献，并得出对中国民间叙事的合乎理逻辑性的演绎，具有学科史上开先河的意义。但是还不能说这已具备了严格意义上的比较文学学科意义。尽管这类故事类型研究有了"跨界"的性质，如跨越了语言、民族、学科和文化等边界的学术视野，但是它毕竟重点在于研究这些故事的"型"或"类型"，具有形式主义倾向，尚未对故事的主题、题材进行具有文学性的阐发与研究，所以它发展到当代有明显的"比较故事学"趋向。这种研究在方法论上有比较文学的"比较"意义，但在本体论上、认识论上，尚待进一步总结升华。尽管如此,在比较文学学科兴起发展的初期,它极为注重实证的学术传统,通过编纂故事类型索引、母题索引来处理海量民间资料的有效尝试,以及在世界范围探索民间故事原型和其传播演变历史的诸多研究成果,无疑对比较文学的主题和主题史以及题材和题材史等研究有启发意义。对重视平行研究的美国学者而言,民间文艺学的成果值得比较文学学者借鉴和汲取。亨利·雷马克就曾高度评价说:"在估量偶然巧合的可能性与实际影响的可能性时,比较学者可以学习民俗学家的技巧,因为民俗学家在研究民间传说的主题时早就面临这样的问题了。许多民间传说研究都是典型的比较研究。"①其实,在比较文学发展的早期,法国学者提倡影响研究,拘泥于"个人创作"与"事实联系"的情况下,民间文艺学是被排除在比较文学研究范畴之外的。只有在继后的发展中,美国学者提倡平行研究主题学之际,发现文学现象的类似,有可能是"人同此心,心同此理",也可能出于相互间的影响接受时,民间文艺学才有可能堂而皇之地进入比较文学研究的领域。

其实,民间文艺学的叙事研究不仅仅表现在故事类型研究这一领域,"史诗"作为叙事成分突出的文学类型也是重要的研究领域。而钟敬文对此也有不少高见。"史诗"概念源自西方学术界,建立在古希腊荷马史诗的范例基础之上。它与抒情诗、戏剧并称为西方文学的三大基本类型。采用类型学研究的方法可以对中外各国或中国多民族史诗进行深入的横向比较研究。从类型学范畴对民族史诗进行整体归纳,为人们认识不同民族、不同地域的史诗之间的丰富性、复杂性,以及它们相互之间的关系提供了重要的参考。作者对各种类型的史诗产生的社会文化背景、主要人物形象、结构模式等进行多层面、多角度的论述,对揭示英雄史诗中的某些相似的文化背景与结构上的某种类型化模式以及主题上的某些共同母题都有重要意义。这种研究使数量众多、内容复杂的各民族史诗变得类型化、条理化与系统化,便于研究者全面系统地把握中外民族史诗的基本特点。正如钟敬文先生指出的:"史诗,是民间叙事体长诗中的一种规模比较宏大的古老作品,它用诗的语言,记述各民族英雄的光辉业绩等大事件,所以,它是伴随着民族和历史一起成长的。从某种意义上来说,一部民族史诗,往往就是该民族在特定时期一部形象化的历

---

① 张隆溪选编:《比较文学译文集》,北京:北京大学出版社,1982年,第14页。

史。"①其实,一部民族史诗就是这个民族的集体记忆。钟敬文先生的话实际上是对中国学术界普遍认为的中国没有史诗的观点的拨乱反正。黑格尔曾说:"中国人却没有民族史诗,因为他们的关照方式基本上是散文性的。"②这一论断对中国学术界影响很大。史诗类型与概念源于西方,难以涵盖中国史诗传统;中国史诗传统使史诗类型湮没于史书中;中国史诗从口传到书面化过程缓慢,未能经典化;对中国史诗,尤其是少数民族史诗的研究起步较晚,这就造成并遮蔽了史诗在中国的类型学意义。钟敬文先生的观点无疑对史诗这一叙事类型在中国文学界,尤其是少数民族文学之间的研究提供了有力的理论指导和实践支持,也为中国的故事类型研究开辟了广阔的道路。

第四节　季羡林民间文学研究与主题学

季羡林生前曾大力倡导比较文学研究在中国的理论与实践,而且他本人也身体力行进行比较文学研究,尤其将重点放在中国比较文学学派的理论建构上。他在比较文学研究实践上的最大贡献,莫过于中国比较文学主题学方面的研究成果。这不仅是因为他对印度文学情有独钟,也是由于他的研究方法所致。他曾说:"在德国,实证主义的研究方法其精神和中国考据并无二致,其目的在拿出证据,追求真实。"他还说:"在我的学术探讨中,在潜移默化中受到中、德两方面的影响。"③正是因为他有这样的研究基础和经历,才能在比较文学主题学方面做出重要贡献,而且对中国比较文学主题学研究产生重大影响。

主题学研究主要包括跨界的主题、母题、意象、原型、题材、类型、象征等方面的中外文学关系与联系的研究。季羡林的比较文学研究实践主要集中在民间文学的题材和类型等方面的研究,具有开拓意义。季羡林认为:"在比较文学发展的初期,民间文学与比较文学之间的关系是密不可分的。就以德国为例,在19世纪中叶,梵文学者本发伊(Theodor Benfey)发表了他的名著《五卷书:印度寓言、童话和小故事》,有德文译文、长篇导论和详尽的注释。……他从此奠定了一门新学科的基

---

① 方铭、谢君:"《中国诗史》对少数民族史的一次系统梳理",《光明日报》2017年6月29日。
② [德]黑格尔:《美学》(第三卷,下册),朱光潜译,北京:商务印书馆,1981年,第170页。
③ 季羡林:《季羡林全集》第5卷,北京:外语教学与研究出版社,2004年,第466页。

础:比较童话学或者比较文学史,两者都属于比较文学的范畴。"①受其影响,季羡林对比较文学的研究,也始于对印度《五卷书》等民间文学的研究。② 1941年,他写出《印度寓言自序》;1946年他完成《一个故事的演变》《梵文五卷书:一部征服了世界的寓言童话集》;1947年,他又连续写出《一个流传欧亚的笑话》《从比较文学的观点上看寓言与童话》《柳宗元〈黔之驴〉取材来源考》《中国文学在德国》;1948年,他写出《"猫名"寓言的演变》;1949年他又写出《〈列子〉与佛典》《三国两晋南北朝正史与印度传说》。在此基础上,1958年他完成了《印度文学在中国》;1959年写成《〈卡里莱和笛木乃〉中译本前言》和《〈五卷书〉译本序》等。至此,季羡林用了近二十年的时间,完成了在当时中国尚无比较文学这一学科时的拓荒之作。并在此基础上,得出了:"我们甚至可以说,没有民间文学,就不会有比较文学的概念"③这一结论。而他的研究实践正是这二者的契合点,即主题学的题材研究。

1941年,季羡林留学德国期间,受德国寓言童话众多且富有研究传统的影响,开始编译《印度寓言》,尽管此书已难以寻觅,但在他写的《印度寓言自序》中还是能发现他的写作初衷:"自己主要研究对象的印度,是世界上无与伦比的寓言和童话王国。有一些学者简直认为印度是世界上一切寓言和童话的来源。所以想来想去,决意在巴利文的《本生经》($J\bar{a}taka$)里和梵文的《五卷书》里选择最有趣的故事,再加上一点自己的幻想,用中文写出来,给中国的小孩子们看。"④但是他并未满足于此,而是开始将自己的研究成果奉献给读者。即于1941年底比《印度寓言自序》稍晚时日,他写了《一个故事的演变》一文。其中提出在中国流行,且版本颇多的"鸡生蛋、蛋孵鸡、几年后变富翁"的故事,系出自印度的结论。为印证自己的观点,他从《嘉言集》和《五卷书》中译出两个题材构思基本相同的故事。这一同题材的故事从印度流传到世界,"到了中国,它变成我们民间传说的一部分,文人学士也有记叙,上面从《梅磵诗话》和《雪涛小说》里抄出来的两段就是好例子。倘若不知道底蕴,有谁会怀疑它的来源呢?"⑤可见印度这类"宝瓶"的题材,流传到中国变为"瓮

---

① 季羡林:《比较文学与民间文学》,北京:北京大学出版社,1991年,第1页。
② 见季羡林:《季羡林书信集》,长春:长春出版社,2010年,第87页。原文是"我对比较故事的兴趣源于 Th. Benkey 关于《五卷书》的著作",这里的 Th. Benkey 应为 Th. Benfey。
③ 季羡林:《季羡林全集》第17卷,北京:外语教学与研究出版社,2004年,第521页。
④ 同上书,第5页。
⑤ 同上书,第21页。

算"故事的轨迹。

数年之后,季羡林于1946年底又写了一篇长文:《梵文〈五卷书〉:一部征服了世界的寓言童话集》。重点论述了《五卷书》中的诸多故事题材在国内外流传的情况。他指出:"《新约》《旧约》译成的外国文字最多,但论到真正对民众的影响,恐怕《新约》《旧约》还要屈居第二位。世界上的民族,不管皮肤是什么颜色,不管天南地北,从一千多年以来,不知道有多少千万人听过《五卷书》里的故事了。"① 延续这一思路,他于1947年写的《一个流传欧亚的笑话》仍然从笑话的题材入手,认为这个笑话的产生也有四种可能:不约而同地产生于中国和欧洲;产生于中国后流传到欧洲;产生于欧洲后由中国借来用;产生于中国和欧洲之外的第三地。而这第三地极有可能就是印度。在这篇短文中,季羡林提出来两个观点,即"创造一个笑话同在自然科学或精神科学上发现一个定律同样地难"和"比较笑话学"。前者说明比较文学题材学中的同一题材,即"笑话",是民间文学长期交流传播的结果,是普通老百姓创造的,其中蕴藏着朴素的唯物论和朴素的辩证法,因此,真理往往掌握在人民手中。而后者即"比较笑话学"则是现今比较文学中题材史的研究,主要比较研究笑话这一"题材"的演变。

1947年是季羡林比较文学主题学、题材学的思想确立的关键一年,除上述一篇文章外,他还发表了三篇相关文章。第一篇《从比较文学的观点看寓言与童话》主要提出:喜欢听故事和喜欢说故事是人类的天性,所以,寓言和童话在世界各地、不同的民族里都能找到。然后他举例说明:"中国和印度,希腊和印度,都隔得非常远,为什么同样的故事会在两地都产生呢? 我觉得只有两个可能:第一是,两地各自产生,不一定就是抄袭;第二是,同一个来源。"他多方面分析后认为:"只要两个国家都有同样的一个故事,我们就要承认这两个故事是一个来源。"② 季羡林在这里明确指出相同题材的寓言和童话都有一个来源的"同源说",意义深远。

而第二篇《柳宗元〈黔之驴〉取材来源考》则通过实证研究,不仅指出被称为"三戒"之一的《黔之驴》的训诫意义,而且指出在世界文学范围内,有许多类似的故事,"时代不同,地方不同;但故事却几乎完全一样,简直可以自成一个类型"③。"我们

---

① 季羡林:《季羡林全集》第17卷,北京:外语教学与研究出版社,2004年,第302页。
② 季羡林:《比较文学与民间文学》,北京:北京大学出版社,1991年,第45页。
③ 同上书,第48页。

从印度出发,经过了古希腊,到了法国,到处都找到这样一个以驴为主角蒙了虎皮或狮皮的故事。"①最终结论是:"柳宗元或者在什么书里看到这故事,或者采自民间传说。无论如何,这故事不是他自己创造的。"②这是一篇很有说服力的通过考证文本而找到类型学意义的主题学题材研究的案例。

第三篇《"猫名"寓言的演变》则从中国的"猫名"寓言说起,引申到在东方的日本和印度也都有此类型的寓言,其主要特点为,"先从一件东西说起,一件一件的说下去……但结果绕一个弯子又回到原来的东西上"。这种以猫鼠为主题的故事,"仔细研究,就可以看出来,它们都属于同一种类型。我想替它起一个名字,叫做'循环式'。"③季羡林在充分利用中日印等多国的故事文本和文献资料的基础上,对这种"循环式"故事类型的原型进行辨析和整理,对故事类型的传承路线和结构演变进行了实证基础上的大胆推论,达到了东西方前辈学者尚未达到的深刻程度。故事类型研究具有外来理论的特点,季羡林有留学德国和通晓西方学的学术背景,他能用东方的实际资料刷新外来学说,并提出自己的"循环式"新观点,难能可贵。他在文章末提出:"我们研究比较文学,往往可以看出一个现象:故事传布愈广,时间愈长,演变也就愈大;但无论演变到什么程度,里面总留下点痕迹,让人们可以追踪出它们的来源来。"④其实这也是题材史研究的重点。因为民间故事经过口头或笔头流布是正常的,变异几乎是绝对的。从发生学角度来讲,没有纯粹单一的文学主题或题材,它们都会在流传中产生变异现象。这种变异无疑都是为适应本土化或民族化的审美需求才发生的。

1948年底写成初稿,1949年初定稿的《〈列子〉与佛典——对于〈列子〉成书时代和著者的一个推测》,也是题材史研究的一例。《列子》是一部伪书,虽有个别异议,但学界已成定论。随后作者通过旁征博引,主要是通过汉译佛典,不仅证明了"《列子》剽掠了佛典",而且确切地指出《列子·汤问篇》关于工巧王子和"机关木人"的故事,"不但是从佛典里钞来的,而且来源就正是竺法护译的《生经》"⑤。最

---

① 季羡林:《比较文学与民间文学》,北京:北京大学出版社,1991年,第53页。
② 同上书,第54页。
③ 同上书,第72页。
④ 同上书,第77页。
⑤ 季羡林:《中印文化关系史论文集》,北京:生活·读书·新知三联书店,1982年,第319页。

后作者对《列子》的成书年代做了"比较确切的推测","《列子》既然钞袭了太康六年译出的《生经》,这部书的纂成一定不会早于太康六年(285)"①。这样的题材史研究以文字史料为依据,大胆假设,小心求证,得出令人信服的结论是当时,乃至后世都应大力提倡的。

同年,季羡林还写了《三国两晋南北朝正史与印度传说》,这是一篇很有意思的论文。它从三国两晋南北朝正史中列举了大量的记载,指出:"自古创业开基之王或其他大人(梵文 mahāpurusa,佛典译为大人或大丈夫)多有异相,史籍所载,其例不胜枚举。……于是就其姿貌上稍特异之点从而夸大之,神化之,遂演为种种传说,浸假而形成一固定信仰。"最为著名者即"所谓垂手过膝,目能自顾其耳"等关于"相好"(即佛典中所载世尊"三十二大人相"和"八十种好")的记载,"多非事实,而实有佛教传说杂糅附会于其间"。文章最后指出:"生理上绝不可能之垂手过膝相竟数数见于中国正史,始作俑者,岂即陈承祚乎?此外中国相法颇受天竺影响,当另为文论之,兹不赘。"②

如此观之,季羡林几乎用了近十年的时间,完成大部分的比较文学题材学的文章。我个人认为这也是他用力最勤的十年,为他的比较文学主题学研究奠定了坚实的基础,而当时在中国学界,还是大部分人不知"比较文学"为何物的时代。有一些研究民间文学的先驱人物如钟敬文等,也是在题材学故事类型等民间文艺学领域上下大力,而对比较文学知之甚少。因此,季羡林的这种研究无疑在当时的学界就有了双重的启迪意义。

首先,是将民间文学题材史的研究,纳入比较文学的轨道,即由本国或本民族民间文学中的同一题材的变异,变为跨越国界或民族界限之后的民间文学影响接受研究,从而扩大了民间文学研究的学术视野。这主要是在中印之间的民间文学进行的比较研究。其次,是将德国实证主义的研究方法与中国传统的乾嘉学派考据学方法相结合,从研究方法上跨越了国家和民族界限,进行了民间文学之间关于题材史演变轨迹的研究。从而将印度民间文学中的童话、故事、寓言等题材进行了跨越多种界限的全方位研究,不仅提升了民间文学在学术界的地位,而且将"下里

---

① 季羡林:《中印文化关系史论文集》,北京:生活·读书·新知三联书店,1982年,第320页。
② 参见季羡林:《比较文学与民间文学》,北京:北京大学出版社,1991年,第92、93、94、99、100页。

巴人"的民间文学与"阳春白雪"的比较文学有了对接,使形而下的形象思维与形而上的逻辑思维有了沟通,功莫大焉。

此后,季羡林的比较文学题材学研究沉寂了近十年,1958 年,他又厚积薄发,集腋成裘般地写成《印度文学在中国》一文,将这些年教学与研究的体会总结出来发表。正如他在"按语"中写道:"我以前曾写过一些这类的文章,现在在这方面的兴趣更是浓烈未衰。倘有适当的机会,当再整理发表。"①《印度文学在中国》是一篇一万余字的长文,指出从印度寓言和神话传入中国先秦时开始,"曹冲称象""阴间阎王""鹦鹉灭火""传奇变文""散韵相间""龙王龙女""黔驴技穷""黄粱一梦"等文学现象,在内容、形式、体裁等方面无不染有印度文学的色彩。直到 20 世纪初以来,众多的作家受到印度文学的影响等,都说明中国和印度两国的文学交流历史悠久、内容丰富。他认为过程是这样的:"印度人民首先创造,然后宗教家,其中包括佛教和尚,就来借用,借到佛经里面去,随着佛经的传入而传入中国,中国的文人学士感到有趣,就来加以剽窃,写到自己的书中,有的也用来宣扬佛教的因果报应,劝人信佛;个别的故事甚至流行于中国民间。"②他虽然总结了中印文学关系的规律,但是却说是印度寓言、神话等民间文学题材的传播方式,颇有启发意义。而他于 1959 年以后所作的两篇译本序言,却是沿袭了他这一思路发展而来的。

第一篇是《卡里莱和笛木乃》中译本"前言"。他指出,《卡里莱和笛木乃》实际上就是《五卷书》的阿拉伯文译本。《五卷书》的信息在 6 世纪已传到波斯。波斯国王呼思罗·艾奴·施尔旺(531—579,Chosrau Anōscharvān)命令医生白尔才外(Burzoe)将此书的传本译为中古波斯文言巴列维语。此译本佚失,一个由此本译出的古叙利亚语本和一个古阿拉伯语本得以流传。"到了 570 年左右,帕荷里维文(巴列维文——笔者注)的译本被译成古代叙利亚文。"名之为《卡里莱和笛木乃》。"到了 750 年左右,从帕荷里维文产生了一个阿拉伯文译本,译者是伊本·阿里·阿里穆加法。""现在这一部'卡里莱和笛木乃'就是根据这一部阿拉伯文译本译过来的。""这一部阿拉伯文译本,由于文字优美,就成为阿拉伯古代散文的典范,在阿拉伯文学上,是一部很重要的作品。但是它的重要意义还不仅仅限于这一点,它在

---

① 季羡林:《中印文化关系史论文集》,北京:生活·读书·新知三联书店,1982 年,第 120 页。
② 同上书,第 124—125 页。

世界文学上,也发生了非常巨大的影响。通过它,这一部古代印度名著几乎走遍了全世界,把印度古代人民大众创造的这一些既有栩栩如生的幻想又有深刻教育意义的寓言和童话带到世界各个角落去。从亚洲到欧洲,又从欧洲到非洲,不管是热带寒带,不管当地是什么种族,说的是什么语言,它到处都留下了痕迹。"①

《〈五卷书〉译本序》主要涉及神话、寓言、童话等类型,作为主题学之一种研究范畴在印度及其所影响地区流传与传播。季羡林从印度最著名、流传最广的寓言童话故事集《五卷书》的版本说开去。指出:"在国外(印度国外——笔者注),通过了六世纪译成的一个巴列维语的本子,《五卷书》传到了欧洲和阿拉伯国家。"直到1914年这一千多年的时间里,它辗转被译成了"十五种印度语言、十五种其他亚洲语言、两种非洲语言、二十二种欧洲语言。"只是从截止到100余年前的译本数目来看,就可以看到《五卷书》在世界上影响之大。"《五卷书》里面的许多故事,已经进入欧洲中世纪许多为人所喜爱的故事集里去,象《罗马事迹》(Gesta Romanorum)和法国寓言等等;许多著名的擅长讲故事的作家,也袭取了《五卷书》里的一些故事,象薄伽丘的《十日谈》、斯特拉帕罗拉(Straparola)的《滑稽之夜》、乔叟的《坎特伯雷故事》、拉·封丹的《寓言》等等都是。甚至在格林兄弟的童话里,也可以找到印度故事。在亚洲、非洲和欧洲许多国家的口头流传的民间故事里,也有从《五卷书》借来的故事。"②这些通过翻译或其他口耳相传的途径流传到其他国家和地区的印度《五卷书》中的寓言和童话故事,经过无数次的文化过滤,无意的误读和有意的曲解等变异,成为同一题材的流变史。这就由开始时的故事类型学进而发展为题材史的研究,开始的类型学研究可能是无影响接受的平行研究,最后发展为有影响接受关系的题材史研究,完成了比较文学主题学内部的一次质的转变,即由文学现象的同质性变为异质性。跨越了文化界限这一质变的"墙"。

季羡林民间文学主题学的研究是有德国学术传统和背景的。叶舒宪曾在《光明日报》撰文指出:"理解季羡林先生的比较文学成就,不宜满足于做流水账式的著述陈列,需要有19世纪至20世纪以来的这门学科知识谱系作参照。比较文学作为一个新兴学科,其在欧洲的孕育与诞生,和德国的东方研究有着密切关联,尤其

---

① 季羡林:《卡里来和笛木乃前言》,载于[阿拉伯]伊本·穆加发:《卡里来和笛木乃》,林兴华译,北京:人民文学出版社,1959年,第1—2页。
② 季羡林:《中印文化关系史论文集》,北京:生活·读书·新知三联书店,1982年,第416—417页。

是德国的比较语言学和比较神话学,堪称比较文学之母胎。"①季羡林在德国留学十年,他的比较文学题材学研究,接受的是德国学术传统的影响,借鉴的是比较语言学和比较神话学的研究方法,着重对寓言、童话故事等相同题材的流变史进行研究,取得了很大成绩,也奠定了中国比较文学主题学研究的基本方向,使它能够在众多学派、诸多研究方法中保持自己的特色。他的研究虽然是从印度神话、寓言、童话故事起步,但是他并未到此止步,而是拓展自己的学术视野,开阔自己的学术格局,迈向世界故事类型的研究,形成古今中外文学的全方位研究。这不仅为中国比较文学研究开疆拓土、树旗帜,也成就了中国民间文艺学的主题学研究的大好局面。

第五节　饶宗颐比较神话学与主题学

饶宗颐(1917—2018)生于广东潮州府城内的儒商望族。其父饶锷为长子取名宗颐,字伯濂,想让他效法宋代理学大师,人称濂溪先生的周敦颐。饶家世代书香,藏书数万卷,家中"谈笑有鸿儒,往来无白丁"。饶宗颐自幼耳濡目染,灵性早慧,在奠定其学术基础与研究方面,渊源的家学,确实发挥了很大作用。2003年,他在接受访谈时,坦陈:"我的学术发展是因为我有家庭教育,可以说家学。我有四个基础是直接来自家学的:一是诗文基础;第二个是佛学基础;三是目录学基础;四是乾嘉学派的治学方法。"②他百余年的人生和80余年的学术生涯;他过人的才气和深厚的家学渊源;他笔耕不辍和心无旁骛的努力,使他成为一个近似传奇式的旷世奇才。2018年2月6日凌晨,饶宗颐辞世,享年101岁。

饶宗颐精通多国文字,在金文、甲骨、简帛、考古等方面有极深造诣。他贯通中西之学,学无不涉,涉无不精。他对史学、宗教学、敦煌学、中外关系史学、文学、目录学、艺术学、诗词学、潮学等多个领域都有卓绝前人的发现和研究成果,堪称是"百科全书"式的人物。饶宗颐的学术研究已被称为"饶学"。饶学已然成为汉字文化圈的学术符号。2014年,他荣获首届"全球华人国学奖终身成就奖"。在21世

---

① 叶宪舒:《季羡林的比较文学研究》,《光明日报》2009年8月25日。
② 郭伟川:《饶宗颐的名号、家学与少作》,《光明日报》2017年7月22日,第11版。

纪"东学西渐"的大趋势中,饶宗颐堪称具有重要意义的开拓性人物。正如季羡林曾评价他说:"饶宗颐教授是著名的历史学家、考古学家、文学家、经学家,又擅长书法、绘画,在中国及海内外有极高的声誉和广泛的影响。""饶先生治学之广,应用材料之博,提出问题之新颖,论证方法之细致,这些都是我们应当从他的学术论著中学习的。"①饶宗颐将自己80余年学术研究的大部分成果都收在分成14个门类,共20巨册,愈千万字的《饶宗颐二十世纪学术文集》中。他在这部呕心沥血结晶而成的巨著的"小引"中称:"二十世纪为中国学术史之飞跃时代,亦为反哺时代。何以言之,飞跃者,谓地下出土文物之富及纸上与田野调查史料之大量增加。……反哺者,谓经典旧书古写本之重籀,奇言奥旨,新意纷披,开前古未有之局。"②在这个"飞跃"与"反哺"相辅相成的时代里,饶宗颐作为一位"究天人之际,通古今之变,成一家之言"的大师级学者,在比较神话学方面有精湛的论述。

  国际学界神话学派于19世纪前半期于德国崛起至今虽然仅仅有一个半世纪之久,但是它使整个世界的神话研究进入了一个新时期。德国著名的格林兄弟中的雅可·格林于1835年发表了他在研究传说故事、语言、法律基础上的集大成之作《德意志神学》,并因追随者众而成为神话学派的先驱。他们将在语言学领域创立的历史比较研究应用于神话研究,取得了重大发现与成果。格林将德意志神话、传说、故事、谜语中的远古神话遗迹发掘出来,再到印欧语系其他民族的民间文学中,尤其是北欧和希腊神话中去寻找相同的资料,进行比较研究。饶宗颐因秉承乾嘉学派考据学的传统,因此在考察中外"神话传说与比较古史学"时,也有类似神话学派的研究收获。神话其实就是历史的童话。研究历史就要从神话开始,因为在有确实的文字记载之前,历史就是先民口耳相传的故事,时间的久远,使这些故事在后人的心目中成为神话。饶宗颐在卷一第一篇《论历史的重建》中主要提出了3个问题。第一是世界视野。他开篇即说:"远东地区居民,大抵为汉藏语系及印欧伊兰语系。以种族言,前者为夷、越、戎、羌与诸夏所由构成。后者自昔统称曰胡。汉胡对立,为汉、唐记载之常见。以宗教信仰言,后者即佛、袄、回诸教入华之媒介

---

① 饶宗颐:《饶宗颐二十世纪学术文集》(卷十四 附录),台北:新文丰出版股份有限公司,2003年,第 xi 页。

② 同上书,第1页。

人物。百川汇合，万汇交融，以形成今日中华民族文化之共同体。"①紧接着，他又指出："世界上没有其他国家像我们这样长远经过多民族融合而硕果仅存，屹立不动的时空体制。西亚、希腊已经过了无数次更易主人，历尽沧桑的文化断层。中国迄今还是那个老样子。"②寥寥数语将中华民族的构成、宗教、历史概括出来，为古史重建的立论打下基础。第二是研究方法和途径。他提倡"尽量运用出土文物上的文字纪录"；"充分利用各地区新出土的文物，详细考察其历史背景"；"使用同时代的其他古国的同时期事物进行比较研究"。③他在王国维的两重证据法的基础上，提出三重论据法，非常有必要。即"田野考古文献记载和甲骨文的研究。"④在此基础上，他还指出："对历史上事物的产生，如何去溯源，决疑，不能够再凭主观去臆断，不必再留恋那种动辄'怀疑'的幼稚成见，应该重新估定。"⑤总之，他提倡要实事求是，认真去认识历史。

第三，他提及《古史辨》的旧事。因为这是他和顾颉刚先生的一段学术公案。他写道："记起我在弱冠前后，尤其在中山大学广东通志馆的时候，馆藏方志千余种，占全国的第二位。那时候，我深受顾颉刚先生的影响，发奋潜心，研究古史上的地理问题。"⑥1936 年，19 岁的饶宗颐被聘为中山大学广东通志馆专任纂修。他利用丰富的馆藏资料进行系统研究，发表了一系列有关历史地理学方面的学术成果。其后，他加入历史学家顾颉刚、谭其骧等人组织的"禹贡学会"，并经常在《禹贡》刊物上发表研究成果。顾颉刚对这位新锐青年学者过人的学力和深邃的眼光，尤其是历史地理学方面的研究天资分外激赏。因此委托他主编《古史辨》第八册《古地辨》。饶宗颐在文中写道：但因"我对顾老的'古史中地域扩张'论点，已有不同的看法。……所以我决定放弃第八册的重编工作。原因即在此。遂使《古史辨》仅留下只有七册，而没有第八册，这是我的罪过。顾先生把我带进古史研究的领域，还让我参加《古史辨》的编辑工作，我结果却交了白卷"⑦。饶宗颐在此将一段历史公案

---

① 饶宗颐：《饶宗颐二十世纪学术文集》（卷一），台北：新文丰出版股份有限公司，2003 年，第 7 页。
② 同上书，第 8 页。
③ 同上。
④ 同上书，第 16 页。
⑤ 同上书，第 8 页。
⑥ 同上书，第 9 页。
⑦ 同上书，第 10 页。

的始末交代清楚,是为了给学术界和顾颉刚先生一个说法。人们从中不难发现他对学术研究的严谨与敬畏、不敢有丝毫苟且的治学态度。在文末他中肯地表白,在研讨古史问题时,他所采用的方法和路径以及依据的资料虽然和顾颉刚有些不同,"可是为古史而哓哓置辩,这一宗旨老实说来,仍是循着顾先生的涂辙,是顾先生的工作的继承者,仅以此书敬献给顾老,表示我对他的无限敬意。"①由此我们可以得知饶宗颐的学术传统仍是寻袭顾老之余脉,可见他对"神话传说与比较古史学"研究是如何的认真、尽责。世事难料,天各一方,两人虽未晤面,但彼此书信往来,谊同师友。及至1980年,饶宗颐在内地作长达三个月的学术游历,期间赴上海探望神交已久却从未谋面的顾颉刚。当时顾老正因病住院,两人执手相望,皆已鬓发如霜,抚今追昔,百感交集。这是二位先贤绝无仅有的一次会面,当年12月顾老仙逝。饶宗颐为人、为学,执着、坚守的精神可见一斑。

在《有翼太阳与古代东方文明》一文中,他从良渚玉器刻符与大汶口陶文中有所发现,并以自己的三重证据法对中国古代"太阳被画作有翼状"、将鸟和太阳联结在一起的"鸟祖"崇拜问题进行了深入探讨,并指出:"鸟和太阳关系的传说,不仅古代越俗为然;在近东古代史上,有翼太阳成为权力集中和宗教意识趋向统一的表徵。埃及碑铭即以翼状的太阳视面作为它的特殊标识,赫梯、亚述、巴比伦王朝都采用这种图样作为纪念碑及图章上的装饰物。"②在现存的古波斯帕萨尔加德,唯一未遭毁灭的大型浮雕上的人物背后的翅膀,则取法亚述和巴比伦的雕刻形式,其性质也是纪念碑上的装饰物。由此可见,有翼的太阳或人物的图饰正是近东古代浮雕艺术的一种常态和形式。其实太阳与鸟的关系在西方神话中多有论述。"东方古代人们承认闪族最上神代表太阳的是 Marduk Ŝamas,埃及则认为天上最高神明代表太阳的是 Ra(汉译为"拉"——笔者注),自从孟斐斯第三世御宇以来,埃及开始崇拜唯一的太阳神阿吞(Ātum),被升为埃及所有神庙中独一无二的主神,这似乎意味着埃及人和闪族文化交流的结果。"③饶宗颐在这里指出两个意思,一是有翼的太阳是包括中国古代的越地和近东的亚述、巴比伦、赫梯,甚至埃及都存在的权力和宗教都趋向统一的象征。二是埃及的太阳神崇拜是尼罗河文化与两河流

---

① 饶宗颐:《饶宗颐二十世纪学术文集》(卷一),台北:新文丰出版股份有限公司,2003年,第10页。
② 同上书,第14页。
③ 同上书,第74页。

域巴比伦尼亚北部阿卡德闪米特人文化交流的结果。文章进一步指出:"太阳与鸟的关系在西方神话学里面大家都耳熟能详。远东地区有玄鸟记载,《大荒东经》记'王亥两手操鸟',而甲骨文王亥之亥字也从隹作雉。以及朝鲜以至西伯利亚关于鸟的传说,流行十分普遍,东方的民族古代统称曰鸟夷,这些问题,中外学人曾经有无数讨论,不必多赘。"①这些文字表明作者已将这些神话学中的太阳与鸟的关系联系到东方古代的鸟夷,并有进一步阐释。最后他总结说:"我现在欲指出的只是'太阳有翼'有吾国考古学上的物证,太阳崇拜是人类共同的信仰。鸟与太阳结合在一起,过去只有西亚有明确的证据,因之西方神话学上有所谓'太阳学说'②(Solar theory)之产生。现在我们看到河姆渡与良渚的遗物,远东关于'有翼太阳'的信仰,其年代似乎更在前列,这是以前想象不到的。"③由此可知饶宗颐这篇文章的写作与西方神话学的重要学派"比较神话学"所用历史比较研究法的重要联系。从中不难发现饶宗颐研究比较神话学的中国传统与西方影响。

他的《佛书之鸟夷与古印度火祭之"玄鸟"崇拜》一文,也是一篇与鸟有关联的文章。他不仅指出"鸟之地位及鸟之崇拜在良渚文化中的重要性",而且从"良渚居民应是鸟夷之伦,故以鸟为纪"说开去,指出"印度吠陀经典中阿耆尼—祭坛,用砖砌成鸟形之祭台(bird-shaped altar)。鸟为不死永生之标志。鸟在古印度思想中有极悠远历史与神秘意义。"④祭坛之所以作为鸟形,以示中央及四方结合成为神我之象征(参见原书第86页插图),即"阿特曼"(Ātman)的音译。"阿特曼"被古印度人认为是万物内在的神秘力量,宇宙统一的原理。而祭坛则是"由造物主之自作牺牲而创造天地。此造物主即是神之祭品"。⑤ 这个造物主可作人形亦可作鸟形。而古印度《奥义书》中就有飞鸟入城中其居民即神我之记载。"神我与日光都由宇宙卵所化成。hansa是神话中之鸟,可说相当于华夏之玄鸟。"⑥古代《商颂》中有

---

① 饶宗颐:《饶宗颐二十世纪学术文集》(卷一),台北:新文丰出版股份有限公司,2003年,第75页。
② 19世纪前半期,德国的神话学派崛起,以麦克斯·缪勒(Max Müller,1823—1900)的《比较神话学》(1850)为代表。他认为神话的核心以及神的原初概念,总结归结为太阳。这种"太阳中心说",对当时和后世的神话学界影响巨大。
③ 饶宗颐:《饶宗颐二十世纪学术文集》(卷一),台北:新文丰出版股份有限公司,2003年,第75页。
④ 同上书,第85页。
⑤ 同上书,第86页。
⑥ 同上。

"天命玄鸟"之说;《天问》中也有"玄鸟致诒女何喜?"之句;秦、楚同祖帝高阳颛顼,也俱有"玄鸟陨卵"之传说等。由此可见,华夏之"神鸟是天使,故称玄鸟"。而印度吠陀经典中所记载的"阿耆尼祭坛之鸟形,可说是天竺之玄鸟。玄鸟在华燕鸟之外,亦以凤凰为代表,其事甚早,唯与火结缘,则似出自楚人之说"。"凤凰者,纯火之禽,阳之精也","凤,火精也"。由此可知,"吠陀火祭以鸟为不死之象征",作者"疑燕齐之间战国末期似经由方士传入一些梵土智识"。继后,他又从文字学上考证西亚火神,阿卡得文火焰,苏美尔线形文"火"字,成吉思汗《大祭文》中引用火神经,蒙古《黄金史记》中大汗登位时有灵鸟飞临并大叫"吉思","与西亚之火曰 Gi-bil 不无关系"①。这一切都表明,中华灶神祝融,"姓苏名吉利","灶神苏吉利一名恐是一外来语",而火精名宋无忌之传说由来已久,"与古代海上交通或不无关涉矣"。在该文中,作者利用大量的实物与文字考证出诸多的结论,都与神话传说有关。②

在《中、外史诗上天地开辟与造人神话之初步比较——近东开辟史诗前言》一文中,他首先提及:"本史诗是西亚关于天地人类由来的神话宝典,是世界最早史诗之一。希伯来《圣经》中的《创世纪》("纪"原引文即此——笔者注)即从此衍生而出。"继而又提出:"史诗的性质有几个特点:它必是口传的(oral),必是与宗教信仰分不开的,又必是和该民族的典礼有联系的;史诗对于战争事件往往极详细的而生动的描述与铺陈,大部分歌颂该地崇祀之神明,把诗中的英雄人物尽量加以凸出。"③这部近东开辟史诗是阿卡德人(Akkadian)的天地开辟神话。全文用楔形文字刻在 7 块大泥板上。"上半记述天地开辟之初,诸神之间互相战斗,由于两大势力的争夺,后来才产生出太阳神马独克(Marduk),终于征服了对方黑暗势力的澈墨(Tiamat)。下半部叙述马独克安处宇宙间三位最高神明:Anu、En-lil,及 Ea,遂兴建巴比伦神庙的经过,和它如何从反叛者身上沥取血液来创造人类。"④近东史诗中上下两部分内容的重点对希伯来神话观念影响很大。上半部重点:"马独克(Marduk)一字是由阿卡德文的 Mār(子)和苏美尔文的 Utu(太阳)会合而成,意思

---

① 饶宗颐:《饶宗颐二十世纪学术文集》(卷一),台北:新文丰出版股份有限公司,2003 年,第 86、87、88 页。
② 同上书,第 88、89 页。
③ 同上书,第 364 页。
④ 同上书,第 366 页。

是太阳的儿子。祂是最高的神明……神是全能的,这一思想在西亚很早已是根深蒂固,所以后来移植至以色列。"下半部重点:"人是从宇宙中的有罪的恶神取出他的血来塑造的,所以是有'原罪'的……人在神的恐怖威严之下是要战栗的,没有一点地位的,这一原则性的基本理论亦为以色列所吸收。"① 而饶宗颐在余下的文字中指出:"我认为原罪的有无,起于神话背景的差异,中国的造人传说,属于用泥捏成一系,不同于西亚。"② 这种比较后得出结论,是颇有说服力的。也印证了作者自己在文中所言:"我现在最感兴趣而要进行讨论的有两项:一是开辟神话,一是造人神话,二者有密切关系,可以说是二而一的。"③

在《中国古代"胁生"的传说》一文中,饶宗颐从"世界最古老的东方学刊物"《亚洲学报》1995 年首期上的一篇"波斯释名"的文章说开去,考证出"Parśu,二十女之名,源出于波斯原始二十部族。其名所以称曰 Parśu,意思为'胁',暗示那种神异胁生的不可思议的奇迹,像印度大神 Indra(因陀罗——笔者注)和大圣佛陀,就是从胁下生出来的。"④ 他进一步分析说,印度与波斯古代语言同出于一源,而"梵语 Manu 可指人类,及人类之祖,相当于希伯来语之 Adam。俱见'胁生'一事,在神话学上有其重要性,亟有待于探索。"⑤ 印度古代佛陀诞生于摩耶夫人右胁,并伴有三十三种祥瑞。在汉末以来的汉译佛典中也有大同小异的记载。其实,"佛陀从圣母右胁出来的怪诞行为,法国富莎(A. Foucher)研究佛祖事迹,指出这是源于《梨俱吠陀》中大神 Indra 的故事所演变。"⑥ 饶宗颐指出:"欧洲学人似乎认为这种圣哲从胁生出来的奇迹,是印欧语系民族丰富神话中的特有形态。其实,华夏古史亦有同样的传说,有关古代火正祝融的子孙,即从左、右胁分别出生。"⑦ 接着,他援引了十余种古籍中均有类似的记载,并进行了源流考证。指出:"感生说的真正来源,至今还是一个古史上不能解决的难题。"即是说东西方虽有不少大神、大圣、大贤皆有其

---

① 参见饶宗颐:《饶宗颐二十世纪学术文集》(卷一),台北:新文丰出版股份有限公司,2003 年,第 368 页。
② 同上。
③ 同上书,第 373 页。
④ 同上书,第 260 页。
⑤ 同上书,第 261 页。
⑥ 同上书,第 266 页。
⑦ 同上书,第 263 页。

母感孕而生的神话传说,但是究其根源,尚无定论。文章进一步探析,"Intra 是古代南亚地区的万能大神,他是从胁生出来的神圣人物。《梨俱吠陀》诗人为之咏歌,传诵四方,佛陀的胁生传说,即由他而起,诚如富莎之说,借 Intra 的奇迹来增高佛陀的地位和神秘性,自然是说得通的"①。文章还指出:"希伯来人《创世记》第二章二二'耶和华'为男人造配偶,'取下他的一条肋骨,又把肉合起来。耶和华就用那人身上所取的肋骨,造成了一个女人。'肋骨是胁的部分。胁可生人,亦可造人,中外神话有它的偶然相同的地方。""基督诞生,亦是同样的情形,此其所以为神,不与人相同。把开国的圣人升格为神,加以神化,感生说的主张者用意恐怕如此。"②但就造人的原初思想而言,还是有不同的,在《圣经·创世记》中,人是按照神的形象来创造的,而在巴比伦则相反,神是以人的形象来创造的。文章最后紧扣开篇,总结说:"波斯之以'胁'为其国名,未必尽如 P 教授(前文"波斯释名"的作者——笔者注)所推测;然以胁生为机祥之佳兆(omen),与赤雀衔珪,其理同符,中外有其共通之处,读史者贵能比勘同异,推究其理,于远古'依鬼神以制义'之故,亦可以思过半矣。"③这种非凡人物非同凡响的出生形式,其实质是东西方古代神话中之一种"原型"。它是初民时期人类文化心理所产生的一种异质同构现象,具有一种价值存在的意义,其本质是将心目中崇敬或景仰的非凡人物加以神化的结果。

通观饶宗颐在"神话传说与比较古史学"领域的研究成果,主要集中在史学研究中的比较神话学方面。其主要特点有三,即神话传说比较;比勘异同的渊源;发现中外史载中的共同之处。除上述几篇论文外,还有《古代东西鸟俗神话——论太皞与少皞》《古史上天文与乐律关系之探讨——曾侯乙钟律与巴比伦天文学无关涉论》《〈西亚文献中的火〉读后记》、附录一《近东开辟史诗(饶宗颐汉文译本)》等文章。它们从研究方法上都符合饶宗颐上述的三个研究特点。饶宗颐在西方古典学,东方学的广阔学术沃土上,以史料为基础,以三重证据法为手段,对中外东西的学术问题深耕细作,充分表现了他过人的才华、对中国史学传统的遵循和对西方学术前沿的深度了解。尤其是在比较神话学与主题学方面,他在文中多有提及,且论

---

① 参见饶宗颐:《饶宗颐二十世纪学术文集》(卷一),台北:新文丰出版股份有限公司,2003 年,第 373 页。
② 同上书,第 274 页。
③ 同上书,第 276 页。

述分析精当,非常人所能及。文中的真知灼见,往往让学人豁然开朗,眼界洞开。国际比较文学学会主席,著名学者张隆溪教授在首届"饶宗颐文化论坛"上指出:"我们研究中国传统文化不能只是在自己的范围中研究,在全球化背景下,文化越来越集中,愈加交汇,和而不同是我们的核心立场。和而不同是来自中国古代的重要智慧,它主张'不同的声音并存,是百花齐放'。饶公的学问和态度代表了这样一种精神,这种精神在 21 世纪具有特别的意义,是学者要秉承的精神。"[①]饶宗颐在比较神话学比较古史学领域的研究中之所以涉及主题学,正是因为采用了这种东西交流、中外交汇中的"和而不同"的立场和学术态度,才使他取得如此大的成就。

第六节　钱锺书《管锥编》与主题学研究

《管锥编》体量宏大,涉及古今中外近 4000 位著名作家的上万种著作中的数万条资料信息。作者运用打通古今、打通中外、打通学科的比较文学式的研究与批评方法,对诸多资料信息进行了认同、辨异;触类旁通以求新解。这种"打通"式研究主要是为了中外文学会通研究的需要,也是作者对"中体西用"和"传统文化"两种文化理念进行反思,在化解其冲突性的基础上发展而来的。其开放性和前沿性是不言而喻的。钱锺书强调中外文化相通性的主张,以及"辨异求同"为特征的沟通中外文学的研究思维与模式,并未抹杀"文化差异",而是强调了"同大于异",心理深层和学理深层依据的是"同一"原则。他以"凡所考证,颇采二西之书,以供三隅之反"的研究方法;"东海西海,心理攸同;南学北学,道本未裂"[②]的学术心态,从考据辨证、义理评判、辞章分析等三个方面,对文化人类学笼罩下的文学主题和题材进行了鞭辟入里、深入浅出、令人豁然开朗的点化,使人情不自禁地从阅读审美中得到启发。

钱锺书在《管锥编》第一册"史记会注考证五八则"中,有两则较重要的涉及中外史传文学中的相同题材,一则为"外戚世家"中的"媚道与射刺";另一则为"大宛列传"中的"狼乳弃婴"。关于第一则,作者评论说:"所谓'媚道'当略类《旧唐书·

---

① 《中国社会科学报》2018 年 12 月 12 日。
② 钱锺书:《谈艺录》,北京:中华书局,1984 年,第 1 页。

玄宗诸子传》记棣王琰之'二孺人'争宠,'孺人乃密求巫者书符,置于琰履中以求媚';亦即小说如《聊斋志异》卷六《孙生》老尼所授术,《红楼梦》第二五回赵姨娘赂马道婆所为,《绿野仙踪》第六七回何氏赂赵瞎子所为。"作者所列诸例并总结的"媚道",实为秘求巫术之法,以达到蛊惑人心的目的。并指出:"通观中西旧传巫蛊之术,粗分两类。一者施法于类似之物,如其人之画图、偶像;一者施法于附丽之物,如其人之发爪、衣冠、姓名、生肖,……合用则效更神。施法亦分二途:曰'射刺',曰'厌魅'。'媚道'当属'厌魅',可以使人失宠遭殃。亦可以使已承恩致福。"继而,作者又列举西方典籍相同的题材互证。"西方文学典籍如桓吉尔《牧歌》第八篇后半牧羊女所作法、亚勒谛诺《老妓谈往》第一篇中老尼所作法、布鲁诺喜剧中术士为富人所作法、汉密尔敦小说中一妇长专英王爱幸所藉妖术、梅里美小说中贵夫人所作法、以至罗赛谛名歌中的童子姊所作法,都归'厌魅',正'媚道'尔。"①

关于第二则"狼乳弃婴",作者从张骞、苏武持汉节不失其志,史书有娶胡妇生子一事说起。指出史载:"昆莫生弃于野,乌嗛肉飞其上,狼往乳之"和突厥曾为邻国所破,"有一儿,年且十岁,兵人见其小,不忍杀之,乃刖其足,弃草泽中,有牝狼以肉饲之"。可见这样的传说古已有之。作者从《诗·大雅·生民》中后稷"诞置之隘巷,牛羊腓字之"。司马迁取以入《周本纪》;《左传》宣公四年记邳夫人生子文,"使弃之梦中,虎乳之"等,并以此为例说明传说入史的过程。后从中原又扩展到西域也有相类传说。三国康僧会译《六度集经》之四五记"昔日菩萨",为贫家弃婴,四姓拾养数月,复抛"着泞中,家羊日就而乳"。作者还指出:"又有言弃婴为牝犬乳者,为牝鹿,牝狮乳者,长大皆主一国。古罗马人始祖(Romulus)兄弟弃于野,狼往乳之,群鸟嗛食饲之,与昆莫事尤类。"②钱锺书以丰饶博瞻的史料将"媚道"和"狼乳弃婴"两则传说故事的来龙去脉,以及在中西典籍中的类同书写,一一列举,使这些相同题材的写作举一反三,一以贯之,让人耳目一新,收到周振甫所赞"小叩辄发大鸣"的阅读审美效果和启迪文心人心的研究目的。

钱锺书在《管锥编》第二册"太平广记二一五则"中有 6 则较重要的涉及中外文学相同题材的主题学研究内容。分别为"机关木人""言如鳖咳""杜子春事数见"

---

① 钱锺书:《管锥编》,北京:中华书局,1979 年,第 297—298 页。引文中不必要之外文皆省去,下同。
② 同上书,第 374 页。

"绩师空织""鹅笼境地""以大鱼或巨龟为洲"。

"机关木人"一则写道:"偃师进'能倡者',能歌善舞,穆王与姬侍同观其技;倡者目挑王之侍妾,王怒,偃师立'剖散倡者以示王,皆傅习革、木、膠、漆、白、黑、丹、青之所为',王叹曰:'人之巧乃可与造化者同功乎!'"作者指出"偃师此事与《生经》卷三《佛说国王五人经》第二工巧者作'机关木人'节,是也。"作者进一步指出:"《列子》于释氏巧取神偷,已成铁案,平添一欵,多少无所在耳。"①接着作者又指出:"'机关人'吾国夙有。"如《檀弓》、唐梁锽詠《傀儡》、段安节《乐府杂录》《三国志·魏书·方技传》等,并总结说上述记载中的机关木人,即傀儡,"然虽'似于生人','与真同','出入自在',而终'无性灵知识'"。而"佛经以傀儡或机关木人为熟喻,《杂譬喻经》卷八……《大般涅槃经·如来性品》第四之二……《华严经·菩萨问明品》第一〇……《楞严经》卷六……《大智度论·解了诸法释论》第一二……"等②,都有大同小异的记述。于是作者将"机关木人"与中国传统的"傀儡"相联系,可供研究的范畴大大增加。作者指出:"机关木人"尽管巧夺天工,但终"无性灵知识"的论断,对今后人工智能科技人文的发展不无启迪之处。

在"言如鳌咳"一则中,作者指出:"'鳌咳'指语声之低不可闻,创新诡之象,又极嘲讽之致。"于是举出《太平广记》卷四七一水族类引李复言《续玄怪录》之《薛伟》一条:"记薛伟化鱼,大呼其友,而'略无应者'继乃大叫而泣,人终'不顾',盖'皆见其口动,实无闻焉'。"薛伟身份已变,但仍不忘自己是"暂而为鱼"的人,其情可叹,其心可悲。作者还极为形象地指出:"英国剧院市语以口开合而无音吐为'作金鱼',亦'鳌咳'之类欤。"接着作者又联想到西方现代主义文学代表、奥地利小说家卡夫卡的《变形记》:"写有人一宵睡醒,忽化为甲虫,与卧室外人应答,自觉口齿了澈,而隔户听者闻声不解,酷肖薛伟所遭。谈者或举以为群居类聚而仍孤踪独处之象。窃谓当面口动而无闻,较之隔壁传声而不解,似更凄苦也。"③这种相同的题材表达了相通的"文心",作者在此提出自己更为深刻的体会和见解,即名义上的"群居类聚",实则"孤踪独处"的人与人之间的利害关系。如果说"薛伟化鱼"是"当面口动而无闻";"人化甲虫"则是"隔壁传声而不解"。作者认为后者比前者"似更凄

---

① 钱锺书:《管锥编》,北京:中华书局,1979年,第510页。
② 同上。
③ 同上书,第568页。

苦",极为深刻地指出现代人被异化为"非人"的悲惨处境。

"杜子春事数见"一则中李复言的《杜子春传》(出《续玄怪录》)与卷四四《萧洞玄》(出《河东记》)、卷三五六《韦自东》(出《传奇》)两则类似。它们"皆前承《大唐西域记》卷七记婆罗疟斯国救命池节,后启《绿野仙踪》第七三回《守仙炉六友烧丹药》。《酉阳杂俎》续集卷四载顾玄绩事亦同,段成式即引《西域记》比勘。"除此之外,作者还指出《华严经疏钞悬谈》卷二〇、《宗镜录》卷六八"均举《西域记》此节为例。并进一步追源说:"扑杀儿子,以试道念坚否,则葛洪书早有,如《广记》卷一二《蓟子训》(出《神仙传》):'见比屋抱婴儿,训求抱,失手坠地,儿即死。'西方中世纪苦行僧侣试其徒,亦或命之抛所生呱呱赤子于深沼中。"①由此可见,"杜子春"式的"杀子求道、以试其诚"的题材在中外典籍不乏其例。如日本近代作家芥川龙之介(1892—1927)的童话代表作《杜子春》。芥川的改作和李复言的原作在接受考验的最后关头张口说话,二人的态度相反。这类题材说明,人有七情六欲,爱最执著,也是出世途中去烦恼、求解脱最难挺过的一关。对于宗教信仰而言,其为小我之爱,无明之爱,二者不可同日而语。

在"绩师空织"一则中,作者指出《鸠摩罗什》(出《高僧传》)记大阿盘头达多语:"安捨有法而爱空乎?如昔狂人令绩师绩绵,极令细好,绩师加意,细若微尘,狂人犹恨其粗。绩师大怒,乃指空,示曰:'此是细缕。'狂人曰'何以不见?'师曰:'此缕极细,我工之良匠,犹且不见,况他人耶?'狂人大喜,以付织师,师亦效焉。皆蒙上赏,而实无物。"接着作者指出安徒生童话的名篇《皇帝新衣》举世传诵,内容酷肖:"唯未谓帝脱故着新,招摇过市,一无知小儿呼曰:'何一丝不挂!'"接着作者又联类举隅,指出明末陈际泰《已吾集》卷一《王子凉诗集序》:"余读西氏记,言遮须国王之织,类于母猴之削之见欺也。欲其布织轻细,等于朝之薄烟,乃悬上赏以走异国之工曰:'成即封以十五城市,不则齿剑,余无堕言。'盖杀人而积之阙下者累累矣。有黠者闭户经年,曰'布已成'。捧于手以进,视之等于空虚也。王大悦,辄赏之。因自逃也。"这三则童话故事显然出于一源,即印度,所以作者就"母猴之削"考证出于《韩非子·外储说》左上;而"西氏记"则"疑即指《鸠摩罗什传》,陈氏加以渲染

---

① 钱锺书:《管锥编》,北京:中华书局,1979年,第655页。

耳。"①由此可见，同题材的民间故事有不少是出于同一渊源的，钱锺书所举三例皆出于印度一地。诚如季羡林所言："《五卷书》里面的许多故事，已经进入欧洲中世纪许多为人所爱的故事集里去……甚至在格林兄弟的童话里，也可以找到印度故事。"②安徒生童话自然也概莫能外，只是当下还查无实据，难寻其详细的传播路线而已。

在"鹅笼境地"一则中，作者从出于《续齐谐记》的《阳羡书生》故事说起，顺藤摸瓜，逆流求源。他指出《酉阳杂俎》续集卷四早已考证，此故事"渊源于《譬喻经》（见《旧譬喻经》一说《旧杂譬喻经》——笔者注）卷上之一八（《壶中人》——笔者注），《法苑珠林》卷九二引之；《珠林》卷七六、《太平御览》卷七三七引《灵鬼志》一则略类。"其实，"鹅笼境地"这一故事从《旧杂譬喻经》的"梵志吐壶"，到《法苑珠林》《太平御览》《灵鬼志》中的"道人奇术"，最后在《续齐谐记》中蜕变为中国的《阳羡书生》，以至在朝鲜《新罗殊异传》、日本泉镜花的小说中也有其内核。这足以表明印度佛经故事对中国六朝志怪小说的影响之深，并已成为学人耳熟能详的谈资。正如鲁迅所说："魏晋以来，渐译释典，天竺故事亦流传世间，文人喜其颖异，于有意或无意中用之，遂蜕化为国有。"③重要的是钱锺书的论述重点则在于其中核心"'书生便入笼，笼亦不更广，书生亦不更小'；此固释典常谈。"④于是作者又列举了《维摩诘所说经》《力庄严三昧经》《大般涅槃经》等诸经中的相关记载，以及诗人李商隐《题僧壁》，吕岩《七言》的诗句中都有"阳羡书生'不更小'而鹅笼'不更广'"的"鹅笼境地"。继而，作者又联想到"弥尔敦诗写地狱大会，无央数庞然巨魔奔赴咸集，室不加广而魔体缩小，遂廓然尽容"。⑤ 作者意在说明这种小大共容的空间意识和观念，正是"鹅笼境地"的意境。它体现的是佛教的极大与极小共存于一体，可以互相变迁、穿越的观念。最后作者将鹅笼书生所吐女子，其所吐男子别吐一女，"此种'外心''二心'固西方情诗一题材，古希腊已有。""海涅尝咏一少年悦一郎，女则爱他男，此男又别有所娶"。"戏剧及小说每有此情节，班·琼生称为'交错求情'，近

---

① 钱锺书：《管锥编》，北京：中华书局，1979年，第681页。
② 季羡林：《中印文化关系史论文集》，北京：生活·读书·新知三联书店，1982年，第417页。
③ 鲁迅：《中国小说史略》，北京：人民出版社，1973年，第37页。
④ 钱锺书：《管锥编》，北京：中华书局，1979年，第765页。
⑤ 同上书，第766页。

人或谓之'连锁单相思';窃以为不妨名曰'鹅笼境地'。"①"鹅笼境地"这一称谓巧妙地将"梵志吐壶""阳羡书生"中所蕴含的佛法,"以不广而弥八级"的不可思议和尘世间"连锁单相思"的无可奈何融为一体,表现出作者对人世间之俗情浓郁与佛界之法力无边对应的真知灼见。这是一种典型的"情境"母题研究。

在"以大鱼或巨龟为洲"一则中,作者指出《东海人》(载《西京杂记》),其"卷五刘歆难杨雄二事之一,言洲乃大鱼。"故事说从前在东海航行的人,随风漂泊到一孤洲,其表面上看是一草木繁盛的岛屿,实则是大鱼,因船员生火煮食而沉潜。又记《广记》同卷《行海人》(出《异物志》)与此事相类似,只是洲为大蟹,因火而沉水。再记《金楼子·志怪》篇中巨龟也是个可活动的岛,因被做饭的火热灼伤而回到海里。作者推测上述所载故事,"疑胥来自释典"。② 例如《生经》卷三第三五则就有类似故事。他还指出阿拉伯《天方夜谭》中(《一千零一夜》)中也有一则故事,"亦记航海人误以鲸背为小岛,登览遂致灭顶。"③那则故事是《辛伯达航海旅行的故事》中,辛伯达"第一次航海旅行"所经历的事。这一奇幻的情节在阿拉伯人写的《中国印度见闻录》卷 1 开篇部分也有类似的描述,只是岛屿是一种海兽。很明显这些相同的题材同出一源,是文学因子传播接受的结果。《一千零一夜》在成书过程中,曾吸收了不少印度古代的传说故事。印度佛典译成汉文以后,许多印度故事也随之传入中国。有些阿拉伯故事与中国记载的故事颇多类似,很可能脱胎于同一母体或源于同一国度,那母体和国度就是印度。

钱锺书在《管锥编》第三册"全上古三代秦汉三国六朝文一四〇则"中只有一则"察情断案"可属比较文学主题学中之母题,即"二妇争子"。文中提及应劭《风俗通义》中有颍川娣姒争儿,诉讼三年而未决。丞相黄霸令卒抱儿,叱妇去夺。"长妇抱儿甚急,儿大啼叫,弟妇恐害之,因乃放与,而心凄怆,长妇甚喜,霸曰:'此弟妇子也'责问大妇乃伏。"④继后他又列举题材情境类似的"二妇争儿"等,情理相同。他指出:"小说院本亦每渲染此情节。元曲李行道《灰阑记》尤著称,第四折包拯断大小妇争儿,命张千'取石灰来,在阶下画个阑儿,著这孩儿在阑内,著他两个妇人拽

---

① 钱锺书:《管锥编》,北京:中华书局,1979 年,第 767—768 页。
② 同上书,第 829 页。
③ 同上书,第 829 页。
④ 同上书,第 1000 页。

这孩儿出灰阑外,其不忍'用力硬夺'者,真儿母也。正师黄霸之余智。"①作者随后联想到"异域旧闻有酷肖者。《贤愚经·檀腻䩭品》第四六:二母人共诤一儿,诣王相言。时王明黠,……语二母言:'今唯一儿'……听汝二人,各挽一手,谁能得者,即是其儿。'非其母者,于儿无慈,尽力顿牵,不恐伤损;所生母者,于儿慈深,随从爱护,不忍拽挽。王鉴真伪';《旧约全书·列王纪》上记二妓争儿,所罗门王命左右取剑,曰:'剖儿为两,各得半体';一妓乞勿杀儿,已愿舍让,一妓言杀之为尚,无复争端;王遂判是非。"②这几则故事足以说明其"二妇争子"的题材与母题是何其相似,又是如何依时间发生的前后而表现出"源"与"流"的关系。其核心即判断的依据,就是要考察出争儿的双方,那一方"与儿有慈"。

钱锺书在《管锥编》第四册"全上古秦汉三国六朝文"一三七则中,有 5 则与比较文学主题学相关的内容,其中除"舟量大豕""众盲摸象"二则属于影响接受的题材研究以外,其余"梦与神""向死而趋""木纸骨笔"三则属"东海西海,心理攸同"之列。"舟量大豕"一则指出符朗《符子》:"朔人有献燕昭王大豕者……又令水官舟而量,其重千钧。"作者接着提出宋吴曾《能改斋漫录》卷一,清桂馥《札朴》卷三,"皆谓与《三国志·魏书·武、文世王公传》载邓哀王冲量孙权致巨象事同。"③最后,作者指出:《杂宝藏经》卷一之四记天神问弃老国王:"'此大白象有几斤两?'举朝莫对。"最后"置象船上,著大池中,画水齐船深浅几许,即以此船,量石著中,水没齐画,即知斤两"。从"舟量大豕"到"舟量大象",其方法是类似的。但是《三国志》所载:"置象大船之上,而刻其水痕所至,称物以载之,则可知矣"所"称物"为何物未说明,只有到了佛经中才有"量石著中"之说。而猪为北方所有,象为南方之物,由此可知"曹冲称象"故事的来龙去脉。日本以神话、传说、童话为素材编纂的《今昔物语集》第三十二卷第三十二篇《七十余人流遣他国语》,主要写一位大臣的老母以智慧三次解决了敌国强加的难题,老母得以改变"弃老"身份。其中一个难题就是"给大象称重"。"众盲摸象"的论证方法与此相似。作者针对六朝傅缉、刘勰等"为释氏所作说文字",而"象形易失"一事,指出:"'象形'事出释典,三国译《佛说义足经》及《六度集经》第八九、西晋译《大楼炭经》、后秦译《长阿含经》之三〇《世纪经·龙鸟

---

① 钱锺书:《管锥编》,北京:中华书局,1979 年,第 1001 页。
② 同上书,第 1002 页。
③ 同上书,第 1261 页。

品》第五、隋译《起世经》等皆载之。"①他又引《大般涅槃经·狮子吼菩萨品》第一一之六:"譬如有王,告一大臣:'汝牵一象,以示盲。'……众盲各言:'我已得见。'王言:'象为何类?'"结果歧说不一,其"意实肖《庄子·则阳》:'今指马之百体而不得马,而马系于前者,立其百体而谓之马也。'"他意在指出"吾国文人如傅氏隶事及之者,不数数见也"的事实。这也是钱锺书对"象形"一词来源的详解。"全上古秦汉三国六朝文"中的"舟量大豕"与"众盲摸象"两则故事的主题都与佛典有关,属主题学中题材流变研究范畴,留给后代学人诸多思考与研究的学术空间。

其他"梦与神""向死而趋""皮纸骨笔"三则可属"人同此心,心同此理"之列。在"梦与神"一则中,作者从范缜《神灭论》说起,论证至《庄子·齐物论》中"庄周梦为蝴蝶";《大宗师》中"且女梦为鸟……梦为鱼……",后总结说:"只言梦与觉,未道神与形……盖认梦为魂,初民心同此理,殊方一致,历世相传,参观《楚辞》卷论'招魂'。民族学者尝考生人离魂,形态幻诡,有化爬虫者,如蛆、蛇之属,有化物之能飞跃者,如鸟、如蝴蝶、如鼠。"②接着作者联想到:"古埃及人即以蝴蝶象示灵魂;古希腊人亦然。西方昔画灯炷火灭,上有蝴蝶振翅,寓灵魂摆脱躯骸之意;故但丁诗中咏灵魂升天,喻为青虫化蝴蝶而飞;神秘宗师又以扃闭内外之心斋比于灵魂之作茧自裹,豁然澈悟则犹蛹破茧,翩翩作白蝴蝶。"③作者最后说,上述中外生人梦中离魂幻化变形故事,"皆言'神'亦有'形',顾为身之变'形',傍人醒者有目共睹其易形,而梦者浑不觉己形之异,非若庄周之自知化蝶栩栩然"④。

"向死而趋"一则作者从王僧儒《初夜文》写的人命如脆草,身为苦器,"何异犬羊之趣('趣'原文如此——笔者注)屠肆,麋鹿之入膳厨"写起,到《抱朴子》内篇《勤求》中写道:"里语有之:'人在世间,日失一日,如牵牛羊,以诣屠所,每进一步,而去死转近。'"⑤又进一步联想到后秦时所译《长阿含经》之一六〇。《阿兰那经》所说:"人命如缚贼送至标下杀,如屠儿牵牛杀,子随至举足,步步趋死",以及《大般涅槃经·迦叶菩萨品》第一二之六:"次修死想,……如囚趣市,步步近死,如牵牛羊,诣

---

① 钱锺书:《管锥编》,北京:中华书局,1979 年,第 1485—1486 页。
② 同上书,第 1425—1426 页。
③ 同上书,第 1426 页。
④ 同上书,第 1427 页。
⑤ 同上书,第 1438 页。

于屠肆。"可见僧俗两界虽知"无情岁月增中减",但是还要"向死而生""向死求生",将人生的悲剧意识降到最低点。不仅东方之中印典籍如此,作者又指出:"西方诗文亦常道此意。古罗马哲人云:'吾人每日生正亦逐日死,生命随日而减,其盈即其缩也。'酷类吾国诗人所谓'增年是减年'(范成大《丙午新正书怀》、刘克庄《乙丑元日口号》等);但丁云:'人一生即向死而趋';一诗人哭父云:'吾人出胎入世,即为启行离世,日生日长,越逝越迈,以至于毕程';一诗人悼友云:'请少待毋躁,吾正登途相就,每过片刻即近汝一步';又一诗人云:'坐知死为生之了局,人方向死而趋,逐步渐殁';特屠肆、庖厨之喻,则未睹焉。一哲学家曰:'人至年长,其生涯中每一纪程碑亦正为其志墓碑,而度余生不过如亲送己身之葬尔';语犹新警。"①其实老子《道德经》"出生入死",(《道德经·德经》第五十章)正是此意。人生敢于直面死亡,是志存高远的表现,"何忧晚岁,笑者流年"更不失为一种境界。

"皮纸骨笔"一则从阙名《中岳嵩阳寺碑》中:"显皮纸骨笔之重,半偈乍(一作"三"——作者注)身之贵"说起,指出:"皮纸骨笔"常入诗文之实例。又从《贤愚经》卷一:"剥皮作纸,析骨为笔,血用和墨";《大般涅槃经·圣行品》第七之三:"迦叶菩萨白佛言:'……我于今者实能堪忍,剥皮为纸,刺血为墨,以髓为水,析骨为笔,写如是《大涅槃经》'"。此外,《集一切福德三昧经》《大智度论·毘梨耶波罗蜜义》第三七、《欲住六神通释论》第四三等"经论屡言之"。② 然后,又从《洛阳伽蓝记》卷五《凝圆寺》引注、《全梁文》卷五三陆云公《御讲〈般若经〉序》《全后周文》卷一二庾信《陕州弘农郡五张寺经藏碑》《全唐文》卷六七九白居易《苏州重玄寺法华院石壁经碑文》、钱谦益《牧斋有学集》卷六《含光法师过红豆庄》、王嘉《拾遗记》卷三等书中,多有演绎。最后,作者又从西方文学作品中找到回应。"十七世纪一法国诗人有《血书怨歌》";莎士比亚剧中一人被殴言:"苟精皮肤为纸而老拳为墨迹";"十七世纪德国诗人咏杀敌致果云:'德国人以敌之皮为纸,使刃如笔,蘸血作书其上'"等皆是。文中结论道:"不直指而傍通,以修文喻动武,都于旧解出新意者。"③作者指出"皮纸骨笔"这种触类旁通、举一反三的方法,通过修辞文饰以比喻暴力行为的温文尔雅方式,不仅温故出新,而且也是中外文人常用的写作范式。

---

① 钱锺书:《管锥编》,北京:中华书局,1979年,第1438—1440页。
② 同上书,第1499页。
③ 同上书,第1500页。

《管锥编·序》钱锺书自谦语:"瞥观疏记,识小积多,……锥指管窥,先成一辑。"其实诚如他感激周振甫语:"小叩辄发大鸣"。贯穿全篇的是作者在中外文学、文化材料的"原史""原典""原理"的基础上,识同辨异、类推演绎、觅源察流、另出新规的求知精神。

首先,他对"原史""原典""原理"等诸多材料进行识同辨异。即确定认识或审美对象的"样本",有了样本才可能进行识同和辨异。样本即是参照物或参照系,然后在此基础上,将其他相关材料进行识同性和辨异性的"比对"。这种比对有可能属于是同质文化传统的,也有可能是属于异质文化传统的。无论如何,它都要有一个明确的结论,或同或异,并指出原因。其次,他对"原史""原典""原理"等材料要进行类推演绎。其前提是在"样本"的基础上,将具有与其相似或共同特征的对象进行归类,但不能按图索骥,而要核实变常。因为表现文学性的知识是外知,具有形象思维特点,而类推演绎则是一种逻辑性很强的思维方式,具有化知为用的特点。如若只有知识,而无化知为用的类推演绎,那只能是资料信息库,而无法进入哲理思辨层次。再次,他对现有的"样本"觅源察流,颇有发生学的意识。即不仅了解此时此地此事的情况,还要以"振叶以寻根,观澜而索源"的态度,顺藤摸瓜得到彼时彼地彼事的结论。钱锺书的这些文章都有这种"考据"性的效果。最后,这些文章在经过上述三个过程的条分缕析,都达到了在"原史""原典""原理"诸多材料基础上的温故知新,推陈出新,另出新规的研究实绩。《管锥编》中涉及比较文学主题和题材史研究的内容异常多元化和具有丰赡性,用区区数年的时间进行评述,难以穷尽大学者的博大与包容。这些粗浅的爬梳与理解尚属起步阶段的尝试。正如作者在《管锥编·序》中所说:"假吾岁月,尚欲赓扬。"作为后学的我们真是勉为其难了,争取日后能做得更好。

第七节 杨宪益《译馀偶拾》与主题学研究

杨宪益(1915—2009)祖籍江苏淮安盱眙,生于天津,中国当代著名翻译家,外国文学研究专家。自20世纪40年代开始,他即与夫人戴乃迭密切合作,译出大量中国经典,使中国文化走向世界。与此同时,他又以精通多种外文的功底将世界文学中的瑰宝译介给中国读者,对中外文学、文化交流做出巨大贡献。

杨宪益自1927年在天津教会学校——新学书院开始与世界文学结缘,一发不可收。1936年秋,杨宪益进入牛津大学历史悠久的默顿学院攻读希腊拉丁文学、中古法国文学和英国文学。负笈英伦求学期间,他与牛津大学第一位取得中国文学荣誉学位、心仪东方文化已久的英国同学戴乃迭相识相恋。1940年末,杨宪益在取得牛津荣誉文学学士学位和文学硕士学位后,携手戴乃迭返回中国。此后,他们夫妇二人辗转重庆、贵阳、成都、南京等地高校教授英文。其间应梁实秋、卢冀野之邀,杨宪益任国立编译馆编纂,戴乃迭任特邀编审,负责《资治通鉴》英译。1953年,他们二人调入北京外文出版社,任外文图书编译部专家。1954年《中国文学》杂志并入外文出版社,二人又同为该刊的翻译和审稿专家。此后,他们合作翻译了《魏晋南北朝小说选》《唐代传奇选》《宋明平话小说选》《聊斋选》、全本《儒林外史》、全本《红楼梦》等,在国外获得好评,产生了广泛影响。他们夫妇二人遂将大半生的心血倾注在向世界介绍中国文化的事业上。

杨宪益的主题学研究,主要以中国民间文艺学为主,汇通外国文学,涉及的文学材料广泛、语种多样,反映出作者渊博的中外文学知识。除了他的比较文化论著——《译馀偶拾》中的主题学研究以外,尚有1980年第2期在《文汇增刊》上发表的《鲁拜集和唐代绝句》一文。"鲁拜"是波斯语的音译,意即"绝句""四行诗",是波斯古典传统诗歌的传统形式。杨宪益在文中指出:这种诗体可能源于中亚突厥文化,与唐代绝句同出一源,抑或是由于丝绸之路的联系,唐代绝句通过突厥文化的媒介而传入中古波斯后形成的。因为10至13世纪正是素有波斯古典诗歌源泉之称的塔吉克诗歌发展至繁荣期。塔吉克语言属印欧语系伊朗语族,早期也曾受到突厥文化的影响。"鲁拜"盛行时,它同时在中亚和西亚的突厥语族的多种东方语言的文学中出现,是很自然的事。继后不久,杨宪益又于1983年《文艺研究》第4期上发表了《试论欧洲十四行诗及波斯诗人莪默凯延的鲁拜体与我国唐代诗歌的可能联系》一文。作者大胆假设唐代诗歌与欧洲十四行诗以及波斯鲁拜体诗之间存在着联系。而后即从西方学者普遍认同的欧洲十四行诗的发生地,13世纪的西西里岛谈起,指出当时西欧文化比近东文化落后的事实。而西西里岛恰恰是接受东方文化,主要是阿拉伯和东罗马文化的首驿,于是传承或自创了十四行诗体。当然,作者也未排除阿拉伯人直接将该诗体传播给欧洲人的可能。另一方面,作者又指出唐代文化与阿拉伯文化联系广泛。从分析李白的"古风"体诗以确认其在形式上与意大利十四行诗的诸多趋同性,到最后以波斯诗人莪默凯延(欧玛尔·海亚姆——笔者注)为主,探讨"鲁拜"体诗的起源,以及在形式和称谓上与唐绝句的相同之处。并指出鲁拜体诗很可能是由中国经由突厥文化的中介传入波斯而形成。由此推断出唐绝句到意大利十四行诗之间可能存在的流传途径。与此文史考证的研究思路相似的论文尚有1989年4月4日发表在《人民日报》上的《改头换面的民间故事》;2009年青岛出版社出版的杨宪益著《去日苦多》中的《关于埃及的两段故事》[1]等。这些文章虽未收入《译馀偶拾》中,但是其从题材或形式入手进行文学文化交流史上考证的研究方法和《译馀偶拾》还是一脉相承的。

《译馀偶拾》是杨宪益多年文史考证笔记的结集。顾名思义,此书是他在翻译工作之余写的一些文章。20世纪40年代,杨宪益在重庆任国立编译馆编纂时负责《资治通鉴》的英译工作。余暇时间他写过一些文史考证文章,寄给上海的《新中华》杂志发表。1947年,作者将其中的20余篇编成《零墨新笺》出版。1949年以后,他又将续写的文章编成《零墨续笺》自费出版。1979年,作者又陆续写了《译馀偶拾》(一)(二)(三)在《读书》杂志的第4期、第7期、第9期上发表。1981年作者将这三篇与《零墨新笺》《零墨续笺》合编成《译馀偶拾》一书,由三联书店于1983年出版。全书收文88篇,18万余字,文字短小精干、言简意赅、颇多新意,令人深省。其中涉及东西交通史、中外文学、文化交流史、宗教史、民族史、音乐史等诸多领域。有不少文章属于主题学研究的性质,为中国民间文艺学范畴内的主题学研究增砖添瓦。

《板桥三娘子》一文是对中外类同叙事主题进行历史考察并发现其中某些联系的研究。主题学早期是属于影响研究的一种研究方法。例如作者在文中指出的,唐孙颀《幻异志》中录有板桥三娘子使商客吃"荞麦烧饼"后变为驴的"变形"主题故事。作者指出:"按此故事源出西方",古希腊史诗《奥德修纪》中第十卷里有巫女能使人变为猪的叙述。此类故事又见于罗马帝国时期阿蒲流(现译为"阿普列尤斯"——笔者注)的散文体小说《变形记》(又名《金驴记》)中。阿蒲流2世纪生于非洲北部马格里布地区,他的"人变驴"的故事自叙是源于古代传说,"大概本来是流传于近东地方的民间故事"。作者又进一步联想到宋赵汝适《诸蕃志》"中理国"记

---

[1] 杨宪益:《去日苦多》,青岛:青岛出版社,2009年,第280页。

载,"人多妖术,能变身作禽兽","日食烧面饼"。"中理国"是今非洲索马里地区沿岸,并包括索科特剌岛一带的古代地名。"'能变身作禽兽'的妖巫大概是出于索科特剌岛。"因为"世界最良之巫师即在此岛"。从而作者认为这几则人变动物的故事应都出自该岛。又据《宋史·食货志》注称而得知,"板桥在唐宋间是交通要冲,海舶财货所聚,大食人由南海到中国贩卖黑奴及货物,多经此处。板桥三娘子的故事显然是与唐宋时著名的昆仑奴同来自非洲东岸,被大食商人带到中国来的。当时或有大食商人由板桥经过,为行路人述说故事,所以此故事在板桥传流下来"①。其实在汉译佛经《出曜经》卷十五《利养品下》中就有外乡人因与奢婆罗咒术家女交通被变为驴,后食遮罗波罗草药还原的故事。但是很显然作者在此强调的是板桥三娘子故事的西方渊源。

《译馀偶拾》中关于主题学研究的内容并未满足于中外、东西类同叙事题材的简单比较,而是将其引入文化交流史的范畴。考辨其中的历史事实影响,对其故事源流进行发生学意义的探寻,以史料构筑起故事流播的时空途径,并大胆推断往来于其间的各种可能性的媒介因素,但并未考察相似故事文本之间叙事细节的差异与比较分析。除却《板桥三娘子》外,《中国的扫灰娘故事》《薛平贵故事的来源》等篇目均表现出上述研究特点。这种研究对中国比较文学早期的研究,尤其是对主题学的深入研究启发甚多。因为在深掘此类故事之间可能存在的千丝万缕的历史事实联系的同时,不可简单地套用"人同此心,心同此理"的研究模式,一定要辩证地看待主题学研究的各类鲜活、有个性的对象,它们极有可能存在着影响接受的因素。

《中国的扫灰娘故事》中作者先从偶检《酉阳杂俎·支诺皋》说起,认为其中的关于名叫叶限的姑娘,其故事与遭遇就是"一篇欧洲著名的故事",即"西方的扫灰娘故事"。其中的重要情节即"遂遗一只履为洞人所得"。作者又根据《酉阳杂俎》②作者段成式为9世纪人,讲述者为邕州人即今广西南宁人,而断定至迟在9世纪,"这段故事是由南海传入中国"。其实以两广为起点的海上丝绸之路始于西汉域,兴于8世纪唐代中期。作者述考证说:"据英人柯各斯考证,该故事在欧洲和近

---

① 杨宪益:《译馀偶拾》,北京:生活·读书·新知三联书店,1983年,第72—76页。
② 《酉阳杂俎》乃段成式随父入蜀时所撰。湖南沅陵有大酉、小酉山,相传为黄帝藏书之所,而蜀在大酉之阳,故冠名"酉阳"。书中"多奇篇秘籍",但作者认为只是难登大雅的"杂俎"而已。

东共有三百四十五种大同小异的传说。"而且作者进一步考证,据格林童话故事集,"扫灰娘"的"灰"即"Aschenl"就是英文的 Ashes、盎格鲁撒克逊文的 Aescem、梵文的 Asan。而中国故事中的扫灰娘名为"叶限","显然是 Aschen 或 Asan 的译音。"[1]至于"扫灰娘"一类故事的重要节点,即她所遗之"鞋",作者指出西方所载:"扫灰娘所穿的鞋是琉璃的,这是因为法文本里是毛制的鞋(Vait),英译人误认为琉璃(Verre)之故。"而中文故事中说"蹑金履",又说"其轻如毛,履石无声"。因此作者认为:"大概原来还是毛制的。"

《薛平贵故事的来源》一文指出,"我国民间传说的薛平贵故事来源甚古","虽然薛平贵故事不见于元曲,然而可能在元代以前就存在而只流传在西北一带"。以薛平贵为主人公的"京剧的《武家坡》本是由秦腔借来的,其事既不出正史而偏偏附会到唐代,且提到西凉,所以故事可能是唐宋间西北边疆的产物"。而薛仁贵在历史上确有其人,《新唐书》卷 111 有《薛仁贵传》。以薛仁贵为主人公的旧剧《汾河湾》是以元曲《薛仁贵衣锦还乡》为本的。由此可知,"薛平贵故事显是人民喜爱的古代传说"。作者又考察格林兄弟童话故事中有一个类似的故事《熊皮》,并认为"东西民间传说偶合的很多,不过我们如研究一下这德国故事的名称,便可知道这两个故事出自一源。熊皮(The bear hide)的译音在古代北欧语里与薛平贵三字的音竟完全相同"。最后作者得出结论说:"这故事如果是唐宋间出现的,它又初见于秦腔,且长安附近有武家坡的地名,则必又由欧洲经西域古道传过来的,当时回鹘在西北边疆为中西文化交通的媒介,所以薛平贵是回鹘人传过来的欧洲故事。"[2]需要补充的是作者在晚年曾针对此篇中运用了对音考证法,其他篇目中也有类似方法,如因古代北欧语"熊皮"的发音与汉译"薛平贵"的发音趋同,进而认定薛平贵前窘后发故事源自欧洲的《熊皮》故事等,明确提出"必须谨慎从事"的反思。[3] 可见杨宪益治学态度之严谨、反省精神之深刻。

杨宪益在《译馀偶拾》中的主题学研究还涉及不少东西交通史、中外文学、东西方文化交流史方面的史实,注重双向之间的互动互惠、影响接受研究都是很正常的,因此,如果将上述三篇视为"西学东渐"的产物,而《〈高僧传〉里的国王新衣故

---

[1] 杨宪益:《译馀偶拾》,北京:生活·读书·新知三联书店,1983 年,第 78—79 页。
[2] 同上书,第 86—87 页。
[3] 参见杨宪益:《薛平贵故事的来源·附记》,《寻根》2000 年第 3 期。

事》《〈酉阳杂俎〉里的英雄降龙故事》和《汉初孝的观念传播西方说》三篇则可视为"东学西渐"的案例。

《〈高僧传〉里的国王新衣故事》一文,作者指出《安徒生童话》里的《国王新衣》"在一千多年前已见于中国记载了"。在梁《高僧传》中关于鸠摩罗什的传记中有一段关于名德法师盘头达多与少年鸠摩罗什关于佛教大小乘区别的对话。后者认为"大乘深净,明有法皆空",名德法师于是援引狂人极喜细丝绵,织工投其所好,指空气说,这就是狂人想要的细缕的例子,告诫鸠摩罗什"汝之空法,亦犹此也"。作者认为:"这故事如果是盘头达多说的,那样它至晚在西元四世纪初年业已存在,恐怕原来是印度的故事,而由《高僧传》的记载看来,至晚在西元六世纪初年业已传入中国了。"①意犹未尽之处在于,作者并没有进一步交代欧洲皇帝新衣童话究竟是直接得益于中国,还是印度,抑或是第三国。可以断定的其只是"东学西渐"之一例而已。

《〈酉阳杂俎〉里的英雄降龙故事》一文里,作者指出其中所载古龟兹国王阿主儿,有神异之力,能降服使百家金宝化为炭的喷火毒龙的故事,"即是西方尼别龙(Nibelung)故事的来源"。推断的理由主要有以下几点:首先,"龟兹今库车也,古代西域大国,当北道要冲,初役属匈奴,后役属突厥,唐安西都护府也在这里"②。其次,"龙所居的北山应即是著名的白山……这也就是突厥的金山。后魏太武帝灭北凉时,相传有阿史那以五百家奔金山,为蠕蠕铁工。阿史那就是日后突厥的祖先"。再次,"因火山而附会出喷火毒龙的传说,金宝化为炭的传说,大概也因此山产炭用以冶铁的事实而来"。最后,"据西方学者考证,西方的尼别龙传说本于匈奴王阿提拉(Attila)的故事,加以附会。这个王的名字在古日耳曼传说里作 Etzil,同这里(龟兹——笔者注)王名阿主儿正合"。所以作者在文章最后指出:"也许所谓突厥祖先阿史那本无其人,而是出于匈奴王阿提拉的传说,因为突厥本是匈奴的遗裔。"③我觉得在这一点上,他的"大胆假设,小心求证",是有一定的道理和说服力的,但严格来说,"突厥本是匈奴的'遗裔'"尚有商榷之处。

---

① 杨宪益:《译馀偶拾》,北京:生活·读书·新知三联书店,1983年,第82—83页。
② 现今查明,公元60年东汉已在西域设都护府,其遗址就在龟兹地区的玉奇喀特古城。当时龟兹是塔里木盆地最重要的绿洲,丝绸之路要道。详见2017年12月13日《光明日报》。
③ 杨宪益:《译馀偶拾》,北京:生活·读书·新知三联书店,1983年,第80—81页。

《汉初孝的观念传播西方说》一文中提出:"孝的观念在中国来源甚古,周代人已有孝的观念是不成问题的,不过此观念在汉初尤为重要。""不过最值得注意的还是汉代皇帝称号前加孝字,而且当时匈奴也摹仿此种习惯。""我们现在要考证的,即是孝的观念不但当时传至匈奴,且远播于匈奴以西的地域。""汉初的亚洲西部为亚历山大后裔所据。……西亚的希腊王朝既间接受中国文化的影响,当时中国孝的观念亦可能传至西方。"①作者在继后的文字中不仅列举了西亚的希腊王朝(即希腊化时期的各国——笔者注)在诸王称号中有与"孝"字相同的希腊字,而且指出北非的埃及王朝,尤其是埃及著名女王 Cleopatra 的儿子也有这样的称号。最后作者指出:"总之,西亚的希腊诸王用 Philopator 的称号最早不能早于西元前一八七年,此称号在西方普遍流行于西元前一二世纪间,正当中国的西汉时代。""汉初的匈奴大部似为伊兰种族,当时安息人多晓希腊语,匈奴或亦然,故匈奴的'若鞮'如不是中文'孝'的转讹,亦得为希腊文 Eupator 的对音。"②文章最后,提及罗马帝国的创始者奥大维(屋大维)初用"奥古斯都"(Augustus)的称号,无人知其为何意,恐怕其原本不是罗马字。"惟此称号含有孝敬服从的意义,故亦可能原为中文的孝或匈奴若鞮的音讹。"③"汉初孝的观念传播西方说"在没有更多实证的情况下,恐怕也是一桩公案。当然结果是由于西方宗教爱上帝爱邻人的信条根深蒂固,所以爱父母行孝道的空间减少。有了宗教信仰的制约,统治者只需"孝"中的"服从"意义了。

杨宪益在《译馀偶拾》中的关于主题学研究的文史考证笔记,表现出作者将民族文学的发展变化置于中外、东西文学、文化交流的视域中加以探源研究的学术传统。他不同意"西学东渐"或"东学西渐"的轩轾分明的简单结论,而主张科学的反映论,这为比较文学的后学树立了学术范式。他注重东西方民间文学的研究,尤其是西域边疆地区民间文学包括文本的相互影响接受和渗透交融的研究,颇有启发性。他在文中多处运用的对音考证法,以及大胆假设、小心求证的谨慎学风,也有德国主题学初生时期的语文学研究的色彩。尤其是在《译馀偶拾》序言中,作者坦陈,"觉得内容上问题不少","此外还有不少疏忽之处","还有不少牵强附会、望文

---

① 杨宪益:《译馀偶拾》,北京:生活·读书·新知三联书店,1983 年,第 153—154 页。
② 同上书,第 154—155 页。
③ 同上书,第 155 页。

生义、不够严肃之处"等诸多学术反思和敬畏学术的态度,足以让后学者汗颜与警醒。也由此可知,学术大家追求真理的精神是令人难望其项背的重要原因。

第八节 刘安武中印文学比较与主题学

中国和印度都是历史悠长、文化发达、文学源远流长的国家。两国之间有漫长的国境线,有长达数千年的经济商贸、宗教信仰、文学文化方面的直接或间接的交流互鉴。从古至今有诸多先知先觉者都论述过两国之间的传统友谊,也有数不清的学者作家写过两国之间文学融摄吐纳的书籍和文章。而刘安武先生的印度文学和中国文学比较研究则着重研究的是两国民间文艺学之间影响与接受的事实,以及两国的文化传统、思想观念等在文学方面的互动与可能。如果从比较文学角度分析,其实质则是探索两国文学之间的关系和联系。主要内容包括大部分的"平行研究"和小部分的"影响研究",但都涉及文学主题和题材学相关的范畴。

第一部分:刘安武对中印两国文学之间影响与接受的研究。

在《观音的前天和昨天——观音来东土的前后》(原载于 2003 年 7 月《东方研究》)一文中,作者从"观音在印度时的出生背景和早期的活动""佛经中所描绘的观音""观世音的东来""唐宋时期的观世音""明清时代的观世音"和"观世音形象的演变"六个方面对"观音"这一形象的来龙去脉进行了条分缕析的梳理。最后,作者归纳出四个方面的问题。一是"观音"在印度的名字叫"双马童",因为"他更具有慈悲的思想感情,普救众生,从而成为广大老百姓的有求必应的保护神"。观音(即"双马童")的形象随着佛经《法华经》和《华严经》的传入而进入中国文化以后,在魏晋南北朝时期大行其道。由于他入乡随俗,符合中国人的审美习惯,因此"他的影响进一步扩大,上至皇帝、国王,下至黎民百姓,都对他顶礼膜拜"。二是"观世音形象的女性化"问题。初入中国时的观音不是女性形象,女性观音造像约始于南北朝,在唐宋的雕刻和绘画中女性形象逐渐增多,在宋代以后观音几乎都是女性的形象了。其变化的关键是南宋初洪迈(1123—1202)编辑的笔记小说集《夷坚志》。其中涉及的观音形象虽然仍有不少是男性,但是以女性形象出现的故事大大增多。笔者认为其主要原因是宋代由于理学盛行,女性参与社会活动的机会少了,她们在自己的生存空间中需要女性信仰作为精神支柱。三是"观世音形象的本土化问题……即汉化成一位贵族仕女了,但她仍然保留了一些印度特色"。观音形象自从随着佛教的汉化以来,在图像叙事、画家、艺术家的造型艺术等方面看,就逐渐变化为美丽、端庄、雅致、慈悲的贵族仕女形象了。其印度特色的遗存主要表现在额头上的吉祥点和赤着的双脚是天足。另外她手持净瓶,净为清洁,有"雅正""清虚""空灵"的寓意;瓶即"平",有"平和""平静""安宁"的寓意,皆有佛家语义。瓶中之水称为甘露神水,留有印度元素。笔者补充的是,观世音是梵文意译,又译"光世音"。《法华经·普门品》("普门品"即《观世音经》——笔者注)称遇难众生只要诵念其名号,"菩萨即时观其音声",前往拯救解脱,故名观世音。因唐代避讳太宗李世民名字,故去"世"字,略称观音。作者在总结全文时,最后指出:"观世音随佛教从印度来东土中国已经一千几百年了。……她的前天是在印度,她的昨天是在中国。而今天呢?……观世音作为宗教的一面也会逐渐暗淡下去,但是作为文学艺术形象的一面却仍然会焕发出光彩,因为它代表的人类的善良的思想感情和精神是永存的。"①这也是观音菩萨信仰能延续至今的原因。这种研究可归入主题学的人物形象研究或题材研究。

在《成长在西天 定居在东土——阎王形象的塑造和演变》一文中,作者从"阎摩的出生 吠陀时代""史诗时代的阎摩王""往世书时代的阎摩王""阎摩王的东来南北朝时期""唐宋时代的阎摩王""明清时代的阎摩王"共六个方面,对阎摩王从印度到中国的历史变迁,到阎摩王形象的塑造与演变,进行了述而有征的阐释。"阎摩"加上王的称号,成为阎摩王,或称阎罗王。它随佛教从印度传到中国,多称阎罗王,简称"阎王"。他最早出现在印度的《梨俱吠陀》里,梵语文学衰落后,他就不再被人提及。阎王随佛教传播东来中国后,并没有马上进入叙事文学系统。只有到了隋唐时期,世俗社会的信众由于因果报应、轮回转世的实施需要,才使得阎王取代了泰山府君的职能,成了地狱的统治者。明清的多种叙事文学则把阎王描绘得有声有色、活灵活现,只是人们宁愿敬而远之,也不想与之有任何瓜葛。最后,作者指出:"在印度教中,他不是主要天神","在印度,阎摩王的形象还有作为神将出战的一面","他到中国来后,成了佛教的神祇了"。"有关他的故事由印度人和中国人一再创作出来,而他的形象也一再被塑造成既有共性又有特性的人物。"作者在进

---

① 刘安武:《印度文学和中国文学比较研究》,北京:中国大百科全书出版社,2016年,第83—84页。

一步深入分析时指出:"阎摩王这一形象为什么有时类似或雷同呢? 这主要原因是作家们没有扩大其活动领域。"①即是说,原本在印度还有很多亲朋好友和诸多故事的阎摩王,传到了中国后,由于他神职很单一,又在冥冥的地下,成了活动非常有限、深居简出的孤家寡人。终于变为一个无可叙述的"神"了。这篇论文和前一篇论文一样,同样也可视为主题学的人物形象研究,而且这种倾向更加明显。

在《失妻救妻——〈西游记〉中微型罗摩故事》一文中,作者举出很多《西游记》和印度史诗《罗摩衍那》两者之间叙述、描写相同的地方,给读者颇多的启迪和警醒。作者着重指出:"《西游记》中朱紫国国王失妻救妻的故事和《罗摩衍那》中王子罗摩失妻救妻的故事对比,可以发现这两个故事中的共同点和不同点,隐约可以看出朱紫国的故事有借鉴罗摩故事的痕迹。……还可以在《西游记》的其他回目中发现某些情节和写法有似曾相识的感觉。""本文写作的目的之一也想探索这些情节或写作手法的渊源",即是说,要将这些相近或相似的情节或写作手法的来龙去脉加以比较。如主人公的神通广大、法力无边;在地上划有保护作用的"圆圈";钻进对方肚子里取胜;用假人头迷惑对方;被砍头后又长出新头等等,不一而足。② 最后作者总结说:"孤立地去一个个看这些手法,就不一定认为是从什么地方借用过来的,而认为是平行地各自的创造。但从整体来看,就会有另一种感受了。《罗摩衍那》中的罗摩故事好像是一个大框架,大框架里有不少的零部件。我国的《西游记》中朱紫国国王失妻救妻的故事,取自这大的框架,……此外,像地上画圆圈设安全地带,设法钻进对方肚子里从中取事,以假人头挫伤对方意志,砍下头可以恢复甚至重新长出,这些好比是许多的零部件中的一部分,作者分别编进了他的故事里。"③这篇文章的内容,从比较文学研究的角度分析,似乎应该归入"平行研究"和"影响研究"之间的一类。即认为可能会因为"通过口耳相传的传播途径"有了上述的结果,而"这个途径不一定在文化交流中留下文字的痕迹,但又是存在的,人们找不出充分的理由否定它的存在"。刘安武在这里客观地提出,这是一种"'查无实据'的例子,是会使人联想到《罗摩衍那》和《西游记》这两部成书时间相距一千多年

---

① 刘安武:《印度文学和中国文学比较研究》,北京:中国大百科全书出版社,2016年,第111—112页。
② 同上书,第171、172页。
③ 同上书,第173—174页。

的作品中某些内容的渊源关系的"①。比较文学影响研究,就一般而言,重在"事实上的联系",而这种"查无实据"的文学联系,实际上表明相互影响接受的证据链的不完整,即信息的传播与接受之间的"传递者"或称之为"媒介者"的作用和路线尚不清晰。从文学交流史的角度考察,正确的做法应该是有一分材料说一分话,但是"大胆假设、小心求证"也不失为一种能给人以振聋发聩的学术启迪的作法。这点正是主题学在平行研究中的题材问题上能与影响研究形成交感区域,即兼容的地方。就一般而言,主题学主要表现在平行研究中,但有时,如上例则也可表现在影响研究中,这已经成为主题学发展的一大特点。刘安武在这一问题上提出自己的主张,很有见地。

这类"查无实据"的论文,作者还写了《诅咒、咒语、真言——印度神话和〈西游记〉比较》。文章开始,作者就指出:"咒语、诅咒产生的历史很古老,不过《西游记》中的咒语、诅咒、真言来源于佛教,当然也就来源于印度,不过最早的咒语不是佛教徒和佛教学者的创造,而是吠陀教(印度教的前身)的教徒和学者创造或记录下来的。"②接着作者指出在四部吠陀教经典,即四部吠陀,尤其是《梨俱吠陀》和《阿达婆吠陀》中类似巫术诗歌型的咒语。作者又从继后的史诗、往世书中举出《罗摩衍那》中 7 个咒语和诅咒的例子,用以说明它们能使史诗内容丰富多彩、艺术形式呈现多样化,从而加强史诗的审美效果。再从《摩诃婆罗多》中举出 12 个咒语和诅咒的例子,来说明它们的积极作用和良好后果。作者还举出十八部往世书中影响最大的《薄伽梵往世书》中的 6 个例子来说明咒语和诅咒是如何使故事变得曲折、丰富和生动的情景。再后来,作者还举出根据《罗摩衍那》和《神灵罗摩衍那》改写的《罗摩功行之湖》中 4 个使用咒语和诅咒的例子,来说明它们被用来惩罚对方的矛盾而又激烈的程度。作者总结说:"以上这些运用咒语或诅咒的例子都是取自传统的吠陀教——婆罗门教——印度教的神话传说作品,通过佛教反映在中国的神话小说或神魔小说时有了很大的变化,无论在咒语或诅咒的形式上、内容中或使用、作用等方面都是如此。"③然后作者举出与印度有特殊关系的中国小说《西游记》为例,认为"《西游记》中使用真言咒语的地方很多,几乎成了一个程式"。作者举出

---

① 刘安武:《印度文学和中国文学比较研究》,北京:中国大百科全书出版社,2016 年,第 174—175 页。
② 同上书,第 216 页。
③ 同上书,第 236 页。

17个例子来说明这种程式化形成的过程及作用。最后作者总结道:"印度古代的几部神话作品中,大多是使用诅咒。……在前面的二十九个例子中大多是这一类型,我们也曾评论过了。我们可以称之为'报复性的'或'惩罚性的'诅咒。"这些诅咒通过佛教传入中国以后,具体是如何在与印度有着特殊关系的神话小说《西游记》中体现的呢?经过细心的考察和对比,作者发现:"《西游记》中诅咒引发的故事是很少的,更多的是咒语真言所引发的故事。咒语真言起着召神的作用和变化的作用。"究其原委,作者认为,客观原因在于"道教的法师、真人运用这种混合融化的咒语改编和创作他们的包括神话传说在内的各种典籍,……到《西游记》的面世,可以说成了运用咒语真言的集大成者。"主观原因在于"诅咒本身也存在着不利于传播和被接受的弱点。……如果诅咒没有一个公正合理的尺度,诅咒者体现不出正义性,被诅咒者体现不出非正义性,也会出现无序的状态。"①具体而言,诅咒是把双刃剑,对立面双方都可使用,如果没有合理的尺度,会形成混乱局面,而咒语则是单向度的,是有偿的,不可随意使用的。这可能就是《西游记》中多咒语而少诅咒的根本原因。正是由于《西游记》和印度文化有着种种神秘难测的关联,所以引用它来说明自己的观点,显得更有说服力。这篇论文和前一篇一样,从研究类型上分析,也可视为主题学题材研究的论文。

上面四篇论文虽然可称为广义的"影响研究"性质的论文,但也涉及主题学中的人物形象研究和题材研究。其比重在刘安武先生的整体中印文学比较研究中属于较少的部分。后面重点分析他的大部分中印文学比较的"平行研究"性质的论文,涉及主题学的主题研究和题材研究。这部分平行研究的论文又可以分为微观研究,即作家作品对比性比较研究;宏观研究,即中印之间哲学思想与文化传统等方面的分析性比较研究。这两种研究倾向表现出作者深宏的学术研究基础和开阔的学术视野,对继后人们的研究都有程度不同的启发。

第一,围绕平行比较进行微观研究的主要有五篇论文,其中4篇是作品对比分析的文章,1篇是作家对比分析的文章。在《论〈摩诃婆罗多〉和〈三国演义〉的正法论、正统论和战争观》一文中,作者指出:《摩诃婆罗多》中的正法思想,大体相当于中文的"大道""天道""天理""天职"之义。具体而言,即有利于民族或国家的道理。

---

① 刘安武:《印度文学和中国文学比较研究》,北京:中国大百科全书出版社,2016年,第251—254页。

《三国演义》中也有类似的正法观念，和仁义道德的思想。作者认为："包括天理正义在内的正法对个人来说是指导个人行为的最高准则；一代一代传下去，就形成了正法的传统。""某封建王朝建立了起来，它的君主一代一代往下传下去，得到承认，就在人民群众中形成一种正统观念。"①实际上，印中这两部作品的"正法"和"正统"观念，都是各自文化传统的组成部分。它们是看不见、摸不着的，充溢流淌在印中两国不同民族自古至今的精神血液中。它们作为印中文化中的大传统，根本的传统，有别于那些小传统或日常的公序良俗。当然这些文化大传统中的"正法"和"正统"观念也会随着历史社会发展而产生流变，但其根脉是不会改变的。

作者针对"战争观"问题，分析了战争的正义性和非正义性，既表现在有战前协议的美好向往，也有兵不厌诈的"阴谋诡计"。总之，从作者的分析中，人们认识到古时的战争乱象，因为无法可依而难有义战。原本人类古代的生存法则本身就很简单，在你死我活的战争中又有诸多利益因素的影响，重结果而不择手段是常态，是不足为奇的。最后，作者指出："《摩诃婆罗多》和《三国演义》的作者们支持合乎正法的正义战争，或者是支持合乎正统的正义战争，他们不同程度地赞成国家的大统一，特别是寄希望于那些宽宏大量、公正贤明型和仁人君子、忠厚长者型的人物出来重振社会秩序或朝纲。"《摩诃婆罗多》中作战双方战前曾提出应共同遵守的协议，这纯粹是充满天真、浪漫的理想主义设想；而《三国演义》中战争的各方在"兵不厌诈"思想的指导下，以现实主义的功利性手法为达目的而不择手段。因此，"他们的战争观不是全面的、系统的理论，而是通过史诗作品中的人物和人物之间的斗争，还有故事情节和情节的发展进程，最后在进行大战的前夕表现出来的"②。这种战争观明显不能纳入文化大传统的范畴，只能归类于文化小传统的随机应变而已。其本质上是为达目的而不择手段，具有明显的功利性。这篇文章属于主题学的主题研究范畴。

第二篇对比分析的论文是《〈云使〉和〈长恨歌〉》。作者首先指出，两部作品产生的年代相差三四百年，都产生于封建社会，古代社会发展缓慢，几百年中社会形态变化不大。"所以这两篇作品各自产生的时代中，两国社会发展的差别是比较小

---

① 刘安武：《印度文学和中国文学比较研究》，北京：中国大百科全书出版社，2016年，第17页。
② 同上书，第33页。

的。"在这种前提下,作者认为:"如果说,写情侣的生离死别是文学创作的永恒主题的话,那么,《云使》和《长恨歌》正好写的是生离或死别。"①但是当作者在充分辨析了印中两国文学的神话背景、一夫一妻与一夫多妻的情感问题等以后,却指出:"所以《云使》和《长恨歌》的背景和感情基础是大有区别的。"那原因究竟何在呢?在分析评论这两部作品的立场观点和时空问题时,作者提出:"应该说既需要以当时的角度去评价它,又要以今天的角度去评价它。如果不以当时的角度即历史的眼光去审视,那就脱离历史条件或当时的实际去要求古人,只能是一种幻想和抽象的不着边际的议论。如果不以今天的认识角度去审视,那就等于取消对古典文学的研究。"②应该说刘安武先生在这里为人们提出了古典学研究者应该具有的历史唯物主义和辩证唯物主义的治学方法和学术立场。此外,作者还提出了封建帝王是否有真正爱情这一极为复杂而敏感的问题,在此基础上分析出:"《云使》所体现的主题,虽是带点悲剧色彩的离别,然而既排除了历史事实的束缚,也排除了爱情的多角度、多角色的干扰。"而"《长恨歌》所体现的主题,却是悲剧色彩很浓的死别。沟通已经死别了的一对情侣的怀念之情,那比沟通生离者更困难了"。③ 作者还发现了二者在心理承受能力方面的区别,找到了抒情方式直露与含蓄这种差别的肯綮之处。最后,作者总结道:"两位诗人在这一点上(即指两对情侣之间的"隐事",才是第三者证明身份的关键——笔者注)的思考和心理状态是完全相同的。然而,在表达时却表现出了不同的风格。一是活泼、直露,一是含蓄、严肃,这不同的风格不也是整个《云使》和《长恨歌》的不同风格的缩影吗?"④作者用反问句得到肯定的答复,表现了他对这些不同风格的深刻理解。这篇文章也和前面一篇一样,应该属于主题学的相同主题研究。

第三篇对比分析的论文是《〈沙恭达罗〉与〈长生殿〉》,其副标题为"兼论历史题材的作品",可见作者的写作主旨是探讨印中古代历史题材作品的内部和外部研究。在论及两个剧本产生的时代背景时,作者首先指出:"从形式上来说,《沙恭达罗》和《长生殿》都是诗剧。……虽然《沙恭达罗》产生的年代正是封建社会的早期,

---

① 刘安武:《印度文学和中国文学比较研究》,北京:中国大百科全书出版社,2016 年,第 115 页。
② 同上书,第 122—123 页。
③ 同上书,第 125 页。
④ 同上书,第 128 页。

而《长生殿》的出现处在中国封建制度的末世,但都是封建社会这一共同的发展阶段之中。"①作者意在找出印中如此可比的两个剧本所反映的各自民族和国家的传统中,有哪些更深层次的民族认同感、文化特殊性,以进一步发掘出相同或相异的文化心理结构的奥秘。其次作者指出:"《沙恭达罗》的作者迦梨陀娑和《长生殿》的作者洪昇两人改编的都是历史题材。"②当然从反映真实的历史人物这一点来分析,前者不如后者那么有充分的依据。《沙恭达罗》作者从主观上认为是取材于历史,但实际上其中的历史事实成分比《长生殿》要少得多,当然这些并不影响其艺术加工成文学作品的审美效果。再次,作者着重提出:"迦梨陀娑和洪昇是怎样处理摆在他们面前的历史传说和历史题材的呢?"③显然作者对这一问题非常重视,在经过作者充分的论述后,他认为这两部剧改编历史传说和题材的目的是相同的,即"都是为了歌颂帝王的爱情。……而且他们不约而同地采取了幻想的手法,即借助浪漫主义的或超现实的神话作用来完成他们的目标或理想"④。因为在当时的历史条件下,帝王爱情是建立在一夫多妻制的基础之上的,事实上这在现实中是不可能的。作家一般都有御用文人的心态或正统思想,都会有意无意地肯定这种爱情的存在,现实中缺失,只好通过非现实方法来实现。第四,作者认为:"从《沙恭达罗》和《长生殿》可以看出作者们的另一个共同特点,那就是他们二人对帝王的宽厚。"在当时的历史条件下,这两位作者对封建帝王还是抱有一定幻想的,并将对美好生活的向往,寄托在他们身上,当然这也是不可能的。最后,作者总结道:"我们在比较《沙恭达罗》和《长生殿》时,对这两部作品进行了探索。从它们的形式到内容,从表到里所反映出来的某些异同和作家在各自民族的特点方面发表了一些看法。特别是对历史题材的作品……如何正确处理、尊重历史史实和加工创作的关系问题。一定会引起更多的读者和观众的注意。"⑤对于文艺作品而言,无论是印度,还是中国,由于历史悠久都有着取之不尽、用之不竭的传统材料,但是如何处理,是借古讽今,还是刻意欣赏,这是有着本质上的区别的。它永远都是一把双面

---

① 刘安武:《印度文学和中国文学比较研究》,北京:中国大百科全书出版社,2016年,第129页。
② 同上。
③ 同上。
④ 同上书,第133页。
⑤ 同上书,第143页。

刃,要注意如何运用为好。这明显是一篇主题学中题材研究的论文。都是表现封建帝王的爱情,从"占了情场,驰了朝纲"这一矛盾观点出发分析,显然《长生殿》要比《沙恭达罗》表现得深刻,因为它更具悲剧性和历史感。

　　第四篇对比分析的论文是《从〈西厢记〉中的红娘说起》其副标题为"中印爱情戏剧中的婢女和女友"。作者从古代戏剧文学中多以青年男女爱情故事为题材说起,其中喜剧结局的较少,有时女主人公的"婢女和女友"起了很大作用。如《西厢记》中红娘一类的人物,"在印度古代的戏剧文学中也不同程度存在着"。作者在详细地分析了红娘的言谈举止、现实处境和复杂心理之后,举出印度古典梵剧《沙恭达罗》中"相当红娘的角色有两位,即阿奴苏耶和毕哩阇婆陀。她们是女主角沙恭达罗的女友,不是婢女,身份和红娘比起来是不同的,但她们的作用在很大程度上又是相同的。"①接着,作者在举例论述《西厢记》中红娘和《沙恭达罗》中二女友之间的异同时,指出在古代社会恋爱不公开、不自由时,需要她们的介入。当然,"不可缺少的前提条件是男女主角要一见钟情","他们的婢女或女友要帮助他们解除困难,出谋划策,使他们的好事不一定多磨"。这些配角的作用是类似的,甚至是不可或缺的,但她们的不同之处也是显而易见的。"这种不同之处也涉及两国的民族性和文化传统等问题。《西厢记》中的红娘是女仆,是婢女,她和小姐莺莺的关系是主仆关系,是不平等。……沙恭达罗的两个女友和她是平等关系。"②可惜的是刘安武先生未能在继后的分析中进一步解释不同之处所涉及的"民族性"和"文化传统"问题。简言之,除中国古代作品多现实题材,印度古代作品多浪漫题材的原因以外,重要的是"文化传统"的相异。中国有媵妾制的婚嫁传统,即小姐的婢女随嫁后,会有妾的身份,而印度则未见此类记载。由此可见,她们之间的关系前者不可能平等,而后者则不可能不平等。作者在文章最后,将中印戏剧文学中这些红娘一类的人物称为:"在有情人之间成人之美的形象。"它们都不是戏剧文学作者的原创,"而是他(们)继承和发展了前人创造的成果"。她们的形象是在变化过程中逐渐成熟的。其实,中印文学中这种作为成全有情人婚姻的女性人物形象,在《西厢记》和《沙恭达罗》中肯定都不是最早的,但可能是最好的,它们都成了各自文学发

---

① 刘安武:《印度文学和中国文学比较研究》,北京:中国大百科全书出版社,2016年,第148页。
② 同上书,第153—154页。

展史上颇有代表性的经典作品中的鲜明人物,并为后世所广为传颂。这类人物的研究,其实质是主题学中人物形象研究的内容,有类型化倾向,影响广泛。

在微观平行比较研究中的五篇论文里,除上述4篇是作品对比分析的以外,最后一篇是作家对比分析性的文章,题目为《普列姆昌德和鲁迅的小说创作》。这类文章的比较研究,极容易表现出肤浅、类比、罗列异同点的泛化性的比较,常为学界同仁诟病。但是刘安武先生却在这方面反本开新,颇多真知灼见。作者从文章立意开始首先指出:"普列姆昌德和鲁迅是民族精神的体现者,他们身上都具有殖民地、半殖民地人民的可贵性格。""人们发现:这两位作家在彼此隔绝的情况下共同走上了批判现实主义的创作道路。无论从创作内容和创作方法看,他们都有不少共同之处。"①作者接着在列举二者相同点时指出:"在普列姆昌德和鲁迅生活的那个时代,印度和中国都面临着反帝、反封建的艰巨任务。……作为知识阶层先进分子,他们深切地感受到了自己的民族已被或正在遭到异族蹂躏的危机。""普列姆昌德说他写小说是为了促使民族独立实现,鲁迅则要通过文学来改造国民精神,以免受外国的欺凌。从这一点来说,他们的目标在根本上来说是一致的。"②作者又进一步分析了他们二人作为同是描写关注农民的作家,但有区别与联系之处。例如普列姆昌德一般直接描写农民的生活现实,主要"通过农民所受的压迫和剥削来表现他们所受的苦难;通过他们的善良、朴实的性格来表现他们美好的心灵;还通过他们的自私、狭隘和无知等弱点来表现他们落后的精神状态"。而鲁迅则主要是间接描写农民受戕害的心灵。他"不是着重写他们所受的剥削、压迫和残害,也不是正面反映他们的勤劳善良的本性,而主要是表现他们麻木的精神状态和内心世界,而且更着重描写他们身上所承受的精神压抑和负担"。作者进一步指出,"在这一点上,他的作品与普列姆昌德的作品既有共性又有差别"③。应该说他抓住了两位作家在表现农民题材时区别与联系的肯綮之处。从本质上分析,其实这种差别主要表现在揭露现实的深度上和批判民族劣根性的高度上。由于在印度和中国的历史文化传统中,妇女始终处于社会的最底层,所以在两国文学史上,凡带有民族感情色彩的作家,无不对各自国家妇女的处境表示出深刻的同情,无不悲叹妇女的命

---

① 刘安武:《印度文学和中国文学比较研究》,北京:中国大百科全书出版社,2016年,第271页。
② 同上书,第272—273页。
③ 同上书,第273—274页。

运是如此的困厄多艰。普列姆昌德和鲁迅都不约而同地继承了关注这一民主性问题的传统,并颇有担当地深入社会各个层面进行实事求是地考察。他们笔下共同书写了"不自由婚姻对妇女的摧残";"寡妇在社会上受到的欺凌和歧视";以及不堪忍受屈辱的妇女等一系列反抗行为。作者最后还指出:"普列姆昌德和鲁迅都写了一些以知识分子生活为题材或刻画知识分子形象的作品……不过,在知识分子这一阶层的形成、社会地位和作用等方面,印度与中国又各有相同和不同的背景。"①只是作者并未进一步对形成这一现象的社会史、思想史、文化史以及知识分子精神史等方面的问题,作进一步的阐述与说明。作者最后还总结性地指出:"不管是普列姆昌德,还是鲁迅,他们的短篇小说都更接近于西方这一文学体裁,而不是传统的传奇或故事,这一点应该承认。当然,他们的短篇小说的内容却取自各自民族的社会生活,表现了各自的民族特色。"②二位作家如此这般地在书写内容与形式方面的同一,主要原因在于他们都生活在各自的文化转型的社会阶段,只有用新的文学形式才能反映当下各自的民族社会生活,这是不以人的意志为转移的客观现实。"舟已行矣,而剑不行,求剑若此,不亦惑乎?"他们不可能再做"刻舟求剑"的那种蠢事了。

第二,围绕平行比较进行宏观研究,即中印之间思想与传统等方面的对比性的比较研究方面的文章共有四篇。第一篇为《从中国人的传统观念解读印度大史诗〈罗摩衍那〉的伦理思想》。作者在对《罗摩衍那》有了深度的理解和精深的研究之后指出:"这部史诗深层次的目的是全面建立社会的伦理体系,即君臣、父子、夫妻、兄弟、朋友之间正确的伦理关系。"③他的这种观点显然与传统观点不相同,是有独立性的创新见解。在分析了中国和印度古代统治阶级内部争夺王位的历史轨迹之后,作者认为:"不管是在奴隶制社会或者封建社会,印度和中国一样,都存在着争夺王位继承权的严重斗争。"④这实际上也是古今中外所有人,尤其是富人,想将现世的财富等资本留传给下一代的思想,而集中在最高统治者身上的一种最突出的表现就是争夺王位继承权问题,这不足为奇。接着作者又指出:"印度历史上,文学

---

① 刘安武:《印度文学和中国文学比较研究》,北京:中国大百科全书出版社,2016年,第278页。
② 同上书,第281页。
③ 同上书,第34页。
④ 同上书,第35页。

作品中有分割统一的国土的先例,在我们中国的历史上或文学作品中是没有这种先例的,这不是我国的传统思想。"人伦关系中,夫妻关系无疑是最重要的一环,因为它是人类种群延续的中心环节。在经过作者详尽地对中国和印度史诗中相关情节的分析之后,作者指出:"我们思想上该明确的是,在印度古代的各个类似中国的诸侯国的王宫中,实行的也是多妻制。然而在两部史诗中却树立了一夫一妻的范例,特别是罗摩和悉多更引人注目。"用中国的各种传统的道德伦理观念解读印度史诗自然会生出诸多令读者吃惊的结论。接着,作者又按中国人的传统观念考察了印度古代妇女的贞烈观和贞操观等,颇有自己的真知灼见。即认为印度有"兄终弟及"的观念,其实中国也有,只是较印度表现的隐蔽而已。最后,作者涉及的是《罗摩衍那》中有关伦理的另一个方面,即朋友关系。作者"只想以中国的有关朋友的传统思想观念去理解《罗摩衍那》中所写的朋友关系"①。那就不难发现印度人的朋友间的关系讲诚信的成分很重,而中国人的朋友间关系不缺乏讲义气的因素,这可能也是两者间的差异点吧!通过中国人的传统观念这个框架与标尺,去解读《罗摩衍那》中的伦理思想很显然得出了诸多引人深思的结论和问题,和许多意想不到的结果和事实。这明显是一篇涉及比较文学主题学范畴中关于伦理主题的论文。

第二篇宏观分析平行研究的论文《人神之恋》,是一篇可归入民族文学主题研究范畴的规范性文章。作者先从普遍意义的神话传说论起,指出世上万物皆被古人神化或人格化了。相比较而言,印度的神话传说比中国的要丰富得多。尽管如此,中国"流传下来了相当数量的以情爱为题材的作品,而人神之恋的内容就是其中的一部分,……这类作品是弥足珍贵的,和印度人神之恋的同类作品比较起来,并不逊色,且独具特色"②。作者举例中国的《牛郎织女》与印度的恒河女神和福身王的故事进行分析,指出:"这两篇有关天河的人神之恋的神话传说各自代表了中国和印度两个民族的特色。"即前者"有点'人间烟火'气息",而后者则多些"神仙气息",仔细想来,还真有道理。作者在文中还"谈到人神婚恋中第三者的问题,也就是今天所说的婚外情"。作者认为中国神话传说的特点是主人公"都是有妻儿的

---

① 刘安武:《印度文学和中国文学比较研究》,北京:中国大百科全书出版社,2016年,第40、46、51页。
② 同上书,第178页。

人,但作者们都有意淡化这一方面,都在后面才无意间点出"。而印度的神话传说其"特色首先表现在是女方的婚外情,同时这种婚外情是得到监护人认可,而且是受到法律的保护的。"①所以中国的这两篇故事(即刘义庆:《幽明录》中的《刘晨、阮肇》与蒲松龄:《聊斋志异》中的《仙人岛》——笔者注)中的人神之恋的婚外情完全是表现艳情,而印度这两个人神之恋故事(即《摩诃婆罗多》中两个'借种生子'的故事——笔者注)的婚外情的主题却是出于职责——要留下后代,即人类起码的要求生存下去和延续种群的义务。"②最后,作者总结了中国和印度神话传说中"人神恋"如下几个特点,即"中国和印度在这个问题方面相同或不同的民族特性和文化内涵:中国的人神相恋的故事从结局来说和社会言情小说和故事有类似之处,那就是有白头偕老的结局。……从故事的目的性来说,恋情首先是满足性爱的需要,其次是期待生活富裕,摆脱贫困,甚至升官。这和我国孔孟提倡'食、色、性也'和'饮食男女人之大欲存焉'是一致的。印度的同类故事中的人神相恋有不少是短时间的、临时性的,也有伴随终身的。他们的恋情除了性爱外,似乎目的性更为突出,为了完成某项任务把恋情作为一种手段。总归来说,也属于印度传统'法、利、欲、解脱'人生四大目的中的利和欲,甚至也和'法''解脱'有关"③。简言之,我们分析文章后可以得知,中印"人神恋"的神话传说都符合各自的民族传统和道统思想,让人觉得有道理,值得同情。"总之,人神相恋题材的故事吸引人之处在于它半真半幻的情节,神秘的甚至意想不到的变局或转折,都能引人深思或遐想,千百年来,这类故事中不少都成了脍炙人口的作品了。"④这篇论文中"人神相恋"的题材在中印神话中的反映,主要体现在民族文学的主题研究方面,尚未能进入比较文学主题学研究的视野,因为中印神话传说中的"人神恋"题材在这一流变中还未发现它们之间有直接或间接的联系,也无"查无实据"的实证基础。如能达到上述研究的目的,此文就有典范性了。

第三篇宏观比较的论文是《中国的重史轻文与印度的重文轻史》。作者从问题意识出发,以文天祥的《正气歌》说开去,领悟到,"文天祥重史轻文,……甚至可以

---

① 刘安武:《印度文学和中国文学比较研究》,北京:中国大百科全书出版社,2016年,第187页。
② 同上书,第189页。
③ 同上书,第193页。
④ 同上书,第195页。

说他代表了我们民族的一种传统观念。"①由于作者多年来从事印度学研究,所以他考虑问题思想上总有一个对比的参照系,论及中国问题时自然而然就会联想到印度;反之论及印度时也会联想到中国。正是因为"要有比较才能发现问题",所以作者发现了"中国的重史轻文与印度的重文轻史"的特点。中国的历史典籍很丰富,印度则缺乏历史典籍。中国自司马迁《史记》开始形成通行了二千年的纪传体历史,而印度产生信史的时代则是在12世纪,虽然印度史传传统晚于中国多年,但是印度最古老的典籍《梨俱吠陀》却是比中国《诗经》还要早的一部诗歌总集。到两大史诗以前印度出现的古代典籍都不是有关历史的著作。而许多印度学者包括普通人认为两大史诗就是他们的历史传说,以及包括《往事书》等,这就形成了印度类书中的一个相似的模式。作者在详细地辨析了中国和印度对"神话""传说""历史事实"等几个相关概念之后,指出:"我们(中国——笔者注)认为的神话他们可能认为是传说。……我们(中国——笔者注)认为是传说的他们(印度——笔者注)可能认为是历史实事。"②通过这样的对比分析,作者指出:"我们(中国——笔者注)没有像《薄伽梵往世书》这种系统的神话传说,更没有这种《往世书》系列的类书。有了印度的这个参照系,我们才得知我国神话不发达,或是说比起印度来,神话不发达,不如印度发达。"③如果说有些人对此观点有异议或者接受这一结论还比较困难,那么接着作者论述了中国神话不发达的原因则颇具说服力。他指出:"首先,要从我们的民族特性中去找,我们的民族性是重实际,轻想象和幻想,所以我国第一部古老的诗集《诗经》就没有留下神话。"过去注重实际的文化传统,无疑会窒息和阻碍抽象思维的发展。"其次,先秦诸子中,孔孟这一派影响大,这一派提倡格物、致知、正心、诚意、修身、治国、平天下,以博取实际的功名利禄,而且不谈鬼神。"这已成为中国的人生目标和生活传统。"第三,秦始皇的焚书坑儒,……这焚书一事,既毁了一些属于神话传说的资料,也毁了一些属于历史的资料。"这是第一次中国文人遭遇的浩劫,也是中国文化发展的重创。"第四,从春秋诸侯王国时起,就兴起了设立史官的制度……史官们把一些带神话色彩的传说……变成了真正的历史

---

① 刘安武:《印度文学和中国文学比较研究》,北京:中国大百科全书出版社,2016年,第255页。
② 同上书,第258页。
③ 同上书,第261页。

了,从而脱离了神话传说的体系进入了历史体系。"①这种分析与观点是非常深刻而切中肯綮的。其实,中国古代没有史诗的重要原因也是因为民族英雄的传说故事进入了历史体系。接着作者进一步分析:"印度正好与此相反,民间歌手将某些历史史实加工扩展为历史传说,再通过想象将历史传说渲染为神话传说。""印度是不重史而重文的。……印度的民族性不像中国那样讲求实际,而是善于想象和幻想。它的最早的文学作品《梨俱吠陀》就是想象和幻想的产物。""其次,我们中国的民族特点是以入世为主的思想主导,重视现实,追求可见的具体利益,而印度则是以出世为主的思想主导,追求解脱,追求非物质的精神寄托。"这就造成了中国孔孟之道信仰的现实性和印度宗教信仰多样化的非现实性。"再次,……由于思想禁锢没有中国严厉,八九世纪前,印度文化遗产在流传下来的过程中,只有自然力造成的损失和破坏,而少有人为的毁灭。"古代印度的各个封建诸侯王朝长期分散,即使是统一政权时,管理和统治也比较松散,远不如中国那么集权,所以文化遗产长期处于自然状态。"第四,中国的各个王朝设立史官,不设宫廷诗人;而印度不设史官,却设宫廷诗人。"②这一点虽然是从官职设置的形式上,保证了文学和史学的正统地位和不可或缺,但是却从根本上使文学传统和史学传统得以传承更替。论文的最后部分,作者论及了"印度的一个'以史为鉴'或'历史反思的问题'"。指出:"印度人民群众将神话传说的著作当作自己的历史,正如中国人从信史中吸取经验教训一样,他们则从神话传说中吸收经验教训。"③信史强调的是用材料说话、立论、形成中国人的严谨统一的思想,而神话传说基本是建立在想象之上的,使印度人可以自说自道、自以为是,二者大相径庭。经过诸多反复的阐释、说明与论证之后,作者从中国的重史轻文传统想到印度的重文轻史传统,进而对印度有关"以史为鉴"或"历史反思"方面形成自己的"某些看法"。具体而言,"首先,印度的轻历史的倾向是存在的,不仅上古、中古是如此,直到近代也是如此。""其次,以神话传说为鉴的问题,印度人想从以往的事例中吸取经验教训的强烈愿望至少不次于其他民族和国家。""再次,由于古代印度人抽象思维发达,哲学思想和宗教意识都比较深邃,所以相继产生了婆罗门教——印度教、佛教、耆那教,甚至到 15 世纪还产生

---

① 刘安武:《印度文学和中国文学比较研究》,北京:中国大百科全书出版社,2016 年,第 262 页。
② 同上书,第 265、264 页。
③ 同上书,第 267 页。

了锡克教。"①作者对印度人的文化传统、思想方法乃至思维方式都进行了深刻的剖析与说明,不仅使这篇宏观比较的论文具有很强的比较意识,成为平行研究的一篇很好的范例,而且有了思想史、文化史、宗教史的深度,更是比较认识中印文化与文学诸多不同点的一种基础性研究,对学习与探索印度学的学人有极其重要的启发意义和指导意义。从主题学研究的角度分析,可以有新的发现,得到了许多的真知灼见。

最后一篇宏观比较的论文题目是《印度和中国文学传统的某些异同》。顾名思义这是一篇国别文学异同比较的论文。作者开篇就分别从中印文学起源的标志性作品《诗经》和《梨俱吠陀》说起,紧紧抓住它们各自在自己的文化土壤中被经典化的过程,指出它们共同表现出的一个现象,即"它们从文学作品的地位升格为'经典',长期被种种武断的诠释甚至曲解而掩盖了其作为文学作品的特色。比如,'吠陀天启',即认为吠陀是'神示',比如,'诗三百,一言以蔽之曰:思无邪'"②。作者接着从思想倾向方面分析这两部作品经典化的"殊途":是祭神还是祭祖;是歌颂天神,还是歌颂祖先;是重现实还是重幻想。在印中两国中这两部代表性作品,在经典化过程中的殊途具有了不同的意义,即"各自为后世创立了不同的民族心理和文化背景。重视天神、立神庙和重视先王、立祖庙,实际上是法天神和法先王的两种不同民族心理的反映,也就是重天意还是重人生的文化心理的差异,是以宗教教义和以某些神话为鉴还是以史为鉴的开端"③。从上述内容分析可以将这篇论文视为《中国的重史轻文与印度的重文轻史》的续篇。继后作者又从文学角度分析,认为印度从此"形成了早期朴素的浪漫主义艺术传统"。而中国则"形成了中国早期朴素的现实主义艺术传统"。作者再进一步分析后认为,正是由于"何为文学"这一问题的本体论意义上的含混不清,导致了印中两国长期以来,文学和其他社会科学难以区分的事实,即"印度和中国到 19 世纪下半叶才先后把作为语言艺术的文学与其他学科区别开来"。以至在对"文学"的认识论上也处于滞后状态,因而在文学形式或体裁的认知上也基本如此。"印度和中国在历史上一直把文学分成诗体、非诗体,或有韵体、无韵体。至于把文学较准确地分成诗歌、散文、戏剧、小说等几大

---

① 刘安武:《印度文学和中国文学比较研究》,北京:中国大百科全书出版社,2016 年,第 269—270 页。
② 同上书,第 282 页。
③ 同上。

类则是 19 世纪末和 20 世纪初的事。"①相比较而言,作者认为,"中国发达的是抒情诗,印度则是叙事诗"。"中国的散文发达","印度古代戏剧发达"。作者在总结文学作品的功能即从认识论的角度分析文学的问题时,进一步指出文学的功能,印度是"文以载教",而中国则是"文以载道","印度和中国古代对文学的要求有一致性,不过具体内容有所不同,或程度上有差别"②。人们看到的这种不同和差别只是具体内容和程度上的,并无本质上的区别。这一点是很重要的,既不能以偏概全、一叶障目;也不能偏听偏信、盲听盲从。作者还进一步从印中两国古代社会"对君臣、父子、兄弟、夫妇等的关系都有具体的要求和标准"方面进行举例分析,颇有理论说服力,让人口服心服。在论及历史题材的作品时,作者深刻地指出:"所以印度神话传说高度发展,除了起文学的作用外,还代替了历史的作用,而中国历史和文学都高度发展,历史的作用不必由文学来代替。"③作者在进一步论述"中国的神话传说欠发达"的原因以后,分析了印中神话的相同点和更多的不同点。"相同点是,神话中的神都生活在天宫、天堂或有名的圣山,不吃不喝、长生不老。""不同的是印度的神比较接近人民群众,和群众关系密切,不总是高高在上,成天在天上不理人间……中国的神一个个道貌岸然,神气十足,庄严肃穆,不苟言笑。"另外一个相同点是:"在印度的文学作品中,写爱情的题材是很多的,中国也是如此,似乎证明了爱情的确是一个永恒的主题。"④在这类作品中,作者认为"追求自由爱情是一个共同的倾向",印中此类作品中喜剧大团圆结局很多。作品中的主人公多为帝王后妃、英雄美女、才子佳人等。在描写恋情时,中国往往有"伤春""悲秋"的描写,而印度"悲秋"的描写是有的,"伤春"好像没有,因为印度的春季是雨季。在描写性爱的问题上,作者认为,"印度在这方面和我国有所不同,尽管有的作家和诗人的作品涉及性爱,那也远没有达到我国《金瓶梅》的程度"。另外"印度文学中还有一种不大为我们所能理解的作品,那就是颂神的情歌。这种作品中国人看了可能认为是对神的亵渎"。再有就是"中国和印度写战争题材的作品都不少"。"印度在进行战争时有一些不成文的规则或道义准则……在中国描写战争的作品中,或者说在实际

---

① 刘安武:《印度文学和中国文学比较研究》,北京:中国大百科全书出版社,2016 年,第 283 页。
② 同上书,第 284 页。
③ 同上书,第 287 页。
④ 同上书,第 288 页。

进行的战争中,是不存在任何规则的。"①最后一个问题,即印中作家的社会地位及其人生观、世界观的问题。作者延伸了《中国的重史轻文与印度的重文轻史》一文中的思想,进一步指出其中的原因主要在于,"在儒家思想的'治国平天下'的导引下,追求高官厚禄,封妻荫子是作家诗人的人生观。印度的诗人作家追求人生四大目的,即法、利、欲、解脱"②。一个入世,一个出世,"道不同,不相与谋",这就是作者认为的印中两国文学传统"不同的方面可能多于相同的方面"的根本原因。③ 这篇文章也可归入主题学主题研究范畴,但论述不够集中,有些与前文有重复。因此,可以认为它是这组围绕平行比较进行宏观研究文章的余绪。

通观刘安武先生的印中文学比较研究,感受颇深。他以对印度文学、文化的极其深刻的理解为参照系,以自己深知与熟悉的中国文化、文学环境为学术立场,以当下情怀和世界眼光审视中印文学,对两国之间有事实联系的影响、接受研究;无事实联系的平行、对比研究;以及处于二者之间的交感区域(第三空间)的互动互融研究,即主题学中的主题研究、题材研究、人物研究等都进行了充分、翔实、有理有据的分析与阐释,给学人很多启发。尤其处于中印两国文化文学之间由于"人同此心,心同此理"的一目了然的相同点,而又暂时难以找到真凭实据影响接受的诸多文化文学现象,为比较文学尤其是主题学研究,提供了许多新的课题。正如刘安武先生在《印度和中国文学传统的某些异同》一文的最后,谦虚地评价自己的研究时说:"这里仅就两国文学传统中几个带普遍性的问题,从思想倾向的角度进行了一些概括和归纳,得出的看法可能带主观色彩,好在这是初步的探索。衷心希望能够引起有志者在这方面的兴趣,从而深入开展对这一课题的探讨和研究。"④我想我们可借刘安武先生上述的研究体会和视野,作为对这种印中文学关系研究文本有发现和理论有创新的一种期待和鼓励。争取在继后的比较文学研究方面,尤其是主题学领域做出更多的实绩,以丰富中国的主题学研究。

---

① 刘安武:《印度文学和中国文学比较研究》,北京:中国大百科全书出版社,2016年,第291、293页。
② 同上书,第295页。
③ 同上书,第296页。
④ 同上。

第九节　刘守华民间故事学研究与主题学

　　刘守华，湖北省仙桃市人，1935年8月生于湖北沔阳县（今仙桃市）。当地保存下来的民间文艺创作，丰富而多样。他自幼就喜欢听老人们讲"古话"（即故事），并深受其影响。1950年，刘守华考入沔阳师范学校，出于兴趣他经常利用假期出去收集革命故事和歌谣。1953年，他从沔阳师范学校毕业后，被保送到华中师范大学中文系学习。课余时间他加入民间文学课程学习小组，在老师的引领下钻研民间文艺学。他自1956年开始从事民间文学研究。1957年留校后，研究方向更加明确，继后一发不可收。60余年来，他以民间文学，尤其是民间故事为中心，进行了极其精细的研究。在大量的文本材料和民间实际材料的基础上，先后撰写了200余篇学术论文，发表了10余部有影响的学术专著，成为中国民间故事学研究最有成绩的学者之一。

　　20世纪50年代中期到70年代末，这段时间是刘守华民间故事学研究的初创时期。他开始从民间文学的基础即童话入手研究，针对人们对童话、神话、传说的特征与界定等问题的模糊认识，进行辨析，多年后由四川民族出版社出版了《中国民间童话概说》（1985）一书。童话是人们所知一切文学形式中最纯真美好的一种。它自诞生之日起便被定型为一种美好光明的文学模式，宛如人类心中的一方净土。其所蕴含的仙境般的美好事物，让人爱不释手。童话作为概念和文学样式出现在17世纪欧洲，是伴随着人们对儿童身心状况的认知以及儿童心理学、儿童教育学的发展需要而出现的。中国学者对域内童话的搜集、整理与研究很有必要。刘守华对这一领域的研究，是值得肯定的，且具有开拓意义。

　　20世纪80年代，由于思想解放，学界重写文学史或创写文学史蔚然成风。刘守华根据自己近十年来民间故事素材的搜集和理论研究，及其评价分析，准备写一部民间故事史。文学史写作通常所涉及的三部分内容，即文学创作史、文学接受史、文学批评史。刘守华的学术储备都已兼而有之。于是他在吸收了一般文学史写作的体例之外，又涵盖了故事学的一些最新研究成果，从材料发掘，体系建构到文本论析都具有原创性与开拓性的《中国民间故事史》（1999）撰写成功。钟敬文曾高度而客观地评价此书说："作为系统研究中国民间故事的第一本著作，它已经具有重要的开创意义。"

自此以后,刘守华在民间故事领域开始进行深度开掘。正如谚语所说:"井淘三遍出清水,书读三遍露真容",他治学的具体策略就是始终抓住民间故事这口深井进行挖掘,从各个侧面不断对它拓宽加深,以求有新的发现。其主要成果反映在民间故事类型和比较故事学两个学术领域。

首先,中国20世纪民间故事学研究的重要成就,就是对民间故事类型进行的分类与分析研究。这种方法是西方传统的研究方法,大部分是针对故事类型所进行的形式上的归纳整理,属文学的外部研究范畴。进入中国以后,中国学者大多是针对其中某一个具体类型或者说类型的一个方面进行分析,这就有了文学内部研究的色彩。但是这还远远不够,因此刘守华开始尝试民间故事类型进行宏观与微观,外部与内部相结合的深入考察和系统研究。所形成的成果《中国民间故事类型研究》(2002),重点剖析了贯穿同一类型众多异文的母题,并将同一故事的多种异文集合起来进行比较,分析与综合,求同探异,发现新知。这样的研究思路,既可以从"同"中看出它们共有的母题,思想内涵,美学追求等,在广阔的时空背景下探索民间故事的发生、传承、演变的历史轨迹;也可以从"异"处发现不同文本的民族地域色彩,异质的文化情趣,讲述者的个性风格等。只有在文本表现的内部与外部条件下客观审视民间故事的共性与个性的不同特征,才能获得对一个故事的完整认知。

刘守华编著的《一个蕴含史诗魅力的中国民间故事》(2016)主要研究的是AT460、AT461等编号相邻的"求好运"故事类型。该书收录了作者自己"求好运"故事研究论文为主的中外学者研究论文14篇,选辑了中国18个民族及亚欧7国的80余篇异文,是世界文学史上第一部AT461型号故事的研究成果与故事文本的合集。作为中国首部集故事类型个案研究与历史文本为一体的著作,反映了刘守华为代表的中国学者在突破国际故事学研究领域长期以来以芬兰学派历史地理学研究为传统的艰苦努力。至今中国学者已逐渐形成以比较研究为基础,有多重理论建构,独具中国特色的故事诗学研究范式。刘守华对"求好运"故事的研究虽然以芬兰学派的历史地理学方法为起点,但与此同时,他的主要研究也突破了该方法受异文掌握情况而影响类型重构,亚型描述,故事起源和传播等研究禁锢,并关注不同地域和民族中的故事叙事结构与叙事意义。在类型研究的问题意识的推动下,他注重挖掘中国民间故事的特殊价值,采用跨学科的研究方法,形成多学科领域的互相渗透性研究。中国的故事类型的个案研究始自钟敬文、周作人等,到刘守华主编的《中国民间故事类型研究》问世,已经颇为成熟,并基本确立了中国民间故事学的基础,进而形成中国故事类型学研究的范式。"求好运"故事的个案研究,如今又以坚实的中外文学文本为基石,从类型的长期追踪到不断调整研究方向,坚持以正确的研究路径将中国民间故事的个案研究推向国际文坛。最终在"故事诗学"的理论高度将人类同类型的故事所具有的共同的人性诉求发掘出来,回归对人的当下关怀。长期致力于民间文艺学学术史研究的刘锡诚曾多次评价说:刘守华的研究方法从单一到多元综合,"不仅打破了对民间故事学的文艺学研究,也打破了西方来源和背景的类型学研究"[1]。他还针对刘守华对"求好运"故事 210 篇异文的搜集及此书的编辑著文说,这是向那些对中国民间文学及其研究成果一向比较隔膜或忽视的西方国家展示,并"标示着中国民间故事走向世界迈出了重要的坚实的一步"[2]。青年学者李丽丹撰文《刘守华与"故事诗学"评说》,以 AT461 型故事研究为中心,不仅提出了刘守华为代表的中国民间故事研究所具有的"故事诗学"性质,还总结出故事诗学的研究范式,"其中主要包括美学研究,影响研究和文化解读等三个部分"[3]。"故事诗学"的提出源于中国故事学长期以来对故事进行的内部研究的传统,它与刘守华的故事类型研究结下不解之缘,对中国民间文艺学乃至世界民间文艺学研究都是一个借鉴与启迪。

其次,在比较故事学方面,20 世纪 80 年代,受比较文学热潮的影响,刘守华开始有意识地对民间故事进行跨国家、跨民族、跨学科的比较研究。1979 年他发表的《一组民间童话的比较研究》被《新华文摘》转载。从此他开始探索民间故事的比较研究。继后又写出《民间故事的比较研究》(1986)。刘守华的《比较故事学》(1995)与其增加了内容的《比较故事学论考》(2003)两本专著代表了他在这方面研究的最新学术水平。在这两部书相同的"前言"中,作者开宗明义地写道:"这是一

---

[1] 刘锡诚:《不倦的探索者的足迹——刘守华民间故事的艺术世界·序》,《湖北民族学院学报》2010 年第 1 期。
[2] 刘锡诚:《求好运:中国民间故事走向世界》,《中国艺术报》2015 年 6 月 19 日。
[3] 李丽丹:《刘守华与"故事诗学"评说——以 AT461 型故事研究为中心》,《外国文学研究》2016 年 5 期。

部比较故事学或者说是较有系统地以比较方法研究中国和世界民间故事的理论著作。"①在论述到民间故事的内涵时他说:"民间故事是艺术和知识的混合物,是民间文化的综合表现,它涉及人类经验的一切方法,是社会学、文化人类学、文学、语言学等学科的另一种表达方式,包容着许多学科,具有多方面的学术研究价值。"②接着作者在谈到研究民间故事的多种方法时,认为比较方法最适宜,也最流行。他溯本求源说:"故事学研究一开始就具有比较故事学的性质和特点。特别是十九世纪中叶德国学者本菲对印度《五卷书》中的寓言、童话故事以多种渠道从印度向全世界传播的有趣过程的研究,更是一项典型的比较故事学研究,被学人视为比较故事学的发端。"③继后,虽然各国学者在本菲的研究基础不断丰富扩大了研究范围,规范了研究领域,使比较故事学显露雏形,但是这种研究更多是针对故事所进行的比较研究的具体个案。因此具有实践经验型和描述型的特点,而非本体论意义的定性研究,也尚未发现系统阐述,理论升华,并有学术意义的论著。因此,刘守华的《比较故事学》和《比较故事学论考》两书,可以说是建构中国比较故事学体系的开创性尝试。

他对比较故事学本体论的定义是:"广义说来,比较故事学就是以比较方法研究民间故事的学科。"④当然,这样宽泛的定义,对一门现代人文学科而言,显然是远远不够的,于是他又进一步将比较故事学界定为:"对民间故事进行跨国跨民族以及跨学科比较研究的学科。跨国即就国与国之间的民间故事的异同及其联系作比较研究。这种联系可能是彼此交流,同出一源,也可能是不谋而合,平行类同。"⑤刘守华对比较故事学的这一界定是借鉴,参照了比较文学的定义而提出的。但是他的理论性总结确是有大量研究实践为基础的。中国的故事类型个案研究始自顾颉刚、钟敬文、周作人、季羡林等,经过艾伯华、丁乃通、刘魁立等中外学者的努力,直至刘守华主编的《中国民间故事类型研究》出版,表明它已颇为成熟,并建立起中国民间故事学的基础。而刘守华、江帆、顾希佳、林继富等长期从事故事学研

---

① 刘守华:《比较故事学论考》,哈尔滨:黑龙江人民出版社,2003年,第1页。
② 同上书,第2页。
③ 同上书,第3页。"十九世纪"原文为"十九世界",笔者改正。
④ 同上。
⑤ 同上。

究的学者,在共同的学术追求下逐渐形成中国故事类型研究的范式。其中,又因为运用了比较法进行研究,提出比较故事学的理论建构。作为一个新兴而独立的学科,它已经和比较文学结下不解之缘。它对跨越国家界限和跨越民族界限的民间故事的比较研究,二者之间的联系与相似,可能是彼此交流,同出一源的结果,也可能是不谋而合,平行类同的结论,则完全是比较文学主题学研究的前提和结论。因为"比较故事学"的基本研究方法,"如母题或情节单元解析,实际上是提取故事中的文化因子。将这种文化因子置于特定的时间空间背景上进行考察,就是比较故事学中芬兰学派所倡导的历史地理比较研究方法"[①]。值得注意的是芬兰学派及其历史地理比较研究方法成型于20世纪初,它是德国民间文艺学研究领域在19世纪中叶出现的新流派——流传学派发展和演变的基础上形成的。19世纪初,格林兄弟的《儿童与家庭童话集》(即《格林童话集》),以及威廉·格林的《德意志英雄传说》(1829)和雅可·格林的《德意志神话学》(1835)等著作运用了历史比较研究法,研究神话和民间文学,吸引了众多的追随者,从而在欧洲各国形成了历史上所称的"神话学派"。其后德国又出现了研究民间文学的流传学派。神话学派和流传学派在研究民间文学起源问题上,立论方法的一致性表现在都主张"一元发生论",只是前者从历史渊源入手,主张源于雅利安人的共同的"神话观念";而后者则从地理概念出发,认为发源地在印度。芬兰学派正是在神话学派和流传学派的"历史渊源"和"地理概念"的基础上逐渐形成了自己独特的"历史地理比较研究方法"。比较文学主题学研究与比较故事研究,正是在这里找到了契合点,这也是主题学研究发源于格林兄弟的民间文学研究的一个重要原因。

  刘守华的《比较故事学论考》由上下两编组成。上编为"比较故事学的基本理论和方法",分别论述了世界比较故事学的历史与学派;阐释了中国比较故事学的理论建构,既有比较故事学学科史的整理与描述,也有中国特色的比较故事学的学科建构的本体论、认识论、方法论的解读。下编为"民间故事多样性比较研究",主要内容为具体的个案研究。共包括9组研究成果,前3组属于比较故事学的跨国研究,有中国与日本、中国与印度、中国与阿拉伯地区。第4组"民族文化和地域文化中的民间故事"属于跨民族研究。第5组"不同文化背景下的故事传承"属于民

[①] 刘守华:《比较故事学论考》,哈尔滨:黑龙江人民出版社,2003年,第4页。

间故事的口耳相传的比较研究。第 6 组"民间故事与古代科技"和第 7 组"民间故事与宗教文化"属跨学科研究。第 8 组"连接中国和世界的故事类型"就"孔雀公主"和"白蛇传"两个中外故事类型进行了比较研究。最后一组"一个著名故事的生活史探索",主要用 4 篇论文论析"求好运"AT461 型故事的生活史与文化价值。它是刘守华 30 余年来追踪研究此类型中外文本的结晶,既是对一个世界性的故事类型的演变过程的探索成果,也是作者对比较故事学理论和方法执著实践的反映。这些看似普通、简单的民间故事,经过学者研究,竟然会发现它们能突破时空界限、语言阻隔,在世界范围内广为流传、播扬,甚至可以通过世界文化的变迁史而触及人类心灵深处的奥秘。这是令包括刘守华在内的所有中外民间文艺研究者感到最为欣慰和幸福的事情。

  中国比较故事学的独创性还说明:"在坚持马克思主义辩证唯物观和历史唯物论方法论的同时大胆吸收借鉴国外有关学派的科学成果和方法;在中国历史文化的深厚背景和各族民间故事鲜活资料基础上进行自己的理论探索"[①],这确实是一条切实可行的研究路径。中国比较故事学科的建立是中国学者在综合中外各个学派理论和中外民间故事比较研究成果的基础上,由刘守华首先倡导的。它主要包括建构中国比较故事学的基本原则和方法;探索民间故事在不同历时性空间与共时性的文化背景下,产生、流传、演变的规律。中国比较故事学倡导以更为系统的比较研究方法来发掘中国和世界各国的民间故事,尤其注重包括中国各民族民间文学在内的比较研究,以加强和促进人们对民族文化和人类文化的更深刻的理解。对民间故事的比较研究,将进一步推动中国民间文化与世界文化的交流,开创中外会通、古今交融的新局面。这对于完善中国新文化建设具有深远而积极的意义。

第十节 刘魁立民间文艺学研究与主题学

  刘魁立是我国现代著名俄国文学专家、民间文艺学家和民俗学家。他 1934 年生人,1953 年毕业于哈尔滨外国语专科学校并留校任教。1955 年被选派到苏联留学。开始时在莫斯科大学俄罗斯语言文学系读书,1957 年转入研究生部攻读俄罗

[①] 刘守华:《比较故事学论考》,哈尔滨:黑龙江人民出版社,2003 年,第 6 页。

斯民间文艺学。在读期间曾担任过民间故事的课程讲授和民间文学的辅导工作。另外他还多次进行民间文学的田野考察，搜集了大量的俄罗斯民间故事的资料，获得了有益的实践经验和实际成果。1957年开始在中国的《民间文学》杂志上发表文章论及民间文学的搜集工作，见解和观点颇具个人色彩，引起热议。1961年，在师从苏联民间故事研究家鲍米兰采娃教授学习期间，以对俄国农奴制时期的民间文学进行深入研究为基础的学术论文《俄国农奴制时期民间文学的幻想与现实问题》，获得副博士学位。

由此可见，刘魁立以俄语为研究民间文艺学的手段，在苏联求学期间对苏联境内的民间故事进行了长期的身体力行的考察与研究，并将搜集到的俄国民间故事发表在苏联出版的《沃罗涅什省民歌、故事集》一书中，实为难能可贵。他学习与研究民间文学的经历足以说明他已有能力和基础，在日后的民间文艺学领域中的民间故事研究方面做一番事业。刘魁立求学的俄罗斯是个有着深厚研究民间文艺学基础的国度，也是个有着悠久研究传统的国度。它幅员广大辽阔无比，众多的民族民间遗产丰富，历史文化源远流长。这些都为民间文艺学的研究准备了丰厚的土壤。民间故事是民间文学的重要组成部分，而民间文学又可以说是一切文学的母体，其中保存着几乎所有文学的基本的美学架构。俄国的普罗普就是因为对民间故事功能的研究而奠定了叙事学的基础。因为在不同民族地区、民间故事的产生往往会有着相同的土壤，期中也存在着各个民族相通的价值观，艺术构成和文化心理结构。民间故事较之进入主流意识形态的其他文艺样式或高雅文学，较少受到各种人为因素的制约。因此，它像神话一样在世界各国的民间文艺学范畴里存在着惊人的相似。普罗普的《俄国民间故事研究》和雅各布逊的语言学理论深层次里都有结构主义的思想因子。早在百余年前，故事情节类型的研究就已进入民间文艺学研究的视野。19世纪下半世纪兴起的民间故事资料统编、分类原则也颇有结构主义色彩。俄国的普·弗拉基米洛夫1896年就曾在《俄罗斯文学史概论》中将所有的故事分为三部分，即动物故事、神话和生长故事，共计列出41种类型（type）。1929年，尼·安德烈耶夫又根据阿尔奈的分类和编号整理成《根据阿尔奈体系编纂的民间故事情节索引》一书，而刘魁立的业师俄国民间故事研究家鲍米兰采娃自然也会受这种研究传统的影响。所以刘魁立的学养与研究兴趣最后植根于民间故事，尤其是中国民间故事的整理研究的民间文艺学领域就不言而喻了。

刘魁立自 1961 年夏从苏联学成归国后,到黑龙江大学(其前身是哈尔滨外国语专科学校)中文系任教。除先后讲授"中国民间文学概论""当前文艺评论""马列主义文论"等课程以外,还曾多次深入黑龙江省汉族,蒙古族,回族,朝鲜族和赫哲族等居住的地区和村镇,搜集民间文学作品,其中的民间故事有些发表在报刊上。而应邀编辑成书的《黑龙江省故事选》和《朝鲜族故事选》则因"文化大革命"开始而未能出版。20 世纪 80 年代后,他厚积薄发,先后出版的关于民间文艺学,民间故事研究的论著主要有:《欧洲民间文学研究中的神话学派》(《民间文艺集刊》第三集,上海文艺出版社,1982 年);《世界各国民间故事情节类型索引述评》(《民间文学论坛》创刊号,1982 年);《欧洲民间文学研究中的流传学派》(《民间文学论坛》,1983 年第 3 期);《文学和民间文学》(《文学评论》,1985 年第 2 期);《民俗学的概念和范围》(《民俗学讲演集》,书目文献出版社,1986 年);《论〈金枝〉》(原题《〈金枝〉论评》,《民间文学论坛》,1987 年第 3 期);《关于民族文学研究之二》(原题《关于民族文学研究问题的断想》,《民族文学研究》,1988 年第 1 期);《比较神话学·中译本序》("原始文化名著译丛",上海文艺出版社,1989 年);《原始文化·中译本序》("原始文化名著译丛",上海文艺出版社,1992 年);《关于中国民间故事研究》(《北京师范大学学报》,1994 年第 6 期);《论民间文学的比较研究》(《亚细亚民俗研究》第一集,民族出版社,1997 年);《刘魁立民俗学论集》(上海文艺出版社,1998 年)等。

刘魁立关于民间文艺学领域的研究,主要分为三个部分:民间故事的实践研究、民间故事的母题研究和民间文艺学的理论研究。他与比较文学主题学研究结缘,正是在这一领域。

首先,关于民间故事的实践研究。他是从宏观和微观两个方面对民间故事的历史、现状与类型进行分析与评论的。因为他有俄国民间文艺学的学习经历,又对俄罗斯的沃罗涅什州、弗拉基米尔州、卡累利亚—芬兰苏维埃共和国等地的民间故事进行过搜集,整理工作,回到中国后又在以黑龙江为主的东北地区搜集以民间故事为主的民间文学作品。这些实践和体验使得他能够于 20 世纪 80 年代初,乘中国改革开放的东风,有了对世界各地民间文艺发展的历史概况进一步了解的机会,也为他进一步进行研究和梳理这些文艺遗产奠定了基础。于是他撰写了一些相关的文章,以便为中国读者和学者提供参考和借鉴。同时他还以中俄民间文艺学比较的视野向中国学界介绍了俄国民间文学的各种艺术形式及其特点,以便发现二者发展过程中的异同点。

1982年刘魁立发表的《世界各国民间故事情节类型索引述评》是一篇关于民间故事学的极其重要的论文。当时他身为《民间文学论坛》的主编,在该刊物创刊号上发表这样内容的文章,可知它在学术史上的重要意义。该文提出世界各国对民间故事情节的关注最早缘于19世纪初的《格林童话集》。从此,建立在科学基础上的民间故事搜集工作,几乎在世界的每一个角落里都相继开展起来,并且达到前所未有的规模。格林兄弟搜集和出版民间故事以外,还著书立说,研究民间文学问题,最终"使民间文艺学逐步成为一门独立的科学"[①]。随着对民间故事研究的深入,人们发现"往往同一个故事在许多不同的地区或不同的国家都有流传,也就是说情节类型的数目是较为有限的,许多资料不过是某一共同情节的变体和大量异文而已"[②]。于是国际民间文艺学界"对世界各国浩如烟海,难以计数的民间故事资料,依据其相对有限的情节类型,主人公或其他特征进行分类,统编,以利检索和研究"[③]。在众多的研究者和学派等研究的基础上,20世纪初深受达尔文进化论和斯宾塞实证主义影响的芬兰学派的安蒂·阿尔奈(1867—1925)脱颖而出。他1910年出版了著名的《故事类型索引》一书。阿尔奈在比较分析了他所了解到的民间故事以后,"抽绎出"大量的基本类型(有时是整个一个故事,有时是一个情节,有时是一个片断细节),进行了分门别类排序,并系统编号。阿尔奈等追随者所研究的对象主要是所谓的"文明民族",不包括发展中国家的民族。针对这一偏颇,美国著名民间文艺学家斯蒂·汤普森(1885—1970)对阿尔奈的索引作了重要的补充和修订,并于1928年出版了英文版的《民间故事类型索引》。由于他们的巨大贡献,国际学界通常将他们的分类编排方法,称为"阿尔奈－汤普森体系"或"AT分类法"。以后,许多国家都根据自己国家的具体情况编纂了诸多的民间故事情节类型索引,重要的有《俄罗斯民间故事情节索引》《日本民间文学类型和母题索引》《中国民间故事类型》等。刘魁立在简明扼要地梳理了这些发展轨迹之后,明确指出:"关于情节的研究,决不应该,也决不能代替对于蕴含于情节之中的其他因素的分

[①] 刘魁立:《刘魁立民俗学论集》,上海:上海文艺出版社,1998年,第335页。
[②] 同上书,第355页。
[③] 同上书,第356页。

析和研究。正如大家所知道的,单纯的情节归纳,不仅不能为我们提供一幅明晰的历史发展画面,不仅不能为我们描述民间故事反映历史的现实图景,不仅不能使我们哪怕是最一般地认识民间故事创造者和讲述者的面貌,而且单纯的情节分类连民间故事本身的主题,形象、语言色彩、内部结构、思想倾向也不能向我们提示。"因此,"我们只能把编纂索引看作是研究工作的手段,而不是研究工作的目的;看作是研究工作的准备,而不是研究工作本身"。① 这些评论切中肯綮,至今仍有指导意义。他有预见性地指出:"从科学发展的趋势来看,关于情节类型的研究,以及类型学研究正在发展成为文艺学领域中的一个重要分支,因此在今后若干年中索引的数目还将大大增加,而且编纂索引的角度和原则上亦会有更多的变化。"②

说起刘魁立民间故事的实践研究,还必须提及他任副主编的鸿篇巨制《中国民间故事集成》。此书与《中国歌谣集成》《中国谚语集成》并列为三大集成之作,堪称是振兴中华民族民间文艺学研究与重大成果的一次全国性盛举。它是由中华人民共和国文化部、国家民族事务委员会和中国民间文艺研究会(后改称为中国民间文艺家协会)联合签发通知,发起编纂的功盖千秋的浩大工程。仅在全国范围内搜集、整理、记录到的民间故事作品就有一百八十三万篇之多。目前已经出版了《中国民间故事集成》的《辽宁卷》《陕西卷》和《浙江卷》。此工程仍在紧锣密鼓地进行中。刘魁立作为副主编,又是这方面的专家学者,对此项工作中的中国民间故事的搜集、整理、分类原则等方面,都作出了难以替代的亲力亲为的工作。

其次,关于民间故事的母题研究。刘魁立对于"母题"的认识是从世界各国民间文学资料大量发掘,需要对其进行系统分类而遇到困惑时得来的。尤其是他对汤普森认为的仅仅以情节类型编制索引不能满足研究需求,而应该将情节再一步分解为更小的单位,即母题的分类颇感兴趣的研究成果。刘魁立梳理、界定了母题的发生和发展。他认为:"'母题'这个中文译名大约是30年代(20世纪30年代)下半期开始使用的。这一译名一半音译,一半意译,很符合我国翻译的传统习惯。""母题是民间故事、神话、叙事诗等叙事体裁的民间文学作品内容叙述的最小单位。"他深刻地指出:"对于民间文学作品进行深层次的研究,不能不对故事的母题

---

① 刘魁立:《刘魁立民俗学论集》,上海:上海文艺出版社,1998年,第386页。
② 同上书,第356页。

进行分析。就比较研究而言,母题比情节具有更广泛的国际性。"[1]刘魁立能在改革开放之初的 1982 年就对"母题"在本体论、认识论、方法论方面有如此深刻的认识难能可贵。这些论述与比较文学主题学研究中的"母题"在中国文学研究中的确立相比,在时间上要早,而且也较为系统,颇有参考价值。

  鉴于当时民间文艺学研究深入发展的实际需要,汤普森于 1932 年至 1936 年期间耗费了巨大的科研激情,完成了六卷之巨的《民间文学母题索引》一书。这部书除了民间故事的母题索引之外,还囊括了口头流传的故事歌、神话、寓言、笑话、地方传说等诸多民间文艺中的母题索引。母题索引是情节类型索引的深化,也是其研究的具体化。因为母题是相对情节而言的,如果说母题是文学作品中最小的叙事单位,那么若干母题有机组合就能构成情节,所以说,一系列相对固定的母题可以排列组合成,或者说可以确定一部作品的情节内容。刘魁立认为:"许多母题的变换和母题的新的排列组合,可能构成新的作品,甚至可能改变作品的体裁性质。"[2]但是一般情况下是先有文学作品才发现其"母题"的,而少有按照"母题"去创作叙事文本的,因为这其中包含着作者的文化心理结构的个性化问题,并非简单的人工智能式的文本创作。母题索引的建构无论是从理论上,还是实践上,应该说都是必要的和有益的。汤普森及其后继者在这一领域的不懈努力是值得赞许的。尤其是对比较文学的主题、母题的研究,对文学的类型研究等,都不乏富有想象力的启迪和影响。刘魁立在这一领域除此之外,还格外强调了此类研究的不足。他总结说:"汤普森在索引中兼收并蓄、巨细无遗,开列母题总数不下两万余条,而引用世界各地的资料虽然繁多,但难以搜罗尽致,因此就使得研究者在使用这部索引时,既有不便之处,又时而感到不能尽如人意。这样看来,倘能由泛杂而返于简约,或可对研究者有更多裨益。"[3]他的评论不无道理,当然从学术史的梳理上看,对民间文学的叙事母题的研究多多益善,这也是"穷尽"研究的需要,但是必定"母题"太多就失去了它结构上不可或缺的原则。就比较文学研究而言,中国主题学研究的先驱人物谢天振认为:"一般说来,母题的数目虽然不小,却是有限的(有人以为只有一百多个,至多也只有几百个),但是它们的可能的表现形式——主题的数目,从理

---

[1] 刘魁立:《刘魁立民俗学论集》,上海:上海文艺出版社,1998 年,第 376 页。
[2] 同上。
[3] 同上书,第 378 页。

论上说,却是无限的。"①这可能也许是比较文学与民间文艺学在"母题"研究中的不同点。

刘魁立在《民间叙事的生命树》(2010)一书中,大胆推定故事类型的主要逻辑点(即主要矛盾)在于同属一个故事类型的故事之间的内在形态关系。"每种类型的故事都可以以一棵生命树的形式来呈现。"②因此,中国乃至亚洲故事的丰富性和独特性在世界性范围内的 AT 分类系统中未有应得的一席之地是一种缺憾。而刘魁立对于生命树"母题链"的理论探索,对补充"母题"概念大有裨益。他提出:"母题具有极为活跃的变异性,同时具有极强的黏着性,极强的链接能力,具有组织和推进情节的机制。"③他还提出:"情节基干"的概念,一个情节基干就是该故事类型所有异文都具有的母题链,是该故事类型所有异文的"最大公约数"。凡属"情节基干"的"母题链"内的母题即"中心母题",是所有同类型故事都必须具有的母题。刘魁立关于"母题链"和"中心母题"概念的提出和理论阐释,无疑是对传统的母题研究和正在建构中的母题理论都是一种创新,并有学术史研究的意义。

最后,关于民间文艺学的理论研究。刘魁立关于这方面的建树主要反映在他的一些偏重于理论研究的著述上。其中重要的有《欧洲民间文学研究中的神话学派》(1982)、《欧洲民间文学研究中的流传学派》(1983)、《中国民间文学研究的若干问题》(1982)、《文学和民间文学》(1985)、《民俗学的概念和范围》(1986)、《神话研究的方法论》(1987)、《〈比较神话学〉序》(1989)、《〈原始文化〉论评》(1990)、《〈面具的奥秘〉序》(1992)、《福乐智慧的象征体系》(1994)、《关于中国民间故事研究》(1994)、《历史比较研究法和历史类型学研究》(1996)、《论民间文学的比较研究》(1997)和《民间叙事的生命树》(2010)等。总体分析看,刘魁立在民间文艺学理论方面的贡献还是比较大的。这和他曾经系统学习过俄国文艺理论的经历有很大关系。

刘魁立数十年来,一直从事民间文艺学领域的各类文艺形态的理论建构与评论。他虽然有俄国历史比较文艺学的学术传统,但是他认为民间文艺学应该有自

---

① 陈惇、孙景尧、谢天振主编:《比较文学》,北京:高等教育出版社,1997年,第94—95页。
② 刘魁立:《民间叙事的生命树》,北京:中国社会出版社,2010年,第9页。
③ 刘魁立:《民间叙事的生命树——浙江当代"狗耕田"故事情节类型的形态结构分析》,《民族艺术》2001年第1期。

己的本体论、认识论和方法论,不愿看到它可能会落入历史研究和民族研究的传统窠臼之中。因为它已形成了自己独立的艺术精神和诗学传统。以民间文学研究为例,刘魁立不仅搜集整理民间文学的各种遗产,而且还对民间文学进行诗学范畴的研究,其中"对于作品结构特点的研究、艺术技巧的研究,语言的声学特点的研究等等"[1]。其实质也属于民间文艺学理论研究的对象。同时他还指出这种研究的不足,"至于民间文学作品的创作者,演述者个人风格的特点,他在传承过程中的技艺特点,就涉及得更少了"[2]。这种情况恰恰说明民间文学的审美研究在诗学范畴里存在套用相关领域的学术用语等不恰当的问题。应该认识到"民间文学是一种独立的艺术样式,它当然有它自己的不同于文学的独特的诗学"[3]。

刘魁立对于神话学的理论以中国学者的立场和学术视野进行了建构与研究。他认为"人文科学似乎有这样一个特点:它以现实作为支点,面向未来,然而它总是要不断地反顾历史,对历史进行科学意义上的批判,并且从中汲取一切可能得到的启示、灵感、乃至力量"[4]。神话学即是如此。他指出缪勒在继续论述神话学派的特点时说:"一切民间创作大都来源于神话,对日耳曼民族、以及印欧语系民族来说,则创作都肇始于日耳曼共同神话以及雅利安原始共同神话。"[5]最后他指出缪勒"这部著作的其他的中心观点之一在于,他认为神话的核心以及神的原初概念,归根到底总是太阳。这种'太阳中心说',被他的一些追随者恣意发挥,更引起当时以及后世一些评论者的攻击。然而我们同时也看到其影响至今犹在"[6]。他认真评价说:"应该说,一个真正意义的科学探索的成果,不论有怎样的时代局限,它总是会给后世留下历史的启示和影响的。"[7]即是说缪勒这本薄薄的小册子《比较神话学》留给后世的启示和影响,人们不但应该正视,而且应该认真探讨与研究。

20 世纪 80 年代初,随着改革开放大潮的风起云涌,文化领域内引进和借鉴国外学术成就之风气也日甚一日。刘魁立顺应时代发展,利用天时、地利、人和之便,

---

[1] 刘魁立:《刘魁立民俗学论集》,上海:上海文艺出版社,1998 年,第 70 页。
[2] 同上。
[3] 同上书,第 76 页。
[4] [英]麦克斯·缪勒:《比较神话学》,中译本序,金泽译,上海:上海文艺出版社,1985 年。
[5] 同上书,第 3 页。
[6] 同上书,第 7 页。
[7] 同上。

主编了一套"原始文化名著译丛",精选出 10 余种西方民间文艺学和民间文化中最基本而又重要的可称之为"始祖性"的理论著作译介出版,及时为中国读者和研究者提供了参考和借鉴。他在《原始文化》的中译本"序言"中明确指出:"任何一种新的,朝着正确方向改变人们对事物旧有看法,从而真正在某种程度上推进人类认识进程的学说,都是现实的。适应现实的需求而孕生,基于对现实的深入分析而提出;同时它也是历史的:既是历史成就的总结和继承,又为未来的发展提供相应的基础。"即是说,他认为知识的发展和演进是有继承性的。再新锐的思想和理论,如果仔细考察,都会找到它所承继的渊源。社会科学的发现都是用新的思维和方法重新解读和重新认知那些久违的事物和现象的结果。在刘魁立将爱德华·泰勒和他的《原始文化》进行详细地解读之后,他最后总结说:"一个真正意义上的科学家,不论他从事的是什么学科,总会把人类的发展和社会的进步,当作是自己工作的宗旨。"① 他还用了《原始文化》一书的结论中一段话,证明自己的观点。"民族学的职责,就是要揭露那些粗糙的古老文化的遗留物,那是一些恶劣而且时时令人讨厌的遗留物,它们已经变成了有害的迷信,一定要把它们消除。……因此,文化科学应立即行动起来,援助进步,清除障碍:它本质上是一门革新者的科学。"② 这些话原本是泰勒对自己工作的总结与检讨,对自己学术研究的概括与提升。刘魁立将它重复提出来,意在将这些话语视为"是一种历史的昭示和勉励"。论及此处,人们不难想象他对中国的民间文艺学、中国的民间故事学所寄托的诸多希望与理想。

　　刘魁立对中国乃至世界故事学的追求与探寻,既有实践基础,又有理论升华。尤其是他利用擅长的类型学研究和母题研究对故事学领域的开掘,对故事学理论的扩充,都表现得十分可贵。他在大量故事异文的整理、对比中得出文异质同的类型学认知;在与比较文学共享母题、类型、主题等学术概念时,并未失去民间文艺学的美学特质和民间精神;从而使此二者在发生学意义上产生了同源性。当它们在日后发展中成为两个相互有交感区域的学科时,既表现出实事求是,求真务实的科学态度;又说明学科发展中的变异与进步,这不能不说也是学术史上的一段佳话。

---

① 刘魁立:"序言",载于[英]爱德华·泰勒:《原始文化》,连树声译,上海:上海:上海文艺出版社,1992年,第8页。
② 同上。

第二章 比较文学范畴的主题学

第一节 学术研究概况

比较文学范畴的主题学理论与实践研究是中国比较文学界的重大学术问题。"主题学"作为比较文学研究的专门术语传入中国,其时间并不久远。据主题学研究的重要学者陈鹏翔考察后自称,20世纪70年代末在港台地区他和马幼垣、李达三等人在比较文学研究中最早使用了"主题学"一词。大陆学者在比较文学概论一类的专书专论中最早提及"主题学"的应该是20世纪80年代初的卢康华、孙景尧合著的《比较文学导论》(1984)。其实在比较文学界使用"主题学"一词之前,其诸多的文学研究实绩,已经具有"主题学"研究的色彩了,只是未贴上其标签而已。

比较文学主题学之所以能产生诸多的研究实绩,是有深广的历史文化背景的。中国比较文学主题学研究大抵滥觞于近代。它由自发的文学探索走上自觉的学术研究,由民间文学的搜集整理提升为比较诗学的理论总结,大致经历了近代"西学东渐"的影响;现代"理性反思"的洗礼两个阶段。其前期的代表人物主要有王国维、鲁迅和吴宓等。他们努力适应并基本完成了文化启蒙到文化自觉的变化过程。后期诸多的两岸学者则从被动学着西方讲转变为主动面对西方进行交流的局面。

王国维《〈红楼梦〉评论》一文发表于1904年4月。这是一篇完全凭借西方理论体系审视中国文学名著的阐发研究性质的评论文章。此文大开风气之先,不仅被古典文学大家叶嘉莹评论为"在中国文学批评史上实在乃是一部开山创始之作"[①],而且也被中国比较文学界视为最早的典范文章之一。王国维在《〈红楼梦〉评论》一文中对中西方的悲剧、悲剧形式、悲剧意识、悲剧精神,以及对具体的《红楼梦》的悲剧性和歌德名作《浮士德》的悲剧性都进行了从宏观的评论到微观的比较。

---

① 叶嘉莹:《王国维及其文学批评》,广州:广东人民出版社,1982年,第176—177页。

之所以将中外这两部作品相提并论,进行比较,是因为他认为它们都是悲剧。这两种作品的主人公都是因为欲望而生出许多痛苦,只是"法斯德(浮士德)之苦痛,天才之苦痛;贾宝玉之苦痛,人人之所有之苦痛也"。贾宝玉因痛苦而厌世,浮士德则因为痛苦而追求,最后都得到人生的解脱。这种悲剧主题是文学作品中"悲剧中之悲剧",最能体现民族精神,也最有批判研究之意义。王国维在"中西会通"思潮的影响下,使自己的"旧学"研究出现了"新变",才有可能指出贾宝玉和浮士德两种人生悲剧的区别,实在难能可贵。①

鲁迅的《摩罗诗力说》一文发表于 1907 年。这篇长文就撰写主旨而言,是作者基于爱国主义情怀,受西方启蒙主义,尤其是浪漫主义思想影响而写的一篇富于激情的评论文章。就其研究方法、批评视野而言,则是一次空前的、极具创新性的具有比较文学研究性质的文学实践。因为在该文中已大量涉及比较文学研究的诸多领域和研究方法。尤其是作者本着"欲扬宗邦之真大,首在审己,亦必知人,比较既周,爱生自觉"的精神,进行有针对性的比较。其中第五节对并无直接影响关系的英国诗人拜伦和挪威戏剧家易卜生进行了主题学研究式的比较。他发现二人对世俗社会的观照和认识是相同的:拜伦曾说:"凡有事物,无不定以习俗至谬之衡,所谓舆论,实具大力,而舆论则以昏黑蔽全球也。此其所言,与近世诺威文人伊孛生(H. Ibsen)所见合。"因此,这导致了两人创作主题的相同:"愤世俗之昏迷,悲真理之匿耀"。这样的主题又是通过人物形象来揭示的,鲁迅于是又将两部作品中的主人公形象进行比较,以探索其同异。他这种不独考察文学作品之间的联系,更重于比较评判相同主题的作品之间人物的民族性格与历史文化背景的研究方法,应该说对中国比较文学主题学的深入研究极具启发意义。

1912 年,吴宓发表《论新文化运动》一文,首次介绍了比较文学这一新兴学科:"近者比较文学兴,取各国之文章,而究其每篇每句每字之来源,今古及并世作者之受影响,考据日以精详。"②继而,章锡琛 1919 年翻译出版了日本文艺学家木间九雄的《新文学概论》。书中有介绍波斯奈特《比较文学》和洛里哀《比较文学史》主要观点的专章。于是"比较文学"的学科概念逐渐为中国学界所了解。由此看来,王国

---

① 叶嘉莹:《王国维及其文学批评》,广州:广东人民出版社,1982 年,第 4 页。
② 吴宓:《论新文化运动》,《学衡》1922 年第 4 期。

维和鲁迅的比较文学主题学研究的实践对这一大趋势起到了推波助澜的作用。它们已具有作为20世纪中国学术界的比较文学和主题学研究的先导和奠基的意义了。

继后的学者大多为另一批以中外文学关系为研究对象的比较文学学科的理论探索者。其主要人物有乐黛云、卢康华、孙景尧、陈鹏翔、李达三、刘献彪、陈惇、应锦襄、饶芃子、严绍璗、钱林森、蔡恒、谢天振、陈挺、李万钧、崔宝衡、刘象愚、孟华、张廷琛、赵双之、刘波、刘介民、孟庆枢、易新农、李中玉、王宁、曹顺庆、杨慧林、续枫林、陈秋峰、远浩一、黄世坦、张铁夫、王晓平、陈建华、郁龙余、陈跃红、叶舒宪、高旭东、张辉、宋炳辉、杨乃乔、王向远、王志耕等。而对比较文学主题学的理论与研究论述较多、影响较大的学者则主要有谢天振、乐黛云、陈鹏翔、刘象愚、曹顺庆、王志耕和王向远等。上述诸多学者的学术研究主要表现出以下几个特征。

第一，这些比较文学主题学研究的先行者，主要是由高等学校的中国语言文学专业和外国语言文学专业的教师两部分人构成。第一部分人中首先是中国语言文学专业教授外国文学史的教师。他们有中文专业的学术功底，有文学批评的理论修养，有外国文学史的系统知识，极容易在讲授外国文学史专业课时，与中国文学史知识产生某种联想。尤其是中外相同的文学类型、相似的主题内容、相近的题材处理等。其次是中国语言文学专业讲授近现代文学史的教师。他们在讲授这些专业课时，会发现当时正处于"西学东渐"大潮中的中国作家都或多或少地受到林译小说或其他外国文学作品的影响，尤其是鲁迅、郭沫若、茅盾、巴金、老舍、曹禺等几乎都与外国作家和文学作品产生过诸多的联系，或翻译或创作，都能发现中外文学交流的蛛丝马迹。再有就是中国语言文学专业讲授文艺理论课的教师。他们在讲授西方近现代文艺理论思潮流派和文艺学研究方法论时都不可能避开中西文论的比较或与之相联系的比较诗学、女性主义批评、文学接受美学、神话原型批评、文学人类学和文化诗学等理论。第二部分人中，首先是讲授外国文学的教师，他们在讲授外国文学知识时的中国立场和中国元素的"在场"，使他们的讲授常有明显的比较文学色彩。其次是讲授外国语言的教师，翻译学和比较语言学是他们无论如何也绕不过去的知识围城，他们必须要有比较文学及主题学方面的知识储备。而讲外国文化史知识的教师在讲西方文化史时必然会有中国文化史的无形参照，这是他们无论如何也回避不了的问题。总之，这些比较文学主题学研究的先行者由于教学需要,为了在讲课时不"以其昏昏,使人昭昭",而必须讲授比较文学概论等一些新兴的课程,必然要涉及平行研究方法中的主题学研究。由于当时缺少适合于中国大学课堂讲授比较文学概论课的教材,他们在编写教材的过程中,必然要讲述比较文学学科史的主要研究方法。这些实际需求强迫这些学者去努力学习、探索与研究比较文学主题学的内容、方法与实例讲解。这就为主题学研究提供了诸多的发展空间和广阔天地。

第二,比较文学是一门理论性很强,而本体论又时时发生危机的学科,尤其是其中的主题学,无论从理论到实践都有诸多的不确定性和动态性。这使得不少先行者在工作学习研究中知难而退或浅尝辄止,并使这门学科成为令人望而生畏的学术领域。因此,至今比较文学主题学课程还因为能让学生容易接受,而讲些浅显易懂的实例,形成缺乏理论探讨或理论深度不够等不足之处。上述学者中,由于大部分人都是在讲课或编写关于比较文学原理的研究方法时谈及主题学,尤其是在中外文学作品的文类比较时,更是如此。因此,发现的问题往往属于平行研究范畴,并且反映在教材编写中时,主题学往往成为其平行研究方法中的重要组成部分。现在从学科史发展的脉络梳理来分析,主题学在发生初期,即刚刚进入比较文学研究范畴时,主要是属于影响研究范畴,而当主题学在比较文学领域继续发展时,又成为平行研究之一翼。就目前研究来看,主题学研究具有多重的、相互交叉的学科特点,其研究方法既有事实联系的影响研究,又有文学审美意义上的平行研究。另外,中国学术传统主要关注的是义理、辞章、考据三种研究,其中考据学发展到极致时要求"无一字无来处","有一分材料说一分话",这种学术倾向与比较文学影响研究的学术追求非常类似。主题学在中国的发端也是和西方一样运用的是民间文艺学的研究方法,主要进行文学对象之间的源流关系、流传变化、影响与接受等实证性考察。主题学研究在中国发展到20世纪七八十年代,学者开始对主题理论进行探讨与建构,更多地注重共时性的文学内部,即文学性的研究,所以主要将主题学视为比较文学的平行研究之一种,但也不乏影响研究的实例。

比较文学主题学研究就这样在中国由远到近、由浅入深、由表及里、从实践至理论,逐步地发展壮大起来。21世纪以来,在大量的比较文学主题学研究实绩的基础上,对于主题学理论的研究在前辈学者著述的基础上,也有了进一步的发展。例如乐黛云在旧著《比较文学原理》(1988)的基础上,为反映"近年来比较文学学科理论建设的新进展、新认识",而在北京大学出版社出版了《比较文学原理新编》(1998),后又在此基础上,"为了适应比较文学学术的新发展"对新版进行修订,于2014年出版了第二版。其中对主题学的论述已进入文学内部即文学性的研究以及类型范畴研究。曹顺庆先后在他主编的《比较文学论》(2003,台湾版)、《比较文学教程》(2006)、《比较文学概论》(2011)以及"马克思主义理论研究和建设工程重要教材"《比较文学概论》中,都对比较文学主题学有专章论述,并不断在更新理论建树。在陈惇、孙景尧、谢天振主编的《比较文学》第三版(2014)中,主题学一章由谢天振编写,他在自己1987年发表的专题论文"主题学"的基础上,对主题学研究的新进展进行了详尽的论述。杨乃乔主编的《比较文学概论》(2002)一书中,由王志耕撰写了"主题学与流变"一节,对俄罗斯形式主义理论对主题学的贡献进行了阐述。张铁夫、季水河主编的《新编比较文学教程》(1997)中也有对主题学论述的一章。凡此种种都清楚地表明,比较文学主题学作为一种研究过程,它因为要着力去探讨各种主要类型和次要类型,以至再细化到其他类型及其组合在主题学发展的不同阶段的意义,而努力去梳理它们在各自以后阶段中的流变轨迹。主要考察在学术长河的大浪淘沙之下,有哪种类型的哪些表现形式得以存留或更新,以及又是如何进入到新的类型组合中去,并成为新的有机组成部分而具有了不同的学术意义等。所以主题学日益成为比较文学领域中的显学,在理论上不断有新的突破,在实践上不断涌现出新的成果,并逐步形成具有独立学术生命的学科体系。

第二节 谢天振比较研究的主题学理论

中国大陆学者中较为系统、全面介绍并举例阐释比较文学主题学理论的是谢天振先生。他在1987年由广东省比较文学研究会和暨南大学中文系合办的《比较文学研究》季刊第1卷第4期上发表了题为《主题学》的16000余字的专题论文。全文分为"主题学的产生及其在比较文学中的地位""主题学的定义""主题学研究对象的分类"三大部分。

第一部分,作者简明扼要地梳理了主题学产生的历史,他认为应"归功于十九世纪德国学者F. 史雷格尔和格林兄弟等人对民俗学的狂热研究","由于要给一大堆支离破碎、流传混乱的民间文学主体正本清源,学者们在方法论上必然要转向比较"。① 这是中国学者最早提出源于民俗学研究的主题学与比较文学产生学理上的逻辑联系的提法。不仅如此,这种观点也将比较文学的滥觞,尤其是实际研究上溯到一个新的渊源起点。接着,作者重点论述了主题学产生伊始、直至以后相当长的一段时间内,它未能得到国际比较文学界普遍认同的历史和原因。他指出 1968 年,哈瑞·勒文(即哈里·列文——笔者注)发表专论《主题学和文学批评》时,才"为主题学打上了赞同的戳记。"此后的乌尔利希·威斯坦因、弗朗索瓦·约斯特在各自的专著中也对主题学做了较为详细的阐述,"主题学终于在美国比较文学界站住了脚跟"②。此后,作者又对"主题学"一词作为学术术语在中国出现较晚,但是主题学研究的实践却有较长的历史进行了重点论述,条理很清晰。作者在总结第一部分论述时指出历经将近一个世纪的发展,主题学经过有争议到受到世界各国学者的重视,最后成为了"比较文学研究中最令人神往的题目"。这部分主要梳理的是主题学学科史的内容,对主题学学科的认知很重要。

第二部分,关于主题学的定义,作者从本体论范畴出发,对其内容进行了从理论到实践,从国外到国内的厘清。作者认为:"由于长期以来主题学在比较文学中的地位没有得到确认,以往的主题学研究又较多地停留在实践上,而鲜有理论上的阐发,因此,围绕主题学的定义也就存在一定的混乱。"③文章在接着举例说明主题学的定义"混乱"的情况时指出:有的是"没有划清主题学研究与主题研究的界限";有的"在于把局部混同于整体";有的"把主题学视为平行研究的一个'附属'"等。作者在研究方法上强调:"主题学研究既需要运用平行,也需要运用影响研究,并不限于一种。"④这种观点既明确又很有必要。因为主题学是美国比较文学界最早确定的,一般人常常将其与美国学派的平行研究的方法相联系。而作者在这里所强调的观点无论在当时,还是以后,都有拨乱反正的意义。"那么,主题学的定义究竟是什么呢?"作者先后指出梵·第根的观点(但认为其观点不够全面)、美国学者弗列特里契和马龙的观点、法国《拉罗斯百科全书》(1978 年版)的观点等。并针对上

---

① 谢天振:《主题学》,《比较文学研究》1987 年第 1 卷第 4 期,第 32 页。
② 同上书,第 34 页。
③ 同上。
④ 同上书,第 35 页。

述几种主题学定义之所以不着重强调"跨国或跨民族"这个前提的原因时,指出"从历史的眼光看,我们的主题学研究在今后相当长一段时期内,必然仍将是'双管齐下'的……最终还是要强调'跨国或跨民族界限'这个前提的"①。文中还提醒人们要注意主题研究与主题学研究之间的区别,即研究对象的内部与外部;着眼于一点,还是着眼于一条线、一个面等问题,但有时二者又是难以区分的。作者举出国外学者关于典型形象唐璜的研究来说明自己的观点。最终作者指出,尽管如此,"不难发现,这种研究是非常有趣味的。……这种研究需要有披沙拣金般的识见与功力……这种研究稍不谨慎,就很容易流于基亚所说的'全面的清点,再附上一篇多少有点松散的解说'那种情况"②。目前这种人物形象研究已归入人物母题类进行研究了。

第三部分,也是文章最重要、最复杂的部分,即对主题学研究对象进行分类。因为国外学者对主题学研究对象的分类存在着不同的认识,而国内又无可参照的先例,所以作者花费了大量的理论思考和实例分析来说明主题学研究的不同分类标准和内容。首先,作者分析评论了有代表性的法国著名比较文学家梵·第根对主题学研究对象的分类,即"一、局面与传统的题材;二、实有的或空想的文学典型;三、传说与传说的人物"。之后,作者提出:"梵·第根对主题学研究所作的分类在比较文学界没有被广泛采纳。"③其次,作者又归纳了罗马尼亚比较文学家迪马针对梵·第根提出的另一套分类方法,即"一、典型情境";"二、地理题材";"三、传统描写对象,指植物、动物、非生物等";"四、世界文学中常见的各类人物形象";"五、传说中的典型"。最后,作者在进行总结时提出了自己的看法:"迪马的分类无疑比梵·第根的要明确多了。但是这种分类把研究者的视线较多地引向文学现象的表层。固然,主题学更多的是研究文学现象的外缘,但是,能不能在研究外缘的同时注意或联系文学现象的内涵呢?"④这种学术思考延续了作者前文中的一以贯之的逻辑,即本体论上的外部研究与内部研究的统一,方法论上的影响研究与平行研究并举。其实,这也是主题学在比较文学界内难以达成共识的根本原因,即将主题学

---

① 谢天振:《主题学》,《比较文学研究》1987年第1卷第4期,第35页。
② 同上书,第36页。
③ 同上书,第36—37页。
④ 同上书,第37页。

研究置于影响研究与平行研究的两个截然不同的研究方法之间,形成非此即彼的二元对立关系是不行的。只有多元共生才是解决主题学研究理论与实践的根本思路。在这种认识的基础上,作者提出:"为此目的,我仍觉得我国的主题学研究可以从以下几个方面展开。"于是在文章中作者有针对性地、理论联系实际地、详细阐述了母题研究、主题研究和情境研究的理论范畴、研究范式、具体思路和策略方法。

关于"母题研究",作者首先提出何为母题,接着指出母题与主题的区别,母题的数目相对有限,主题数目相对无限;母题往往表现出较多的客观性,主题则往往带有较强的主观性。主题可以视为"母题的一个具体表述,是母题的具体化"[①]。继后又指出母题和情境的关系是相互依存的关系,不是一种易于混淆的关系,即"每一个特定的情境必然蕴含着一个母题"[②]。作者还指出,"母题还与人物类型有着密切的关系"等。最后关于"母题研究"作者总结了三种情况,即"纯粹母题研究""情境母题研究""人物母题研究"。关于"主题研究",作者首先指出何为主题,又指出主题与母题的关系,"一个主题可以由好几个母题组成,母题永远无法上升到问题与观点的高度",而"主题多通过人物表现出来"。[③] 于是作者进一步举例指出中西文学里的人物主题的明显区别,即西方文学中的人物主题经常多变,而中国的人物主题则变化较少,大同小异。作者其次指出主题研究与题材的关系,即"一个题材往往蕴含着一个主题"。所以关于题材研究,作者也提出了三点忠告。即"作家对业已存在的故事、情节、事件、经验、动作的加工处理";"作家对前人作品的再加工和重新处理";"作家对某些已经取得一定主题含义的植物、动物和地理题材等的再处理"。关于"情境研究",作者首先提出:"母题和主题是文学作品的潜在部分,而情境(以及结构等)则是作品的外观部分。"[④]作者举出威斯坦因和托马舍夫斯基对于情境的理解,然后指出:"每一个情境都为读者展示出人物的某种关系……从而衍生出各种各样的情节。"[⑤]接着作者分析了哈里·列文关于情境的有限说和威斯坦因的情境无限说后,提出自己的观点,即"主题学要研究的对象之一正是这有

---

① 谢天振:《主题学》,《比较文学研究》1987年第1卷第4期,第38页。
② 同上。
③ 同上书,第39页。
④ 同上书,第40页。
⑤ 同上书,第41页。

限的基本情境,怎样从一个国家(民族)传入另一个国家(民族),从一个作家笔下传入另一个作家笔下,不断标新立异,成为无数具有鲜明时代色彩、民族特征和个人风格的作品的过程"①。作者又以灰姑娘故事为例,指出此类故事的典型情境就是主人公匆忙逃离现场时不慎遗留的一只鞋子,而"鞋子"于是成为所有此类故事的"枢纽",成就了不同民族的故事。最后,作者补充说明了西方学者将意象和套语也纳入主题学研究范畴的一些个人观点,值得今后借鉴。

1987年7月,经教育部高教司批准,中国比较文学学会和山东省比较文学学会在青岛举办了"全国中西比较文学师资培训班"。在这个培训班油印稿教材的基础上,经参加编写的六位专家反复讨论、修改,最终于1988年7月由高等教育出版社出版了《中西比较文学教程》一书。其中第七章主题学由谢天振先生执笔。在这本教材里,为了体例的需要作者对《比较文学研究》季刊的专题论文做了文字和内容上的修改,删少增多。这一章在原结构和理论观点没有变化的情况下,增加了近2000字的内容,达到了18000余字的规模,更适合读者的学习、阅读和实践。这本教材由于内容新颖、科学性强、理论联系实际,便于学习、操作,而受到读者的欢迎。这其中自然也关涉到主题学部分的内容,也有不可埋没之功。

十年之后,谢天振在和陈惇、孙景尧共同主编的、由高等教育出版社出版的《比较文学》一书中,又重新撰写了"主题学"一章,20000余字。此书是在1995年11月下旬烟台召开的中国比较文学教学研究会成立大会暨首届学术讨论会上,接受诸多与会代表的建议决定编写的。1996年6月中旬,在苏州大学举行的初稿讨论会上,又进一步明确了要反映比较文学发展与研究新成就的编写思路,并修改和调整了全书的纲目。1996年8月,在中国比较文学学会第五届年会期间,与会的大部分撰稿人又就编写工作中的一些问题进行了磋商。1996年11月中旬,在书稿基本完成的情况下,于北京师范大学召开了定稿会。该书1997出版"后记"中,评价说"其内容的广度和深度都是相当可观的";在2007年修订版的"后记"中,指出该书"向世界各国的同行展示了中国学者对比较文学这门国际性学科的理解"。在2014年9月第三版后记中,认为"本书成了中国比较文学复兴以来对学科原理研究成果的集中体现";"既保留它的历史性又能体现学科的新发展"。在这三个版本

---

① 谢天振:《主题学》,《比较文学研究》1987年第1卷第4期,第41页。

的不断修改、提炼的情况下,谢天振对"主题学"理论与实践有了新的理解与研究。

在关于"主题学"的第二章开篇,他就明确指出:"在比较文学的诸类研究中,主题学一直处于颇有争议的地位。"[①]但是"最近二三十年在西方比较文学界出现了主题学研究的'复兴'"。书中接着指出:"与西方相比,中国的主题学研究在理论方面虽然并不明显,但在实践方面倒是不乏传统……比较遗憾的是在主题学研究的理论阐发方面我们似乎鲜有涉足……由此可见,在中国对主题学理论的研究还有许多工作要做。"[②]以下,作者分"主题学研究概述""主题学研究的分类"和"主题学研究的新进展"三节进行深入阐发。仅从标题上看,这三部分已经和 20 多年前三部分内容的整体构思与问题分析大不相同,即突出了科学性和前沿性。

第一节开始,作者在引入正题的第二自然段,就引用了陈鹏翔在其论文《主题学研究与中国文学》里的一段文字说明什么是主题学,然后又通过西方著名比较文学学者的话语解释,说明主题学研究的文学研究本质。虽然作者依然举例著名文学形象唐璜来说明主题和主题学的区别,但是却得出了新的结论:"不难发现,这样的研究于我们了解不同民族、不同时代的作家对同一形象的处理,从而更深刻地理解不同作家的不同风格和成就,不同民族文学的各自特点,以及民族文学之间的交往和影响等,是大有裨益的。"[③]除了主题与主题学的区别以外,作者还区分了欧美比较文学家至今仍存争议的主题和母题的区别。"从目前国际比较文学界的情况看,越来越多的学者倾向于把主题看成是抽象的,而母题是具体的,主题具有一定的主观性,而母题则具有客观性。"[④]此外,作者又提出:"在主题学研究中,题材也是一个重要的研究内容",以及另一个重要研究内容"情境"。最后,作者指出:"意象和套语(topos)也是主题学研究的对象",并对"意象"和"套语"进行了细致的分析并举例说明,这是和他以前论述有增加的部分。其实,这一节的内容囊括了他以前论述的第一、二部分并有深化和提升,且有了新的理论与观点。

第二节"主题学研究的分类"和先前的论述大同小异,个别处有理论升华和更理论化、准确性的分析,实例也更加丰富了。

[①] 陈惇、孙景尧、谢天振主编:《比较文学》,北京:高等教育出版社,2014 年,第 91 页。
[②] 同上。
[③] 同上书,第 93 页。
[④] 同上书,第 94 页。

第三节,是作者从理论到实践上对当前中外主题学研究新进展的情况所进行的总结与分析,具有前沿性的特点。首先,作者指出:"从这二三十年国际比较文学的发展情况来看,主题学这种引人争议的局面显然正在发生令人欣喜的变化……更加值得注意的是,自1985年底以来,西方已经为主题学举办了六次研讨会或国际会议,而且这些会议的成果不是出版成学报的专号就是以专著的形式面世,在学术界都产生了一定的影响。"[①]其次,作者指出:"最近几十年来西方主题学研究的重要特征,首先反映在对主题学理论研究的进一步深入上。"如20世纪70年代出版的具有承前启后作用的普劳厄的《比较文学研究引论》一书中的"主题与溯源"一章;20世纪80年代后更注重方法论研究的俄裔旅美学者卓尔科夫斯基和谢格洛夫等人;继而,耶鲁大学以列耐特教授为首的人工智能小组,分析故事"情节单元"(又称"主题抽象化单元")的努力;还有一批学者如普林斯和林蒙·柯南等,致力于从读者的角度,探寻文本"主题化"的建构等。以及女性主义批评对主题学研究的切入,尤其是"进入20世纪90年代以后,苏珊·巴斯奈特在其新作《比较文学批评导论》中更是专辟一章'性别与主题',强调'主题学研究对当代批评家的重要性'"[②]等。作者举出的这些新的主题学理论的研究与探索都表明西方比较文学界关于主题学复兴的一种新趋向、新态势。最后,作者指出:"我国近二三十年来,在主题学研究方面也取得了较大的进展,其中,首先值得一提的是刘守华在民间文学研究领域所取得的成果《比较故事学》。""国内主题学研究中另一个成就是王立于1990年出版的专著《中国古代文学十大主题——原型与流变》和1995年推出的一套四册的主题学系列研究专著《中国文学主题学》。"作者还指出:"陈建宪的《神祇与英雄——中国古代神话的母题》尽管是一部神话学研究专著,但却体现出鲜明的主题学研究意识,因此也很值得注意。"[③]此外,"像叶舒宪、萧兵等人的研究成果,虽然更多的是运用了文化人类学和原型批评的理论,但其成果与主题学研究也同样有着极其密切的联系"[④]等。

由上述分析可以看出,作者谢天振对于中外比较文学主题学的理论与实践长

---

① 陈惇、孙景尧、谢天振主编:《比较文学》,北京:高等教育出版社,2014年,第103页。
② 同上书,第105页。
③ 同上书,第106页。
④ 同上书,第107页。

期以来进行关注和研究,基本奠定了中国比较文学主题学研究的理论基础,并成为这一领域里的一支研究主脉。

第三节　乐黛云平行研究的主题学观点

中国比较文学研究的先驱者乐黛云对于"主题学"理论的研究,也是中国学者中论述的比较早而且比较充分的一位。1985年,她兼任深圳大学中文系主任,在由深圳大学比较文学研究所主编的"比较文学丛书"总序《比较文学的名与实》中颇为详尽地论述了自己的比较文学主张。她指出:"最初,比较文学仅仅是被定义为'国别文学'的关系史。""后来比较文学自身的发展突破了这种只拘泥于事实联系的局限,人们发现并承认完全没有事实联系的不同文化体系中的文学也具有比较研究的价值。"于是,她从无事实联系的平行研究的角度论述了对主题学的理解。她指出:"从内容方面来说,文学反映人的思想、感情和心理状态,人类具有的欢乐、痛苦和困扰往往可从全不相干的文学体系中看到。例如关于爱情与事业的冲突……另外如对于人生短暂而自然却永恒长存的感怀,对于自我的认识和对于人生的领悟,对于理想的追求与破灭等,都常常在完全不同的文学体系中以相同或不同的形式得到表现。构成了并无事实联系的不同文学之间的一种可比性。这种比较在比较文学中被称为'主题学'。"[①]由此可知,乐黛云对主题学的认知和界定,是以平行研究,即美国学派的"内部"研究为基础的,代表了当时中国比较文学界的主流观点。

另外,关于主题学研究的范式,她还指出:"文学史的比较研究与主题学的结合也是一种很有趣的现象。例如杨贵妃的故事从《长恨歌》到《梧桐雨》,再到《长生殿》;王昭君的故事从《汉书》中的片断记载到《汉宫秋》到《双凤奇缘》,再到郭沫若的《三个叛逆的女性》。这种同一主题(还可细分为题材研究——笔者注)的发展序列往往给我们提供文化、社会、思想风习变迁的丰富信息。"[②]她还指出欧美文学中也有这样的发展系列,"例如浮士德的故事和普罗米修斯盗火的故事的不断改写"。

[①] 乐黛云:《比较文学原理》,长沙:湖南文艺出版社,1988年,第1—2页。
[②] 同上书,第3页。

这种主题学研究中同一题材的发展序列研究也已突破了注重"外部"研究的题材史流变范式,而成为重现文学现象内部研究的启示录。最后,她还提及中国各民族之间的比较研究,海外华人文学的研究,以及东方各地区的比较文学研究,"目前都还是一片未开垦的处女地,中国比较文学将填补这些空白,为世界比较文学做出自己独特的贡献"①。现在看来,这些包括主题学研究的学术空白正逐渐被中国学者填补,并成为中国比较文学研究的特色和重要领域。

乐黛云的《比较文学原理》一书是这套"比较文学丛书"中重要一部,由湖南文艺出版社1988年出版。她在此书的"后记"中介绍说:1984年以来,她先后六次在北京大学、深圳大学、鲁迅文学院、解放军艺术学院等处讲授过"比较文学概论"这门课程。这本书就是根据她六次授课的讲稿整理而成。她在该书的第五章"主题学"一章里用了23000余字的篇幅,分四节,即:"主题与主题学""主题、题材、母题和意象的比较研究""主题史和题材史的比较研究""主题学和原型批评",对当时"主题学"所涉及的理论与实践问题,进行了有独立见解的阐发。在这一章的开展,她言简意赅、简明扼要地指出主题学从产生到发展的过程中富有争议的学术史,以及直至在1968年美国著名、国际知名的比较文学学者乌尔利希·韦斯坦因在他共分七章的专著《比较文学与文学理论》中,用整整一章研究主题学。最后指出:"主题学作为比较文学的一个组成部分才逐渐成为定论"的结论。这些观点都给予当时学术界认识主题学的相关理论问题一个较为系统完整的印象。

在第一节"主题与主题学"中,作者首先提出素材、题材、题旨、主题四个关键要素之间的关系。"素材指的是原始材料";"将它(素材)写入作品时,素材就成了题材"。"题材所显示的信号就是题旨,或称'母题'。""题旨(或母题)是可以从题材中客观地抽取出来的,它是一种可以在各种主题中多次出现的因素。"而"这种深藏在作品底层的作者对生活及他所描写事件的总的看法就是主题"。作者一步步地厘清了这些在理论研究和本体论认识上难以区分的词语范畴,使人们对想了解的主题学有了轮廓性的认识。在"主题"和"母题(题旨)"的区别上,作者指出:"主题愈来愈和作家的主观思想联系在一起,而题旨(母题)则愈来愈离开作家主观思想而独立。"即是说,主题日益成为专属于作家思想范畴的主观因素,因此"主题往往包

---

① 乐黛云:《比较文学原理》,长沙:湖南文艺出版社,1988年,第8页。

括两个方面:一方面是作家通过作品提出的,并把作品内容的各个方面组织成一整体的基本问题;另一方面是作者对这些问题的看法和态度"。在明确了主题所包含的内容以后,作者又提出了关于主题研究的三个层次问题,即"第一,关于'主题'本身的研究,这是一种微观角度的研究。""第二,是关于'主题学'的分析。这是一种宏观角度的分析。""第三是关于主题史的研究……系统地对其继承和发展进行历史的纵向研究。"在这三种研究中,作者又更进一步提出:"广义的主题学研究包括以上三个层次;比较文学中的主题学则常常是指第二层次的狭义主题学研究,但在实际研究中,这三者常是密不可分的。"这些观点非常清晰地区别了主题与主题学的区别,是在当时的历史条件下最有说服力的关于主题学本体论方面的界定,至今看来仍有很大的认同感和现实意义。有了如此严谨地在学理层面的区分度,那么在进行母题、主题、题材的研究中就有了较为明确的标准。它为今后主题学研究提供了很好的模板。

紧接着,在第二节"主题、题材、母题和意象的比较研究"中,作者又进一步提出主题学研究中所涉及的"意象""套语"等"异同、嬗变、相互影响和发展"的问题。作者指出:"如果把主题理解为作品提出的基本问题,或所给予的主要信息,那么,古今中外作品具有共同主题的现象是相当普遍的。"她举例阐释了"爱情与政治冲突"的主题、"启悟主题""二母争子主题"等。她还指出:"题旨(母题)的重点出现更是常见。"然后举例阐释了"浮士德与魔鬼订约"的主题。继而,她还提出:"意象的比较研究是主题学中的一个比较有趣的题目。"并指出,"所谓'意象',是指赋有某种特殊含义和文学意味的具体形象。"①在举例论述中,作者主要以"水""山""动物"等被赋予的内涵和形象思维的产物两方面进行说明。最后,作者提出:"'套语'或译'惯用语'(topos),和'意象'之间并无绝对界限。"惯用语"是由文学传统传递下来的一种文学贮积的惯用说法。"②西方的"惯用语"最早源出古典修辞学,后经拉丁语传至近现代的文学作品中。"惯用语与中国文学中普遍存在的'典故'有很多共同之处。"作者最后发出感慨说:"可惜作为主题学的一个方面,惯用语的研究还刚刚开始。"③时至今日,"惯用语"或称"套语"的研究在中国学界作为比较文学研

---

① 乐黛云:《比较文学原理》,长沙:湖南文艺出版社,1988年,第101页。
② 同上书,第104页。
③ 同上书,第104—105页。

究的一个范畴,仍然很薄弱。

第三节"主题史和题材史的比较研究"中,作者认为这类的比较研究"应该是构成文学史的一个重要方面"。这类研究"在我国比较文学发展的历史中占有重要地位并较早地引起文学研究者的重视"。作者举例1928年顾颉刚的《孟姜女故事研究集》,作者认为,"从题材史的发展来探究主题史的发展,孟姜女故事是一个很好的范例。"接着作者又举一例,即"昭君和番的故事是一个古老的题材,在古代的诗歌、戏剧、小说中不断有所发展"。"据青冢志所载不下四百六十余种,主题也几经变化","真正使这一传统题材发生根本改变的是五四时期郭沫若的历史剧《三个叛逆的女性》之一的《王昭君》(写成于1923年)。"还举了朱西宁根据宋人话本《错斩崔宁》故事改写于20世纪60年代初期的中篇小说《破晓时分》。这类比较研究"对于旧的题材、旧的主题全面刷新,赋予了全新的意义"。原因主要在于这种将主题史和题材史进行比较研究的实例,其发展变化紧紧与社会、历史本身的发展变化密切联系在了一起。最后作者还提出:"研究某一文化系统中的主题和题材的发展系列与另一文化系统的主题和题材的发展系列进行综合分析和比较"[①]也是很有意义的题目。

在第四节"主题学和原型批评"中,作者先行提出加拿大文艺评论家弗莱所倡导的原型批评为主题学研究开辟了新的领域。作者认为:"'原型',指在世界文学中反复出现的一些基本现象包括主题、母题、题材、人物、文类等等。"原型批评就是对这些重复出现的现象进行世界性的、综合性的分析与阐释。在神话研究中,人们发现了更多重复出现的原型。荣格从心理学角度论证了人类自远古以来,由于心理经验的长期积累所形成的"积淀",不知不觉地在下意识深处形成了神话中反复出现的原始意象。而正是这些原始意象不仅能引起人类的普遍共鸣,并在一般文学作品中能够找到,而且构成文学的基本模式。作者举出诸多中西神话中的例子,予以说明,"原型确定存在于神话和作为神话'移位'的文学中"。在这一章的结束,作者总结说:"原型批评的方法帮助人们不仅研究主题、题材、母题、意象,而且注意从人类共同的心理经验出发,进行更深的发掘,简约出更深层更普遍的模式,通过原型批评,主题学进一步与心理学、人类学、神话学、社会学结合在一起而发展向更

[①] 乐黛云:《比较文学原理》,长沙:湖南文艺出版社,1988年,第114—115页。

高的层次。"①这一点得到了近30年来主题学研究实践的证明,主题学之所以能够在近二三十年出现了复兴的趋势,是和这种研究不断拓展自己的研究领域,并与诸多的文艺理论、文学批评方法互相渗透、相辅相成有关。

乐黛云在这本《比较文学原理》的"后记"中附录了五篇译文,"都是第一次与中国大陆读者见面"。其中的"第三篇《主题学与文学批评》是第一次翻译,作者哈里·列文在哈佛大学比较文学系担任讲座教授多年,他关于主题学的论述是这一领域的权威著作"。此言不虚,因为正是由于他的力挺,主题学才能够在多年存在争议的情况下,跻身比较文学学科行列。既然乐黛云将他的译文附在本书之后,并对他评价甚高,可见对他观点的认同。这篇名为《主题学与文学批评》的文章是从哈佛大学出版社1972年出版的《比较的基础》一书中译出的。顾名思义,比较的基础如果涉及主题学的内容,那么比较文学与主题学必然也结下不解之缘。所以,哈里·列文在文章中涉及了主题学的方方面面,如"主题""内在的(内部研究)""外在的(外部研究)""主题学""主题史""母题""原型""题材""意象""素材""象征""情境""模子""套语"等。这些词的本体论意义,定性"是什么",认识论意义相互之间的关系如何等,哈里·列文均有举例说明。在文章最后,哈里·列文提出了几个观点,第一点:"所谓主题学,它包含那些与文学的外在物相联系并因此而被搁置一旁的东西。现在,我们很乐意承认作者对主题的选择是一种审美判断,其思维观念是作品的结构样式中起决定作用的一部分。"②这一点说明他折衷了法国学派对主题学是外部研究的认识和美国学派对主题学是内部研究的认识。第二点:"思想观念是带着形象的面目起作用的。作者所要描写的一切东西,通过创作活动,都将成为最后完成的作品的一个起作用的特征。"③这一点作者想说明主题思想是通过形象思维起作用的。作家所写的东西要通过创作而成为作品的特征。第三点:"文学批评必须学会认识它们,分辨创造性的再现和因袭性的模仿,把他们和人们已经想象出来的那些东西一同归入一条延续不断的源流之中,并在其中把它们联系在一起。"④这一点表明作者对主题学研究的内容和文学批评的关系进行厘清的努力,

---

① 乐黛云:《比较文学原理》,长沙:湖南文艺出版社,1988年,第121—122页。
② 同上书,第284—285页。
③ 同上书,第284页。
④ 同上书,第285页。

有点题之意。总之,乐黛云将哈里·列文这篇译文附在书后,对于书中所阐释的主题学内容有极大的指导意义和补充说明的作用,并且达到了继续深化主题学理论研究的目的。

乐黛云还于2003年在北京大学出版社出版了一本《比较文学简明教程》,其中的第五章"差别·类同·流变"以"和而不同"的原则,对"素材——题材——题旨——主题""题材、题旨和主题的比较研究""主题和题材的流变"以及"意象、象征、原型的比较研究"四个方面的问题进行了阐释。但是正如作者在"后记"中所说,此书是为"更能适合广大学生和一般读者的理解程度"而编写成的,所以其主题学部分论述的深度与广度并未超过以往的著述,但全书的动态性和前沿性大有提升。

第四节　陈鹏翔中西比较研究的主题学

陈鹏翔(笔名陈慧桦)对于中国比较文学主题学的理论建构和实践推广而言,堪称是位重要人物。他虽是英语专业的本科生和硕士生及比较文学博士,并一直在英语系任教职,在诗歌创作和文学评论方面也很擅长,并有多部专集问世。20世纪70年代末80年代初,他开始致力于比较文学研究,并积极推广主题学的理论建设与实践研究,至今仍活跃在台湾的学术界。他曾和古添洪共同编著了《比较文学的垦拓在台湾》(1976)和《从比较神话到文学》(1977)。而后,他在主题学研究上用力最勤,成果显著。初时,他在博士论文《中英古典诗歌里的秋天:主题学研究》(1979)中就开始运用主题学的理论来探讨中英诗歌里关于"秋天"的主题,而且很成功。从此,他越来越关注比较文学研究中的主题学问题。主要代表著作有《主题学研究论文集》(主编)(1983年初版,2004年二版)、《主题学理论与实践》(2001)。代表文章有《中西文学里的火神研究》载《中外文学》五卷二期(1974);《自然诗与田园诗传统》载《中外文学》十卷七期(1981);《主题学研究与中国文学》载《中外文学》十二卷二期(1983)等。

《主题学研究论文集》是中国最早的关于"主题学"的专论文集。书中强烈的学科意识和扎实的实践分析,在梳理西方主题学演变历史的过程中,确定了自己的学术观念。这种主题学研究无疑在中国比较文学学科史上具有一定的历史地位。他在该论文集出版的"前言"中,从明确的比较文学主题学理论建构和实践研究的自觉性出发,对所收的 21 篇文章进行了总体的、又是实事求是地说明与评价:"为了使主题学的某些层面更加透彻,这里也收入了一些不尽是从比较文学立场出发的文章,作为一种印证与延伸,有些甚至只可视为主题史的研究;但是,它们在考证某一个主题的源流或在立说上颇有可取,可为真正的主题学研究奠基。"①他很清楚地认识到这 21 篇文章中不全是以比较文学立场出发的主题学研究,"有些甚至只可视为主题史的研究"。但仍肯定它们在考证某一主题或某一观点上,"可为真正的主题学奠基"的作用。通观他的全部理论分析和实践研究,不难发现他所谓的"真正的主题学"即是跨越国家界限的中西文学比较中的主题学。

陈鹏翔在该论文集中的第一篇文章"主题学研究与中国文学"里,"只拟就主题学在西方和中国学术上的发展做一介绍,并就它和一般主题研究的异同以及其理论层次做一些探讨,最后并拟采用结构主义的分析法,给中英某些类型的诗构筑一个理论系统、提供一个研究的模子"②。随即他在文章中论及了三个问题:即"西方和中国的主题学发展史";"主题学和一般主题在理论上的异同";"分析中英某些类型的诗以便在理论和研究中提供一个模式"。

针对第一个问题,他提出:"主题学跟比较文学的结合还是晚近一二十年的事","至今为止,一直对这一门学问有所阐发的大都还是法德人士,苏俄学者对理论的建树也已逐渐翻译成英文,逐渐形成一股影响力。""类似西方的主题学研究的发展我认为至少已有将近六十年的历史,中间似乎有所中断,因此使人误以为我们没有这一类研究,那是令人感到非常啼笑皆非的事。当然,学者在二十年代甚或更早以前所做的主题学研究,并未采用'主题学'这么一个名词。"③他接着举例论及"顾颉刚的《孟姜女故事的转变》是第一篇重要的而且相当完整的民俗研究……他初次的尝试以及往后的研究都能把握住郑樵这一段话的真谛而避免了西方早期主题史研究只考证故事的增衍而不及其他的缺失,这都是有目共睹的事"④。继后,作者又举出"一篇成功的主题学研究论文"来支持他的观点,即"王秋桂发表在

---

① 陈鹏翔主编:《主题学研究论文集》,台北:东大图书公司,1983 年,第 1 页。
② 同上。
③ 同上书,第 4 页。
④ 同上书,第 6 页。

《淡江评论》上的一篇英文文章《孟姜女故事早期版本的发展》"。他认为"王秋桂继承的正是顾氏甚至可以说是郑樵所建立的据作品以蠡测时代风貌以明作者'意欲'的传统"。最后作者强调前人的观点,即"必须了解到,只要主题学研究能根据作品本身,增进我们对西方文学许许多多时代的特色的了解,则它就有价值。"①陈鹏翔的第一个问题明显表现出中西比较中的主题学从理论到实践的研究倾向,并主张研究者要从作品的主题或母题的发展、演变过程的处理上去了解作者的心态和胸臆,并考察作品所反映的时代风貌,从而真正进入主题学研究的纵深领域。

针对第二个问题,作者首先提出:"主题学研究是比较文学的一个部门,它集中在对个别主题、母题,尤其是神话(广义)人物主题做追溯探源的工作,并对不同时代作家(包括无名氏作者)如何利用同一个主题或母题抒发情愫以及反映时代,做深入的探讨。而且由于最近现象学、诠释学、记号学(即符号学——笔者注)和读者的反应批评(reader response criticism)等方法的蓬勃发展,我们未尝不可纯就不同作者对同一主题的知觉(consciousness)来探讨其差异,或纯从读者的反应来勘察同一主题的演变。由于主题学的理论和方法并未臻至极境,这些期望应是有可能实现的。"②其次,在明确了主题学的本体论定义之后,作者又将主题学研究和一般主题研究进行区分和说明。"主题学是比较文学中的一个部门(a field study),而普通一般主题研究(thematic studies)则是任何文学作品许多层面中一个层面的研究;主题学探索的是相同主题(包含套语、意象和母题等)在不同时代以及不同的作家手中的处理,据以了解时代的特征和作家的'用意'(intention),而一般的主题研究探讨的是个别主题的呈现。最重要的是,主题学溯自十九世纪德国民俗学的开拓,而主题研究应可溯自柏拉图的'文以载道'观和儒家的诗教观。假如我们接受汤姆森(Stith Thompson)把民间故事分成类型和母题(type and motif)的做法以及他给构成母题(constituent motifs)所下的定义,则主题学应侧重在母题的研究,而普通主题研究要探索的是作家的理念或用意的表现。"③最后可以总结说,德国抑或是中国早期主题史研究都侧重在探索同一主题的演变过程,而现在的主题学研究则可通过剖析分解故事的途径,来推定作者的用意以及与现实的联系。由此可

---

① 陈鹏翔主编:《主题学研究论文集》,台北:东大图书公司,1983年,第10页。
② 同上书,第5页。
③ 同上书,第15—16页。

以得知,主题学研究显然需要有借助于普通主题研究的地方,但是要有更深广的学术视域才可能实现。

针对第三个问题,作者主动将主题学研究的范围从民间故事领域扩展到抒情诗范围时,则提出:"意象和套语也应占有一定的地位"。因为在诗中,"这些意象和套语都是大大小小的母题,是组成一篇作品的重要因素"。而在研究中英抒情诗时,尤其是中国的四言绝句时,作者认为,"意象和母题的关系必须廓清",因为"学者和理论家都认为意象和母题是两个层次不同的概念"。"母题我认为是由两个或两个以上不断出现的意象所构成,因为往复出现,故常能当象征来看待。"陈鹏翔在文章中花费了不少篇幅论述了母题与意象、象征和主题等的关系,对西方的结构主义分析方法进行了辨析,最后落实到他的博士论文《中英古典诗歌里的秋天:主题学研究》一文的"绪论"中:"我认为在中英古典秋天诗、中西处理及时行乐这个母题的诗中,经由结构的分析组合,然后给它们找出转化的规律是相当可行的。中国秋天诗所要表达的主题无非是悲愤、感怀身世、时间的递嬗、收获和满足,而如逢乱世则诗人的感愤感怀也愈深。而英国古典秋天诗所着重表达的主要是时间的压迫感、季节所展示的生死再生的型态、收获、满足和忧伤。""从这些意象或母题推展到把主题托出,其手续不外乎 contrast, intensification 或 combination 等。所以我认为给中英秋天诗、中英及时行乐诗等寻出一个鉴赏或批评的模子来是可以做到的。"[①]至此,作者从文章开始的西方和中国的主题学研究的梳理,即文章中对主题学的主要元素,如主题、母题、意象、套语、象征等一并进行了理论上的阐释,到实践上的验证,最终落实到中英诗歌里秋天的具体主题学领域里的研究。从而形成了自己的比较文学主题学的理论建构与实践研究,为中国比较文学主题学研究留下可供借鉴与思考的空间,无疑也影响了海峡两岸诸多的学者。

上述《主题学研究论文集》中还收入了陈鹏翔的另一篇主题学论文,即《中西文学里的火神》。作者开宗明义地说:"在这篇论文里,我想对西方文学里的火神普罗米修士和中国文学典籍里的类似神话做个比较研究。由于这是一篇主题学研究,因此在探索过程中我会时时记住科斯提斯(Jan Brandt Corstius)如下的诤言:'学者必须了解主题学研究的价值,纯系建立在它依据文学作品本身能增进我们对西

[①] 陈鹏翔主编:《主题学研究论文集》,台北:东大图书公司,1983年,第29页。

方文学许许多多时代的特征的了解。'"①即是说作者将对中西方文学中的火神形象进行主题学性质的中西比较研究,并且通过对这一形象在中西不同时空里的变迁,要能够反映时代精神和作者思想的联系。通过作者大量的引经据典的考证、分析、阐释、辨异,人们得知有关伏羲、神农、燧人氏、祝融、回禄、赤精子、罗宣和刘环这些中国火神的传说故事是如此的千头万绪。但是:"我们不难发现,火已从仁慈的力量演变成破坏的力量。有关古代三皇、祝融和回禄的传闻始终都保留了传说的本色,从未改写成任何艺术形式,但在西方,有关普罗米修士的故事,哀斯格勒斯、哥德、拜伦、雪莱和穆地(William Vaughn Moody)等皆曾以不同的艺术形式处理过,以表达他们对整个社会和宇宙的看法。"除了上述不同之外,作者还指出:"中国火神的故事比较富人性色彩,而普罗米修士的神话则蕴含了比较多的宗教情操。"②作者最终在这里完成了中西文学中火神形象的主题学研究,人们也能从中清楚地了解到陈鹏翔的中西比较文学研究的主题学主张。

陈鹏翔主编的《主题学研究论文集》2004年出版了第二版,作为主编的他在"再版序"中说:"趁这次再版的机会,我不仅给拙文做了些许文字润饰,更把撰写格式做了合乎时宜的修订,俾使它更经得起学术上的考验。至于论点,由于有历史进展的时空考虑,并未做大幅度之翻新。"另外,他在肯定"二十世纪九十年代中期以来,利用主题史与主题学的理念撰写的单篇论文或是学位论文更多"的同时,还是指出,"令人感到遗憾的仍然是,真正能做中西方比较研究的论著依然如凤毛麟角"。其实这才是他主张的比较文学主题学的研究重点。"再版序"的最后,他提出了自己的期望:"在类似这样的一些重要著作(指丁乃通的《中国民间故事类型索引》(1978)和斯蒂·汤普森的《世界民间故事分类学》(1961))都陆续翻译成中文以后,主题学研究如果能够在二十一世纪发展的更加辉煌,那应该是颇可期许的一件事。"我们可以说在这部新刊印的《主题学研究论文集》中寄托了这位中国主题学研究先行者太多的理想与小小的奢望。现在看来,经过学界同仁十几年的努力这些"理想"和"奢望"正在变为现实。

陈鹏翔在2004年新刊印的《主题学研究论文集》中,除了由竖排版改为横排

---

① 陈鹏翔主编:《主题学研究论文集》,台北:东大图书公司,1983年,第32页。
② 同上书,第168页。

版,还新发表了不足 7000 字的《主题学研究的复兴》一文。在这篇文章中,他首先指出主题学研究自从 20 世纪 60 年代末 70 年代初复苏以来,到 1993 年哈佛大学出版社出版《主题学批评的复兴》的论文集,表明这是"一个可喜的现象"。其次对中国比较文学界的主题学研究现状表现出不满。他借用李汉亭的观点说:"跨国性的主题学论题,应该是……可以大量垦拓的对象……然而,事实远非如此:专书不论,单篇论文处理的仍以本国民俗主题母题的演变为主,跨出门槛者极少。"陈鹏翔明确表示:"台湾与大陆学界为何还那么缺乏实质比较性的主题学论文?"他认为"理论的发展与实际主题研究并未全方位互辅以及互相支援,因为有些实践研究未必是有意识地在理论的引导下完成的。"继而,他引用大量实际事例来说明自己的观点。他自己在这篇短文结束时总结说:"总之,我最后这一大段之记述,主要在说明主题学研究在二十世纪八十年代中期以来,它早已跟现当代的各式理论、研究结合在一起,或者说被纳入各式课题、领域之中。主题学研究的再兴是一种陌异化、变形的再兴。"[①]主题学研究复兴的上述大趋势,是客观的符合事实的。因为主题学毕竟只是一种研究类型,这种研究类型在当前的诸多的研究领域被不断重叠,不断重组,不断融入,不断析出。因此,变化几乎是难以穷尽的,这也就不可能将它置于某些人为的理论框架中去了。也正因为如此,主题学才表现出如此的活力四射,如此的不可穷尽与不可思议。我认为这种大趋势很可能成为今后主题学研究的一种常态。

陈鹏翔在 2004 年新刊印的《主题学研究论文集》中,还对原有的重要论文《主题学研究与中国文学》做了些许文字润饰,更把撰写格式做了合乎时宜的修订。至于其中的观点"由于有历史进展的时空考虑,并未做大幅度之翻新"。全文较大的改动是在文章开始叙述主题学史时,提及在欧洲大陆的情况,原文这样表述:"不管怎么说,至今为止,一直对这一门学问有所阐发的大都还是法德人士",改为现在的:"总之,在六七十年代,对这一门学问有所阐发的大都是'法德人士'",而且在这一段最后加了一段话:"西方真正要结束对主题学的'憎恶'应始于 1985 年左右,自该年底始,西方学者已为主题学研究召开过六七次国际性研究会,并且出版会议论文集。"作者在同页下面的注释中,重点提出有标志性意义的两本文集的出版,即沙

---

① 陈鹏翔主编:《主题学研究论文集》,台北:东大图书公司,2004 年,第 9 页。

勒兹(W. Sollors)主编的《主题学批评的复兴》(1993)和特伦姆勒(F. Trommler)主编的《主题学再审议》(1995)。可见作者在有新材料出现的情况下，对自己原有的论述进行了及时的补充，以表现自己观点的前沿性和科学性。

　　陈鹏翔2001年由台北万卷楼图书有限公司出版的独著论文集《主题学理论与实践》一书，实际上是他20年来研究比较文学主题学的理论与实践的一个标志性成果，见证了他在该领域的理论建设与实践验证。他在该书的"序"中开篇即表示："比较文学中的主题学是我念完博士班后的一个研究重点，最近检索起来，发觉在这一个范畴内，我已写了十来篇中英文论文……这次先挑选出九篇，详加校订错误，凑合在一起成书，至盼能获得读者的喜爱，以及方家的指教。"继而他对中国比较文学主题学研究进行了极其简要的总结说明。首先，他指出："八十年代以来，把主题学理论与实践摆在中西比较文学界这样一个视角下来推展，笔者允为第一人……王立之外……散简零篇以及皇皇巨构，亦不时展现在吾人眼前。这种兴盛的局面跟西方学界自九十年代以来重新积极推展主题研究就成了相互辉映。"他说的是事实，即他(陈鹏翔)是20世纪80年代中国重视主题学研究的先行者，另外，王立教授受到启发出版的主题学系列图书和上百篇论文，"大抵已建构出'中国古代文学主题学体系的大厦'(李炳海语——笔者注)"①。这种趋势已和西方学界90年代的主题学研究形成呼应之势。其次，他指出中外当前主题学研究的不足之处，"不管在华文世界还是在西方学界，有许许多多的主题学研究的论文都仅仅只是主题研究或是主题史研究，一来尚未做到比较，二来也尚未真正把主题学理论应用上去"。为了说明这种情况的真实性，他再次引录了学者李汉亭(李奭学)的话："跨国性的主题学论题，应该是台湾可以大量垦拓的对象，因为中国在文化上主导东亚数千年，民俗故事或一般观念给予四邻的影响相当充沛。……然而事实远非如此：专书不论，单篇论文处理的仍以本国民俗主题母题的演变为主，跨出门槛者极少，原因何在？"作者借此反问，"李奭学这个呼吁一去已十二三年，为何能真正做到比较的论文还是这么少见？"陈鹏翔所谓"真正做到比较的论文"即"中西比较研究中的主题学论文。"最后，他坦陈："笔者在过去写作这些中西比较主题学论文时，其间所遭遇到的艰辛真不足为外人道，做得最辛苦的是：在撰写两篇有关中西主题学的理

---

① 陈鹏翔：《主题学理论与实践》，台北：万卷楼图书有限公司，2001年，第1页。

论时的那些年。"①他本人的艰辛和努力也从另一个侧面说明:为什么"真正做到比较的论文"少见。人们也由此可知,陈鹏翔认同和追求的主题学研究,就是中西比较研究中的主题学。因此,他在这本集子中精挑细选的都是中西比较中的主题学理论与实践的文章。其中三篇有代表性的文章分别为:《中西文学里的火神研究》《自然诗与田园诗传统》和《主题学研究与中国文学》。其余七篇:《中西文学里的雄伟观念》《〈庄子〉的词章与雄伟风格》《从神话的观点看现代诗》《中英山水诗理论与当代中文山水诗的模式》《悲秋的传统与衍变》和《主题学理论与历史证据——以王昭君传说为例》都是关于中西比较研究中的主题学理论建构,或者中西比较研究中的实践探索。陈鹏翔这些中西比较研究的主题学成果,无疑成为中国比较文学界不可小觑的重要资源和财富。

第五节　刘象愚东西比较研究的主题学理论

　　1982年11月,在刚刚加盟北京师范大学的刘象愚的力挺之下,北京师范大学中文系成立了比较文学研究组,并于翌年开出了"比较文学概论"的课程。1986年,北京师范大学出版社出版了陈惇、刘象愚选编的《比较文学研究资料》,其中涉及主题学的内容。陈惇、刘象愚两位为北京师范大学中文系开设比较文学课程而编写的《比较文学概论》一书,后来列入国家教委"七五"高校文科教材规划于1988年正式出版。书中第四章第四节"主题学"用了9000字的篇幅重点对"主题学"进行了理论上的阐释和实践上的论述。由于该书是最早的关于比较文学的国家规划教材,所以影响较大。另外,"主题学"一节的主要执笔人刘象愚又于1987年译出乌尔利希·韦斯坦因《比较文学与文学理论》一书,而其中的第六章"主题学"就有20000余字。主要论述了当时能涉及的有关主题学研究的方方面面。因此,作为该书译者的刘象愚在《比较文学概论》一书中的"主题学"一节里的论述与客观评价就有了格外重要的意义。韦斯坦因的这部专著《比较文学与文学理论》,尤其是其中的"主题学"一章,以科学、成熟的比较文学学科理论体系与研究模式自20世纪80年代引入中国,从此成为诸多中国比较文学先行者撰写学科理论教科书的重要

---

① 陈鹏翔:《主题学理论与实践》,台北:万卷楼图书有限公司,2001年,第2页。

参考书之一,对中国继后30余年来的比较文学研究产生了广泛的影响。

刘象愚在韦斯坦因的《比较文学与文学理论》的译者"前言"里,对这本书的优缺点进行了较为客观、公允、充分的评价。他指出:"本书是一部较为全面系统地论述比较文学和一般文学研究中理论问题的专著,在西方的比较文学界具有较大的影响,在一定程度上代表了西方比较学者的研究水平和成果。"首先译者肯定了作者的5处优点,其中第4点涉及类型学和主题学。他认为:"本书四、五、六章讨论文学史上的分期、潮流和运动、文学类型、主题学"等问题,而这些问题实际上已经属于文学理论的范畴。值得注意的是,作者始终把它们置于比较文学的背景上来探讨。换言之,作者总是从比较的角度,采用平行研究和影响研究的方法来分析问题,这样,就能使理论的研究上升到新的高度。"① 在继后的深入阐释时,译者又着重指出:"在谈及文学类型和主题(包括题材)这两个颇具理论色彩的问题时,韦斯坦因强调'必须既采用批评的方法,又采用历史的方法',这也就是真正的比较文学的精神。一种体裁的产生、发展和流变就是一部历史,但在历史的进程中必然包含着不同民族文学中同体裁甚至不同体裁的平行类比。主题和题材的情形也是如此。作者在五、六两章中论及了许多具体的文学体裁、题材和主题,还对其中不少术语作了辩证解析,极有参考价值。"②这些宝贵经验无疑成为译者撰写《比较文学概论》"主题学"一节时的重要参考。其次译者在指出书中的3点不足与缺陷的第2点时指出:"本书仍然未能超脱欧洲中心主义的立场。作者不仅对东方文学所知有限,而且'对把平行研究扩大到两个不同的文明之间'持怀疑态度,因此,书中也就不可能涉及东方文学和东西方文学间的比较,只能把论述的范围局限在西方文学之间。究其原因,一方面是欧美传统文化对他的长期影响;另一方面也是个人研究领域的局限,使他无法摆脱某些偏见。"③因此可以想见,译者在自己的"主题学"的论述中一定会克服这一重要的缺陷与不足,实际情况也确实如此。而韦因斯坦也因比较文学发展的必然趋势和学者的宽广、开放的胸襟,于1984年发表了论文《我们从何处来?我们在哪里?我们向何处去?》。在文章中,他"对自己过去所持的观

---

① [美]乌尔利希·韦斯坦因:《比较文学与文学理论》,刘象愚译,沈阳:辽宁人民出版社,1987年,第3页。
② 同上书,第4页。
③ 同上书,第5页。

点作了反省,对未能在过去看到东西方文学比较研究的必要性而感到遗憾"。正是这些前辈学者的失当之处,才成为后来者可供借鉴的资本。所以,译者刘象愚在自己对主题学的论述中,极为重视中外文学的比较和东西方文学的比较。

刘象愚为韦斯坦因的《比较文学与文学理论》所写的"译本序"是1986年8月完成的。他和陈惇合著的《比较文学概论》是1987年12月完成的。后者的"主题学"一节内容对前者的参考是很自然的事情。由于他们二人在"后记"中所说的"不能只作客观介绍,要有自己的分析,自己的观点"的原则,所以他们在写作过程中,采取了一种态度鲜明、敢于争论的"讨论式的方式"。而其中的"主题学"一节又成为颇显作者研究态度和学理立场的诉求所在。

刘象愚在书中的"主题学"一节里,首先从"主题学"产生的历史沿革和相关的学术用语的形成两个方面对"主题学"进行了较为详细的解说。并明确指出:"美国著名比较学者哈利·列文(即哈里·列文——笔者注)创造了 thematology 这一术语,汉译为'主题学'。"[①]作者还进一步着重指出:"比较文学中的主题学并不等于我们通常所说的主题研究,它包括对题材、主题、母题、情节、人物、意象等方面的研究。"[②]这就明确地厘清了主题学和主题二者在研究范畴方面的区别。其次,作者对主题和母题的内涵做了对比性的说明。他认为:"主题和母题在许多情况之下似乎可以混用,但二者是有区别的。一般说来,主题是通过人物和情节被具体化了的抽象思想或观念,是作品的主旨和中心思想,往往可以用名词或名词性短语来表述……而母题则是较小的具体的主题性单位,一连串母题的结合就构成了作品内容的框架,从中可以抽象出主题……显然,主题包括了母题。主题可以从母题的结合中抽象出来。"[③]显而易见,作者认为母题小于或等于主题,而主题包括了母题。再次,作者在提出韦斯坦因所说的"主题是通过人物具体化的,而母题是从形势中来的"观点是"值得商榷"以后,认为:"用典型人物来命名主题,只在一定程度上具有概括性。主题不仅从典型人物中抽象出来,也从形势中抽象出来。"接着作者又直截了当地批评了西方有些批评家的观点,即"把主题只和人物联系在一起,把母

[①] 陈惇、刘象愚:《比较文学概论》,北京:北京师范大学出版社,1988年,第243页。
[②] 同上书,第243页。
[③] 同上书,第243—244页。

题只和形势联系在一起的做法是不可取的,至少是不全面的"①。作者的这种批评态度并不源于意识形态,而是建立在对主题学理论的一种深刻解读和大量实践研究基础之上的。第四,作者又提出:"母题是较小的主题性单位,比较具体,往往和情节、事件、人物的行动相关,那么,它与情节有什么区别呢?"他在列举了几位西方比较学者互相对立的观点之后,进行分析、对比判断,最后觉得:"应该说,母题是对情节中一个或数个事件的概括,它不完全等同于这些事件,而高于这些事件。"②最后,作者又提出意象和题材的问题。作者指出:"意象是情节和事件中更小的单位,作品中的细节描写,比喻、暗示、双关等形成了一系列意象。然而并不是所有的意象都具有主题性意义。只有当意象作为一种中心象征,与作品的主题发生紧密关系时,才可以成为主题学研究的对象。"③在对意象和主题的关系进行了严格的界定之后,作者又对题材提出了主题学意义上的要求。他认为:"题材是作品的素材,尚未经过作家的处理。经过作家艺术构思和审美加工之后的题材就化作了作品的情节、人物和某种艺术形式。"

在经过上述关于主题学研究范畴的分别阐释之后,作者为人们提供了一个结构主义的作品模式,即可以把作品分为一个四层次的结构。"最下面一层是题材;题材的上面是情节、人物和一定的艺术形式;再上面一层是从具体的情节、人物中概括出来的一系列母题;母题上面的最高层次是作品的主题。"而人们所说的"主题学即是以作品的这四个层次为对象,于是,有题材研究、人物研究、母题研究、主题研究等。"④作者清晰地描述了文学作品在主题意义上的四层结构,并分别对应着一种主题学研究的范畴。这不仅在当时,即使是现在也有比较文学主题学研究的学理意义和理论建构价值。继后的论述中,作者强调了主题学研究,"既可以对不同文学中类似的题材、情节、人物、母题、主题作平行研究,又可以对一种题材、人物、母题或主题在不同民族中的流传演变作历史的探讨(即影响研究——笔者注)"。作者还提醒研究者注意,主题学研究的对象不是个别作品中的题材、情节、人物、母题和主题,而是要研究"同一题材、同一母题、同一传说人物在不同民族文

---

① 陈惇、刘象愚:《比较文学概论》,北京:北京师范大学出版社,1988年,第245页。
② 同上书,第246页。
③ 同上。
④ 同上。

学中流变的历史,研究不同作家对它们的不同处理,研究这种流变与不同处理的根源"①。这就将比较文学的主题学研究与一国或民族的主题史和题材史研究进行了区分。由此可见中国当下不少学者的相关研究成果属于后者的学术范畴,即主题史和题材史的研究。

作者还有意对上述各个层次的研究进行了举例分析,以便使这些研究范畴有了"国际性"的特征。例如"浮士德主题""唐璜主题""女性形象主题""盗火英雄""普罗米修斯主题""替父报仇主题"以及"典型形象"等。作者尤为推荐在典型形象的研究方面,"美国学者列文的《吉诃德原则》是一篇很值得主题学者学习的范文"。"列文在这篇文章中声称,他真正感兴趣的,不仅是这类直接的借鉴和模仿,而是那种在更大范围内体现出来的吉诃德原则。"作者举例"狄更斯的《匹克威克外传》、麦尔维尔的《白鲸》、斯丹达尔笔下的于连·索黑尔等都程度不同地表现了'吉诃德式'的抱负"。而中国当代比较学者秦家琪、陆协新的《阿Q和堂吉诃德形象的比较研究》就是对列文论述的补充。因为"从本质上讲,鲁迅笔下的阿Q正是一个东方的,或者说中国的堂吉诃德。他在许多方面符合'吉诃德原则'"。笔者补充一点,缅甸现代著名作家貌廷曾写过与鲁迅《阿Q正传》雷同的小说《鄂巴》,有些华侨作家将书名译为《阿八正传》,可见其中的"吉诃德原则"。尽管东西方这类形象从精神本质上"是不能混同的形象",但是对民族文学中的典型人物从主题学研究角度去分析,就具有了"国际性"的特征,从而完全可能符合比较文学主题学的学理要求。综上所述,可以得知刘象愚在韦因斯坦《比较文学与文学理论》序和《比较文学概论》一书中所反映出的东西比较研究中的主题学理论与研究对中国比较文学界的影响是不容忽视的。

第六节　曹顺庆比较诗学研究的主题学

曹顺庆是中国比较文学界非常有影响的一位学者。他学术思维敏锐,对比较文学诸多的领域都有独到的见解。2015年又成为"马克思主义理论研究和建设工程重点教材"《比较文学概论》的首席专家,编写组的主编。此前他还编写过多种比

---

① 陈惇、刘象愚:《比较文学概论》,北京:北京师范大学出版社,1988年,第247页。

较文学教材,在海内外颇有影响。其中《比较文学论》以繁体字在台北出版;《比较文学学》作为研究生教材于2005年4月在四川大学出版社出版;《比较文学教程》由高等教育出版社2006年出版(该书被评为国家级精品教材和教育部"十一五"国家级规划教材——笔者注);《比较文学概论》于2011年3月由中国人民大学出版社出版,2015年出版第2版等。在上述5种由曹顺庆主编的教材中,"主题学"研究作为重点撰写的章节,均属于平行研究的范畴之下。下面就著文分析他是如何以比较诗学的立场去认识"主题学"这一重要的论题的。

他在第一部《比较文学论》中对上述问题没有涉及。他在近十来年的学术研究中,逐渐发现,"不研究比较文学学科理论不行了",原因在于"我国当前比较文学学科理论的一个严峻问题是缺乏自己的切合中国比较文学研究与教学实践的学科理论"。[①] 于是他开始编著此书。他在该书第三章"平行研究"的引言"平行研究:继承与发展"部分的论述里,提出了自己关于"主题学"的学科理论归属问题。首先,他明确指出:"平行研究与影响研究,从某种意义上说,是不能截然划分开的,它们二者之间不但有着继承与发展的问题,而且血肉相连,难解难分。"[②]因为早在法国学派"影响研究"的学科理论建设之前,平行研究就已诞生。早期的比较文学杂志,匈牙利学者梅茨尔创办的《比较文学杂志》(1877,后更名为《比较文学学报》)和德国学者科赫创办的《比较文学杂志》(1887),以及英国学者波斯奈特出版的第一部比较文学专著《比较文学》(1886)都与法国学者无缘。而在"以上杂志与专著刊发的文章及其中的内容,既包含影响研究,又包含平行研究,甚至跨学科研究"[③]。但是一些法国学者发现早期比较文学研究的随意性,即"所谓'乱比'或'比附'现象",与法国实证主义的学术传统相去甚远,不够"科学""准确"。美国学者逐渐认识到这些不足之后,经过迟疑和犹豫,最终选择了折中立场,开始强调比较文学"既有考证和比较,又有综合与评价;既重视科学性,又重视美学性"[④]的学术研究价值。其次,作者清楚地认识到:"事实上,法国学派的影响研究与美国学派的平行研究有着极好的互补关系,两者结合,可以弥补二者的不足,完善比较文学学科理论,促进比

---

① 曹顺庆编:《比较文学论》,台北:扬智文化事业股份有限公司,2003年,第1页。
② 同上书,第234页。
③ 同上书,第236页。
④ 同上书,第238页。

较文学的进一步发展。……美国学者并没有排斥或者打倒影响研究,而是在影响研究的基础上进一步发展。"①主题学研究的实践过程和理论建设恰恰说明这一规律,或者可以说曹顺庆正是对主题学于19世纪初在德国发展先后遭到法国学派和美国学派的排斥以后,最终站稳学术立足点的这样一个经验与教训的历史性的总结。因此,他在"平行研究"一章的"引言"最后总结说:"本章的主题学、文类学等节,就鲜明地体现了这一继承与发展的关系。在主题学、文类学研究中,既有影响研究的硕果,又有平行研究的进一步发展。只有从这一角度,我们才能真正理解比较文学的发展。"②这种比较诗学的立场,所言极是,因为目前主题学理论与现实研究的现状恰恰是如此。

曹顺庆在继后的《比较文学教程》中延伸了他的学术思维。在他执笔的"绪论"第一节"比较文学的名称与实质"中,细化了在前一本书《比较文学论》里的诸多观点,如:"比较文学早期的学科理论并非仅仅由法国人提出""欧洲早期的比较文学学科理论,并非仅仅着眼于'影响研究'、并非是'不比较'的"等。③ 他详尽地分析了"比较"的学术研究史,以及其发生变化的深层主客观原因。他在指出美国学派平行研究包括了主题学研究的客观发展过程以后,认为"在平行研究与跨学科研究这一构架下,美国学派建立起了一套学科理论,这套理论以'比较诗学''类型学''跨学科比较'为主,并拓展原属于影响研究的'主题学''文类学'等领域,大大扩展了比较文学研究领域。同时,美国学派也并未完全否定法国学派以'文学关系'为主轴的'影响研究',而是将两者相结合,从而形成了欧美比较文学学科理论的经典模式,即由'影响研究'与'平行研究'构成的比较文学学科理论模式。"④这就是我在前文提及的曹顺庆主编的五部比较文学理论专著里,"主题学"或"主题学研究"都被纳入"平行研究"范畴的根本原因,也是他比较诗学视域下的学科理论建设的构想所在。

2011年曹顺庆任主编由中国人民大学出版社出版了《比较文学概论》一书,辅助教材编写的是他的四位博士生。2015年出版第2版时参与修订该书仍然是他

---

① 曹顺庆编:《比较文学论》,台北:扬智文化事业股份有限公司,2003年,第238页。
② 同上。
③ 曹顺庆:《比较文学教程》,北京:高等教育出版社,2010年,第8页。
④ 同上书,第13页。

门下的这四位弟子。因此他们关于主题学研究思想也自然体现在这本书中,并与其导师的思想一脉相承。其中第三章"平行研究"的第二节"主题学"里,提及法国学者梵·第根在1931年出版的《比较文学论》一书中,"总结了上述德国学者的民俗学研究方法。他在将比较文学研究范畴分类时,把题材、主题、典型的研究类别称为'主题学',特别强调主题学研究要对对象的渊源性,相互之间的流传、关联和影响等进行实证性考究。这一时期的主题学研究主要属于影响研究范畴"。文中接着指出:"作为主题学在美国发展的里程碑是1968年美国著名学者哈利·列文(即哈里·列文——笔者注)发表的专论《主题学和文学批评》。同年,乌尔利希·韦斯坦因在其专著《比较文学与文学理论》中专辟出'主题学'一章,对主题学的历史、内容和形式作了全面论述。很快,主题学在美国比较文学学界立住脚,许多学者将其纳入平行研究范畴,它产生了重要的影响,成为目前比较文学学界十分热门的研究方法之一。"[1]由此可见,曹顺庆将"主题学研究"纳入比较文学平行研究范畴的学术思想已深入其主编的诸多著述中。

2015年,由曹顺庆、高旭东及已故的孙景尧担任首席专家编写了《比较文学概论》,书中第五章"文学的类型研究"第二节"文学主题与主题学"由笔者本人执笔,在撰写过程中主编指导思想明确,课题组成员集思广益,对包括主题学在内的有关章节进行了多次讨论修改。最后经学科专家审议、审读、定稿,代表了中国比较文学界对主题学研究的最新思考。本书第五章开篇就介绍:"本章所说的文学的类型研究,包含了类型学、主题学与文类学研究。"并明确指出:"在基本廓清了类型学、主题学与文类学这三者各自学术疆界和独有的研究对象和方法之后,本章明确指出:类型学、主题学与文类学既属于平行研究,又属于影响研究,这是本教程结构上的一大创新。"[2]由此可知,主题学在比较文学学科理论上的这种归属无疑已在中国比较文学学界取得共识,并将对今后的比较文学主题学的理论与实践研究产生重大而深远,以及不可估量的影响。

曹顺庆在2015年12月2日《光明日报》发表的署名文章《构建比较文学研究的新体系与新话语》一文中,在重点论及《比较文学概论》创新之处时,就旗帜鲜明

---

[1] 曹顺庆:《比较文学概论》(第二版),北京:中国人民大学出版社,2015年,第89页。
[2] 曹顺庆主编:《比较文学概论》,北京:高等教育出版社,2015年,第185页。

地以"文学的类型研究与比较诗学"板块为例,明确指出与准确评价它"囊括了'主题学''文类学'的影响研究和平行研究,打通了以往教材将影响研究与平行研究严格区分的结构,解决了比较文学教材以往的结构难题"。这是他一以贯之的在探索主题学研究中的一种学科理论归属问题时的态度。这种观点表明文学类型研究中的主题学研究在影响研究和平行研究两大范畴的实际操作中并没有严格的区分。其实这种认识与观点,不仅打破了比较文学教材编写时的结构难题,而且打破了比较文学研究的两种主要方法,即影响研究与平行研究之间在理论层面和人为心理层面上互相隔阂的樊笼。这也是当前文化研究转向的需要和文学研究视野扩大的结果。人们认识到比较文学研究主要是在异质文化背景下进行的历时性的外部研究和文学性的内部研究。同时在二者兼容的交感区域即"第三空间"里,人们会发现各民族文学作品确实存在着由于流变形成的相同的主题和由于共同的文化心理感受形成的共通的主题。所以这些相似的主题既不可能仅仅是影响研究中的文化之间的沟通,也不可能单单是平行研究中的文化间的比照,而本质上是类型研究中的具体案例在文化之间的转向。于是异质文化背景下的文学研究的主题最终会整合为一种异质文化互相叠加交叉的契合点,即交感区域。它们兼容后形成了一种关联性的产物。这种可以称为"第三空间"里主题学研究的对象,才是比较文学主题学研究的本质和意义所在,也是比较文学主题学研究的前景所需。

第七节 王志耕类型研究的主题学理论

王志耕是我国著名的俄苏文学批评家,主要从事俄苏文学和文艺理论研究,并卓有建树。他于21世纪初应当时首都师范大学的比较文学领军人物杨乃乔之邀参与《比较文学概论》(杨乃乔主编,北京大学出版社,2002年)一书关于"主题学与'流变'"一节的撰写。在这篇9000余字的文章里,作者充分利用了自己俄苏文艺理论修养深厚与思辨能力强的特长,言简意赅、简明扼要地论述了自己对俄苏理论界比较文学类型学和形式主义学派的理解,以及在主题学上的阐释。这在主题学学科史的研究过程中是不可或缺的。

"主题学"作为比较文学的一个范畴,一种研究类型,源于19世纪初德国兴起的对于民俗学的研究。"主题学"和比较文学的结合是20世纪60年代中期的事。

其间对这种研究范式有所阐发的大多是德国和法国的学者,具有新批评派观念的美国理论家开始也对其持排斥态度。然而俄苏学者对于这一研究领域的理论观点由于逐渐被翻译成英文,而形成一种影响力,并成为促成主题学在比较文学领域确立自己地位的重要因素。它填补了德法学者和美国学者在主题学研究之间的学术空白,即20世纪前后国外学术界对主题学研究的探索与努力。由此可以得知王志耕基于俄苏文艺理论研究之上的主题学研究有何等的重要性。这也是笔者再三斟酌而且决定将其观点纳入自己写作范畴的动因。

王志耕将这节的内容开门见山地分为"1.主题学的成立;2.主题与母题;3.题材、形象与意象"三部分,可谓简明扼要、逻辑清晰。

在第一部分,作者首先明确指出:主题学"是对于主题的比较研究。即,研究主题跨文学之间的流变"。"俄国文学界关于主题问题之研究向来已久,而且很有成就。"[1]于是作者将自己熟悉的苏联著名语言文学家、比较文学奠基人日尔蒙斯基,1919年在《诗学任务》一书中就涉及的这些问题引录如下。"他说:'我们是根据诗歌语言,即附着于艺术功能的语言来考察诗学问题的。同诸如主题学部分的修辞学和结构部分的修辞学并列的诗学本质现象(狭义上的诗性语言学说),是否与此矛盾呢……在诗歌中,主题选择本身是服务于艺术任务即诗学方法的。'"[2]由此可见俄苏文学批评界对主题学和主题的研究与肯定早于美国批评界。然后作者又指出一般来说,主题就是对事件的归纳、概括和抽象。"然而,在主题学领域中,研究对象除了某种抽象价值或对事件的概括,即主题和母题外,也包括题材、意象、形象等。"[3]作者在这里将一般文学形象思维中的主题和主题学中的主题和母题进行了切分,并将与一部作品主题确定、密切相关的题材、意象和形象等因素的比较研究也纳入主题学范畴之内。其次,作者指出,主题存在的两种方式为比较文学研究提供了基础:"一种主题可以是由某一个民族的文学中源起,然后向其他民族的文学中流传,但更多的情况则是不同民族的文学保存着共同的主题。"[4]主题学原本不是比较文学的一个门类,它在进入该学科领域时曾经历了诸多争议,甚至非议。

---

[1] 杨乃乔主编:《比较文学概论》,北京:北京大学出版社,2002年,第225页。
[2] 同上。
[3] 同上。
[4] 同上书,第226页。

"它的出现是在民俗学的研究当中,因为在一般的层面上,作为民俗学研究对象的民间故事较为明显地体现出主题的相通性,和同类主题的迁移演变的特征。"① 再次,由于主题研究往往要涉及文本以外的内容,"从而超出文学研究的范畴,成为非文学的研究。这正是主题学受到质疑的根本原因所在"。于是主题研究只限于一般文学研究领域,并作为研究领域的特定角度被视为一个特定的门类。最后作者肯定地指出:"今天人们已经充分认识到,主题研究不仅是一般文学研究必不可少的一个门类,而且对于一般比较文学来说,它也是一个大有可为的领域。"② 作者在这里指出主题学从德国、法国认为的外部研究到美国认为的内部研究之间的转变过程,以及俄苏学者对主题学在比较文学领域被确认的历史贡献。

在第二部分,关于"主题与母题"的论述中,作者首先提出比较文学主题学研究的范围相对一般文学的主题研究范围要较为广泛,主要是包括对主题和母题的研究。然后论及俄国形式主义理论的先驱,被称为"俄国比较文学之父"的维谢洛夫斯基对母题的定义:"我们说的母题,就是社会发展早期人们形象地说明自己所思考的或日常生活中所遇的各种问题的最简单单位。"苏联另一位文艺理论家托马舍夫斯基在《文学理论·诗学》一书中对主题和母题的关系是这样表述的:"主题是某种统一。它由若干微小的按一定次序排列的主题成分构成。""作品不可分解的主题叫做母题。"即是说主题是可以分解的,最后得到的不可分解的部分即为母题。作者本人认为:"主题是一种概括的判断(包含了价值或者情感倾向)",而母题的含义则主要有两种:一是"叙述句的最小基本单位";二是"思考问题、解决问题所使用的最小的意义单元"。"只有当这些最小的意义单元与主题构成了直接而密切的关联之时,它们才能被称为母题"。③ 作者还指出母题与主题的不同之处在于:"它本身不包含明确的价值判断,没有强烈的情感倾向,也未曾提升到提出问题、解决问题的高度。"作者还认为,作家由于诸多主观原因,对母题的采纳往往具有主观性,即是说,"他把母题置于特定的场景之中,对母题进行组合、重构、使之具体化,从而将其提升为主题"。作者接着对主题和母题进行了区分:"母题是对事件的最简归纳,主题则是一种价值判断;母题具有客观性,主题具有主观性;母题是一个基本叙

---

① 杨乃乔主编:《比较文学概论》,北京:北京大学出版社,2002年,第226页。
② 同上书,第227页。
③ 同上书,第227—228页。

事句,主题是一个复杂句式;主题是在母题的归纳之上进行的价值判断,因此一般来说,母题是一种常项,主题则是变量。"这种区分简明扼要,让人一目了然。作者在论述"母题是一种常项"时,引用了苏联文艺评论家什克洛夫斯基在《40年:论电影》(1965)中的一段话进行说明:"我把通常的情节结构称之为母题学。在更广泛的意义上'母题学'这个概念在我们形态学流派中指的是艺术结构中所有内容上的定义。"作者在论述"主题则是变量"时,举了一个众所周知的"主母反告"的例子,该故事在不同时代、随着文化的迁移和观念的嬗变,其主题会不断发生变化。但它却始终"保留了母题的原初形态……从而成功地改变了基于这一母题的传统主题"[①]。在论述"主题与母题"之间的区分问题时,作者的推理与举隅都是颇有说服力的。

第三部分内容主要涉及"主题学研究还包括题材研究、典型形象研究及意象研究等"。首先分析"题材研究",作者明确指出:"题材其实也就是主题或母题所赖以寄身的事件。主题学范畴内的题材是指在民族文化间具有共通性的典型事件。"接着作者指出"题材研究中应用最多的是神话题材研究"的事实。因为在探讨两种文化差异时,离不开神话研究,二后者也离不开题材研究。他举例"大洪水"题材在世界各个重要神话体系中不同的描述,以说明各个民族文化的相通与相异。另外,"民间故事题材也是主题学研究的重要对象"。正是因为民间文学可以说是一切文学的母体,其中也保存着所有文学的基本结构,所以"俄国的普洛普就是因对民间故事功能的研究而奠定了叙事学的基础"[②]。其次,作者"把典型人物形象也归入主题学研究的范围"。他将典型人物形象分为"原型形象"和"典型形象"两类。他认为,"原型形象一般是指保存于神话或者传说中具有民族特征的人物形象"。显然这种形象研究与原型批评紧密联系。"类型形象一般指的是某种性格与个性。""类型形象实际上往往与具有某种价值判断的主题相关,只不过以一种形象为轴心而已。"这种观点不乏苏俄类型学研究的影响。再次,作者还论及主题学中的另一个重要部分,即意象研究。他认为"意象就是当人在以审美理想关照事物时意识中所呈现的形象,也就是'意中之象'"。"意象存在着多种层次,其中最重要的是文化

---

① 杨乃乔主编:《比较文学概论》,北京:北京大学出版社,2002年,第229—230页。
② 同上书,第230—231页。

意象和个人意象。""文化意象由于初民生存环境的相似而具有相似性,它们在历代的文学中都不同程度地成为具有深层意义的主导意象,如水、火、太阳、月亮、海洋等等。"个人意象他指的是"每个作家在进行创作的时候都有自己的意象,而且往往会形成一个意象体系"。他在举例分析后指出:"意象与主题也是紧密相联的。从比较文学的角度而言,通过对同一主题不同意象或同一意象不同主题的研究,去考察作家的文化心理、审美倾向、艺术表现等内容,就是意象研究的目的所在。"最后作者指出有的学者在论及主题学时"提出其他的研究角度,如情境、套语等。实际上,这些概念往往都与主题联系在一起,不过是有所侧重而已,因此,可不必作为单独门类"①。由此可见在这些问题上作者的科学态度和学理立场是十分鲜明的。

  王志耕在"主题学与'流变'"这一节的最后进行了简单的总结。他用结构主义分析语言结构的方法分析主题学,认为主题学也可以将文学分为表层结构和深层结构。文学作品的表层结构是人们所看到的差异性。但是在其深层结构上它们却有着同质性;反之,文学作品表层结构是人们所看到的相似性,而在其深层结构中它们往往会存在着相异性。这正是比较文学研究包括主题学研究的"惯性思维模式",即在"异"中发现"同",再从"同"中寻找"异";或者在"同"中发现"异",在"异"中寻找"同"。总之,这是一种在科学研究中常用的"比较"型的逻辑方法。但是作者经过逆向思考后,认为"更为常见的是表层结构的差异隐藏着深层结构的差异"。所以他最终指出:"主题学的根本目的是通过表层结构的比较,发现深层结构的意义。"②因为"比较"终究只是思维对事物加工的开始,所得出的结果只是事物各方面的属性或抽象规定性。而要揭示事物深层结构的意义,还需要对文学作品的主题、母题、题材、意象、人物、象征、情境等进行深层次的加工分析才能使主题学研究落到实处。王志耕对于主题学及其相关研究对象的论述,明显具有俄国形式主义和历史比较文艺学之类型学研究的色彩,在与上述诸位比较文学主题学的探索者的比较之中,他的鲜明学术个性和研究出发点迥异于其他人是显而易见的。正因为如此,他的论述对我们分析评论主题学研究才更有补充和启发意义。

---

① 杨乃乔主编:《比较文学概论》,北京:北京大学出版社,2002年,第232—234页。
② 同上书,第234页。

第八节　王向远题材学研究的理论与实践

王向远是我国著名东方学学者、日本文学专家,专攻中日比较文学和翻译文学。他在长期的教学、科研实践中,建构与丰富了中国比较文学主题学,大胆创新,提出了自己对于比较文学,尤其是主题学的从本体论到方法论,再到实践论的一系列理论建构,振聋发聩,令人耳目一新。他关于主题学的贡献,主要反映在《比较文学学科新论》(2002)和《中国题材日本文学史》(2007)等著作中。如果说前者是对比较文学主题学的理论刷新,那么后者即是对前者的大胆践行。

王向远的《比较文学学科新论》一书,"在吸收前贤诸种定义的基础上,也尝试着给比较文学下了一个新的定义:比较文学是一种以寻求人类文学共通规律和民族特色为宗旨的文学研究。它是以世界文学的眼光,运用比较的方法,对各种文学关系进行的跨文化的研究"①。这个定义强调比较文学的本质是"文学研究",是以"世界文学的眼光",运用"比较的方法",进行的"跨文化的研究"。建立在这样一个学科定义基础上的学科理论,实际上"是学科定义的具体化"。于是他指出"比较文学学科理论应该包括两个基本内容,即"一、学科方法论;二、学科对象论"②。他在"方法论"中将"比较的方法"又细化为四种具体的研究方法,即"传播研究的方法,影响分析的方法,平行贯通的方法,超文学研究的方法"。其中最后一种"超文学的研究",即指在比较文学研究中,超越文学的学科限制,打破文学与其他学科的界限。作者指出这种研究与一般传统的"跨学科研究"的不同。"它不是笼统地描述文学与其他学科的一般关系,而是要在一定的范围内,从具体的问题出发,将某些与文学密切相关的国际性、世界性的社会事件、历史现象、文化思潮,如政治、经济、军事(战争)、宗教、哲学思想等,作为研究文学的角度、切入点或参照系,来研究某一文学与外来文学之间的各种关系。"其实学界一般对"跨学科研究"的共识,主要是指那些涉及文学与其他学科交感区域的研究,即本体论意义上具有兼容现象的区域的研究。一旦有所发现,要返回对原本文学的研究,而不是继续去研究与之产生兼容现象的哪些学科。从这一点上分析,"超文学的研究"与"跨学科研究"确实有

---

① 王向远:《比较文学学科新论》,南昌:江西教育出版社,2002年,第5页。
② 同上书,第13页。

不同之处。

他在该书的"研究对象"一章中,提出"比较文体学""比较创作学""比较诗学""翻译文学研究""涉外文学研究""比较区域文学史和世界文学史研究"等范畴。其中"比较创作学"是他"提出的一个新的比较文学的范畴。它指的是对文学作品的各种内部构成因素的跨文化的比较研究。所谓'各种内部构成因素'主要指除文体样式这种外部形式之外的、基本的创作要素,其中主要包括题材、情节、人物形象、主题在内的四个方面。换言之,比较创作学,就是指文学作品的题材、情节、人物、主题等方面的比较研究"①。由此可见,他的关于"比较创作学"的研究对象和学界一般而言的"主题学"的研究对象基本上是重合的。那么作者为什么未使用"主题学"这个范畴呢?他指出:"因为'主题学'这个问题是一个文不对题、词不达意、暧昧含糊的概念。""主题学"这个词"除了指代'主题'外,还被用来指代题材、情节、典型人物,乃至意象、'套语'之类。于是,'主题学'的含义就溢出了'主题'之外,就文不对题、似是而非了。"②所以"笔者就只好放弃'主题学'这一概念,而使用'比较创作学'这一概念范畴来取代'主题学'"③。其实,就一般比较文学理论而言,主题学的范畴大,是研究包括相同的主题、母题、题材、形象、意象乃至情境等,在世界文学中种种表现的学术领域,具有学科概念的性质。因此,作者和学界通行的看法有了不统一的名称,虽属标新立异,但是其研究的本质内容还是大同小异的。在这种思维状况下,他最关注的则是题材研究。

在"比较创作学"这一范畴里,他提出了"所谓'创作主题'(简称'主题')"。他认为:"除了短小的抒情诗(如日本的俳句那样篇幅极小的短诗)之外,在一般的作品中,作家的思想观念都会通过题材的选择与处理、情节的构架、人物形象的塑造等基本环节自然而然表现出来。这就形成了所谓'创作主题'(简称'主题')。"④其实他还是将"主题的比较研究作为比较创作学(即比较文学主题学——笔者注)的重要组成部分,就是对不同民族的作家作品的创作主题的比较研究。……主题比较研究的实质是把文学作品作为思想的文本载体,其研究的宗旨与目的就是在不

---

① 王向远:《比较文学学科新论》,南昌:江西教育出版社,2002年,第157页。
② 同上书,第158页。
③ 同上书,第159页。
④ 同上。

同的作家作品中寻找人类共通的思维方式与思考课题"①。他还在主题的比较研究中,从选题的角度或层面将其分为四种,即"社会学层面的主题""心理学层面的主题""宗教层面的主题"和"哲学层面的主题"。这些看似几乎无限多的主题,在主题的比较研究中因为要甄别各民族文学中那些超越时空界限,并被反复不断加以表现利用的共通性的或有联系性的"主题",所以,他也认为:"这类主题的数量不少,但也不是无限的多。"②然而笔者认为,这类主题的数量还是相当有限的。因为它既要符合"基本的"(即简明扼要)原则、又要符合"共通的"(即人同此心,心同此理)原则,这是通行的运用平行研究的方法进行主题学研究时的目的。另一方面它还要符合"联系性"(即形成相互之间的关联),这又是通行的运用影响研究的方法进行主题学研究时的目的。这类"主题"数量,因为诸多限制,肯定是相当有限的。因为研究者或者要提供具体的理论分析、升华后的思想结晶,而不能是泛泛的主题思想的总结;或者要提供"主题"迁移时具体的影响接受路线,不能只是看似相同,又查无实据。这两者都是很难实施的,也是不合乎逻辑的。后者更是羚羊挂角,尤为难寻,所以才得出这类主题是有限性的结论。

作者在论及"题材与主题的比较研究"时,非常明确地指出二者的不同点。"主题与题材不同,题材是客观的、具体的材料,而主题是主观的、抽象的思想。因此,在对主题进行简化和归纳的时候,应注意它与题材的这种区别。"③在这一点上作者和学界一般的认知相同,题材就是文学作品的构成材料,即从主观世界里选择的描写对象。作者指出:"题材的比较研究,就是研究在不同的民族、不同的文学体系中,同一类题材的流传与变异、相互影响与相互借鉴;或者是研究在不同语言的文学文本中相同或相似的题材如何被选取、被使用。"④作者在此阐述的"题材的比较研究"其实就是比较文学界一般所说的"题材学"研究。作者所谓"比较创作学中的题材比较研究"其实就相当于"比较文学主题学中的题材学研究"。当然,具体分析其研究的目的、对象与方法,二者也不尽相同。作者最后提及"在世界文学、地区文学史上,相同的题材类型的互相感染与传播,也是比较创作学中题材的比较研究的

---

① 王向远:《比较文学学科新论》,南昌:江西教育出版社,2002年,第159页。
② 同上书,第164页。
③ 同上。
④ 同上书,第160页。

重要组成部分"①。可是这种研究却不完全是主题学范畴题材学中有"关联性"的题材研究的重点,二者也不完全契合。

如果说王向远在《比较文学学科新论》中认为比较文学学科理论的构成包括方法论和对象论两部分,而在对象论中提出的"比较创作学"即"比较文学主题学";"题材学的比较研究"即"题材学"的话,那么,他的《中国题材日本文学史》就是对他提出的"比较文学学科新论"相关理论部分的一种大胆尝试与实践。

在该书的"前言"中,作者提出:"文学的题材史的研究既是文学研究的一种途径与方法,又不是一种纯文学的研究。"其实按现行的研究规则,比较文学主题学题材学研究的"题材"和"题材史"是有区别的。"题材"是寻找文学构成材料相似性和关联性的研究,而"题材史"则是探索文学材料构成的历史演变与规律性的研究。作者在研究文学的题材史时有了新的发现:"研究涉及中国的外国文学,即研究中国题材学的外国文学,就是一个很好的突破口。"②总体分析,日本学者主要是从两个层面中撷取、融摄中国题材的。"第一个层面,就是中国题材的直接、较为完整的运用。""第二个层面,就是对中国题材加以改造……也就是日本人所谓的'翻案'(亦即翻改)。""如果说第一个层面的作品对中国题材的处理方式是'易地移植',那么第二个层面的作品则是把中国的枝条嫁接到日本树木上的'移花接木'。"③最后作者明确指出:"本书所谓的'中国题材日本文学'指的就是第一个层面上的作品,即相对完整的中国题材在日本的'易地移植'的历史过程及种种情形。"④作者深刻地指出:"日本文学从中国取材,远远不只是为了满足异国猎奇与异域想象,而是出于更深刻的动机与内在需要。"因为"不使用中国题材,日本人就学不来本色地道的中国文学;而学不来本色地道的中国文学,襁褓中的日本文学乃至日本文化就缺乏足够的营养来源"⑤。作者在总结中国题材日本文学史的写作规律时指出:"经过上千年的吸收、消化与改造,中国题材在日本古代文学中大都被'移花接木'、纳入日本文学肌体中了,因而,严格意义上的易地移植的中国题材的作品在数量上是有

---

① 王向远:《比较文学学科新论》,南昌:江西教育出版社,2002年,第162页。
② 王向远:《中国题材日本文学史》,上海:上海古籍出版社,2007年,第2页。
③ 同上书,第3页。
④ 同上书,第4页。
⑤ 同上。

限的。""近现代日本文学对中国题材的摄取,比传统文学更广泛、更全面,从事中国题材创作的作家更多,中国题材的作品更丰富多彩。"①通观《中国题材日本文学史》一书会发现,其突出特点是,大大丰富了中国现实题材在日本文学中的比重,使得日本古代文学中原有的历史题材传统得以发扬光大,二者相得益彰。

  作者对这两种题材的梳理与阐释,分别从近代、现代、当代三个时间段进行。每段中既有宏观概括,又有微观分析,给人以结构安排合理、逻辑推理清晰的感觉。按照时间顺序考察,首先,作者从宏观的角度,概括了中国现实题材在日本文学书写中的纪行文学、战争文学和通俗文学的特点。从微观的角度分析了唯美主义代表作家谷崎润一郎(1886—1965)1921年发表的《苏州纪行》《鹤唳》《秦淮之夜》等纪行和小说;1926年发表的《上海见闻录》和《上海交游记》等纪行与见闻。作者总结说:"谷崎润一郎对中国、对中国文化抱有很大的好感。前后两次的中国之行,给他的创作带来了不同的影响。……在谷崎润一郎的创作中,在日本题材中国文学史中。都是弥足宝贵的存在。"②另外,近代著名作家芥川龙之介(1892—1927)在中国参观旅行了三个多月之久,回日本后在《大阪每日新闻》上连载了《上海游记》《江南游记》《长江游记》《北京日记抄》《杂信一束》等。1925年改造社将上述作品编为一册,名为《中国游记》出版。无论从中国题材日本文学史的角度,还是从比较文学与比较文化的角度对此书进行评论都是颇有价值的。作者在总结时认为:"在《中国游记》中,芥川龙之介对中国不仅有大量具体细致的描述,也时时发表自己的感想与评论,在一定意义上反映了1920年代前后中国各地的社会现实,表现了芥川龙之介对中国的独特观察与感受,成为近代日本文学中影响最大、最有代表性的中国纪行之一。"③当代比较著名的日本作家的中国纪行主要还有龟井胜一郎(1907—1966)的《中国纪行》(1962);加藤周一(1919—2008)的《中国往还》(1972);池田大作(1928—)的《中国的人间革命》(1974);司马辽太郎(1923—1996)的《从长安到北京》(1976)、《街道行》(1996)中的部分篇章;有吉佐和子(1931—1984)的《有吉佐和子的中国报告》(1979);东山魁夷(1908—1999)的《东山魁夷小画集·中国之旅》(1984)和星野博美(1966—)的《谢谢!中国人!》(1996)等。

---

① 王向远:《中国题材日本文学史》,上海:上海古籍出版社,2007年,第5页。
② 同上书,第95页。
③ 同上书,第108页。

其次,王向远还从宏观和微观的角度对中国历史题材的日本文学书写进行了大量的阐释性研究,极为详尽。他指出:"明治维新后,日本社会进入了'近代'……作家们除了创作汉诗汉文外,还利用自己的中国古典文学及古代历史文化的修养,创作中国题材的文学作品,将中国历史题材运用于近代新文体——历史小说当中,使古代中国题材在日本近代文学中延续并发展下来。"①

森鸥外(1862—1922)是日本近代中国题材短篇小说的开创者之一。他取材中国历史的短篇小说名篇《寒山拾得》(1916),对中国唐代天台山国清寺的两名师僧寒山、拾得进行了戏谑化的描述,以表明作家自己的一种思想观念。尤其是将诗名已经很大的寒山视为一种"钓誉"的"鱼饵",使其染上一层神秘色彩。这种情况回返中国后,影响了中国学界对寒山及寒山诗的研究。另外,近代中国历史题材小说成就最大者是幸田露伴(1867—1947),他取材中国历史的作品主要收在《幸田露伴史传小说集·卷二》(1943)。其中收有描写永乐帝与建文帝"谋事在人,成事在天"思想的《命运》(1919);写明末李自成进京后,宫女"忠""勇"事迹的《暴风里的花》(1926)等名篇。英年早逝的天才作家中岛敦(1909—1942)生前文名寂寞,去世后受到高度评价。"他的十来篇作品,大部分属于中国题材,并且这些作品在他的全部作品中,属于艺术水平最高的代表作。"②其中,包括取材唐传奇《人虎传》,表现意欲成名而终未成名的《山月记》(1942);取材《列子·汤问篇》三辈师徒学射艺境界,表现老庄哲理思想的《名人传》(1942);取材于《论语》的子路与孔子交往,表现人可以被教化,并最终可以为仁义而献身的《弟子》(1943)和取材于《汉书》卷四十五中李陵的部分,表现胡汉文化相对论的《李陵》(1943)等。作者评价道:"他的小说有过分依赖汉文原典的倾向,自创性有所不足,这是他的成功的原因,也是他的局限之所在。"③20世纪上半叶最有影响的历史小说家吉川英治(1892—1962)空前但未绝后的鸿篇巨制《三国志》(1943)使中国题材作品从纯文学领域走进日本寻常百姓家。王向远关于主题学范畴里的题材学研究,不仅理论丰富,而且实践扎实,对中国比较文学主题学研究有开创性的建树,功不可没。

20世纪50至70年代,日本文坛出现了以中国题材为写作对象的"历史小说四

---

① 王向远:《中国题材日本文学史》,上海:上海古籍出版社,2007年,第118页。
② 同上书,第135页。
③ 同上书,第141页。

大家"。其中在文学史上有承前启后之功的武田泰淳(1912—1976),他的《司马迁——史记的世界》(1952)是其"全部创作中影响最大、评价最高的作品"①。战后日本的中国题材历史小说的主要开拓者井上靖(1907—1991)的长篇小说主要有《天平之甍》(1957)、《敦煌》(1959)、《苍狼》(1959)和《杨贵妃传》(1963)、《孔子》(1989)等。继后的海音寺潮五郎(1901—1977)写有著名小说《蒙古来了》(1954)和《孙子》(1964);原名福田定一、后以司马辽太郎为笔名发表的长篇小说《项羽和刘邦》(1980)是他最具代表性的中国历史题材小说。此外,华裔作家陈舜臣(1924—2015)著作甚丰,2003年,日本集英社将其有关中国题材的历史小说及历史读物结集为一套丛书《陈舜臣中国图书馆》全三十卷(另有《别卷》一卷),实为陈舜臣四十年历史文学作品之集大成。其内容极其广泛,表现了作家对中国历史文化极为稔熟的修养。另一位年轻些的作家伴野朗(1936—2004),主要也是写中国历史题材的小说家。他有以描写秦始皇事迹的《始皇帝》(1995)为代表的中国帝王将相传记系列小说;有以描写刺客忠勇的《刺客列传》(1992)为代表的中国历史名人小说;还有以描写三国志为题材的"伴野三国志"和反映现实题材的《上海间谍战》(1990)等。大器晚成的宫城谷昌光(1945—　)以先秦两汉的历史题材创作了十几部长篇小说,其代表作《天空之舟》(1990)使他一鸣惊人。此外,还有一些以中日历史题材为写作对象的当代作家,多得简直不可历数,以至成为作者笔下的憾事。

王向远在书中总结说:"综观世界文学史,在漫长的文学史发展演变过程中,一千多年间持续不断地从一个特点的外国——中国——撷取题材,并写出了丰富的作品,形成了独特的文学传统的国家,惟有日本而已。"②事实证明,此言不虚。王向远不仅在他颇具独创性的比较文学理论著作《比较文学学科新论》中,将传统的比较文学主题学重新界定为"比较创作学",并且在具体研究其题材时,以《中国题材日本文学史》为例,运用"超文学研究"的方法对中日文学之间"移花接木"的题材或"易地移植"的题材,进行了文学人类学或文学社会学范畴的深入分析与独特阐释,从而得出令人豁然开朗的结论。我们不能不承认,他确实是一位年轻有为、极具开拓性的但又时时处于学术前沿的新锐学者。

---

① 王向远:《中国题材日本文学史》,上海:上海古籍出版社,2007年,第185页。
② 同上书,第11页。

第三章　中国文学范畴的主题学

第一节　学术研究概况

比较文学主题学研究的主要内容，包括主题、题材、母题、人物、意象、情境等。自进入中国文学史研究者的学术视野以后，主题学的研究队伍不断壮大，学术成果不断增加。中国文学史学术界已经形成一种以舶来品的主题学理论重构中国文学史现象的阐发式研究范式。中国文学史从古代至当代，主要由作家创作史、当代及后代批评史、作家生前的接受史和身后的影响史以及作品的接受、影响史等诸多因素构成。一些功底深厚、学养涵通的中国文学史家受中国义理、辞章、考据等治学传统的影响，对中国文学史上各种各样文体的文学现象以主题学研究视角进行重新审视、重新阐发，获得诸多新的研究成果。这极大丰富了中国比较文学主题学研究的内容，在本体论、认识论、方法论，尤其是实践论方面都做出了令学界瞩目的成绩。其中不乏冲破古代文学传统的资深研究者，也有运用西方文学人类学、神话学进行古代神话故事探源性、寻根性的探索者，更有对新时期文学甚至当代文学进行主题学研究的创新者。这些学者一个共同的研究特征，即以中国文学，包括神话传说、小说戏曲、诗歌词令为自己研究的立足点和出发点，努力挣脱西方话语体系的束缚和打破西方经典作品的神圣性，在中外比较、东西比较中，消解西方中心主义和"言必称希腊"的权威性。这些学者正在努力建构以中国文化自信为立场的新型主题学。他们大致可分为四大部分。

第一部分，以王立的《中国文学主题学》(1995)为代表的主题学意象系列研究；以宁稼雨《先唐叙事文学故事主题类型索引》(2011)为代表的叙事文化学研究；以张哲俊《杨柳的形象：物质的交流与中日古代文学》(2011)为代表的"第三种比较文学关系"研究；以李永平的《禳灾与记忆：宝卷的社会功能研究》(2016)为代表的"禳灾"主题研究。其中张哲俊的著述以杨柳形象为例，区别于杨柳意象研究，运用文学考古学方法重在探索物质媒体在比较文学影响研究、平行研究之外的"第三关系"中的重要作用,对主题学研究颇有启发。李永平的著述从宝卷的社会功能入手,探索了"禳灾"主题在民族文化研究中集体记忆与文化记忆之间的关系,其延伸研究有《替罪羊原型:屠龙故事真相新探》(2017)、《唐宋传奇中的游历仙境主题》(2005)等。另有刘惠卿的《佛经文学与六朝小说母题》(2013)、吴光正的《中国古代小说的原型与母题》(2002)和王青的《中古怪奇故事的民间文学特性》(2016)等,都涉及主题学的母题和题材的研究领域。

第二部分,以叶舒宪的《神话意象》(2007)为代表的神话系列研究;陈建宪《神祇与英雄—中国古代神话的母题》(1994)以神话母题分析为基础的神话学理论与实践的研究;以陈泳超的《尧舜传说研究》(2000)和《关于"神话复原"的学理分析——以伏羲女娲与"洪水后兄妹配偶再殖人类"神话为例》(2002)为代表的古代神话传说故事的深度研究。他还著有《中国民间文化的学术史关照》(2004)等,在民间文学主题学研究中著述颇丰。另有彭兆荣的《文学与仪式:文学人类学的一个文化视野——酒神及其祭祀仪式的发生学原理》(2004)为代表的作为主题学中的"典型人物""酒神"与仪式的研究,其中不乏"仪式——原型之生死母题""替罪羊"原型(母题)的人类学探讨。彭兆荣在曹顺庆编写的《比较文学论》(2003年,扬智文化事业股份有限公司)中,是其第三章第二节:"主题学"的主笔。从中可以发现,他在论述"母题"与主题、意象、题材、人物的关系时的人类学观点。另外还有利用"知识考古"的研究思路在重写文学史上颇有创意的新作,即张光直的《美术、神话与祭祀》(1988)、巫鸿的《礼仪中的美术》(2005)和何新的《诸神的起源》第二卷:论龙与凤的动物学原型等,都可视为其中的佼佼者。

第三部分,由万建中《解读禁忌:中国神话、传说和故事中的禁忌主题》(2001)为代表的主题学研究;高国藩在《敦煌民间文学》(1994年,联经出版事业公司)一书中对敦煌民间四大传说:"孟姜女传说""王昭君传说""孔子与项橐传说""秋胡戏妻传说"的主题以及内容的继承与流变研究等,都提出了自己的看法。此外,还有程蔷关于民间故事中的"宝物主题"研究等也颇有特色。值得提出的还有王宪昭所著《中国各民族人类起源神话母题概览》(2009)一书,结合各民族神话内容的实际和典型叙事特征,将人类起源神话分为七大类和相应的三个层次156类母题,并编制出对应的母题索引代码。这对中国民族神话研究无疑是个非常好的基础建设,为继后的研究提供了巨大的方便。

第四部分,以王春荣的《意义的生成与阐释——新时期文学的主题学研究》(2007)为代表的新时期文学主题学研究;以谭桂林的《长篇小说与文化母题》(2002)为代表的新时期长篇小说的文化母题研究,以及《鲁迅小说启蒙主题新论》(1999)、《论〈白鹿原〉的家族母题叙事》(2001)等,在寻找其文本意象原型方面都有建构性意义。另外夏之放的《文学意象论》(1993)以美学视角深入主题学研究,对文学意象进行建构性分析,提出"表象""意象"和"创造性想象"三个术语。其中不仅涉及了主题学研究,丰富了"意象"的内涵,而且对认识"意象"在不同民族文学中的作用,推动主题学研究深入发展都有借鉴意义。此外,"性别与主题"也是当代文学研究的一个重要方面,例如乔以钢的《多彩的旋律——中国女性文学主题研究》(2003)等。还有张莉从女性主义批评角度写的代表作《浮出历史地表之前:中国现代女性写作的发生》(2010)、《姐妹镜像:21世纪以来的女性文学与女性文化》(2014)、《三个文艺女性,一场时代爱情——重读〈爱,是不能忘记的〉〈一个人的战争〉〈我爱比尔〉》(2008)等。再有,陈千里的《因性而别:中国现代文学家庭书写新论》(2013)涉及家庭主题;卢桢《现代中国诗歌的城市抒写》(2012)所涉及的城市主题以及陶东风、徐莉萍的《死亡·情爱·隐逸·思乡:中国文学四大主题》(1993)、樊国宾的《主体的生成——50年成长小说研究》(2003)等。近年来,中国现当代文学领域尝试进行主题学研究,也取得了丰硕成果。尤其是该研究领域的一些著名专家学者都有不凡的表现。严家炎主编的"20世纪中国文学研究丛书"(2000年,共11部),就综合运用了主题学的研究方法,在一系列传统课题的研究中,都有开创性的突破。谢冕的长篇论文《忧患:百年中国文学的母题》(1998)对"忧患"母题在中国当代文学中的表现进行了深度解读,颇有启发意义。杨义的《中国叙事学》(1997)中共有五篇,其中的"意象篇"和"评点家篇"在集中研究的意义、功能、批评等问题时都涉及"主题"。他们的研究,使主题学在中国现当代文学深广肥沃的土壤里结出更加根深叶茂的硕果。

总而言之,中国范畴的主题学研究成就很大,而且由于研究中国文学的学者众多,所以它的领域在不断扩大。人们在图新求变的学术之路上,越走越宽广,思路也越来越活跃。笔者在撰写的过程中,由于这些材料都是手头上涉猎的书和文章,而不是电脑网络里的信息,所以统计不全和介绍片面是难免的,实事求是地说这只是发现了"冰山一角"。在这一章中,将主要对从事这四部分研究的学者中,有代表性的人物进行评论和分析,主要包括王立、宁稼雨、叶舒宪、陈建宪、万建中、王春荣。

第二节　王立主题学系列研究

人们论及中国比较文学主题学的话题,绕不过去的一个重要人物就是王立教授。他作为著名的中国古代文学研究专家,先后探讨了中国古代文学中的"十大主题""九大意象",尤其是对"复仇""侠义""悼祭"等主题上的深入开掘,令人叹服不已。这种以主题学研究的方法对中国古代文学研究传统的大胆突破与创新发展,在中国的学术界引起不小的反响。他的主题学研究系列成果卓著、涉及广泛、影响深远,因此不仅吸引了大陆评论者的目光,而且台湾学界同人也多有关注。

1990年,王立出版了专著《中国古代文学十大主题——原型与流变》,对中国古代诗词中的十个有代表性的"主题",进行了梳理,并开始了有独立批评意识的阐述。1995年,王立又推出了一套四册的主题学系列研究专著《中国文学主题学》。其中包括《意象的主题史研究》《江湖侠踪与侠文学》《悼祭文学与丧悼文化》和《母题与心态史丛论》。这可以说是中国当时比较文学主题学研究取得的最有代表性的成果之一。因为它不仅仅是对中国文学进行了一次全新的主题学视野下的有针对性的主题史、题材史、意象史等专题研究,而且为后学者显示了中国文学由于主题学研究视角的审视所展现出的无限学术潜力和广阔前景;更重要的是它反映了作者在产生自觉的主题学学科意识的情况下,对不断学习运用主题学理论的研究成果,以及所进行的大胆尝试。正如他在《中国古代文学十大主题——原型与流变》一书的"前言"中所表现出的,对主题学相关论述都已进行了非常仔细地研究。他在已经掌握了比较文学主题学有关的基本理论之后,并产生了学理意识的前提下,依据创作主体与表现对象之间的物我关系与主客关系,从大量的中国古代诗词中梳理出文人抒情文学最具代表性的十个"主题"。其中包括"惜时""相思""出处""怀古""悲秋""春恨""游仙""思乡""黍离""生死"。这种研究方法和学术成果令人耳目一新。董乃斌在王立的《文人审美心态与中国文学十大主题》(2003)一书的"序"中说这种研究是"另辟一条新蹊径,另开一个新生面"。但是也不得不承认由于此书尚属中国早期的中国文学主题学研究成果,其开创之功大于其建构意义,在主题学研究的理论范畴上难免有不够周全之处。所以谢天振指出:"王立在使用'主题'一语时似乎过于谨慎了,他为了不使国内不熟悉主题学的读者感到困惑,有意不提'母题'一词。这自然有其积极的一面,使国内读者容易接受。但从主题学的理论层面上看,他的十大主题由于混淆了'主题'和'母题'的界限,前后的立论不免失之含混。"①

王立在后续的研究中,对"母题"和"主题"关系的研究持格外重视和慎重的态度。2013 年,他在刊物《学术交流》第 1 期中,发表了《主题学的理论方法及其研究实践》一文。2015 年,他发表了专著《传统故事与异域传说——文学母题的比较文化研究》。这些著述都旨在科学地厘清"母题"与"主题"的辩证关系;从理论与实践上丰富和发展现有的"母题"理论;全面探索"母题"研究的学术方法。王宪昭在评价王立的《传统故事与异域传说——文学母题的比较文化研究》一书时指出:"本书开章明义,首先在'主题学'框架下对'母题'作出辨识与厘定。""条分缕析地辨析了'母题'与'主题'的内在联系,并强调了母题对主题的重要支撑作用。"最后,肯定了王立提出的:"在进行跨民族、跨文化比较时,母题的着眼点偏重在'同',而主题的着眼点偏重在'异'。"以及他认为的,"意象、母题的主题史流动传播,无疑体现了人类反映世界,表达情感、认识的诸般共通心理图式,而对其置于何种格局、何种价值判断及道德评价则难免各有差异"。王宪昭认为:王立"这种实事求是的治学态度也为我们设定了'母题学'与'主题学'相辅相成的理论构想。"②由此可见王立在"母题"研究中新的学术动态和不懈的努力。

王立关于中国文学主题学研究所撰写的四部专著秉承了他以往研究的博观约取、厚积薄发,小题大作与大题小作相结合的学术传统,显得尤为厚重、严谨。其中《中国文学主题学——意象的主题史研究》一书由于作者从古典诗词曲赋中广泛取材,披沙拣金,提炼出中国古典文学中的九个重要的意象。它们分别为"柳""竹""雁""马""石""流水""海""黄昏"和"梦"。作者对上述意象进行了跨时代、超文体的总结和升华;结合野史笔记以及史书中的相关故事旁征博引,充分发掘这些意象

---

① 陈惇、孙景尧、谢天振主编:《比较文学》,北京:高等教育出版社,2014 年,第 106 页。
② 王宪昭:《中外叙事文学母题比较研究的理论建构——关于王立〈传统故事与异域传说——文学母题的比较文化研究〉的思考》,《中国比较文学》2017 年第 1 期,第 197—198 页。

中所蕴含的文化意义与审美旨趣。从九大意象的精辟分析与美学评论中,揭示出中国传统文人笔下所反映的其内在心象与心物的主客关系。对认识中国文学传统主题的内在稳定性以及持久绵延的原因,提供某种借鉴与参考。王立在该书绪言中,对"意象的根本功能""主题学、主题史对意象的划分""意象的再生、融和及其扩散变奏""意象的效应及其在鉴赏中的作用"和"意象的生成史及审美价值"等五个方面的问题进行了辨析与阐述,其中既有前辈学者的认识,也有他自己的独特理解和体会。例如,他指出:"意象,就其发生学意义上说,常常同神话思维有联系,带有民族的原始心态孑遗。"但是"对于中国古典文学意象的研究,倘若仅仅停留在神话原型那带有极大的个别性的复原阐释,一般理论范畴及古人带有偶然性的论列的探讨,以及共时性心理机制美感效应的阐发,则是很不够的"①。而后,他又从意象推理到母题性意象、意象主题史、意象史与题材史、意象史与主题史、意象史与文体史等。虽然他对九大意象的选择和变化、意象的特点以至表现意象的符号研究等,已有叙事学研究的色彩,但是他在"序言"中的辨析依然表明作者在撰写此书时对"意象"已有相当的了解,对意象在主题学理论中的界定与运用范畴也都有了定性的研究。因此,笔者认为这本书是他四本专著中与主题学研究关系最密切的一部,也是最有主题学内涵的一部书,值得后学者参考学习。

其余三部专著,《江湖侠踪与侠文学》一书主要将江湖侠踪的诸多母题模式与古代社会"慕侠"的民俗民风结合起来考察,追根溯源分析阐释了中国侠文学的文化渊源。《悼祭文学与丧悼文化》一书则主要将中国古代表现"悼亡"主题的诗词曲赋、悼祭文等的表现特点,与死亡崇拜、神秘思维、丧葬文化习俗等贯通起来,努力发掘出丧悼文化的文学表现规律及母题意旨。《母题与心态史丛论》是一部收集了作者30多篇与母题相关的论文集。主要探讨了原始心态与复仇文学之间的关系,并具体以西方美狄亚的复仇母题等为参照系,用来观照中国文学中相关作品的研究。上述三部专著主要涉及的研究对象是小说笔记、史传一类的叙事文体,关注的是其中的母题研究和主题研究。但是他的研究有时又是脱离文本内部文学性的研究,转而进行外部研究,将很多注意力投向了制度、民俗、道藏佛典、民间宗教、神秘思维、社会心态、文化心理等领域,给人以颇多启发。由于王立的学术视野广博深

---

① 王立:《中国文学主题学——意象的主题史研究》,郑州:中州古籍出版社,1995年,第3页。

远、学术研究方法承前启后,学科理论丰富系统,所以他的研究成果是20世纪末中国文学主题学研究领域所取得最为人称道的学术成就。正如有的学者对他的主题学研究评价说:"无疑,王立所建构的中国文学主题学大厦已经不是顾颉刚先生当年主要在民俗故事领域所应用的那个主题学了,王立其实是广泛地吸收了原型批评、单位观念史学、心态史学、文化人类学、民俗故事学和美学心理学、形象学等多种新理论,予以改造移植,在中国文学的主结构上运用。"①我认为这种评价是中肯的,王立的中国文学范畴的主题学研究已经建构起自己的理论和实践大厦。我们有充分的理由拭目以待他新的成果问世。

陈鹏翔在学术刊物上不断对王立的学术成就进行夸赞有加的评价。他在《主题学研究回笼》一文中指出:"王立先生是中国大陆利用主题学的理论来探讨中国古典文学最有成就的年轻学者","王立教授这几本著作是我们研究主题学史的必备教材或参考书"。②陈鹏翔在《主题学理论与历史证据》一文中指出:"大陆的年轻学者王立算是蛮特殊的,他这四五年来已先后写成《中国古代文学十大主题》《中国古典文学九大意象》以及有关侠士和复仇等主题的著作四五本,由于他一直跟我通信来往,自然受到我的影响。"③陈鹏翔还实事求是地承认:"他(指王立——笔者注)在国家文学内对柳树、竹和雁等九大意象'史'的开拓溯源,又将我在《主题学研究与中国文学》(1983)一文中把中国主题学的根源推溯到郑樵在《通志》上所说的一段话,再往前推溯到六朝梁太子萧统所著《文学》中关于主题分类,且又把我在《主题学》一文中所主张的主题学的研究应探讨主题与作家以及与时代的关联这种抽象的理念具体实践了,这不能不令我感到钦佩。"但是他在充分肯定了王立学术成就的同时,也指出:"王立的主题学研究系于中国古典文学之内,跟我们搞中西比较文学所倡导的比较研究仍有距离。"④可见他对王立的主题学研究的态度还是有所保留的。即是说陈鹏翔认为王立的主题学研究,因为只在一国(即中国)之内进行,且有主题史和意象史的色彩,所以和他理想中的跨国界的比较文学主题学研究

---

① 吴湘洲:《引起学术界关注的文学主题学研究——从王立教授的三本系列专著谈起》,《北京大学学报》2000年第2期。
② 陈鹏翔:《主题学研究回笼》,《文艺理论研究》1994年第4期。
③ 陈鹏翔:《主题学理论与实践》,台北:万卷楼图书有限公司,2001年,第261页。
④ 陈鹏翔:《主题学研究回笼》,《文艺理论研究》1994年第4期。

还不完全相同。但无论如何王立的研究还是证明了主题学研究在中国的美好远景,且对中国文学研究领域有扩大学术视野与积极引领的作用。

总之,王立的中国文学主题学研究别具一格,自成一脉,既有对传统的中国文论的继承,乃至发扬光大的一面;又有借鉴西方文论,消化后为我所用的一面。他努力建构中国文学主题学研究的实践基础和学理大厦,已形成自己独特的学术体系和研究特点。主要可以总结为以下几点。

首先,他以大量的文本研究为立论基础和辨析线索,将文本的静态研究变为动态研究,关注文本的互文性,关注主题、母题、意象先后出现的次第性,以占有的文本材料说话,具有微观研究和"穷尽研究"的特点。他以传统的"穷搜博访"和"比类相从"的研究方法,"振叶以寻根,观澜而索源"式地从源到流,或从流溯源,进行主题史、题材史、母题史、意象史式的爬梳缕析,努力给人以重构古代文学史的印象和感受。

其次,他从宏观理论建构的设想出发,对中国文学主题学研究领域里的主题、母题、题材、意象等进行具有创新性的研究。其中不乏分层面、按批次地架构自己的理论框架,分体裁、按专题地为自己的理论架构增砖添瓦。他信手拈来,取舍有度,以汪洋恣肆的大手笔,完成了从线性管状思维演绎为平面性网络式思维的转变,进而又努力建构起立体性多维化思考的主题、母题和意象体系,组合成中国古代文学一种创新性的综合研究范式。

最后一点,他的中国文学主题学研究由于体量大,涉猎广泛,所以既有作品的外部流变研究,又有文本内部的文学性探讨。他既注意研究文学作家的创作史、评论家的批评史,作品的接受史,又注意研究作品的艺术鉴赏作用、美学价值、审美功能以及情感结构和文化心理,由人物的情思意境、人物命运进而深入到生命的悲剧意识。他以细致入微、体大精深相结合的建构方法,创新性地研究中国文学主题学,既为中国文学研究打开了一扇奇妙的窗,也为比较文学研究推开了一道深邃的门。

第三节 宁稼雨叙事文化学研究

宁稼雨长期从事中国古代小说研究,对于古代小说、史传文学等叙事作品钻研深广。其中尤以编纂古代小说提要等为基础进行中国叙事学与主题学研究的综合成果为学界所注目。由于他一直思考如何更有效地将西方学术思想和中国传统文化进行有机融合,以便生成一种新型的学术范式。所以他才能够借鉴比较文学主题学的理论与研究,吸收中国主题学研究的成果,结合中国古典文学的实际,率先提出建构中国叙事文化学的学术主张。十几年来,他一直致力于主题学中国化的理论研究与实践,先后发表了大量的著述,以阐述自己"中国叙事文化学"的观点,建构其理论大厦。

2007年他发表了论文《主题学与中国叙事文化学的建构》,提出以主题学视角建构叙事文化学的主张,从此一发不可收。2009年他发表的《女娲神话的文学移位》一文具有母题研究和原型批评的方法论意义。2010年发表《木斋〈古诗十九首〉研究与古代叙事文学研究的更新思考》一文。2011年出版了《先唐叙事文学故事主题类型索引》一书。2012年发表了《故事主题类型研究与学术视角换代——关于建构中国叙事文化学的学术构想》一文。同年,他连续发表了《中国叙事文化学研究为何要"以中为体,以西为用"——中国叙事文学研究丛谈之一》和《中国叙事文化学与西方主题学异同关系何在?——中国叙事文化学研究丛谈之二》两篇文章。2013年发表了《中国叙事文化学与中国学术体系重建》等。

宁稼雨几十年来从事中国古代文学研究,毕竟于中国叙事文本沉浸最久,钻研最深,思索最多,所以才思之稔熟,筹之有素。他在长时间的学术研究实践中,时常发现西方化的主体方法不能完全解释与剖析中国本土研究对象的一些实际问题。尤其是在中国古代文学的研究中,他觉得以文体史研究和作家作品研究为主体范式的西方叙事文学研究,面对由若干文体和若干作家作品共同构成的某个故事类型,分析往往有些偏颇。例如研究《西厢记》故事类型时,由于研究仅限于各自侧重的关注点,而势必会造成对其故事类型整体认知上和研究上的缺失,即忽略了该故事类型的文献材料在故事形态上的异同流变轨迹。笔者曾经和宁稼雨沟通过这种研究得失的体会。所以他首倡的中国叙事文化学是借鉴西方主题学但是又有别主题学的一种新型研究方法,其研究目标既不是主题或母题情节类型,也不是一部完整的作品,而是某些具体的单元叙事。只有通过它才能揭示和解释那种既超越单一作品,又跨越单一文体的个案故事主题类型的发生过程及其历史动因。宁稼雨曾以顾颉刚《孟姜女故事的转变》一文为例,提出将传统的考据方法与西方实证主义的方法相结合,才能够成功地解读中国叙事文学故事主题的演变,完成一种具体的单元叙事。这种尝试有当代叙事文化学的研究意义。

宁稼雨"中国叙事文化学"的研究方法,从宏观上分析,是将西方叙事学理论与中国传统文化的视野、文史结合的研究方法等相融合,正如他在"中国叙事文化学研究丛谈之一"中所说,"以中为体,以西为用"即是说要立足于中国文学创作的实践,突出中国文学的主体地位和价值;将西方文学理论拿来为我所用,拓宽研究视野。此外"以中学为体的中国叙事文化学研究还有中西文化对话的文化学意义"。[1] 从微观上分析,它将个案钩稽、分析与整体研究相结合;将文献考据法与要素解析法相沟通。正如《天中学刊》设立"中国叙事文化学研究"专栏时的"征稿启示"所言:"稿件分为两个内容:一为中国叙事文化学的理论研究,二为中国叙事文化学的故事类型主题个案研究。"强调个案研究,即要对某一要素(如情节或人物)在该主题类型不同文本中的形态流变进行细致勘比,找出异同,点面结合,使整体的相关研究更加深入、全面。

宁稼雨"中国叙事文化学"的观点认为,由于民间故事与中国古代书面叙事文学之间的类同性,所以中国叙事文化学才有可能借鉴主题学;同时又由于故事文学与书面文学之间的差异性,主题学又不可能全面反映和解读中国这两种文学的外部因素,所以需要在借鉴主题学研究的基础上对其进行合理改造。他在"中国叙事文化学研究丛谈之二"中指出,中国叙事文化学与西方主题学异同关系主要表现在以下几个方面。"同一故事类型多种演绎形态在中国古代叙事文学发展过程中是十分普遍的情况。那么以这种产生流传方式为研究对象的主题学,就不仅适用于民间故事,而且适用于整个中国古代叙事文学。这就是中国叙事文化学可以借鉴吸收主题学方法的主要依据。""从异的方面看,尽管中国古代书面叙事文学具有承载民间故事流传的功能,但它毕竟不能与民间故事完全画等号。所以,不能把西方研究民间故事的主题学完全生搬硬套用来研究中国古代叙事文学。"[2]

宁稼雨2011年由南开大学出版社出版了《先唐叙事文学故事主题类型索引》

---

[1] 宁稼雨:《中国叙事文化学研究为何要"以中为体,以西为用"——中国叙事文化学研究丛谈之一》,《天中学刊》2012年第4期。
[2] 宁稼雨:《中国叙事文化学与西方主题学异同关系何在?——中国叙事文化学研究丛谈之二》,《天中学刊》2012年第6期。

一书,这是他倡导的中国叙事文化学的集大成之作。凝聚了作者十几年的心血,表现出作者努力运用西方主题学理论研究成果、阐释中国古代文学的积极探索精神。全书110多万字,运用主题学方法对中国先唐叙事文学故事主题的流传演变情况进行了一次总结整合研究。全书参照国际民间文学领域通用的"AT分类法",将先唐叙事文学的故事主题共分为六大类:天地类、怪异类、人物类、器物类、动物类、事件类。"AT分类法"将所有的故事或依据故事内容、或依据故事性质、或依据故事形式,分为"动物故事""一般民间故事""笑话""程式故事""难分类的故事"五大类,这种分类法明显缺乏内在的逻辑性。金荣华的《六朝志怪小说情节单元索引》(1984)采用的是中国传统类书以名词为单元和类目名称的编排法,因而在反映作为叙事文学的故事属性方面受到一定局限。宁稼雨分为六大类的作法,无疑是在前人基础上所做的新的探索和大胆尝试。众所周知,任何分类方法都以穷尽性或准确性区分世界文学中诸多纷繁复杂的叙述文类主题为研究的主要目的。因此,上述分类也不乏有值得推敲商榷的细微之处。六大类中又分为若干小类,例如"天地类",其中又分为"起源""变异""灵异""纠纷""灾害""征兆""时令"七个小类。只凭名称考察,这样分类是见仁见智、难分轩轾的分法,如果细读内容可能就要更加复杂困难得多了。但这种分类毕竟大致上较为清晰地展现了同一主题在各种文体形态中流变的轨迹。这部以"中学为体"的中国古代叙事文学故事主题类型分类索引编排的开山之作,第一次将中国叙事文学和文本纳入考察视野,从而区别于以往主题学研究多以民俗文学为主要编写对象的分析传统。书中既有度人金针的内容,又有大量编好系统的材料索引,为继后的研究提供了分类原则和备选范围。不仅方便了后学者的研究,也有利于"中国叙事文化学"的理论建构和实践探索。

宁稼雨倡导的"中国叙事文化学"从目前情况进行分析判断,要经过三个重要的步骤才能真正在学界站稳脚跟。第一,要在"强调理论架构和文献资料收集"并重的原则下,编制中国叙事文学故事主题类型分类索引。他格外强调对研究对象的范围进行调查摸底与合理分类;对各种类型的故事进行特定方法的分析和角度科学的阐释;主张在重视文献资料整理的基础上,开展理论建构或创新实践。他的《先唐叙事文学故事主题类型索引》一书就是在大量的文献资料整理的基础上,经过梳理流程、分清轮廓、辨析真伪、校勘异同之后,才最终完善了全部设想而结构成书的。这不仅为中国叙事文化学的理论成熟提供了扎实的范本,也使其理论建设规避了宏大叙事式的理论空谈而落到了实处。第二,以故事主题类型分类索引为主线,有针对性地对各个故事主题类型进行追源溯流地梳理与条分缕析地分析研究。在宁稼雨的引领下,他的师门弟子做了大量卓有成效的个案研究。如:人神恋故事、神话传说故事、恶神故事、东坡故事、济公故事、汉武帝故事、大禹故事、唐明皇故事、武则天故事、隋炀帝故事、张良故事、黄粱梦故事、红线女故事、柳毅传书故事、柳永故事、李慧娘故事、木兰故事、聂隐娘故事、秋胡戏妻故事、苏小小故事、西施故事、卓文君故事等。这些研究都对相关文献资料进行竭泽而渔式的爬梳整理,而后选择与之相关的文化现象进行探讨,为宏观整体的中国叙事文化学建构准备好嫁衣。最后才是最难的,也是最重要的,即对中国叙事文化学理论进行归纳与总结,提炼与升华,使之谱系化与学理化,以便建构当今学界期待的具有文化哲学与文化诗学层面的"中国叙事文化学"理论大厦。

最后应该实事求是地总结宁稼雨倡导的"中国叙事文化学"的理论价值和实践意义。首先,这种研究打破了传统叙事学主要针对一部作品或一种文体内的叙事元素进行探讨的壁垒和偏狭视域。成为"超越单一作品又跨越单一文体"的具有突破性和超越性的综合研究。操作层面就是将小说、戏曲、诗文等一切文体所叙述的相同"个案故事主题类型的发生过程及其动因",以及"多个作品中同一情节和人物的异同轨迹",重新整合成为一个新的研究个案,进行类比式的跨界研究。这种因学术视野扩大,涉猎比前人更广的研究,使其进行横向的共时性概括与比对成为可能。其次,这种研究打破了传统的以文体为界限,以作品为基点的文学研究范式。使过度强调文体异同和作品风格差异的研究倾向转变为"清晰地厘定不同文本故事情节的形态差异","为整个该故事主题类型的动态文化分析提供依据和素材"。从而使"故事主题类型的文化分析"研究成为可能。正是这种因为研究对象之间所呈现出的异同现象而形成的复杂多样性,才使这样的鉴别与分析能够比传统的研究愈加深入,从而导致这种研究能够提升到文化哲学层面,并向纵深开掘。再次,这种研究客观上弥补了人为分割文学发展史的某些不足。例如最常见的按朝代更迭划分的方法,这种分割法虽然有文学与外部环境影响的种种考量,但是文学自身发展的规律是否与之同步的问题尚且考虑不足。而中国叙事文化学则在探讨故事主题发展、演变的线索时,打破了以朝代更迭来关照文学发展的惯例,注重某一故事主题流变的传承性和接受性。于是文学发展史的外部参照系就有可能变为文学内部的文学谱系。这无疑是对完善中国文学史研究的一种补充。最后一点,中国叙事文化学通过剖析故事主题类型各种要素在不同体裁、不同文本中的形态流变,以及在不同历史性的社会环境下的不同表现,能够发现该故事主题所受到的时代因素影响及其变异情况,并且最终凝练总结出反映故事主题的全部材料以及核心要素的灵魂,最终体现出的却是文化对文学内涵和审美价值的某些规定性。这时,叙事文学作品的时代意义和文化价值才能得到和谐、充分的彰显。中国叙事文化学也才能真正表现出作为一种有中国文化立场的创新型的文学理论的真正理论价值和实践意义。

第四节 叶舒宪神话意象研究

叶舒宪的神话研究,尤其是从文学人类学进行的研究非常有特色,在学术界颇有影响。他的神话意象研究相比较而言在学界可能了解的人不是很多。原因正如他在《神话意象》(北京大学出版社,2007 年)一书的"自序"中所言:"'意象'是中国古代文论最重要的关键词之一,也是当代美学研究关注的要点,'神话'一词则是 20 世纪初在西学东渐的历程中传入中国学术话语的。我采用'神话意象'这个合成词作为本书的标题,旨在突出一个世纪以来神话研究乃至文化研究的一个新动向——从书写文本到图像文本,从文字叙事到图像叙事的重心转移。"[①]他在这段话里主要表达了两个意思,即"神话意象"这一合成词的来源和神话研究中"图像"的重要性。

神话学研究的学术史上,像"神话意象"这样的合成词是有先例的。2003 年,芝加哥大学出版社出版的《神话历史》(*Mythistory*),就是其作者即以色列历史学家约瑟夫·马里(Joseph Mali)将英文的"神话"和"历史"两个词拼合为一个新生词"神话历史",并以其作为书名的。如果说约瑟夫·马里想借"神话历史"这个合成词,在书中恢复出西方历史学之父希罗多德《历史》一书中原有的神话面目,并且对现代史学形成的神话思维背景做出谱系学意义上梳理的话,[②]那么我们可以认为

---

① 叶舒宪:《神话意象》,北京:北京大学出版社,2007 年,第 5 页。
② 叶舒宪:《金枝玉叶——比较神话学的中国视角》,上海:复旦大学出版社,2012 年,第 2 页。

叶舒宪就是想用"神话意象"这个合成词来表达"意象"这个词在神话学意义上更为宽泛的含义,以便表现中国文化对"意象"的特殊关照。即是说让图像和文物、民间艺术等为中国神话学研究提供极其宝贵的视觉原型和形象资料。

叶舒宪的学术研究主要是以人类学为切入点的,这已成为其明显的学术传统。他前期主要以文学人类学为研究基础对中国古代文学进行解读,表现出广阔的学术视域,既有人类学的理论建树,又有文学的人类学阐释。如《探索非理性世界——原型批评的理论与方法》(1988)、《英雄与太阳—中国上古史诗的原型重构》(1991)、《文学与人类学——知识全球化时代的文学研究》(2003)、《诗经的文化阐释——中国诗歌的发生研究》(1994)、《庄子的文化解析——前古典与后现代的视界融合》(1997)、《高唐神女与维纳斯——中西文化中的爱与美主题》(1997)、《亥日人君》(1998)、《山海经的文化寻踪——"想象地理学"与东西文化碰触》(2004)等。后期主要以文化人类学为研究基础,对神话和广义的"意象"进行解读,既有独立见解的理论批评,又有文化诗学的实践研究。如《千面女神——性别神话的象征史》(2004)、《中国神话哲学》(1992)、《神话意象》(2007)、《金枝玉叶——比较神话学的中国视角》(2012)、《文化符号学——大小传统新视野》(2013)等。

文学人类学是将文学与人类学两个学科结合起来的研究。文学侧重于"书写作品",人类学则更关注"口传过程"。20世纪末中国学界的文学研究自身获得了发掘文学艺术的人类学价值,促进人类文学经验的汇通和重新整合的重大机遇。以叶舒宪为代表的文学人类学学者以民族神话为研究对象,自1991年开始出版"中国文化的人类学破译"丛书。其中包括叶舒宪的《诗经的文化阐释——中国诗歌的发生研究》《山海经的文化寻踪——"想象地理学"与东西文化碰触》(与萧兵等合著)和《庄子的文化解析——前古典与后现代的视界融合》等著作。其重点是对上古经典进行了全新的人类学视域的现代阐释。在世界文化语境的参照下,以往难以理解的文本因有创见和新鲜的解读而变得不再费解,让人豁然开朗,茅塞顿开。他的《高唐神女与维纳斯——中西文化中的爱与美主题》一书分为上下两编。上编考察了爱与美主题的原型发生史,详细考察了中西爱与美主题的原型形象高唐神女与维纳斯,并分别考证了其为希腊、印度、中国这三种文化中共有的现象。下编则探讨了爱与美主题的文化置换论题。尤为值得一提的是,他从"爱"与"美"的主题角度对史前宗教中的猪崇拜习俗及其相关的观念内涵,如史前的脂肪——

肥胖崇拜、丰乳肥臀女性崇拜等,都作了跨文化的分析。在《亥日人君》这部著作中结合稀韦氏探讨了中国上古猪神信仰的生态——文化特殊背景,为8000年前汉人将野猪驯化为家猪提供了依据。他在《千面女神——性别神话的象征史》一书中以原型图像的方法展示了女神原型形象,并以比较图像学的方法展示了女神原型的演变史,用精辟的文字阐释了女神形象的象征意义。在这些实践探索中,作者综合运用了人类学、神话学、宗教学、心理学的知识,以跨学科、跨文化的学术视野,阐明了当代女神文化研究的现实意义,对当代女性主义研究颇有启发。

文化人类学是研究人类文化的科学。21世纪以来,它作为一个在中国表现出后发力的新兴研究领域,对相关传统学科表现出很强的影响力和渗透力。它与诸多社会科学和人文科学形成交感区域,并产生了相互兼容的密切联系,如历史学、考古学、神话学、文学、艺术学、社会学、心理学、政治学等。这些学科门类之间的相互交流融汇的研究,产生了许多有价值的学术成果。叶舒宪的《神话意象》和《金枝玉叶——比较神话学的中国视角》(以下简称《金枝玉叶》)就是颇有代表性的著作。

在《神话意象》一书中,他针对中国传统的学术研究比较偏重于传世文献的整理与研究,而对于金石、名物等这些边缘性材料尚未受到学人应有重视的倾向,提出了在文化人类学大框架下的要进行"知识考古"的研究思路。他提出:"20世纪后期以来,现代文化人类学以及新史学对物质文化与图像叙事的研究,特别是后现代主义对文字-文本-权力的批判和方法论上的'图像转向'的强调,配合大众文化方面'图像时代'的理论建构,已经在文化研究中拓展出巨大的发展空间。20世纪20年代诞生的中国考古学在过去八十年里贡献出前无古人的大批新出土材料。而海内外的文人学者已经开始寻找和利用传世的与新出土的实物材料与图像材料,探索一种'知识考古'的研究思路,在重写文学史方面提出富有创意的研究实例。"[①]他写的这本书就是在打破学科界限的神话学研究方面的学术成果。它尤其彰显了图像叙事相对于文本叙事的超越性、优越性、丰富性、生动性,以及它们相互之间的美学张力。此书的第一章为"狼图腾,还是熊图腾?——关于中华祖先图腾的辨析"。作者以睿智的思想深度和敏锐的洞察力,对以往的考古成果作出惊人的再发现。他指出"与神话传说中华夏民族共祖黄帝直接相关联的,看来也是熊",

---

① 叶舒宪:《神话意象》,北京:北京大学出版社,2007年,第6页。

"熊作为中华北方史前图腾的一条主线,已经较为清晰地呈现出来。"①他通过"知识考古"的研究方法破解了史前人类的思维模式如人类精神的符号形式,勾勒出中华祖先熊图腾神话的脉络。在该书的第五章"神话如何重述"、第六章"神话复兴与《哈利·波特》旋风",以及第七章"谁破译了'达芬奇密码'?"中,作者对21世纪以来的"新神话主义"创作在全世界的影视界和出版界形成的席卷之势进行了实事求是的分析。他还客观地探讨了新神话主义潮流为神话学这门学科所带来的新拓展、乃至发展机遇和挑战。意在说明对于当代"再造神话"而言,学术底蕴比想象力更重要。现在的事实证明,他的认识不仅是正确的,也是具有先见之明的。

《金枝玉叶》一书中,作者表现出比《神话意象》更强烈的文化人类学倾向。从其"引言":"中国文化再认识——从解读神话编码开始",人们可以了解到,文学人类学在以叶舒宪为代表的研究群体的支撑下,从20世纪90年代提出"三重证据法"理论,到21世纪初拓展为"四重证据法"理论,逐步发展壮大的发展历程。"二十余年来,中国的文学人类学研究,从以神话、文学和历史解读为主的跨学科研究,逐渐走向新兴交叉学科的建构方向。"②作者本人也从1992年出版《中国神话哲学》以来,一直在尝试以神话概念,重新打通文史哲和宗教等人文领域的研究,发展到目前将研究侧重点放在打通文学与历史,探寻华夏文明发生的观念特质方面,③这不能说不是一个重大的进步。他认为要开启重新认识华夏文明特点的有效途径,就是"倡导神话历史研究","对我们熟知已久的经典和观察范畴给出神话学视角的解读。"他接着指出:"对中国文化和历史的当代新认识,需要从解读神话编码开始。这种学术探讨的新范式与文学界研究的神话故事相比,显然有明显的不同。"他最后举例说:"华夏之华,既可指大自然的花;也同样可以指人为想象中的神圣之花,即玉华玉荣玉叶。《尚书·顾命》记述的西周王室大典上用的道具,称'华玉仍几';《楚辞·远游》中说的'怀琬琰之华英';等等,皆以玉为华,或以玉比华。这就是认识中国文化,为什么要从神话编码的解读开始,而且还要找出这个文化中最早、最具有根本性的神话编码。"④作者以这种指导思想为研究动力的引擎,运用比较神

---

① 叶舒宪:《神话意象》,北京:北京大学出版社,2007年,第6—7页。
② 叶舒宪:《金枝玉叶——比较神话学的中国视角》,上海:复旦大学出版社,2012年,第1页。
③ 同上书,第2页。
④ 同上书,第3—4页。

话学的中国视角,从解读神话编码开始,对中国文化的深层特质进行了再认识、再阐释。

《金枝玉叶》一书由上、中、下三编构成。上编"神话历史的编码与解码"共有九篇文章。其中《从"金枝"到"玉叶":玉石神话与中华认同的形成》一文,通过分析六个玉石神话的叙事案例,让人们充分认识到神话的意识形态作用。他在结论中指出:"本文将中华认同的根基上溯于大传统玉石神话观,尝试寻觅的就是隐藏在华夏文明基础层次中的中华价值观原型,希望有助于重新认识汉字书写的传统(包括文书、文学与历史叙事)的文化意义。"①他在《中国的神话历史》一文中指出:"'中国神话'的概念对应的文学文本,'神话中国'的概念则对应着文化文本。""所谓'神话中国',指的是按照'天人合一'的神话式感知与思维方式建构起来的5000年文化传统"。而"神话中国"的新视野则有助于人们在纯文学以外的古代经典中体认神话编码的逻辑,即认识其本质:"解读出神话思维、辨识出神话叙事、发现神话意象"等等。中编共有论文七篇。其中《从"太初有熊"到"太一生水"——四重证据探索儒道思想的神话起源》一文,从一重证据华夏创世神话再发掘看"太初有熊";从二重证据《楚帛书》再证"太初有熊"神话观;从三重证据通过"轩辕""有熊""大熊""穴熊""熊盈"进行通解论证;从四重证据"秦先公墓出土熊车为轩辕帝车原型说进行论证"。最后作者对四重证据的应用前景作出展望:"有鉴于20世纪考古学的大发现,新世纪的中国神话学研究,以及广义上的古史研究,将突破文本中心主义的局限,以文字材料和非文字的实物材料参照之下的互勘互证为一大新方向,形成打通式的比较研究范式,以期从多角度和多层面的立体方式,重新进入和认识华夏文明特有的'神话历史'。"②在另一篇《伊甸园生命树、印度如意树与"琉璃"原型通考——苏美尔青金石神话的文明起源意义》的文章中,作者认为:"印度想象中的如意树和希伯来想象中的伊甸园中央生命树恰好形成神话母题的对应。"③"从比较神话学的角度看,西亚上古史诗中的青金石树和红宝石树,属于神话想象母题——'天堂中的宝石树'。"④继后,作者举出与中国文学关系密切的印度史诗《罗摩衍

---

① 叶舒宪:《金枝玉叶——比较神话学的中国视角》,上海:复旦大学出版社,2012年,第33页。
② 同上书,第163页。
③ 同上书,第186页。
④ 同上书,第192页。

那》的例子"金花绿叶",来说明此类神话母题中潜含的物质文化内涵。然后指出:"荷花的黄金花朵和'琉璃'枝叶,表明印度版的金玉组合神话想象如何同印度文明乃至华夏文明的极度推崇的神圣莲花意象相结缘。"①下篇《文学人类学与文化再启蒙》共有五篇文章。其中《再论新神话主义——兼评中国重述神话的学术缺失倾向》一文,"着重探讨了新神话主义潮流给比较神话学这门学科(其历史与比较文学是同样的)带来的新拓展机遇,力求说明:对于当代再造神话而言,学术底蕴为什么比想象力更加重要"。他延续了在《神话意象》一书中关于"神话复兴"和"神话如何重述"等问题的讨论。文中涉及他对《指环王》《百年孤独》《哈利·波特》《蜘蛛侠》《特洛伊》《达芬奇密码》等一系列新神话主义文学和影视作品的重新阐释和文化解读。文章还指出现代比较文学和比较神话学为今人重新理解和创作神话,提供了整体透视的眼光和象征知识的储备。而人类学、考古学、民间活态神话等,则又为人们提供了超越古人的认知资本,从而对神话复兴、再造提出更深层次的理论认知与更高层次的实践提升。

叶舒宪后期的这两本神话学著作,已不再像20世纪90年代的那些文学人类学著述那样,仍然重在对经典传世文献的文字训诂方面的研究了。他在王国维建立在"语言学""考古学"研究基础上的"二重证据法"和顾颉刚、闻一多建立在"传说""民俗学"研究基础上的"三重证据法"的基础上又向前迈进了一步,提出"四重证据法"。其主要根据实物图像的考察、考证、考据和探索进行综合性研究,努力得出更科学、更合理的结论。他的这种创新方法,不仅推动了文学人类学在研究方法上的改进,而且是一种进入文化人类学研究的理论性突破。这也是他的神话学研究能够在中国文学主题学领域里做出重大贡献的原因。

第五节 陈建宪神话母题研究

陈建宪作为学者在中国20世纪80年代"神话热"之后,逐渐成为神话学家研究领域的一员干将。自90年代以后,他对神话学进行了较为深入系统的理论探索,提出神话母题的重要分析方法。不仅如此,他还以大量的实践研究丰富了神话

---

① 叶舒宪:《金枝玉叶——比较神话学的中国视角》,上海:复旦大学出版社,2012年,第193页。

学的方法论,对中国神话学研究做出了自己应有的贡献。他的主要著述有专著《神祇与英雄——中国古代神话的母题》(1994)和《神话解读:母题分析方法探索》(1996),以及重要的单篇论文:《女人与土地——女娲泥土造人神话新解》(1994)、《中国洪水神话的类型与分布——对433篇异文的初步宏观分析》(1996)、《论比较神话学的"母题"概念》(2000)、《故事类型的不变母题与可变母题——以中国洪水再殖型故事为例》(2016)等。对他的这些著述进行梳理分析之后,可以发现他的主要学术论文都是利用神话母题分析方法,紧紧围绕"洪水再殖型故事",对洪水神话作出了最细致、最系统、最深入而又极具说服力的个案研究。他的学术专著主要集中在"母题"的理论阐发与建构,以及用"母题"分析的方法进行的神话研究。

《神祇与英雄——中国古代神话的母题》(以下简称《神祇与英雄》)主要反映了陈建宪对"母题"理论的理解与发展。它尽管只是一部神话学研究的著作,但却反映出作者鲜明的主题学立场和主题学的学科意识。该书第一章"神话与母题"中,作者开宗明义地指出,主题学研究可以理解为"破解神话的一种方法"。他还对"母题"进行了界定:"什么是母题呢?简言之,母题就是民间叙事作品(包括神话、传说、民间故事、叙事诗歌等)中最小的情节元素。这种情节元素具有鲜明的特征,能够从一个叙事作品中游离出来,又组合到另外一个作品中去。它在民间叙事中反复出现,在历史传承中具有独立存在能力和顽强的继承性。它们本身的数量是有限的,但通过不同的组合,可以变换出无穷的故事。"[1]陈建宪给"母题"下的定义和美国学者斯蒂·汤普森对"母题"的经验性界定:"一个母题是一个故事中最小的、能够持续在传统中的成分。要如此,它就必须具有某种不寻常的和动人的力量"[2],二者大同小异、求同存异。这一定义也和比较文学诸多的学者对"母题"的理解不谋而合,如德国弗伦泽尔认为:"'母题'一语系指一个较小的主题(stofflich)的单位,它还不包括整个情节或故事脉络,而是在其自身内形成同内容和情景有关的一个元素。在内容相对单纯的文学作品中,它能以压缩形式通过核心母题(Kernmotiv)表现出来;不过一般说来,在文学类型(literary genres)中,需要有几

---

[1] 陈建宪:《神祇与英雄——中国古代神话的母题》,北京:生活·读书·新知三联书店,1994年,第11页。

[2] 斯蒂·汤普森:《世界民间故事分类学》,郑海等译,上海:上海译文出版社,1991年,第499页。

个母题构成内容。"①由此可见,"母题"定义表现出三种主要"基因",即"与民间叙事文学关系密切";"是最小的情节元素";"可不断复制的活性"等。作者进一步指出:"神话之所以能够跨越巨大的时间、空间的障碍,传到我们手中,很大程度上就依赖于这种一代又一代人对母题的不断复制",即神话传承至现代主要依赖于"母题"的代代"复制"。所以,"要追寻一个民族的文化之根,必须了解它的神话。而要了解文化中的遗传密码,关键是对神话中的那些数量有限的、对民族文化影响最大的重要母题,进行深入的研究、解读和重构"。正是基于上述的认知,所以作者在书中重点而具体地研究了世界各地普遍存在的、有关人类由来的"泥土造人"的母题。

这种母题之所以在世界上普遍存在,主要是因为人类最关注的三个问题,即"我是谁""从哪里来""到哪里去"的中间一环,即"我们人类是哪里来的"困惑。这个问题从古至今始终困扰着所有的人类。正如陈建宪所说:"世界各地神话以及中国许多民族的神话中,如此广泛地流传着'泥土造人'的母题,说明这个母题具有原始文化与原始心理的普遍性质。它产生于人类社会发展某一阶段上特定的社会背景与文化心理。"②笔者认为"泥土造人"母题作为一个解释性的神话母题,它不仅反映了原始初民对人类来自何处的一个想象性的思考,而且是任何一个时代的人都会产生的类似反省。如现今的儿童用泥捏小人,画画时画小人,以及成年人出于新神话主义思维而对于人类是从哪里来的对应性再造等,都是人类对自己的一种反思。陈建宪认为由于人沐浴后可搓下泥条,泥土可以烧制陶器等原因,所以原始居民联想到泥土造人等,这些解释皆可认为是"泥土造人"母题产生的部分原因。他在考察了女娲神话的基础上,结合原始思维的特点,认为在原始人看来,大地可以生产万物,自然也可以产生人类,因此在他们心里,"大地的形象是一个繁殖力旺盛的产妇",并由此联想到人是神(分析的是女娲故事)用泥土造成的。③ 这就是为什么人是由泥造成的而非其他材质造成的根本原因。从作者的分析中,人们可以得以下两点结论:一是这个母题反映了人类初时就对土地的重要性有清醒的认识,

---

① 陈惇、刘象愚编:《比较文学研究资料》,北京:北京师范大学出版社,1980年,第339页。
② 陈建宪:《神祇与英雄——中国古代神话的母题》,北京:生活·读书·新知三联书店,1994年,第50页。
③ 同上书,第43—66页。

它"真实地反映了人类与土地的关系及对于土地的感情"①。二是世界各地普遍存在的如此相同的神话母题,并非完全的巧合,而是表明在原初社会,人类所面临的基本问题几乎是类似的,即土地对于人类生存的重要性。这也是普遍存在的一种逻辑推理。

无论从主题学还是从神话学的角度分析,似乎都会产生如此的疑问,即像"泥土造人"这样具有普适性的母题是各个民族自己独立生成的,还是相互之间存在着影响接受的关系。科学的解释应该是二者皆有可能。其实这也是主题学研究要在影响研究与平行研究二者的交感区域进行"第三空间"研究的原因。值得人们注意的是,尽管神话母题是具有原初意义的研究课题,但最好还是将其落实到继后的文本研究中。只有这样才能最大限度地发挥神话母题的时代意义。陈建宪在16年之后发表的《论比较神话学中的"母题"概念》一文中,对此有了进一步的深刻认识。他说:"在我们对一个神话的各母题逐个进行历时的追根寻源和共时的社会文化分析后,应该把各个母题重新综合起来,观察它的组合过程与结构特征,将它作为一个整体,再放在整个民族文化和世界文化的大环境中去加以考察,以找出宏观的、带有普遍性、规律性的东西。"②他针对比较神话学说的这番话同样适用于主题学研究的母题研究,只是要注意不要将母题泛化,否则题材、主题等研究,就无用武之地了。

《神话解读:母题分析方法探索》(以下简称《神话解读》)一书主要说明作者研究神话时运用的母题分析方法。作者首先将神话的定义划分为狭义神话观和广义神话观。狭义的神话观定义的是指原始社会中产生的神话,而广义的神话观所涉及的神话产生的时间没有界限,认为"每一个时代,甚至包括今天,都有新的神话不断产生"③。而"神话学是一门探究神话的性质、形态、特征、功能、价值等文化内涵以及神话之发生、发展、传承、演变规律的人文科学"④。鉴于神话学尚缺乏属于自己学科的方法论,他就借鉴了汤普森《民间文学"母题"索引》中"母题"这一核心概

---

① 陈建宪:《神祇与英雄——中国古代神话的母题》,北京:生活·读书·新知三联书店,1994年,第65页。
② 陈建宪:《论比较神话学中的"母题"概念》,《华中师范大学学报》2000年第1期。
③ 陈建宪:《神话解读:母题分析方法探索》,武汉:湖北教育出版社,1996年,第9页。
④ 同上书,第3页。

念对神话进行研究。在他看来,以神话母题为逻辑起点和方法论,可以对神话进行新的解读。具体而言,作为民间叙事文学作品内容的最小元素,母题既可以是一个物体(如魔笛),也可以是一种观念(如禁忌);既可以是一种行为(如偷窥),也可以是一个角色(如巨人、魔鬼)。它或是一种奇异的动、植物(如会飞的马、会说话的树);或是一种人物类型(如傻瓜、骗子);或是一种结构特点(如三叠式);或是一个情节单位(如难题求婚)。这些元素有着某种非同寻常的力量,使它们能在一个民族的文化传统中不断延续。"它们的数量是有限的,但通过不同的排列组合,可以构成无数的作品。"[①]在利用母题分析方法探索神话研究的过程中,陈建宪首先明确地将母题作为观察和分析神话的基本单位,寻找解读和研究神话的逻辑起点,并强调"在当代国际神话学界,以母题分析方法研究神话是一个比较普遍的趋势。[②]其次,陈建宪利用母题分析法的基本思路是从解构到重组,这一研究范式几乎贯穿了他对各类神话专题研究的始终。最后,他在《神话解读》一书中不仅列举了世界各民族神话中的一些最普遍、最主要的神话母题,如神与文化英雄母题、宇宙起源母题、自然神话母题、人类起源神话母题、人类生活与文化母题、动物与植物母题等,而且他在书中还利用母题分析方法,对盘古神话、弃子英雄、九头鸟、蛇女等神话母题进行了初步的研究与深入阐释,解读他们在历史上是如何发生、传播或影响的。例如通过盘古神话的研究探讨神话母题的发生;以"漂泊的弃儿"为个案,研究一个神话母题的传承问题;以"九头鸟"神话为例,讨论一个神话母题的演变;以"蛇女"神话为研究对象,爬梳一个神话母题的生命史等。其实,"从解构到重组,这就是神话研究的母题分析方法的基本道路"[③]。

陈建宪作为神话母题研究的代表性学者,自 20 世纪 90 年代就开始将神话母题作为基本的神话研究单位,进行持续性探索并取得了可喜的成绩。他通过长期的理论建构和大量的实践研究,总结后认为:"从母题出发,既可以研究一个神话作品中的各个组成部分及其组合状态,又可以通过各个母题来源的分析,从纵向研究一个神话的发生、发展、变化过程;还可以从横向的比较研究,通过各个民族间相同母题的关系,了解神话的民族特点和文化差异。"所以"神话母题"被陈建宪戏称为

---

① 陈建宪:《神话解读:母题分析方法探索》,武汉:湖北教育出版社,1996 年,第 23 页。
② 同上书,第 3 页。
③ 同上书,第 57 页。

"游览神话迷宫的路标"①。他紧紧围绕着"神话母题"这一基础概念展开的大量探讨神话学理论建构以及所取得诸多的研究成果,如今已成为引导人们解读人类神话世界这一迷宫的一把钥匙。

第六节 万建中禁忌主题研究

万建中作为北京师范大学中国民间文化研究所的中坚力量,对钟敬文先生开创的民间文艺学研究传统,有继承有发展。钟敬文先生为万建中《解读禁忌:中国神话、传统和故事中的禁忌主题》(以下简称《解读禁忌》)一书写的"序言"中,不仅称他的研究为"富于创见的民间文学研究",而且还中肯祝愿他说:"我相信他在不远的将来一定能达到更高的学术境界。"②

除上面提及的《解读禁忌》(2001),万建中的学术著述还有专著《中国民间散文叙事文学的主题研究》(2009)和《20世纪中国民间故事研究史》(2011)。此外,重要的论文主要有《禁忌主题与禁忌民俗之相互关系》(1991)、《刍议民间文学的主题学研究》(2000)、《对民间故事中禁忌主题的功能主义理解》(2000)、《避讳型故事中禁忌母题的文化解读》(2000)、《民间故事母题学研究概观》(2010)等。分析这些著述的研究倾向,可以发现万建中在民间文学研究的领域里,主要从事的是民间文学的主题或母题的研究,而且这种研究的对象主要是"禁忌",这样一种民众生活中极为常见的习俗现象。因为它们大量出现在民间文学作品之中,所以"禁忌"在民俗学上是比较重要的论题。万建中能够将中国民间口头叙事文学(包括神话、传说、故事)中表现的禁忌习俗,从作品文本中提取出来,作为一个"主题"或"母题"进行专门的研究和探讨,不能不说其研究角度的独特与新颖。下面将有针对性地解析他著述中的这些文艺学方面的意蕴。

在具体的主题学研究中,由于主题与母题相互之间有交感区域,有时很难从本体论的角度将二者非常清晰地区分开来。相对而言,主题具有主观性,是一种价值判断,是变量,而母题则是常量,具有客观性,是对事件的最简归纳。因为主题的外

---

① 陈建宪:《神话解读:母题分析方法探索》,武汉:湖北教育出版社,1996年,第34—35页。
② 钟敬文:"序言",见万建中:《解读禁忌:中国神话、传说和故事中的禁忌主题》,北京:商务印书馆,2001年。

延所具有的伸缩性,所以致使不少从事民间文学研究的学者便谨慎地弃用了"母题"一词。万建中在《刍议民间文学的主题学研究》一文中就坦陈:"笔者曾把民间叙事文学中的禁忌作为一个主题进行研究,按照这种划分,作为民间叙事文本中的一个情节,禁忌属于母题;而在一些具体的故事中,禁忌行为又不是孤立存在的,它往往与因果报应(如'地陷型'的故事)、舍身为人(《石马》故事)、光阴似箭(某些'密室型'故事)、迷信愚昧('不能动工'的故事)等等结合在一起,又具备了主题的含义。"①一般的"禁忌"主题的故事都由设禁、犯禁和处罚三部分组成,这个结构的核心是"人触犯禁忌"。万建中认为,"如果把禁忌主题的格式视为禁令、违禁、惩罚三部分的话,那么我们或许可以分别称这三部分为母题。"②实际上,"人触犯禁忌"已具有了主观性,也有了价值判断,而且又在三个母题的归纳之上进行了价值判断,应该视为主题。这种观点正是比较文学主题学研究所主张的,万建中的选择是明智的。

《解读禁忌》一书是万建中由自己的博士论文补充、修改而成的学术专著。其导师钟敬文先生在"序言"中多有定评。这部书无疑是作者多年的呕心沥血之作。它将关系密切,但界限依然泾渭分明的两个学科有机地结合起来进行研究,将民俗学中的"禁忌"现象,作为文学研究的"主题"进行归纳总结,多角度的阐发理解,颇有难度。但是作者知难而进,从研究方法上,在文本分析的基础上,运用主题学的理论,把"禁忌"这一主题剖析的异常到位。首先,因为他客观地认识到"以书面文本作为研究对象的可能性"。所以他认为"不可能让民间口头文学一直处于'说'和'听'的状态。在多数情况下,我们不得不把记录文本看作是'完全的载体'。这样看来,研究者最终面对的仍是阅读文本"③他接着说:"我们对禁忌主题的获取,并不一定要深入'表演'的情境,因为禁忌习俗常态下的存在状况是难以直观到的。把禁忌主题拽进表演理论的模式,显然带有理想主义的倾向。"④其实,民间文学中包含着相当丰厚的历史文化意蕴。包括"禁忌"等诸多的活态的民众的传统观念、

---

① 万建中:《刍议民间文学的主题学研究》,《民间文化》2000年第7期。
② 同上。
③ 万建中:《解读禁忌:中国神话、传说和故事中的禁忌主题》,北京:商务印书馆,2001年,第21—22页。
④ 同上书,第22页。

民风习俗等在民间文学中大多得到充分的表现和彻底的反映,并以书面文学作品作为文本依据进行了民俗学领域的多方面研究,这也将从另一个侧面将民间叙事文学的研究引领到更为广阔的学术空间。

其次,他的研究成果在这部书中最重要的体现在将主题学中的"主题"或"母题"引用于解析民间口头叙事文本中的禁忌情节和观念,这很有学术创新意义。作者之所以要重拾"主题学"这一似乎已被中国民间文学学者遗弃了的研究方法,"目的主要在于摹写出禁忌主题在不同的民间叙事类型中的表现,梳理禁忌主题在不同时代的演变脉络"[①]。其实,这也正是比较文学主题学研究的精髓所在。因为从禁忌主题的角度审视民间口头叙事文学,或者说将民间口头叙事文学中的"禁忌"主题(或母题)抽取出来进行专门的综合性研究,恰恰是主题学研究的范例。在具体的研究过程中,作者借助苏俄学者"类型学"的研究传统以及苏联学者普罗普的故事形态学理论,从故事的结构形态入手,将"禁忌主题"分为"故事外禁忌主题"和"故事内禁忌主题"两大类。后者又由"完成式"和"非完成式"组成。通过如此的类型分析,基本理清了禁忌民俗事项怎样转化为民间口头叙事文学中的相关主题,以及这一主题在民间口传文本中的传播方式和流布情况。[②] 作者"在对禁忌主题的研究中,则努力把拥有此主题的不同类型的民间叙事文学置于同一层面加以考察、清理同一禁忌主题在不同故事类型中的分布及在其一故事类型中的流布,进而运用传统的民间文艺学的方法发掘各种禁忌主题的'文化遗留'(culture survival)"[③]。

再次,作者在书中并未停留在对民间口头文学外部形态简单的宏观描述上,而是集中精选了十种禁忌主题;即"祖婚型""天鹅处女型""禁室型""地陷型""识宝取宝型""赶山鞭型""神谕型""避讳型""解禁型""嘲禁型",进行个案解析和文化解读。作者"深入到禁忌主题内部,挖掘其深层的文化底蕴、形成的根源及发展的脉络。其中有许多阐述比较精彩,有些见解不乏独到之处"[④]。这部分的内容和篇幅占了全书的大部,显然是全书的中心部分,值得特别重视。作者认为自己"曾对多

[①] 万建中:《刍议民间文学的主题学研究》,《民间文化》2000 年第 7 期。
[②] 万建中:《解读禁忌:中国神话、传说和故事中的禁忌主题》,"序言",北京:商务印书馆,2001 年。
[③] 万建中:《刍议民间文学的主题学研究》,《民间文化》2000 年第 7 期。
[④] 万建中:《解读禁忌:中国神话、传说和故事中的禁忌主题》,"序言",北京:商务印书馆,2001 年。

种含有禁忌观念和情节的民间故事类型进行了审析,正是要打破时空的界线来处理共同的禁忌主题,并揭示这一主题在不同的民间叙事文学类型中的'表达规范'"①。接着作者还对禁忌习俗如禁忌主题之间的互动关系进行了进一步的分析。他认为先有禁忌民俗、后有禁忌主题,禁忌主题的形成又促进了禁忌民俗的流传。钟敬文认为:"这一判断较有说服力","关于研究禁忌主题的意义的论述也比较充分",这些都在"一定程度上体现了实证的学风、科学态度"。"总的看来,这是一部论证比较严谨而深入、证据翔实、条理性强的较优秀的论著。"②

万建中在《解读禁忌》一书中开宗明义地而又实事求是地说:"本书不以重新建设禁忌的理论体系为宗旨,亦不奢图对禁忌的认识有新的突破",而是"以禁忌主题作为唯一观照的对象,就禁忌主题论禁忌主题,这是立足点"③。他在《刍议民间文学的主题学研究》一文中最后总结说:"除'禁忌'外,诸如'死亡''复仇''难题'等都是民间文学中极好的主题,其本身的内涵非常丰富,在民间文学的上下文中释放出光彩夺目的文化能量。这些课题有人做的话,必将把我国民间文学的主题学研究引向深入。"④我们和其他主题学研究者一起正在拭目以待他新的研究成果问世,因为他不仅理智地选择了一个可持续进行研究探索的学术领域,而且还将自己的全部身心都投入其中,一定会结出丰硕的成果。

第七节　王春荣新时期文学主题学研究

王春荣作为当代文学专家、评论家对"主题学"研究的介入是有主客观原因的。首先从学术思想上分析她迫切想创新。正如她在《意义的生成与阐释——新时期文学的主题学研究》一书的"后记"中所说:"一个创新时代,不创新,毋宁死。"⑤另外,她对"新时期文学"极其了解与熟悉。所以她说:"实施主题学研究过程迫使我时时回到'文革记忆'、80年代各种思潮中,重新体验90年代文学和世纪之交的文

---

① 万建中:《刍议民间文学的主题学研究》,《民间文化》2000年第7期。
② 万建中:《解读禁忌:中国神话、传说和故事中的禁忌主题》,"序言",北京:商务印书馆,2001年。
③ 同上书,第24页。
④ 万建中:《刍议民间文学的主题学研究》,《民间文化》2000年第7期。
⑤ 王春荣:《意义的生成与阐释——新时期文学的主题学研究》,沈阳:辽宁人民出版社,2007年,第302页。

学氛围。"①至于她选择了"主题学"为其进行重新解读"新时期文学"钥匙的诱因,她曾坦言:"直到详读了主题学研究专家大连大学教授、东北师范大学博士生导师王立先生有关主题学研究的一系列文章,特别是他的大作《文人的审美心态与中国文学十大主题》以后,才开始明确了主题学研究的相关理论和方法的学术史意义和价值。于是从主题学研究史开始进入主题学研究的范畴、实际应用原则和方法的学习。"②从此她就从主观上放弃了一个习惯性的、轻车熟路的思维模式和方法,尝试以主题学研究的新维度、新方法重新审视、阐发"新时期文学"③正是由于上述原因,笔者将王春荣的"新时期文学"的主题学研究归入史论篇的第三章,"中国文学范畴的主题学",以表明自己的学理立场。

王春荣在当代文学研究领域的主要学术成果有专著《新女性文学论纲》《女性生存与女性文化诗学》《女性声音的诗学》(合著)《新时期电影的多元结构》等。论文主要有《现代女性文化对中国文化建设的特殊意义》《新时期文学"文化边缘人"谱系图》等。她在中国文学主题学领域的主要学术成果有《意义的生成与阐释——新时期文学的主题学研究》(以下简称《意义的生成与阐释》)(2007)和论文《20世纪文学主题学研究的三个历史阶段》(2006)等。发表在《社会科学辑刊》2006年第5期上的《20世纪文学主题学研究的三个历史阶段》实际和其专著《意义的生成和阐释》中的第一章"文学批评的新视野:主题学研究"中的"一、20世纪文学主题学研究实绩述略"的内容大同小异。所以笔者主要针对其专著《意义的生成与阐释》进行解读与评述。

《意义的生成与阐释》集中了王春荣对中国当代文学主题学研究的主要理论建树与实践研究。在长达12500多字的"导言"中,作者首先对"新时期文学"的本体论意义、性质、特征和研究状况等进行了阐释性的概述与说明,其中在论述其特征时的第6点时,指出文学主题的多样性和主题人物的系列化,也是"新时期文学"的主要特征之一。作者提出:"文学主题的丰富、博大、多层次、多色彩充分显示了新

---

① 王春荣:《意义的生成与阐释——新时期文学的主题学研究》,沈阳:辽宁人民出版社,2007年,第305页。
② 同上书,第304页。
③ 同上书,第302页。

时期文学的繁荣和发展。"①并列举了"启蒙/新启蒙主题""祭悼/伤痕主题""反思/忧患主题""英雄/非英雄主题""苦难/救赎主题""生存/死亡主题""焦虑/癫狂主题""自然/生态主题"八大主题。同时也指出这一特征也代表了"新时期文学"的成就。其次,对"新时期文学"的"主题学"研究进行了论述,其中主要以《意义的生成与阐释——新时期文学的主题学研究》为例,指出写作该书的目的、缘起;主题学研究在中国的发生、发展简史;文学主题生成的主客观原因以及文学主题的"母题原型""主题人物谱系研究""母题类型""文学意象""意象群落"等。这一部分既是"导言"的主要内容,也是该书的主体部分。

该书的第一章"文学批评的新视野:主题学研究"分为"20世纪文学主题学研究实绩述略""主题学研究跨学科、跨文化的话语系统""主题学研究的对象及其关联域"和"主题学研究的旨趣与功能"四部分。其中第一部分已在刊物上发表过了,题为《20世纪文学主题学研究的三个历史阶段》②。这部分内容与相类似的文章虽然大同小异,无甚新意,但在第三时期,即"新时期主题学研究的新开拓"中,除对王立的论述外,还提出"本时期在主题学研究领域另一位有成就者是谭桂林"。"在世纪之交,像谭桂林这样应用主题学的理论和方法研究中国现当代文学成就如此突出的也不多见。"③同时她实事求是地指出:"谭桂林没有像王立、陈鹏翔等对主题学理论作系统、完整的建构和阐述,但他的20世纪文学批评实践已经从多重视角建设和丰富了主题学。"④在第二部分内容里,作者从主题学"研究跨学科跨文化的话语系统"的认识出发,结合中国主题学研究的实际,提出"民俗学"、民间文学领域中的"主题学""比较文学平行研究中的主题学""阐释学范畴中'意义阐释'的主题学"和"女权/女性主义批评理论介入的主题学"四种主题学分类。其中尤以第四种主题学,即女权/女性主义批评介入的主题学这部分论述的最充分,也最有说服力。其原因主观上是作者本人就是长期以来从事当代女性主义文学研究的专家,且卓有成绩;客观上"性别与主题"二者之间关系的研究密不可分,尤其是20世纪90年

---

① 王春荣:《意义的生成与阐释——新时期文学的主题学研究》,沈阳:辽宁人民出版社,2007年,第6页。
② 王春荣:《20世纪文学主题学研究的三个历史阶段》,《社会科学辑刊》2006年第5期。
③ 王春荣:《意义的生成与阐释——新时期文学的主题学研究》,沈阳:辽宁人民出版社,2007年,第36页。
④ 同上书,第37—38页。

代后当代批评家非常关注的问题,且越来越具有意识形态色彩。第三部分重点分析了主题学研究的主要对象和内容。第四部分主要论述了主题学研究的意义。这两部分只是一般介绍性文字,鲜有可圈可点之处。

该书的第二章"多元文化语境中的'无主题变奏'"分为"'无主题变奏'生成的语境及其主要特征"和"'无主题'的主题类型化阐释"两部分。该书的第三章"世纪末思潮和'无边界主题'"也分为"'无边界主题'生成的语境及其主要特征"和"'无边界主题'的类型化阐释"两部分。这两章的内容主要是对前文论述的八大主题的类型逐一进行具体分析。都是首先阐述了新时期文学主题资源的丰富性,为主题生成提供了丰厚的资源和研究基础。而后题材观点的突破和转型直接促成了主题的多样性。最后又论及由于题材无大小,选材无禁忌,使得文学主题由单一的"重大主题"向"无主题变奏",乃至于"无边界主题"过渡转型。作者在分析这八大主题时,按照时间发生的前后,相对集中的将体现了 20 世纪 70 年代末 80 年代初的新世纪文学中的主题类型:"新启蒙主题""祭悼/伤痕主题""反思/忧患主题"和"英雄/非英雄主题"安排在第二章中。而将相对比较集中地体现了 80 年代中后期到 90 年代文学中的"生存/死亡主题""苦难/救赎主题""焦虑/癫狂主题"和"自然/生态主题"放在第三章中。很显然,这两章是该书的重要组成部分。作者运用了大量具体的文学现象、实际文本作品、作家心态等事实,深度解读了作品中主题的内涵,以及作家创作的初衷。使人深刻地理解到:"创作个体的确立,自由精神的高扬,致使主题的内涵更为深厚、更具个性化色彩;文学外部环境和体制的变革,改变了文学生产的体制和方式,文学主题的多样化有了更为广阔的途径和可能。"①

该书的第四章,"'箭垛式人物'的当代谱系图"分为"文学人物形象塑造的审美转型"和"'箭垛式人物'的当代谱系图"两部分。在这一章的开始部分的论述中,作者就将主题学中人物研究,即有典型意义的人物,亦即作者所说的"主题人物"进行研究的原因说了出来。作者指出:"主题人物首先是主题的意象化、象征化的人物,它具有高度鲜明的主题概括性、标志性,只要一提起这个人物就会联想到它的内涵意义,它是主题意义的符号化载体。"她接着指出:"主题人物一旦形成,它的性格、

---

① 王春荣:《意义的生成与阐释——新时期文学的主题学研究》,沈阳:辽宁人民出版社,2007 年,第 12 页。

内涵、功能就因为时代、文化、传播、接受等原因而不断地被输入或输出新的风貌和意义,这就是为什么主题人物被命名为'箭垛式人物'的理由。"①同时这也是她要对这类人物进行分析的原因。所以作者在第二部分内容中"对新时期文学中的人物形象不作全面研究,而对那些具有主题意象的人物进行了谱系化建构。"②如:"又见阿 Q,并非阿 Q——陈奂生形象系列""改革潮中的'垦荒牛'——'开拓者家族'""转型期的'活动变人形'——知识者形象系列""社会剖析,包公再世——新'清官'形象系列""'多余人'的当代变异——'顽主'等边缘人形象""满蕴着末世情绪的'世纪儿'——'最后一个'"等。作者在这一章的最后指出:"以上几种人物形象谱系的概括和命名,可能不十分准确、全面,但即使是遵循'约定俗成'的法则,这些称谓在新时期文学研究和批评中也属于'共识'。"③

第五章"主题意象:意义的审美呈现"分为"落英缤纷的意象和意象群落"与"'主题意象'类型的审美解读"两部分。在开始部分,作者指出:"新文学学术史上的意象研究实际上已不限于对诗词歌赋的研究,视界已扩展到小说、散文、戏剧等各种文类,特别是新时期文学对现代主义与后现代主义的文学研究,不仅为主题学研究提供了可能性,而且现有主题学研究成果很多,因为这些文本存在大量的明显的意象和意象群落。"④在第二部分内容中,作者总结出:"'洪水''荒原'和'旷野'——水土意象群""龙马精神的再造——动物意象群""自审自恋心理的代偿——器物意象群"和"在寻找现代性中寻找自我——精神意象群"等。它们"构成了新时期意向群落的奇妙景观,一种从未如此集中出现的文学意象群落"⑤。

在全书的最后部分:"结语:在历史的惯性中考察新世纪文学的特征"的论述中,作者为人们提供了三个选项,也是作者的三个观点,即"历史的发展自有其规律性和惯性,文学史也一样";"人在现实面前总是怀有'前世情结'和'末世情绪',文学中也不例外";"文学内在结构的继承性、延展性决定新世纪文学不可能横空出

---

① 王春荣:《意义的生成与阐释——新时期文学的主题学研究》,沈阳:辽宁人民出版社,2007年,第160页。
② 同上书,第173页。
③ 同上书,第202页。
④ 同上书,第204页。
⑤ 同上书,第205页。

世"。在结语部分唯一涉及"主题学"内容的是在作者最后提到的文字中,即新世纪已经开始了 5 年的时间,而"新世纪文学至少尚未发生区别于 20 世纪文学的质的飞跃",这是文学发展的惯性使然,无须多虑。可是"我们发现无论是当年的现实主义作家,还是以'先锋'命名的形式主义作家,在新世纪的新作中,都表达了一个共同的主题,即现代性与焦虑/疯癫的关系问题"[①]。仅此而已,此外作者再无论述"主题学"和"主题"的字样。但是笔者认为,只要有作品就会有主题,因为主题就是对事件的归纳、概括和抽象总结,至于是否是主题学研究范畴的"主题"还要待作品问世后再讨论。因为在比较文学主题学领域里,研究者除了某种抽象价值观或对事件的概括能力以外,还要有具体的价值判断和审美评判,而这些都需要有跨越异质文化界限和语言界限的世界文学眼光。这也是比较文学主题学研究与中国文学主题学研究的主要区别之处。

总之:"史论编"主要解决主题学研究的中国谱系问题。依据有一分材料说一分话的历史学方法,实事求是地梳理和总结了民间文艺学范畴的主题学、比较文学范畴的主题学和中国文学范畴的主题学,这三个领域里主题学研究的状况。按照事物类别或变化系统进行编辑整理;有针对性地将其表现出的相同点和差异点进行辨析与评价。这种中国主题学谱系的研究,具有明显的传统的历史主义和审美主义倾向。它更重视"体系",即更重视整体中相同或相似的组成部分,是如何按照一定秩序和内部联系进行建构的研究。总之,"史论编"是对主题学在中国的谱系进行的有区分度、理论深度和学科高度的事实分析与理论评述。为今后的主题学研究提供了一个重要的参照系统。

[①] 王春荣:《意义的生成与阐释——新时期文学的主题学研究》,沈阳:辽宁人民出版社,2007 年,第 296 页。

实论编

主题学研究的具体实践

第一章 主题研究

第一节 印度史诗的"分合论"主题

《摩诃婆罗多》的翻译出版,为人们提供了更多的学习与研读空间。许多学者都对该史诗的主要内容、核心故事、思想倾向等进行了诸多详尽的考证与论述,但是针对其主题进行探索的并不多。正如印度学者苏克坦卡尔在《论〈摩诃婆罗多〉的意义》一书中所指出的:"我们的这部诗,虽然一般被称作印度大史诗,却不完全符合马修·阿诺尔德提出的一条定理,即'史诗的主题必须是关于某一次伟大而复杂的行动'……但是,由于存在着大量淹没主题的传记和学术探讨,即使想要辨别出其背后的故事梗概,也是困难的。"① 由此可见,东西方学者对史诗的主题是有不同看法的。

澳大利亚梵文与印度学教授 A. K. 沃德在论述印度古典文学时评价说:"王顶把《摩诃婆罗多》的主题恰当地概括为般度人(般度诸子)的愤怒。"② 王顶是生于9世纪左右的印度古代文艺理论家,曾写过取材于《摩诃婆罗多》的剧本《儿童的婆罗多》。他对史诗主题的概括有一定的权威性。奥地利著名梵文学者莫·温特尼茨指出:"描述这次大战的诗歌在民间传颂着,一位姓名早已埋没的伟大诗人把这些诗歌编成了一部英雄颂歌,歌咏俱卢之野的伟大战争。和《伊利亚特》与《尼伯龙根之歌》一样,一场毁灭战争的悲剧构成了这部英雄颂歌最早的主题。这篇古老的英雄颂歌又构成了《摩诃婆罗多》的核心。"③ 苏联学者 A. Π. 巴兰尼柯夫在关于《摩诃婆罗多》俄译本后记中说:"作为《摩诃婆罗多》的主要故事的基础是全国政治

---

① 季羡林、刘安武编:《印度两大史诗评论汇编》,北京:中国社会科学出版社,1984年,第127页。
② A. L. 巴沙姆主编:《印度文化史》,闵光沛等译,北京:商务印书馆,1997年,第247页。
③ 季羡林、刘安武编:《印度两大史诗评论汇编》,北京:中国社会科学出版社,1984年,第313页。

统一的思想。"①在前人研究的基础上,仔细研读这部大史诗的全部,缕清故事主要线索,分清内容的主次,找到史诗的核心,再剖析其主题,会得出一种"分合论"的观点,即合久必分,分久必合,而总的趋向是强调合,即统一的思想。其表现形式是纷争,本质是和合。在这两种倾向相互转换中,表现一种正法的思想,即要表明在人世间推行一种高于一切的为人的责任和义务,一种从理性出发由必然王国走向自由王国的符合自然规律的正道。这种重诚信、讲仁义、以人为本的思想具有东方民族的文化智慧和心理特征,是《摩诃婆罗多》分合论主题的深层结构。

一、《摩诃婆罗多》的发生学意义

《摩诃婆罗多》的主要译者黄宝生先生在译著的"前言"中论及史诗的社会背景时曾指出:"多数学者认为大约公元前十五世纪前,居住在中亚地区的部分雅利安人离开故乡,向南迁徙,一支向西进入伊朗,成为伊朗雅利安人;一支向东进入印度,成为印度雅利安人。"②进入印度的雅利安人在公元前15世纪至公元前10世纪的吠陀时代还处于部落社会时,就战争频仍,"开始是雅利安人征服以'达娑'(或'达休')为代表的印度土著居民,后来是雅利安人部落之间互相掠夺吞并。《梨俱吠陀》中描写的十王之战就是当时影响很大的一次战争。"③"摩诃婆罗多"字面意义是伟大的婆罗多族的传说,其实质主要讲的是婆罗多族后代为争夺王位进行的一场你死我活的战争。"正如学者们普遍指出的,《摩诃婆罗多》是一部名副其实的'大战书'。"④印度学者斯·格·夏斯德利在《新梵语文学史》中指出:"《罗摩衍那》和《摩诃婆罗多》中的战争实际上充分表明了当时印度文化和文明的扩大、传播和影响。雅利安文化的优越性已经被四面八方所公认,这也是显而易见的。"⑤

婆罗多族的战争观与其印欧文化的心理结构有关。18—19世纪的西方学者通过印度古代语言和欧洲语言的比较研究,确认吠陀语和梵语属于印欧语系。以谱系分类则印欧语系又可分为印度语族、伊朗语族、斯拉夫语族、波罗的语族、日耳

---

① 季羡林、刘安武编:《印度两大史诗评论汇编》,北京:中国社会科学出版社,1984年,第416页。
② [印]毗耶娑:《摩诃婆罗多》(一),黄宝生等译,北京:中国社会科学出版社,2005年,第17页。
③ 同上书,第18页。
④ 刘安武:《印度两大史诗研究》,北京:北京大学出版社,2001年,第149页。
⑤ 季羡林、刘安武编:《印度两大史诗评论汇编》,北京:中国社会科学出版社,1984年,第39页。

曼语族、罗马语族、克尔特语族、希腊语族、吐火罗语族等，主要分布在欧洲、亚洲和美洲等地。这些语言在语音、词根和语法等方面都存在着这样或那样的共同性，并因此可推知，使用这些语言的民族在文化结构、社会认同感和民族性格等方面不仅具有共同性，而且可能会有过共同的历史起源。因此，印欧语系的这些共同性形成了所谓印欧人的"印欧文化"。

法国20世纪著名语文学家、文明史家乔治·杜梅齐尔认为："对于那些涉及祭祀、权利、制度的名词，恰是在地理上相距最远的印欧人之间，他们的一致性最多。这些人一方面是印度——伊朗人，另一方面是古意大利人、克尔特人。在意识形态方面也同样：恰是处在最端头的民族——高卢、爱尔兰、印度、伊朗，其社会各阶级功能的等级制度是最严格的。"①对于印欧人及其所形成的印欧文化，至今人们知道得并不多。只知道："这是一个多少统一的民族，他们生活在一个相当辽阔的范围内，以至于他们共同使用的语言中会出现种种不同的方言。出于一种尚不为人所知的原因，得益于战马和两轮马车构成的霸权。他们得以一浪一浪不断地向四面八方扩张，直到弹尽粮绝。他们走得较远，而在所过之处总要强使被战胜的民族说他们的语言。"②因此，英国学者霍尔派克指出："各个方面的竞争是印欧文化的一个重要特征。战争和战斗被视为荣耀，而且是社会的根基之一。利俱吠陀和荷马以不同方式滔滔不绝地歌颂血战、屠杀、克敌制胜和掠夺无数的战利品。"③正是因为这种观念才使得属于印欧人的雅利安人在自己的文化史上吟诵出叙述部族大战的作品。

雅利安人在东渐中还逐渐强化了刹帝利的地位，进一步形成崇拜战争的风尚。季羡林先生指出，两大史诗"二者都是在雅利安人从五河地区向恒河、阎牟那河流域前进对印度情况了解得更多更细致的环境下写成的"④。因此，简单地将《摩诃婆罗多》理解为在俱卢族和般度族之间的一场部落战争这样一个层面上是不够的。因为其中许多篇章涉及渊博的知识学问、崇高的虔诚精神、深奥的祈祷理论、盛大

---

① [法]迪迪耶·埃里邦：《神话与史诗——乔治·杜梅齐尔传》，孟华译，北京：北京大学出版社，2005年，第69页。
② 同上书，第67—68页。
③ 转引自庞卓恒：《中西古文明比较》，《社会科学战线》2001年第4期。
④ 季羡林：《罗摩衍那初探》，北京：外国文学出版社，1979年，第28页。

的祭典礼仪和正统的规劝说教,总之是雅利安民族的知识大全。但是在军事、战争、谋略方面的细致描述,清楚地表明史诗时期雅利安人由印欧文化沿习下来的战斗热情。印度学者瓦·盖罗拉在《梵语文学史》中,论述两大史诗主题的原始来源时指出其中的"英雄情结"。"我们从一些梵书和经书中看到的描写人的一些颂歌,在某种程度上就是一些英雄故事,这些英雄故事和许多王朝的英雄人物有关。《罗摩衍那》和《摩诃婆罗多》的主要故事以及描述的核心就是基于那些英雄颂歌。""《罗摩衍那》和《摩诃婆罗多》主要内容方面是写英勇精神。《罗摩衍那》中罗摩和罗波那的战争以及《摩诃婆罗多》中俱卢族和般度族的战争就是这种英勇精神的标志。"①

古代印欧人民在生产生活中充满了严酷的生存竞争。部落上下自然而然会产生一种崇尚竞争取胜的自发意识。长达数千年之久的游牧游耕生活进一步形成一种自觉崇拜战神或英雄的思想。于是,刹帝利被英雄化的倾向在史诗中应运而兴。印度学者认为:"两首史诗都强调刹帝利的重要性,而把婆罗门在政治团体中的地位贬低"②刹帝利是武士阶级,执掌王权、治理国家、指挥战争、攻城略地,在史诗中备受瞩目。他们的所作所为,迎合了当时部族的生存需要。为了保证集体和个人的生命与财产的安全,人们渴求刹帝利这样的英雄和勇士出现。初民时期的人类,在经历了由多神崇拜到一神崇拜,由崇拜灵魂、灵物到崇拜祖先;由吠陀文献中梵文赞歌热烈地歌颂武士到形成史诗中对刹帝利一类英雄的崇拜。乔治·杜梅齐尔认为只有毗摩(即怖军)和阿周那这两个武士明显表现出他们在社会生活中原有的身份,即刹帝利,而且赋予他们相当能战斗的精神。他在论述古代宗教问题时还曾将此"称之为神学结构"。并比较了印度与罗马在宗教上的不同表现:"在印度,比较的内容是超自然的故事,本义上的神话,其中的人物均为神或魔鬼;而在罗马,则是些乔装成历史的叙事,其中的主要角色均由人来扮演"。③ 这恰恰印证了黄宝生先生在《摩诃婆罗多》译本"前言"中所指出的:"婆罗多大战实际成了神魔大战。俱卢族一方的大多数国王和王子是阿修罗和罗刹转生,而般度族一方的大多数国王和

---

① 季羡林、刘安武编:《印度两大史诗评论汇编》,北京:中国社会科学出版社,1984年,第39页。
② 林太:《印度通史》,北京:商务印书馆,1973年,第81页。
③ [法]迪迪耶·埃里邦:《神话与史诗——乔治·杜梅齐尔传》,孟华译,北京:北京大学出版社,2005年,第76页。

王子则是众天神化身下凡。其中,黑天是毗湿奴,坚战是正法之神,怖军是风神,阿周那是因陀罗,无种和偕天是双马童,德罗波蒂(黑公主)是吉祥女神。"①至于这些神魔之争是否含有雅利安人东渐时所具有的印欧文明与印度河流域固有文明冲突的象征,以及是否含有雅利安人部落内部矛盾与冲突的隐喻等,在目前所论述的前提下已不十分重要,因为人们已经发现了东渐中的雅利安人的英雄观与战争观。正如莫·温特尼茨所提出,"'摩诃婆罗多'的意思是'婆罗多族伟大战争的故事'。《梨俱吠陀》里已经提到了婆罗多族,说它是一个尚武民族"②。

雅利安人在东渐中有如此的精神面貌,还可以从《摩诃婆罗多》的另一个名称"胜利之歌"中分析得之。国内外许多学者都指出史诗的发展扩充经过了《胜利之歌》《婆罗多》《摩诃婆罗多》三个阶段,是一部名副其实的"发展中的史诗"。"《摩诃婆罗多》的原始形式可能叫做《胜利之歌》,这是因为在一些抄本的开卷第一首诗是这样的:首先向人中至高的/那罗延和那罗致敬/向婆罗和婆蒂女神致敬/然后开始吟诵《胜利之歌》。"③诗中"胜利"一词常被用作《摩诃婆罗多》的代名词。在中文的译本中,《初篇》一开始就写道:"顶礼那罗延、那罗、无上士/及辩才天女/随应歌胜利。"在《初篇》五六,护民子说:"这部历史传说名为《胜利》,愿意赢得胜利的人应该听一听。他会赢得整个世界,也会战胜他的敌人。"④"胜利之歌",顾名思义指的是战争的胜利,讲述的是婆罗多族的大战,而般度族在战争中取得胜利是故事的核心。莫·温特尼茨指出:"我们从《夜柔吠陀》和梵书中已经得知,俱卢族的国土是俱卢之野,俱卢王室内的一起家庭纠纷导致了一场流血战争,这是一次名副其实的毁灭性战争。在战争中,古老的俱卢王族,甚至整个婆罗多家族险些毁灭殆尽。"⑤史诗站在般度人的立场上进行叙述,因此,般度族的英雄被描绘成勇敢无比、超凡绝代的英雄,他们的精神世界高洁无暇、心地善良、行为光明磊落。而俱卢人则被描写成虚伪阴险、多行不义之人。最终正义战胜非正义,光明战胜黑暗。"胜利之歌"名副其实。

---

① [印]毗耶娑:《摩诃婆罗多》(一),黄宝生等译,北京:中国社会科学出版社,2005年,第24页。
② 季羡林、刘安武 编:《印度两大史诗评论汇编》,北京:中国社会科学出版社,1984年,第313页。
③ [印]毗耶娑:《摩诃婆罗多》(一),黄宝生等译,北京:中国社会科学出版社,2005年,第11页。
④ [印]毗耶娑:《摩诃婆罗多》(第一卷)"初篇",北京:中国社会科学出版社,1993年,第21、174页。
⑤ [印]毗耶娑:《摩诃婆罗多》(一),黄宝生等译,北京:中国社会科学出版社,2005年,第313页。

可以恰当地用印度学者苏克坦卡尔在《论〈摩诃婆罗多〉的意义》中的一段话作为这一部分的总结,即:"史诗叙述的中心,正如我们所看到的那样,实质上是一个英雄时代的故事,这个故事响彻了战斗的呐喊,并由于激动人心的战争胜败的交替而显得有声有色。"①史诗中所表现出来的这种印度尚武精神,不仅充满了时代特色,即具有雅利安人东渐中所表现出的一种披荆斩棘、勇往直前的气势,也表现出印欧文化中所经常崇拜的一种战神精神,一种太阳神精神,具有一种阳刚之美。

二、《摩诃婆罗多》的分合趋势与主题

《摩诃婆罗多》鲜明地表现出印欧文明中崇尚战争的价值观。战争无论是为争夺王位和财富,还是为了保持尊严与维护权利,都是史诗反复渲染的核心内容。印欧文化在荷马和吠陀时代就已形成了竞技传统,各种竞技赛,特别是驾车赛,很早就是社会生活的一个组成部分,并对以后的印欧人的社会历史产生了重要影响。历史学家指出:"竞争的这些不同方面,当然并不全是好斗的,同时还有一种强烈的信念,相信冲突必定要受到控制。诉讼和争端,竞技和战争,都是按照所有竞争者都郑重表示要加以恪守的规则合理控制的。实际上,战争本身就被认为具有判决性质。"②因此,史诗中冲突的双方,在大战前居然可以达成协议,其中包括不加害放下武器或者没有武器的人。另外,还规定在一对一的对打时,不能打击对方下体等。否则将受到惩罚。怖军击断难敌大腿,使难敌倒地,引起天上地下两界的愤慨,就是很好的证明。

这种"冲突必定要受到控制"的思想,即是《摩诃婆罗多》中合久必分、分久必合的社会发展趋向的本质表现,正是史诗中的正法观与战争观决定的道德准则。刘安武先生认为"正法"或"达磨","其含义大体上比较接近汉语中的天道、大道、天理、天职等词的词义。"史诗所要表现的恰恰是"为了要在罪恶的世界上重建新秩序,需要正法。为了树立新的道德模式,需要代表正法的人物,于是大史诗《摩诃婆罗多》就应运而生了"③。《摩诃婆罗多》产生于公元前数世纪印度历史上的纷争时代,当时大小国家林立,分分合合,难能统一。人们渴望统一,过上和平的日子,迫

---

① [印]毗耶娑:《摩诃婆罗多》(一),黄宝生等译,北京:中国社会科学出版社,2005年,第187页。
② 庞卓恒:《中西古文明比较》,《社会科学战线》2001年第4期。
③ 刘安武:《印度两大史诗研究》,北京:北京大学出版社,2001年,第135、136页。

切想描绘出自己一直追求的理想生活的轮廓。因此,在《摩诃婆罗多》的"和平篇"中,不仅写了坚战摆脱忧伤,登基为王,并接受为王之道的训诫,而且其中不乏解决日常社会生活中的所遇问题的种种要诀,包括丰富的涉及政治、经济、宗教教义等方面的知识。通过这些几乎是包罗万象的描述,不难窥见古代印度人民心灵最深处的隐秘。

印度学者 A. K. 沃德在论及《摩诃婆罗多》中战争时指出:"《摩诃婆罗多》强烈地吸引了印度的史学家,他们将它作为自己写作的一种模本,而评论家对其美学意义进行了争论,剧作家和其他作家则给以他不同的解释。许多人认为,由它形成的首要的美学经验是由放弃毁灭性的尘世野心而产生的宁静状态。"① 这种宁静状态是一种大战后的平静,是大分后的大合,是动后之静。人们从《摩诃婆罗多》中表面上看到的是俱卢族和般度族之间发生的一次浴血厮杀的大战。其实,内里它使人发现的却是反映了当时社会物质生活的空虚与匮乏,千方百计引导人们通过不断正法,规范社会新秩序,充分发挥个人能力,走上解脱之路。"所以,诗学的理论家们认为,《摩诃婆罗多》是一部以'平静情味'为主的作品。"② 凡由纷争引起的战争,必有其自身产生、发展和消亡的规律。在当时的社会历史条件下,《摩诃婆罗多》的几代口耳相传的作者们,通过口头和笔头叙述的形式,记录了这场不可避免的生死鏖战。他们希望战争过后能产生新的统治者,新的英雄,而新人的好运能为人们带来好收成,带来战争的胜利,能够建立新秩序,出现新正法,给人们带来新的生机和希望。他们无力阻遏战争,只能在具体战斗过程中扼制不必要的伤亡,表现他们的人本思想。这种无奈的努力,往往因为史诗产生于印度文化与文明正处于由盛及衰的时代而表现为一种徒劳,但它毕竟表达出当时人们最天真、朴素的想法。

乔治·杜梅齐尔在比较了印欧民族所传授给他的知识后感到受益匪浅,他说:"通过史诗的形式,罗马人和萨宾人之间的战争和随后的联合就使人想到古代斯堪的纳维亚人所讲述的在阿斯族诸神(统治者和武士)和瓦恩族诸神(主管生殖和和平)之间的战争和随后的联合;同时,也想到了在印度,以因陀罗为代言人的高级神

---

① A. L. 巴沙姆主编:《印度文化史》,闵光沛等译,北京:商务印书馆,1997年,第248页。
② 季羡林、刘安武编:《印度两大史诗评论汇编》,北京:中国社会科学出版社,1984年,第8页。

和第三等级的诸神——耶萨提亚孪生子之间的争端以及随后的联合。"①这种印欧民族通过战争达到联合的分合模式,也适应于《摩诃婆罗多》中的战争与和平的互换模式。所以许多中外评论家都有如下结论,如《摩诃婆罗多》英文节译本译者孙用就在译本"前言"中言简意赅地指出:"大战的结果是多个民族合而为一。"②印度学者苏克坦卡尔在记述《摩诃婆罗多》意义时也举例说明:"《摩诃婆罗多》显示出印度统一的精神。"③其实,婆罗多族的大战及其结局只是历史上诸多民族部落内部发生冲突,或内部与外部发生战争的一个偶然事件、一个缩影,本质是社会历史进步的一个步骤与阶段。各族人民心理结构的相同性,世界文化的趋同性,是不以任何人的个人意志和利益为转移的,它有自己的规律可循。史诗所反映的现实正是对这种规律的一种诠释。

《摩诃婆罗多》中关于毗湿摩之死的描写对于合久必分、分久必合,但总的趋势是强调和,即统一的思想,具有明显的印证意义。它在表面形式上表现为战争双方的纷争,内在本质上却反映的是双方的和合。大战的第十天,双方激战,相互杀戮无数。"众多的般度族勇士围堵毗湿摩一人,泼洒箭雨,"终于在夕阳余晖中,他从车上倒下。"恒河之子(毗湿摩)倒下,两军的英雄放下武器,陷入沉思。有些人哀号,有些人趴下,有些人昏厥,有些人谴责刹帝利职业,有些人向毗湿摩致敬。""各处的军队相继撤出,所有的国王卸下盔甲,走近毗湿摩。""般度族和俱卢族走近躺着的婆罗多族俊杰毗湿摩,向他致敬后,站立一旁。"而毗湿摩则一视同仁地欢迎他们,说:"你们如同天神,见到你们,我很满意。"毗湿摩躺在箭床上,以极大的毅力克服身上的剧痛。在弥留之际,仍一再规劝双方的国王、武士:"请摒弃敌意,停止战斗","你们恢复友谊吧!"④毗湿摩不仅以自己的死做到正法,而且还以自己的死向世人表示了和平统一的愿望。

《摩诃婆罗多》为了能对"分合论"主题有一个更明确的说明,运用对比的方法将邪恶的俱卢族和正直的般度族放在正法的层面上进行行为和道德的拷问,努力

---

① [法]迪迪耶·埃里邦:《神话与史诗——乔治·杜梅齐尔传》,孟华译,北京:北京大学出版社,2005年,第86—87页。
② 《腊玛延那·玛哈帕腊达》,孙用译,北京:人民文学出版社,1978年,第6—7页。
③ 季羡林、刘安武编:《印度两大史诗评论汇编》,北京:中国社会科学出版社,1984年,第156页。
④ [印]毗耶娑:《摩诃婆罗多》(三),黄宝生等译,北京:中国社会科学出版社,2005年,第713—715页。

彰显真理和道德、责任和义务最终取得胜利的那种崇高境界。金克木先生不仅主张翻译《摩诃婆罗多》，而且在指出大史诗表现出的激烈的政治斗争和复杂的社会生活时，认为："大史诗《摩诃婆罗多》形象地概括了印度在奴隶制王国纷争时代的主要面貌，并且在一定程度上表现了当时人民对国家的愿望。"①所谓当时人民对国家的"愿望"，可以理解为就是渴望印度统一的思想。苏联学者 B. N. 卡里雅诺夫在"关于《摩诃婆罗多》的简短证明"中也说道："两家的仇恨以大规模的流血战争来结束，在这场战争中双方所有参加的人几乎都死亡了，般度族付出了巨大代价，获得了胜利，统一了全国的政权。因此，主要故事的主题是印度的统一。"②但是，苏联学者所说的主题和我们所论及的史诗分合论主题的最大不同点在于，他们是从传统的社会学的观点提出这一问题的，而我们是从文化学即印欧文化文明的产物来论述这一问题的。因此，史诗的"分合论"主题具有重大的历史意义和社会发展规律再认识的意义。

　　史诗所具有的超越现实的时空观与包含历史的文学观，使之成为界定《摩诃婆罗多》是"历史传说"，还是"诗"的重要标志。其实，史诗与历史，史诗与现实的双重关系，清楚地表明它的最重要的两个原始作用，其历史性在于作为"部落叙事"，是部落习俗与传统的记录；其现实性在于作为"娱人故事"，又不必像历史那样真实地详尽地阐述。在《摩诃婆罗多》一类的史诗里，诗人的时空想象和表现技艺与现实所有的娱乐欲望融为一体时，它就不再是纯粹的编年史，而在某种程度上已经成为虚构的作品了。季羡林先生主编的《印度古代文学史》指出："应该说，这部英雄史诗是印度列国纷争和帝国统一时代的艺术反映。"③这"纷争"和"统一"就有了"分合论"主题的因素。这个"纷争"和"统一"明显是针对雅利安人东渐以后的印度现实而言的。

　　雅利安人是印欧文化的宠儿。在这个意义上使用"印欧文化"或"印欧文明"的概念，明显具有其合理性。虽然这种文化的内涵及其存在的时间、空间及对后世的影响，仍有待于进一步深入研究。"但可以肯定的是，在它的各大族群从最初的发祥地——当今的哈萨克斯坦、吉尔吉斯斯坦和黑海沿岸大草原地带向遥远的中亚、

---

① 金克木：《梵语文学史》，北京：人民文学出版社，1964年，第89—92页。
② 季羡林、刘安武编：《印度两大史诗评论汇编》，北京：中国社会科学出版社，1984年，第421页。
③ 季羡林主编：《印度古代文学史》，北京：北京大学出版社，1991年，第59页。

南亚和欧洲广大地域迁徙以后,长期的分离和到达新迁徙地后的生产生活方式的差异,显然会导致巨大的文化差异;至于差异到多大程度,主要取决于后裔各族在迁徙到新的地域以后,所形成的新的生产生活方式与原有的生产生活方式相近或相异到什么程度。"①实事求是地分析,新旧二者的生产生活方式变化并不很大。因为"雅利安人是作为主要的养牛为生的半游牧民而来到的,养牛业暂时还是他们的首要职业。奶牛是价值的衡量物,是一种非常珍贵的商品。许多早期语言的表达就是与牛有关的。"②致于黑天,他所属的般度族在诗中的许多地方被描写成习俗粗犷的游牧民族。黑天本人也一再被敌对的英雄贬为"贱民"和"奴隶"。这表明在英雄史诗中,黑天本身并没有什么种姓,只是那个游牧民族的杰出首领。从某些方面分析,雅利安人东渐对当地的文化是一种冲击,因为当时哈拉巴文明已处在前城市文化时期,比雅利安文化要进步的多。北印度只得再次经历从农耕到游耕的生产方式的转变,是一种倒退趋向。

《摩诃婆罗多》产生于古印度纷争的时代,合久必分,分久必合,总趋势是合的结论,早已被历史史实所证实。史诗《罗摩衍那》最后罗摩王朝裂土为八,一个大王国化为八个小王国,明显具有合久必分的思想。而《摩诃婆罗多》产生于古印度纷争时代,最后定型比《罗摩衍那》晚,但不是裂土分封,而是艰难地维持了原来统一的王朝,可见具有统一的思想倾向。俱卢族和般度族矛盾激化,也曾裂土而治,变成多个国家,但因国土之争,王位而战的矛盾心理仍未能平息,只能用武力解决矛盾,最终两族分裂的众多国家,还是统一成为一个国家。

《摩诃婆罗多》是雅利安人东渐印度时的产物,本质上是大规模迁徙中的征战,这种移民浪潮潜行、浸润着南亚大地,长期处于可流动状态。充满了为牲畜、为土地、为权力归属所进行的暴力冲突,是一种难以回避的生死存亡的斗争。他们的生产生活方式是游牧、游耕式的,长期处于相对不稳定的状态。进入印度的雅利安人虽然具有印欧文化的那种充满竞争的战斗精神,但是经历了数千年之久的流散生活,到了印度的沃土地带,其实,俱卢之野就是它的代名词。当个体放牧、耕作和私有制逐渐盛行以后,他们渴望进入相对平稳的定居农耕生活,在这种生产方式和心

---

① 庞卓恒:《中西古文明比较》,《社会科学战线》2001年第4期。
② [印度]塔帕尔:《印度古代文明》,林太译,浙江人民出版社,1990年,第23页。

理状态下,强调和合,渴望统一,安定和谐的思潮就占了统治地位。而一旦进入定居后的农耕生活,那种守诚信、讲仁爱、以人为本的具有东方民族特色的所有文化就逐渐发展起来了。这就是《摩诃婆罗多》中为什么谴责嗜好残杀、侵略邻国、欺凌弱小、破坏生产、蹂躏人民的人,而赞扬英勇抗敌、关心人民、繁荣经济的理想人物的根本原因。

第二节 《长生殿》与《沙恭达罗》的"爱情"主题

《沙恭达罗》是印度最著名的古典戏剧,《长生殿》是中国古代优秀的传奇剧目。通过对这两部剧作的比较研究,从主题思想、主角形象、戏剧结构、演出程式等方面分析它们的异同现象,可以在民族心理和创作规律上得到某些启示,即它们都是表现"爱情"主题的重要元素。

一、两剧中"爱情"主题的相同背景

《沙恭达罗》创作于4—5世纪,取材于印度最古老的史诗《摩诃婆罗多》以及历史传说《莲花往世书》。描写印度古代国王豆扇陀打猎时,遇到净修林中的美女沙恭达罗。两人一见钟情。婚后国王回城,留下一枚戒指作信物。当沙恭达罗怀着身孕进京寻夫时,丢失了戒指,由于修道仙人的诅咒,国王不予收留。她走投无路,被生母天女接走。找到戒指以后,国王才忆起前情,并在至高无上的大神因陀罗的帮助下,找到妻子和儿子,破镜重圆。

《长生殿》创作于17世纪末。唐代白居易的《长恨歌》经过宋人笔记小说《杨太真外传》、元杂剧《梧桐雨》、明传奇《惊鸿记》等一系列的繁衍,至清朝初年才形成《长生殿》的创作素材。写唐明皇李隆基和杨贵妃的爱情传说。杨玉环被册封贵妃以后,经过几番波折,李隆基才以金钗、钿盒定情。马嵬驿兵变杨贵妃被迫自杀,李隆基悲痛欲绝。此后他上下求索,终于飞升月宫,二人团圆。

二剧的作者迦梨陀婆和洪昇,都在继承各自民族文化遗产的基础上,对以往陈旧的故事内容进行思想艺术诸方面的新的概括加工。他们发扬了其中积极的思想因素,用理想方式处理现实生活中的人和真实情感,创作出表现悲欢离合式的爱情主题的优秀作品,并以其特有的东方色彩,焕发出经久不衰的艺术魅力。

同样是描写爱情主题的戏剧,由于作者所处的时代和创作思想不同,剧中流露出相异的情调。《沙恭达罗》创作于"印度历史已经进入封建剥削制高度发展的阶段"①。当时去印度求法的东晋高僧法显在《佛国记》(即《高僧法显传》)中对当时笈多王朝国泰民安的盛世景象,进行过具体描述。作者迦梨陀娑相传是超日王朝廷上的九宝之一,是宫廷诗人。《沙恭达罗》既要表现具有平民意识的火热爱情,又要为国王歌功颂德,于是通篇洋溢着热情、明朗、乐观的基调。在安谧、圣洁的净修林里,"年貌相当"的青年男女迸发出火一般的爱情,他们追求诱人心醉的"爱情的享受",对青春之恋充满美妙的憧憬。"爱情在剧烈地燃烧",使相思的苦果中含有甘甜,即使是失恋的离愁别绪,也透出希望的光明。这种感发向上的力量和欢乐的情绪,正是印度封建社会上升时期时代气息的反映,深刻表现出一代青年,特别是妇女争取个性解放和爱情自由的迫切要求正在觉醒。《长生殿》作于中国清代初年,正值"夕阳无限好,只是近黄昏"的封建社会末期。作者洪昇既有深怀亡明之恨的师友,又有身为朝官的亲朋,思想有矛盾。他选择帝妃之间的爱情题材绝非偶然。一方面,以帝妃之间魂牵梦绕的爱情,劝诫封建统治者不要"弛了朝纲,占了情场";另一方面,又借帝妃之间悲欢离合的情愫反对理学,也抒发了亡国之感。因此全剧气氛凄婉、低沉,充满感伤情绪。剧中娇艳无双的杨贵妃和行将就木的李隆基之间难以产生奔放的青春热恋,高亢的激情,只能相依为伴、惺惺相惜。剧情多描写倦懒的"春睡",独眠的"夜怨",遗恨无穷的"情悔",凄楚万状的"雨梦",求仙访道的"觅魂"等。这种"天长地久有时尽,此恨绵绵无绝期"的生死之恋,恰似对封建社会末期回光返照现实的余辉短影般的留恋。而凄凉纷乱、动荡不安的场景,缠绵悱恻的氛围,也已表明封建社会正走上风雨飘摇、日薄西山的穷途末路。

　　由此看来,描写同一"爱情"主题的作品,尽管时代、思想、基调各不相同,表达自己思想观点也可以时常隐晦曲折,含而不露。但只要真实地反映当时的社会现实和矛盾,反映人民的要求和情感,作品的思想倾向就能达到各自的时代高度。

二、两剧"爱情"男女主人公的不同追求

　　两剧都着力描写男女主角对爱情的执著追求,但方法和目的大不相同。沙恭

---

① 季羡林:《中印文化关系史论文集》,北京:生活·读书·新知三联书店,1982年,第466页。

达罗是修道仙人的养女,生长在远离尘世的净修林。她秀色天成,天真纯朴,在美丽、温柔、羞怯的外表下面深藏着一团渴望自由爱情的烈火。她和国王从邂逅到私定终身,爱情发展得异常迅猛。她也曾狡黠地试探过国王的真心,一旦决定,就毫不犹豫,以身相许,用自由恋爱的天界乐师式(即乾闼婆式)结合。① 这种既无需父母之命,又无需媒妁之言的婚姻方式,在封建社会无疑是进步的,是对印度古代社会男尊女卑的传统的一种反抗。她冲决净修戒律和苦行枷锁的束缚,大胆追求自主的恋爱婚姻,无疑是当时社会现实的一种真实反映。她敢爱、敢恨,爱时,"玉容憔悴,胸围减却了丰满";恨时,"双眉倒竖,眼睛变成了红色"。她敢于怒斥国王是"卑鄙无耻的人",指责他的欺骗行为"实在是一口盖着草的井"。面对被抛弃的命运,她不顾习俗的约束,愤然离开丈夫出走,表现出独立生活的勇气。杨贵妃则不然,她出身官宦,位列嫔妃,对李隆基的爱有恃娇争宠的因素。这实际上是封建社会一夫多妻制和妃嫔媵嫱的合帏制度所造成。她作为一个有个性、有追求的女子,要获得真正的爱情谈何容易。她动用心机,左猜右忌,多愁善感,无可非议,都是这种身份的女性表露爱情的方式。兵变时,她为报李隆基宠幸深恩,"一代红颜为君尽",死后亡魂也要重归黄旗之下,万事可悔,放不下对李隆基的痴情。对这样的两种爱情比较后发现,沙恭达罗外柔内刚,带有平民少女追求炽烈爱情的那种勇敢与果断;杨玉环则感情缠绵、细腻,表现出宫廷贵妇依附他人的忠贞不渝。沙恭达罗的爱情排他性小,依附性小,表明她单纯、善良,独立生活能力强,有平民色彩。从追求个性自由,反对封建礼教的意义上讲,沙恭达罗远比杨贵妃更具有封建社会女性的代表性和典型性。

在两位男主角中,豆扇陀国王看中沙恭达罗的美貌而一见钟情。他认为,"假如这个在后宫里也难找到的佳丽在净修人中间竟然可以找着,那么,野林中的花朵就以天生的丽质超过了花园里的花朵"。正如剧中丑角嘲弄国王说:"正如一个厌恶了枣子的人想得到罗望子一般,万岁爷享受过了后宫的美女,现在又来打她的主意。"他的爱情直到找到戒指,才逐渐得到净化。李隆基从册封杨贵妃开始,就"三千宠爱在一身","从此君王不早朝",贪恋美色。继后,他用情不专,和虢国夫人、梅妃又有情感纠葛。杨贵妃死后,他的爱情才剔除了色欲的杂质。因此可以看出,在

---

① 《摩奴法典》第三卷,[法]迭朗善译,马香雪转译,北京:商务印书馆,1982年,第20、21、32页。

两剧的前半部,两位男主角都未能摆脱风流天子的情欲冲动。所不同的是豆扇陀谈情说爱的目的在于后继有人,需要儿子继承王位和家业,否则对不起家族和祖先。而李隆基则只是"愿此生终老温柔",快活一世。最终"失了朝纲,占了情场",险些丢了江山。两个作者一个暗写,一个明说,从各自的不同侧面表示出对巩固封建统治的关心,维护了封建统治者的利益,表现出他们思想矛盾中保守的一面。

两剧中的男女主角的爱情冲突,在感情和方式上真实地反映了中印两国人民向往幸福美好的婚姻爱情和争取个性自由的精神面貌。作为统治阶级的帝王滥施爱欲,理应受到批判,作为钟情的男子又受到赞扬。作者对他们的批判和美化,主要寄托了人民的理想和愿望。

三、两剧"爱情"的浪漫主义结局

两剧都运用了丰富的浪漫主义想象,把爱情悲剧处理成大团圆的喜剧结局。区别在于《沙恭达罗》中造成男女主角生离的原因是仙人诅咒和不可抗拒的命运。而《长生殿》里男女主角之间的死别是由于兵变逼宫这一社会历史条件所造成。用超意志的命运作为造成爱情悲剧的根本因素,表明迦梨陀娑生活的印度社会当时的生产力水平还很低下,人们的社会认识还很肤浅,相信命运决定一切。以社会原因造成的爱情悲剧则反映了洪昇笔下杨贵妃生活时代的社会动乱给人民带来的灾难,以及人民对美好幸福生活的渴望,因而具有更广泛、更深刻的社会意义和认识意义。另一方面,两剧虽然同是大团圆,但是时间和空间有区别:《沙恭达罗》是在现世人间团聚,《长生殿》则在脱离凡尘的月宫相会。豆扇陀是可以随意驰骋天上地下的国王仙人,沙恭达罗是天女的女儿,他们被描绘成人格化的神。作者把充满神话色彩的人物安排在既不是仙境,也不是净修林的世俗人间团圆,并过着追求子嗣、财富和义务的幸福生活,表达了当时印度人民对现世幸福生活享受的热望。李隆基和杨贵妃是被神化的历史人物。作者有意把他们写成是下凡的神仙,一个死后在蓬莱仙境恋情不灭,一个活着在月夜飞升,到月宫团圆,同入仙班。剧作流露了向往超凡脱俗的虚幻的禅佛思想,以及逃避残酷现实的消极情绪。从中可以看出印度佛教对中国思想和文化的影响。

四、两剧"爱情"内容和形式上的相似

《沙恭达罗》和《长生殿》虽然在创作时间、地点、文学传统、审美趣味等方面多

有不同，却也表现出几点相同之处，对相似的爱情主题均有补充意义。

第一，《沙恭达罗》在演出正剧之前，有个"序幕"，由舞台监督上台诵读一段献诗，表示颂贺，然后介绍主角入场。德国伟大诗人歌德在《浮士德》中运用的《舞台序曲》形式正是从《沙恭达罗》剧中得到的启发。[①]《长生殿》开场第一出"传概"，即"家门引子"，也相当于序幕。它由末角吟诵两首歌词，说明创作缘起和剧情概要，引出主角来。两剧终场都有四整句尾诗起着缓冲戏剧冲突余波的作用。《沙恭达罗》的尾诗祝愿君主贤明，人民快乐安康，祈祷神灵的庇佑。《长生殿》的尾诗再次高度概括全剧的情节，起画龙点睛的作用，二剧都对爱情主题有升华作用。

第二，两剧都有相爱的男女主角和丑角。主要的戏剧冲突在男女主角，也就是生角与旦角之间展开。《沙恭达罗》中的丑角是国王的侍从摩陀弊耶，《长生殿》里的丑角是宫廷太监高力士，二人各以插科打诨调节戏剧气氛，讲出生角与旦角不宜说出的思想，起到补充叙事角的作用。两剧所用的语言均为两种。有身份地位的角色如主角用典雅语，地位卑下的角色如丑角用俗语，显然都是封建社会森严的等级观念在戏剧艺术中的反映。这种语言设置都突出了爱情主人公的身份地位，渲染了爱情主题的崇高与典范。

第三，构成两剧的主要戏剧元素虽然名称各异，但实际内容都是科、白、曲三种。特别是对白和独白，既能自由抒发感情，又能表露内心的思想活动，使人物的整体形象显得丰满。科、白、曲相间的表演艺术，不仅标志着戏剧形式日趋完美和逐渐发展，而且扩大了表演空间，载歌载舞，声情激越，光彩夺目，具有很强的艺术感染力。两剧中情景交融，借景抒情的气氛，充满诗情画意的意境，都使戏剧淋漓尽致地表现出浓淡相宜的情趣，为烘托爱情主题起到推波助澜的作用。

这些具体的戏剧组织内容和形式上的相似，不仅说明两剧存在着可比性，而且可能存在中印文化交流的因素。北宋末年，南方港口温州地区的杂剧发展为南戏，元代，印度文化一度在商港泉州也有影响，商人从海道带进印度古典梵剧的形式也未可知。况且还有"梭康特拉（沙恭达罗）剧文曾经被传在天台山的一个庙里"（裴普贤《中印文学关系研究》）的说法，更说明有着这种可能性。民国初年梁启超在

[①] 歌德"一七九一年读过印度名剧《沙恭达罗》"。《歌德诗集》"译者后记"，钱春绮译，上海：上海译文出版社，1982年，第595页。

《印度与中国文化之亲属的关系》一文中曾提及中国歌舞剧和印度戏剧的关系,但也无确凿证据可查,以后学者众说纷纭,莫衷一是。本文提及的可能性,确实与否,还有待于专家学者的后续研究。

尽管存在着上述的可能性,并且学界也公认佛经故事或弘扬佛法的变文对杂剧和传奇等有种种影响,但是也不能简单地说《沙恭达罗》剧中的一些情节,如:邂逅式的爱情,痴心女子负心汉的结构,进京寻夫的遭遇,见子认妻的团圆等情节,就一定对中国某些剧目有直接的影响。因上述情节,虽国度有别,但尽是人之常情,事之常理,相通之处,不能一概以"影响"论之。因此,《沙恭达罗》和《长生殿》二剧中的相同点,更不能都以"影响"看待,但是二剧中的爱情主题还是有诸多的相同性的,且不乏可圈可点之处。

第三节 《罗摩衍那》与荷马史诗的"英雄"主题

《罗摩衍那》是印度"最初的诗",被奉为印度古典文学中最光辉的典范。荷马史诗作为"一种规范和高不可及的范本",也一直被西方人认为是最伟大的史诗。这两部史诗以各自民族的独特风格展现了东西方古代人民丰富多彩的历史画卷,"显示出永久的魅力",在世界文学史上占有崇高的地位。这两部史诗中众多英雄的思想情感、伦理道德、精神风貌已渗透到东西方文学以及人民生活的各个领域,产生了历久不衰的巨大影响。分析比较这两部史诗的"英雄"主题,对于探讨古代东西方人民的生活观点、英雄观以及审美情趣,认识史诗的美学价值和文献价值,都有一定意义。

一、两种生活理想美中的英雄

两部史诗都比较深刻、真实地反映了当时的社会现实。印度史学家恩·克·辛哈和阿·克·班纳吉在《印度通史》中指出:"《罗摩衍那》故事的要点很可能在历史上是真实的。"苏联学者兹拉特科夫斯卡雅在《欧洲文化的起源》一书中也指出,19世纪后半叶德国古物学家亨利·谢里曼的考古发现,证明了特洛伊战争的可能性。尽管两部史诗中的故事都很久远,却都高度概括了古代社会的本质,深刻揭示出古代英雄的现实生活及其丰富的内心世界,显示了重要的美学价值。史诗中的英雄主题集中、升华了古代英雄诸多美的因素,因而引起历代读者强烈的审美感受。史诗本身也作为审美对象发挥了巨大的社会作用。它们都着重表现了古代民族幼年时代所进行的残酷战争,以及由战争所引起的英雄人物的爱情和家庭的悲欢离合,通过广博的内容,表现出英雄们不同的人生价值与追求,抒发了不同的人生理想。

《罗摩衍那》描写流放的英雄罗摩王子因贤妻悉多被罗刹王罗波那抢劫而攻打罗波那巢穴楞伽岛的大战;荷马史诗则描写斯巴达王艳美绝世的妻子海伦被特洛伊英雄帕里斯王子诱拐,希腊联军远征特洛伊的大战。两部史诗都描写因维护女性尊严而进行的正义战争。《罗摩衍那》主要阐述的是印度的一种带有私有观念性质的隐忍性情欲。印度人把现实中的"法、利、欲"和非现实的"解脱"一起认为是最高的、至福极乐的目标,只有极少数人在特殊的生活方式中才能达到。同此"法、利、欲"也便成了人们在现实生活中努力争取的目标。在三者不可齐美的情况下,首先要选择"法"。这与孟子所说的相类似:"生亦我所欲也,义亦我所欲也,二者不可得兼,舍生而取义者也。"①只是"法"比"义"的含义要深广得多。"法"梵文音译"达磨",曾在《罗摩衍那》中反复出现。约公元前 2 世纪至公元 2 世纪成书的古代印度著名的《摩奴法典》中指出:"吠陀、传承、良习、知足,被贤者宣布为义务体系的四源。"②这个"义务体系"就是"法",是印度人信奉的人类社会赖以生存的永恒的道德价值与人生追求。《罗摩衍那》的正面人物中,英雄罗摩尊奉达磨,依傍达磨,躬行达磨才完善了自己的德行,受到人民拥戴并获得王位。女主人公悉多则"依法"忠于丈夫,才成为后世传颂的贤妻良母。楞伽大战结束后,罗摩对悉多坦言,他勇敢战斗,不仅仅是为了悉多,也是为了自己的尊严,为了家庭不受人指责。这明显表明,在妻子、美女和家族、责任的面前,英雄遵法重视个人的名誉和家族的名声,重视道德的价值被放在首位。"法"如同真理一样至高无上,遵循"法"的英雄能成正果。其中既寄托了人们在日常生活中认识事物本质的美好愿望和生活理想,也渗透了封建社会的思想意识。

荷马史诗中的英雄突出地表现了古代希腊人对待物质和情欲的追求。它从古

---

① 《孟子译注》,杨伯峻译注,北京:中华书局,1960 年,第 265 页。
② 《摩奴法典》第二卷,[法]迭朗善译,马香雪转译,北京:商务印书馆,1982 年,第 26 页。

希腊人的喜、怒、哀、乐等心理出发，大胆表现现实生活中的人追求物质财富的人生乐趣。在《伊利昂纪》中，英雄阿喀琉斯两次发怒，都为了财富和女人。第一次是因分配在他名下的战利品和爱欲对象女俘被统帅阿伽门农所夺。第二次是特洛伊人夺去了他借给朋友的传家宝铠甲。他所以息怒，还让赫克托耳的老父赎回尸体，主要还是因为珍贵的礼物和大量赎金的缘故。在《奥德修纪》中，英雄奥德修不受仙女的羁绊是因向往故国的至尊荣华，他凶狠地复仇是因向他妻子求婚的无赖几乎荡尽他的家财。这些对个人财富的过多关注，正是奴隶制度萌芽时期贵族思想的反映。在荣誉地位和美女面前，英雄帕里斯采取了与罗摩截然相反的态度宁肯要美人而舍弃了其他。古希腊人对于财产和女人的情欲虽含有自私的成分，但在奴隶社会初兴时期，这种争取财富与爱欲的冒险精神，重物质及现世享受的功利目的，无疑也有他们对客观世界的刻意追求与不断探索的性质。

两部史诗中的英雄生活理想美是不同的，这除了表现在人生价值与主观追求的不同之外，深层结构中的抒情基调和结局处理方面也明显不一样。

《罗摩衍那》开篇就描写道：由于听到雄鸟被射死后雌鸟的哀鸣，诗人才脱口吟出四名有韵律的伤感诗句，并决心写出"悲悯"的诗。这种诚挚动人的情感贯穿史诗的始终。特别是英雄罗摩和悉多夫妻二人离散所产生的悲哀、感伤的气氛尤为动人。悉多被劫后，罗摩奔走呼号，伤心询问飞禽走兽、花草树木。两军对垒的决战时刻，也常刻意穿插抒发罗摩、悉多缠绵情愫的描写。罗摩无端怀疑悉多的贞洁而迫使她离去后，内心又充满了矛盾和孤独的哀伤。这种"悲悯"之情是印度古代文艺理论"情味"说中包含的一种美学内涵，即只有人，自然也包括英雄的真情实感才能使文学艺术产生巨大的感染力量。

在荷马史诗里的英雄，则很难发现这种凄婉哀怜的情思。通篇洋溢着民族崛起时的蓬勃热情和乐观精神，表现出一种悲壮情绪和阳刚之美。即使是英雄赫克托耳和妻子安德洛玛刻的生离死别，也给人以感奋的力量和壮美的享受，显示出古希腊人依靠自己的力量、智慧去争取荣誉、功勋和幸福的积极进取性格与勇敢拼搏精神。

两部史诗的结局也反映出各自的英雄不同的生活理想和审美要求。

《罗摩衍那》早出部分的结局是夫妻团圆、皆大欢喜。即使在后窜入的《后篇》中，作者写完悉多无法取信于民只好回到地母怀抱的悲剧结局之后，还有意让主神大梵天预言英雄罗摩全家在天堂团圆,以调和悲悯气氛。用以表现悲喜剧因素相辅相成造成的一种和谐与均衡的美,一种在失望中透出一线光明与希望的理想化审美效果。荷马史诗《伊利昂纪》的结局以英雄赫克托耳隆重的葬礼结束,在英勇壮烈的气氛中表现出悲壮美。在《奥德修纪》中,英雄奥德修斯与妻子佩涅罗佩的团圆结局是经过生死搏斗、流血杀戮争取到的。无论是复仇者奥德修斯还是求婚者众贵族,都显示出勇猛顽强的战斗精神,并在激动、悲壮的氛围中表现一种不调和的冲突美。

两部史诗中的英雄所表现的不同点反映出它们在继承各自民族文化传统的基础上展现的社会内容和美学特质。《罗摩衍那》发扬了印度神话重伦理的特点,宣扬一套封建社会的思想;荷马史诗则继承了希腊神话表现功利与情欲的传统,歌颂为建立奴隶制文明进行的扩张冒险,流露出替暴力掠夺财富的行为辩护的倾向。两部史诗描写战争的相同点是偶然的,因为战争几乎是古代任何一个民族都采取过的求生存、图发展的手段。而反映不同的民族精神和心理倾向,以及各自对人生价值与理想追求的相异点则是必然的。别林斯基指出:"一个民族的诗歌是一面镜子,在这面镜子里,反映出它的生活,连同全部富有特征的细微差别和类似的特征。"[①]两部史诗都如实地记录了古代英雄对现实生活及其发展趋势与发展规律的认识,记录了古代英雄对现实生活美的最初感受及稚嫩的理想美。无论是残酷的战争场面、崇高的英雄行为、生死搏杀的奋斗精神,还是严格的道德规范;无论是"悲悯",还是崇高的美,都给人以真情实感和追求理想美的审美感受。这些英雄从自身的生活和斗争的实践中表现自己的力量,对未来生活大胆设想,反映了他们对人生的热烈追求和生活理想美的享受。

二、两种女性人情美中的英雄

两部史诗在表现纷纭复杂的社会生活时,也描摹了进行社会实践的人物,并通过人物的刻画与塑造表现了作品的思想倾向和美学情趣。史诗中的英雄形象,集中表现了古代人民表现不同的审美要求与美学情趣。黑格尔曾正确指出,"性格就

[①] 中国社会科学院外国文学研究所外国文学研究资料丛刊编辑委员会编:《外国理论家、作家论形象思维》,中国社会科学出版社,1979年,第55页。

是理想艺术表现的真正中心",只有深刻、多方面地表现人物性格,作品才能产生感人至深的教育作用,而"特别适宜于表现这样完整性格的是史诗"。[①] 在东西方这两部著名史诗中除了男性英雄以外,主要女性英雄之间也存在着明显的可比性。分析、比较研究悉多和海伦、佩涅罗佩三位女性人物性格的异同,可以发现古代东西方人民在道德、贞操、勇武等方面相同或相异的美学意识。

悉多和海伦都和丈夫分离过,悉多被暴力胁迫,但守身如玉不改初衷;海伦被诱拐私奔,对丈夫极为不忠。尽管如此,两人的结局却恰恰相反。只被劫持了十个多月的悉多被救回后,在丈夫和世人都怀疑其贞操是否清白的情况下,被迫蹈火自明贞洁,与古代印度寡妇自焚表忠贞的陋习相类似。在后入的《后篇》中,怀孕的悉多被放逐后携子回到罗摩身边,仍无法取信于民,只好求助地母收留。悉多屡受考验,不仅说明由奴隶社会向封建社会过渡时期上层贵族对妇女道德规范的要求愈来愈高,也表明他们对继承权的关心。因为嫡传后裔直接关系到封建世袭政权的巩固。和忠贞不渝的悉多相比,古希腊的海伦私奔十年之久,自称是"不要脸的女人",显然缺少内心世界的美,但是战争结束后还是被平安地带回故乡,并依然受到尊敬。她在来客面前承认自己的罪错,还受到丈夫的称赞,没有悉多那样不幸的处境。虽然传说墨涅拉俄斯死后,海伦被逐出斯巴达,死在罗德岛,只能说明她被看作是英雄的战争灾难的祸源,而不是出于道德原因,否则她早有悉多一样的遭遇了。由此可见,在对待女性的问题上,《罗摩衍那》异常看重女性的贞操,表现出更多的封建伦理观念,悉多被刻画成具有卓越女性美德的东方女性。而荷马史诗则表现了一种对妇女过失的宽容、放任与原谅,海伦被描绘成具有非凡美貌的西方女性,成为女性美的象征。但是不论她们具有怎样特殊的女性美和巾帼英雄的表现,社会地位都很卑微,都只被看作是英雄的私有财产,如果其中还有爱情因素可言,也只是寄托了人民的美好理想而已。

《罗摩衍那》中的悉多和荷马史诗中的佩涅罗佩都很聪明美丽、善良多情,都被塑造成对丈夫忠贞不二的妇女的典型。她们在家庭里处于从属地位,既无权参与社会活动,也无权处理家庭与社会间的矛盾。悉多面对被遗弃的厄运,虽然不满也只能忍辱服从,成为封建道德规范的牺牲品;佩涅罗佩独守空房20年,丝毫没有择

[①] 伍蠡甫主编:《西方文论选》(下),上海:上海译文出版社,1979年,第294、297页。

善而嫁的自主权,成为奴隶制初期奴隶主家庭中的管家婆。但两人也有不同。悉多在表现对丈夫忠贞顺从的同时,又在争取一夫一妻制的家庭幸福中不断挣扎反抗,但终究未能摆脱表明自己贞洁的局限,和当时的其他妇女一样,"其立足点依然是丈夫的利益"①。季羡林先生曾经指出:"整个《罗摩衍那》,如果说有一个主题思想的话,那就是悉多对罗摩的无限爱情、顺从与忠诚。"②佩涅罗佩在表现爱情专一美德的同时,不像悉多那样伴有平民少妇般的反抗性,而是表现了宫廷贵妇式的聪慧与狡黠。在苦等杳无音信的丈夫归来时,她先以为年迈公爹织布做寿衣作借口拖延时间,哄骗那些觊觎王权的求婚者。继而又提出用奥德修留下的强弓举行射箭比赛,寄希望于求婚者的失败。当奥德修拉开硬弓杀死求婚者并说明真相后,她仍怀戒心不急于相认,并用话试探。直到奥德修说出只有他们两人知道的隐秘时,她才真正相信。其立足点明显地是基于自己个人的名誉和利益,为保护自己而动用心计。悉多和佩涅罗佩同是忠贞的贤妻形象,却表现出不同的美学内涵。悉多温柔的性格中具有平民的反抗性,她内心的矛盾和情感更接近于封建社会里受压迫、受侮辱的妇女的现实。佩涅罗佩多情坚韧的性格中透出狡黠,更多地反映出私有观念形成时期西方妇女为保护自身权益所进行的多种形式的斗争。史诗通过想象和虚构,运用艺术概括的方法,既在这几位女性英雄人物形象上集中了东西方古代妇女各自的美德,又恰如其分地表现出这些人物性格的多方面特性和人性美。

  对人性美的不同理解还表现在两部史诗的另一个相似的情节中:悉多因罗摩拉断神弓而嫁给他,佩涅罗佩因奥德修力挽强弓杀死求婚者而夫妻团圆。这个相似点曾被中外一些专家学者视作是两部史诗相互交流、影响的佐证,其实不尽然。《罗摩衍那》早出的部分中,这一情节在《阿逾衍陀篇》里是由悉多本人向苦行女苏耶自述的,内容简单。讲到国王"让女儿自己挑选女婿",悉多说"我自己选了丈夫决定终身"。这种女性自己比较自由地选择男性的恋爱婚姻方式,保留了上古人民的遗风,这表明当时妇女的地位还比较高。在后窜入的《童年篇》中,这段小插话才被繁衍成一个重要情节,主要渲染罗摩拉断强弓的神威和婚礼盛况。罗摩认为"老婆是父亲所送",这时的悉多已无自主婚姻的权利,只能听凭"父母之命"、神的旨意

---

① 金克木:《梵语文学史》,北京:外国文学出版社,1964年,第112页。
② 季羡林:《〈罗摩衍那〉初探》,北京:外国文学出版社,1979年,第61页。

和命运的安排，具有浓厚的封建意识。悉多和罗摩被说成转世前即是吉祥天女和大神毗湿奴，悉多具有了神性。而在佩涅罗佩的性格中更多地表现出了人性，她用家藏的大弓捉弄求婚的无赖，目的在于维护自己的荣誉，苦等丈夫归来。这一点体现了奴隶制初期的私有意识。《罗摩衍那》从传唱到成型都比荷马史诗要晚，自然反映出比荷马史诗要晚的社会形态，因此相互影响的说法值得商榷。这个相似的情节表明，在女性人性美方面，悉多表现得更无权、更被动，具有人为的神性因素，而佩涅罗佩则表现得感情细腻，在追求幸福时更为大胆、更具有人性，体现了荷马时代以人为本的时代精神。但是，悉多和佩涅罗佩对于拉弓英雄那种健与美的喜爱，对于男性那种粗犷的勇与力的渴望，表明了古代东西方人民即使是女性也具有对男性英雄的崇拜心理，正如男性爱女子的艳媚一样，女性也爱男子的勇武。同时也说明，她们同处于男性英雄崇拜的时代。

三、"英雄"主题中不同的美、真与善

这两部史诗都符合亚里士多德在《诗学》中的规定，一篇史诗必须是简单的或复杂的，必须描写性格或有悲惨遭遇的故事。这两部史诗之所以至今"仍然能够给我们以艺术享受"，从美学角度分析，是因为史诗中的英雄所表现的真、善、美在书写中熔于一炉。仔细体味一下，人们就可以发现：《罗摩衍那》和荷马史诗在表达美的时候侧重点是不同的，两者都表现了各自民族的审美意识。代表古代东方审美情趣的《罗摩衍那》着重通过善传达美；而荷马史诗则主要通过真来表露美，反映了西方的审美观。

《罗摩衍那》重点宣扬了善。史诗的英雄主题突出了善与恶的斗争，并说明"善的必然胜利，恶的必然灭亡"[①]这样一种信条。史诗通篇描写的是正义战胜邪恶、光明战胜黑暗、善良战胜暴虐的内容。其中的正面人物或为战胜恶魔而降临人世，或为实现"法"即达摩而积德修身，几乎都是"修身、齐家、治国、平天下"的善者仁人。罗摩和悉多一样都成了善的化身。史诗突出表现了主人公罗摩作为忠臣孝子、良师益友的美德。他转世人间为济世救民；蒙受屈辱遭遇迫害时，他大度忍让；对待爱情，他一往情深，坚持一夫一妻制的家庭。悉多身上也不乏女子的美德。她

---

① 季羡林：《中印文化关系史论文集》，北京：生活·读书·新知三联书店，1982年，第462页。

善良贤惠、温柔美丽，为了自身的贞洁不向邪恶势力屈服。罗什曼那择善而从，见恶即除，追随罗摩一心向善。神猴哈奴曼坚持正义、机智勇敢的优点主要集中在勇于并善于战胜邪恶。这些英雄形象行动的轨迹紧紧地围绕着《罗摩衍那》全书的扬善惩恶的中心思想。从人类社会发展的整个历史进程来看，只有与社会发展规律相一致并且推动社会发展的普遍利益才是真正的善。《罗摩衍那》中的"善人是新兴力量的代表，恶人是反动力量的代表。"①以善为前提的美，是在社会实践中对人类改造世界的创造性、才能、智慧和力量的肯定，也是对客观世界规律性的认识和总结。《罗摩衍那》不仅通过描写正面人物的思想和行动中的善德和善行突出英雄美，并且通过描写反面人物的恶德和恶行来反衬英雄美。这正是古代印度史诗中的人民认识世界、改造自然时不断认识自身力量与价值的表现。他们对于美的本质的认识，寄托了人民不断深化的美好希望与理想。

荷马史诗着重描写主客观事物的真，并通过追求真与美的统一，继承和发展了希腊神话传说中突出英雄行为的美学思想。古希腊思想家赫拉克利特首次提出艺术模仿自然，德谟克利特继而又提出全面模仿人物的看法，认为"模仿坏人而甚至不愿模仿好人，是很恶劣的"。从柏拉图开始，才正式提出"从荷马起，一切诗人都只是模仿者"。②但是他认为文学艺术是模仿的模仿，只有亚里士多德才直接提出"史诗和悲剧、喜剧……这一切实际上都是模仿"，而"人对于模仿的作品总是感到快感"。③荷马史诗就给人这样一种美感。它以自发的现实主义对荷马时代的政治、军事、经济和道德等多方面的现实进行了模仿，真实地再现了荷马时代的全貌。别林斯基在关于普希金的第五篇论文评价了荷马史诗，他指出："最使你惊讶并使你感兴趣的是，荷马的诗中泛溢出来的古希腊的世界观和这古希腊世界本身。"特别是对流血战争的真实描写、对英雄人物的生死搏斗和个人英雄主义精神的逼真反映，都使人感到惟妙惟肖模仿的美感。史诗还细腻地描绘了日常现实中的和平生活，既有新婚大宴的欢乐、葡萄园中的轻歌曼舞，也有隆重的葬礼、祀神仪式的细节，还有纺织、航海冒险的真情实景。史诗通过模仿活灵活现的现实生活，把真与

---

① 季羡林：《中印文化关系史论文集》，北京：生活·读书·新知三联书店，1982年，第462页。
② 伍蠡甫主编：《西方文论选》(上)，上海译文出版社，1979年，第4页。
③ 中国社会科学院外国文学研究所外国文学研究资料丛刊编辑委员会编：《欧美古典作家论现实主义和浪漫主义》，北京：中国社会科学出版社，1981年，第23页。

美统一了起来,给人以美的享受,使蕴含的艺术美发挥出万古长新的感人力量。

两部史诗各自着重从善与真两方面表现英雄主题是有原因的。在《政治经济学批判·导言》中,马克思曾针对希腊神话和史诗提出了人类童年时代"有粗野的儿童,有早熟的儿童"的看法,并认为"希腊人是正常的儿童"。荷马史诗就表现出一个人类童年时代的"正常儿童"的"模仿的本能"和天真、幼稚的心理状态,即看重物质利益并受其支配,而且个人欲望易于显露,行动任性并带有某种功利目的,表现出私有观念初兴时期人们的思想意识。与希腊人是"正常的儿童"的比喻相对应,人们不妨可以这样认为:古代印度史诗中的人是"早熟的儿童"。在《罗摩衍那》中就可以发现"早熟儿童"的明显特征。他们善于思考、有理智、感情含蓄,不太看重物质利益。他们的行动往往受到理性和情感的束缚,表现出私有制巩固时期人们冷静观察、追求精神完善的探索精神。

除此以外,宗教影响也是两部史诗表现"英雄"主题时侧重点不同的一个重要因素。由于印度宗教是入世与出世并重,形成又比较早,而宗教宣传尤为重视艺术领域,文学艺术便随同宗教流传。因此,"整个《罗摩衍那》浸透了印度教的精神"①。它着重宣扬了一整套合乎印度教精神、符合封建道德与统治者利益的善行、善德。这些善行、善德中有不少体现了人民朴素的审美心理以及对理想美的多方面的渴望。在奴隶社会末期至封建社会初期,它们无疑具有很高的美学价值。史诗《罗摩衍那》这种充溢着印度教精神的艺术形式,既宜于流传,又能打动人的感情,是传播艺术美与宗教观的最佳途径。因此,史诗中的罗摩、哈奴曼等英雄都被奉为神,受到广泛的、长时期的传颂与崇拜,《罗摩衍那》也成了印度教的经典之一。荷马史诗则不同,它虽然描写了神,但是和人同形同性。他们热爱现世中的幸福与享受,不重来世的祸福,热烈追求现实中的美。其中许多神并未受到崇拜,即使像雅典娜一样被尊奉为某一部族的保护神,也带有原始拜物教的色彩,并未达到人为宗教的程度。这说明荷马时代的社会形态比《罗摩衍那》时代要早。尽管荷马史诗中的神有比英雄大得多的神勇和法力,但也只不过是人类情欲的人格化身。"神"这个词的非宗教用法,在荷马史诗中表现得格外突出。他们不但参与人间的争斗,而且还做出一些人类都认为是可耻的丑行,奸淫、偷盗、欺诈、嫉妒等等。荷马史诗

---

① 季羡林:《〈罗摩衍那〉初探》,北京:外国文学出版社,1979年,第61页。

强调模仿与写实的做法，虽使希腊诸神与英雄的形象性格逼真而且酷肖，却难以找到像《罗摩衍那》所表现的美化神的化身的那种人为宗教成分。因此，印度史诗中的英雄是被神化的，荷马史诗中的英雄是被人化的。

在史诗时代，无论是印度还是希腊都没有可以充分表现史诗英雄主题的完整的美学理论，但从上述分析比较中似乎依稀可辨地发现了一些东西方美学思想的萌芽已经浸润到史诗中的蛛丝马迹。它们无疑为后世美学的发展奠定了一定的基础，也为史诗中的"英雄"主题增加了审美成分。

第四节　东西方文学中的"情感与义务"主题

比较文学主题学中的主题主要探求某些作品或某一类人物典型所表现的思想，重点在于揭示研究对象的内涵。它是提炼题材和塑造形象时所得出的高度浓缩与升华的思想结晶。外国文学史上有许多涉及情感与义务之间关系这一主题的作品。古代东西方文学中有之，现代东西方文学也有之。如果研究东西方不同作家作品对这一主题的不同处理方式和表现形式，更进一步辨析阐发之所以产生不同点的那些国家的时代背景、文化氛围、道德观念、性别内涵、审美情趣等方面的异同，会得出不少有益的结论。笔者只是从时代需求、性别差异、文化心理等三个方面探讨"情感与义务"这一主题在东西方文学作品中的不同表现，在辨析中发现一些启迪之处。

一、"情感与义务"主题的普遍性

在古代外国文学作品中情感与义务是常见的主题。在东西方史诗时期，如荷马史诗和印度两大史诗中都不乏其例。《奥德修纪》中独自漂泊返乡的希腊英雄奥德修斯被仙女卡吕浦索羁留了7年，因他始终怀念故土，最后仙女服从了宙斯的旨意，放还奥德修斯返还故国。在古罗马诗人维吉尔摹仿荷马史诗写成的文人史诗《埃涅阿斯纪》中也有相同的情节。特洛伊英雄埃涅阿斯在神后的干预下被吹到迦太基，狄多女王爱上他。但是为完成复国兴邦的大业，他听从了神示，毅然离开新婚的妻子。在印度史诗《罗摩衍那》中，王子罗摩为了王族的荣誉和血统纯净，两次抛弃妻子悉多。而取材于另一部史诗《摩诃婆罗多》的印度古代梵剧《沙恭达罗》，主人公国王豆扇陀与净修女沙恭达罗一见钟情,但为治理朝政他不得不离开新婚的妻子。仅几例就可以说明了古代东西方文学作品中所描写的英雄在情感和义务发生矛盾时,都是让情感服从于义务的需要,即是说为了义务而舍弃了情感。尽管这种义务的内涵多有不同,有的是为国、为民,有的是立国安邦,有的是维护统治,但都是具有社会性的义务,作者让个人情感与社会义务发生冲突,然后渲染前者让位于后者的痛苦抉择,以表明当时的人们为了集体(或城邦、部落,或国家、民族)所做出的重大牺牲,从而使这些作品浸染了鲜明的政治倾向性,具有育人的警世意义。

封建的中世纪,宗教的影响遍及文学艺术之中,许多表现个人情感的作品受到遏制。只有在东西方民族的史诗中尚可发现一些在情感与义务发生矛盾时,主人公抉择的情节。德国民族史诗《尼伯龙根之歌》中,哈根为帮助女主人复仇而诱使齐格弗里德去迎敌,重视荣誉的齐格弗里德果敢前往,以致在打猎时遭到哈根的暗算。波斯民族史诗《列王纪》(《王书》)中,大英雄鲁斯塔姆在寻找坐骑时遇到撒马尔罕公主,而后他为建功立业只好离开新婚的妻子,以致多年后发生误伤亲子的悲剧。在这不多的实例中,人们明显发现,中世纪许多部落的民族英雄离开爱妻去征战,踏上万死不归路。他们所要履行的封建义务除却为封建主建功立业外,更重要的是出于对武士、骑士荣誉的一种渴求。那些南征北战的英雄将自己的荣誉视为高于个人情感乃至个人生命的观念,明显带有中世纪的时代特色。

到了近代,东西方文学中表现这类主题的作品有增无减。文艺复兴时期莎翁笔下的哈姆雷特为完成"重整乾坤的责任"只得割舍与奥菲利娅的爱情。17世纪法国古典主义悲剧奠基作《熙德》中男女主人公在陷入个人情感与封建义务的矛盾时,都选择了以理性为代表的封建义务为自己言行的准则。朝鲜古典名著《春香传》的男主人公两班子弟李梦龙为了封建家庭的荣誉,舍弃恋人春香而随家离去。越南古典名著《金云翘传》中男主人公金重因奔丧而离开相爱的王翠翘。无论是西方文学作品中表现的封建贵族的男女主人公,还是东方文学作品中表现的封建社会男尊女卑的才子佳人,他们在情感与义务矛盾时的选择都表现出由封建社会向资本主义社会过渡时期的时代特色。

现代文学作品中表现这类主题的作品相对数量也有很多,而且这类作品都是那么动人心魄。司汤达著名短篇小说《法尼娜·法尼尼》中烧炭党人米西芮里和法尼娜之间爱情和革命的冲突是如此的尖锐,男主人公愿与革命同生死。伏尼契的小说《牛虻》中主人公亚瑟为了革命利益而舍弃了爱情与亲情。《钢铁是怎样炼成的》中的保尔为了革命而与冬妮娅分道扬镳。肖洛霍夫著名短篇小说《一个人的遭遇》中男主人公战前夫妻恩爱,家庭幸福,战时强忍痛苦、告别妻儿上战场。泰戈尔代表作《戈拉》中同名主人公初时为维护印度教传统不惜拒绝梵教姑娘苏查丽达的爱情。普列姆昌德的小说《世俗恋情与爱国热情》男主人公为了祖国的事业,放弃了美女的追求。小林多喜二的名作《为党生活的人》中主人公佐佐木安治为了党的利益和事业,牺牲了个人所有的幸福,自然也包括爱情。这些作品中的人物二元对立的选择都有进步的时代特色,无不给人一种悲壮、庄严的感觉。

　　文中所选的东西方文学作品都表现了情感和义务的主题。尽管随着时代的变迁、历史的发展,作品中主人公在处理这一对矛盾时都表现出为了某种"义务"或"责任",割舍了自己的情感,主要是爱情,但是他们的情感是丰富的。在他们内心的天平上,一端是美妙无比的爱情或情爱,一端是应尽的义务和承担的责任。他们内心矛盾、困惑、犹豫、徘徊,正如启蒙主义思想家狄德罗在《论戏剧艺术》中所说的名言:"市民和英雄都有着害怕情人的地方。"这是人类生活经验的体会和总结,自有一定道理,爱情之火往往能烧灼一颗善良的心。统治者自有"弛了朝纲,占了情场"的窃想,英雄更有"要美人不要江山"的谚语,市民也有"爱情至上"的追求。但是在义务面前,原本浓烈的情感往往显得那么苍白无力,那么甘居其后。这些作品中的主人公无论为了何种义务,都义无反顾地放弃了爱情,尽管作出这种牺牲是如此的痛苦和悲伤,但是他们还是义无反顾地作出了选择。他们怕失去那些属于生命之上的追求。因此,才会有"生命诚可贵,爱情价更高,若为自由故,二者皆可抛"的铿锵誓言。

二、二元对立选择的性别色彩

　　外国文学史上表现情感和义务主题的作品很多,认真分析会发现在处理这两者的矛盾时,进行判断和抉择的主动者,明显存在着性别色彩。即是说在情感和义务这一矛盾冲突出现时作品往往表现的是男主人公的主动判断、选择,女主人公的被动反抗、接受;男性处于主导地位,女性居于从属地位。这一事实表明,在现实生活变为文本乃至作品时,执笔者无论是古代的还是现代的,也无论是西方的还是东方的,大部分都是男性,他们用男权的眼光情不自禁地描写了主人公的选择。间或也有出于女性作家之手的同类作品,也往往因为多年来受传统思想的影响,习惯于用男权目光来观照所描写的人和事,因此也自觉不自觉地表现出男性强势文化的色彩。

为了减轻男主人公在情感与义务之间所进行的选择给女性所带来的伤害与痛苦,古代作品中往往借助一些外力或神意,说明他们选择的正确性或是出于无奈,以平衡读者的心理。奥德修斯离开卡吕浦索是因为大神宙斯的干预,埃涅阿斯抛下狄多离去也是宙斯的催逼。罗摩王了遗弃悉多是因听信了百姓的道听途说,豆扇陀国王离开沙恭达罗回城是因为侍从的敦促。凡此种种无一不说明男主人公选择的合情合理,而女主人公的被动接受却是如此的悲惨与无奈。卡吕浦索不得已忍痛割爱,放奥德修斯回乡。狄多因埃涅阿斯离去而绝望自杀。悉多因罗摩对她贞节的怀疑,而被迫流放。沙恭达罗在国王豆扇陀走后,只好孑然一身,独守净修林。她们的反抗显得那么软弱无力,她们的被动选择无不充满一种殉道精神。

中世纪东西方英雄史诗和骑士文学中,常常漫溢着一种尚武精神。作品中主人公常常表现出一种英雄主义的荣誉感。这时期西方文学作品常有为贵妇而冒险的骑士,以致形成蔓延于欧洲的骑士精神。东方有许多英雄武士为国王开疆拓土,作者在作品中努力表现他们建功立业的奋斗精神。东西方文学作品中的这些英雄在生死搏斗中渴望掌握自己的命运,忠实于自己的内心感受,迫切需要爱情。包括罗兰、齐格弗里德、哈根等西方民族史诗中的英雄,他们无不为了英雄业绩和个人荣誉而放弃了爱情,而贵妇们所等待的只是骑士英雄冒险后所给予的虚假的情感刺激,别无他途。东方文学作品中英雄武士无论是鲁斯塔姆、杭·杜亚,还是《虎皮武士》中的阿夫坦季尔,都曾为建功立业而舍弃爱情。众多女子等来的有的是夫荣妻贵,有的是一夫多妻,有的是父子相残,命运多艰,难以预料。相比较而言,东方的女性比西方的女性在被动选择中多了不少的凄凉与悲哀。

近代社会,西方自文艺复兴后便进入资本主义萌发期。因此在反映情感与义务主题的作品里,虽因男性的选择而两人分手,但往往结局是男女结合,以满足资本主义思想对个人婚姻追求的需要。奥菲利娅因哈姆雷特装疯而抑郁落水而死,施曼娜从理智出发听从了贤明国王的劝告,原谅了误伤其父的罗狄克。东方则因为尚处于封建社会向资本主义社会的过渡期,因此女性往往处于比西方女性更加被动得多的等待中。春香为李梦龙而死守,在狱中度过了数个寒暑。王翠翘出家为尼最后才因机遇而与金重相逢。

现代的外国文学作品中,在表现情感和义务的主题时比以往有了发展变化。因为此时西方已进入自由发展的资本主义阶段,而东方尚处于资本主义社会的开始阶段,因此对这一主题的认识与处理上有了一定的差距,但都具有了当代性的特征。在西方,由于女性意识觉醒得早,所以法尼娜不甘心米西芮里为烧炭党人的事业而对她有所忽视,因而她主动采取了行动,尽管她的决定是错误的。而《牛虻》中琼玛最后成了革命者,保尔的偶像走向敌对阵营。索科洛夫的妻子面对丈夫无可奈何的选择,她勇敢接受了战争这一残酷的现实。在东方,印度姑娘苏查丽达并未像法尼娜那样去追求所要得到的一切,而是顺其自然,水到渠成。笠原对佐佐木安治"同居而无爱情"的非常时期的"女性观"表示了默认。凡此种种都说明由于社会的男女平等的思想、性别意识的觉醒等,都使得这一主题中男女双方在思想意识上有了新的变化。

由此看来,无论是在古代还是现代,也无论是西方还是东方,在表现情感与义务这一主题的文学作品中,男女双方在选择何去何从时,确实存在着差异。这种差异有男性与女性的不同,有主动与被动的区分,也有东方与西方的差别等,但根本还是性别表现上的差异。世界各国不同时期的文学几乎都描写了一个共同的认知,即履行各种义务时男性有义不容辞的责任,而且具有优先选择权。这两种前提使这种选择具有了明显的排他性,因此,包括爱情在内的其他因素在这种选择面前显得那么微不足道。但是随着女性个体意识的觉醒,这种局面越来越受到严峻的挑战,她们不会永远甘于从属地位,也不会永远被动地接受自己的生活道路。

三、这类主题的发展趋势与社会基础

情感与义务的主题在外国文学作品中有那么多形形色色的表现,突出地反映了不同时期不同国家的人们那些迥异的文化心理。就东西方文学总体而言,表现这一主题的作品古代多于现代,即随着时间的推移呈现日益减少的趋势。尤其是在当代现代主义文学中几乎很难发现表现这种主题的作品。这表明时代愈进步,人愈处于对外界漠不关心状态的异化关系中,并进而衍生出感情与理性、价值与利益的二元对立状态。人与外界的关系受到冷漠,所以个人本位成为现代社会的信条,体现群体本位的民族、国家成为政治生活中的偶像,但已是非人格化群体。它们涉及的大多是较抽象的生活,真正为人所感知的较为具体的生活已被现代化摧毁了,人们对该主题的二元选择的意识日趋淡化。

古代文学作品中所表现出的个人情感主要有两个来源,一是人感到神的不可抗拒,感到命运对人的主宰,油然而生的恐惧感;二是人要表现面对具体的群体社会所承担的某种义务和责任,常流露出表现自我能力的心态和自我求证的精神。这两种情感和心理占据压倒其他情感的地位,于是个人情感,尤其是爱情受到压抑。因此古代描写这一主题的作品自然要表现那些义务战胜爱情的主题。

中世纪东西方都尚未出现现代意义上的民族国家,人与外界的联系主要有两种方式,一种是武力征战,一种是宗教信仰。因此心理上的兴奋点也主要表现为对功勋荣誉的渴望,对上帝权威性的敬畏。向外型的驰骋疆场、英勇冒险,使人极少顾及个人情感的抒发。向内型的禁锢人性的宗教信条更是扼杀个人情感。作为个人情感重要组成的爱情在禁欲主义横行的中世纪更无地自容,它只能作为一种自我精神生活中的奢侈品,而缺乏现实性和世俗性。因此在表现情感和义务主题的作品里,爱情往往显得淡而无味,成为典雅社会的一种点缀。倒是那些为完成封建义务而舍生忘死的主人公给人一种活灵活现、津津乐道的美感。

到了近代,西方资本主义的生产方式和生活方式逐渐成为社会主流。以人为本的人文主义、人道主义、人本主义浸入人的精神生活。在表现情感与义务主题的作品里,情感自然主要是资产阶级个人主义的情感开始成为主导,而作为其核心的爱情,更染上了强烈的个人主义色彩。在情感与义务的选择中,具有资产阶级思想的主人公自然将个人主义的情感或爱情作为首选。近代的东方尚处于由封建社会向资本主义社会过渡时期,各种封建义务的描写仍然比个人情感重要得多。因此在表现这类主题的作品中,尚处于封建主义枷锁桎梏中的主人公其选择就受到了很大的局限,封建义务仍占有很突出的地位,因此很难有讴歌爱情的喜剧性结局出现。而到了现代社会,面对出现的种种矛盾人们开始关注自我的生存状态。人与外界包括自然界与社会的矛盾,使具有二元论传统世界观的人们感到一种困惑与威胁。个人本位的思想越来越受到强化。这时人们对逐渐抽象化的社会、民族、国家的义务感到越来越淡漠。除少数表现革命利益高于一切的作品外,大部分外国文学作品都表现出这样一种倾向,即表现人在现代社会生存的一种心理状态,一种游戏原则,一种生活过程。因此,很难见到奥德修斯式的英雄业绩与阳刚之美,有的只是《尤利西斯》中布罗姆那种庸俗平凡与软弱无能。人们生活在现实社会中仍然会遇到情感和义务的冲突,但是它已经平民化、世俗化,失去了以往的英雄主义色彩。它在人们强大的心理困惑面前显得如此渺小,变得如此微不足道,占据人们整个心灵的更多的是战争灾难的劫后余生,天灾人祸带来的胆战心惊,科技发展中的伦理困惑、生态失衡造成的心理恐惧。一句话,情感与义务的矛盾需要有一种常态的人去进行理性的选择,而面对残酷现实的无理性或反理性的人对此已经感觉不到自己可能失去"重整乾坤"的能力了。人们开始发现在现代科技面前,人如草芥,已被异化,人的情感近乎枯竭,人对应该承担的社会义务感到漠然。作者和读者终于发出了"现代人到底怎么了"的惊呼。

无论如何人总要面对情感和义务的矛盾。文学作品也会将其视为一种历久不衰的文学主题。因为人类既有丰富的情感,又有无穷的义务。无论作家如何表现二者间的冲突与矛盾,都说明它是不可避免地存在。当人们将东西方文学史上的这些写作梳理一番以后就会发现,现代人已失去古人那种敢作敢为的英雄气概。这并非因为他们儿女情长、英雄志短,而是因为他们在直面强大的物质世界时所表现出的情感上的匮乏,责任心的沦丧。当代作家,尤其是世界文学作家是否应该重整旗鼓,再次祭起情感与义务主题的大旗,为世界人民提供更丰富的精神营养,这是人们所期待的。

第五节 "香巴拉"和"香格里拉"的"乌托邦"主题

"乌托邦"主题是比较文学主题学研究的一个范畴。在中国藏传佛教经典中提及的"香巴拉"和英国现代作家詹姆斯·希尔顿(1900—1954)的著名小说《消失的地平线》描述的"香格里拉",都表现出一个相同的"乌托邦"主题。"香巴拉"和"香格里拉"这两个渊源不同,且出现在不同时空的词语,是否有某种关联,是比较文学主题学研究中的一个感兴趣的话题。

一、关于"香巴拉"的传说

西藏人民出版社出版的《西藏历史文化辞典》(1998)中的"香巴拉"词条是这样

写的:"香巴拉(sham-bha-la)亦译'苦婆罗'。系梵语,藏语为 bde-can-vdsin,意为任持乐土。此名称的来源,一说因此地为释迦族之名香巴拉者所占据,故立此名;一说任持乐土乃大自在天之名号,彼所住之地,故名为苦婆罗。《时轮经》相传就是释迦牟尼应苦婆罗法王月贤等九十二小国王的祈请而讲说的,讲后由月贤笔录成书,共一万二千颂。月贤将此经迎请至苦婆罗,并造时轮立体坛城。其后苦婆罗的白莲法王又造《时轮摄略经无垢光大疏》,是为该经权威的注释,后经印度传入西藏。至于是否实有其地,其说不一。"①另外《藏族大辞典》对"香巴拉"是这样表述的:佛教一净土名,意译为极乐世界,又称"香格里拉"。中国测绘科学研究院地名研究所精通藏语的武振华研究员经过反复考证指出:"詹姆斯·希尔顿所用'香格里拉'一词就取自这些探险记。香格里拉,在藏语里为'圣境的太阳'之意,在六世班禅文集中就隐含这一词汇。""依据藏文,'香格里拉'的汉语拼音字母'xamgyi'nyilha'音译转写。""英文中'shangri-la'源于藏语。理由是:英文'shangri-la'是对藏语'xamgyi'nyilha'的否读或误读。"②"香巴拉"作为藏传佛教文化中的一方净土,其理想境界与形态尤为令僧俗两界众人所向往。"在藏文和梵文的描述中,香巴拉王国四周围拥着八瓣莲花状的雪山,居民友睦,修身至真,智慧平和,生活富足,其乐融融。显然,'香格里拉'吸纳了'香巴拉'的净土内涵,其文化指向,就是一个和谐美丽的有如世外桃源般的精神乐园、理想境界。香格里拉——心中的日月,表达的是这一理想境界有如日月照引于心,而且表明古藏族居民的追求和希冀中,这一理想境界已与故土的日月城相互认同。"③

藏族人民心目中的"香巴拉"是个美好的理想国,那里的人民生活在纯净的大自然里,过着和谐、正义、幸福、宁静的生活,令人向往。这个美丽的传说受到藏族人民的信仰与追求,最早还是源于佛祖的指引。那还是在大约公元前531年,佛祖释迦牟尼在印度北方恒河岸边的有7000余年历史的古城瓦拉纳西作最后一次布道时,一位虔诚的皈依者提出一个问题:"发自内心的贪欲私情,通过修道可以解除,来自外在的酷暑严寒、山崩地裂又能如何消除?"佛祖神色自若地回答道:"那我们建造一个莲花常开不谢,甘池长清不浊,林木常结硕果,田地常待收割,没有疾恨

---

① 王尧、陈庆英主编:《西藏历史文化辞典》,拉萨:西藏人民出版社,1998年,第290页。
② 呼延慕野:《"香格里拉"名字的由来》,《科学家手记》2004年1期,第32页。
③ 杨世光:《香格里拉史话》,昆明:云南人民出版社,2002年,第4页。

与仇杀的香巴拉家园。"①

在《消失的地平线》的众多译本中,学者、摄影师李旭曾写过《尚未消失的地平线》一篇前言性质的文章。他在论及"小说与宗教、历史及现实"的问题时,认为:"明显地,希尔顿在《消失的地平线》里,描绘了一个现实里并不存在的虚构世界,但那是一个无比美好的理想世界。"但是他也指出:"据藏经记载,确实有一个在佛教中被认为是超越一切佛陀所看见的净土,称为'香巴拉王国'。它是释迦牟尼圆寂前指认的,它隐藏在西藏北方雪山深处的某个隐秘地方,整个王国被双层雪山环抱,有八个呈莲花瓣状的区域,那是人们生活的地方,中间又耸立着内环的雪山,这里是香巴拉国王居住的王宫,叫卡拉巴王宫。据说,每位国王的肉身阳寿为一百岁,都是从西藏佛寺中某一位活佛转世而来的。这里的景色超凡脱俗,这儿的居民有着超凡的智慧,没有贪欲、纷争和偏执,王国里有酥油湖、糌粑树,人们丰衣足食。然而,并不是每个人都能进入香巴拉,只有心智打开的人才有这种幸运。传说,曾有个孩子在路上看见车轮大小的莲花,因为很累了便躺在莲花上打了个盹儿,醒来时满身清香。但当他回到家时,发现父母早已过世,而围在周围问长问短的老头老太太们竟都是儿时的玩伴。在藏区,许多民间艺术形式(如绘画、歌舞等)的题材都取自这一类香巴拉的传奇故事。"②

2500多年以来,无论是用梵文记录的释迦牟尼佛语,还是超凡脱俗的十大弟子、佛经贤传的百士圣者,在讲经传道时都经常会提到香巴拉。不仅如此,在藏地不少连绵起伏、藏香氤氲的寺院里,那些五彩缤纷的壁画上几乎随处都能看到有关香巴拉的彩绘;在大小经堂沿墙壁挂着的唐卡中,总有几幅是关于香巴拉的挂图;在神圣庄严的经书架上,也能查阅到关于香巴拉的经文。不仅满腹经纶的大德高僧能说出有关香巴拉的各种传说,而且就是那些在漫漫转经路上跋涉的俗人百姓,也无不在祈求来世能转生到香巴拉。从香巴拉到香格里拉,这一概念的演化过程来分析,它基本表现出4种文学文化形态,开始是美好的传说,进而发展为神奇的故事,再进一步形成梦幻的追求,最后成为一种现实的文化。

早在16世纪,藏传佛教的高僧和名著中就关注过香巴拉。格鲁派高僧班钦索

---

① 丹增:《香格里拉——从梦幻到现实》,《光明日报:名家光明讲坛》2015年12月3日。
② 见[英]詹姆斯·希尔顿:《消失的地平线》,赵净秋、白逸欣、陈馨译,昆明:云南大学出版社,2005年,第13、15页。

南查巴(1478—1554)曾经为三世达赖喇嘛索南嘉措(1543—1588)受戒,并精通文殊菩萨的学说。他在藏学名著《新红史》(1538)的"香巴拉王统"一章中对"香巴拉"作过详细的描述。也是在16世纪,吉达王子用藏文写成香巴拉史诗。六世班禅罗桑贝丹意希(1738—1780)于1779年亲率2000余人不远万里从西藏赶赴承德参加过乾隆皇帝70寿辰的庆典。此前他在细读了藏文大藏经《丹珠尔》《时轮经》中关于香巴拉的经文以后,于1775年撰写了学佛者必读的《香巴拉王国指南》。书中绘声绘色地描述了香巴拉的美妙图景,那是一幅世外桃源的生活状态;讲说了香巴拉之旅必须经历的生命路程、生态路程、积德路程。其意在告诫人们:要进入香巴拉必须首先修炼自己的精神,使身心达到佛性的转变,才能如愿以偿。另一位藏传佛教觉囊派的大德高僧洛桑赤来在终身建寺兴教、著书立说的同时,专修《时轮经》。他主张"他空见",即事物有它的真实体性。他空仅仅否认人感知的现象世界,不否认现象世界背后的"实在",只不过它是理智无法揭示的。他比较系统完整地阐释了香巴拉的内涵与外延,寻觅的路线、境遇状况,并将其记载于30多本手写的经书中。

1610年,藏地著名学者觉囊派高僧多罗那他(1575—1634)翻越喜马拉雅山的樟木口岸到达尼泊尔,在西亚努的寺院和巴热比斯的佛学院收集到许多用梵文写的关于"香巴拉"的记载。他回到西藏离日喀则偏远的拉孜觉囊山沟,在以《时轮经》教法立派的觉囊寺院,焚膏继晷、皓首穷经,将这些珍贵的资料翻译成藏文。实际上,他是第一位比较全面地翻译介绍了有关梵文记载香巴拉的藏族高僧学者,有《时轮源流》等著述问世。

元朝的统治者信奉藏传佛教,所以藏文佛典和译经很丰富。元朝初期,著名藏族学者曲丹绕珠搜索整理了散落在寺院、庄园中的各种翻译成藏文的佛经,后经历朝历代的大德高僧、名人学者编撰成的不同版本的藏文大藏经《丹珠尔》中,都收录了多罗那他从尼泊尔带回的梵文关于香巴拉的藏文译文。使有关香巴拉的记载在西藏地区的传播有了重要的文字史料依据。

据著名藏族学者、作家丹增著文介绍,"用汉文记载的香巴拉故事也在东晋时期正式出现"[①]。因为东晋隆安三年(399)中国汉地高僧法显(约337—约422)以

---

① 丹增:《香格里拉——从梦幻到现实》,《光明日报:名家光明讲坛》2015年12月3日。

65岁的高龄西行出游,到印度学法取经,历经14年,游访过30余国,归途走海路到达山东日照(一说崂山),年已78岁高龄。这位佛经翻译家、旅行家回国后写出《高僧法显传》(又名《佛国记》)。继后唐贞观元年(627)汉地高僧玄奘(602—664)27岁西行印度求法取经,历时17年,行程5万里,于645年回到长安。由他口述,其弟子整理成《大唐西域记》。这两部巨著不仅分别论述了法显、玄奘二人西行取经求法的所见所闻,也客观地说明自汉代以来印度佛教经典几乎都有了汉译本。在卷帙浩繁的经典中,人们能够不断地从字里行间发现佛祖释迦牟尼提及的香巴拉圣境和佛家弟子、信徒们描绘的香巴拉王国。

就这样,经过汉藏两地历代的佛教僧人的翻译、介绍、整理、宣讲,一个周围雪山状如八瓣莲花环绕,中间遍地金玉宝石,常年青山绿水的香巴拉王国,便成为藏传佛教僧俗两众向往的天堂乐园。在藏民生活的广大地区,无论是刻在岩石上的祈福词语,还是挂在雪山垭口处的经幡文字,或者玛尼堆上写满藏文的经片,以及古老寺庙残垣断壁上留下的壁画,人们都能发现有关香巴拉王国的符号文字和忽明忽暗的图像。

二、寻梦"香巴拉"的身影

藏区一代又一代的人民寻梦般的苦苦探寻着香巴拉王国这个美幻仙境。他们相信就在他们世代生活的雪域高原上,确实存在着尚未被发现的香巴拉圣境,就像汉族人民相信这个世界上一定有一个世外桃源一样。

有人认为香巴拉在羌塘草原北部的云雾山中,那里现今是那曲北部的无人区。结果20世纪20年代,地处四川德格境内的帕古村,一个铁匠和一个还俗的喇嘛引导着100多个平民百姓,变卖家产踏上寻找香巴拉的旅程。当时铁匠和还俗僧人都是被社会所歧视的下等人。他们想寻找人人平等自由的香巴拉理想之地,传说他们找到"绛香巴拉"(即北方的香巴拉)实现了自己的梦想。有人认为香巴拉在冈底斯山主峰的隐秘处,那里是现今西藏阿里的冈仁波齐神山。20世纪末从藏南金沙江畔的热谷里走出一批农民,从藏东草原的玉树走出一批牧民,这两支想找寻理想天国的人群会合后向冈底斯山进发。年复一年,千里迢迢,历尽艰难困苦,终于到达被世人认为是地球中心的神山脚下。他们认为,自己找到了幸福的本源。还有人认为香巴拉是在喜马拉雅山南麓峡谷密林中的白玛岗,即墨脱县。相传那里是人类最后的幸福家园,人间最美好的生存乐土,在那有个通向极乐世界的神门。就在20世纪50年代,还有一位自称是活佛的人带着一些相信他能到达香巴拉朝圣的信徒来到通天神门前,用了很多方法,费了很长时间,神门也未打开。最后,人们走的走,散的散,也有的人留下来开荒种地。20世纪40年代,藏北那曲一个部落的牧民共400余人想逃离当地苦难的生活,向西北方向迁移。他们克服了常人难以想象的困难,来到新疆南部一个叫梅达的地方,那里气候温和,物产丰富,人的相貌俊美。他们认为那里就是香巴拉王国,从此留下来生活并始终保持着藏族人的传统和习俗。直到60年代才真相大白,他们的后代辗转回到了家乡。

普通信众是如此虔诚的追寻着香巴拉之梦,不少宗教人士更是信奉有加。传说一位潜心修持《时轮金刚》的活佛想亲身感受香巴拉的幸福,就不辞辛苦地踏上遥远的旅程。他按照六世班禅撰写的《香巴拉导引》,又是步行、骑马,又是乘风、踩云,终于抵达香巴拉。看到那里满山鸟语花香,人人心情舒畅,亲如一家,便想把家乡受苦受难的乡亲带到福地香巴拉。待他回到村里才发现,自己的曾孙已变成老人。一派"洞中方一日,世上已千年"的景象。国内的僧人如此,国外的传教士也在寻找香巴拉。据说1626年春天,在葡萄牙南部小镇法鲁,卡布莱尔传教士安排好家中的一切,做好长期离家的准备。因为他要跨越千山万水,一直奔向东方,寻找香巴拉……

自17世纪20年代开始,一批又一批来自西方、南亚、中亚的不同肤色、不同民族、不同信仰的人们像着了魔似的,以传教、探险、游历等方式前赴后继,来到群山环抱的西藏,江河奔腾的川西,阳光灿烂的滇西北,追寻着梦幻的香巴拉。探访着它的神迹,品味着它的奥秘。此外,还有蒙古人在卡尔其雅,印度人在克什米尔,俄罗斯人在亚特里亚等地寻觅香巴拉的壮举。因此,香巴拉成为东西方的探险家、学者朝思暮想,梦寐以求的理想王国。

葡萄牙继传教士卡布莱尔之后不久,又一位传教士卡瑟拉为了寻访香巴拉走上了漫漫旅途。他脱下西装,穿上袈裟,在西藏日喀则寺院,拜高僧为师,刻苦学习藏文。而后租用骡马驮上行装和生活用具,深入后藏人迹罕至的深山峡谷。他在自己用藏地纸张手工装订的笔记本上,用藏文、英文密密麻麻地记述了许多关于香巴拉的传说、故事和自己的印象。他在西藏居留了23年,是第一批向西方传递香巴拉信息的西方人之一。350多年过去了,他的尸骨至今仍留在喜马拉雅山脚下的亚堆河畔。

　　1924年春季的一天,俄罗斯探险家尼古拉·罗列赫将自己的木屋拆掉,锯成木材卖了,戴上圆筒皮帽,身上装着钱币,来到印马斯克车站。他要跨越千山万水一路向东,寻找香巴拉。到了夏天在西伯利亚荒无人烟的戈壁沙漠中尼古拉·罗列赫带着一支疲惫不堪的骆驼队向着东方缓缓移动。他们驮着生命必需的食物和水,心里装着香巴拉的梦想和到达目的地的精神力量,一路穿越了俄罗斯、蒙古、印度、中国的山地草原,历时5年。行程约25000公里,寻找香巴拉。1930年他的专著出版,并被译成英文、藏文和法文。

　　早在1873年,法国传教士德斯戈丹出于传教和探险的需要来到中国西南地区的云南西北部实地考察,经勘测绘制了一份比较详细的地图。他沿途走过的山川、河流、道路、村庄也都有路线记录。其中一幅地图曾于1875年公开发表于法国的《社会地理》杂志上。这可以说是关于寻找香巴拉乐土的过程中,由外国人绘制的涉及现在香格里拉地区的最早地图之一。这幅地图"极大地刺激了法国人的好奇心,尤其是香巴拉传说和当时流行的乌托邦思想有共通之处,因而更加引人注目。紧接着,一个法国女人按图索骥闯入了香格里拉地区。她就是本世纪法国最著名的东方学家、汉学家、藏学家、探险家亚历山大莉娅·大卫·妮尔。她终生都在探寻香巴拉的秘密,先后五次闯入西藏地区探险。"①早在1888年,大卫·妮尔就为能到神秘的东方世界探险做准备,而去了美国。从1891年起她就在印度和锡兰(现斯里兰卡)学习佛学。1893年,她首次到达中印边境探秘西藏。1904年,她在罗马妇女大会上郑重宣布自己皈依佛门。1910年,她开始在比利时布鲁塞尔大学主讲佛教现代化的课程。1910年8月,大卫·妮尔再次开始东方之旅。1912年,她在噶伦堡成为西藏十三世达赖喇嘛会见的第一位西方女性。1916年7月又在日喀则受到班禅喇嘛的接见。1921年大卫·妮尔准备从康定进入西藏而未能成功。同年6月,她在其义子年轻的庸登喇嘛帮助她化装的情况下,从云南藏区潜入西藏腹地。1926年她出版了《一个巴黎女子的拉萨历险记》的法文版,不久又有了英文版书问世。大卫·妮尔的著作极大地刺激了西方探险者的想象,尤其是她对香巴

---

① 见[英]詹姆斯·希尔顿:《消失的地平线》,大陆桥翻译社译,上海:上海科学出版社,2003年,第9页。

拉王国的猜想和描述,使香巴拉成为一种"美幻仙境"的圣地概念,并在西方文人中找到众多的知音。从此,西方人探险香巴拉的冲动一浪高过一浪。

大卫·妮尔在自己的书中曾经记载了关于香巴拉王国的亦真亦幻的一次神秘经历。事情发生在云南藏区的竹卡山口,她在森林中沿着一条河流前进时,在阳光普照之下,发现对岸的土地呈现出王府花园的外貌,在长长的山谷间,宛若群山环抱的天堂。这个村庄在任何地图上都未曾标明。接下来,"'我们好不容易登上这座山麓,沿山麓和躺倒的大树缓慢向上。一旦感到自己处于别人的视野之外,我便倒在铺在山崖之间的一层又厚又软的苔藓上入睡了,浑身发烧,甚至还说起了一些胡话。'当她清醒过来,先前所见的别墅、城堡、花园都骤然消失了。"①和她同时目睹这一景象的还有她的义子庸登喇嘛(即帮她化装进藏的年轻人)西方佛学研究者。他们完全排除做梦的可能,因为没有两个人同做一个梦的可能。这种海市蜃楼一样真假难辨的经历,在西方探险者的心目中引起的轩然大波不亚于惊天动地的大地震。人们纷纷争相来到东方寻找圣境香巴拉。由于大乘佛教中流传着关于香巴拉王国的隐秘历史,西藏藏传佛教的喇嘛曾向西方探险者展示秘藏的香巴拉地图。无论是信仰中的,还是事实中的香巴拉王国都是作为净土之最高理想而存在着。由此可见无论是语言上、思想上,"香巴拉"都是"香格里拉"的原型。因为与小说中的"香格里拉"等义的"香巴拉"一词,早在小说出版前就已随着藏传佛教在西方的传播,进入其价值体系与审美视野。

美籍奥地利裔植物学家、探险家约瑟夫·洛克博士,出生于奥匈帝国首都维也纳。13岁时开始自学汉语,梦想有机会能到北京和拉萨游历。中学毕业后他浪迹天涯,先后在欧洲和美洲学习、游历,成为了植物学家。1922年2月11日,洛克从缅甸到达云南南部,开始了在滇西北长达近20多年的探险考察。他拍摄了许多极为珍贵的照片,刊登在美国《国家地理》杂志上,并发表了不少文章,介绍这片深藏不露的神奇而又美丽的土地。洛克的文章还专门提到星阁里(Hsing-Ko Li),"里"就是村庄的意思。希尔顿的"香格里拉"无疑是从"星阁里"转化而来的。② 据报载,20世纪末在云南丽江纳西族自治县九河乡曾出土一块石碑。经考证此碑立于

---

① [英]詹姆斯·希尔顿:《消失的地平线》,赵净秋、白逸欣、陈馨译,昆明:云南大学出版社,2005年,第16页。
② 见《中国西藏》1999年1期,第58页。

乾隆三十四年(1769),上面刻有"香格里"字样。香格里是个村名,碑是这个村的水塘保护碑。碑的石料是丽江特有的五花石,碑高 54 厘米,宽 37 厘米,刻有 11 行汉字。[①] 笔者认为洛克的"星阁里"(Hsing-Ko Li)即"香格里"的英译。在洛克写的《中国西部的古纳西王国》一书中,对这一带的自然环境和植物、交通和人文、宗教和喇嘛等各种自然生态和人文生态都作了细致的记述。其中写道:"由于大部分领地都是山区,可以耕种的田地极少。大约有 22000 名谦卑的臣民。木里大寺是由 340 间房屋组成的喇嘛寺庙,有 700 个喇嘛,其相距几座山的地方还有两座喇嘛寺,木里王在这 3 处寺庙轮流居住,每个地方住 1 年。木里的喇嘛信奉藏传佛教的黄教。""不久木里王拿出一些发黄的旧照片,照片上有华盛顿白宫的一个餐厅,还有英国的城堡,挪威海湾,第一次世界大战前的德国啤酒馆"。"木里王国盛产黄金,使他们有资金采购外界的物品,他们对西方生活的某些方面有所了解。"[②]这里的信息和物资的运输线主要依靠的是茶马古道。这些记述对于希尔顿写作《消失的地平线》的影响是一目了然的。洛克终身未娶,滇西北这片世外桃源般的神奇梦幻的土地就是他的精神依托和生活伴侣。他弥留之际仍表示"宁愿回到云南迪庆'玉龙雪山'的鲜花丛中死去"。

三、"香巴拉"蜕变为"香格里拉"

"香巴拉"是西藏地区僧俗两界精神追求的福地。它重在信仰,重在玄想的倾向,具有明显的理想国色彩。而詹姆斯·希尔顿在《消失的地平线》中将中国的香巴拉西方化,建构伊甸园式的"香格里拉"。并创造发明了"Shangri-la"这样一个名词,使"香巴拉"一词出口转内销,摇身一变为香格里拉。希尔顿将藏传佛教化的理想国,化为西方伊甸园式的乐园;将神话、传说故事化的佛教理想,以文学方式升华为世俗化的人间乐园。佛教传统中的香巴拉王国中的人们不仅享有美如仙境的自然风光和富足丰沛的物质资源,而且人们不执著、不迷信、不愚昧、不贪婪,是一种较自然的生存状态。而在《消失的地平线》一书中的香格里拉,已表现出一种较先进的文明。这种文明的表现形式是人与自然和谐生存的文明;是人与人和睦友爱

---

① 曹聪孙:《从"香格里拉"说地名来源》,《今晚报》1998 年 11 月 10 日。
② 见[英]詹姆斯·希尔顿:《消失的地平线》,大陆桥翻译社译,上海:上海科学出版社,2003 年,第 30 页。

的文明;是一种适度生存发展的文明,给人一种既享受现代的物质文明,又享有高度精神文明的审美感受。

英国现代作家詹姆斯·希尔顿是个长期不得志,并处于英国文坛边缘的作家。1935年初,他刚从印度西部(现今巴基斯坦)回来,掌握了大量的探险资料,一气呵成写了一部关于西藏地区神秘、诱人世界的长篇小说《消失的地平线》。它立即被慧眼识珠的伦敦麦克米伦出版公司买下版权,并于同年4月出版。这部作品一经发表震撼了文学界,并被译成各种文字风靡全球。当年即获得著名的英国霍桑登文学奖。小说还被好莱坞两次摄制成电影,影响了东西方几代人的思想追求和审美体验。《不列颠文学家辞典》在评述《消失的地平线》一书时指出,它的功绩在于为英语词汇创造了"世外桃源"一词——香格里拉(Shangri-la)。希尔顿在小说中创造的英文单词香格里拉,类似于西方的"伊甸园"、中国的"世外桃源"。它以美幻仙境般的奇妙,成为令世人沉迷陶醉、心想神往的人间天堂。从此以后,这种"乌托邦"主题持续疯长。人们像以往追寻佛家圣境香巴拉一样,发疯似地在印度、尼泊尔、西伯利亚和中国西藏地区不遗余力地寻觅"香格里拉"的信息与踪迹。但是正如小说最后像谜语一样的箴言所揭示的:"你以为他最终会找到它吗?"(Do you think he will ever find it? "它"即"香格里拉"——笔者注)这个反问句的肯定式的内涵告诉人们,永远不会找到香格里拉。因为真正的"香格里拉"只是个乌托邦式的想象,它只能存在于人们的心中。小说的核心,人世间适度的生存法则,以及对立又统一的丰富的美学意蕴,几乎囊括了百余年来人类所关注的所有问题,暗合了人们生活于社会转型动荡变化时期的心理需求。这种审美效果,使得半个多世纪以来的各类读者乐此不疲地阅读欣赏;冒险家、探险者不畏艰险地发现寻觅;专家学者千方百计地研究阐释。

《消失的地平线》以奇幻神秘美、生态平衡美、世俗与宗教美、中庸和谐美等四个方面的叙事描写,极大地丰富了小说的表现力。通过上述四方面的书写所表现出的美学内涵,最大限度地强化了作品的艺术张力,满足了世界性读者的阅读审美需求。很显然,为了能达到上述目的,书中的"香格里拉"在东方"香巴拉"净土观念的基础上,融入了西方伊甸园的神秘想象,表现了"乌托邦"的主题。

小说渲染了一种异于普适性"乌托邦"主题的"适度的生活原则",并以此为人们营造了一个中庸和谐的法外社会,从而征服了读者的心。小说写到飞机失事后,落难者在见到喇嘛庙来的营救者以后,那些尖酸刻薄的语言和态度,然而那位中国老人依然宽容大量地回答,让人觉得如此得体。二者之间表现出很大区别。一方是妄自尊大、傲慢无礼,另一方是不卑不亢、彬彬有礼。在短暂的接触后,他们发现接他们到香格里拉的人,"既像一个过于成熟的年轻人,又像一个保养得很好的老人……他身上有一种传统的谦逊,如此的温文尔雅让你在不知不觉中就能察觉得到。"①在此后的对话中,老人在回答时,"语气中带着适度的威严"②。以后小说在描写香格里拉人时经常出现"适度"这个词,而且频率很高,"适度"即"中庸"。当众人问到在这里"建立这么一个独特的宗教机构的动机是什么"时,得到的回答是:"我们信仰的是中庸之道。我们反复灌输的美德是要避免所有过激的行为,包括那些似是而非的论点以及美德本身的过激。"③在蓝月亮山谷里居住着好几千人,这样的原则在很大程度上有助于造就居民生活的康乐。"我们以适度的严格来行使控制,而得到的回报是令人满意的适度服从。我认为可以宣称:我们的人民是适度的认真,适度的贞洁,适度的诚实。"④这段话是对香格里拉的社会生活环境最准确、恰当的回答。当被造访者问道,这种中庸之道是否适用于神职人员,即喇嘛的时候,得到的回答是:"我们这个团体里有多种不同的信仰和习俗,但是我们中的大部分人都能以适度的方法来看待那些异教的观点。"关于这一点的讨论很重要,因为在作者创作小说的两次世界大战之间的缓冲期,人们感到了这些冲突大多由于宗教信仰不同,异质文化不通畅而引起的,那么只有中庸或者包容,适度的宽容才能使这些纷争平息。

造访者没有奢望能够亲身在香格里拉遇到女性,但是当他们见到她们,尤其是其中的佼佼者时,自然会得到这样的结论:"一个女性古琴演奏家在任何一个容许适度信奉各种异端学说的'中庸'社会中都会是难得的人才。"⑤当他们坐在轿子里四处观光时发现,"这里的居民是汉族和藏族完美的结合体,他们长得比其中任何一个民族的人都要匀称俊美"。当他们看到轿子上的陌生人时总是笑脸相迎,并且

---

① [英]詹姆斯·希尔顿:《消失的地平线》,胡蕊、张颖译,昆明:云南人民出版社,2006年,第109页。
② 同上书,第110页。
③ 同上书,第113页。
④ 同上书,第114页。
⑤ 同上书,第153页。

友好地向他们问候。"他们性格开朗,好打听但很有分寸,谦恭有礼,无忧无虑。"①造访者发现"沿着山谷再走远一些,还有一座道观和一座孔庙"。同行的中国人说:"宝石是多面体的","有可能许多宗教都有自己适度的真理"。"我们只能适度的肯定。"②"适度"在香格里拉不仅是社会生活的准则,而且也是人们评价问题的是非标准。在经过几次参观蓝月亮山谷以后,主人公"康维发现了一种更加让他欣喜的美德:亲切友善和知足常乐,因为他知道所有的政治手段和统治制度都无法达到如此完美的理想境界。"③"总而言之,康维认为这是他所见过的最幸福的社会之一。"④大喇嘛神秘地接见康维时一再重申:"我们的中庸之道,其中一条就是要量力而为,适度行动。""我们既不会放纵无度也不会过分克制。""而为了我们那些年轻的同僚。山谷的女人们也乐于运用中庸之道来对待她们的贞洁。"⑤在经历了蓝月亮山谷的洗礼,大喇嘛的召见和美妙的恋爱体验之后,康维从来不曾这样幸福过。"他喜欢香格里拉给予他的那一片宁静平和的世界,其中所蕴含的那绝无仅有的非凡的哲理与其说是占据不如说是抚慰了他的心灵;他喜欢这里的人们普遍具有深沉持重的情感世界,还有巧妙含蓄的措辞。"⑥在中庸之道原则上体现的"适度"与"和谐"彻底征服了西方世界的来访者。作者用东方美妙的形象和想象来对比西方的没落,终于有了一个完好的结束。

小说中多处提及西方的偏见、混乱、灾难、堕落与战争。当四位不速之客渴望迅速离开封闭的香格里拉回到西方现实中去,而嫌弃东方人处事不够快捷高效并发表议论时,书中主人公却有不同看法。"可是在康维看来,并不是东方人反常的拖拉,而是英国人和美国人总是用一种无休止的甚至是相当荒唐的狂热对世界指手画脚。这种观点他并不指望其他西方人认同,但是随着年龄的日益增长和经验的不断积累,他越来越对这种想法坚信不移。"⑦在大喇嘛与康维讨论生命意义的时候,讲到1789年法国资产阶级大革命时期,老佩劳尔特奄奄一息地躺在一间屋

---

① [英]詹姆斯・希尔顿:《消失的地平线》,胡蕊、张颖译,昆明:云南人民出版社,2006年,第162页。
② 同上书,第163页。
③ 同上书,第172页。
④ 同上书,第162—163页。
⑤ 同上书,第232、233页。
⑥ 同上书,第280—281页。
⑦ 同上书,第125页。

里,回想自己漫长的一生,"他隐隐感到所有美好动人的事物都是稍纵即逝、难以持久,还有战争、兽欲和残酷的暴行不知哪天就把在这世上的一切美好毁灭殆尽。""但这还不是全部。他还预见到了一个时代的来临,那时的人类为杀人的技巧策略而得意洋洋,并在这世上如此猖獗肆掠以至于所有珍贵的东西都危在旦夕,那些书画、和谐的局面、千年的珍宝、精致的工艺品和那些没有防备的——通常像李维(译注:李维,罗马史学家,著有142卷《罗马史》现仅存35卷)的著作那样散失殆尽,像北京圆明园那样遭到英国人的洗劫和焚毁。"①作者借书中人之口,借古讽今,提出战争对人类文明的毁灭。当时第一次世界大战给人类带来的灾难还历历在目,战争创伤尚未平复,人类创造了物质文明,又用战争这种方式毁灭人类自身,真是荒谬。而第二次世界大战的阴云正在日益密布地球的上空,人类期望能寻觅到一片安定的乐土,一个美幻的仙境。并以此去振奋人们因一战后的大萧条,以及对未来战争的恐惧而生出的萎靡与倦怠的心理。正如小说作者借人物之口说出摆脱厄运与毁灭的理由:"我们不指望上苍垂怜,但我们也许有被忽略的一线希望。在这里伴着我们的书籍、音乐还有虔诚的冥想,我们能留住一个衰亡时代的脆弱的善与美,寻求人类在激情退却后所需要的理智。我们这份遗产需要珍爱和传承,让我们去争取幸福和欢乐直到那一刻的到来。"②小说《消失的地平线》中所说的"这份遗产"就是"香格里拉"。它"需要珍爱和传承",因为人们在战乱频仍、流离失所、动荡不安的现实世界里,一定要像关闭潘多拉的魔盒一样留住希望。这希望的具象化就是从东方的香巴拉演变为西方的香格里拉一样的净土乐园,就是"乌托邦"主题的想象。

如果说"香巴拉"在东方的中国和印度等地区流传甚广的话,那么"香格里拉"在西方美国和英国影响也很深远。美国有个地方叫做戴维营,是二战后美苏谈判的著名风景地。但是孰不知戴维营是美国总统爱森豪威尔时代(1953)改称的。这个地名原来就叫作"香格里拉",是罗斯福总统在世时的休假疗养地,也是他给这个地方所起的名称。以至于1942年罗斯福总统在回答记者关于美国飞机从什么地点起飞轰炸东京时说"从香格里拉起飞"。可见香格里拉就是美景圣境,又是虚无

---

① [英]詹姆斯·希尔顿:《消失的地平线》,胡蕊、张颖译,昆明:云南人民出版社,2006年,第235、236页。

② 同上书,第236页。

缥缈之所。作家詹姆斯·希尔顿将香格里拉提纯到香巴拉净土境界的努力，使《消失的地平线》成为经典。小说中的香格里拉有一套以适度为原则的管理系统，表现出一种理想状态的社会，而香巴拉则是一种宗教生活的概念。精通东方学的作者将两者联系在一起，明显有试图将西方理性化的思考与东方佛学化的讲经相通融的思考。但这只是作者一厢情愿的空想，一种纯粹的"乌托邦"想象。正像小说结局说的一样，无论是香巴拉也好，还是香格里拉也罢，作为具有明显意识形态特征的一种"想象"，它只能永远存在于人们的心里，让人们产生无尽的遐思漫想和审美享受。

小结

"主题研究"一章的实践表明："主题"是文学范畴的一种概念，是作者通过对题材的提炼，传达出的一种思想或情感。进一步分析，作品的主题是作者站在特定的思想立场上，持有的某种人生态度或某种审美指向。最终，主题成为作者对文学题材加以倾向化介入后形成的一种总结性评论和阐释，并因此具有了某种普遍意义。

第二章 母题研究

第一节 "中越神话"相同母题

古代神话传说堪称人类文化的瑰宝,是异常重要的历史文化现象。一个民族的神话传说很难避免外来因素的影响而独自生成。一般认为,越南的神话传说是中越文化交融、文学变异的产物。相关的文字佐证,虽散见于一些古代的文史典籍之中,但足以窥知越南神话传说与中国的关联。麦克斯·缪勒曾经指出:"我们每当借助虽然微小,但意义重大的点滴材料,体会到人类思维早期阶段的真实存在——我们认为这个时期就是越来越明了的'神话时代'。"[①]在对越南神话传说寻根溯源的探索之中,人们同样力图发现一些相同或相近的神话母题和某种带有规律性的东西。

一、"开天辟地"母题

无论是已经迈入文明门槛的民族,还是尚处于蛮荒时代的民族,都有颇具特色的开天辟地神话,以试图解释天地的形成、人类及万物的起源等诸多问题。这是原始人类对具体形象的联想力异常丰富,而抽象的逻辑推理能力低下的原因造成的。"这种幼稚的原始思维,还无力形成'类概念',不能根据事物本身的性质做出类别概括,只能借助'拟人化'即'万物有灵'的思想方式,通过'以己度物'来理解世界。"[②]在这种原始思维的支配下,在客观现实条件还限制他们对诸多疑问做出科学性的解释时,他们只能凭借自己的理解和想象,运用实际生活中的经验,将那些自己认为最伟大的、最强有力的形象与自己的疑问编织在一起,以表现自己的民族

---

① [英]麦克斯·缪勒:《比较神话学》,金泽译,上海:上海文艺出版社,1989年,第23页。
② 谢选骏:《神话与民族精神》,济南:山东文艺出版社,1986年,第8页。

精神,但其中往往也杂糅不少周围民族文化的因子,形成相同的神话母题。

越南《天柱神》神话传说就有和中国相似的开天辟地的故事:当宇宙万物以及人类都尚未形成之时,乾坤一片混沌。不知何年何月,忽然出现了一位威力无比的巨大天神。他用头把天顶起来,然后掘土运石,筑起一根顶天立地的大石柱,用它撑住了天的中央。天被不断增高的石柱顶得越来越高,逐渐变成拱形的苍穹,从此天和地就彻底分开了。后来不知为什么,那位天神忽然间又把这根擎天柱毁了,一时间,土石崩飞,溅落在大地上,形成今天的高山和海岛,当初天神掘土之处就变成了今日的海洋。这则神话传说关于开天辟地的内容,如天圆地方概念、混沌初开的原始世界,天柱擎天而又崩塌的结局等,都与中国神话有相似之处。中国开天辟地的神话也记载:"天地混沌如鸡子,盘古生其中,万八千岁,天地开辟,阳清为天,阴浊为地。盘古在其中,一日九变,神于天,圣于地。天日高一丈,地日厚一丈,盘古日长一丈。如此万八千岁,天数极高,地数极深,盘古极长。"①同样,《淮南子·天文训》也写道:"昔者共工与颛顼争为帝,怒而触不周之山,天柱折,地维绝,天倾西北,故日月星辰移焉;地不满东南,故水潦尘埃归焉。"以及"首生盘古,垂死化身,气成风云,声为雷霆。左眼为日,右眼为月,四肢五体为四极五岳,血液为江河,筋脉为地理,肌肉为田土……"②上述三则中国开天辟地神话几乎囊括了越南开天辟地神话传说的全部内容,盘古变成了天柱神,原有的不周山变成了人为的石柱,盘古死后生成自然万物,石柱崩溃化为高山、海岛和海洋。至于天地间确实有过的擎天柱,越南神话传说并未提及为什么会被天柱神推倒,而中国神话则较为详细地交代了共工为争帝王而怒撞不周山。二者的共同点在于天地创造以后都曾经历过一度的破坏,为再造天地埋下契机。中国继后有女娲补天的神话使开天辟地神话更为系统完整,富有文学趣味。

越南的"开天辟地"神话母题虽然和中国的神话母题有相似之处,但却形成了具有越南民族独特风格的神话。根据中越开辟神话的相似点,完全有理由认为二者之间存在着源流关系。多年从事汉学研究的美国宾夕法尼亚大学教授德克·博德指出:"中国大多数学者认为,这一神话并不是起源于汉族;他们把它同中国南方

---

① 欧阳询等:《艺文类聚》卷一引徐整《三五历纪》。
② 马骕:《绎史》卷一引《五运历年纪》。

苗、瑶等民族关于其部族祖先的神话相联系(诸如此类神话,同样在3世纪始被提及——笔者注)。"①茅盾在《神话研究》一书中,根据确凿的事实与例证,推断关于盘古事迹的两则神话的形成是"根据了南方民族的神话"②。进一步分析可以得出如下结论,上面两则神话的作者徐整是吴人,可能这则盘古开天辟地的神话当时就流行在南方,到魏晋时已传播到东南方的吴。如果它是我国北部和中部固有的神话,则秦汉之书不应毫无涉及;假如它是南方的神话,因汉时就有交通之便与南方的频繁交往,尤其是征伐苗、瑶,更使交流的渠道增加,因此该地的神话在魏晋时流传到吴越被记载下来,也尽在情理之中。因为这类神话母题尽管产生于原始社会,但它的发展、演变过程,确有相当一部分是在私有制社会里形成的。至于神话见诸文字,那更是文明较发达以后的事情了。另外,南朝志怪小说集《述异记》中云:"今南海有盘古氏墓,亘三百余里,俗云后人追葬盘古之魂也。"此载虽有剽窃伪托之嫌,但盘古的开辟神话母题产生于南方,逐渐北传至吴越,南传至越南,该不会是无稽之谈。

二、"起源神话"母题

各民族在开天辟地神话母题之外,都会出现民族起源的神话母题,越南民族自不例外。美国著名神话学家塞缪尔·诺亚·克雷默(Samuel Noah Kramer,1897—1990)也指出,古老神话大多涉及宇宙的形成和演化,涉及人的由来以及文明的创始。除某些基本的相似之点外,种种古老神话仍然在许多方面存在差异,诸如:个别情节和主题的选择和处理、同历史和文化之契合、神话母题所由产生的民族之状貌和性格。越南古代人民则通过丰富的想象将自己祖先和神仙连在一起,以示自己民族的起源不同凡响。目前所能见到的最完整、最富有神话意味而又流传广泛的是《龙子仙孙》的传说。其篇名为后人所加,原题为《鸿庞传》,载于13世纪陈世法(生卒年不详)所著《岭南摭怪》中。15世纪著名史学家吴士连(生卒年不详)在《大越史记全书·外纪卷一》(1479)中则名为《鸿庞纪》。各书所载略有不同,但其母题基本一致。

---

① [美]塞·诺·克雷默等:《世界古代神话》,魏庆征译,北京:华夏出版社,1989年,第358页。
② 茅盾:《神话研究》,天津:百花文艺出版社,1981年,第164页。

这则神话传说是这样记载的:在中国三皇五帝时期,神农的三世孙帝明南游至五岭,遇见一位仙女,两人结合以后生了个儿子取名禄续。禄续眉清目秀,聪敏过人,深受宠爱。帝明欲把太子帝宜废掉而立禄续为嗣。但禄续天性温善,不肯与同父异母的兄长争天下,便被封为泾阳王,以治南方,国号赤鬼国(包括现在的越南——笔者注)。泾阳王游水府,娶了洞庭君的女儿,生子崇揽。崇揽长大后,被封为貉龙君,治理赤鬼国。

貉龙君继王位之后,娶北国公主妪姬。妪姬怀孕生了一个大肉胞,内有一百只蛋①,每个蛋都化出一个奇伟的男孩。这一百个男孩长大后,个个威武敏捷、智睿俱全,人皆畏服。但貉龙君久居水府,忘记了这一百个儿子,妪姬感到很孤独。一天,貉龙君对妪姬说:"我是龙种,水族之长,尔是仙种,世上之人,本不相属,水火相克,难自久居。虽阴阳之气合而生子,然方类不同,今相分别。吾将五十男归水府,分治各处。五十男从汝同居土上,分国则治。登山入水,有事相关,无得相废。"从此,貉龙君和妪姬二人分别到沿海和山地去居住,各自的五十个儿子都建立起国家,就是百越的始祖,历史上称为瓯貉国,即今日之越南。

《鸿庞纪》作为叙述越南民族起源的神话母题的作品,曲折动人且体系完整,它由神话传说演绎而成的民间文学,多少年来一直深受越南人民的喜爱和学者的重视。它不仅被载入文学史,甚至载入正史。当然将神话传说收入典籍,并非科学的历史观,但对于迫切想探知民族起源的越南古代人民来讲,也无可厚非。这则神话可以透视出越南古代民族的文化心理,以及中国文化潜在的巨大穿透力。

《鸿庞纪》深刻地反映出中越两个民族情同一族的亲密关系。这则神话母题是越南古代人民凭借种种幼稚的思想与质朴简单的想象,将古代社会一些史实进行各种神秘化与形象化处理的结果。这种完全不自觉的加工形式与中国神话传说中的神农氏联系起来,可见汉文化积淀在越南古代社会的深厚。神农是中华民族最尊崇的、在生产斗争中取得胜利的神圣者的化身。相传他"斫木为耜,揉木为耒"(《易·系辞》),是原始农业和医药的发明人。在他指导下的中华民族所使用的农耕、医病、制陶等先进的生产方式,正是越南古代民族当时心想神往的楷模。所以

---

① 有的书载:"一胎生有百男"。参见陈重金:《越南通史》,戴可来译,北京:商务印书馆,1992年,第13页。

他们希望自己的祖先应该是这样一位圣者的后裔——神农的子孙。与此同时，为了弥补斗争繁衍生息在黄土高原的神农子孙缺水的不足，他们又根据自己民族世代生活在河海之滨的特点，大胆想象貉龙君是一位常年居于水府的神龙的化身，并将其作为自己民族的始祖。他是神农的五世孙，在自己封地（南方）所繁衍的后代与居于"北方"（中国）的神农后代形成了同祖同宗的血缘关系。这种用神话传说形式维系中越两国古代文化交流的方式，表现了越南人民渴望本民族历史文化源远流长的心态。

这则神话传说还较为真实地展现出越南古代社会的风习。神话传说显然不是历史，可是它总要通过一些看似并不真实的描写来曲折地反映现实。例如貉龙君久居水府竟忘记自己曾生有一百个儿子，以及众子不知有父的内容，都表现这则神话传说反映的是尚处于母系氏族社会时期的越南情况。人们只知其母而不知其父。父亲与子女之间可以不存在任何责任联系等等。中国《后汉书·任延传》就有这样的记载："骆越之民无嫁娶礼法，各因淫好，无适对匹，不识父子之性，夫妇之道。"①汉文化进入越南之后，才使当地的社会风气发生变化。神话母题中的来自北方的妪姬带来许多侍从，正可作为北方文化输入越南的明证。而妪姬与貉龙君的一百个儿子勤于政绩，并开始建立起父子世袭的统治权，进行国泰民安的生产劳动，促进了越南社会的进步。《后汉书·南蛮传》也有与此相符的记载："光武中兴，锡光为交阯，任延守九真，于是教其耕稼，制为冠履，初设媒娉，始知姻娶，建立学校，导之礼义。"②至于神话传说中，将貉龙君与妪姬男女结合而生子一事，视为阴阳气之结合，更是中国古代文化传统中的一种观点。这则神话母题从一个侧面说明了汉文化的输入，对促进越南社会发展所起的重要作用。

越南这则民族起源神话母题的核心部分与中国唐传奇故事《柳毅传》有异曲同工之妙，完全有理由认为它曾受到过中国古代某些作品的影响。唐传奇所载李朝威的"《柳毅传》大约原是流行的民间故事，经作者敷衍加工而成"③。可见它在成文之前也是流传极广的神话传说故事。《柳毅传》情节曲折、优美动人，一向脍炙人口，流传甚广。在元、明、清各代的杂剧、传奇、戏曲等多种形式的文学艺术中，都曾

---

① 范晔：《后汉书》卷七十六，北京：中华书局，1965年，第2462页。
② 同上书，第2836页。
③ 侯忠义：《中国文言小说史稿》，北京：北京大学出版社，1959年，第223页。

借用过这一题材。它主要叙述书生柳毅出于同情,代洞庭龙君之女传递书信,最后二人结为夫妻的故事。《鸿庞纪》在《大越史记全书·外纪卷一》的注中曰:"按唐纪:泾阳时有牧羊妇,自谓洞庭君少女,嫁泾川次子,被黜,寄书柳毅,奏洞庭君,则泾川、洞庭世为婚姻,有自来矣。"但《唐纪》中所载与《柳毅传》的内容有很大不同,因此,越南现代史学家陶维英教授说:"我们认为《唐纪》中所说的故事有许多新的色彩,而我们的传说则有极其显明的原始情调。"①这两则故事,都从不同的视角撷取了世间的泾阳王或柳毅与洞庭君之女结合生子这一为越、汉两个民族所共同喜爱的素材,留下传世的神话母题。如果深究其源,还会进一步发现鲛人神话的蛛丝马迹。

《搜神记·卷十二》和《太平御览》所引张华《博物志》中,都述及"南海之外,有鲛人,水居如鱼,不废织绩。其眼泣则能出珠。"因有鲛人传说,泾阳王和柳毅才有久居水府,且和水族中女共同生活的可能。《鸿庞纪》后半部分在谈及貉龙君与妪姬夫妻分离的原因时,曾认为,龙君属水,妪姬属火,水火相克,有悖于五行之说。而《柳毅传》中也有类似的描写。其中有一段叙述柳毅与龙宫带路的武夫二人的对话:"毅曰:'何谓《火经》?'夫曰:'吾君,龙也,龙以水为神,举一滴可包陵谷。道士,乃人也。人以火为神圣,发一灯可燎阿房。然而灵用不同,玄化各异。'"可见五行之说在古代中越两个民族中已普遍流行,并已表现出某些影响与接受的关系。至于这两则神话传说中所描写的中越两个民族崇拜龙蛇的原始观念;一个是娶龙女的泾阳王,一个是遇龙女于赴泾阳途中,以及二者对水中陆地奇珍异宝的相似描绘,均绝非偶然巧合。在汉文化传播深广的古代越南,《鸿庞纪》巧妙而自然地借鉴了《柳毅传》中的一些描写,该是"起源神话"母题流传意料之中的事。

三、"金龟神话"母题

越南民间长期流传的有关金龟的神话,曾分别见于越南正史、地方志和文学史,其中以《岭南摭怪》中的《金龟传》《大越史记全书·外纪卷一》中的《蜀记》,以及《越史通鉴纲目》卷一等书的记载,最为详细,内容大同小异。1272年,越南陈圣宗(1258—1278在位)绍隆十五年,《大越史记全书》曾详细记载了金龟帮助越南安阳

---

① [越]陶维英:《越南古代史》,刘统文、子钺译,北京:科学出版社,1959年,第21页。

王筑螺城、卫螺城的民族神话传说:"(安阳王)于是筑城越裳,广千丈盘旋如螺形,故号螺城,又名思龙城。其城筑毕旋崩,王患之,乃斋戒祷于天地山川神祇,再兴功筑之。……忽有神人,到城门,指城笑曰:'工筑何时成乎?'王接入殿问之,答曰:'待江使来。'即辞去。后日早,王出城门,果见金龟从东浮江来,称江使,能说人言,谈未来事。王甚喜,以金盘盛之,置盘殿上,问城崩之由,……自此筑城不过半月而成。金龟辞归,王感谢请曰:'荷君之恩,其城已固,如有外侮,何以御之?'金龟乃脱其爪,付王曰:'……倘见贼来,用此灵爪为弩机,向贼发箭,无忧也。'"①后来,赵陀率师来攻,安阳王以金爪神弩胜之。赵陀暗派儿子仲始向安阳王之女媚珠求婚,私毁神弩,致使安阳王大败。与媚珠逃至海滨,无舟楫,急呼金龟来救,"金龟涌出水上,叱曰:'乘马后者是贼也,盍杀之。'……王竟斩之。(媚珠)血流水上,蛤蚌含入心,化成明珠。……仲始怀惜媚珠,……竟投身井底死,后人得东海明珠。以井水洗之,色愈光莹。"②

这篇神话传说在越南流传得相当久远与广泛,渐成母题。此后,又有历史小说《金龟传》问世,洋洋千言,内容增加许多,描写更加细腻。近年来,它又被改编成戏剧在越南舞台上演出,有关的研究论文也不断在越南《文学研究》杂志上刊登,但论及其流变的文章很少。追根溯源,越南这则神话传说也应源于中国文学的沃土。

有关这则神话母题的资料,最早见于3世纪左右的《交州外域记》:"……蜀王子因称为安阳王。后南越王尉陀举众攻安阳王,安阳王有神人名皋通,下辅佐,为安阳王治神弩一张,一发杀三百人。南越王知不可战,却军往武宁县。越遣太子名始,降服安阳王,称臣事之。……安阳王有女名曰媚珠,见始端正,珠与始交通。始问珠,令取父弩视之,始见弩,使盗以锯截弩讫,便逃归报南越王。南越进兵攻之,安阳王发弩,弩折遂败。安阳王下船迳出于海"③这段记载与《金龟传》的不同点在于,它丝毫未提及金龟,情节较为简单质朴。《交州外域记》是佚书,其作者和成书年代不可考。这段故事只见于《水经注》卷三七:"叶榆河"的引书中。《水经注》于北魏时期成书,那么《交州外域记》必在北魏前就已通行。当然它所记载的传说故事,可能形成的还要早些。准确时间虽难以确定,但总不外乎汉魏之时。这则故事

---

① 吴士连:《大越史记全书》卷四,河内:社会科学出版社,1998年,第45—46页。
② 同上书,第47页。
③ 郦道元:《水经注》,上海:上海古籍出版社,1990年,第694—695页。

还见于《太平寰宇记》卷一七〇岭南道十四有关交趾县的记载中。其内容《南越志》(约5世纪)所记,和《交州外域记》所载相差无几。

越南《金龟传》的重点在其前半部分,即关于金龟的母题。它源于东晋干宝的《搜神记》。其卷十三《龟化城》载:"秦惠王二十七年,使张仪筑成都城,屡颓。忽有大龟浮于江,至东子城东南隅而毙。仪以问巫。巫曰:'依龟筑之。'便就。故名'龟化城'。"这则传说与《金龟传》相对比,只差龟不能言一处。此故事另载于《太平御览》卷九三一关于四川成都的传说:"张仪、司马错破蜀,克之。仪因筑城,城终颓坏,后有一大龟,从硎而出,周旋行走,因依龟行所筑之,乃成。"宋时另一书《舆地广记》中也称四川成都为"龟城"。

越南神话传说《金龟传》前后两部分中的有关金龟与媚珠的故事内核,在中国古籍中能找到多处相关的记载。只是由于中国的故事与其原始形态相去不远,因而情节单一,人物描写也显得过于简单。而流传在越南的金龟神话母题比较曲折,结构也远胜过中国的有关记载。这说明这则神话母题经过不断增添与修改,加之口耳相传或纪录传抄者的接受角度不同,理解各异,因而具有了越南民族的风格。越南历代文人按照越南人民的审美心理和期待视野,将从中国传入的本无关联的几部分神话母题连缀在一起,串成一个情节结构统一、美丽动人的神话传说故事。在逐渐演绎成越南化神话母题的过程中,融入了越南人民的想象和智慧与统治者的思想意识,日久天长它不仅被越南人民所接受,而且成了越南民族的神话传说故事。

四、"感生神话"母题

董天王相传是越南古代反对侵略战争中的民族英雄。有关他的神话传说最早载于越南古籍《粤甸幽灵集》[①]和《岭南摭怪》中。"雄王以天下之富,缺朝觐之礼。殷王将托巡狩以侵之。雄王闻之,召群臣问攻守之策。有方士进言曰:'莫若求龙君以阴相之。'王从之,遂筑坛,以金银币帛置于上,斋戒焚香,敬祷三日。天大雷雨,忽见一老人……老人谓王曰:'三年之后,北贼将来。当严整器械,精练士卒,为国威势。且遍求天下奇才,能破贼者,分封爵邑,传之无穷。若得其人,贼可平矣。'

---

① 李济川(生卒年不详)1329年编纂成书,共收集二十八个在越南流传的天灵神异等传说故事。

言毕,腾空而去。乃知其龙君也。三年,边人告急,有殷军来。王如老人言,遣使遍求天下。行至仙游县扶董乡,有富家翁,年六十余,于正月初七日生一男,三岁不能言语起坐。其母闻使者至,戏之曰:'生得此男,徒能饮食,不能拿贼,以受朝廷之赏,报乳哺之功。'男闻母言,勃然言曰:'母呼使者来!'……及殷王兵至武宁邹山下,儿伸足而立,长十余尺。仰鼻而嚏,连十余声,拔剑厉声曰:'我是天将!'遂戴笠骑马,踊跃长呼,驰走如飞,瞬息间至王军前,挥剑前进,官军后从,进逼贼垒。贼众奔走,余党皆罗拜,呼曰天将,皆来降服。殷王死阵前。至安越金华朔山,乃脱衣骑马升天,时四月初九日也。留迹于山石上。原雄王思其功,尊为扶董天王,立祠于本乡宅,赐田一百顷,晨昏享祭。殷世世凡六百四十四年,不敢加兵。后李太祖封冲天神王,庙在扶董乡建初寺侧,塑像在术灵山,仲春享祭焉。"①

越南13世纪学者黎崱②在所著汉文史籍《安南志略》中也曾记载了这一神话传说的故事框架,只寥寥数语:"昔境内乱,忽见一人有威德,民皆归之,遂领众平其乱,已而腾空去。号为冲天王,民乃立祠礼祀之。"冲天王知董天王仅"冲"与"董"一音之转,系讹传或有意借用习惯姓氏。现代神话学家阮董之等人编选的《越南民间故事宝库》也收有这篇故事,并加强了民间色彩。开篇交代在武宁郡扶董乡有一位贫苦的中年村姑,外出时偶然踏上了神的足迹,即怀孕生下董天王,其他细节相差无几。这一修改不仅使董天王由富家翁之子变为贫家女之子而有了平民色彩,更重要的是因其出身更富有神奇性而使人对其英雄业绩与非凡能力备加相信。至今越南每年春季(农历四月初八)扶董乡人民都要举行祭祀,向这位心目中的民族英雄顶礼膜拜。

越南这种履迹感孕而生神子的神话母题,在中国古代早有记述。《诗经·大雅·生民》就记载了古代帝王之妃姜嫄,因践踏上帝的足印而感孕,并生下周之始祖后稷的传说:"厥初生民,时维姜嫄。生民如何?克禋克祀,以弗无子。履帝武敏歆,攸介攸止。载震载夙,载生载育,时维后稷。"③这是一首周朝的开国史诗,也曾被载入史书。据《史记·周本纪》:"周后稷,名弃,其母有邰氏女,曰姜原。姜原为帝喾元妃。姜原出野,见巨人迹,心忻然说,欲践之,践之而身动如孕者。居期而生

---

① 《岭南摭怪等史料三种》,戴可来、杨保筠点校,郑州:中州古籍出版社,1991年,第15—16页。
② 1285年元朝唆都将兵攻陷越南清化时,曾降元,后居中国。其书《安南志略》流传于中国和日本。
③ 《诗经》,朱熹注解,张帆、锋焘整理,西安:三秦出版社,1998年,第283页。

子……初欲弃之,因名曰弃。"①这两个神话的共同母题是女子感外物而孕,故而又称感生神话。它们显然是"民知有母而不知父"的母系氏族社会产物。它们强调的是自己民族始祖的不平凡,是图腾神或其他神秘力量作用之下的神性之人。这两则神话传说也有本质上的区别。董天王之母是贫苦的村姑,后稷之母是帝王之妃;董天王是抵御侵略的民族英雄;后稷是对农业生产颇有贡献的圣贤君王。产生董天王神话的时代,越南社会的主要矛盾是民族矛盾,说"殷军"入侵是虚,而和宋、元发生边衅是实。出现后稷的传说时,中国尚处于远古时期,人和自然的斗争是首要的矛盾,人们从生存本能出发,希望祖先能精通农业生产。周朝的文化产生于中原,并向各个边域民族进行辐射式扩散。关于周之始祖后稷出生神奇的母题故事播扬到边陲的可能性很大。由此观之,董天王神话传说立足于越南民族社会生活的实际,在吸收外来影响的基础上,形成自己的特色。但无论是董天王还是后稷的感生神话母题,都植根于本民族神话传说的土壤中。他们在各自的民族里,既是英雄又是超人,并都是感孕而生的神之子。在人们的想象之中,他们走完了由"天祖"变为"人祖"或"英雄"的演进过程。

越南神话传说在中国寻得根源并具有相同的母题不足为奇。另有不少在越南民间流传的神话传说题材与中国民间流行的很相似。如牛郎织女悲欢离合的爱情故事也深深触动了越南人民的心弦,牛郎织女七月初七鹊桥相会的时辰,尤为旧时越南青年女性所珍视。至于嫦娥奔月、月宫桂树(越南传说为榕树)、玉兔等神话传说故事,也都为越南人家喻户晓。这些题材说明相通的文化心理结构与审美接受能力,是中越神话母题相通的基础。

现在越南所能见到的神话传说早期的记录形式全为古汉文,这些无疑是通过精通汉文的文人学士之手来完成的。因此,被记录流传下来的作品必然与口头传诵的内容有某些出入,其中自然不乏中国古代文学、神话传说的影响,也有后人在记录时不断附加的个人主观想象。但是这些神话母题必然会随着越南民族精神的演化而不断地移易、变形、融合,而后再创造出越南民族古代文化的精神蓓蕾。在催发这些蓓蕾开放出异彩的诸种因素中,必定缺少不了外来文学因素的渗入。正是中国古代文学促进了越南上述神话母题的形成与发展,并使之成为越南文坛百

---

① 司马迁:《史记》卷四,北京:中华书局,1982年,第111页。

花丛中一枝独具艺术魅力的奇葩。而使越南人民不断从中国古代神话传说中吸取营养的根本原因,在于其中的奇伟瑰丽的想象和幻想中融汇着的崇高理想,以及积极浪漫主义思想。正如鲁迅先生所说:"夫神话之作,本于古民,睹天地之奇觚,则逞神思而施以人化,想出古异,淑诡可观,虽信之失当,而嘲之则大惑也。太古之民,神思如是,为后人者,当若何惊异瑰大之。"①越南神话传说接受了中国文学的影响,不仅保留了积极浪漫主义的精神,而且继承发扬了那些淑诡可观的神思和幻想形式,因此才有了新的生命力。

第二节 "胁生神话"母题

  胁,即从腋下到腰以上的部分,一般认为,"胁生"即剖腹产的古代称谓。饶宗颐在《中国古代"胁生"的传说》一文中,汇集了诸多相关史料,并进行大胆的假设与推测,认为"波斯"名即"胁",暗示了种种神异"胁生"不可思议的奇迹。他还指出,印度大神因陀罗和佛陀也是"胁生"出世的,而华夏古史上祝融的子孙也是从左右胁分别生出的。希伯来神话耶和华造人是用胁的一部分即肋骨造的夏娃。因此他认为:"胁可生人,亦可造人"。由此可见,"胁生"作为一种神话母题是客观存在的事情,尽管有些不可思议,但是确实有不少中外典籍中都记载着诸多名人的出生异相。
  无论"胁生"即剖腹产是中国固有的,还是从西方或印度传入的,"胁生"已成为一种神话母题该不会有问题,因为它已承载了诸多的历史内涵。
  公元前700年,古罗马法律曾有规定,临近足月的孕妇死后应剖腹取胎。这一规定或许不是为了挽救一个小生命,而仅仅是一种与信仰有关的宗教仪式等。总之,这可以说是剖腹产在西方的起源。如果饶宗颐的观点即耶和华造夏娃也是"胁生"即剖腹产的话,那么其时间难以确定,可以说还是有神话传说性质的。因为《旧约》各卷的写作年代最早可到公元前12世纪,而包括《创世记》在内的《摩西五经》成书最早,公元前444年就被确定为"圣经"了。即是说耶和华造人一事应是在公元前12世纪至前444年之间。古罗马法律是在公元前700年,因此,夏娃"胁生"

---

① 鲁迅:《鲁迅全集》(第八卷),北京:人民文学出版社,2005年,第32页。

一事就有可能是较早的神话传说,但是它还是可以被称为一种神话母题的。西方直至16世纪初时才开始出现给活着的孕妇施行剖腹产的有案可稽的记载,那是1610年4月21日,德国维滕堡大学医院手术台上剖腹产取出一个婴儿,但是只活了9年,其母亲术后4周即去世了。

  印度佛教始祖释迦牟尼,即乔达摩·悉达多的出生,也是剖腹产,即"胁生"的,佛经中不乏此类的记载。笔者在印度和巴基斯坦的博物馆中,也多次见到摩耶夫人"胁生"佛陀的浮雕,其中白沙瓦博物馆的藏品最有代表性。那块浮雕中央部分是佛陀的母亲,摩耶(幻化)夫人。她右手上攀住一条无忧树枝,带有光环的婴儿悉达多王子从她的右胁降生。她的身姿呈古代印度诸多美女塑像的S形体态,婀娜多姿。摩耶夫人左边的三个人物,代表婆罗门教参与了奇迹发生的过程。左一者在用褴褛承接圣婴的缠头人是因陀罗神(传说中他也是胁生的),左二者双手合时的礼拜者是梵天。这似乎在暗示,佛教以后的产生也将得到传统的婆罗门教的支持与认可。虽然佛经中的有关记载不乏神话化,但除掉其中的神话元素,可以肯定的是乔达摩·悉达多王子是剖腹产出生的。唐玄奘《大唐西域记》在记载"劫比罗伐窣堵国"时,对释迦牟尼的故乡、他诞生时诸天神的预言、阿育王柱;释迦牟尼出生时间、无忧花树、七步莲花、双龙灌顶等都有详细的论述。尤其是论述了释迦牟尼诞生时的情景:"菩萨初出胎也,天帝释以妙无衣跪接菩萨……菩萨从右胁生已。"①对于佛陀为何选择胁生这种方式来到人间,佛经中有不少解释:"大悲救世间,不令母苦恼……菩萨亦如是,诞从右胁生。"(《佛所行赞》卷一)《因果经》记述说,在兜率天宫,为了"令诸天子。皆悉觉知菩萨期运应下作佛"(《释伽谱》),即是说当时身为菩萨的释迦将从兜率宫投胎摩耶夫人腹中。《大华严经》记述说,释迦生于宫外的蓝毗尼园(即现在尼泊尔境内的蓝毗尼,那里有不少释伽和摩耶夫人的古迹遗存——笔者注)。可见,释迦佛祖选择"胁生"的目的是减少母亲生育的痛苦。事与愿违的是,摩耶夫人虽然躲过痛苦这一劫,但还是难逃厄运。据记述释迦牟尼身世和生平的佛经专著《瑞应本起经》说:"适生七日,其母命终。"至于是"右胁生"还是"左胁生",应该是指剖腹的切口是偏右侧,还是偏左侧。所以《慧上菩萨向大善权经》卷上说:"何故菩萨从右胁生?……菩萨虽从右胁生,母无疮痍出入之

---

① 玄奘:《大唐西域记》,桂林:广西师范大学出版社,2007年,第85页。

患,往古遵圣因时如然,所行无违,是为菩萨善权方便。"由此可见,佛教之所以接受佛祖是"胁生"的说法,除"善权方便"以外,笔者认为主要还是和佛教的信仰有关。即解决人类的生、老、病、死的烦恼是其根本宗旨,而"胁生"无疑是解决人类"生"之痛的优选方式之一。饶宗颐指出:"欧洲学人似乎认为这种圣哲从胁生出来的奇迹,是印欧语系民族丰富神话中的特有形态。其实,华夏古史亦有同样的传说,有关古代史火正祝融的子孙,即从左右胁分别出生。"①接着,他援引了十余种古籍中均有类似的记载,并进行了源流考证。指出:"感生说的真正来源,至今还是一个古史上不能解决的难题。"即是说东西方虽有不少大神、大圣、大贤皆有其母感孕而生的神话传说,但是究其根源,尚无定论。这种"胁生"的方式是印度影响到中国,还是中国影响到印度,尚不得而知,因为中国固有的关于"胁生"的记载也由来已久。

中国古典文献中所见最早的关于"胁生"的记载,是大禹的出生。文字见于《初学记》卷二二"刀"部引《归藏》之语:"大副之吴刀,是用出禹。"文字虽简短,但意义很明白,由此可知大禹是"剖胁"出生的,是"胁生",而不是自然生的,这是一种人为的技术。所谓"吴刀"可以称之为中国最早使用的手术刀。老子的出生也是"胁生"。《太平广记》卷一《神仙一》引《神仙传》说:"母怀之七十二年乃生,生时,剖母左腋而生。生而白首,故为老子。"如此高龄产妇,生子即"生而白首",这些记载充满神话传说色彩。但值得注意的是,老子就是"胁生","剖母左腋而出",这显然是一种外科手术而非自己所能够"左腋生"的。中国这种"胁生"的例子讲的都是神话传说中的历史人物,自然有不少令人不可思议之处。其目的不外乎表示只有这样的非同寻常出生经历之人,才能做出非凡的事业。那到底有没有"胁生"即剖腹产呢? 答案显然是肯定的,因为中国正史中也有不少的记载。

中国古代最早关于"胁生",即剖腹产的记录,是司马迁在《史记·楚世家》中的有关记载:"陆终生子六人,坼剖而生焉。""坼"即"分裂""裂开"之意。这里写的"坼剖而生"应该是指的是剖腹而生。因为史书上记载久远而简单,所以其详情如何无从考证,所以其可信度也难以保证。较为可信的记载是三国时期中原汝南屈雍妻王氏的"胁生"记录。《三国志·魏书》中记载:"黄初六年(225)三月,魏郡太守孔羡《表黎阳令程放书》言,据汝南屈雍妻王氏以去年十月十二日在草,生男儿,从右腋

---

① 饶宗颐:《饶宗颐二十世纪学术文集》(卷一),台北:新文丰出版股份有限公司,2003年,第263页。

生，水腹下而出，其母自若，无他异痛，今疮已愈。母子平安无灾无害也。"① 因为在当时古代产妇从右腋水腹下产出婴儿很特殊，所以孔羡才会上表启奏。由腋腹生子必须经过剖割，这在当时因中医兴盛而极少使用器械的情况下，母子平安存活相当不容易。正史中记载西域国家有"胁生"，即剖腹产手术的是《晋书》卷九十七记焉耆国事曰："武帝太康中，其王龙安遣子入侍。安夫人狯胡之女，妊身十二月，剖胁生子，曰会，立之为世子。"这和上例一样也是中国古代即有剖腹产的确切证明。产妇"妊身十二月"而未生产，显然是难产，这种情况和老子的母亲属于高龄产妇一样，用剖腹产方式生子是非常合适的。

由此看来，从历史现实出发来考察"胁生"的可能性，不仅合情合理，而且很有必要。在古代神话传说中，切开产妇的腹壁，使胎儿通过切口而产出，即所谓"胁生"，从作为古代神话传说中的"母题"，到以后中外医学水平的发展、麻醉术、伤口无菌处理等技术都使得剖腹产手术不断改进。"胁生"从神话传说中的"母题"变为现代医疗中的一项重要的分娩处理手段，不仅仅是人类文明的进步，也是人类对终极关怀中"生"的一种思考。正如老子所说的"出生入死"（《道德经》）一样，他的体会或许有他"胁生"的真实体验。而他本人携弟子西域"化胡"时，便将这种古老的技术带到其他地方，于是才有西域甚至印度的"胁生"技术也未可知，这也不失为一种大胆假设，当然尚需"小心求证"才可。笔者认为，就"胁生神话"母题而言，它也是另一种形式的"感生说"。上述诸多非凡人物在神话传说中都有非同凡响、非同常人的出生形式，其实质是已经在东西方古代神话中形成了一种"神话原型"。它是初民时期人类文化心理结构所形成的一种异质同构现象，具有一种生存价值的存在意义。其实质是将心目中崇敬和景仰的圣人、伟人等非凡人物升格为神，并将其神化的结果。

第三节 "二妇争子"母题

人类利用自己的智慧不仅学会了劳动，学会了使用火，进而想学会战胜自然的一切本领，以便从愚昧走向文明。因此各种各样的赞颂人类智慧的文学作品层出

---

① 见《太平御览》卷三百六十一，人事部"产"。

不穷。在古代，人类的智慧往往被披上宗教的外衣，被认为是受到神的启示。或者在作品中寄厚望于明君、清官等能明察秋毫、为民申冤。其实他们在断案中所表现出的智慧都是人民生活经验的总结与结晶。在这类故事中，许多国家都有相似的内容，这不足为奇。不论这些故事中间存在相互影响的因素，还是借用相同的题材来表达自己的思想，都有一个共同的目的，即选择的基础是为我所用。在超越时空界限的文学艺术天地里，表现本民族的精神风貌。其中"二妇争子"母题所表现出的人类智慧，就是一种新的对照与比较思考，可以使人耳目一新。

中国元代有一位不太著名的作家李行道，写有包公判案的杂剧《灰阑记》，全名为《包待制智勘灰阑记》。剧情叙述富翁马均卿的妻子与赵令史通奸，在将马均卿毒死后，反而诬陷是马均卿的妾张海棠谋杀亲夫。没生养的马妻为谋夺家产，又强称张海棠的幼子是她所生。无奈，张海棠告到官府。包拯审理此案时，用一石灰画一阑圈，把张海棠的幼子放置其中，然后命令马妻与张海棠二人用力拽拉，并言明谁拉出阑圈，孩子就归谁。张海棠惟恐拉伤自己的心头肉，不肯用力，孩子被马妻拉出。包拯断定孩子是张海棠之子，并审出马妻与赵令史的罪行，严加惩办。这出"二妇争子"母题的公案戏在18世纪被译成法文，传到欧洲，广为播扬。德国现代著名戏剧大师布莱希特（1898—1956），曾对中国的舞台艺术实践给予过高度的评价。这来源于他对中国哲学、古典文学以及中国艺术的独到观察力。他曾在《论中国人的画艺》中格外推崇中国的那种不采用透视的绘画布局。他因白居易的诗连市井妇孺都可通晓，而称他是"中国最伟大的诗人之一"。他还认为墨子对道德实践典范的论述十分契合他的精神追求等。总之，布莱希特对中国事物的认知，凭借的是批判性的抉择。因此他能慧眼独具，将中国的《灰阑记》进行"创造性叛逆"，改编为《高加索灰阑记》（1945）。作者为这个古老的故事内核加上了一个现代内容的"楔子"：在一处饱经战祸的废墟上，两个集体农庄的村民们正在为一块盆地的归属问题争执不休。判定的结果是盆地应该归属于曾在战时捍卫这块土地作出牺牲的一方所有。在正戏里这个主题继续深入展开：一个孩子的生母和女仆对孩子的归属问题展开争论。作者在这里将中国《灰阑记》的主旨反其意而用之。剧中没有狠心拉出孩子的不是有血缘关系的生母总督夫人，而是虽无血缘关系，但在长期相处中与孩子有深厚感情的女仆。作者遵循的原则是："一切归属于善于对待它的人。"正像他在剧末的收场白中借歌手的口说出的："各事各物，理应择吉而归，孩子归于慈母,藉能茁壮,车子归于善御者,俾尽其长,盆地归于灌溉者,收成有望。"①

人们往往注意到中国《灰阑记》对西方文学,尤其是对布莱希特的影响,却很少注意研究中国《灰阑记》的渊源。清初的黄文旸在《曲海总目提要》中,说此剧"亦龙图公案之一。其事有无不可考。决疑断狱,颇得情理,足为吏治之助"②云云。其实《灰阑记》并不难考证,其母题脱胎于佛典《贤愚经》卷十一《檀腻䩭品》中"二母争儿"的寓言故事:"故在王前,见二母人,共诤一儿,诣王相言。时王明黠,以智权计。语二母言:'今惟一儿,二母召之。听汝二人,各挽一手。谁能得者,即是其儿。'其非母者,于儿无慈,尽力顿牵,不恐伤损;所生母者,于儿慈深,随从爱护,不忍曳挽。王鉴真伪,语出力者:'实非汝子,强挽他儿。今于王前,道汝事实。'即向王首:'我实虚妄,枉名他儿。大王聪圣,幸恕虚过。'儿还其母,各尔放去。"③此则故事在《大隧道本生》"儿子"中略有变化,母题还是二妇争子,智者明察。中国古典戏曲、小说中像《灰阑记》一样源于佛经者,不乏其例。这是佛经自唐代大量输入后,中国文学受其影响的结果。正如鲁迅先生在《痴华鬘》"题记"中所言:"尝闻天竺寓言之富,如大林深泉,他国艺文,往往蒙其影响。"④

《灰阑记》"二妇争子"母题是否受佛经故事影响还可参考另外一个例证。《贤愚经》传入西藏,被约生于9世纪的郭·却珠(意为法成,又译为管·法成——笔者注)参照梵、汉两种文本译成藏文。西藏地区的二母争子故事很可能是这种影响传播路径的中介。藏族古典文史名著《巴协》⑤记述了"金城公主的传说"一节。唐朝金城公主嫁给吐蕃赞普(王)的儿子姜擦拉温,她赴藏途中,王子不幸被咒师的咒箭射死。为了汉藏友谊,她仍赴吐蕃。按藏族习俗与王子之父赤德祖赞成亲。后生一子(赤松德赞),不料被赞普的另一妃子纳囊氏喜登夺去,说是她亲生。赤德祖赞和众臣为判明王子的生母,便将孩子放于平坝一端的坑内,让二妃从平坝另一端跑去抢,谁先得子就把王子判给谁。金城公主先至抱起儿子,喜登不顾王子死活拼命抢夺,公主不忍,只得放手,让喜登抢去。王臣众人见此情景心知肚明,都知王子应

---

① 夏写时、陆润棠编:《比较戏剧论文集》,北京:中国戏剧出版社,1988年,第217页。
② 董康辑补:《曲海总目提要》,北京:人民文学出版社,1959年,第91页。
③ 张友鸾选注:《古译佛经寓言选》,北京:人民文学出版社,1988年,第107页。
④ 鲁迅:《鲁迅全集》第7卷,北京:人民文学出版社,1981年,第101页。
⑤ 其作者一般认为是8世纪中后期吐蕃著名的兴佛大臣巴·赛囊,他是赤松德赞赞普时的名臣,后出家。

为公主所生,但因惧怕纳囊族势大权重,未敢言明是非。当然也有学者考证说王子并非公主所生,而是喜登所生。但是这毕竟说明藏族也有同类母题的故事。

二妇争子、智者明断的故事母题绝不仅限于上面几例,在古希伯来文学中也有。在古希伯来文学总集《圣经·旧约》的《列王记》中,就有所罗门王明断"二妇争儿"案的类似故事。所罗门王是第一个世袭继位的以色列国王(约前971—前931在位)。他统治下的国家如日中天,因此人民世代把他奉为智慧和英明的化身。他在明断"二妇争子"母题之案时是这样处理的。有两个妇女同居一室,相隔三天各生了一婴儿,其中一婴被沉睡的女人压死,于是两人都争抢活着的孩子。所罗门断案说:"拿刀来,人就拿刀来。王说将活孩子劈成两半,一半给那个妇人,一半给这个妇人。活孩子的母亲为自己的孩子心里急痛,就说,求我主将孩子给那妇人罢了,万不可杀他。那妇人说,这孩子也不归我,也不归你,把他劈了罢。王说,将活孩子给这妇人,万不可杀他,这妇人实在是他的母亲。"①从目前的资料来分析,很难推断佛经和《圣经》之间到底是谁影响了谁,但是这么类似而相近的故事内核,无疑说明这二者之间由于文学交流形成了某种内在联系。但是在对这些故事内核进行筛选、考察之后,就能发现"二妇争子"已形成"母题",并表现出明显的民族特色。

总之,同类的故事还有很多:如中国东汉时期应劭所著《风俗演义》中关于颖川娣女的争儿,诉讼三年而未决,黄霸丞相智断"二妇争子"案、阿拉伯《古兰经》所记"素莱曼大圣者的智慧逸闻"、日本《大冈政谈》中大冈智审"二妇争子"案等等,不一而足。由此可以得知,这些"二妇争子"的故事,曾以"母题"的形式出现在中外不同的文字记载中,称其为相同的题材也并非不可以。它一方面说明这类母题存在的普遍性,人们应当明察之;另一方面也说明东西方都有相同的断案经验和睿智者。

第四节 《列王纪》"父子相残"母题

伊朗古代著名诗人菲尔多西(940—1020)呕心沥血30余年,写就卓绝古今的英雄史诗《列王纪》。这部辉煌巨著在世界文学史上虽非嚆矢之作,但列入各国文人史诗的前列,当无愧色。其精华不仅如黑格尔所称颂的,诗人"通过诗的想象力

---

① 《新旧约全书》,中国基督教协会,1982年,第411页。

去创造新隐喻",以生花妙笔写下"我的刀锋吞噬着狮子的脑髓,喝着勇汉们的血"①等一类非凡的诗句,而且还在于他殚精竭虑地描述了伊朗民族英雄鲁斯塔姆和突朗英雄苏赫拉布这对不相识父子之间的生死搏斗。在突出善战胜恶、光明战胜黑暗的爱国主义前提下,作者暗度陈仓,揭示出一个颇富深层意蕴的"父子相残"的母题。从比较文学主题学研究的层面剖析这一人生悲剧,"可以对理解和阐释不同作家的天才和艺术以及读者大众情感的变化提供新的角度"②。同时可以发现,它不同于古希腊悲剧中俄狄浦斯弑父娶母、莎翁笔下哈姆雷特的恋母意识、陀思妥耶夫斯基《卡拉玛佐夫兄弟》中德米特里因与其父共享一女而在思想感情上想杀父等乱伦的母题,而和中国薛仁贵与薛丁山父子的故事、日耳曼人的英雄史诗《希尔德布兰特之歌》、高加索地区的罗斯姆与其子的故事,以及肖洛霍夫《胎记》中的故事等一样,都涉及不相识父子相残的母题。

如果对鲁斯塔姆与苏赫拉布、薛仁贵与薛丁山这两对父子之间的冲突,从母题的角度进行一番粗疏的分析,即便发现二者间的某些契合点,或许还不能得出"文明西来"或"文化东去"一类轩轾分明的结论,但对考察中伊文学文化交流的现象可能会有些补益。

一、同中有异的"父子相残"母题

比利时学者雷蒙·图松曾在讨论有关普罗米修斯的主题时指出:"人类神话与传说的主题是我们多价生活的反映,是人类的索引,是悲剧命运的理想形式,是人类状况的理想形式。"③虽然他阐明的现象不及荣格的原型理论在文学领域具有更大的普遍性,但作为一种文学研究,他认为主题学中的美学情趣主要在于强调人物行动的观点,是颇有见地的。图松还极为明确地将"父子之间争斗的形势"纳入主题学研究的范畴,这也为解析《列王纪》中父子相残的母题,提供了理论上的依据。

《列王纪》中有关父子冲突的内容是这样展示的:伊朗大英雄鲁斯塔姆在围猎时闯入突朗人的地域,因追寻坐骑而与萨曼冈国王之女塔赫米娜一见钟情,小英雄

---

① 黑格尔:《美学》第2卷,朱光潜译,北京:商务印书馆,1979年,第129页。
② [美]乌尔利希·韦斯坦因:《比较文学与文学理论》,刘象愚译,沈阳:辽宁人民出版社,1987年,第145页。
③ 同上书,第128页。

苏赫拉布即是他们浪漫爱情的结晶。多年后,仰慕生父鲁斯塔姆英名的苏赫拉布想凭借自己盖世无双的勇武找到他,就率兵进攻伊朗,所向披靡。在他和不相识的生父鲁斯塔姆战场对阵时,因怜悯他年迈而手下留情,最后苏赫拉布反而惨死于鲁斯塔姆之手。

薛仁贵误杀其子薛丁山的故事内核与上述情节大同小异。薛仁贵在历史上也确有其人①,但艺术作品中的薛仁贵却是经过民间艺术加工后的产物。在民俗小说《薛仁贵征东》中,家道中落的薛仁贵和富家女柳迎春结为夫妻,因穷途末路只得在破窑里存身。他迫于生计去从军,一去18年,后因智勇被封为东辽王。在传统剧目《汾河湾》中,微服还乡探亲的薛仁贵误杀了从未谋面的儿子薛丁山。

这两部叙述父子相残母题的作品所展现的悲剧矛盾,显然不宜于纳入有些学者所言的俄狄浦斯冲突的范畴。依据弗洛伊德的观点,父子间的冲突源于对同一女人的性妒嫉。此女人对一人而言是妻,对另一人而言是母,后者(子)有将母变为妻的欲望,于是和前者(父)发生冲突。弗氏认为非常原始的人类便是如此。由于人类日趋文明,就把这种被社会道德所不容的冲动压抑到无意识的深处,形成"情结"。这些"情结"在每个"文明人"身上可能表现为遗忘、笔误、幻想、梦、精神病、艺术活动等等。艺术作品即艺术家的这些"情结"的"升华"。在弗氏看来,艺术家表现这些"情结"纯属无意识,是由于神秘的"升华"能力使然。由此观之,无论是鲁斯塔姆父子,还是薛仁贵父子,其间的冲突并不属于弗氏指出的那种所谓用文明借口掩藏起来的原始类型——俄狄浦斯情结的冲突,而是一种超越时空、民族、语言、信仰等诸多界限的共同的文学母题。

首先,这两对冲突的核心都表现了不认知儿子的父亲误杀亲子的人生悲剧。都因主人公"不知对方是谁而把他杀了,事后方才'发现'这样既不使人厌恶,而这种'发现'又很惊人"②,因此产生了令人叹惋的悲剧效应。但这两位杀子者的行为却又存在着本质上的不同。鲁斯塔姆的行为本身突出了他的顽强、勇猛与忠于封建君王的爱国主义精神。菲尔多西生活在阿拉伯伊斯兰大军征服波斯之际,当时许多亚洲民族慑于征服者的淫威,丧失了自己民族的语言和文化传统。"惟独波斯

---

① 参见欧阳修、宋祁等编撰:《新唐书》卷一《薛仁贵传》,解缙等编《永乐大典》卷五二四四。
② 伍蠡甫编:《西方文论选》上卷,上海:上海译文出版社,1979年,第71页。

人在汲取了阿拉伯人的许多特征和习性之后,仍然保留他们智力上和人种上的独立性。"①许多波斯人表面臣服于巴格达哈里发政权,内心却充满强烈的民族情感。他们以炫耀丰富而悠久的波斯历史文化、歌颂波斯民族英雄,来对抗阿拉伯的歧视与统治。因此,作者笔下的鲁斯塔姆被塑造成富于正义感、反抗异族侵略的正面人物。薛仁贵误杀亲子的行为被解释为是高丽仇人盖苏文("盖"为姓时念"葛"音——笔者注)化身为猛虎,以企图扑杀薛丁山来诱使他发袖箭,最终未见虎死反误杀了儿子。这是中国古代通俗小说为加强情节的故事性和戏剧性,而习用的一种幻化变形的艺术手法。另一种传说是薛仁贵妒嫉在汾河湾射雁少年的高超技艺,而故意暗算他,不料被杀的竟是自己的儿子。从鲁斯塔姆和薛仁贵误杀亲子的动机来分析,二者的思想境界不同:一个是忠君爱国的民族英雄,一个是被仇人所惑或心胸狭窄的小人。不同作家对相同母题的题材进行了不同的处理,无疑是相异的审美选择意向使然。这其中蕴含着作家不同的民族文化心理,以及其思维逻辑模式的固定性和先验性,具有多重认识价值。

其次,苏赫拉布在未和鲁斯塔姆刀兵相遇时,始终是以主人公的姿态被描绘的,并且他是在猜测到鲁斯塔姆可能是其生父的情况下被误杀的。书中写道:"我猜想他一定是鲁斯塔姆","为人之子决不能与生父为敌,那样到彼世也无容身之地"。如果一旦父子相残,"这场厮杀使我永远无法抬头,糟就糟在父子拼斗鲜血迸流"。② 这样描写不仅突出了苏赫拉布勇于正视现实,绝不苟且偷生,光明磊落的品格,也进一步强化了他的复杂心理和悲剧命运,格外令人怜悯。因为"怜悯是由一个人遭受不应遭受的厄运而引起的"③因此他的遭遇会产生更强烈的悲剧效果。薛丁山在未和薛仁贵相遇时,是以配角的身份出现的,而且没有重要的行为,他是在全然不知大难临头的情势下被误杀的,"悲剧中没有行动,则不成为悲剧"④,因而薛丁山无辜被杀的悲剧缺乏艺术感染力。作者如此处理情节,主要为了强调主人公薛仁贵归省探亲的目的是探妻和考查妻子的贞节。这不仅流露出作者甚为浓

---

① [英]汉密尔顿·阿·基布:《阿拉伯文学简史》,陆孝修、姚俊德译,北京:人民文学出版社,1980年,第1页。
② [波斯]菲尔多西:《列王纪选》,张鸿年译,北京:人民文学出版社,1991年,第265页。以下引文均见此书。
③ 伍蠡甫编:《西方文论选》上卷,上海:上海译文出版社,1979年,第67页。
④ 同上书,第59页。

厚的封建意识,也限制了表现母题的力度和深入展开情节。苏赫拉布和薛丁山的上述差异,使前者的形象清晰、饱满,为衬托主人公的行为思想起了很大作用,而后者的形象显得模糊、单薄,成了苍白无力的"陪衬人"。

再次,鲁斯塔姆在得知自己误杀了亲子之后,痛心疾首,几不欲生。他恳求伊朗国王卡乌斯赐予起死回生的灵丹妙药,但卡乌斯见死不救,他怕苏赫拉布复活,鲁斯塔姆如虎添翼,日后他们父子会威胁他的统治。菲尔多西深化了这一情节的内涵,鲁斯塔姆对国王毫无二心甚至误杀了儿子,而国王却对他始终怀有戒心,这不仅揭露了国王的自私残忍,也说明封建统治内部君臣关系的实质。薛仁贵初时不知杀死了儿子,事后,柳迎春在谈话时点破了这一关目。因他归省主要为了试探妻子的心迹,因而他的悲痛程度较之鲁斯塔姆差多了。另外,薛丁山死后还有复生的余韵,这也使作者在写薛仁贵的痛心时,给他以缓解悲哀的良药。薛丁山的尸体被神仙王禅老祖运走,治愈箭伤,起死回生。王禅老祖还传授他武艺与法术,在薛仁贵征西时,他被派去助阵。这一死一生的结局,反映了两位作者迥然不同的思想意识,前者一味相信伊朗的封建统治者,凡事以社稷安危为重,表现出浓厚的愚忠思想,后者笃信神仙法力,把希望寄托在超凡事物身上。这种超越现实的思想,具有宿命论的色彩。

最后要论及的,是这两个"父子相残"的悲剧程度不同地表现出母亲的巨大的悲痛和深深的母爱。但必须指出,这其中不包含任何母子相恋的因素,这是一种博大宏深的母爱,相依为命的母爱。苏赫拉布之母塔赫米娜尽管身为至尊的公主,并享有富贵荣华,但儿子之死仍然使她"如疯似狂"一般。"她哭得鲜血流到了面颊,血和着泪又从面颊点点滴下","她痛哭幼子大声呼叫哭嚎",一阵紧似一阵渐渐失却知觉。最后终因哀思过度,"儿子死后她在世上只活了一年"。塔赫米娜在爱子死后痛不欲生的心境,悲戚感人。她既不能和鲁斯塔姆团圆,又失去爱子,孤苦伶仃,前途暗淡,"最后不胜悲痛辞世亡故,她的灵魂飞升去投奔苏赫拉布"。薛丁山之母柳迎春听到儿子死于丈夫之手的噩耗以后,也晕死过去。但这一情节未被过多的渲染,表现出一种余韵的悲哀。柳迎春虽然过了18年的孤苦生活,但得以和衣锦荣归的薛仁贵团圆并共享荣华。薛丁山在作者的匠心安排下仍有生还的机遇与可能,这些都使柳迎春的丧子之痛成为可以忍受的打击,和塔赫米娜相比,心理落差要小多了。

古代伊朗和中国相继出现这种父子相残母题的作品不足为奇。瑞士籍比较文学家弗朗西斯·约斯特认为:"任何一个民族文学中具有重大意义的母题、典型和主题必定是超越政治和语言界限的,虽然它们并不会因此而失去所有独特的地方色彩,但它们往往反映出各民族文学中存在的共性。"①在人类数千年的文明史上,各个民族在不同地域和不同时间里,创造出水平不一、内容迥异的文学,这已是久为人知的事实。反之,不同民族写出异曲同工、如出一辙、表现相同母题的作品,也无须百生疑窦,这是"人类出于同源,因此具有同一的智力资本,同一的躯体形式,所以,人类经验的成果在相同文化阶段上的一切时代和地区中都是基本相同的"②。不同民族总结生活经验的思想发展规律近于同步的现象表明,人类的原始思维并未因自身的进化而消失,它沉积、凝聚在古代人的心理深层,直至现代,成为人类共通的审美感和艺术感的重要心理基因之一。至于像上述表现相同母题的作品,在某些细节描写上的许多差异,与中伊两国人民的文化心理结构、接受模式、道德视角、宗教文化等因素的不同有关,与作品的历史框架、作者的美学取向也不无关系。

二、两则"父子相残"母题的关系

美国著名比较文学家韦斯坦因在自己的著作中,曾"格外谨慎"地引用了图松的下述观点:"在谈主题时,事实联系和文化的一致性是必不可少的条件。"③母题也是如此,遵循这一原则考查鲁斯塔姆、薛仁贵这两组父子相残的母题,是否存在着某种事实上的联系,是否表现出文化的一致性,即是否存在这两部作品创作的某些交感区域,还是仅仅囿于两种根本不同的、具有各自民族特色的精神产品的藩篱,纯属巧合才表现相同的母题。这正是围绕父子相残的母题,对这两部作品进行更深层次探究的缘起。

季羡林先生曾经指出:"一个国家,一个民族的文学的发展也可以分为三个步骤:第一,根据本国、本民族的情况独立发展。在这里,民间文学起很大作用,有很

---

① [瑞士]弗朗西斯·约斯特:《比较文学导论》,廖鸿钧译,长沙:湖南文艺出版社,1988年,第233页。
② [德]马克思:《摩尔根〈古代社会〉一书摘要》,转引自《马克思古代社会史笔记》,北京:人民出版社,1996年,第192页。
③ [美]乌尔利希·韦斯坦因:《比较文学与文学理论》,刘象愚译,沈阳:辽宁人民出版社,1987年,第138页。

多新的东西往往先在民间流行,然后纳入正统文学的发展轨道。第二,受到本文化体系内其他国家、民族文学的影响。本文化体系以外的影响也时时侵入。第三,形成以本国、本民族文学发展特点为基础的、或多或少涂上外来文学色彩的新的文学。"[1]这不仅总结出文学发展的一般规律,而且阐明民间文学和文学交流在文学发展过程中的重要作用。这两个问题也恰恰是主题学赖以生存、发展的两块沃土。主题学就是在19世纪德国民俗学热衷涌现出来的一门新兴学科。民间文学的蓬勃发展,不仅影响到民族作家的创作,而且表现出超越民族界限和语言障碍的强大穿透力。因此,父子相残的母题在中伊两个不同国度的文苑里才有生出并蒂莲的可能,即相互沟通的契机。

《列王纪》在记述有关作品内容创作素材的收集时,曾写道:"如今,故事散落到祭司们之手,明智之士都到处把故事搜求。"可见史诗中的故事原型是流行在民间的。当写到鲁斯塔姆父子相残的悲剧故事时,诗人进一步说:"我把德赫干[2]讲过的一则传说,与古代的故事缀联组合。一位祭司把一段往事忆起……"这说明有关鲁斯塔姆好的故事内容,经口耳相传,以民间文学的形式流播得相当久远、广泛。菲尔多西将这些文学题材收集后创作出《列王纪》,在伊拉克、阿富汗、巴基斯坦、印度等国家的许多地区很有声誉。尤其是鲁斯塔姆与苏赫拉布战斗的精彩片断,在这些地区可以说是家喻户晓。与此相关的故事内容经中国新疆塔吉克民族的中介,也流传到中国西北的一些地区。

著名学者杨宪益先生在论及薛平贵故事的渊源时,钩陈发微,提到有关薛仁贵故事的问题。他指出:以薛仁贵故事为核心的旧剧《汾河湾》,是依据描述薛平贵故事的旧剧《武家坡》改编的;薛平贵故事来源甚古,初见于秦腔,其中西凉以及金川、银川、宝川三位姑娘的命名,都表明它可能是唐宋年间西北边疆一带口传文学的产物。大约到了元代,薛平贵被人改为薛仁贵。至于杨宪益先生所论"薛平贵是回鹘传过来的欧洲故事"[3],因笔者孤陋寡闻、才疏学浅,而不敢苟同。但薛平贵故事由西域传入,并被附着在有史载的薛仁贵身上是可信的。《新唐书》和《永乐大典》只有薛仁贵因功得贵的记载,而无衣锦荣归之说。《新唐书》中只在薛之妻柳氏劝君

---

[1] 季羡林等编:《简明东方文学史》,北京:北京大学出版社,1987年,第8页。
[2] "德赫干"是波斯语,在古代词意为"贵族",现为"讲故事者"。
[3] 杨宪益:《译馀偶拾》,北京:生活·读书·新知三联书店1983年,第86—88页。

从军时的话中提到:"今天子自征辽东,求猛将,此难得之时,君盍图功名以自显?富贵还乡,葬未晚。"(《新唐书》卷一)可见元曲中《薛仁贵衣锦还乡》的题材源于民间传说是毫无疑义的。只是剧中并无薛仁贵杀子的情节,这一细节可能是根据西北地区流传的民间故事逐渐杂糅进去,直至《汾河湾》才定型于剧本中的。据此推断产生于中国西北边疆一带的薛氏父子故事,可能受到流传在西亚广大地区的鲁斯塔姆父子相残故事的点滴影响,是不会有什么问题的。

西北边疆历来为中西文化会通的重要媒介地,往来于中伊丝绸路上的商贾即是这种交流的主要居间人。他们穿行于西域古道,将流行及雏形期均在中国唐宋之交的《列王纪》中的主要故事内容,散布在中国的西北地区极有可能。《史记·大宛列传》记载了张骞"凿空"西域的壮举,中伊两国开始了有案可稽的信息交流。北魏《洛阳伽蓝记》卷三载有如下事实:"自葱岭以西,至于大秦,百国千城,莫不款(欢)附。商胡贩客,日奔塞下。……乐中国土风因而宅者,不可胜数。是以附化之民,万有余家。"并有"狮子者,波斯国胡王所献也"①的记载。唐贞观十四年(640),高昌设安西都护府,后迁至龟兹,促进了中亚、西亚各国与唐通好,仅长安就集中了西域各国的大量使臣、商人、宗教人士、留学生等。当大食(阿拉伯)灭波斯萨珊王朝时,波斯王子卑路斯曾因避祸全身而客死长安。安史之乱时,曾有回纥、大食之兵将十五万之众帮助唐朝收复了两京。事后因功留居张掖、酒泉一带的西域人数量日增,其中不少是波斯人。《资治通鉴》曾载唐德宗贞元三年(787),"初,河、陇既没于吐蕃,自天宝以来,安西、北庭奏事及西域使人在长安者,归路既绝,人马皆仰给于鸿胪……李泌知胡客留长安者,或四十余年,皆有妻子,卖田宅,举质权利,安居不欲归"②。当时普查有田宅者就达四千人之多。随着西域人的往来、定居,西域的文化,包括许多伊朗的文化,如音乐、舞蹈、杂技、幻术及民间文学等,大量而经常地传入中国腹地。唐宋时期波斯人来中国腹地的主渠道分为两条,陆路主要是翻越帕米尔高原,经天山到新疆,再到长安,直到11世纪后半叶,这条交通线才逐渐衰落。水路则从波斯湾经印度洋到广州,经江西洪州到洛阳、长安。如此频繁的商业往来和人员交流,为民间文学口耳相传提供了契机,加强了文学的传播与接受

---

① 杨衒之撰,周祖谟校释:《洛阳伽蓝记校释》,北京:中华书局,1963年,第133—134页。
② 司马光:《资治通鉴》卷二三二,北京:中华书局,1956年,第7492—7493页。

的可能性和可靠性。

此外,在《列王纪》成书前后,一些鲜为人知的中伊文学交流的史实,也提供了这两部作品父子相残母题存在事实联系的可能性。《列王纪》的一些章节曾提及中国皇帝在伊朗和突朗的对抗中,帮助突朗,甚至把伊朗英雄鲁斯塔姆与突朗英雄苏赫拉布鏖战难以取胜的原因,归咎于苏赫拉布穿戴了中国制的坚固头盔和铠甲等。尽管如此描写未必符合历史的事实,但足以表明,早在菲尔多西时代,中国在伊朗人心目中就已不再是陌生的国度了。比菲尔多西稍晚的波斯诗人欧玛尔·海亚姆(1084—1122)因运用"柔巴依"格律写抒情诗而久负盛名。"柔巴依"又称"塔兰涅",意即绝句。这种诗体产生于塔吉克民族古老的文化中心巴尔赫,其语言属印欧语系伊朗语族。中国西北边疆也有塔吉克族,从中伊文化的诸多交流来推测,"柔巴依"这种具有中亚文化传统的诗体,可能与中国唐代绝句有某种源流关系。稍后的诗人内扎米(1141—1209)取材于《列王纪》的叙事诗《霍斯陆与西琳》,影响了中国维吾尔族古典诗人阿不都热依木·纳扎尔创作的爱情诗《帕尔哈德与西林》。而哈珠·克尔曼(1290—1352)在长篇叙事诗《霍马与胡马云》中,甚至描写了伊朗王子霍马因慕恋中国公主胡马云而不惜放弃王位,千里迢迢去寻找,终成眷属的故事。诗中胡马云为考验霍马的勇敢,戴上面具和他交战的描述,和中国北齐兰陵王高长恭上阵御敌戴面具的史实性质完全相同。正如法国当代著名东方学家阿里·玛扎海里(1914—1991)所指出:"在波斯和中国两种文化之间具有选择性的相似性。我们掌握有成千上万的证据和资料能说明在这二者之间存在有相似性。"①

在中伊两国文化、文学交流如此绵密的基础上,鲁斯塔姆杀子和薛仁贵杀子的相同母题之间,有存在着事实联系的极大可能。深入分析这一相同母题的多层次含义,就可以将单纯的主题学平行研究引向影响研究的领地,即交感区域。随着中伊文学交流的史料不断被发掘,上述观点可能会得到进一步证实。

经过上文的逻辑分析与演绎推理,是否可以这样认为:《列王纪》中鲁斯塔姆与苏赫拉布父子相残的原因,不是弗洛伊德所谓的俄狄浦斯情结在作祟,而和薛仁贵误杀其子一样,表现了人生悲剧中一种母题。它说明不同民族在各自的国度里,由

---

① [法]阿里·玛扎海里:《丝绸之路——中国—波斯文化交流史》,耿昇译,北京:中华书局,1993年,第11页。

于相同的智能和思维规律,可以创造出同类母题的作品,或者由于中伊两国民间文学的相互影响与接受,才出现相同母题的作品。至于谁是影响者、谁是接受者,以及影响或接受的成分的多少,还有待于后人的再行探讨。

第五节 《红楼梦》与"失乐园"母题

中国古典小说名著《红楼梦》和比较文学研究有着"剪不断,理还乱"的诸多关系。早年,著名外国文学专家方平先生曾撰文比较《红楼梦》中的王熙凤和莎翁《温莎的风流娘们》中的福斯塔夫。有学者认为,《红楼梦》和日本名著《源氏物语》的重点都表现的是各自的男主人公贾宝玉和光源氏无法左右自己人生所产生的痛苦。以比较文学阐发研究来分析《红楼梦》的人物,贾宝玉恰似俄国文学的"多余人"形象。鲁迅先生曾举《红楼梦》为例所说:"单是命意,就因读者的眼光而有种种:经学家看见《易》,道学家看到淫,才子看见缠绵,革命家看见排满,流言家看见宫闱秘事……"这又是比较文学接受研究的重要依据。夏志清先生认为:"中国传统中最伟大的小说《红楼梦》也是一部唯一能同西方文学中悲剧杰作做有效比较的小说。"[①]《红楼梦》中对荣宁二府和大观园中的亭台楼阁、舞榭歌台的细致描绘,至今仍令画家心驰神往,令建筑师望而生畏。艺术与文学在这里相互渗透,起到审美互补的作用,这又是比较文学跨学科研究所涉及的领域。

王国维以清末乾嘉以来朴学大师们的治学传统为本,融合了近代西方的治学方法,从事创造性研究的最重要成果之一,就是利用西方的美学理论体系评述了博大精深的《红楼梦》这部"宇宙之大著述"。这实际上属于比较文学的阐发研究。他在《〈红楼梦〉评论》一文中,把《红楼梦》的悲剧纳入叔本华所记的三种悲剧说中的第三种,即"由于剧中之人物之位置及关系而不得不然者"。进而又从亚里士多德的悲剧理论入手,发现了"《红楼梦》之美学上之价值,亦与其理论学上之价值联络"[②]的特点,又具有了主题学研究的性质。王国维利用西方文艺理论评价中国文学对阐发研究有开山创始的意义,当然也应该实事求是地指出他套用叔本华哲学

---

① 夏志清:《〈红楼梦〉里的爱与怜悯》,见胡文彬、周雷编:《海外红学论集》,上海:上海古籍出版社,1982年,第127页。

② 郭绍虞:《中国近代文论选》下册,北京:人民文学出版社,1959年,第766页。

及美学观点评论《红楼梦》时所产生的疏失和不当。但无论如何,他运用西方文艺理论研究中国文学,不失为一个大胆的尝试,并具有了比较文学的性质。

无论这些对《红楼梦》研究的新尝试显得多么肤浅,没有道理,也无论这些研究观点与《红楼梦》研究有多么大的差异,都说明人们对《红楼梦》的关注。正如一句拉丁语名言所说:"每本书都有自己的命运"。但是从比较文学"母题"研究的角度分析阐释《红楼梦》的母题,即通过对《红楼梦》题材的提炼、形象的总括之后得出高度浓缩与升华的思想结晶,却是一个"失乐园"的永恒母题。

一、"失乐园"与《红楼梦》

"失乐园"母题中的"乐园"即《圣经》中的伊甸园。根据《圣经·创世记》记载,伊甸园是上帝耶和华创造的世界。"伊甸"在希伯来文中意为"喜悦"的意思,转译为"乐园"。伊甸园作为人类始祖诞生地和成长的摇篮,历来被描绘和理解为那是一个温馨、静谧的和谐之域,是一个其乐融融的乐园。在伊甸园里,人神同处,互相交流,相互信任。居住其间的人享受着种种和谐之乐,乐园可谓人类向往的福地。神话之所以产生是因为初民时期的人类,由于认识能力低下,无法正确认识自然现象的本质,于是想象在自然现象的背后有一种超自然力在掌握着自然现象。这种超自然力被具象化以后,就和人的形象合而为一了。从而产生了人神同形同性的神话,即神话成了人话。虽然神是人创造的,但是在几乎所有的神话中都说人是神造的。不仅如此,人类的始祖亚当和夏娃在蛇的引诱之下偷吃了上帝禁吃的知识树上的果子,使发怒的上帝将二人逐出伊甸园,坠落到尘世。人类从此失去了乐园。马克斯·韦伯(1864—1920)认为,"作为'清教主义神曲'的《失乐园》的结尾,亚当和夏娃被逐出乐园后,大天使米迦勒却对亚当说,他们可以依靠自己的力量收获一个更为快乐的家园。"①其意在说明,《失乐园》已流露出想往现实生活的倾向。作为"失乐园"母题,则主要表现的是现世、世俗生活中的"得而复失"。

描写这类"失乐园"母题的作品在外国屡见不鲜,从西方英国弥尔顿的《失乐园》开始,到有隐喻意义的描写家族盛衰历史的法国左拉的《卢贡·马卡尔家族》、

---

① [德]马克斯·韦伯:《新教伦理与资本主义精神》,于晓、陈维纲等译,北京:生活·读书·新知三联书店,1992年,第65页。

德国托马斯·曼的《布登勃洛克一家》、法国马丁·杜·加尔的《蒂波一家》、英国高尔斯华绥的《福尔赛世家》;再到东方日本紫式部的《源氏物语》、缅甸克立·巴莫的《四朝代》、埃及纳吉布·马哈福兹的《两宫之间》等,不一而足。这些经典都是通过大家族由盛及衰的描写,表现作品中那些形形色色的主人公在离开乐园福地时的一种失落感。那是一种遗憾、悲凉、失望而又无可奈何的感觉。若从这一角度入手分析和阐释《红楼梦》的"失乐园"母题,又何尝不是如此。

《红楼梦》的成书很复杂,诸多学者见仁见智,至今莫衷一是。要想对《红楼梦》的"失乐园"母题进行分析,必须对它的整体结构和叙事内容进行阐释。《红楼梦》前八十回以贾、史、王、薛四大家族(以贾家为代表)的兴衰为线索,即由军功发迹、钟鸣鼎食、诗礼簪缨之盛,到"百足之虫,死而不僵"的颓势,最后预示出他们"筵散花谢""落了片白茫茫大地真干净"的悲剧结局。根据前八十回诸多故事情节的发展趋势判断,以及脂评所提供的某些线索演绎推测,后四十回的情节应该描写贾、史、王、薛四大家族"一损皆损"的衰败景象。最后的贾宝玉从大悲到大悟,并终于"悬崖撒手",出家为僧了。一把大火将贾家烧了个精光。然而,《红楼梦》续书的作者不论到底是谁,虽写了四大家族的破败,但是在贾政重新"承袭"荣宁世职之后,却笔锋一转,四大家族"一荣皆荣"了。在第一百二十回里,还通过甄士隐之口说出:"将来兰桂齐芳,家道复初,也是自然的道理"之类的诳语。

《红楼梦》原著写的是四大家族的破败史,而续书却让"一败涂地"的四大家族,涅槃复兴,从《红楼梦》的母题深刻程度来说,则大为逊色。正如鲁迅所说:"是以续书虽亦悲凉,而贾氏终于'兰桂齐芳',家业复起,殊不类茫茫白地,真成干净者矣。"[①]鲁迅一矢中的地否定了续书的创作倾向,所以分析《红楼梦》的母题可以说,前八十回是"盛世悲音",后四十回写的是"末世挽歌",总情调反映的是"失乐园"母题式的悲剧精神。

二、《红楼梦》与"洞天福地"

"乐园"即伊甸园之类的美好境地,犹如中国古人早就希望出现的一种"乐土"。(《诗经·魏风·硕鼠》)。它在中国有时也被称为"洞天福地"。此语出自唐代杜光

---

① 鲁迅:《中国小说史略》,北京:人民文学出版社,1973年,第208页。

庭《洞天福地岳渎名山记》,原文写道:"列出三大洞天,三十六小洞天、七十二福地的名称。"这里的数字正是东方文化的产物,即都是"三"的倍数,是言其多,而不言其实。犹如老子所说"道生一,一生二,二生三,三生万物"之意。可见在中国文化传统中"洞天福地"的想象之多。洞天福地作为道教中相传的神仙居住的地方,据称有王屋山等十大洞天,泰山有三十六洞天,处天地名山之间,泛指名山胜境。这些"上天遣群仙统治之所",一般都在名山大川、仙界圣地的"洞府"之中。因其中别有天地,引人入胜而使居住者不忍或不舍离去。后来世人常以"洞天福地"来比喻形容那些清爽秀丽、风景宜人、安乐舒适之地。谁离开这样的地方都是终身的遗憾。尽管《红楼梦》中的荣宁二府就曾经也是这样的幸福之地,但是"祖宗九死一生挣下的这个产业"到了这一代却大大衰落了。

《红楼梦》从第二十三回贾宝玉随众姐妹住进大观园起,到九十五回因失通灵宝玉而疯癫(呆傻)被贾母带出大观园止,主要描写宝玉在大观园这个"洞天福地"般的"温柔乡"里的"安逸""享乐"的生活。在这个相对独立自由、远离尘世的"洞天福地"般的大观园里,各种赏心悦目的美事,应接不暇,酒宴接连不断,诗会层出不穷,游园千姿百态。宝玉在这个风光旖旎的"女儿国"里享受到了"洞天福地"的所有快乐。从第四十回"史太君两宴大观园,金鸳鸯三宣牙牌令"到第四十一回"栊翠庵茶品梅花雪,怡红院劫遇母蝗虫";从第六十二回"憨湘云醉眠芍药茵,呆香菱情解石榴裙"到六十三回"寿怡红群芳开夜宴,死金丹独艳理亲丧",一个高潮接着一个高潮。宝玉在这个得天独厚的"洞天福地"里享尽了人生的"良辰美景",但最终还是被带出了大观园。

《红楼梦》第五回写到荣宁二公托嘱警幻仙姑说:"吾家自国朝定鼎以来,功名奕世,富贵流传,已历百年。"这个"百年望族"曾有先皇御笔金匾"星辉辅弼",以及御笔对联"勋业有光昭日月,功名无间及儿孙"等物证,都说明贾家确为军功起家,"在武荫之属"。这样一个声名显赫、富贵荣华的豪门世家,到这一代已是"不及先前那样兴盛"了,只保持着表面上世家望族的架子,实际骨子里已是"大厦将倾"、外强中干了。《红楼梦》中的主人公和那些惺惺相惜的读者会从荣宁二府败落的景象中,感受到失去乐园,即失去"洞天福地"的那种失落感。

"失乐园"母题在《红楼梦》中象征着荣华富贵犹如过眼云烟,难以永存。这绝不只是清初学者赵翼在《廿二史札记》中所说的"名父之子多败德"的验证,而是物极必反,盛极而衰所显示出的大自然造化之功和盛衰荣枯的规律,是自然天成的,人力不可改变的。正如民间所说"富不过三代"中所含的哲理一样。这也印证了"君子之泽,五世而斩"(《孟子·离娄下》)的古训。正是这种"失乐园"母题的痛苦增加了《红楼梦》的悲剧意识。

三、"失乐园"母题的意义

"失乐园"母题还普遍象征或比喻着人类生存状态中的一种佳境、一种绝好时刻的失去。比如年轻活泼的姑娘不会永远美丽漂亮,肌肉发达的小伙也不可能永远精力无限,无论几世同堂,也不可能有不散的筵席,月亮不论什么都有阴晴圆缺。这是人之常态,事之常理,概莫能外。

《红楼梦》中的荣宁二府,尽管呈现出过"烈火烹油、鲜花似锦"的盛世景况,也不可能永远不衰败。到最后还是"忽喇喇似大厦倾,昏惨惨似灯将尽",演绎了一出"树倒猢狲散"的悲剧。真是应了第十三回中秦可卿托梦告诫王熙凤的话:"月满则亏,水满则溢""乐极悲生""登高必跌重""盛筵必散"。由此观之,"失乐园"母题揭示出事物发展的本质规律是相同的,只是表现形式的不同而已。即荣宁二府的颓势并没有预示出"莫道桑榆晚,为霞尚满天"的再度辉煌,却浸透着"夕阳无限好,只是近黄昏"的悲凉无望。"因为主仆上下,安富尊荣者居多,运筹谋划者无一";"外面的架子虽未甚倒,内囊却也尽上来了";"如今的儿孙,竟一代不如一代了"。一派大家族衰败的景象。由于家庭(家族)在中国的存在是按照马克思所说的"亚细亚生产方式"发展的,家庭和通过家庭组成的家族或家族联盟即族群,这些自然形成的共同体,集体占有土地,每个人只有将自己作为这个共同体的成员,才能将自己视为是土地的占有者。正如马克思所说:"在亚细亚的形式中,不存在个人所有,只有个人占有;公社是真正的实际所有者;所以,财产只是作为公共的土地财产而存在。"[①]建立在亚细亚土地公有制基础上的农村公社的自然经济,形成了每个人都不可能离开共同体的宗法制血缘关系。"就像单个蜜蜂离不开蜂房一样"。每个人都不能独立于建立在血缘关系上的共同体,他只有将自己视为其中的一员,才能拥有他生存的一切。从而形成了《红楼梦》中个人的集体性的文化人格和群体性的价

---

① [德]马克思、恩格斯:《马克思恩格斯全集》第四十六卷上,北京:人民出版社,1962年,第481页。

值取向,一旦贯穿贾府主仆之间那种曲终人散、好景不长的共同心理形成,那么,《红楼梦》全书的悲剧性和"失乐园"的母题就已命定了。

马克思还深刻地指出:"在大多数亚细亚的基本形式中,凌驾于所有这一切小的共同体之上的总合的统一体表现为更高的所有者或唯一的所有者,实际的公社却只不过表现为世袭的占有者。"①而贾政实际上就是荣宁二府这一"公社"的"世袭的占有者"。尽管他处处以儒家的高标准要求自己和他人,但是因为他所处的封建时代,早已是颓相彰显,衰败乃大势所趋。贾政只不过是"沉舟侧畔千帆过"的一叶"沉舟",成了事实上真正的"无能"之辈。而《红楼梦》整部小说的中心,就是描写了这种"失乐园"母题的大趋势。正如胡适在《〈红楼梦〉考证》里所指出的:"《红楼梦》只是老老实实地描写这一个'坐吃山空''树倒猢狲散'的自然趋势。"②

小说《红楼梦》虽有反封建主题说,爱情主题说,也有二女(黛玉和宝钗)同一男(宝玉)主题说,但是都不及"失乐园"母题说更深刻,更具有普遍性。因为从历史的长河来考察,从社会的发展进行分析,"失乐园"母题都具有某种永恒性。它是许多世界文学的作家在自己的经典里描写普遍时空状态下人物或家庭命运时都经常探讨一个话题,也是事物在普通时空状态中都可能发生的一种趋势。这何尝不是人类在面对世上万象荣枯盛衰而自然而然地发出的一种普遍性的人生感慨呢!

小结

"母题研究"一章的实践表明:相对主题而言,母题实现出较明显的具象性特征,即较强的客观性和重复性。由于"母题"这一术语最初发生于对神话故事和民间传说的研究,所以人们运用起来最得心应手的还是叙事作品中相关的母题研究。总之,这一章的内容都是关于神话传说中的母题在具体的叙事文本中如何表现的研究,具有明显的可操作性。

---

① [德]马克思、恩格斯:《马克思恩格斯全集》第四十六卷上,北京:人民出版社,1962年,第473页。
② 胡适:《〈红楼梦〉考证[改定稿]》,见人民文学出版社编辑部编:《红楼梦研究参考资料选辑》第一辑,北京:人民文学出版社,1973年,第29页。

第三章　题材研究

第一节　"瓮算"题材的前世今生

一、"瓮算"题材的东传

汉文古籍南朝梁代的《殷芸小说》中有这样一则小故事:"俗说:有贫人止能办只瓮之资,夜宿瓮中,心计曰:'此瓮卖之若干,其息已倍矣。我得倍息,遂可贩二瓮,自二瓮而为四,所得倍息,其利无穷。'逐喜而舞,不觉瓮破。"①这个后人称为"瓮算"题材的故事所记的"俗说",应该指口耳相传于街头巷尾的民间故事。当时正是"南朝四百八十寺,多少楼台烟雨中"的佛教大行其道之时,这个故事应该和佛教传入有关。《众撰杂譬经》卷上有"宝瓶"一节与上述故事相类似。讲一穷人求乞供神,颇为虔诚,"天(神)与一器,名曰'德瓶',而语之言:'君所愿者,悉从此瓶出。'其人得以随意所欲,无不得"。有客想见瓶中所出物,其人"即为出瓶,瓶中引出种种诸物。其人骄逸,捉瓶起舞。执之不固,失手破瓶,一切诸物,俱时灭去"。②这个佛经中的"瓮算"故事题材的原型最早出现在古代印度的两部梵文的寓言故事集里。第一个是《益世嘉言集·和平篇》中的第七个故事。主人公是个婆罗门,他躺在床上对着放满米粥的土盘子突发奇想,因为他想象中要娶的女人而打碎了盘子,随之空中楼阁全无。第二个是《五卷书》中的第五卷第七个故事。主人公也是个穷婆罗门,他躺在床上望着用行乞剩下的米粥装满的罐子而在梦中想入非非。罐中的粥在欠收年可卖不少钱,钱可以买羊,羊多了可以换牛,水牛再换牝马,再将所生小马换钱盖房娶妻。最后,他因用脚踢不照看孩子的妻子,而将罐子踢破,他从梦

---

① 殷芸编纂:《殷芸小说》,上海:上海古籍出版社,1984年,第107页。
② [日]高楠顺次郎、渡边海旭等编:《大正新修大藏经》(《大正藏》)(第4册),东京:大正一切经刊行会,1924—1934年,第532页。

幻中醒来。① 这个故事与前两则故事孰前孰后学者意见不统一,但是都来源于印度并无疑义,其中心题材是根据一个易碎之物所引起的联想,物碎一切化为乌有。

"瓮算"题材的故事借佛经的传播进入中国文学作品。北宋文学家苏轼的《寄诸子侄》一诗中有"他年汝曹笏满床,中夜起舞踏破瓮"之句,明显系据此题材故事而写成。宋代文学评论家韦居安在所著《梅磵诗话》中曾载苏轼诗所用典,即是《五卷书》与佛经两则同题材故事流变的结果。《梅磵诗话》载:"东坡诗注云:有一贫士,家惟一瓮,夜则守之以寝。一夕,心自惟念:苟得富贵,当以钱若干营田宅,蓄声妓;而高车大盖,无不备置。往来于怀,不觉欢适起舞,遂踏破瓮。故今俗间指妄想者为瓮算。"继后,"瓮算"题材的故事内核在明代江盈的《雪涛小说·妄心》中也有关于"瓮算"题材的变种、"一个鸡蛋的家当"。其记述:"一市人贫甚,朝不谋夕。偶一日拾得一鸡卵,喜而告其妻曰:'我有家当矣。'并与其妻说,借邻人鸡可卵小鸡,其雏可生蛋,蛋可生鸡,鸡换钱可买母牛,母牛生小牛数年后可得千金,再用钱置田宅,买小妻,可欢度晚年。其妻闻欲买小妻,怫然大怒,以手击鸡卵碎之,曰:'毋留祸种。'"②中印"瓮算"题材故事的主人公都是因贫穷而产生妄想;二人所得钱财都要经过买牛这一环节,致富都想置房产娶妻,这种思想明显是封建宗法制小国寡民式的小农经济社会的产物。两位"瓮算"者的不同点在于,一位是单身汉,一位是有妻者,二者幻想破灭的原因都是因为女人,而且都有殴妻行为,无论是梦幻中,还是现实中都是如此。小小的故事里却反映出中印两国古代封建社会严重的夫权思想和女人祸水论在作品中的渗透与浸润。鲁迅先生曾总结此类题材故事流变现象时指出:"魏晋以来,渐译释典,天竺故事亦流传世意,文人喜其颖异,于有意无意中用之,遂蜕化为国有。"③

二、"瓮算"题材的西传

印度古代寓言故事集《五卷书》梵文本于 2 至 6 世纪在印度汇集。它编纂成书以后,又于 6 世纪中叶被一个受波斯萨珊王朝国王艾奴·施尔旺之命的医生白尔才外编译成古波斯巴列维语文本,书名为《五卷书》第一卷中的两只豺狼"迦罗吒迦

---

① 《五卷书》,季羡林译,北京:人民文学出版社,1959 年,第 384—385 页。
② 江盈科:《雪涛小说》,上海:上海古籍出版社,2000 年,第 14 页。
③ 鲁迅:《中国小说史略》,北京:人民文学出版社,1973 年,第 37 页。

和达摩那迦"的名字。570年左右,叙利亚(一说伊朗)的一名基督教徒,又将此书从巴列维文译成古叙利亚文,仍沿用原书两只豺狼名字为书的译名。这个译本目前只留有残本。750年左右,生于波斯后改信伊斯兰教的伊本·穆加法(724—759)又将此书由巴列维文译成阿拉伯文,仍沿用原书名。取名《卡里莱和笛木乃》(即原书中两个豺狼迦罗吒迦和达摩那迦的变音——笔者注)。《五卷书》在印度成书时间久长,人们口耳相传流传广泛,版本也很多,原貌如何现已难以推断。1199年,印度一位耆那教僧人补里那婆多罗受大臣苏摩之命根据已有的一些《五卷书》的本子编纂成所谓的"修饰本",即现在流行的版本。从时间上分析,《卡里莱和笛木乃》因在8世纪已译成阿拉伯文,所以底本肯定不是《五卷书》的"修饰本"。事实上,无论是就两部书中的数字进行比较,还是对《卡里莱和笛木乃》中的故事进行具体分析,都可以明显发现二者间存在着很大的差异。季羡林就曾指出:《卡里莱和笛木乃》"不是一个纯粹的译本"。① 意思是说它已是译者伊本·穆格法在原作基础上增删改编再创作的一部新作品。10世纪以前这些故事的流传并不十分活跃,也不系统,主要是经商,游行者口耳相传的随意性讲述。10世纪以后,包括上述故事的大量故事体裁的东方文学作品,开始以书面译介的形式,通过广大的穆斯林地区进入西方。

10世纪左右,阿拉伯帝国的势力日益强盛,疆域逐渐扩大,领土横跨欧亚非三洲。继后,11世纪至13世纪,历时近二百年的十字军东侵先后8次进退,客观上也将东方文化中的优秀之作带回西方。13世纪蒙古国经过了3次西征后曾长期占领欧洲东部,包括佛教文化的印度故事也在逐渐西传。在这种东学西渐的浪潮中,阿拉伯文本的《卡里莱和笛木乃》又派生出希伯来文本、希腊文本、西班牙文本、拉丁文本、法文本、德文本、意大利文本等。19世纪中期,德国著名东方学家,流传学派奠基人,泰依多尔·本菲在将印度古典文献《五卷书》译成德文于1895年出版时,写了一篇学术专著性质的长篇导论。他在为《五卷书》的故事作注释,并进行分析时发现,法国寓言家拉封丹的作品中有个故事的题材与《五卷书》中的故事题材基本相同。一个头顶牛奶罐的年轻村妇,路上作着发财致富的白日梦,竟然高兴地跳起来,结果牛奶罐掉在地上,梦想随之破灭。因此,他在《五卷书》的导论中做结

---

① [阿拉伯]伊本·穆加发:《卡里来和笛木乃》,林兴华译,北京:人民文学出版社,1959年,第1页。

论说:"我在寓言、童话以及东方和西方民间故事领域所作的调查使我确信,从印度扩散开来的少量寓言,大量童话和其他民间故事几乎覆盖了整个世界。就其扩散的时间而言,比较早的大约是在公元十世纪以前传播到西方的……到了十世纪,在印度,伊斯兰教徒开始了持续不断的攻击和征服活动,印度便越来越为人所熟知。从那以后,口头传播变得不如书面来写作那么重要了。"[①]在格林兄弟所创立的神话学派的故乡德国,运用神话学派所确立的,并被学界认同的历史比较研究法以及语文学传统来分析以古代印度文献为重要组成部分的其他古代东方文献,并拥有了诸多的追随者,逐渐形成了民间文艺学研究领域中的新流派,即流传学派。"瓮算"题材研究成为日后比较文学主题学研究的一个重要范例。

三、"瓮算"题材的世界化

现在可以确定的是世界范围内诸多地区的民间文学或书面文学中广泛流传着"瓮算"题材的故事。尽管其中不少民族都在因袭其他民族的这些故事题材,然而他们并未放弃自己的民族文化精神,而是用自己的民族文化特点来改造这些因袭的题材故事,但并未进行脱胎换骨式的重塑,只是进行了翻版而已。人们在仔细考察这些故事题材时,既能发现固有题材的内核,又能发现其新加入的民族文化元素。在"瓮算"一类题材的故事中,叙事成分千变万化有时甚至有些面目全非,但是其内核,即"瓮":一个能装让他(她)由此而产生梦想资本的容器和物品总是要有的,但其质地是脆弱的;"算"即是他(她)都在作着发财的白日梦的计划也是不可或缺的,但一旦物碎梦想即破产;再有就是身份各异的各种"瓮算"者,都是一贫如洗、喜欢梦想的主人公。这三者始终是这类相同题材必备的三大要素,缺一不可。

在印度《五卷书》故事的叙述中,瓮算主人公是个穷婆罗门,瓮算的资本是一罐米粥;在阿拉伯地区的《卡里莱和笛木乃》故事里,瓮算的主人公是个教士,瓮算的资本是一罐蜂蜜;在希腊《斯蒂凡尼托斯和伊赫尼拉托斯》的故事里,瓮算的主人公是个乞丐,瓮算的资本是一罐蜜糖和奶油;在德国《格林童话集》中,瓮算主人公是一对懒惰的夫妻,瓮算的资本也是一罐蜂蜜;在《俄罗斯民间故事》里,瓮算主人公是一个贫穷的农民,他瓮算的资本是一只兔子;法国《拉封丹寓言诗》中的瓮算主人

[①] [美]斯蒂·汤普森:《世界民间故事分类学》,郑海等译,上海:上海文艺出版社,1991年,第45页。

公是个村妇,她瓮算的资本是一罐牛奶;中国的《殷芸小说》中的瓮算主人公是个穷人,瓮算的资本是个瓮。这些民族的"瓮算"题材故事内容大同小异,为了阅读审美的独特需要,各个民族在故事叙事方面,都表现出自己民族风格的方式。瓮算的主人公都是在不同的民族文化环境,历史地理环境和文化心理结构中不断地变异,辗转流传的不同面貌身份的同一形象,即穷人。而瓮算的资本都同是盛在瓮罐一类容器里的生活必需的食用液体。这个题材故事主要表现了穷苦人在窘困的生活条件下的异想天开,建筑在易碎容器里的白日梦。这种痴心妄想,既可悲又无奈,具有"含泪的笑"式样的文学审美效果。

第二节 题材"变异":《赵氏孤儿》与《中国孤儿》

《中国孤儿》是18世纪法国著名启蒙主义思想家和文学家伏尔泰的重要悲剧作品。因《中国孤儿》(以下简称《中》剧)是受中国元杂剧《赵氏孤儿》(以下简称《赵》剧)的影响写成,所以它现今已成为学术界耳熟能详的中法文化交流的结晶之一。在中国源远流长的《赵氏孤儿》题材,从18世纪30年代辗转流传到法、英等欧洲其他国家,现今又以改头换面的《中国孤儿》题材形式回到中国舞台,并令人瞩目,形成一种题材回返的现象,其运动轨迹呈"循环式"。在这种颇有意思的文化现象中,伏尔泰起了重要的中介作用。他对中国文化有深入的研究,对之推崇备至,并深受启发。他虽然一直将古典主义的"三一律"奉为创作圭臬,但阅读了"列于世界大悲剧中,亦无愧色"的《赵》剧文本之后,依然得其神髓而写出《中》剧。我们不想研究这两部悲剧的诸多事实联系,只想探讨两剧之间的题材关联,从审美思辨和理论思维的视点出发,对两剧的题材进行粗浅的比较性阐发,试图寻觅出《赵》剧题材中那些被《中》剧所融摄的变异因素,以及伏尔泰如此抉择的原因。

一、搜孤救孤题材变异为理性与爱情矛盾

悲剧艺术主要是通过悲剧冲突产生美感并引起共鸣。德国著名戏剧理论家布莱希特指出:"戏剧必须提供人类共同生活的不同反映,不仅是不同的共同生活的

反映,而且也要提供不同形式的反映。"①因此,即使是对同一题材的悲剧,"不同反映"的原则也会促使不同的作者自觉不自觉地改变悲剧冲突所反映的内容和形式。《中》剧植根于本民族文化的土壤中,对《赵》剧中搜孤救孤这一题材的悲剧冲突进行了"不同形式的反映"。

有关赵氏孤儿的故事,在中国先秦典籍《春秋》《左传》《国语》以及汉代的《史记》中,都有大同小异的记载。元代著名戏剧家纪君祥抓住搜孤救孤这一题材故事的核心,将其敷衍为杂剧《赵氏孤儿》。题材内容主要展现春秋时代晋国奸佞屠岸贾对忠耿老臣赵盾由嫉恨到多次陷害,最后诛杀赵氏满门三百口的历史。悲剧着重描写了赵氏孤儿被程婴用药箱偷出府后,公主自尽、门将韩厥放走程婴后也自杀、公孙杵臼为孤儿舍命、程婴为换孤儿舍子等一系列悲壮之举,以及屠岸贾为斩草除根对孤儿穷追不舍所造成的诸多悲剧冲突。

伏尔泰受《赵》剧启发写成的《中》剧,对原剧中搜孤救孤的悲剧题材进行了大胆的改动,将它由原来的主要戏剧冲突变为次要的冲突,强化与突出了原剧本题材中未涉及的理性与爱情的矛盾。悲剧冲突主要在征服中国后继续搜寻前朝遗孤以绝后患的成吉思汗,和藏匿遗孤的前臣张惕及其妻子伊达梅之间展开。当张惕像程婴一样献子救孤时,伊达梅却由于强烈的母爱而道出实情。成吉思汗的内心深处也在对待伊达梅的爱情和虐杀孤儿之间展开了感情与理性的矛盾冲突。

《赵》剧通过搜孤救孤的悲剧题材,主要反映封建统治上层内部的忠奸斗争,以非正义的邪恶势力肆无忌惮地迫害正义的无辜弱小来博得人们的同情。《中》剧则主要通过成吉思汗和伊达梅之间的虚构爱情,深掘男女主人公内心深层的感情与理性之间的悲剧性冲突,表现"理性与天才,对盲目、野蛮的暴力所具有的优越性"②,最终强调的是道德的力量,"不同反映"的原则促使伏尔泰在《中》剧中改变了原作中历史题材的悲剧冲突,从而表现了作者独特的美学视域。

伏尔泰对《赵》剧题材的改动,不是对原作的误读与曲解,而是对原有题材进行筛选、过滤后有意识的再创造。究其原委,大致有以下几点原因。

其一,自17世纪的巴洛克风格兴起,中国在欧洲许多国家的影响越来越大,至

---

① 中国社会科学院外国文学研究所外国文学研究资料丛刊编辑委员会编:《外国现代剧作家论剧作》,北京:中国社会科学出版社,1982年,第88页。

② 同上书,第160页。

18世纪达到了登峰造极的程度。欧洲的主要国家几乎都笼罩着一种对中国道德备感兴趣的气氛。他们把中国人视为极有道德的人类,渴望从中找出矫正自己行为的规范。伏尔泰尤其高度评价说:"他们(中国人)具有完备的道德学,它居于各科学问的首位。"①因此,他在自己的《中》剧里必然会尽力表现这种道德的力量,而不只是娱乐观众。他甚至竭力称赞说:"《赵》剧是一篇宝贵的大作,它使人了解中国精神,有甚于人们对这个大帝国所曾作和所将作的一切陈述。"②他希望《中》剧在充分显示中国人的道德方面,能够胜过任何耶稣会的报告,并直接称之为"儒家道德的五幕剧"。由此可见,让孔子的道德学说蕴含于剧中并不足为奇。

其二,伏尔泰曾与另一启蒙主义思想家卢梭就自然与文明的关系问题发生过争论。卢梭认为人类的自然状态比文明社会要好,主张返归自然。伏尔泰则对中国的民族文化高度赞扬,对理性胜利和道德伟大坚信不疑,他有意将这一点写进《中》剧里,使之成为与卢梭进行论战并批驳他的有力武器。在《中》剧的初版卷首,就附有伏尔泰写给卢梭的信,提及已收到卢梭"反对人类的新著"之类的话,这更明白无误地说明此剧的论辩性质。

其三,伏尔泰对《赵》剧悲剧题材的改动,是以古典主义美学原则为基础的。他虽然充分肯定了《赵》剧的道德力量,也承认《赵》剧优于"在那相同的时代所做的一切",然而,他却对《赵》剧的艺术成就颇有微词。认为"这篇中国戏剧并没有其他的美:时间和剧情的统一,情感的发挥,风俗的描绘,雄辩、理性、热情,这一切都没有"。一句话,他认为《赵》剧难以和法国古典主义名剧相提并论。这种不无偏颇的结论是由于他师法高乃依和拉辛,拘泥于古典主义美学标准和情趣所致。在总结了以往的戏剧创作之后,他认为"在法国,悲剧通常是一系列的对话,分为五幕,包括一个爱情纠葛",而"每种艺术都具有某种标志着产生这种艺术的国家的特殊气质"。③因此,他一改《赵》剧中搜孤救孤的悲剧题材,而写出《中》剧这样一个"充满爱情的新剧本"。他觉得"爱情给戏剧提供的内容,实多于复仇与野心,因复仇与野心无细腻精微之处,而爱情则有无穷无尽的细腻与精微,爱情在剧场上比别的热情

---

① [德]利奇温:《十八世纪中国与欧洲文化的接触》,朱杰勤译,北京:商务印书馆1962年,第79页。
② 转引自敖依昌、樊菀青:《从巴赫金的对话理论看〈赵氏孤儿〉在欧洲的传播》,《四川戏剧》2007年第6期。
③ 伍蠡甫编:《西方文论选》上卷,上海:上海译文出版社,1979年,第320页。

较易成功,因为世间的爱情多而复仇与野心少"①。事实上,由于"高乃依和拉辛的剧作,都是将绝对主义加以戏剧化而已。没有净化的必要,因为情感被割离现实之后就净化了"②。因此,效仿者伏尔泰改动悲剧冲突后的《中》剧所产生的艺术感染力,也受到一定的削弱。悲剧冲突引起的感情冲动与宣泄,纷纷被理智和思辨所取代,显得理性有余,而激情不足,颇有劝善说教、道德感化的意味。

但也必须看到,《中》剧题材的转换,表现了伏尔泰高瞻远瞩的时代感。他在自己的活动领域内,比其他人更早、更深刻、更充分地表达出他所生活的那个时代的社会的或精神的本质。伏尔泰从《赵》剧中的题材中吸取了营养,引发了创作灵感,并对其进行了适度的改造,以表现自己生活时代的美学追求与社会理想,沟通了法国观众的审美心理。他通过寻求新的、能被接受的悲剧冲突,强调道德的力量,达到认识善的目的,借以表现启蒙思想家的理想境界。从而达到"艺术在取得审美享受的同时,必须在道德伦理上起感染作用,进而求得社会实践中的人格完善"③的更高、更新的美学层次。

二、佞臣屠岸贾变异为君王成吉思汗

20世纪著名文学批评家韦勒克曾经指出,"如果我们建立起考查办法来发掘文学天才"的话,那么,"用以考查叙事性的作家(小说家和戏剧家),着重考查其人物塑造和情节结构"。④ 可见在戏剧题材研究中人物形象塑造所占的重要位置。在亚里士多德时代,没有"性格"仍然不失为悲剧。到了莎士比亚时代,"性格"才逐渐成为戏剧家着重塑造的对象。在中国,从戏剧成熟的元代开始,剧中人的形象就已异常鲜明,性格突出。无论在中国还是在法国的悲剧中,人物形象都以其惊天地、泣鬼神的魅力和悲剧冲突,同具等量齐观的美学价值。

在《赵》剧中,反面人物屠岸贾是剧中题材所要表现的重要形象,是推动剧情发

---

① 转引自敖依昌、樊菀青:《从巴赫金的对话理论看〈赵氏孤儿〉在欧洲的传播》,《四川戏剧》2007年第6期。
② [美]约翰·霍华德·劳逊:《戏剧与电影的创作理论与技巧》,邵牧君等译,北京:中国电影出版社,1978年,第33页。
③ 中国戏剧出版社编辑部编辑:《戏剧美学思维》,北京:中国戏剧出版社,1987年,第17页。
④ [美]雷·韦勒克、奥·沃伦:《文学理论》,刘象愚等译,北京:生活·读书·新知三联书店,1984年,第85页。

展、加速矛盾冲突的主要动力。他是春秋时代晋灵公手下的大将,身居要职却嫉贤妒能、陷害忠良、阴险狡诈。为除掉一个赵氏孤儿,他居然不惜杀死国中所有婴孩以绝后患。正是屠岸贾这种残忍的性格才使戏剧冲突趋于尖锐,一波未平,一波又起。他一出场就杀气腾腾,追述用神獒扑咬赵盾的情景,令人毛骨悚然。他威逼赵朔自杀、囚禁公主于囹圄的毒辣,又令人发指。赵氏孤儿下落不明,他居然极其残忍地布下天罗地网,宁可错杀无辜,也不让孤儿有任何逃生的可能。程婴告"假状",他不仅诡计多端地严加盘问,恐吓威胁,而且令他亲手行杖,拷打公孙杵臼,表现得无比狠毒狡诈。搜出假赵氏孤儿,他信以为真,竟然灭绝人性地连剁三剑,以泄心头之恨。《赵》剧通过屠岸贾的语言、动作和心理活动,将一个凶狠残忍、毫无人性可言的奸佞形象淋漓尽致地表现出来。可是这样一个人物形象到了伏尔泰的笔下却面目全非了。

伏尔泰的《中》剧是根据到中国传教的耶稣会教士马若瑟(1666—1736)译自《元人杂剧百种》,发表在1735年由法国耶稣会士杜赫德(1674—1743)主编的《中华帝国及其鞑靼地区地理、历史、编年、政治、自然之描述》(中译习称《中华帝国志》或《中国通志》——笔者注)上的删译本、只有前三折的《中国悲剧赵氏孤儿》改写而成。原作中搜孤的主角、春秋战国时代邪恶势力的代表屠岸贾摇身一变,成了宋代末年鲁莽野蛮,但可以被感化的理智君王成吉思汗。他出场时是个不可一世的征服者,曾因汉族姑娘伊达梅拒绝过他的爱情,而发誓要成为征服整个世界的强者,使世人再不能蔑视他。他看到中国宏伟的建筑,珍贵的文化遗产,大为惊叹,心驰神往。当他睹物思人,记起和伊达梅的恋情时激动不已。一个野蛮的屠夫竟然变成缠绵悱恻的骑士。当他见到不愿让儿子被杀死的旧时情人伊达梅时,嫉恨之心顿时化作复萌的旧情,铁石心肠的封建暴君、南征北战的征服者立时成为柔肠寸断的"情种",拜倒到昔日恋人的石榴裙下。人物形象如此明显变异,题材已有了再创作的性质,明显可以看出伏尔泰是在既囿于西欧文化传统的藩篱,又想宣扬中国文化优越性,才改变原作中人物形象基调的。在剧情的继续发展过程中,成吉思汗恼怒、困惑、茫然不知所措,由一个至高无上的君王变成了自己阶下囚的情敌。在张惕和伊达梅夫妇的睿智与美德的感化下,成吉思汗进一步意识到自己只不过是一介武夫,一个缺乏精神文明的蛮人。最后在张惕和伊达梅即将自杀的关键时刻,他的人性终于复苏和觉醒了,理性战胜了感情,成为性格有发展变化的正面人物。粗略观察,成吉思汗的转变似乎使人感到有些突兀,仔细分析,人物在出场时就以独白的形式交代了他性格变化的原因在于中国古代文明征服了他的心,为此后其性格的转变作了必要的铺垫,终于一个时代枭雄受道德感化而成为一个忏悔者。

《中》剧由于主人公成吉思汗这一形象的变化,已使整个剧情脱离了原作《赵》剧的题材。《赵》剧通过屠岸贾这一形象重在表现正义与邪恶之间的生死搏斗,从而歌颂正义具有战无不胜的力量。《中》剧则由于成吉思汗这一形象的转变,而突出宣扬了爱情与理性的矛盾,赞扬了道德在理性中所表现出的巨大力量。伏尔泰之所以要改变这一人物形象的美学内涵,并对它作如此大跨度的重新塑造,是有深刻原因的。

首先,谙熟中国历史的伏尔泰从历史中找出了要表达自己思想的真实史实。赵宋王朝在蒙古族南下大军的进攻面前,已显露出日暮途穷的颓势,只剩下孤儿寡母临朝。元军直下临安,谢太后和第一个"赵氏孤儿"(赵显)的命运可想而知。以后,一个又一个的"赵氏孤儿"相继被拥戴。文天祥等拥立了第二个"赵氏孤儿",张世杰又拥立了第三个"赵氏孤儿",以后宋人虽再想拥立"赵氏孤儿",但已是时过境迁之事了。因此,从历史上看,造成中国孤儿最惨痛悲剧的,不是屠岸贾,而是成吉思汗。恰如屠岸贾要弑君篡国必然要加害于忠臣之后,除掉赵氏孤儿一样,元人欲夺大宋江山,不仅要杀死国君,而且要对皇孤斩草除根,以防东山再起。从剧本创作的时代来分析,伏尔泰的《中》剧比《赵》剧具有更明显的历史含义,以及更强烈的时代感,具有美学上的典型环境的意义。

其次,伏尔泰想通过悲剧主人公的美学意义,以便从道德层次上肯定《赵》剧是一部杰作,甚至评价说:"中国人在14世纪,并且在很久以前,就写出比一切欧洲人都更好的诗剧",《赵》剧更是"优于我们在那相同的时代所做的一切"。[①] 它那妙趣横生、变化多端,却极其明畅的剧情,居然会产生在蒙古族统治下的中国,伏尔泰认为根本原因在于野蛮的征服者接受了文明的被征服者的文化道德传统。为了使自己的这一观点具有说服力,最佳途径是使几乎征服了半个欧亚大陆的成吉思汗也折服于中国的传统道德。正如伏尔泰在《中》剧的献词中说:"鞑靼已经两次提供这个例证了,因为当他们上世纪初又征服了这个庞大帝国的时候,他们再度降服于战败者的道德之下,两国人民只构成了一个民族,由世界上最古的法制治理着。这个

---

① 转引自吕超:《〈赵氏孤儿〉西行记:伏尔泰用它来推动启蒙运动》,《北京青年报》2010年12月13日。

引人注目的大事就是我的作品的最初目标。"①因此,成吉思汗在《中》剧里顺理成章地取代了屠岸贾,成为作者颇具匠心构思塑造的一个新的人物形象。

再次,伏尔泰在《中》剧里,将原剧中的具有类型化倾向的形象屠岸贾,再造成一个能够改变历史进程的重要历史人物成吉思汗,表现出超凡的审美力度。他遵循古典主义的美学原则,将这个历史英雄置于情感和理性的矛盾中进行考验,最后让他的理性战胜感情。于是乎,成吉思汗这个历史英雄由一个杀伐千里的魔王变成一个贤明、理智的圣王。他表达出许多启蒙主义思想,成了伏尔泰的代言人。而《赵》剧中的屠岸贾始终凭感情用事,为满足私欲而迫害无辜,是个丧失理性的反面人物。伏尔泰将题材中的主人公按照古典主义美学的标准进行重塑,无疑更适宜于当时具有古典主义审美经验和审美情趣的法国观众。

可以这样进一步分析,在法国剧坛独领风骚达二百年之久的古典主义思潮,其理论支柱主要是布瓦洛的《诗的艺术》等,而伏尔泰正是这种古典主义理论的忠实践行者。布瓦洛认为:"首先须爱理性:愿你的一切文章永远只凭着理性获得价值和光芒。"②伏尔泰正是从这种古典主义的美学观和价值观出发,大胆地将屠岸贾与赵氏孤儿的历史题材,衍化为成吉思汗的爱情故事,并使之合乎理性原则。布瓦洛反对民族和时代之间相互混淆的文学现象,他嘲笑那种"把我们的风度精神加给古代意大利;借罗马人的姓名写我们自家面目"的创作方法。但是伏尔泰为了宣扬自己的戏剧美学主张,打破了这种束缚。在题材变异中,他一方面注意到中国人与法国人、古代人与中古人在戏剧中各有一套所谓的"尺度",都应该服从于理性的需要;另一方面也注意到不要让这种人为的"尺度"隔断了民族之间和时代之间的相互渗透、融合、同化、汇通等复杂联系。因此,伏尔泰使原题材中的主人公屠岸贾变成了成吉思汗,目的在于要塑造树立自己美学主张中的悲剧形象,以宣扬自己的启蒙主义思想。

三、暴力复仇突转为道德胜利

悲剧的结局从来就是表现剧作家高超的艺术技巧和点明作品主旨的肯綮之

---

① 转引自吕超:《〈赵氏孤儿〉西行记:伏尔泰用它来推动启蒙运动》,《北京青年报》2010年12月13日。
② 伍蠡甫编:《西方文论选》上卷,上海:上海译文出版社1979年,第290页。

处,也是衡量悲剧是否能震撼人心、给人以崇高审美享受,以及平衡观众或读者审美心理的最后一枚砝码。《赵》剧和《中》剧虽都有一个圆满的结局,却又都不失为动人的悲剧。这两部悲剧的结局,尽管存在着某些题材上的联系,但是又都有适合本民族审美需求的不同处理方式,从而表现出各自独特的美学趣味。

《赵》剧不仅有忠臣义士为伸张正义、救出孤儿而前仆后继、竞相赴死的壮举,也有催人泪下、使人肝胆俱裂的悲剧情节。结局中误将真赵氏孤儿亲手养大的屠岸贾,罪有应得地死于赵氏孤儿之手。"剧情寓理想于残酷现实,并富有自投罗网自遭灾的强烈讽刺意味,使悲剧带有中国民族的特色。"①这种结局就悲剧冲突而言,解决矛盾的方式采取了将屠岸贾千刀万剐、断首开膛、剁成肉酱的暴力方式。作者这样描写赵氏孤儿复仇成功,使剧情急转直下,戏剧冲突也随之淡化,目的在于使观众极度倾斜的审美心理,重新恢复平衡。恰如戏剧理论家李渔在《闲情偶寄》中总结的,中国悲剧历来"有团圆之趣"。近代学者王国维也评论说:"吾国人之精神,世间的也,乐天的也。故代表其精神之戏曲小说,无往而不著此乐天之色彩;始于悲者终于欢,始于离者终于合,始于困者终于亨。"②

《中》剧的题材虽系模仿、改造《赵》剧之作,由于悲剧冲突、悲剧形象的变化,悲剧结局已和原题材迥异。它既有铁骑杀伐留给人的恐怖感,也有缠绵爱情留下的温馨,简化后的悲剧情节显得很紧凑。其结局是成吉思汗幡然悔悟,突出了道德精神对野蛮暴力的胜利。这种没有流血或死亡的结局,使两种互相抗衡的势力协调与统一起来,同样具有悲剧美。伏尔泰继承了以往欧洲悲剧的传统观念。创造性地在结局中模仿了古代悲剧英雄的矛盾、痛苦、困惑与挣扎,又恪守古典主义悲剧的美学准则,在文明与野蛮的冲突中,表现理性的胜利,给人以一种感情净化后的畅美。

《中》剧与《赵》剧的悲剧结局虽然表现方法不同,但都很圆满,都能被当时各自国家的人民所接受。这说明中法两国人民在悲剧结局的处理上具有某种认同,有某种相近的、追求完美的审美心理与要求,使空悬的心理得到一种踏实与满足,倾斜的心理状态达到一种平衡与统一。在剧烈的悲剧冲突之后,人们往往渴望一种

---

① 王季思主编:《中国十大古典悲剧集》,上海:上海文艺出版社,1982年,第97页。
② 周锡山编校:《王国维文学美学论著集》,太原:北岳文艺出版社,1987年,第10页。

万物归一、诸矛盾纳于一体的和谐局面出现,以期表现善恶终须有报的目的性。如果造成悲剧的根源未能在"临去秋波那一转"时,得到妥善而且合乎情理的处理,人性中某些固有的受辱即要报仇的心理缺憾就难以得到补偿,人们的美好愿望也无法实现,更难以表达悲剧那种悲壮、感奋,却潜藏乐观基调的美学效果。由于伏尔泰对题材变异的选择性,以及审美意识的独特性,《中》剧改变了原剧的结局与冲突的结果,完成了由悲剧冲突、悲剧形象到悲剧结局的最后转变。从这点上说,有些专家学者认为《中》剧属于作者的再创造,也不无道理。《中》剧确实表现出一种异域他乡的特殊美,是与《赵》剧截然不同的。

著名美学家王朝闻在谈及戏剧美学的思维问题时,曾经指出:"我们对什么东西感兴趣,表面看来,这是一种不自觉的选择,仿佛只是一种情感的体验,其实在这种选择里,和理性认识相联系的审美理想在起着当事人未必已经觉察到的支配作用。"① 伏尔泰以和解的方式调和了《中》剧冲突的结局,一改原剧的流血复仇,变为非暴力的理性与道德的胜利。这可不是"审美理想在起着当事人未必已经觉察到的支配作用",而是当事人伏尔泰为了政治需求对原剧有目标的改变与选择,也是他为了达到启蒙主义思想家孜孜以求的审美理想而进行的正确抉择。

《中》剧与《赵》剧题材之间的关系,无论说是再创造也好,还是说改编也罢,归根结底是一种"变异"。它表现了伏尔泰独具慧眼的美学视野、新颖的接受角度,以及他作为启蒙思想家与众不同的兴奋点。但是,他始终没有离开法国的文化传统、启蒙主义的时代精神和法国观众的审美期待等先决条件来创作《中》剧。正因为如此,伏尔泰才能一面在推崇中国道德文化的基础上,从《赵》剧的题材中摄取丰富的养料,一面又以西欧传统文化的观点,处理《赵》剧中的不当之处。这种对异域题材有选择的吸收所表现出的明智,不仅使人们正确评价了伏尔泰进行美学抉择的合理性,也对我们吸收外来文学题材产生深刻的启迪意义。

第三节 中外文学"变形"题材辑要

中外文学史上还有不少描写人类变形题材的作品。其中大多数之间没有什么

---

① 中国戏剧出版社编辑部编辑:《戏剧美学思维》,北京:中国戏剧出版社,1987年,第3—4页。

相互影响的迹象，或者这种影响的迹象不明显。为什么会有这么多的作家在自己的笔下要写出许多人变成动物、植物、神怪，有些还能恢复原形的故事，这主要与作者的创作心理和民族文化积淀有密切的关系。在古代的作品中，人被描绘成能变成某种动物，实际上是人类发展到文明阶段以后一种返祖心理的反映。世界各个民族的早期历史都普遍有过对动物的崇拜时期，在宗教观念或神话发展的"启蒙"阶段，动物形体的神才逐步让位于人兽同体，乃至人神同形的神。人兽同体采用了人体与动物、怪物体貌相杂糅的外形，然而其思想则完全和人一致。这是人的要素逐渐浸入神界的结果。到了人神同性同形阶段，神话已经进入发展的高级阶段。当人类社会进入私有制社会以后，在民间流传的故事中时常表现出一种人和动物、人和神互相变来变去的特征，这是人们寄托了自己想象的结果。当它们成为创作素材到了作家的笔下，就增加了不少夸张和形象化的描述，成为绘声绘色的文艺作品中的题材。

荷马史诗《奥德修纪》第十卷中，就有巫女使她的客人变成猪，但仍有人思想的记载。古罗马奥古斯都时期的重要诗人奥维德（前43—公元17）在长诗《变形记》中，把古希腊罗马的神话传说和一些历史人物编织在一起，形成变形题材，颇具想象力。其中有达佛涅为逃避阿波罗的追求而变成桂树；朱庇特不仅变成白牛抢走欧罗巴，而且还变成天鹅骗取了勒达的爱情生了海伦；弥达斯从狄俄尼索斯那里求得点金术，凡碰到它的都要变成金子等。《变形记》中的故事有一个显著的特点，那就是"变形"。书中的许多人物不是变成飞禽走兽，就是变成花草树木，有些最后又恢复原形。这种变形描写的思维基础，是古希腊哲学家毕达哥拉斯的"灵魂轮回"说。他主张灵魂不死和轮回转世说，认为灵魂是永恒不灭的，当肉体死亡时，灵魂可以从一个生物体内转移到另一个生物体中去。继奥维德之后一百多年，阿普列尤斯在约125年至2世纪末写出取材于希腊民间传说的散文体小说《变形记》（又称《金驴记》）。主要描写希腊青年鲁齐乌斯对魔法猎奇，经商途中住在友人家中，在得知友人之妻是个能用魔药将人变成动物的魔女之后，就买通女仆，偷看女主人如何身抹油膏，变成一只大鸟腾空去幽会。女仆在鲁齐乌斯的怂恿下想帮他试试，不料在慌乱中抹错了油膏，鲁齐乌斯被变成一头驴。女仆告诉他只有等天明从野外采来蔷薇吃了，才能恢复人形。正当他心急如焚地等待天明时，一伙强盗将友人家洗劫一空，并把他当做驮财物的驴拉走了。此时鲁齐乌斯保持着人的理智，却不能讲话,几次逃跑都未成功,只好忍辱负重来到强盗巢穴。此后变故很多,他几经转卖,最后在埃及女神伊西斯的指点下,吃了游行的女神祭司手中的蔷薇花冠,才得以恢复人形。对中世纪神学影响甚大的基督教神学家奥古斯丁(354—430)认为世俗政权是"世人之城",教会是"上帝之城"在地上的体现。他在《上帝之城》中,也曾描述过"人变驴"的情节。

这类关于人变形的故事不仅西方有,东方也有很多。印度古代著名的史诗《罗摩衍那》中的神猴哈奴曼就可以变成猫等动物。讲述释迦牟尼如来佛前生故事的佛本生故事里,就有佛祖释迦牟尼成佛前无数次转生的故事。印度佛典《出曜经》里,一个旅人因与会咒术的女人有私,当他要回家时,被女人用咒术变成驴,直到在同伴帮助下吃了遮罗波罗草药,才恢复原形。在阿拉伯民间故事集《一千零一夜》的"白第鲁·巴西睦太子和赵赫兰公主的故事"中,女王辽彼是个魔术师,她将别人变成鸟的巫术被发现后,自己也被别人变成骡,几年后才恢复人形等等。日本近代作家泉镜花(1873—1939)的短篇小说《高野圣僧》,写一个行脚僧人宗朝在飞弹的深山中遇到一位具有奇异魔力的美女,其他行人均因对她产生了情欲,而被美女变成野兽或鱼,惟独这位僧人因清心寡欲,终于摆脱了磨难,逃出深山。

在中国古代作品中也有不少这类变形故事。在六朝志怪小说《搜神记》"人化鼋"篇里,记载着宋士宗之母变大鼋出走,后又复人形的传说。唐代笔记小说《酉阳杂俎》"支诺皋(下)"中也有不少变形故事的记载。唐传奇作家李景亮的《人虎传》写皇族子弟李徵怀才不遇,愤世嫉俗、变身如虎,虽多次吃人,但未忘人言,尚存人性的故事。刊印于南宋时期的话本《大唐三藏取经诗话》"过狮子林及树人国第五"里也有变形故事。写随唐僧取经的一个小行者被人变成驴,孙行者将此人之妻变成驴口边的一束青草,急得此人速将小行者变回人形,孙行者也一口气将其妻变回人。这类人被变形后又还原的故事,在中国被描述得最为详尽而且绘声绘色的,莫过于明人伪纂的唐代孙颀的《幻异志》中"板桥三娘子"的故事。这则故事情节完整动人,堪称中国古代短篇小说的佳篇。因篇幅较长,节录如下:

> 元和年间,许州客商赵季和至汴州西板桥店内食宿,深夜辗转难眠,闻听隔壁店主三娘子屋中有响动。他

> > 偶然隙中窥之,即见三娘子向覆器下,取烛挑明之,后于巾箱中取一副未耜,并一木牛,一木偶人,各大六七寸,置于灶前,含水喷之,二物便行走,木人

则牵牛驾耒耜,遂耕床前一席地,来去数出,又于箱中取出一裹荞麦子,授于木人种之,须臾生,花发麦熟,令木人收割,持践可得七八升,又安置小磨子碾成面,讫却收木人于箱中,即取面作烧饼数枚。有顷鸡鸣,诸客欲发,三娘子先起点灯,置新作烧饼于食床上,与诸客点心。季和心动,遽辞开门而去,即潜于户外窥之,乃见诸客围床食烧饼,未尽,忽一时踣地作驴鸣,须臾皆变驴矣。三娘子尽驱入店后,而尽没其货财。季和亦不告于人。①

不久,赵季和归途中又经过此店,他将事先做好的烧饼偷换了三娘子的一枚,并说这是自己带来的,让三娘子吃,才入口,三娘子也变成驴,季和骑了它四年,被一长者救出,又变回人,不知去向。此后,五代十国时,何光远作《鉴诫录》,其中有一篇写刘自然变为驴子的现世报故事。明代《金瓶梅词话》中,西门庆也和潘金莲讲过人变驴后又变成人的秽语。清代《聊斋志异》中《促织》篇,成名之子变成蟋蟀替父交差,数年后才复原,《婴宁》篇婴宁变幻成朽木戏弄轻薄之徒等。"精卫填海""梁祝化蝶""薛伟化鱼"等故事中,都有变形故事的因子。

"薛伟化鱼"变形故事,钱锺书曾在《管锥编》第二册"太平广记二一五则"中提及。对薛伟化鱼后,大呼其友而无应者的情态多有联想,"暂而为鱼"的薛伟令人怜悯。这则变形故事与《法藏经》中的薄拘罗被大鱼吞食,他在鱼腹中"出声唱言",被父抱出的故事,有相通之处。这个故事在《经律异相》和《法苑珠林》中约有录。故事核心虽无化鱼事,但受佛教轮回思想之影响却是真切的。从佛教故事中那些人可化为畜或化为兽,再由畜或兽化为人的,二者界限全无的奇思妙想,构思出人化为鱼,又返回本相的故事,正与佛是可以任意变化以及佛本生思想是相通的。

东晋干宝的《搜神记》卷十四的蚕马传说很有名:一马按女子要求将其父驮归。该女本来答应嫁给马,后背弃诺言,马反被其父射杀。马皮卷女而去,尽化为蚕。这一人兽婚故事表现的是变形题材。南宋洪迈编辑的笔记小说集《夷坚志》支丁卷七《余千谭家蚕》中,曾记述某养蚕者养一蚕,先变为马形,后变成观音菩萨。这个故事虽然是动物变人形,表现的却是蚕农的观音信仰和佛教影响,它也可视为"变形"题材之一种。日本《今昔物语集》卷二十六第十一篇《参河国始犬头系语》:参河国一郡司有二妻皆养蚕,储丝甚多。后不知何故,正妻之蚕皆死,其夫冷淡不再登

---

① 见杨宪益:《译馀偶拾》,北京:北京:生活·读书·新知三联书店,1983年,第73—76页。

门。正妻对犬而泣，犬鼻中突然冒出大量蚕丝，丝尽犬死。其夫知其多丝，又滞留此宅。犬鼻出丝被视为神佛护佑，也可见日本古代蚕的起源传说。这又是一犬变异为蚕的故事。

中外这类变形题材的故事表明，人类有一种返祖心理长期潜存在深层意识中。随着自然的发展，社会的进步，人类早已脱离了动物的形骸，但是动物的遗形因素却给人类留下极其深刻的印象，它时时返回到人类的脑际，在适当的时机，时常是由某种传播手段，如文学、艺术品等，唤醒这些沉睡的意识，引起联想，根据丰富的想象创造出许多具有全新意义和内容的变形故事。这种情况即使到了现代也不乏其例，中外文学家在这类变形故事中寄托了现代人的思想意识，表达了他们对生存环境的一种困惑与理解。歌德见到破茧飞蛾，披火焚身，认为："生存乃是一种在生死之间的无止境的变动，一种连续的变形（Metamorphose），正像动物、植物的变形一样，人类也有变形。所以死并不是灭，而是转生（原文 werde 有发生、成长、发展、起源、形成、转变、转化、转生诸义）。"①无独有偶，钱锺书想到蛹破茧、青虫化蝴蝶而飞，写道："皆言'神'亦有'形'，顾为身之变'形'，傍人醒者有目共睹见其易形，而梦者浑不觉已形之异，非若庄周之自知化蝶栩栩然。"②二位作家对变形故事本质的理解尽管有差异，但是"变形"故事带给他们的思考还是极其深刻的。

中国当代著名女作家宗璞在短篇小说《我是谁？》中，将女主人公韦弥因受"文化大革命"的摧残，最后变成虫子的故事描写得逼真形象，令人心有余悸。人在外界重压下变成了虫，它虽然爬行，但是却未丧失人性。虽然蛇引诱夏娃偷吃了智慧之果，使人类脱离了蒙昧状态，却被上帝惩罚永远不能直立行走，只能贴地而行，这正是中国知识分子在当时的地位。失去了自我的韦弥最终才找到我是人的答案。她的另一短篇小说《蜗居》，描写了为躲避"文化大革命"的迫害而变为蜗居者的故事。主人公最后由于对运动的惧怕而想象着人们都戴着面具蜷缩在蜗壳中。这种把人变异为物的现象，正是知识分子当时生存状态的真实写照。主人公的结局觉得自己在萎缩、干瘪，蜗壳慢慢被别的物所咀嚼，自我终于消失。这和奥地利作家卡夫卡的小说《变形记》有异曲同工之妙。卡夫卡（1883—1924）在艺术"是表现，不

---

① 《歌德诗集》下，钱春绮译，上海：上海译文出版社，1982年，第339页，注释2。
② 钱锺书：《管锥编》，北京：中华书局，1979年，第1427页。

是再现"的口号下,利用神奇怪诞的形式和内容,写出表现自我"本质"和"灵魂"的小说《变形记》。小说以象征的手法,描写了某公司小职员格里高尔在生活的重负与职业习惯的双重挤压之下,心理发生扭曲,外观变成一只大甲虫的悲惨遭遇。他的人性已被外界变成非人的东西,以此来表现在资本主义制度下普通人所感到的莫名其妙的灾难感与孤独感。他虽然形体变成大甲虫,但内心还保持着小职员的身份、性格、思想与职业道德,这是何等的可悲。日本现代作家中岛敦(1909—1942)在大学时代曾通过英译本读过卡夫卡的作品。他在编译李景亮唐传奇《人虎传》的基础上,创作了明显受到卡夫卡《变形记》影响的小说《山月记》,并从中发现了东方古典文学与西方现代文学之间的契合点。他在中日传统的传奇故事中注入了卡夫卡式的冷峻和"现代人的困惑";在荒诞的构思中表现了细节的真实;充分表达了一个意欲成名的文人最终未能如愿的无奈与悲哀。

在西方现代社会中,像卡夫卡一类的作家发现了社会的内在危机,即人被异化为非人的"物",但又找不到解决的方式,内心充满矛盾与困惑。人们普遍有这种感觉,即随着科技的发展,人所创造的物,作为异己的、统治人的力量,与人对立,最后操纵了人,并把人变成了物的奴隶,最终人被变成"物"或"非人"。人在重重压迫之下,有一种难以掌握自己命运的恐惧感,仿佛被荒诞地变成了"大甲虫"一类的非人物种。现代人这种变形的思想基础与古代人的心理已截然不同,它建立在人对现代社会发展难以理解,对现代科技难以把控的恐惧心理之上,具有深刻的教育意义与认识意义。在这些方面,正是变形故事给了人类诸多的启悟,随着科技、人文领域的深入开拓,人被变成"非人"的"变形"题材一定会在文学作品中有新的反映和表现。

第四节　西方文学"乌托邦"题材流变

题材作为主题学的一个主要元素,在"乌托邦"这一研究范畴内,有一个忽隐忽显、忽明忽暗的变异史。它是主题学研究的一个领域,在研究它的发展、演变史的过程中,它会涉及许多学科、领域,如译介学、哲学、社会学、文化心理学等。"乌托邦"自产生之日起,无疑具有两层含义,其一是英国早期人文主义者托马斯·莫尔(1478—1535)在小说《乌托邦》中所描写的理想社会。因其乌托邦社会的设计与现实社会相去甚远,所以被理解为"空想的、不现实的、不可能实现的社会"。其二是指人类在理性指导下追寻的"理想的、完善美好的社会",以及向往与追求这种圆满社会的行为活动。"乌托邦"作为形象思维的本质,即"不在现场"。即是说,它既不存在于时间中的某一瞬,也不存在于空间的某一点。它是存在于人类想象中某一美好时段中的某一佳境。

国际著名的比较文学学者张隆溪在《比较文学研究入门》一书中论及"中西比较文学的挑战和机遇"时,从评论"中西比较文学是一种'理想主义'和'乌托邦'空想"这一观点出发,运用了近 3000 字的篇幅对"乌托邦"这一词汇的内涵与外延,进行了全面、深刻的阐释;对"乌托邦"这一概念的演绎与变异进行了梳理,颇有启发意义。他指出:"正是在社会批判的基础上,莫尔描绘出一个并不存在的理想社会,名之曰:'乌托邦',而他从希腊语杜撰这个新词的含义,既是'乌有之乡'(Utopia),又暗示'美好之乡'(Eutopia)。"[①]严复在 1898 年翻译赫胥黎的《天演论》时,首次用"乌托邦"对译虚构的"Utopia"一词。"乌"意为子虚乌有;"托"即为寄托;"邦"乃国家。由此该词的"理想国"或"完美社会"的含义开始流行。张隆溪还深刻地指出"乌托邦"的本质,"乌托邦乃是理想社会的设计蓝图,可以说从来就代表一种意识形态,或是对某种意识形态的批判。托马斯·莫尔的名著《乌托邦》表面看来也许像是虚无缥缈的幻想,但正如研究乌托邦的学者贝克尔-史密斯所说,那是一种'政治的幻想'。"[②]最后,他总结说:"所以总括起来我们可以说,乌托邦绝不是凭空虚构,却带有强烈的政治和社会意识形态的色彩;把乌托邦等同于一种逃避政治的幻想,那不过是对乌托邦的无知,而且恰好是政治上十分幼稚的看法。"[③]这种对乌托邦颇有洞见的观点,出于一位著名的比较文学家之口,对我们现在考察的"西方文学乌托邦题材流变研究"的问题,无疑具有很深的启发和指导意义。

从比较文学主题学角度分析西方文学中表现"乌托邦"题材作品的流变时,可以发现"政治的理想"与"生活的梦想"在文学文本叙事中的变化,即从乌托邦到反乌托邦;从"异托邦"到"变体乌托邦"。从而使人们在对乌托邦题材的作品进行审美时,能够使真、善、美的正能量得到最大的发挥,而使假、恶、丑的负能量受到最

[①] 张隆溪:《比较文学研究入门》,上海:复旦大学出版社,2008 年,第 45 页。
[②] 同上书,第 44 页。
[③] 同上书,第 46 页。

的遏制。在人类据以进行社会活动时,会将正义、自由、平等视为社会和个人的最佳境界;反之,也会将邪恶、束缚、差别视为社会和个人最坏的标尺。但是正如创造了"乌托邦"这个莫须有词汇的作者托马斯·莫尔在幻想小说《乌托邦》的结尾所说:"我愿意承认,乌托邦社会中固然有许多事情也是我们希望能够在我们各邦实现的,但是我们却不能期待。"[①]从此,"乌托邦"就成了想象中完美社会形态的代名词,而且延伸到各种思想和精神话语领域。它代表了一种理想化的思想观念和心理意识。"乌托邦"的概念,既包含了人们对现实社会的不满情绪,也表现了对美好生存状态的渴望与想象。其中所承载的不同时代的作者在直面社会和人生时的深度思考,既反映了那一时代人的思想价值观,又折射出他们所属时代的精神理想。

梳理西方文学的乌托邦题材史,人们不难发现对"乌托邦"的不断造设与探索中,出现了一个由自信到怀疑、由怀疑再到自信的形式上的螺旋式上升;在"乌托邦"的发掘与表现上,呈现出一个由外需到内求,再由内需到外求的内容上的反复与深化。在西方乌托邦题材史的梳理过程中,还有一个现象值得注意。乌托邦作为文学题材始终与人类社会发展过程息息相关,它通常是以一个独特而另类的角度关注着社会的演进过程和人性的变化。因此,它不仅仅是文学的一种艺术化的表现形式,而且也承载了人类对自己生存境遇的某种思考,寄托了人们对社会发展美好愿景的某种向往。人们在分析、阐释具体的文学作品中的乌托邦题材时,往往谈论的都是作品所涉及的人类社会生活的林林总总,只是将文本视为人类思想的学术著作,而从文学审美角度分析理想社会是如何被描述的,涉及的稀少而肤浅。现在我们所要论述的则是乌托邦题材变异史中所体现的文学叙事活动中的乌托邦变异,即从"乌托邦"到"反乌托邦",再从"异托邦",到"变体乌托邦"这一过程中的变异之处:变异的主客观原因、变异的形式和内容、变异所引发的价值判断等问题。

一、从"乌托邦"到"反乌托邦"

乌托邦想象并不是从托马斯·莫尔在《乌托邦》中出现后才开始的。人类自有了自觉的思想意识以来,就一直想摆脱现世的痛苦,追寻想象中的美好家园。这个问题始终困惑着有史以来所有的思想家、哲学家、文学家,并成为他们生命探索的

[①] [德]考茨基:《莫尔及其乌托邦》,关其侗译,北京:生活·读书·新知三联书店,1963年,第264页。

永恒命题。从这一角度讲,西方文学作品和世界上其他国家和或民族的作品一样,从未缺少过乌托邦想象的元素,以至于形成一种传统题材。

西方文学的发源地古希腊,就有一种以传统形式表现出来的萌芽状态的乌托邦想象,即"幸福群岛"。虽然其具体位置众说纷纭,但是缥缈奇异的美好色彩,还是令人向往。古希腊神话中的"黄金世纪"描绘了一种自由自在的生活图景。在那里,人们无忧无虑地生活,和神祇一样不会生病,永生不死。他们一生享尽欢乐的美食,是人们想象中的福地。荷马史诗《奥德修纪》中,在描绘人们赏心乐事时指出:"英明君主,敬畏诸神,高举正义,五谷丰登,土地肥沃,果枝沉沉,海多鱼类,羊群繁殖。"一幅幸福生活的图画。古希腊诗人赫西俄德在《工作与时日》中,生动具体地描绘了生于黄金时代的黄金族人像神一样过着愉快的生活。一切都是那么自然与美好,人们生活其间舒适而惬意。上述是生活在地中海沿岸的古希腊人原始的乌托邦想象,基本是空想型的、原生态的、未经过艺术加工处理的。在古希腊阿里斯托芬的喜剧《鸟》中,这种乌托邦想象开始出现象征型的,即它们的空间形态一般经过变形处理了。作家通过将某一动物世界人格化的方法,创造出一个带有迷幻色彩的新空间,以暗示人类理应如此生存的空间形态。《鸟》中的"云中鹧鸪国"即如此。剧中两个逃离城市的雅典人,来到大自然,自愿变成飞鸟并引导众鸟在天地之间建立了一个"云中鹧鸪国"。其中的居民唱道:"我们是幸福的鸟类……我们在繁花丛树、深山幽谷里自由自在……冬天我们在岩洞里休息,和山里的神女游戏,春天我们就啄吃才开的、雪白的神女园里的长春花。"[①]这种象征型的乌托邦想象,经过作者主观的变形处理后形成对已有传统秩序的冲击。两个雅典人为了摆脱物化的束缚而幻化成自由的飞鸟,表现了当时古希腊人对自由、平等的简单理解,具有一定的认识意义。

古希腊在进入哲学思考时代以后,一些具有人文情怀的学者和思想家,他们将自己因博学多才引发的对现存社会的深刻思考,借用想象、虚构的手法,为人类勾勒出一个与现实世界不同的理想世界。柏拉图的《理想国》就是思想史、文学史上的名著,也是第一部典型的具有乌托邦想象色彩的作品。柏拉图以对话的形式,通过苏格拉底之口,运用反向思维,对城邦政治的弊端进行了反省,构建出作者想象

---

① 上海戏剧学院、戏剧文学院编选:《外国剧作选》,上海:上海文艺出版社,1979年,第235页。

中的公民与城邦高度和谐统一的理想社会。那里一切归公,男女平等,人们过着一种质朴但很安逸的生活。柏拉图要在理想国中实现的终极目标:作为国家,应由睿智的哲学家领导,其他公民应忠实地履行各种公民的义务和责任,形成有机的整体,使国家成为实现正义、善、敬神的国度。作为个人,在音乐和体育的教育下,成为在节制中具有和谐心灵的强健公民。国家处于安定的和谐状态,社会秩序井然有序;个人处于良好的精神状态,具有良知和道德感。这种理想的国家是柏拉图的"理念论"和斯巴达的权力体制相结合的产物,将先验的思想预设成可实施的制度。古希腊时期这些作家作品中的乌托邦想象明显具有对现世生活反思的时代精神,充满了人文情怀。

文学中的乌托邦题材不属于宗教信仰范畴。它是生活在现实中的人通过形象思维对现实中尚不可能实现的理想社会,用文字描述在作品里。美国思想家赫茨勒将"乌托邦"界定为"依靠某种思想或理想并使之体现在一定的社会变革机构中,以进行社会改造的思想"①。因此在欧洲封建的中世纪以神学为统治思想的时代里,宣扬放弃现世的享受以获取永生的情况下,难以产生以人为本的乌托邦想象。直至"中世纪的最后一位诗人,同时又是新时代的最初一位诗人"的但丁在著名的《神曲》里,表面上描写了宗教意义上的"天堂",实际上建构了人本意义上的"乌托邦"。在那里有"理智的光明","欢喜的真善之爱"和"至高的欢乐"。这些感受都来源于人性而非神性。所谓的"天堂"意味着信心、希望和爱,是理想和真理的所在。所有这一切的感觉都是人文主义的光辉所致,都是现世生活中人的活生生的追求。

欧洲文学复兴时期,文艺先驱仍延续了但丁《神曲》中的"人曲"成分。意大利作家薄伽丘的杰作《十日谈》中,十个青年男女从黑死病蔓延的城市逃往春光明媚的郊区乡村讲故事,极尽言说人间情话之能事,这本身就是一种乌托邦想象。受其影响,英国作家乔叟的代表作《坎特伯雷故事集》继承了《十日谈》中这种想象的张力,通过一批从伦敦到坎特伯雷去朝圣的香客之口,将人们对理想中的婚姻爱情升华为"天方夜谭"。15世纪末,一批新人文主义者登上文坛。托马斯·莫尔的拉丁文对话体长篇小说《关于最完美的国家制度和乌托邦新岛的既有益又有趣的金书》(简称《乌托邦》,1516),终于问世了。小说详细讲述了那个被称为"Utopia"的国

---

① [美]乔·奥·赫茨勒:《乌托邦思想史》,张兆林等译,北京:商务印书馆,1990年,第1页。

家。在那里无论是政治体制、法律宗教、生产方式;还是文化教育、城市建设、家庭生活等,都表现得那么平等和正义。生活其中的人安居乐业,没有贫富差别,没有私有财产,"人尽所能,按需分配",过着无忧无虑的幸福日子。莫尔在书中为当时的人们描绘了一个近乎完美无缺的理想国度,反映了文艺复兴时期人文主义者的理想。莫尔曾经是伦敦的大法官,后因反对国王的专制而被杀。尽管他为反抗现存世界而献出生命,并未取得胜利,但是他将柏拉图笔下并不存在的"理想国",从幼稚的幻想信仰,变为了预设复杂的理性假说,并相信人类的智慧和力量,这无疑表现出人文主义者的胸怀和自信。

继莫尔的《乌托邦》之后,17世纪初,又连续出现了意大利作家康帕内拉的《太阳城》(1623)和德国作家安德里亚的《基督城》(1619)。这两部作品与《乌托邦》一起被称为乌托邦经典三部曲。康帕内拉的《太阳城》中的最高统治者是太阳,很像柏拉图的哲学家,在他统治下有"威力""智慧"和"爱"三个部门分管国中诸事项。城中所有官员都须经人民"大会议"选举产生,没有什么缺点。书中描写了具体的司法制度和法律条款;规定了细致的工作时间、睡眠时间和休闲时间,以及国家的社交范式。小说体现了作者的人文主义思想和改革社会的方案。正如作者在《论最好的国家》一文中所指出的:"即使我们不能完全建立这种国家的思想,我们所写的一切也决不是多余的,因为我们提出了一个力所能及的可以仿效的榜样。"① 康帕内拉为了他的理想鼓动起义,失败后在牢狱中生活了25年,受尽折磨。安德里亚作品中的"基督城"是在南极附近被发现的,那里人们生活在一个物质条件丰衣足食,精神生活充实美满,社会生活平等公正的理想世界里。

从文化思想史的角度对乌托邦经典三部曲进行分析,可以清晰地看到文艺复兴时期人文主义者以人类的想象为动力,对美好社会进行的不遗余力地描绘。从莫尔、康帕内拉到安德里亚,他们都在自己的小说中描绘了似曾相识的乌托邦蓝图。它们在某些方面有柏拉图《理想国》的影子,是理想国式的乌托邦题材的延伸。这些早期的乌托邦想象的作品,都有探讨如何建立一个理想的人类社会的相似题材。它们多以抽象到具体的方式构想出这种社会形态的大致情况。故事的发生地往往是同一时代的某个鲜为人知的人迹罕至的海岛上。在那里存在着一个政治清

---

① [意]康帕内拉:《太阳城》,陈大维、黎思复、黎廷弼译,北京:商务印书馆,1980年,第67页。

明安定,社会平等自由,民众安居乐业,道德理想高尚的岛国社会。这种描写更多地是为改造当时社会提供一个可能或可行的建议与方案。为此小说往往采用陌生化的方法间离了人们的现实世界与乌托邦理想国之间的思维联系,以便站在理性的至高点上俯视现世生活。建构这种理想社会的形态,实际上间接地批判了现存社会的种种不合理。

  17世纪初,随着科学技术的发展,理性观念深入人心,乌托邦想象发生了质的变化。英国作家弗朗西斯·培根(1561—1626)《新大西岛》(1627)和詹姆士·哈林顿的《大洋国》(1656)的问世,标志着科学和理性的色彩开始进入乌托邦小说。培根将有关未来理想社会的想象与自己的实验主义精神相结合,宣扬科学是促进社会发展的最重要的动力。在想象中的本色列国家,学者们学习知识、研究学问、做各种实验,所罗门宫中具有各种专长的学者掌握着国家的命脉。培根意在说明理想的制度束缚不了个人的欲望;贤明的政治也培养不了个人的高尚情操,只有通过学习知识、以科学实验的方法才能创造舒适、快乐的生活。科学技术总能创造出满足人们需求的发明。培根用科技进步的方法,理性思考的观念创造出一个物质极大丰富的美好社会。这部乌托邦想象的小说出现,表明由于科学技术的进步,使人相信完全可以通过自身条件改造自然界,利用自然条件来实现理想社会的目标。乌托邦想象终于从莫尔的《乌托邦》重视改造社会结构和制度,转向培根的《新大西岛》注重利用科学理性的手段调和社会矛盾,促进社会的良性发展,以便给人类带来更大的福祉。这无疑给乌托邦想象带来了可能实现的希望。哈林顿的《大洋国》和《新大西岛》不同,它并不想像培根一样阐明个人的某种理论,而想在乱世之中建立起一种有政治秩序的政治理想。他的乌托邦想象集中于人民的主权问题。他在书中提及了建立新宪法,并以此治国;还提出创建合理的财产均衡制的经济问题等。总之他提出了一套完美政府的乌托邦理论,具有明显的理性色彩。由于此书缺乏异国情调和奇谈怪论,因此流传不够广泛。

  欧洲文艺复兴运动中上述人文主义者的乌托邦想象,终于逐渐摆脱了古希腊时期那种古典哲学向壁虚构式的空中楼阁,开始具体绘制在批判中世纪封建主义基础上的资本主义理想社会的美丽蓝图。于是就形成了文学中乌托邦题材所具有的鲜明的两重性,即不妥协地批判现存社会的黑暗现象;不疲惫地追求理想社会的光明前景。美国历史学家卡尔·贝克尔也认为:自15世纪以来,人文主义者就利用古典的黄金时代取代了基督教的伊甸园,是为了用历史的传说击败神话传说,从此打击基督教统治。①

18世纪启蒙运动中,乌托邦想象的这种两重性已形成文学创作传统。许多启蒙思想家为了使自由、平等、博爱、民主等观念深入人心,利用文学为思想武器,在乌托邦题材中纷纷提出自己改革社会的方案。孟德斯鸠在《波斯人信札》里讲述了一个"穴居人"的故事。它以生活在人道、德行的宗法社会中为"幸福",并认为那是一个美好的国度。伏尔泰的《老实人》中同名主人公在流离失所的漂泊中进入"黄金国"。那里到处是黄金,国王待人平等,老实人在地上随意捡拾金子,用绵羊驮回家,一派生活富足快乐的景象。歌德的《浮士德》中的同名主人公勇于探索,最后望着大海,梦想着移山填海,征服自然,要开辟一片新的国土,建立一个"人间乐园","在自由的土地上居住着自由的国民"。他们"每天每日去开拓生活和自由,然后才能作自由和生活的享受"。这些启蒙思想家立足于对当下现实的不满,要在文学世界里构想出一种理性、公正的社会,表达自己的理想。正如美国当代著名社会学家希尔斯所说:"相信人类曾经生活在一个'黄金时代',比人们现在的生活都更为淳朴和单纯,是思想史上的一个常见主题。"②

18世纪以来,欧洲的工业革命成果极大地增强了人们征服自然、战胜自然的信心。从19世纪开始,随着科学技术的迅速发展,许多原来的乌托邦想象得以逐渐实现,欧洲人越来越相信,科学和理性可以帮助人类从野蛮走向文明进步,甚至相信经过数百年的奋斗,人类真的可以创造出一个理想的社会,一个体系合理、人人幸福的"乌托邦"。于是大量的乌托邦想象借助科幻小说的形式,开始对这场科技进步,尤其是机器工业发展进行深入探讨。这些乌托邦题材主要出现于英国和美国等发达国家。如美国约翰·马可尼的《展望未来》(1883)、贝拉米的《回顾:公元2000—1887》(1888)、威廉·莫里斯的《乌有乡消息》(1891)、H. G. 威尔斯的《时间机器》(1895)等。这些小说或借助空间发现将梦想嵌入现实;或依托科技进步将人带入梦魇。总之,人们因为感觉现实社会不够完美,所以更看重了乌托邦的理想精神,并以此警示现实中的人们。

---

① [美]卡尔·贝克尔:《18世纪哲学家的天城》,北京:生活·读书·新知三联书店,2001年,第119页。
② [美]E. 希尔斯:《论传统》,傅铿、吕乐译,上海:上海人民出版社,1991年,第276页。

《展望未来》设想,由于技术进步所带来的工作条件的改善,人人都喜爱工作,以工作为荣,道德责任感非常强。人们在这种技术社会里生存,如鱼得水。《回顾:公元2000—1887》出现在工业生产蒸蒸日上的美国,人们享受着科技进步所带来的种种福利。小说憧憬伴随着机器生产而来的社会高效率与舒适生活。人们陶醉于丰富的物质生活所带来的社会公平与正义的氛围之中。《乌有乡消息》成书于批判机械文明的话语时代,小说借主人公以"客人"身份游走于新旧两个世界之间,既批判了人异化为机械的奴隶这一现实,又暗示了对未来新社会的向往。《时间机器》中的主人公因迷恋科技制造了一部机器,可以穿越时空。他有机会来到80万年后的未来,看到人类已分化为两个物种,一个是生活在地上的统治阶级埃洛依,身体已退化;一个是生活在地下的被奴役阶级莫洛克,性情粗鲁凶残。这幅可怕的图景提示人们,这可能就是科学和理性发展的结果。这几部观点不同的乌托邦题材的小说,表明乌托邦想象已开始在人们思想中出现分歧,并导致两极分化的倾向,一种是美化,一种是丑化。这表明西方人在进入19世纪以后,越来越多地看到的是"乌托邦"的难于实现,而其中的理想精神正在消解,并逐渐流于空想,实质上是思想深处的一种困惑或迷惘。

　　乌托邦想象的基本性质是想象对象的"不在场"。然而在20世纪以前,无论是哲学家、思想家,还是文学家、艺术家,甚至是普通民众,都渴望乌托邦想象在场化。即认为它能够成为现实,退而求其次也要有部分想象可以实现。但是西方发展到20世纪以来,人们似乎更多地是看到了现实的黑暗面,从而造成乌托邦想象的虚空化。世界大战的浩劫,核战争的威胁,机械对人的异化等,这些都是高科技发展的恶果。这样的局面与人类发展科技的初衷大相径庭,使人对乌托邦想象产生了比空想更可怕的幻灭感。当人们心灰意冷地认识到乌托邦是遥不可及的梦想时,社会上开始蔓延一种悲观的情绪,并流行"敌托邦"(Dystopia)一词。"Dys"意为"bad"。所以又称"恶托邦"。(英国哲学家约翰·穆首次使用了"恶托邦"一词。含义与乌托邦相对。)"敌托邦"完全成了乌托邦的反义词,一般写为"反乌托邦"。

　　当这种思想倾向反映到文学作品中时,这种题材往往以嘲讽、尖锐的笔锋将原来乌托邦中的幸福和美好的天堂,变成了恐怖和绝望的地狱。其中的代表作主要有英国作家赫胥黎的《美丽新世界》(1931)、乔治·奥威尔的《一九八四》(1949)和扎米亚京的《我们》(完成于1921年,但苏联当局认为该作不宜发表。1988年才在苏联公开发表——笔者注)等。这些小说批判的不仅仅是机器、科技这些有形的现代工业社会发展的推手,而且对绝对理性观念所带来的社会恐怖现象也提出了大胆的质疑。反乌托邦小说无一例外地选取乌托邦想象的写作手法,但一反原来那种为人营造"美丽的世界"的那种氛围,描绘了一幅与之相反的图景。即非常有可能出现的可怕的未来社会,具有强烈的反思、拷问与警告作用,从而引起使人震撼的审美效果。

《美丽新世界》中的乌托邦想象发生在500年后,那是一个一切都处于高科技调控之下的"美丽的"、"新"的社会。人从孕育、出生到成长、发育,最后到老死,整个一生的活动都完全处于高科技的控制之下。社会完全消灭了贫富与疾病,人们全部居住在摩天大楼里,衣食无忧,劳动工作效率极高,人根据在试管里被按照不同等级的培育模式从事各种级别的工作,心安理得。人在性爱、体育、娱乐、旅游等各方面都获得绝对的自由。总之,人的一切活动都在高科技的监控下,以此抨击科学至上论。人在充分满足了物质生活需要的同时,也完全失去了个性,被异化为物,变成了失去人性的"非人"。这是多么可怕的一幅场景,想来让人不寒而栗。《一九八四》和《我们》无论描绘可怕的极权社会,还是恐怖的警察世界,都涉及现代科技和极权专制对人性的戕害。这种极权社会使人的一切言行无不处在高科技和警察的严密监控之下,人再无人的思想和灵性,几乎成为编了号的动物。这些有代表性的反乌托邦小说,反映了20世纪的西方人,尤其是知识阶层,对历史上传统的乌托邦想象的悲观绝望,对社会改善和进步的乌托邦想象已丧失热情,失去信念。这无疑是一件可怕的事情。在反乌托邦作品甚嚣尘上的氛围中,关于乌托邦想象的新作品不仅缺乏影响力,而且发表之后让人感到颇为不合时宜。

早期的乌托邦小说为现实中的人们描绘了一个未来幸福社会的美好图景。这种社会制度对生活其间的人们,无论是行为准则、思想观念,甚至是日常生活的各个方面都做了详细而精准的规定。在这个整齐划一的社会里,人们改变了他们的行为,或是说由于强加于他们的束缚迫使他们改变了他们的行为方式,以达到某种整体的稳固。这种强加于人们的"被幸福",因为忽略了个人的种种个性,必然在实现社会集体观中"幸福"的同时,失掉了"人心",并从而使反乌托邦想象找到了进入该领域的借口。他们猛烈抨击这种完善社会,因为完美无缺的社会只有在人类的不断尝试中、不断修订中才能出现。它永远实际存在于人的认识之后,不可能实际存在于人的认识之前。因为"乌托邦在试图摆脱邪恶奴役的同时,很快受到了人性缺陷的制约,当他们认为摆脱地狱时,正在让自己重新走进地狱"[①]。乌托邦想象中的理想社会不是空穴来风,而是需要人们根据自己生活的时代对未来世界的理解不断调整认识,这就是反乌托邦小说中才可能出现的那种没有个性、缺乏思想的所谓"幸福"生活的"美丽新世界"。

乌托邦想象的意识形态色彩在20世纪由于社会主义阵营和资本主义的对立而表现出复杂性和曲折性。其实,乌托邦想象是社会主义和共产主义思想产生的重要元素之一。早在18世纪末19世纪初圣西门、傅立叶、欧文等人的笔下,乌托邦想象就曾得到充分的发展。他们虽然提出关于公有制、人人平等自由,人人劳动、按需分配等社会主义的原则,描绘出一幅理想社会的美好蓝图,但是却未提出实现这一社会理想的途径。因此学界称之为"空想"社会主义,充分表现出乌托邦想象的空想性质。20世纪初俄国十月革命的胜利,使社会主义思想不断深入人心。社会主义阵营的不断发展壮大和资本主义经济危机与各种社会弊病,使共产主义及其意识形态在西方获得不少人的理解和支持。20世纪中期,西方有的知识分子提出"意识形态的终结",但那并不代表着乌托邦想象的历史终结。因为20世纪60年代以后,东西方两大阵营对立。东方各国蒸蒸日上,西方各国内部各种矛盾不断激化,使得东方对社会主义信心十足,西方的激进知识分子也认为社会主义革命有着美好前景,双方对乌托邦想象都持有理想和信念上的信心。但是90年代以后,不少西方激进知识分子失去信心,对社会改善与进步的乌托邦想象失去热情。不少学者认为这种"意识形态终结"即"乌托邦的终结"。代表者即美国加州大学历史系教授拉塞尔·雅各比1999年所写的《乌托邦的终结》一书。[②] 其中联系美国的实际,对"乌托邦"及其相关问题进行了诸多的讨论。他用"冷漠时代的政治与文化"为该书副标语,即可见他对当下人们对于政治和意识形态的冷漠有着深度的思考。其最终目的还是希望人们永葆乌托邦想象的激情。21世纪以来世界政治、经济的格局又发生了新的变化,乌托邦想象的理想精神再次得以高扬。实际上乌托邦想象是不会终结的,因为它作为一种美好的想象,无论是在精英知识分子阶

---

① [法]让·克里斯蒂安·珀蒂菲斯:《十九世纪乌托邦共同体的生活》,梁志斐、周铁山译,上海:上海人民出版社,2007年,第5页。

② 此书已有中文译本,译者姚建彬,新星出版社,2007年。

层,还是在普通大众心目中都会产生不同的思考和回响。正因为如此,乌托邦题材作为一种文学内容和形式也不会消失。

二、从"异托邦"到"变体乌托邦"

美国威斯康星大学教授乔·奥·赫普勒在1965年发表的《乌托邦思想史》一书中系统地探讨了各种社会的乌托邦想象,对具有代表性的乌托邦思想从社会思想史的角度进行个案剖析。他深刻地指出:"当今的所谓乌托邦已经不是我们在本书大部分章节中所描述和分析的那些乌托邦了,他们不过是一些论述各种社会、经济和政治问题的最杰出的当代思想汇编。"①在这里他指出了现代乌托邦想象与传统乌托邦理想国的区别。不仅如此,他还指出由于现代进化论的思想、人类对自然资源的利用、化学和机械方面的发现等,"因此人们并没有被迫将他们的理想国家建立在遥远的岛屿或星球上。不,更美好的东西就在前头"②。他开始预见到现代乌托邦的现实性和可实现性。他认为:"乌托邦思想在上一个世纪(19世纪)逐渐消亡。"③"因为思想和历史尚未学会携起手来预测未来社会,也不懂如何去引导社会运动。随着历史理论的兴起和发展的思想即进化论思想的逐步成长,原来意义上的乌托邦想法就不再出现了。"④他认为乌托邦想象中的"完美社会只是一种虚幻的理想,总是随着我们的前进而向后退却。人类的完美境界是永远也达不到的"⑤。

正如同人类想象不会消亡一样,乌托邦想象也不会停止,所以当人们对乌托邦的想象力都开始减损或削弱时,"异托邦"一词开始进入人们的语境。"异托邦"(Heterotopia)原为医学用语,"hetero"意为"其他的""不同的",整个词指错位或冗余的器官。"Heterotopia"也可用作动词,意指器官移植。这个词意和文学创作产生了交感区域,或可解释某一类乌托邦想象的作品。"异托邦"一词引入人文社会科学领域,肇始于法国思想家米歇尔·福柯。他在《词与物》(1966)中借用了这一

---

① [美]乔·奥·赫普勒:《乌托邦思想史》,张兆麟等译,北京:商务印书馆,1990年,第300页。
② 同上。
③ 同上书,第296页。
④ 同上书,第298页。
⑤ 同上书,第295页。

类语说明自己的观点。次年又发表了题为"他的空间"(Des espaces autres,又译"异质空间""不同的空间")的演讲,阐释了"异托邦"的概念。有的学者指出:"在福柯看来,Heterotopia 是根据 Utopia 创造出来的,后者是不在场的,而前者则是现实存在的,是一种不同于自我文化的'他者空间',同时具有想象和真实的双重属性,如古代波斯的花园、迪斯尼主题公园、海盗船、度假村、汽车旅馆、妓院、殖民地等。"①但令人遗憾的是福柯的演讲手稿对异托邦的本体论界定相对宽泛,其论证也较随意,不够严谨。而他本人生前也未能对异托邦这一新理论的逻辑架构和认识论意义做出更进一步的阐发。这些都限制了这一理论广泛而深入地应用。

中国有学者认为:"广义而言,异托邦可视为任何含有异域情调的地方,不同于日常生活所熟悉的空间。这种异托邦情节植根于人类的内心深处。在工作和生活的重压下,许多人希望能短暂逃离当下环境,去心仪的异托邦舒展身心。"②笔者认为狭义而言,异托邦主要表现的是思想文化中的"异位空间"。尤其是指在人文学科范畴内,主要是就文学、艺术、哲学、历史而言的,一种现实中存在的不同于自我的"他乡"。传统的乌托邦或反乌托邦其想象者往往是在书斋之中,以精神向往的自由取代现实中存在的不自由。而异托邦则是在寻常百姓家将现实中的不自由直接改造成可实现的自由。它已不再是"空想"的代名词,已成为一种可以实现,但尚未实现的"现实"。即生活在当下的人,却想象着生活在别处,而这种想象是可以实现的,于是它成为异托邦想象。因为异托邦的叙事空间是作者通过总体叙事设计而获得审美意义的。如以迪斯尼乐园为代表的风暴叙事空间。其中的大规模的故事主题导向的空间设计,几乎消除了现实世界和虚构世界的界限。游客参加主题公园,要从主观上自愿悬置"不相信",从而产生某种想象中的跳跃,完全融入故事中的虚构世界里。这些并非主题一致的连续空间只是将设计好的空间组织起来,酷似一个故事,让人感到身在其中,犹如处在"第三空间"(third space),一个既真实,同时又虚假的世界。

异托邦想象的空间,是和现代空间理论息息相关的。自 20 世纪六七十年代以来,国际学术界出现了引人注目的"空间转向"思潮。不少学者将以前对时间/历史

---

① 吕超:《从"乌托邦"到"异托邦"》,《中国社会科学报》2013 年 12 月 27 日。
② 同上。

的研究,转移到现实社会生活的"空间性",即空间存在的研究。代表人物的作品有:法国学者加斯东·巴什拉的《空间诗学》、亨利·列斐伏尔的《空间的生产》;美国学者爱德华·苏贾的《第三空间》;英国学者迈克·克朗的《文化心理学》、地理学家大卫·哈维的《希望的空间》等。现代空间理论杂糅了人文学科的诸多分类,其研究成果不仅在思想领域里改变了人们对物理空间的情感认知,而且影响普通民众在城市规划、建筑设计等方面的行为。无疑的是这种空间理论重在提示人们"另一个世界的存在是可能的",同时对于异托邦想象的空间兼有的理想和真实的两重性,具有理论指导意义上的影响。实际上它承载的人们力图超越现实、改变现实、实现理想的愿望和期待,这在西方则是有思想基础的。

20世纪以来,欧洲成为战争的主战场;革命的策源地;暴恐的主要袭击对象。这一切无不标志着西方文化,主要是思想文化的衰落,正如巴赞所言:"有人会问,史学家怎么会知道衰落何时到来呢?我认为,这是从人们对弊病直言不讳,为新的理念上下求索中看出来的。"①在这种大趋势下,欧洲思想文化的主要传承和创造者,即欧洲的知识分子在热烈地追求乌托邦的理想幻灭之后,又在充满憧憬但又不无疑虑的心态里,尝试追求一些异托邦想象。"人们频繁使用反(anti-)或后(post-)这种表达轻蔑意思的前缀语(反艺术,反现代主义),并许诺要重新发明这个或那个制度。人们希望只是通过丢弃现有的东西就会产生新的生命。"②有的中国学者"对欧洲有的知识分子从'乌托邦'到'异托邦'的转变持怀疑态度",认为"他们可能再次经历失望,他们可能还是应主要从自身的经历和资源中吸取新的活力以求重振"。③ 因为无论是乌托邦,还是异托邦都是作为人类思想意识中不同时期美好社会的一种代表,是人对社会的一种客观理性的、理所当然的诉求。当这种诉求与现实遭遇时必然会产生尖锐的冲突,因为在当代乌托邦想象只是一种梦幻而难以实现时,异托邦在很大程度上就成了西方理想主义者改造现实社会的蓝图。

异托邦想象与空间理论的关系密切,但同时因为空间理论使"另一个世界的存在是可能的"成为扩大想象力的基础,因此,异托邦又派生出诸多衍生物。大卫·哈维在《希望的空间》里明显提出"辩证时空乌托邦理想"的替代方案。他认为传统

---

① [美]巴赞:《从黎明到衰落:西方文化生活五百年,1500至现在》,《南方周末》2016年1月28日。
② 同上。
③ 吕超:《从'乌托邦'到'异托邦'》,《中国社会科学报》2013年12月27日。

的乌托邦分为空间形式的乌托邦和社会过程的乌托邦两种对立的形式。以上两种乌托邦想象在理论上都难以克服自身的局限性,在实践中必然流于空想而走向失败。他主张要超越和克服上述两种乌托邦想象的缺陷,建立一个辩证时空乌托邦理想。哈维认为他的"任务就是确定一个替代方案,而不在于描述某个静态的空间形式或某个完美的解放进程。这个任务就是齐心协力重振时空乌托邦理想——一种辩证乌托邦理想——它来源于我们目前的可能性中,但同时它也揭示了人类不平衡地理发展的轨迹"①。为了使辩证乌托邦理想真正转变为现实,哈维主要从以下四个方面探讨了这种替代性方案的具体实现道路:第一,重组人作为物种的自然能力和技能;第二,肩负起对自然和社会的责任;第三,建构从事批判的政治个人和集体政治学;第四,普遍性权利是全世界无产者打破地方性局限而团结起来的纽带。② 我们觉得,他的理论给人的最大启示并不在于具体的替代措施,因为它要严重脱离现实,必然会落入"空想"的窠臼。因此,它必须符合人类历史发展的大趋势,而这一点因哈维的代替方案并未具体实施,还处于理论层面,难以未卜先知。但是他为人们提出"另一个世界的存在是可能"的启示,无疑对异托邦想象有极大的帮助。因为异托邦的一个重要特质即是"现实存在的异质空间",一种不同于自我文化的"他者空间",让人感到它的现实存在性,而不是一种喃喃呓语。

  异托邦的理论尚未得到充分的论述与阐发,异托邦的应用也不够广泛,即创作也未有太多的实践。因此,后世的学者有必要对其进一步修订和细化,而作者在对其进行实践时则表现出似是而非的"五花八门",好在多元的思维并不能限制人们的思考。例如电影《未来世界》(1976)就为观众设计了这样一个"他者空间"。美国达拉斯一个游乐园里的机器人突然失控,开始屠杀人类,揭开了人类要夺回世界控制权的序幕。该电影 20 世纪 70 年代末进入中国,成为那时一代人的共同记忆。另外加拿大著名女作家玛格丽特·阿特伍德(1939—　)的小说《羚羊与秧鸡》(2003)写了未来地球上最后一个人吉米(也是叙事主人公)的故事。吉米和好友秧鸡开发新药。"秧鸡"是个高科技生物技术天才,主要研究基因嫁接和在动物身上培育供人类移植的器官。最后因实验失控而导致旧人类毁灭。吉米成为新人类秧

---

① [美]大卫·哈维:《希望的空间》,胡大平译,南京:南京大学出版社,2006 年,第 191 页。
② 同上。

鸡人的先知。这类作品虽然想通过科技发展会向人类未能预料的方向转变的故事警示人类，但是它充满异托邦想象。作品从现实已经存在的事物跳跃到充满幻想的未来世界，从当今社会文化政治和科学发展推理出人类未来的灾难，即有现实存在的基础，属于"他者空间"的故事。作品题材具有真实和想象的双重属性，属于福柯关于异托邦概念范畴。

科学技术发展的历史表明，它在给人类带来福祉的同时，也带来了诸多不确定因素。人类有了更多的手段征服自然，甚至毁灭自然，其最终结果很可能毁灭人类自身。机器变得越来越复杂，甚至有了超越人类的智力，将来有可能控制人类。克隆技术用于生物，可以产生意想不到的效益，但是会造成伦理上的混乱，甚至人类意想不到的后果。总之，这种科技发展的趋势所造成的现实存在的"他者空间"，反映到作品里，已不是"乌托邦"题材所能承载的，异托邦想象有了存在与发展的基础。而科幻小说作为异托邦想象的产物正在走进研究者的视野。诚然它发端于人类"认识自然"与"改造自然"的科技能力大大提高的时代，但是它是否以普及科学为己任，是否对科技发展持赞成态度值得怀疑。可是尽管如此，科技小说"生活在别处"的乌托邦题材，甚至是异托邦想象的性质还是难以抹杀的。

国内学者多以英国著名浪漫主义诗人雪莱的夫人，玛丽·雪莱（1797—1851）的《弗兰肯斯坦》（1818）为第一部科幻小说，因为作品中的科学元素有些或有少许是真实的，或者可能会出现的。这可能是受到了奥尔迪斯《亿万年大狂欢：西方科幻小说史》的影响。奥尔迪斯认为这部哥特式小说确实以科学而非魔法来制造怪物，但是所讨论的理性问题已深入到宗教、伦理与人性的深处。其中所流露的情绪不仅是焦虑和困惑，更重要是对科学技术的怀疑和恐惧。当然作品中也认真地思考了人类的科学和生产活动的结果是否一定会带给人类文明和幸福。正因为如此，评论界也有人称之为科幻现实主义作品。罗伯茨的《科幻小说史》甚至将科幻小说溯源至古希腊的幻想旅行作品，并认为这是一种原型，继而引发了"时间旅行故事""想象性技术的故事"，甚至"乌托邦小说"。其实，从某种意义上说，任何一部科幻小说因为描写的是"生活在别处"的彼岸世界，如果它不在现场，而是完全的空想，即有乌托邦题材的成分，如果是存在于当下，有实现的可能，即有异托邦想象的成分。而"科幻小说"自然离不开科学与幻想，否则它与一般意义上的小说就无区别。因为以形象思维虚构想象世界可能性的探索是小说这一文体的原本之义，只有科学与幻想将二者区分开来。所以威尔斯的《时间机器》《隐身人》;道格拉斯·亚当斯的《银河系漫游指南》也可被视为科幻小说的经典。创作科幻小说100年之后的当下,这种带有变体乌托邦色彩的创作风气也影响到西亚地区。巴勒斯坦裔约旦作家易卜拉欣·纳斯鲁拉(1954—)创作的著名科幻小说《狗的第二次战争》以狗引发的二次人类战争为线索,反思了战争的性质和意义。小说的另一个主题则探讨了科技飞速发展中的人类命运。因为小说试图为人类面临的诸多问题寻找答案,如战争、爱情、贪婪、自我和他人、人类的未来等,所以它唤醒了人们头脑和想象中的新领域,提出了人们从未反躬自问的问题,让人们必须用今天尚不存在的新发明来瞻望未来。令今人对未来刮目相看。

有学者指出:"在科幻文学已经杰作迭出却仍良莠不齐,主流文学则想象乏力的当下,策略性地以'科幻现实主义'为号召模糊科幻文学与所谓主流文学的界限,以求小说这一文体的更大丰富,或许恰逢其时。"①笔者觉得"科幻现实主义"的观点恰恰说明异托邦想象正在向"变体乌托邦"转变,即"科幻"小说所具有的乌托邦性质;"现实主义"小说的现实性与异托邦性质,二者的"混搭",应该说使变体乌托邦发展有了可能性和可行性。学者王泉根认为:在科幻文学曾经长期遭受冷遇甚至批判,难以为继的情况下,是"儿童文学不但从五四新文学运动以来一直张开双臂热烈拥抱科幻文学,而且给了它充分生存与发展的土壤"②。实际上确实如此,科幻文学或称科幻现实主义文学与儿童文学有着密切关系,并成为互为依托的相辅相成关系。

2008年,克莱尔·布拉德福德、克里·马伦、约翰·史蒂芬斯和罗宾·麦卡勒姆四位少年儿童文学专家联手推出一部专著《当代儿童文学中的世界新秩序:乌托邦变体伦》(以下简称《新秩序》)。这部重点探讨"后灾难"时代(1988—2006)英语儿童文学叙事中的乌托邦/反乌托邦倾向及其与现实语境互文关系的著作,将"变体乌托邦"这一久已存在的事实推到乌托邦题材研究的前台。四位作家面对当前西方知识界对历史的不信任和对历史再生功能否定的严峻现实,结合儿童文学的具体文本,深度思考如何想象未来世界秩序、如何面对危机,以及提供了何种乌托

---

① 丛治辰:《可不可以有一种"科幻现实主义"》,《光明日报》2016年3月21日。
② 同上。

邦想象等问题。专论所富含的深层次的喻指即对当下现状的持续性关注。正如莱曼·托尔·萨金特所言:"乌托邦主义是一种'生活梦想',是各种梦幻的结合体,关注不同群体如何来安排自己生活,以及这些现世的梦想者是如何设想一个与时代完全不同的新社会的。"①

《新秩序》一书意在解释文学作品与所处时代的互文关系,指明乌托邦思想既来源于又反作用于文化、经济与政治等领域的思想与实践。鉴于后现代社会中新思潮、新概念、新理论的不断涌现,乌托邦思想也与时俱进,产生了"变体乌托邦"的观点。大卫·哈维《希望的空间》一书中提出"变体乌托邦"的更多种形式,即"辩证乌托邦"与"时空乌托邦"。这为《新秩序》一书提供了重要的思想维度与理论依据。因为哈维的乌托邦概念强调了时空转换的理论,为个体与环境之间的互动提供了空间,并使人类意识到社会变化的可实现性。空间性是对社会与政治秩序持不同见解的思想方法进行斗争的场所,如女性主义、无政府主义、宗教与生态关怀意识等。时间性则正如露西·撒吉森所阐释的那样:"乌托邦变体并非一定要被置于将来的某一时刻,带着遥远的梦想去追求一个更好的世界。相反,它可能是现时变体的一部分。"②变体乌托邦概念的提出,突破了传统乌托邦题材的解读方式,在理解少年儿童文学作品中的乌托邦想象时得到广泛应用。另外,1988年以来,少年儿童文学文本推动了变体乌托邦实现的可能性。它们或者建构想象的和真实的世界——一个发生了变化的世界秩序;或者通过反面典型来暗示和揭示出新的社会与政治变革的可能性。总之,变体乌托邦概念丰富了儿童文学作品的艺术张力,为当代乌托邦题材提供了又一个范本。

当前的穿越小说也可视为变体乌托邦小说的一种。按百度百科的定义,穿越小说是"穿越时空小说的简称,其基本要点是,主人公由于某种原因从其原本生活的年代离开、穿越时空,到了另一个时代,在这个时空展开了一系列的活动,情爱多为主线"。穿越小说并非网络文学的专利,评论者一般会追溯到马克·吐温的《康州美国佬在亚瑟王朝》、日本漫画《尼罗河的女儿》、席绢的《交错时光的爱恋》、黄易的《寻秦记》以及晚清时期科幻小说或乌托邦小说等。中国的穿越小说很少有"回

---

① 金万峰:《英语儿童文学与乌托邦叙事——简评〈当代儿童文学中的世界新秩序:乌托邦变体论〉》,《外国文学动态》2013年第1期,第63页。
② 同上书,第64页。

到未来"的设定,基本都是"往前穿"。这已成为中国穿越小说区别于西方或日本同类型小说的一大特征。穿越者带给历史的改变主要集中在"未卜先知""后世科技"和"新价值观"三个方面。当下穿越小说与晚清乌托邦小说不同的是,它不是基于域外文学"爆炸性"的翻译引进,也打破了来自西方旧体制中"长篇、中篇、短篇"的秩序分层,而是缘于读者大众的阅读审美需求。但是就其本质而言还是一种"不在场"的变体乌托邦作品,明显具有乌托邦题材的色彩。

作为西方文学的乌托邦题材可以被理解为人类应该生活在何种状态的思想反映。它可以解除人类在现存生活中的种种困境和压力,因此,它对不同时空的作家和读者都有巨大的诱惑力。而且关于乌托邦题材,从乌托邦到反乌托邦;从异托邦到变体乌托邦,后浪推前浪,不断推陈出新。无论西方学者由于局势所困,曾多次陷入悲观主义的泥淖而不能自拔;或出于认知偏颇而对乌托邦想象长期的口诛笔伐,甚至发出"乌托邦之死"的悲鸣,乌托邦题材永远不会消失。因为人的欲望不会消失,它只有不断地蜕去已有的形态再获重生。从根本上来说,乌托邦想象不是提供行为的计划,而是与当代现实始终保持着审美批判的距离。正是在这一点上,乌托邦题材超出欲望之域,而进入文化诗学的圣境,从此立于不败之地。乔·奥·赫勒兹在颇有影响的专著《乌托邦思想史》的结束时写道:"我们可以断言,乌托邦不会真正得以实现,因为它始终是可望而不可即的东西。乌托邦始终是一个转瞬即逝的国度。"①我们在对乌托邦题材的作品进行其变异方面的梳理,能够得出上述较为清晰的轨迹与结论,这对于比较文学主题学中的题材史研究是个有力的推动和支撑。

第五节 "玛卡梅"题材:从艺术到文学

"玛卡梅"是中古阿拉伯文化史上集歌、舞、乐、事为一体的独特艺术类型,因为它在发展中文体型式的变化,因此也可称之为一种叙事题材。玛卡梅文学源自娱乐性的民间即兴说唱艺术的唱本。在长期演变过程中,艺术家对它的叙事性特征的强化使它的唱词渐渐摆脱乐曲及动作限制而最终走向口头文学,成为一种骈韵

---

① [美]乔·奥·赫普勒:《乌托邦思想史》,张兆麟等译,北京:商务印书馆,1990年,第302页。

体短篇故事题材,体现了"伶工文学"的特征。这里重点探究的是玛卡梅艺术与玛卡梅文学在本体论上的联系与区别,阐释其成因及影响,其中主要包括"玛卡梅"题材的发生学意义、文学成就,以及在东西方作家笔下的影响与接受等问题。

中世纪阿拉伯人的成文作品除《古兰经》和一些诗歌创作以外,大部分是哲学家、神学家、地理学家、历史学家乃至与之意趣相近者的作品。而小说和戏曲等纯文学性质的作品,阿拉伯人并不十分重视。直至 10 世纪,由于和波斯文化的接触,普通的阿拉伯人才产生创作此类题材作品的兴趣,玛卡梅便是其杰出成果之一。玛卡梅文学是一种融合歌舞、说唱为一体的独特文学形式,学术界对其性质至今众说纷纭,有的认为是说唱艺术,有的认为是器乐、歌舞表演,也有的认为是讲唱性的故事表演,我们认为它是一种文学题材。正因为玛卡梅文学形式、内容的复杂性,在国际上关于中古阿拉伯文学史、文化史的描述中,至今鲜有评介或语焉不详。然而,玛卡梅文学所表现出从艺术走向文学的轨迹确实不容忽视,本文所要梳理和探究的就是玛卡梅艺术与玛卡梅文学在本体论上的联系与区别,及其在题材上的影响与接受。

一、玛卡梅的艺术本质

玛卡梅(Maqāmah)最初是带有阿拉伯-伊斯兰这一区域文化特征的文化现象。由于各民族语言发展的区别,在译成汉语时,又有马卡姆、玛嘎姆、玛卜姆、马开麦、木卡姆、麦嘎麦等不同的音译。玛卡梅原意为"集会""聚会"等场所的站立处,作为艺术其最初主要的特征是即兴表演。这种即兴表演最先出现在音乐舞蹈表演上,而后才出现在韵文说唱表演上。

阿拉伯民族和其他古老的民族一样,是个喜爱音乐的民族,直至 622 年之前,阿拉伯音乐一直处于蒙昧时期,根本无乐律的理论可供输出。倭马亚王朝(661—750)时期,由于受到波斯和希腊较先进的音乐文化影响,音乐这一艺术形式不仅步入宫廷,而且在民间也广泛流传,8 世纪以后甚至通过乐器开始在各国产生影响。到阿拔斯王朝(749—1258)前期百余年间,阿拉伯音乐完成了世俗音乐由被严格禁止到消极对待、再到热烈吹捧的渐变过程。其中,阿拔斯王朝第三任哈里发麦赫迪执政期(775—785 在位)被西方史学界誉为"音乐、文学、哲学的时代",文学艺术和哲学在此期间都得到长足发展。由于他本人酷爱音乐,当时的宫廷音乐会演出颇具规模,并非玛卡梅艺术初时的"即兴献艺"那么简陋。上场演员都要经过严格训练,以便产生"和谐"的舞台效果,于是在规范化的过程中,玛卡梅艺术也发展起来并日臻成熟。

阿拔斯王朝第五任哈里发哈伦·拉希德执政期间(786—809在位)是王朝的极盛时代,有"拉希德盛世"之誉。"巴格达的夜晚"一词是这一盛世的又一代名词。当时阿拉伯帝国国富民强,社会安定,歌舞酒宴之风盛况空前。学者、诗人、法学家、诵经家、法官、作家、酒友、乐师、歌手等是音乐场所的常客。伊卜拉欣·穆斯里及其子易司哈格是当时著名的艺术家,父子二人精通诗词,尤擅韵律。父亲穆斯里通晓音乐艺术,造诣很深,他不仅是阿拉伯文化史上音乐艺术的先驱,而且是杰出的音乐教育家。此外,阿拔斯王朝的波斯籍宰相世家巴尔马克家族,是波斯古代音乐和歌舞艺术的传播者,该家族几代人都酷爱音乐,精通音律。"他们网罗巴格达城内外擅长音乐歌唱的阿拉伯人和波斯人中的乐师歌手,定期集会,探讨古代乐曲,让每一个精通古声乐的人,将自己知道的古曲谱认真记录下来,并经常举行歌舞酒会,演唱新旧曲调,使许多古典歌曲得以保留传播下来。"[①]

阿拔斯王朝中期,音乐界对音乐理论的探索较多,但对旋律形式却研究不深。著名学者伊本·西那(980—1037)曾主张:"采用12种主要调式,这12种调式,就其名称来看,无疑是从波斯引进的。到了阿拔斯王朝末期(13世纪),原来被称为莱哈努的主调式,正式被定名为玛卡迈特(单数为玛卡梅——笔者注)。"[②]玛卡迈特又译为麦嘎马特,在文学史上意为"韵文故事剧",本义为"集会"[③]。此时的玛卡梅作为一种音乐艺术的身份与本质被固定下来。在民间演唱的玛卡梅,不论任何场合,开始都必须采取一种固定的形式,即请演唱者坐在上方,听者在周围坐着或站立,然后由演唱者中的一位长者或主要人物唱一段散板的玛卡梅,唱完后演唱者接着齐唱或舞蹈,这很符合聚会场所里演奏者那种即兴表演的特征。可见开始时,它是一种根植于阿拉伯本土传统文化,和民间音乐一同发展起来的集诗词、声乐、器乐、歌舞曲、说唱等形式于一体的综合性艺术。

"玛卡梅"这个词在玛卡梅艺术形成的过程中具有多种含义:"它除了用来表示

---

① 纳忠:《阿拉伯通史》上卷,北京:商务印书馆,1997年,第525、535页。
② 蔡伟良:《灿烂的阿拔斯文化》,上海:上海外语教育出版社,1997年,第243页。
③ 俞人豪、陈自明:《东方音乐文化》,北京:人民音乐出版社,1995年,第270、266页。

调式音阶之外,还用来指具有套曲性质的音乐体裁。同时,它还表示在阿拉伯世界十分流行的音乐、器乐即兴表演规范。"这种即兴表演给听众的感觉好像是很随意,没有固定的形式,实际上却受各种因素制约。其传承方式主要是"口传心授",在遵循传统的"结构模式"和"调式、旋律型模式"的同时,在歌词选用、段落反复、伴奏手法、演唱旋律等方面,都有大量即兴创造的成分。因此形成在遵循一定规范前提下的形式与内容的多样化。从形式上分析,有叙咏歌、叙事歌,有自娱舞、单双人舞或集体舞,有器乐独奏、重奏、齐奏,可以有小规模的组合表演或大型的整套表演,舞蹈风格多样多变。从内容上总结,唱词中既有民间歌谣、文人古典诗作、哲理箴言、先知训诫、有民间故事、地方传说;也有美好爱情、幸福生活,命运多舛、个人不幸,市井俗语、乡间俚语等,不一而足。这种形式上的规范化和内容上的多样化与创作自由相结合,正是玛卡梅艺术最基本的也是不可替代的本质特征。类似的现象还大量存在于东方其他民族的音乐文化艺术中。玛卡梅艺术集歌、舞、乐、事于一体,玛卡梅表演者集歌者、舞者、乐师、说者于一身,表现出他们文学艺术才华横溢、记忆力超群和极强的背诵能力。他们能歌善舞,能诗善讲,能奏善演,将玛卡梅艺术传承下来。其中玛卡梅的唱词有不少是即兴填唱,无底本可依。演唱者随想随填唱,众人随声附和,以致形成不同的艺人或同一艺人在不同时间和空间里演唱相同段落时,不仅可能填唱格律相同的不同唱词,甚至在对乐曲某些段落进行即兴反复、即兴连接时,唱词也即兴变化。于是唱词的独立性越来越明显,越来越不受音律的束缚,以致在一定的条件下它就开始脱离艺术范畴而进入文学领域。

二、玛卡梅的文学性

玛卡梅艺术的叙事性除唱词外,还表现在动作作为独立性要素参与到叙事和人物塑造的过程中。这种动作的描述性主要反映出作为根本手段描绘感觉、感情、本性和气氛等的表现程度。玛卡梅艺术主要在于揭示躯体律动本身过程和其所包容的形式意蕴和美感。当玛卡梅艺术中的唱词更加独立、动作叙事性愈发减少、演说所揭示的叙事意义更加明确时,玛卡梅就要以其文学性而与艺术剥离了。

具体而言,当玛卡梅艺术中那些由单独的小曲按照所讲述的故事编成套曲在叙唱过程中逐渐简化、通俗化,并逐渐脱离音乐羁绊,而唱词的叙事性大大加强时,玛卡梅作为一种文学体裁就诞生了。其本质是一种说唱曲艺,其文体是骈韵散文。

与原来的"玛卡梅艺术"形式上具有源与流的关系,但内容上却有了质的区别。因此,有的学者将玛卡梅称之为"韵文故事剧",类似一种"戏剧插曲":"表演时,作者的目的是充分表现他的诗才、口才,显示他的学识。在这种情况下,主题永远从属于手法,本质服从于形式。"① 有的学者认为,是文学的玛卡梅影响了音乐艺术的玛卡梅,但是我们认为是音乐艺术的玛卡梅派生出了文学的玛卡梅。因为就一般而言,文学与艺术是两个门类,艺术比文学产生的要早,况且中世纪阿拉伯文学史上玛卡梅这种文学类型出现得比较晚而且也显突兀,源头也不够明晰,流程也不够清楚。因此,我们认为"玛卡梅文学"脱胎于"玛卡梅艺术",成为"玛卡梅"题材的观点是完全准确的,甚至是毫无疑义的。

中世纪阿拉伯文学最大的成就是散文,这其中按性质分,有官方的散文巨著《古兰经》和民间文学散文巨著《一千零一夜》。从倾向分,《古兰经》是伊斯兰教的宗教经典,《一千零一夜》是民间故事集。《古兰经》本身即有诵读的成分,而《一千零一夜》最大的艺术特色是散韵结合。《古兰经》的文体是一种具有独特节奏和韵律的散文。它既不是自由体,也不是骈散体,而是一种语调铿锵的新文体。《一千零一夜》的语言诗文并茂、说唱结合,大量吸收了民间口语,形成通俗易懂、优美流畅的散文风格。而"玛卡梅文学"则是用带韵的散文写成的故事。在这里玛卡梅原来的"集会"和"聚会"的含义,已引申为在人群集聚站立的场所里的讲述。这种讲究音韵和谐、词采华丽的文体,颇类似中国古代的话本、近代的评书和鼓词。这种在众人聚集之地"讲述"的文学故事,以后定型为一种韵文体的故事,成为阿拉伯早期小说的雏形,因此形成了题材性质明确的叙事作品。

玛卡梅题材的内容和形式具有一定的模式和特点,每篇故事内容不相关联,都有一个共同的"叙述者",讲述同一个主人公的种种逸闻趣事,类似系列短篇故事集。这时"玛卡梅"开始有了更加明确的题材性质。主人公则往往是一个聪明机智、能诗善文、浪迹江湖乞丐式的流浪者。故事主要讲述主人公在流浪途中陷入绝境的窘困。但是他总是能够利用自己的智慧,遵循"为目的不择手段"的生活原则,千方百计地摆脱出来。玛卡梅题材涉及广泛,反映了当时的社会生活,尤其是下层人民的生活。其中包括文学语言类的、伦理道德类的、法律类的和宗教类的故事

---

① 俞人豪、陈自明:《东方音乐文化》,北京:人民音乐出版社,1995年,第270、266页。

等。其形式曾被行乞卖唱的艺人广为袭用。因其基调诙谐幽默,富于戏剧性,声调易懂易说,娓娓动听,又便于传唱,所以流播甚广,颇似中国的"评话""评书"。这表明"卖艺乞讨"这一文化现象确实存在,而且符合广大平民的欣赏口味。但是随着玛卡梅的文学性不断增强,说唱性逐渐减弱,终于演变为骈文体的短篇故事,其题材也显得尤为重要。

玛卡梅题材中的故事可以独立成篇,一个作家的《玛卡梅集》就如同一个共同主人公的系列故事集,因为在玛卡梅艺术中的"名称或来自调式音阶中的某特征性音的音名,或来自城市名、地区名和民族名"[①]。当它演变为玛卡梅题材时,一个作家的《玛卡梅集》中,可以有以萨珊人首领命名的"萨珊玛卡梅",号召人们禁酒的"醇酒玛卡梅",抗击敌人入侵的"里海玛卡梅",写耍猴人的"猴儿玛卡梅",写骗子的"摩苏尔玛卡梅",以部落名命名的"哈拉姆玛卡梅",以故事发生地的城镇名命名的"巴格达玛卡梅""马格里布玛卡梅""格蒂尔玛卡梅""瓦西特玛卡梅""拉赫比玛卡梅",以及充满生活气息的"奶肉玛卡梅""雄狮玛卡梅"等等。从这些"玛卡梅"的篇名中,仍不难发现它脱胎于玛卡梅艺术的渊源关系。

三、玛卡梅题材的发生

玛卡梅题材出现在中古阿拉伯文学史上显得突兀,原本没有这种叙事性的韵文故事为何会从民间突然产生?我们认为它从形式上首先是借鉴玛卡梅艺术的精髓而水到渠成形成的。另外,我们仔细考察玛卡梅题材,它应归属于"伶工文学"(Bardic Literature)一类。所谓"伶工文学"最早是指史诗而言,其特点是这些作品都包含着许多短的叙事诗和一些赞美诗,都是由到处游走的伶工即说唱艺人歌唱一些故事而流布四方,代代口耳相传。这些诗歌逐渐发展成为能够传唱的叙事诗,在这方面玛卡梅题材与之很相似。其次是传唱的玛卡梅韵文故事,主要指其中的人物和事情,虽然有一定的传说性,但其中所提供的社会和文化背景却并非完全虚构,而是充分表现了当时人们的价值观和道德观以及生活理想。在这点上玛卡梅题材也很符合"伶工文学"的特点,即在一定程度上反映了社会的真实。

伶工文学在形成过程中的另一个重要特点是在表现形式上的随意性。这在玛

[①] 俞人豪、陈自明:《东方音乐文化》,北京:人民音乐出版社,1995年,第270、266页。

卡梅题材中也表现得很突出。它最初的措辞并不是固定不变的,而是可以根据讲唱者当时的体会随意增删的。这表明这种文学形式的重点在内容上,而不在具体的词语表达上。只要吟唱起来容易记,聆听起来容易懂,歌词则可长可短,这完全取决于当时听众的反应。发展到一定程度,这些被反复讲唱的诗或故事就开始使用文字记录下来。但是由于口耳相传,地域广泛,使用的记载手段、书写都不尽相同,长短和内容也逐渐有所不同,于是,不同地区的伶工家族写成的定本也就自成体系了,最终形成众多流传的传统本。季羡林就此指出:"这就是几乎所有这一类作品直到今天的本子所以千差万别的根本原因。"① "伶工文学"虽然主要指的是史诗、古事记和人类早期的诗,但在本质上和玛卡梅题材的成书过程及特点大同小异。

诗歌在相当长的时间里,一直是阿拉伯文学的主流。早在伊斯兰文化出现前的"蒙昧时期"(5世纪中叶至7世纪初),除乌姆鲁·盖斯(500—540)那种被黑格尔称为"抒情而兼叙事"的"悬诗"是阿拉伯古典诗歌的典范以外,还有一种被称为"萨阿里克"的诗歌。"萨阿里克"的阿拉伯语古意为被部落抛弃、靠拦路抢劫为生的"绿林好汉",今意为身无分文、无家可归的流浪汉。这类诗即是这些游侠诗人所作。当时正值阿拉伯氏族社会末期,部落社会开始解体,贫富分化激烈,矛盾重重。一部分来自贫民阶层、痛恨权贵、向往平等的穷苦人,不为社会所承认,只好四处游荡,以劫掠为生,并用通俗易懂的语言写成诗歌表达他们心底的愿望。"萨阿里克"诗的韵律与"悬诗"基本相同,内容却大不一样,主要发泄对社会的不满,抒发自己的美好理想。② 这类诗歌的创作主体,即社会底层的流浪者和玛卡梅的作者同属于一个群体。伊斯兰教产生以后,强势的伊斯兰文化垄断了文坛。除以诗歌为武器宣传和保卫伊斯兰教之外的阿拉伯创作几乎都近于枯萎,非常世俗化的"萨阿里克"诗作自然也不例外。

倭马亚时代,诗歌创作重新复兴,但主要内容是情诗和政治诗,底层人民难以接受并欣赏。直至阿拔斯王朝各类诗歌创作才进入长足发展的时期,但诗歌的形式主义限制仍不利于底层人民用这种文学形式抒发自己的感受。到了伊斯兰文化

---

① 季羡林:《罗摩衍那初探》,北京:外国文学出版社,1979年,第7页。
② 纳忠等:《传承与交融:阿拉伯文化》,杭州:浙江人民出版社,1998年,第215页。

强盛期,《古兰经》的散文成就和阿拉伯人讲故事的叙事传统、散文和韵文结合而成的故事等几种因素交织在一起,成了底层人民用以抒发自身感受的艺术工具。当时"城市乡村都有讲说故事的'说书人',说书人或在街头,或在广场招引群众,他们擅长各地土语方言,用巴格达土语、也门土语、呼罗珊土语讲述各地故事,或学犬吠,或学驴叫,诙谐有趣"①。玛卡梅题材的韵文故事即在这种综合的文化氛围中应运而生并风生水起。玛卡梅题材中的系列故事反映了知识阶层和底层人民的悲惨生活,因而符合当时"大众文学的鉴赏口味,即注重音韵和修辞美,在作品中间入格言、谚语和诗歌"②,最终成了阿拉伯地区人民喜闻乐见的一种文学。

四、玛卡梅题材的成就

玛卡梅题材这种具有伶工文学性质的文学作品按一般规律而言,应先在民间口耳相传,然后才由文人将其记录下来,进行加工整理成文本,供说书人讲述或读者阅读欣赏。所以历史学家和文学史家对玛卡梅产生的历史有很大的分歧意见。有学者认为,柏迪尔·兹曼·哈玛扎尼(969—1007)是创始者。哈玛扎尼原名艾布·法德勒·阿赫麦德·本·侯赛因,柏迪尔·兹曼是他的号。他的这一尊贵名号"是由于他是散文最完美的表达形式——麦嘎马特的创始人而定的"③。后世著名玛卡梅作家哈里利(1054—1122)在自己的"玛卡梅"前言中写道:"在一些文学聚会上——当今时代文学之风已经衰微,文学之光已经暗淡——曾读过柏迪尔·兹曼这位哈玛丹学者创作的玛卡梅韵文故事,里面包含许多哲理,能使人得益。后来我步其后尘创作了自己的玛卡梅。"④也有一些学者认为玛卡梅产生的时代比柏迪尔·兹曼要早得多,如乔尔吉·泽丹、伊本·古太柏等学者也举出例证来说明。而中国当代著名阿拉伯学者仲跻昆认为白蒂欧·宰曼(柏迪尔·兹曼)是"新文学体裁'玛卡梅'的确立者","他使'玛卡梅'这一艺术形式趋于成熟,具有真正的文学价值,对后世有较大影响"⑤。中国的阿拉伯语翻译家杨孝柏也介绍过柏迪尔·兹曼

---

① 纳忠:《阿拉伯通史》上卷,上海:商务印书馆,1997年,第535页。
② [黎巴嫩]汉纳·法胡里:《阿拉伯文学史》,郅溥浩译,北京:人民文学出版社,1990年,第446页。
③ [英]汉密尔顿·阿·基布:《阿拉伯文学简史》,陆孝修、姚俊德译,北京:人民文学出版社,1980年,第107页。
④ [黎巴嫩]汉纳·法胡里:《阿拉伯文学史》,郅溥浩译,北京:人民文学出版社,1990年,第445页。
⑤ 《阿拉伯古代诗选》,仲跻昆译,北京:人民文学出版社,2001年,第311页。

"擅长写作玛卡梅文或称骈文的作品"①。比较准确的观点是:"玛卡梅艺术是由故事和传闻逐渐发展形成的,柏迪尔的功绩是将其组织和编写成特殊的艺术形式。"②应该说柏迪尔·兹曼从前人的故事中,"从当时特别注重声律韵节的散文写作风格中得到借鉴,形成了玛卡梅风格,从他所处的社会状况和底层文学中获得营养,提炼出玛卡梅的内容"③。所谓"底层文学"即指民间具有"伶工文学"色彩的玛卡梅雏形的文学创作。尽管不少学者对玛卡梅文学产生的时代有不同的看法,但认为柏迪尔·兹曼使玛卡梅成为具有真正文学价值的作品,则是普遍一致的观点。

玛卡梅题材的定型是与两位阿拉伯作家柏迪尔·兹曼和哈里利的努力分不开的。柏迪尔·兹曼号称"时代奇才",生于波斯,幼年即拜师名门,学习宗教、语言、文学等知识,学识渊博。他性喜漫游,年轻时曾到各地游历,讲学。他的玛卡梅最初就创作于居住在尼沙布尔一年多的时间里(992—994)。他在当地讲课授业,曾编写出四十多篇玛卡梅作为授课教材。这些玛卡梅是他浪迹天涯、广泛结交从王公贵族到乞丐、流浪汉等各阶层人物的结果。他接触到在民间流传的具有伶工文学色彩的原始玛卡梅,受其中各种叙事故事的启发,在前辈语言学家、文学家伊本·杜赖伊德(837—933)的《四十讲》的影响下,创作了自己的玛卡梅。这《四十讲》是四十个故事,"讲的都是异乡事,用的都是怪癖词",柏迪尔·兹曼综合这一切写出的玛卡梅"含有轶闻、趣事、提到时代事件、历史人名以及格言、谚语、语言、文学方面的内容"④。即是说玛卡梅开始时是一种文学性很强的综合性艺术。当代阿拉伯学者罗杰·艾伦教授在他的《阿拉伯小说——历史与批评》一书中指出:"玛卡梅显然是由柏迪尔·兹曼·哈玛扎尼首创,其基本形式由一个展现叙述者或流浪者(如哈玛扎尼的《伊萨·本·西萨姆和艾布·法特哈·伊斯坎德里》)滑稽行为的流浪汉故事构成,用以反映社会现实——多数情况下是通过反语暗示——和进行道德教化。"柏迪尔·兹曼常常被人誉为灵魂教师,而他的玛卡梅则更是常常被人称为醒世之作。

---

① 开罗艾因·夏姆斯大学、北京语言文化大学编译:《阿拉伯古代诗文选》,北京:北京语言文化大学出版社,1997年,第235页。
② [黎巴嫩]汉纳·法胡里:《阿拉伯文学史》,郅溥浩译,北京:人民文学出版社,1990年,第445页。
③ 同上书,第446页。
④ [黎巴嫩]汉纳·法胡里:《阿拉伯文学史》,郅溥浩译,北京:人民文学出版社,1990年,第447页。

阿拔斯王朝在10世纪后半期没落后,玛卡梅由于题材的原因受到处于乱世而无精神寄托的民众的欢迎,被推崇为"时代文学"。后继者哈里利用了十年的时间,在继承柏迪尔·兹曼的玛卡梅的基础上,创作出极其优秀的玛卡梅题材的故事。这些作品被认为是阿拉伯文学史上最杰出的散文典范。阿拉伯文学评论家扎基·穆巴拉克曾经这样评价这两位作家:"显然哈玛达尼(柏迪尔·兹曼)和哈里里(哈里利)的文学语言都是十分成熟的,没有留下丝毫牵强附会和粗糙生硬的痕迹的,但是后者的语言造诣更胜一筹,被认为是美妙的散文典范。"哈里利的玛卡梅比柏迪尔的玛卡梅让人感觉更加细腻,其诗歌也更优美,语言及语法、派生词方面的内容显得更精深。尽管不乏各种雕琢的词汇,但其表达总的来看,显得简洁精炼,富有节奏,有较强的穿透力。法国当代著名比较文学家雷内·艾金伯勒(1909—2002)曾置疑说:"一个不知道上田秋成的《雨月物语》、哈里里的《玛卡梅》或者中世纪犹太小说的人是否真有权力,写中篇小说概论?"①可见他对哈里利(即哈里里)有极高的评价。哈里利的玛卡梅故事出现了许多注释本,受到各地学者的广泛重视。

玛卡梅题材被译成波斯文后,最早传入波斯文坛。波斯文人哈米杜丁(?—1164)曾摹仿柏迪尔·兹曼和哈里利,创作了二十三篇波斯文的玛卡梅。与阿拉伯玛卡梅不同的是,哈米杜丁的《玛卡梅集》没有出现虚构的"传述人",而是作者本人讲述故事。故事主人公不固定,每篇玛卡梅有一个主人公,一篇故事结束,主人公的使命也就完成了。"在哈米杜丁的《玛卡梅集》中,很多内容是论争,且带有浓厚的苏菲(神秘)色彩"。几乎同时,"马格里布玛卡梅"传入8世纪初被阿拉伯穆斯林征服的西班牙,即被称之为"安达卢西亚"的地区。于是当地的一些阿拉伯人也纷纷进行仿作。艾布·塔希尔·穆罕默德·萨拉戈斯蒂(?—1144)曾创作过50篇"玛卡梅"。注释哈里利《玛卡梅集》的安达卢西亚的阿拉伯文人学者主要有欧盖勒·本·阿蒂叶(?—1211)、艾哈迈德·舍雷西(1161—1222)等。12世纪至13世纪初,哈里利的《玛卡梅集》两次被译成希伯来文,后又被译成拉丁文、法文、英文、德文、土耳其文等,从而在犹太教徒与基督教徒中流传,受到西方的东方学者的广泛关注。

---

① [德]胡戈·狄泽林克:《比较文学导论》,方维规译,北京:北京师范大学出版社,2009年,第63页。

五、玛卡梅题材的影响

玛卡梅题材由于具有"伶工文学"的特点，其内容常常是关于流浪汉、江湖骗子、乞丐等引人入胜的趣闻轶事，采用优美的押韵散文写成，其戏剧性和叙事性的文字最适于表现作者的口才、机智和博学。这类题材的文学作品虽然写的并不是真人真事，但是却很适合广大下层人民的审美趣味，因此流传广泛，影响深远。它不仅对中世纪后期的阿拉伯散文发展产生过重要影响，而且还为13世纪的伊斯兰画坛提供了创作素材。现藏法国巴黎国立图书馆和俄罗斯圣彼得堡亚洲博物馆的两部《哈里利玛卡梅集》手抄本中都有精美的插图传世。学者还普遍认为兴起于16、17世纪的西班牙"流浪汉小说"就是受阿拉伯传入的玛卡梅影响而形成的。若对二者的主人公、叙事模式、题材内容等进行比较，其中有诸多惊人的相似之处，因此二者间的渊源关系可以一目了然。在以后西班牙、英国的早期小说中都不乏主人公在路上流浪的内容，不难发现玛卡梅题材的影子。这些"路上小说""游历小说"表现了西方文学的一个永恒主题——"在路上"，它甚至影响了整个欧洲的小说史的建构。

近代阿拉伯复兴时期（1798年至当代）初年的著名文学家、黎巴嫩的纳绥福·雅兹基（1800—1871）出生于名门望族，自幼聪慧好学，对音乐有兴趣，喜好写诗。成人后，他擅长语言学，精通逻辑，对医学、教义、音乐有广泛了解："他读了赛尔维斯契·德·萨西编的法文版的11世纪阿拉伯散文家哈里利的玛卡梅故事，并受其启发写了他的玛卡梅系列《马杰玛·巴赫拉因》（Majmaal-bahrayn）。"他的玛卡梅题材的故事共有六十多篇。他在书的前言中说该书："尽量收进各种有益教诲、基础知识、轶闻、趣事、谚语、格言、故事……美好的表达、独特的语句以及偏僻的名词。"他摹仿哈里利玛卡梅题材的风格，注重骈韵，多用僻语，故事主人公活动在广阔的沙漠舞台上。这虽然削弱了玛卡梅题材的地方色彩和艺术性，但他在行文中所展现出的丰富知识还是给语言学家和史学家不少教益。复兴时期初年的另一位作家艾哈迈德·法里斯·舍德雅格（1804—1888）也深受阿拉伯古典文学传统的影响，写出名作《法里雅格的经历》。标题中的双关语和押韵及某些章节中的复杂语句充分体现了舍德雅格的兴趣所在，也显示出对前人优美散文的借用。他在其作品介绍中说道，他的目的是"展示语言的奇特性"。作品中的英雄哈里斯·本·希玛姆是对早期玛卡梅题材传统的摹仿。他将叙述者带上遥远的旅途,显示出作者对地中海区域和北欧,以及英格兰的熟悉。

19世纪末20世纪初,埃及紧张的政治文化环境为记者穆罕默德·木未里希(1868—1930)的讽刺之笔提供了大量写作玛卡梅题材的素材。木未里希的玛卡梅故事后被命名为《伊萨·本·西萨姆圣训》,1898年至1902年连载在一份家庭报纸《米斯巴·沙克》上。这些故事由一个埃及青年伊萨·本·西萨姆讲述,这个人名恰恰是千余年前柏迪尔·兹曼·哈玛扎尼在他的玛卡梅里用过的。因此,有的文学评论家认为,这种对传统文学遗产有意的重现及其运用,是一种充分自觉的新古典主义现象。因为在每篇连续故事的开始部分都非常明显地使用了韵文这种体裁。但在木未里希的作品里,这种在中古阿拉伯文学中成为高度修辞化的遣词造句中,韵文体仅仅被用于玛卡梅开始部分,表现出一种明晰精炼的经典化的叙事风格,给人们留下极深印象。有一些文学评论家力图将《伊萨·本·西萨姆圣训》视为流浪汉小说的开端,但这种想法存在着诸多问题。因为哈玛扎尼的玛卡梅讲述者为木未里希的作品提供了标题。他显然无意写一部和以前流浪冒险的玛卡梅一样的娱人题材的作品。但是,《伊萨·本·西萨姆圣训》确实起到了一种宝贵的中介与桥梁作用。因为对哈玛扎尼笔下叙事者的援引以及对玛卡梅题材得心应手的运用,自然而然会使人联想到阿拔斯时期文学遗产的辉煌。《伊萨·本·西萨姆圣训》的叙事是一种过去的知识分子用以表达对当时现状的不满以及未来发展之间的叙事模式。明显受到玛卡梅题材影响并延续这种文学传统的作家还有:埃及诗人哈菲兹·伊卜拉欣(1871—1932)的《赛蒂哈之夜》(1906)、伊拉克的苏莱麦·法蒂·毛斯里的《伊卡兹的故事》(1919)、突尼斯的阿里·杜阿吉(1903—1948)的《地中海客栈游记》(1935)、摩洛哥的穆罕默德·伊本·阿卜杜拉·穆奎特的《马拉克什游记或时代之镜》(1920前后)等。这些玛卡梅题材的作品有几个共同的特征,即都有一个叙述者,另有一个主人公,此外还有人物的游走性和叙述视点的转移等,其基调是诙谐幽默。这些作品可视为阿拉伯玛卡梅题材和现代小说叙事之间的桥梁。

总之,阿拉伯中古阿拔斯时期,由当时音乐艺术玛卡梅中分离出来的韵文玛卡梅在叙事化、通俗化以后发展成为玛卡梅题材的韵文小说。而另一部分依然存留在音乐艺术中并更加综合化、器乐化成为"木卡姆"套曲。这两种文学艺术现象相互交融,影响甚广,尚有不少的研究空间。

小结

"题材研究"一章的实践显示出,题材是经过作者理性、精心加工处理过的素材。它既是主题在作品中的安身立命之所,又是多个母题结构成的有机体,和二者的关系极其密切。总之,题材研究主要探讨同一题材在不同时空的民族文学中的不同形态、变迁历史,及其文化历史内涵。它是主题学研究中的一个重要领域。

第四章 人物研究

第一节 "拿破仑"形象的试金石作用

西方有些评论家认为,主题和人物(character)相关,例如著名的乌尔利希·韦斯坦因在论述"主题学"时,曾针对文学中的母题和主题之间的关系问题,归纳总结了德国学者弗兰采尔和比利时学者图松的观点,"一般地说,母题与形势(situations)有关,而主题与人物有关。主题是通过人物具体化,而母题是从形势中来的"①。我们暂且不论这种观点中的"母题"部分存在哪些偏颇之处,只想强调和分析"主题或母题和人物"相关的问题。因为西方文学中常常以一些典型人物的名字来指称或指代某种主题或母题。但在实践研究中更多地是将人物作为母题处理。如俄狄浦斯母题、普罗米修斯母题、唐璜母题、浮士德母题、堂吉诃德母题等。因为用人物,尤其是典型人物来命名母题,确实在一定程度具有某种概括性。更有甚者,法国《拉罗斯百科全书》(1978年版)称主题学是"比较文学惯于探索的领域,譬如某一神话(俄狄浦斯、伊尼德),某心理典型和社会典型(修女或盲人),某文学人物(唐璜),某些历史上大人物(拿破仑、苏格拉底),某些环境或物体(莱茵河流域、某城市)的影响的消长"②。这个定义清楚地表明主题学研究也可以是从某一主题或某一母题入手,打破时空界限,融汇各民族文化,找出同一主题或母题人物形象等在不同民族作家笔下的不同表现。世界历史著名的人物拿破仑就可以是我们用来解剖主题学研究的一个人物形象个案。

法国著名比较文学家梵·第根将主题学研究分为三大类:"局面与传统的题材";"实有的或空想的文学典型";"传说与传说中的人物"。在他认为的是"从事于

---

① [美]乌尔利希·韦斯坦因:《比较文字与文学理论》,刘象愚译,沈阳:辽宁人民出版社,1987年,第137页。

② 转引自乐黛云主编:《中西比较文学教程》,北京:高等教育出版社,1988年,第184页。

主题学的比较文学家们所偏爱的领域",即第三类"传说与传说中的人物"中,拿破仑的名字赫然在列。他指出:"就是历史很清楚的近代的那些英雄,也在诗人的想象所给予的种种形相之下曾被人研究过:罗兰夫人、拿破仑、加里布的、俾士麦。"①基亚也在论述历史人物时指出:"拿破仑在世时,在许多人的眼里,他的命运好像带有史诗般的色彩,具有神圣的或魔鬼附身般的含义。""在拿破仑身上同时体现着专断和革命两种思想是一点也不足为奇的。"②于是拿破仑作为欧洲近代一位伟人,一位经常出现在欧洲文学作品中的典型人物,就成了比较文学研究中一个重要的人物形象。以往许多欧洲作家在自己的作品里描述过拿破仑的形象,褒贬不一。无论他们的叙述方式、情节结构有怎样的独特性,他们还是把这一形象和自己时代的思想、审美要求等结合起来,从而形成"拿破仑主题"。

  法国诗人贝朗瑞在《意弗都国王》《与丽洽谈政治》《人民纪念》《滑铁卢之战》等诗中颂扬了拿破仑。司汤达写《拿破仑一生》《回忆拿破仑》等传记作品,表达了对拿破仑的崇拜心情。他在《拉辛与莎士比亚》《红与黑》《自传记事》《自我主义的回忆录》中,也从侧面描写了拿破仑。英国诗人拜伦在《拿破仑颂》《拿破仑的告别》等诗中,表达了自己的矛盾心情,他既称拿破仑是"盖世英雄",也称他是"毒心汉",因为"如果把你(拿破仑)像美名一样哀悼,那么,另一个拿破仑就会跃出,再来把这个世界凌辱"。雪莱则在《一个共和党人对波拿巴的倾覆所感到的》诗中,指出是"最邪恶的形象"、欧洲封建复辟势力毁灭了拿破仑和法国革命。湖畔派代表诗人华兹华斯在《致杜桑》、柯勒律治在《拿破仑》等作品中,表达了他们反对拿破仑,希望封建势力复辟的思想。历史小说家司各特的《拿破仑传》,全书充满敌视拿破仑的基调。俄国著名作家普希金在自己的《拿破仑》《亚历山大一世》等诗中,流露出对拿破仑的某些惋惜和同情,在另一些关于拿破仑的诗中,如《给诽谤俄罗斯的人》也有宣扬民族沙文主义的倾向。莱蒙托夫在关于描写拿破仑的《七月十日》《两个巨人》《波罗金诺》《最后的新居》等诗中,都流露出对这一历史巨人的惋惜之情,并勇敢地指出沙皇俄国是其"最顽强的敌人"。列夫·托尔斯泰在《战争与和平》这部作品中,美化沙皇亚历山大一世,诋毁拿破仑,表现了他早年在世界观尚未发生转变时

---

① [法]提格亨(梵·第根):《比较文学论》,戴望舒译,上海:商务印书馆,1937年,第96页。
② [法]马·法·基亚:《比较文学》,颜保译,北京:北京大学出版社,1983年,第47页。

贵族保守的唯心主义历史观。德国诗人海涅的《德国——一个冬天的童话》《观念——勒·格朗特文集》等作品，曾多次描写拿破仑，态度始终是同情和赞扬的，认为在德国他是革命代表、是革命的传播者。意大利的曼佐尼曾在《五月五日》的名诗中赞扬拿破仑是革命的堡垒和被奴役人民的保卫者。波兰的密茨凯维支在代表作《塔杜施先生》里，以1812年拿破仑远征俄国为背景，高度肯定了拿破仑在促进波兰民族解放斗争中的进步作用。

由此可知，在19世纪前半叶欧洲文学作品中，拿破仑形象是个重要的人物主题。他就像一块试金石、一道分水岭，泾渭分明地将当时的作家截然分成进步与落后、革命与反动两大阵营。也有些作家的态度是暧昧的，甚至是矛盾的。通过拿破仑主题的研究，可以从世界文学的高度重新评价一个民族作家创作的各种局限性，重新认识一部作品的历史真实性，得出与传统观点不同的新结论。

拿破仑是19世纪威震全欧的资产阶级大革命家，也是旧的封建制度的摧毁者。他顺应历史发展的潮流，登上历史舞台。横扫统治欧洲长达1300多年的封建政治和宗教势力，把以老沙皇为首的欧洲封建君主打得落花流水，威风扫地。有力地巩固了法国的资产阶级革命成果，对历史进步作出了巨大贡献。

在19世纪开始的30年代的欧洲文学作品中，拿破仑是一个重要形象，也是一个无法回避的主题。法、德、意、英、俄、波兰等国家的大作家，几乎都在作品中涉及过拿破仑。大体上说，凡是进步的作家（不分国籍），都歌颂他；凡是保守的，作家，都攻击他，也有不少作家在这两端之间摇摆，忽左忽右或忽东忽西。以什么样的态度对待拿破仑，可以说是当时资产阶级革命时代前进与倒退的思想标志。有一些作家的态度是矛盾的，前后期作品对封建专制的态度也有不同。正是通过分析这种矛盾心态，同样可以得出对文学批评史负责任的准确的结论。

当然，拿破仑镇压过本国革命的力量，后期有扩张主义的倾向，即使是那些资产阶级进步作家的历史观也表现出唯心主义的英雄史观等。他们尚不懂得奴隶创造历史的道理，因此，他们不可能正确、精准地描写拿破仑的功过是非，也难以做出历史上定于一尊的价值判断。这是一种历史局限，需要我们用历史唯物主义和辩证唯物主义的观点进行正确的分析，以便得出客观、公正的评价。

一、法国作家笔下的"拿破仑"

贝朗瑞（1780—1857）是法国19世纪初反封建主义的进步诗人。在波旁王朝复辟期间,他以诗歌为武器,猛烈攻击封建贵族和教会势力,曾两次被统治者逮捕入狱,但不改初衷。他是1830年法国七月革命的鼓励者和参加者。马克思和恩格斯称他为"不朽的贝朗瑞"。由于他毕生仇视封建制度,在王政复辟时期创作了一系列有关拿破仑内容的诗歌,热情地歌颂拿破仑是欧洲同反对势力进行斗争的统帅。反对势力为此攻击他是波拿巴份子。

在《意弗都国王》(1813)中,诗人用民歌的调子善意地称赞拿破仑"愉快,朴素,有着善良的心","他的臣民有千百种理由,声声叫他父亲"。在《贵族狗告状》(1814)中,诗人讽刺贵族因拿破仑被囚而兴高采烈:"我们要跳跃,在贵人面前;我们要追赶,在穷人后面。既然打倒了暴君,该让我们高兴高兴。"在王政复辟初期,诗人在《老士官》一诗中用回忆革命战争英雄事迹的形式,塑造出共和国军队的将领拿破仑的英雄形象。在《与丽洽谈政治》(1815)中,诗人表达了自己对拿破仑无限爱戴和诚恳的规劝之情。在《五月五日》(1821)一诗中,诗人沉痛悼念拿破仑逝世,称拿破仑是"伟大的性格,伟大的天才"。在1821年歌曲集的一些歌曲里,如《普通人的上帝》《避难所》《小人物还是阿希利斯的出殡》等,诗人在描写拿破仑时曾借着民主阵营的代表人物之口来说话。在这些人物的心目中,拿破仑尽管失败了,但它代表着法兰西的光荣。在1828年的歌曲集中,贝朗瑞出于要强化对复辟势力的抨击,所以就更加明确地提出要关注拿破仑的题材,公开描写法国人民对拿破仑的爱戴。在《人民的纪念》中,拿破仑和波旁王朝的君主形成异常鲜明的对比。在《滑铁卢之战》中,诗人谴责胜利者的这场战争,他写道:"咱们法国人得到的依然是这么个日子,敌人给我们锁上镣铐,铁链在我们身上响叮当……"他揭露当时欧洲各国的反动势力欺骗各国人民去参加这场战争的阴谋。国王们反复地对他们说,拿破仑的垮台意味着自由的到来,而他们这些老王,将给欧洲人民带来幸福,"可是这个巨人一倒下去,那些健忘的侏儒立刻给全世界钉上奴隶的镣铐"。

司汤达(1783—1842)是法国19世纪初的作家,在童年时代就向往资产阶级革命。17岁时(1800)他曾追随拿破仑的军队到了意大利,在军中担任龙骑兵中尉。1801年他辞去军职,在巴黎闲居,研读爱尔维修等唯物主义哲学家的著作。1806年他又返回军队,随军转战欧洲各地。直到拿破仑(1814)失败后,他才结束了军人生活。拿破仑的赫赫战功给他留下了难以忘怀的印象,成为他心目中不朽的英雄。因此,司汤达毕生崇拜拿破仑,写过一些拿破仑的传记,《拿破仑的一生》《回忆拿破仑》及一些涉及拿破仑的作品,如《拉辛与莎士比亚》《红与黑》《自传记事》《自我主义的回忆录》等。他曾深刻地指出:拿破仑失败"使自由思想倒退了一百年"。在他的著作《红与黑》中,他描述了拿破仑对法国社会的巨大影响,即使是在王朝复辟时期,上层贵族和宗教僧侣仍然十分害怕拿破仑。他们把拿破仑视为法国革命的代表和象征,常常因为恐惧革命东山再起而日夜忧心忡忡。在司汤达写给拿破仑的信(原文,1817年,其时拿破仑已被囚禁在圣海伦那岛。——笔者注)中,他仍将拿破仑称为"伟大的人物",并指出:"当祖国和您本人处于更幸运的场合下,我就毫无必要来向您献辞:您的荣耀就能把一切改正过来。"但是他也直言不讳地提到不赞同他的教育管理方式,因为"在您大难临头时,您在您的宠臣之中只能找到一些无能之辈"。他还痛心疾首地指出发生这种过失的原因:"尽管具有这种过失——这对您本人比对祖国更有害——公正的后代会痛悼滑铁卢的会战,由于从此使自由思想倒退了一百年,后代会理解,创造性的活动需要有魄力,没有罗缪吕斯(罗马的第一任国王——原译者注),虞玛(罗马的第二任国王——原译者注)也就不可能存在。"随后,他又以赞扬的口吻说:"陛下,您把'法兰西人'这个称号提到那样的高度,或迟或早他们总将在您胜利的光辉面前携手合作。这个功绩,这个民族所能期待的最高功绩,为法兰西保证了不可磨灭的自由。陛下,愿上天保佑您长寿,使您能看到法兰西由于您最后一届的众议院所遗留的宪法而获得幸福,到那时,法兰西会原宥她所责备于您的唯一的过失,那就是:您在滑铁卢之后放弃了专政,并对祖国的前途失去了信心。"

在信的最后,司汤达表示:"我,作为您在戈里茨所收容的一名小卒,作为您的最忠诚的子民,以十二分崇敬的心情谨向您,大皇帝陛下,致最高的敬礼!"由此可见司汤达对拿破仑有多么尊敬,并将其视为自己一生的追随者。

下面是《红与黑》的摘录:

啊!拿破仑啊!在你的时代里,是怎样的善良。

法兰西从来没有像在他统治的十三年里那样受到各国人民的尊重。那时候人做的事都是伟大的。

"从一八零六到一八一四年,英国只犯了一个错误,"他说,"这就是没有对拿破仑采取直接的、对付他个人的行动,这个人从他封公爵和内侍,重新建立帝位的时候起,天主交给他的使命就结束了。除了把他宰杀充当牺牲,没有别的用途。《圣经》里不止一个地方教导我们用什么方法消灭暴君。"①

二、波兰作家笔下的"拿破仑"

密茨凯维支(1798—1855)是波兰19世纪最伟大的爱国诗人。他生于立陶宛（当时立陶宛属于波兰），处在祖国被俄国、奥地利、普鲁士三国瓜分的时代。在他幼小的心灵里早就对老沙皇燃烧起民族压迫的怒火。成年后，由于积极参加爱国的秘密团体活动，他于1823年被沙皇政府逮捕，次年流放到俄国。他还曾两次组织军队抗击奥国和俄国。他毕生为争取民族独立、自由而斗争，直到生命的最后一息。鲁迅先生早在1907年写成的《摩罗诗力说》中就介绍过他。继后鲁迅又说："密茨凯维支是波兰在异族压迫之下的时代的诗人，所鼓吹的是复仇，所希求的是解放，在二三十年前，是很足以招致中国青年的共鸣的。"②

《塔杜施先生》(1834)是诗人的代表作品。它的主题是：波兰人民应该联合起来，反抗沙皇的统治，用革命战争解放祖国。其主要内容以1812年拿破仑远征俄国为背景，高度赞扬了拿破仑在促进波兰民族解放斗争中的进步作用。其中，洛巴克神父用拿破仑的名字鼓动波兰人民起来反抗沙皇的斗争。③ 此外，书中还描写了波兰人民歌颂拿破仑丰功伟绩的细节，④以及1812年，拿破仑给波兰人民带来春天的那种感觉和情景。⑤

三、德国作家笔下的"拿破仑"

恩格斯指出："拿破仑并不像他的敌人所说的那样是一个专横跋扈的暴君。他在德国是革命的代表，是革命原理的传播者，是旧的封建社会的摧毁人。"⑥被恩格斯称誉为"德国当代杰出的诗人"海涅(1797—1856)在《观念——勒·格朗特文集》(1826)中诗意地表述了恩格斯上述的观点。诗人通过回忆法国革命军开进德国的

---

① [法]司汤达：《红与黑》，郝运译，上海：上海译文出版社，2010年，第639、1038—1039页。
② 鲁迅：《鲁迅全集》(第7卷)，北京：人民文学出版社，1881年，第185页。
③ [波兰]密茨凯维支：《塔杜施先生》，易丽君、林洪亮译，北京：人民文学出版社，第81—84页。
④ 同上书，第140—141页。
⑤ 同上书，第228—230页。
⑥ [德]恩格斯：《德国状况》，《马克思恩格斯全集》第二卷，北京：人民出版社，1957年，第636页。

情景,通过描绘法国革命军的鼓手长——勒·格朗特的击鼓声,热情地赞扬了法国大革命和拿破仑。在代表作品、长诗《德国——一个冬天的童话》(1844)中,海涅以深刻的讽刺手法描绘了德国的社会生活,攻击容克贵族,"民族主义者",教会蒙昧主义者和庸俗的市侩。长诗中多次描写拿破仑,与20年代的作品一样,诗人始终是同情、赞颂拿破仑的。

《观念——勒·格朗特文集》摘录:

——我现在谈的是指杜塞尔多夫城的官廷花园说的,我时常睡在这里的草坪上,肃静地听着勒·格朗特先生给我讲述伟大皇帝的武功,他一边讲,一边在鼓上敲着进行曲,这些曲子是在那些战斗中敲打过的,我便活生生地看见和听见一切。我看见大军开过西姆布仑关口(西姆布仑关是阿尔卑斯山的隘口,通向意大利。指拿破仑1796年向意大利进军——原译者注)——皇帝在大军的前头,勇敢的榴弹兵跟随在后爬上山来,同时有些受惊吓了的鸟群飞上天空,叫起来,而在远处的冰山发出雷鸣般的怒吼——我看见皇帝握着旗子站在罗底(意大利北部县城,1796年拿破仑击败在此地桥头坚守的奥军——原译者注)的桥头上——我看皇帝在玛伦柯(意大利北部县城,1796年拿破仑击败在此地桥头坚守的奥军——原译者注),身上披着灰色的大衣——我看见皇帝骑着战马在金字塔附近的战役里,只看见一片硝烟和埃及的卫兵(指拿破仑在1798年进军及征服埃及——原译者注)——我看见皇帝在奥斯特里兹(指拿破仑1805年战胜奥俄联军,时正届严冬——原译者注)的战役里,嘿!子弹在那滑溜溜的冰雪上呼呼地飞得好厉害呀!——我看见也听见在耶那(指拿破仑1806年战败普鲁士——笔者注)附近的战役,轰隆,轰隆,轰隆的炮声——我看见也听见在艾劳(指拿破仑1807年战败俄军——原译者注)附近,在瓦格兰姆(指拿破仑1809年战败奥军——原译者注)附近的战役……不再讲下去了,我几乎忍受不住了!勒·格朗特先生敲着鼓,鼓声几乎把我自己的鼓膜震破了。①

---

① [德]亨利希·海涅:《海涅散文选》,商章孙等译,上海:新文艺出版社,1957年,第95—109页。

四、意大利作家笔下的"拿破仑"

亚历山德罗·曼佐尼(1785—1873)是意大利积极浪漫主义最杰出的作家。1821年5月5日,拿破仑死于圣海伦那岛。拿破仑之死使他非常激动,他写了《五月五日》这篇名诗,被译成许多欧洲国家文字。曼佐尼在诗中把拿破仑当做革命的堡垒和被奴役人民的保卫者。

五、英国作家笔下的"拿破仑"

19世纪英国积极浪漫主义代表诗人拜伦(1788—1824)是反封建的英勇战士。鲁迅先生在《摩罗诗力说》中指出:他"重独立,而爱自由","既喜拿破仑之毁世界,亦爱华盛顿之争自由"。拜伦反对沙俄、英国等压迫弱小少数民族。他晚年亲自参加希腊人民反土耳其的解放战争,死于希腊。诗人对拿破仑基本上是肯定的,称他是"盖世英雄","一个伟大而不是最坏的人"。并将他誉为普罗米修斯,把光明带给人间。说他是"自由"的领袖。诗人对欧洲的封建复辟势力深恶痛绝。拜伦是英国人,但他对滑铁卢战役投以鄙视的眼光。他勇敢地喊出:"首领覆没了,但不是由于你们,滑铁卢的胜利的将军!"他预言革命的力量必将再起,他的同情明显地倾向于巩固资产阶级新生政权的拿破仑一边。①

1814年,他发表了著名的《拿破仑颂》一诗:

> 多谢这一课——深奥的哲理
> 白白留给人们不断的教训,
> 对于后世的将军,这个事实
> 比哲理的告诫更发人深省。
> 那符咒一旦在人的头脑中,
> 破碎了,就不会恢复完整
> 它不会再使人去崇拜
> 一座军刀统治的玲珑宝塔,
> 外貌是青铜,脚基是泥沙。

---

① 鲁迅:《鲁迅全集》(第1卷),人民文学出版社,2005年,第65—120页。

个人的胜算,虚名的传扬,
斗争中的兴奋和狂喜——
震撼大地的胜利的声音,
形成了你的生命的呼吸;
那刺刀,那王笏,和那统治,
仿佛人生来只该服从你,一切建立了你的声誉——
一切都完了! 阴暗的魔王!
你的回忆该充满怎样的疯狂!

……

有过一个日子——有那么一刻,
大地是高卢的,而高卢属于你,
如果那时候,不等到餍足,
你就放下这无限的权力,
那一举给你带来的美名
会胜过马伦哥传扬的声誉,
而在一次悠久的晚霞里
它会把你的沉落镀上金色,
你的罪愆也只是浮云轻轻飘过。
但是你一定要粉墨登场,
你必须穿上紫红的外衣,
仿佛那件愚蠢的皇裳
遮上胸口就能把往事忘记。
呵,那褪色的衣服哪里去了?
还有,金星,腰带,盔上的羽毛?
那你所喜欢佩带的玩具?
呵,喜欢帝国的虚荣的顽童!
你的玩具是否都无影无踪?①

---

① [英]拜伦:《拜伦诗选》,查良铮译,上海:上海译文出版社,1982年,第33—41页。

拜伦还发表了《拿破仑的告别》①一诗，表达了自己强烈的爱憎情感。

一

别了，这片土地。在这里，我的荣誉的暗影
跃升起来并且以她的名字笼罩着世界——
如今她遗弃了我，但无论如何，我的声名
却填满她最光辉或最龌龊的故事的一页。
我曾经和一个世界争战，我所以被制伏
只因为太迢遥的胜利的流星引诱了我；
我曾经力敌万邦；因此，尽管我如此孤独
还是被畏惧，这百万大军的最后一个俘虏。

二

别了，法兰西！当你的王冠加于我的时刻，
我曾经使你成为世界的明珠和奇迹；
然而你的羸疾使我罢手，终于看你落得
仍如我初见的那般：国光失色，身价扫地。
呵，想一想那些久经战斗的雄心枉然
和风暴搏击，他们也一度胜利在战场；
那时呵，那巨鹰，它的目光已盲无所见，
却还在高傲地飞翔，凝望着胜利的太阳！

三

别了，法兰西！然而如果自由再次跃升，

---

① 此诗伪托"译自法文"，实系拜伦所作。

在你的土地上重整旗鼓,那时记着我。
在你幽深的山谷中,紫罗兰仍旧在滋生;
尽管干枯了,你的泪水会使它绽开花朵。
而且,而且我还会挫败百万大军的包围;
也许听见我的声音,你的心又一跃而醒——
尽管锁链缚住了我们,但有些环必能打碎,
那时候呵,转回头来:召唤你拥戴的首领!

(一八一五年七月二十五日)

此外,他还在一首《译自法文的颂诗》(1816年3月15日)(同为拜伦伪托)中写道:

我们并不诅咒你,滑铁卢!
尽管自由底血洒上你,像露珠:
血尽管洒了,却没有失去——
它又从每个充血的躯干升起。
仿佛是从海洋接来的水龙,
以一种越来越有力的汹涌
它腾跃,翱翔,散入空气里,
和拉贝杜埃的血溶在一起——
它和那睡在光荣的墓中、
被视为"勇中之大勇"的血交溶。
一片血红的彩云在空中闪亮,
但它就回到它所来的地方;
等浓密的时候,它会爆裂,
全世界就被奇异地摇曳
在我们从未听过的雷声中,
那时候,耀目的,照满了天,
是我们从未看过的电闪!
正如古代的圣者和卜人

曾经预言要降"茵蔯星"

天空会降下冰雹和火焰，

河流将变成血海一片。①

雪莱(1792—1822)是19世纪英国积极浪漫主义的代表诗人,和拜伦齐名。马克思称他为"真正的革命家",并说如果他不早逝,他会是"社会主义的急先锋"②。恩格斯称他为"天才的预言家"③。在《一个共和党人对波拿巴倾覆所感到的》(1816)一诗中,雪莱以辛辣嘲讽的笔调抨击了欧洲封建复辟的传统势力——"习惯"和"信仰",指出这些"最邪恶的形象"毁灭了拿破仑和法国革命。

他在《一个共和党人对波拿巴倾覆所感到的》写道:

我憎恨你,呵,倾覆的暴君!

每当我想到像你这样苟延残喘的奴隶,

居然也在自由之墓上雀跃欢喜,

就不禁难过。

你本可以使你的宝座稳固迄于今日,

但你却选择了脆弱而血腥的辉煌,

终于被时间冲毁到寂寞里。我但愿杀戮,叛变,

奴役、贪婪、恐惧、邪欲伴着你睡倒,

并且窒息了你,它们的使者。唉,可惜我知之已晚,

因为你和法兰西已然归于尘土:

原来美德有一个仇敌甚至"暴力"和"欺诈":

那是古老的习惯——一种合法的罪恶;

还有血腥的"信仰",那由"时间"塑造的最邪恶的形象。④

湖畔派诗人

英国湖畔派诗人站在贵族立场上反对资产阶级革命,代表人物是华兹华斯、柯

---

① [英]拜伦:《拜伦抒情诗选》,梁真译,上海:新文艺出版社,1957年,第79—80页。
② [德]马克思、恩格斯:《马克思恩格斯论艺术》第2卷,北京:人民文学出版社,1963年,第261页。
③ 同上书,第528页。
④ [英]雪莱:《雪莱诗歌精粹》,查良铮译,北京:人民文学出版社,2008年,第30页。

勒律治和骚塞。他们三人长期同住在英国西北部昆布兰郡的湖区和格拉斯米尔湖区进行诗歌创作，被称为湖畔派诗人。这三个人的共同特点是：当法国资产阶级大革命开始后，在一个短时期他们都表示过欢迎。但当革命继续深入后，就遭到他们的激烈反对。他们反对雅各宾派的专政，反对拿破仑，写了不少污蔑革命、污蔑拿破仑的诗，并歌颂反动的英王乔治三世。当拿破仑在1800年建议和英国和谈时，他们正式公开提议在法国恢复波旁王朝的统治。由于他们的政治立场和态度，曾受到当时英国反动统治势力的推崇，华兹华斯和骚塞先后获得过"英国桂冠诗人"的称号。

华兹华斯(1770—1850)是湖畔派诗人的代表，写过不少具有浪漫主义倾向的诗歌，其中《致杜桑·卢维杜尔》(1803)的政治倾向较为明显。

> 杜桑，人们中就数你最为不幸！
> 无论你还听到农夫吹着口哨
> 在犁田，或枕着头给关在地牢——
> 那又深又糟地方，声音传不进；
> 可怜的首领！你哪来这份耐心！
> 但是你别死；尽管给上了镣铐，
> 你的眉目间偏偏要露出微笑。
> 虽然你本人栽倒，难以再翻身，
> 该满意地活着。你留下的力量
> 将为你工作；看天空、大地、空气；
> 连一阵微风也不会把你遗忘；
> 你有伟大的盟友同你在一起，
> 它们是爱、极度的痛苦和得意，
> 是人类那种不可征服的思想。①

另一首《威尼斯共和国灭亡有感》(1802)中写道：

> 光辉灿烂的东方，曾一度归她世袭；

---

① ［英］威廉·华兹华斯：《华兹华斯抒情诗选》，黄杲炘译，上海：上海译文出版社，1988年，第230页。

而西方啊,靠她做屏障;
威尼斯的价值一经产生,永不埋没。
威尼斯,自由之神的长女。
她是个贞洁的城市,
既聪明、又自由;
欺诈不能诱,威武不能屈;
她一旦给自己选定了伴侣,
便海誓山盟,永不变心。
要是她看到当年的光荣,黯然失色,
声名顿消,力量骤逝——将会怎么样!
当她漫长的有生之年,转到了最后的日子,
怎能不为之哀悼;
一度曾是庞然巨物的阴影,烟云过眼,
我们这些硬汉,也要为之黯然魂消!①

司各特(1771—1832)是英国著名作家,也是欧洲历史小说创始人。他政治上属于保守派,法国大革命时曾加入英国军队,准备开赴法国作战。他的作品同情君主制,宣扬宗教,否定资产阶级的革命行为,具有较鲜明的民族主义色彩。早在青年时代,司各特即宣布自己拥护保守观点,拥护贵族地主的政党——托利党。他的政治观点很坚定,始终强调对王室要忠诚。他始终赞成缓慢、逐渐地改变社会。他曾崇拜贵族的称号,赞美骑士的理想,并用骑士的理想去抵制资产阶级的利己主义和生意经。他想在自己的乡土继续族长制地主的生活方式,为此他买了一座古堡,名阿勒茨福,用灿烂的封建时期的设备装饰起来,简直把它变成了一所独特的苏格兰古物陈列馆。

1827年出版《拿破仑传》,并附序言《法国革命描述》。他谴责雅各宾恐怖和雅各宾党人,谴责法国革命的"极端手段",把专政年代叫做"自私自利的煽动家的疯狂破坏"的时期,把罗伯斯庇尔叫做"甜言蜜语的恶棍"。他以赞美的心情写出俄罗斯人民在击溃拿破仑这个"大侵略家的武装力量"时所表现英勇豪迈。《拿破仑

---

① [英]华兹华斯等:《英国湖畔三诗人选集》,顾子欣译,长沙:湖南人民出版社,1986年,第53页。

传》中有好几章专写拿破仑向莫斯科进军,以及法国军队如何被俄国战士和游击队员所击溃。他在1815年居留巴黎时所写《保罗致亲属信集》中描写过他所见到的俄国军队的检阅场面,他把这叫作"强大的北方的表现",并且指出法国居民在1814年对俄国军队的看法:"并没有看作是侵略者,而把他们看作是和平使者。"①

瓦尔特·司各特的多卷本的关于拿破仑的著作,是早期论述拿破仑的大部头著作,全书也是文才横溢。著名的小说家是为最广大读者写这部书的。全书充满敌视拿破仑的热爱英国的调子。论据相当薄弱而且肤浅。一般说来,这部书虽然有很多卷,但是除了读起来很有趣味以外,没有多大价值。这本书在英国和其他国家获得很大成功;被译成各种欧洲文字。在十九世纪中叶,"拿破仑神话"是如此牢固地掌握了法国的史学,以致瓦尔特·司各特的书在法国被视为亵渎圣物的著作。

瓦尔特·司各特似乎希望以自己的著作,来回答拜伦,拜伦在逝世前两年即1822年,赞颂过拿破仑的胜利,说他"并非生来就是帝王,却带领帝王们跟随在自己的车后"。保守派的小说家瓦尔特·司各特不能原谅拿破仑对封建社会的打击。

顺便说一句,瓦尔特·司各特的这本书引起了黑格尔的有趣的评论。

1806年10月13日:……黑格尔写信给尼特加墨尔说:"我看见皇帝,这个世界精神,走过该城去进行侦察。"

著名的哲学家后来已经不是这样谈论拿破仑了,而是认为他是"神的惩罚",但是在瓦尔特·司各特的著作及书中的虔信宗教的庸俗的对于法国革命和帝国的议论触怒了他。瓦尔特·司各特写到:"上天"派遣革命和拿破仑来惩罚法国和欧洲的罪孽。黑格尔反对这一点,他说,如果公正的上天这样安排的话,那就是说,革命本身是正义的,必要的,而完全不是犯罪的。他在结束对瓦尔特·司各特的评论时说:"肤浅的头脑!"②

---

① [苏联]伊瓦肖娃:《瓦尔特·司各特》,杨周翰译。参见中国作家协会河北分会编:《名作家与作品·欧美部分及其它》下册,石家庄:中国作家协会河北分会,1980年,第181—182页。
② 参见[苏联]叶·维·塔尔列:《拿破仑传》,任田升等译,北京:商务印书馆,2019年,第421—422页。

托马斯·卡莱尔(1795—1881)是站在封建主义和基督教的立场上批判和揭发英国资本主义罪恶的作家。他把解决社会出路的希望寄托在英雄人物身上，表现了强烈的英雄创造历史的唯心主义观点。他认为克伦威尔比拿破仑伟大，英国革命比法国革命伟大，因为前者信上帝，以宗教为指导，后者不信上帝，以无神论为指导。马克思和恩格斯颇为重视这个作家，认为他的作品有较高的认识价值。托马斯·卡莱尔的功绩在于：当资产阶级的观念，趣味和思想在整个英国正统文学中居于绝对统治地位的时候，他在文学方面反对了资产阶级，而且他的言论有时甚至具有革命性。例如他的法国革命史，他为克伦威尔辩护，他的论宪章主义的小册子以及他的《过去和现在》都是这样。但是在所有这些著作里，对现代的批判是和颂扬中世纪这种完全违反历史的做法紧密地联系着的，其实这种做法在英国的革命者，如科贝特和一部分宪章主义者中也经常可以看到。过去至少社会发展的某一阶段的兴盛时代使他欢欣鼓舞，现代却使他悲观失望，未来则使他心惊胆战。在他看来只有集中体现在一人身上，体现在克伦威尔或丹东这样的人身上的革命，他才承认，甚至赞扬。这些人就是他的英雄崇拜的对象，因此他在《论英雄、英雄崇拜和历史上的英雄事迹》又名（《英雄与英雄崇拜》）一书中把英雄崇拜说成是解救绝望的现状的唯一办法，说成是一种新的宗教。

《英雄与英雄崇拜》(1841)中曾这样写道：

> 我看，拿破仑决比不上克伦威尔那样的伟大。克伦威尔的施展大半范围在我们这小小的英国中，拿破仑伟大的战功却满布全欧；然而这种战功只能算是脚底下踩着的高跷，它决不能增高那本人的身材。我觉得他内在没有克伦威尔那一种"真诚"；只有比较他卑劣得多的一种。他不能在悠久的岁月中，伴着'宇宙'间"可畏敬的不可名状者"沉默的前进；克伦威尔所谓"伴着'神'前进"，信仰与力只寄在这里面；潜伏的思想与勇敢，知足地让它潜伏着，然后再爆发出来，像"天"上的电闪般光明四射！ 本来拿破仑就生活在一个不再信仰上帝的时代；所有"隐伏""沉默"的意义都被认为是"空虚"：他不能再去找"清教"的《圣经》做出发点，只剩了那可怜的怀疑者的"大辞典"。这就是他发展的长度。能走得这样远，已是他的功绩。

> 因此我又要问，他里面不是也含有一种我们所谓的"信仰"，在它的范围内十分真实的吗？他知道这新生伟大的"德谟克拉西"已坚定在这"法国革命"中

成了一个不可抑制的"事实",全世界虽有种种旧势力,旧组织,也不能扑灭它了;这是真实的透视力,把他的天良和热心都倾注在这方面;——这就是一种"信仰"。……这种信仰"德谟克拉西"而痛恨无政府的态度,就使拿破仑造成了一切伟大的工作。从他意大利灿烂的战功一直到罗朋(leoben)的和议,我们可以说,他的灵感是:胜利属于"法国革命";应该固定它,去抵抗那些诬蔑他是"赝真"的奥国"赝真者"!可是,他又感到,并且有这种权利地感到,需要有一种坚强的"权威";没有它,"革命"不可能发展,不能持久。①

六、俄国作家笔下的"拿破仑"

普希金(1799—1837)是俄国的著名诗人,具有世界影响。他写过一些关于拿破仑的诗。主要倾向是宣扬民族沙文主义、泛斯拉夫主义,在《给诽谤俄罗斯人》中,扩张主义表现尤为露骨。但其中一些诗如《拿破仑》《咏亚历山大一世》也赞扬了法国革命,讽刺了沙皇,流露了对拿破仑的某些惋惜和同情。《拿破仑》一诗写于拿破仑逝世时,初发表于1826年。其中第四—六节曾被沙皇检查官删去。摘录如下:

> 一个奇异的命运告终了,
> 伟大的人已经逝去。
> 在暗淡的囚居中,沉没了
> 惊人的拿破仑的世纪。
> 战争的常胜的宠儿,
> 受谴责的统治者去了,
> 去了,被全世界放逐的人,
> 继承你的时候已经来到。
> 世人会长久地,长久地,
> 留下你的血写的记忆,
> 你为光辉的声名笼罩着

---

① [英]嘉莱尔:《英雄与英雄崇拜》,曾虚白译,北京:商务印书馆,1932年,第364、367页。

在荒凉的海波上安息……
呵，多么壮丽的墓场！
在你的骨灰安息的瓮上人民的憎恨也随着熄了，
而你将闪着不朽的光芒。
曾几何时，你的鹰鹫
在受屈辱的土地上翱翔！
曾几何时，到处的王国
在你的威力的霹雳下覆亡；
而你的旗帜，随你的意愿，
带着灾难呼喇喇飘扬，
到处，你把专制的重轭
放到了各族人民的肩上。
……法兰西尽管获得了声明，
却忘了她的远大的抱负，
她只能以被俘的眼睛，
望着自己的灿烂的耻辱。
你以剑指着丰盛的筵席，
一切在你前面轰然倾倒：
欧罗巴完了——死亡的梦
在她的头上飞翔，缭绕。
……无论他所虏获的资财，
还是奇异的胜仗的恶毒，
他都以流亡的内心的苦恼
在异邦的天空下偿付。
他所囚禁的炎热的小岛
将会有北国的帆船造访，
远方人会把宽恕的语言
有时留在他憩息的石上。
在那里，流放的人凝视着

> 海波,会想起刀剑的振鸣,
> 想起午夜的冰雪的恐怖,
> 和自己的法兰西的天空;
> 在那荒岛上,有时候,
> 他会忘了皇位,后世,和战争,
> 孤寂的,想着他的爱子,
> 他的心里悲凉而且沉痛。①

莱蒙托夫(1814—1841)是19世纪反对沙皇专制制度的进步诗人。他的诗赞美自由,歌颂祖国,谴责专制农奴制,表达了进步贵族的民主革命思想。此外他还写了一系列关于拿破仑的诗篇。勇敢地指出沙皇俄国和苏沃洛夫是法国革命"最顽强的敌人"。他将法兰西和俄罗斯称为"两个巨人"。

《七月十日》(1830)一诗写道:

> 高傲的人们,你们奋起造反,
> 为了争取祖国的独立。
> 在你们面前又倒下了
> 那君主专制制度的后裔。
> 又升起血染的自由的旗帜,
> 这胜利的阴郁的标记,
> 它从前受光荣的钟爱,
> 苏沃洛夫曾是它的劲敌。②

《两个巨人》(1832)一诗写道:

> 年老的俄国巨人
> 头上金冠辉煌,
> 等候另一个巨人
> 来自异国他邦。

---

① [俄]普希金:《普希金抒情诗》,查良铮译,上海:新文艺出版社,1958年,第89页。
② [俄]莱蒙托夫:《莱蒙托夫抒情诗全集》上,顾蕴璞译,南京:译林出版社,2006年,第205页。

> 人们在海角天涯，
> 把他的威名传扬，
> 他俩都想用头颅，
> 决一雌雄拼一场。①

《飞船》(1840)一诗写道：

> 在大海碧蓝碧蓝的波涛上，
> 每当星星在天空中闪亮，
> 有一条孤孤单单的海船，
> 张满了风帆疾驶往前方。
> ……
>
> 在这海域里有一个小岛——
> 一片花岗岩阴沉而荒凉；
> 在这小岛上有一座孤坟，
> 一个皇帝在里面安葬。②

1840年春法国政府提出把拿破仑的尸骨迁回巴黎，莱蒙托夫为此写了《最后的新居》：

> 敌人没有给他举行军中的仪式，
> 他被埋在松松的沙土里，
> 给他身上压了一块沉重的石头，
> 为的是他不能从坟墓中站起。
> 他在悲哀的弥留底时刻，
> 在半夜里，当一年终了的时候，
> 那只幻船静静地停泊下来，靠着高高的岸头。
> 这时候皇帝又苏醒过来，

---

① [俄]莱蒙托夫:《莱蒙托夫抒情诗全集》下，顾蕴璞译，南京:译林出版社，2006年，第63页。
② 同上书，第225页。

突然从坟墓中爬起；
他头上戴着一顶三角帽，
身上穿着一身灰色的军衣。
他交叉起有力的两臂，
向着胸口低垂下头颅，
走过去,在舵机前坐下,
很快地奔上了程途。
他向着可爱的法兰西驶去,
在那里他抛下了光荣与皇位,
抛下了自己的继承人——儿子
和自己的年老的近卫。
他在夜的昏暗中刚刚地
望见了可爱的祖国,
他的心又突突地跳了起来,
眼睛又燃烧起烈火。
……他站着,在沉重地叹着气,
直到东方显出了晨光,
一颗颗的苦泪从眼中
滴到寒冷的沙上。
后来又走上自己的
神奇的船,把头颅、低垂到胸口,摆了摆手,
又驶上了原路。①

列夫·托尔斯泰(1828—1910)是19世纪俄国批判现实主义文学的杰出代表,是世界公认的最伟大的小说家之一。他的长篇小说《战争与和平》是创作前期的作品。当时作者还站在贵族立场上,世界观还没有发生根本转变。作者在这部长篇小说中从战争与和平两方面表现俄罗斯人民和拿破仑之间的矛盾,美化了沙皇亚利山大一世,诋毁拿破仑。他的历史观显然是保守的、贵族的唯心主义的历史观,

---

① 参见[俄]莱蒙托夫:《莱蒙托夫诗选》,余振译,北京:时代出版社,1955年,第346—350页。

反映了作者企图在历史和道德的研究中寻求解决社会问题的努力。

《战争与和平》的"尾声·第一部·第三节"写道：

> 十九世纪初叶欧洲事件的基本重要的现象，是欧洲各国人民的群体自西方向东以及后来自东向西的军事性的运动。这个运动的开始是自西向东的运动。必须：（一）他们形成一个那么庞大的军事组织，它要能够承当东方军事组织的抵抗；（二）他们否认一切已有的传统和习惯；（三）在完成这个军事性的运动时，他们有一个立于领导地位的人，这个人要能为他自己和他们辩护这种运动中所发生的欺骗、抢劫和屠杀。巴黎—最后的目标—达到了。拿破仑的政府和军队被毁灭了。①

《战争与和平》的"尾声·第一部·第四节"写道：

> 各国人民的运动在它的岸边平息了。大运动的波涛低落了，在平静的海面上发生了漩涡，外交家仍在漩涡里旋转着，以为是他们造成了运动的平静。……
>
> 亚历山大一世，欧洲的仲裁人，从他的早年就只努力为他的人民谋幸福，是祖国的自由改革的首倡者，现在，当他似乎有了最大的权利，因而能够为他的人民谋幸福的时候，当拿破仑在放逐中作出儿戏的说谎的计划，说他假使有了权力他便要为人类谋幸福的时候，亚历山大一世完成了他的使命，感觉到上帝的手在控制他，他忽然认为这个假设权力是无足轻重的，他离弃了这种权力，把它交给被他轻视的可鄙的人们，他只说："不是为我们，不是为我们，而是为了你的名；我是一个人，和你们一样；让我像一个人的那样地活着，想到我的灵魂和上帝。"②

通过上述欧洲 6 个国家的十几位重要的诗人和作家的作品的摘录与分析，不难发现他们面对"在拿破仑身上同时体现着专断和革命两种思想"③时，那种复杂心理和面对拿破仑形象时的种种矛盾的表现。由此可以看出，研究某些英雄人物

---

① ［俄］列夫·托尔斯泰：《战争与和平》（下），高植译，上海：上海译文出版社，1981 年，第 1601—1605 页。
② 同上书，第 1605—1608 页。
③ ［法］马·法·基亚：《比较文学》，颜保译，北京：北京大学出版社，1983 年，第 47 页。

时,无论是神话、传说、故事中的;还是真实的、历史的、作品中的,都可以成为主题学研究的内容。正如比利时学者雷蒙图松指出的:"英雄主题有适应性强、多变化、具有多重价值、不依赖叙述结构特点,由于它能产生几乎无穷无尽的现象,因此能够使它自己和一个时代的思想、风俗、趣味的特征结合成一体,能够接受一切,甚至最矛盾的意义,能够通过接受一切变异使自己适应当代生活中一切细微的差别。"[1]拿破仑形象作为英雄主题的一个代表和范例,之所以特别有举一反三的意义,就是因为他这个典型的历史人物的复杂性造成的。黑格尔对拿破仑评价极高,甚至赞誉他为"骑在马背上的世界精神",但是却在自己的《历史哲学》和《法哲学》中多次尖锐地批评说:拿破仑想要把法国的自由制度强加给整个欧洲,结果他把事情弄得一塌糊涂,这是不能不失败的。这种评价反映出来的是一种"外部反思",即一种忽此忽彼的推理能力。他并没有深入到特定的实体性内容之中去,只知道一般原则,并将这种一般原则抽象地运用到任何内容之上,不作具体分析。看来黑格尔也未能免俗。这种"一般原则"通常可视为教条主义或形式主义的东西,而其中本质的、实际的、灵动鲜活的元素被忽视了。正是因为拿破仑的行为具有多元性的特点,所以才致使欧洲许多作家都在自己的作品里描写塑造过拿破仑的形象,但是结论却表现出褒贬不一,难分轩轾。无论他们的叙述方式、情节结构有怎样的艺术表现的特殊性,他们还是努力克服"外部反思"而不得不把这一形象和自己的生活时代、思想、审美趣味结合起来,从而在各自的笔下塑造了一个个内涵丰富的拿破仑形象。

第二节 "图兰朵"形象的国际化

《一千零一日》是继《一千零一夜》之后又一部著名的民间故事集。其中最著名的故事是关于中国公主图兰朵的《图兰朵的三个谜》(即《卡拉夫和中国公主的故事》)。其内容写中国公主图兰朵(又译杜朗多、图朗多、杜兰铎、杜兰朵)用猜谜语的方式征婚,但凡未能猜破谜底的求婚者都要被杀掉。诺加依鞑靼王子卡拉夫猜

---

[1] [美]乌尔利希·韦斯坦因:《比较文学与文学理论》,刘象愚译,沈阳:辽宁人民出版社,1987年,第140页。

出谜语后,又落入公主的圈套,险些丢了性命,最后受感动的公主自愿嫁给了王子。其故事内核见于波斯诗人内扎米的叙事诗《七个美女》(又名《七座宫殿》或《别赫拉姆书》),写成于1196年。在这首叙事诗中,国王别赫拉姆的第四个妻子苏格拉伯公主给他讲的故事,即俄罗斯公主用猜谜的方式征婚的故事,它与《一千零一日》中《图兰朵的三个谜》的故事大同小异,只是后者中俄罗斯公主变成了中国公主。而内扎米《七个美女》的题材则选自波斯诗人菲尔多西的《列王纪》中关于"萨珊王朝(224—651)的巴赫拉姆五世(420—440在位)的记载和有关他的传说。此外,诗中也吸收进了一些民间故事"①。这些"传说"和"民间故事"以及"讲故事"的叙述方式都有阿拉伯文学影响的痕迹。但是中国公主图兰朵这一艺术形象却被世界许多文学艺术家所钟爱,不仅在他们笔下出现了许多变异与再生,而且使图兰朵形象成为最有国际影响的"中国公主"的代表。

一、图兰朵形象源流

《一千零一日》最初是用波斯文写的民间故事集。它被称为"Hesarlek pus"即"千日谈",和《一千零一夜》初时被称为"Hazar Afsanah"(意思是"一千个传说")不同。由于后来有了固定的一日一日讲故事的形式,意思是讲了比一千个还多的故事,因此,和一夜一夜讲故事的《一千零一夜》一样,书名约定俗成,被厘定为《一千零一日》。但是《一千零一日》远逊于《一千零一夜》的世界性影响。

17世纪,波斯文的《一千零一日》由法国学者彼狄斯·迪·克罗依克斯(Pétis de la Croix)译成法文。当时,他来到波斯首都伊斯法罕。由于他精通波斯语,专门研究古代文学,很快就在伊斯法罕结交了很多朋友。有的学者认为:"他将《辛伯达航海旅行的故事》译成法文,并写有专文介绍的序言,可是由于种种原因,始终没有机会付梓,现在这篇最早的《一千零一夜》译稿,还保存在慕尼黑图书馆中。"其实最早将《一千零一日》译介到欧洲的也是克罗依克斯。"他所译的这套可以同《一千零一夜》比美的《一千零一日》,其遭遇亦相同,虽然在17世纪末就已介绍到欧洲,可是直到一百年以后,于1785年,才第一次被印成书,那已是克罗依克斯死后,由荷

---

① [伊朗]涅扎米:《涅扎米诗选》,张晖译,乌鲁木齐:新疆人民出版社,1987年,第228页。

兰阿姆斯特丹的一家出版社将它出版。"①也有的学者认为:"当时最著名的阿拉伯童话故事《一千零一夜》和波斯童话故事《一千零一日》均先译成法文印行,之后,于很短的时间内再被转译成各国文学流传,广受欢迎。""波斯童话故事集《一千零一日》是由法国人德拉克路瓦(Francois Pétis de la Croix,即克罗依克斯)译成法文,再经由雷沙居(A lain René Lesage,即勒萨日,1668—1747)改写后,以《一千零一日》之名问世。"②克罗依克斯发现《一千零一日》这部宏篇巨著完全是一种巧合。他在伊斯法罕发现一位即使是威严的国王也十分尊敬的年老僧侣,经过查询,才知道是大僧正莫切里士,是所有学问僧的首领。他写了许多著作,知识渊博,能背诵所有的经文,就像背诵波斯著名抒情诗人哈菲兹的诗一样。他还记得许多东方的民间故事,并将它们写成了动人的文字。作为民俗学者的克罗依克斯得知这些消息,就下决心要去结识这位高僧。两人一见如故,相见恨晚。高僧深为他的求学精神所感动,同意他查阅自己的文件和宝藏。克罗依克斯就这样通过这位高僧知道了世界上除《一千零一夜》以外,还有《一千零一日》的。这位高僧是从印度方言将这些民间故事译成波斯文的,他觉得这位法国学者值得信赖,就让他研究自己的译文,并允许他将其中的故事译成法文。于是《一千零一日》有了法文译本,并从此传遍整个世界。

《一千零一日》和《一千零一夜》一样,同样采用了故事套故事的框架式结构来组织全书。不过讲故事的不再是年轻的宰相之女山鲁佐德,而是一位克什米尔王宫中的老奶妈苏特鲁美尼。书中叙述克什米尔公主在花园里被一阵风吹袭后,发现自己置身于一个长满鲜花的草原上,一位英俊的男青年送给她一束刚采摘下的鲜花。两人正要交谈,怪风又起,公主睁开眼,才发现又回到原来的花园里。从此,她害了相思病,日渐沉重。为了能够使她存活下来,老奶妈每日给她讲故事,一直讲了一千零一日。故事讲完后,又敷衍出一段将死的公主被救,并和她梦想的埃及王子团圆的故事,这和中国汤显祖的《牡丹亭》有颇多相似之处。

图兰朵的故事就是老奶妈给公主讲的诸多故事中的一个。它和许多类似的故事一样,主要由三个有机部分构成,每个有机部分都曾经在不同民族的民间故事中

---

① 杜渐:"关于《一千零一日》这本书",见《一千零一日》,杜渐译,沈阳:辽宁人民出版社,1981年,第2页。
② 罗基敏、梅乐亘:《浦契尼的图兰朵》,桂林:广西师范大学出版社,2003年,第23页。

出现过。首先,拒婚的皇室女性的婚姻条件是求婚者必须完成她交办的三个任务;其次,未完成的求婚者将被处死;再次,陌生求婚者完成任务后,以自己的身世出谜,最后皆大欢喜。只是这些皇室女性都没有图兰朵的名字,直至《一千零一日》才明确被称为"图兰朵"。

　　查阅各种文献资料后发现,"图兰朵"即"Turandot",系由"Turan"和"dot"组成的合成词。"Turan"即土耳其语"图兰",原指中亚西亚散居着伊朗各游牧部落的广阔地域,14世纪初,突厥人在奥斯曼(Osman I,1259—1326)率领下占领了该地区,改称为土耳其斯坦。"土耳其"一词即"突厥"的转音。"Turan"这名称很古老,始见于3—4世纪的波斯古经《阿维斯陀》中,来源于古波斯语 Туйрия,意为迅疾。古代游牧民族在该地区频繁迅速地走动,周围定居的部落以此命名之。"Turan"一词在伊朗民族史诗《列王纪》及古代传说中也经常可以看到。它根据其建国国王"tur"命名,表明是他所统治的地方。"dot"英语是妆奁、嫁妆的意思,和女性有关系,它来自 dukht 一词,有女儿、处女的意思,也含有能干和力量等意义。因此,在波斯文里"Turandot"一词正是"中国公主"的意思,整个"图兰朵"的故事展现的正是这个古老国度里的"中国风"。① 作为地名来分析现在还有"图兰低地""图兰平原"之称谓。从译名准确与否的情况分析,中国公主的译名"杜兰铎""杜朗多""图朗多""杜兰朵"等均不如"图兰朵"更恰当。另外,美索不达米亚楔形文字造字法和罗马计数文字及中国数字文化都揭示出"三"为单纯累积的临界值的重要含义,即"三"以上表示多的数字书写时都会发生质的变化。因此,图兰朵这个假借中国公主之名的异域女性所提出的谜题既要多,又要书写简单,因此只能是"三"个了。

　　"图兰朵的三个谜"故事内核见于波斯诗人内扎米《五卷诗》中第四部的叙事诗《七个美女》(又名《七座宫殿》或《巴赫拉姆书》),写于1196年。在这首叙事诗中,国王巴赫拉姆曾以七国公主为妃,其第四位爱妃苏格拉伯公主为取悦于他,穿一身红色衣服在红色宫殿给他讲的故事,即俄罗斯公主用解答难题的方式征婚的故事,它与"图兰朵的三个谜"的内容大同小异,只是俄罗斯公主变成中国公主,求婚的王子因穿红衣服而破解难题,故事用以说明红色会带给人幸福与快乐。讲故事者所在地区苏格拉伯实际上是土耳其、保加利亚一带地域,正与"图兰"(Turan)一带地

---

① 孟昭毅:《外国戏剧经典文化诗学阐释》,北京:中国社会科学出版社,2011年,第262页。

区相附会。因此,苏格拉伯公主口耳相传变成"图兰朵"即中国公主自然是很容易的了。

《七个美女》的题材部分来自伊朗民族史诗《列王纪》中关于萨珊王朝的国王巴赫拉姆五世的记载和有关他的传说。此外,诗中也吸收了一些民间故事,因此,它是作者的艺术加工之作。《列王纪》中虽没有和《七个美女》内容完全相同的记载,但是,从巴赫拉姆出世就有星相术士预言:"他将成为天下七国之王。"成年后,他像《七个美女》中的国王曾娶七国公主一样,曾经娶过罗马美女、阿拉伯美女、伊朗磨坊主之女、农夫之女、商人之女、印度公主等,妻妾成群,后妃争宠。史诗中写道:"如今佳丽已有九百三十人,九百三十人头戴桂冠陪伴国君。"巴赫拉姆也像《七个美女》中的国王一星期中每天去见一位公主一样,他"后宫每位佳丽住处每夜都光顾一晚,以免她们说他不公,出怨言"①。另外作为数字文化符号,"七"从希伯来文化中产生影响后就在中亚、西亚一带广为流传。《创世记》中第七天是安息日,"七曜"为历法的周期基数等,对西方的数字文化影响深远。《列王纪》和《七个美女》中都大量出现过数字"七",除了接受这种影响外,也表明后者对前者的因袭关系。

二、"图兰朵"在欧洲的改编

"图兰朵的三个谜"有如此深厚的波斯文化底蕴,如此广博的东方文化基础,如此强烈的文学趣味,但是,最初却未能成为东方国家的戏剧题材,而西方的文学艺术家却将其屡次搬上舞台,并且塑造了许多变异与再生的艺术形象。

最早将"图兰朵的三个谜"搬上戏剧舞台的就是将《一千零一日》改写后并以《一千零一日》之名问世的法国人雷沙居。他将其中不少素材写成剧本,结集为《市集剧场或喜歌剧》(1721—1773,共十册)。其中第七册中有一剧名为《中国公主》,曾于1729年1月15日在巴黎首映。剧中公主谜题的答案分别是"冰""眼"和"丈夫",体现了18世纪初巴洛克风格风靡法国时人们对"中国风"的理解。

这样一个东方故事被译介到欧洲以后,引起不少人的兴趣,最早将它搬上舞台

---

① [伊朗]菲尔多西:《列王纪全集》(五),张鸿年、宋丕方译,长沙:湖南文艺出版社,2001年,第1、129、165页。

的是意大利著名剧作家戈齐。戈齐(Carlo Gozzi 1720—1806)站在贵族立场上,坚决反对基亚里和哥尔多尼提倡的戏剧改革,反对让下层人民成为舞台上的主人公。为了捍卫意大利的"即兴喜剧"(艺术喜剧)传统,他反对戏剧反映任何严肃的或现实的问题,于是在1761年至1765年间,曾先后写了10部童话剧(总称为"剧场童话"),以对抗哥尔多尼的喜剧。它们主要取材于《一千零一夜》《一千零一日》,意大利作家巴西内(1575—1632)的民间故事《五日谈》、西班牙戏剧、东方传说和其他传奇故事等。这些作品因取材于丰富多彩的异域民间故事而颇受观众欢迎。其中1762年在威尼斯首演的《图兰朵》是第四章童话剧,其取材于已变为波斯传统的阿拉伯《一千零一日》中《图兰朵的三个谜》中的故事。此时剧中的中国公主已是个美丽又冷酷、聪明又高傲的形象了。她作为出嫁的条件而提出的3个谜语,曾使许多慕名前来求婚的王孙贵族踏上不归路,但终于被卡拉夫王子的聪明才智和执著爱情所感动,最后嫁给他为妻。此剧内容尽管是从《图兰朵的三个谜》中照搬的,但从题目上突出了中国公主图兰朵,戏目虽被称为"中国戏",其实内容也并未涉及多少关于中国的事情。戈齐的这部剧在意大利并未引起多大轰动,但是在被人译成德语后,却获得德国文坛的高度重视。

《图兰朵》这种以中国为背景的戏剧之所以能进入意大利戏剧舞台,是有其历史渊源的。自17世纪中国和欧洲因为贸易往来而频繁接触以后,人们始终认为,中国是个充满异域情调的国度,以至于人们将这种想象化为娱人的戏剧节目搬到舞台上。在巴黎还设立了中国舞场,产生了中国娱乐剧院等。同样"中国的笑话甚至浸入轻歌剧和喜剧之中,特别是小戏院和'意大利喜剧班',采用最多"①。这个剧团1692年就在御前演出过5幕喜剧《中国人》。1729年,内托斯剧团于圣劳梭特演出过《中国公主》。在当时流行的喜剧及歌剧中,还有1753年在巴黎演出的《回来的中国人》、1754年演出的《法国的斯文华人》、1765年演出的《中国老姬》、1778年演出的《中国令节》等。在这种文化氛围中,《图兰朵》自然应运而兴。因此,这部童话剧被作者自己称为"中国悲喜剧童话"。在18世纪欧洲这股"中国热"中,英国文坛想要移植它,并且称戈齐是意大利的莎士比亚。德国在1777年和1799也出

---

① [德]利其温:《十八世纪中国与欧洲文化的接触》,朱杰勤译,北京:商务印书馆,1962年,第59、120页。

现了两个改编本,并于 1777 年首次演出。

戈齐的《图兰朵》构思新颖,富于审美情趣,又采用大众喜闻乐见的形式,深受诸多市民观众的喜爱。这部风靡一时的童话剧,德国文学家莱辛 1777 至 1779 年间将戈齐的作品以散文的形式译成德文。后又对德国大作家席勒和歌德以及布莱希特等都产生了不小的影响。1802 年底,席勒将其改编为添加了不少中国化内容的剧本《图兰朵》,并于翌年 1 月在魏玛公演。剧中减少了对中国的模糊神秘感,消减了阴森恐怖的氛围,赋予了人物诗意般的生命。席勒在自己的剧本里将戈齐剧中祭祀的 100 匹马、100 头牛各改为 300 匹马、300 头牛,因为他知道,"三"是中国最常用的数字,而且往往包含有特别的意义。席勒还将原剧中阿拉伯神祇的名称改为符合中国习惯的称谓"天"和当时欧洲人心目中的中国第一个皇帝"伏羲"。他还将原剧中欧洲人对佛家弟子称呼的"朋村"改称为"喇嘛"等等。这些内容的改动表现了当时欧洲人对中国初步的,也是较为肤浅的了解。尽管席勒对中国了解不深,知之不多,但他在改编的剧本里竭力想营造较原剧浓厚的中国氛围,以及使中国特色具体化的努力,是显而易见的。

在《一千零一日》中的《图兰朵的三个谜》中,这 3 个谜是重要的关目,其谜底分别为眼睛、犁头、彩虹。在戈齐的剧本里,谜底分别是太阳、白昼和黑夜、亚得里亚雄狮。而在席勒的改编本《图兰朵》中,则为日历、眼睛和犁,即是说有两个谜底和《一千零一日》原作《图兰朵的三个谜》中一样。在席勒的剧本中,关于犁的谜面是:有一件东西,最大的皇帝用手拉着,人们都重视它,有它而建立了国家,建筑了城市,创造了人民的幸福。犁是中国早期社会的发明之一,给西方人留下了极其深刻的印象。西方人承认,"历史上曾有几百年时间,中国在许多方面比世界上其他国家领先,最大的优势也许就是它的犁。""当中国犁最终传到欧洲后,曾被仿制,同时采用中国的分行栽培法与种子条播机耧车,这直接引起了欧洲农业革命。"①中国的犁在西方影响极其深远。中国一向以农业为立国之本,汉文帝时即有藉田的仪式,每年春耕前由皇帝亲自扶犁耕田,以示劝农。18 世纪法国重农学派受到中国传统文化影响,1756 年,在他们的提倡下,法国国王路易十五曾效仿中国皇帝,举

---

① [美]罗伯特·K. G. 坦普尔:《中国:发明与发现的国度》,陈养正等译,南昌:二十一世纪出版社,1995 年,第 29 页。

行过藉田仪式。席勒的改编本将《一千零一日》原作《图兰朵的三个谜》中的"开天辟地的犁头"改为藉田仪式的犁头,将明显是欧洲标记的亚得里亚雄狮,换为藉田仪式这一纯然中国特点的内容,无疑增加了剧本的中国色彩。也充分说明席勒生活的时代德国人对中国文化的了解。

在改写本《图兰朵》中,席勒从心理描写的角度丰富了中国公主形象的内涵,充实了图兰朵的性格,赋予了她新的生命与价值。席勒一改戈齐剧本中图兰朵生来残酷的性情,而将她塑造成一个具有灵肉自由要求的女性,大大消除了当时颇为流行的将中国和"残酷"联系在一起的偏见。席勒称图兰朵的内心冲突为"爱情与骄傲的战争",她既骄傲又需要爱情,最后爱情战胜了骄傲。图兰朵的选婚不是残酷,而是为了追求自由。在第二幕第四出,她对王子说道:"上天知道,别人说我残酷无情,都是假话——我并不残酷。我只要生活自由。""我看见全亚洲的女人都受男子压迫,带上了奴隶的枷锁,我要为我们被压迫的女性,对别无所长只知欺侮柔和女性的男子复仇。"[1]在席勒的笔下,图兰朵已不再是戈齐笔下一味冷漠残忍的公主,而成为一个敢于追求爱情、热爱自由生活、为争取自己的权利而斗争的女性,一个敢于为理想而进行殊死搏斗的席勒式悲剧人物。这个形象是对《图兰朵的三个谜》的更深层次的,也是对图兰朵内心世界的一种更深层次的开掘。

席勒的《图兰朵》在德国上演多时,这不仅吸引了包括著名音乐家韦伯在内的许多人为之谱曲配乐,更促使众多的19世纪音乐家将其改编成歌剧在舞台上演出。《图兰朵》开始从戏剧走进歌剧的艺术世界。《图兰朵》1816年在卡斯鲁首演了丹齐(Franz Danzi)的作曲本;1816年在德勒斯登首演了莱西格的作曲本;1838年在维也纳首演了何芬(J. Hoven)的作曲本;1867年在米兰首演了巴齐尼(Antonio Bazzini)的作曲本等。虽然这些歌剧命名相同,图兰朵出的谜题也相同,但是能在欧洲这么多地方上演,首演时间几乎贯穿了整个19世纪,真是难能可贵。

从《一千零一日》的原作《图兰朵的三个谜》到戈齐的《图兰朵》,再到席勒的改编本《图兰朵》经历了将近一百年的时间。在这一百年里,东西方文化、中外文化的接触、沟通与交流有了较大的发展。如果说《一千零一日》中的相关描写表现了阿拉伯人对中国心想神往的想象,那么戈齐是将这些素材活用为戏剧的人,而席勒的

---

[1] 陈诠:《中德文学研究》,沈阳:辽宁教育出版社,1997年,第60页。

改编则起到点石成金的增色作用。通过这种文化艺术交流活动,中国在外国人心目中不再陌生,中国公主图兰朵也已不再是令人望而生畏的女性了,图兰朵的形象塑造正在逐渐深化。

歌德和席勒一样喜欢轻快虚诞的中国作品。1818 年,他在《假面游行》中说:"在处理这样多的严肃的事务之后,浏览一段轻松的神怪故事,也许是很愉快的。我谨推荐中国神话中的皇帝阿尔敦和他欢喜谜语的女儿图朗多的故事。"①在此之前,歌德有一次提及《图兰朵》剧本时说:"我以为这类的剧本是极需要的。它可以提醒观众,剧中人事,不过逢场作戏而已。"他认为,此剧描写"奇异的北京"及"爱好和平、生活随便"皇帝,对德国舞台有很大价值。他从《图兰朵》一剧中明白地看出,一种轻快有趣的戏剧形式比悲剧形式更适合于运用中国材料。于是又将图兰朵改造成一个听凭父母做主而毫无选择权的女性,这符合他对中国的理解,图兰朵形象越来越像一个"中国公主"了。

三、普契尼心中的"图兰朵"

阿拉伯古代文学作品《一千零一日》中《图兰朵的三个谜》这样一个完全是"外国人臆想出来的中国故事",由于文化交流和欧洲人的审美需要而更加中国化。它不仅被戈齐改造为一个童话剧,而且被席勒"改写成一个哑谜式的中国神话剧本",后又陆续被改编成歌剧。剧中主人公图兰朵的影响也与日俱增,以致一直延续到 20 世纪初意大利著名歌剧作曲家普契尼。

普契尼认为《图兰朵》是戈齐作品中最正常而又富于人性的戏剧作品,因此,于 1920 年开始在现代意识和歌剧美学思想的指导下改编它。可惜他因患有喉癌,身边放着未完成的《图兰朵》手稿而病逝。意大利歌剧作曲家阿尔法诺(Franco Alfano 1875—1954)依据普契尼遗曲的草稿续写完最后一幕未完成的部分。普契尼大胆地将充满中国趣味的民歌《茉莉花》作为歌剧《图兰朵》的主旋律,将公主谜题的答案改为"希望""热血""图兰朵",从而使该歌剧成为世界戏剧史上的不朽之作。

普契尼具有十分敏锐的戏剧美感,稔知强烈而又自发的音乐旋律,擅长惊人的

---

① [德]利其温:《十八世纪中国与欧洲文化的接触》,朱杰勤译,北京:商务印书馆,1962 年,第 120 页。

和声与配器手法。因此他的歌剧《蝴蝶夫人》《西部女郎》等成为19世纪最成功的歌剧杰作。他大部分歌剧的主题是"为爱而生,为爱而死",对女主人公满怀同情,但又表现她们那些很强的施虐色彩。因此这使他的歌剧既感人又表现出明显的局限性。三幕歌剧《图兰朵》就颇具代表性。此剧于1926年由音乐史上最著名的指挥之一、意大利指挥家托斯卡尼尼指挥,在米兰史卡拉剧院以未完成形式首演成功。作曲家阿尔法诺依据普契尼所遗留的草稿写完最后两场,最终圆了普契尼的"中国梦"。

普契尼认为,"歌剧的基础是题材及其处理",因此他将剧本与音乐并重,努力将《一千零一日》中的这个阿拉伯故事变为他笔下歌剧的新材料。歌剧《图兰朵》重在表现这个中国故事的美学内涵、人物的个性品格。为突出一个中国公主的故事,作者用充满中国味的中国民歌《茉莉花》作为歌剧的主旋律,努力为表现剧本的爱情、自由和美轮美奂的内容服务。如此处理强调的仍然是它的美学内涵,以便使内容和音乐上的这些"中国味"成为该剧具有标志性的特色之一。其实考察普契尼对中国文化了解的多少与否并不重要。重要的是剧本对故事的内涵和人物内心开掘得是否深广,对图兰朵形象理解得是否合乎人情。此外关键还在于剧本中的中国乐曲《茉莉花》被西方人运用到歌剧中是否成功,以及对这首中国江南小调理解得是否准确等。至于普契尼因不深谙中国的历史和文化,而造成剧中情境写得不像中国,这倒无关宏旨。因为"中国"一词犹如当时西方人摆在客厅里的中国器物一样,仅仅是某种情趣和风味的象征而已。在他们的文艺作品中,有关"中国"的人和事不可当真视为现实。"中国"在他们心目中永远是个遥远而神秘的地方,永远是个难以猜度而又令人心想神往的谜。《图兰朵》中这位同名女主人公,这位"中国公主"早已失去中国国籍而国际化,她不属于中国、阿拉伯、波斯、俄国,也不属于意大利、德国,而属于全世界。

普契尼曾在柏林观看过德国著名演员赖因哈特演出的戏剧《图兰朵》,印象极其深刻,于是才产生了将它改编成歌剧的想法。脚本作家阿达来和西莫尼二人很快着手写作,由于普契尼的要求很高,脚本写作进行得并不顺利。普契尼不愿将一个残忍、美丽的中国公主图兰朵写成一个性格单一的女人,而希望将她写成也会渴望爱情的女性。

普契尼的《图兰朵》主要写北京皇宫前广场上,群众对前来求婚但未猜中图兰朵公主之谜而将被处死的波斯王子深表同情,群情不安。其中有因失去祖国而漂流至此的鞑靼王帖木儿、卡拉夫王子和侍女柳儿。公主图兰朵出现在阳台上,人们被她的美丽惊呆,跪拜在地。卡拉夫王子也被她的美貌征服,不听任何人的劝阻准备冒死求婚。暗恋着王子的柳儿也哭着哀求他,唱出著名的咏叹调《你听我说》。但是卡拉夫还是呼喊着图兰朵的名字,敲响了求婚的铜锣。公主图兰朵面对前来猜谜求婚的卡拉夫,在咏叹调《很久之前》中唱出她为何如此残酷:"从前鞑靼军队攻来,有一位和我一样年轻的公主,被一个像你一样的小伙子抓去,使她只落得个悲惨的结局,所以我决心替她报仇。"图兰朵提出第一条谜语:"年轻人你听着,用什么能把黑暗照亮?"卡拉夫回答说:"是希望。"公主愤然提出第二条谜语:"什么能像火焰一样燃烧?"卡拉夫果断地回答道:"是热血。"群众欢声四起,公主逼近卡拉夫又提出第三条谜语:"什么是从火焰中诞生的?"卡拉夫沉默片刻激动地回答:"是图兰朵!"顿时群情沸腾,但是偏执的公主却企图反悔约定,不与他成婚。卡拉夫发觉她的仇恨心理,于是提出,如果黎明前公主能猜出他的名字,他甘愿一死,反之,公主必须做他的妻子。

当晚,公主命令在没有查清这个年轻人的姓名之前,全城任何人不能入睡。卡拉夫充满激情地唱出著名咏叹调《今夜无人入睡》,用歌声表达了对公主的挚爱深情和必胜的信念。士兵押来帖木儿和柳儿,逼问年轻人的姓名,柳儿哭着说只有她知道,但拒绝说出来。士兵鞭打她,卡拉夫冲上前来喝道:"不许折磨她!"柳儿满怀温情地唱出"爱情比钢铁还要坚强"的内心真情。她告诉卡拉夫:"要对公主说,她那冰冷的心不久即可消融。"随后她突然从士兵手中夺过短刀,猛力刺入自己的胸膛。人们在悲痛中将柳儿抬走,卡拉夫和图兰朵在一首精彩的二重唱《冷酷的公主》中,从争吵到理解,最后卡拉夫满怀深情地吻了冷酷的公主。图兰朵冰冷的心终于复苏,成为温良典雅的公主。图兰朵引领卡拉夫上场,宣布已经知道年轻人的姓名,在人们愕然之际,她大声说出他的名字叫"爱情"!爱情,只有爱情是天长地久的,只有爱情才能永远光辉!人们用欢乐的合唱歌颂幸福,歌颂公主和王子。

文艺作品有"历史的镜子"的作用,有些作品所写的人与事也确实与真人真事相同,甚至超越表象而更具本质上的真实,但许多非写实主义作品并不具备这些特性。它们只是在思想倾向、价值观念、审美心理结构与心理认同等方面反映那些特定时期的文化风貌,以作为人们认识那一时代的参考。无论是神话传说还是童话寓言，反映的都是那个时代人们的意愿，非要将这种作品中的人和事具象化为中国历史的真实，那显然是荒谬的。普契尼将图兰朵的故事改编成歌剧《图兰朵》，并演出成功，不在于是否有浓厚的中国味，演出了中国事，而在于它是否能表现真善美和深度的爱情主题，以及那动人心魄的《茉莉花》乐曲。剧中将表现男女主人公将爱情视为至高无上的精神和通过赞誉茉莉花而生动含蓄地表达青年男女爱情的乐曲，天衣无缝地融合在一起，从而产生了极佳的视觉效果和听觉反应。这部颇具印象派技法的《图兰朵》中的中国公主并未比照历史正剧的方法，用写实主义的思维去规范她的思想与言行。因为，普契尼正是只阐发那些童话传说中的美学内涵与文化底蕴，而不去深究历史的真实与人物的典型，才致使他的歌剧成为半个多世纪以来的艺术珍品。无论是"中国公主"还是"茉莉花小调"等所谓的中国元素，不过是他借以发挥丰富想象力的素材，充其量不过是在剧本中闪现出一些东方的迷惑色彩而已。

　　《图兰朵》在西方剧坛上不断上演，实际上同名女主人公已成为西方人心目中的中国公主，内容也是外国人用中国的名字和中国的曲调编造的一个中国故事。它以西方的戏剧美学理念和审美观，替代了中华民族的审美观。西方人在剧中表现出美的和正确的东西，也未必符合中国人的想法，西方人肯定了的有价值的东西，也未必符合中国人的价值观标准。因此，"图兰朵"这个称谓的中国公主已经有了波斯、阿拉伯、俄国、意大利、德国的血统。一个中国公主用谜语招亲的故事早已成为世界文学文化遗产中一个组成部分。重要的是这个完全可以搬上舞台的生动故事，为何未能搬上波斯或阿拉伯的戏剧舞台，这是我们要探讨和深究的一个问题。

　　东方戏剧一般在萌芽状态往往表现出伶工文学的说唱性、叙事说唱文学的叙事性、用歌舞表演故事的歌舞性等表征。最后戏剧发展成为定型的集诗、歌、舞于一体的舞台艺术。原本波斯戏剧艺术的生成就缺少其中的几个重要因素，例如缺乏叙事文学、缺少带歌词的演唱等。伊斯兰教严禁崇拜偶像，包括禁止绘画图像，所以，伊斯兰教坚决不允许以艺术形象为手段在画板上或舞台上表现抽象的上帝、天神和其他的人。在这种文化氛围里，波斯和阿拉伯表现神话传说和世俗传说的戏剧就无法生成了。

　　图兰朵的故事在波斯形成并流行于广袤的阿拉伯大地，形成文本后又那么动人,而且富于戏剧性,但是由于伊斯兰文化在演剧一事上的种种局限,它失去了走上戏剧舞台的机会,但是却被西方人一再地搬上舞台,这是令人非常遗憾的。

四、"图兰朵"形象在中国

70余年之后,普契尼的歌剧《图兰朵》又在中国掀起波澜。1998年在北京的太庙前,由祖宾·梅塔指挥、张艺谋导演、意大利佛罗伦萨节日歌剧院演出了歌剧《图兰朵》。几乎与此同时,有"四川鬼才"之称的魏明伦也在全国政协礼堂导演了由四川自贡市川剧团演出的川剧《图兰朵》。伴随着这个剧的演出和传媒的炒作、包装,戏剧界、评论界、观众也都表现出极大的参与热情。一个关于原始文本的阐释、误读、曲解的问题摆在了评论界的面前。

在中国人看来,普契尼的歌剧《图兰朵》不过是个"外国人臆想出来的故事",因此对其中的不合理性就产生了怀疑。全剧的"戏核"是中国公主图兰朵公开用猜谜的方式征婚选婿,未能猜破谜底的求婚者统统被杀掉了。一个温良恭俭让的公主变成惨无人道、滥杀无辜的暴君,这种乖戾的暴行不仅令人费解,也缺乏任何正常的文化心理学基础和人类行为学的合理解释。在中国民间,曾流传有抛彩球择婿的故事,史书中也曾记载过不少的残暴君主,但无缘无故地借"选婚"为名,杀死诸多慕名前来求婚者的事,却闻所未闻,匪夷所思,不合中国民情。剧中为了能为这种令人发指的行为寻找托词,解释说图兰朵是因为祖母被鞑靼人所杀才用这种方法复仇,这显然也很不合情理。关于中国公主要杀死求婚者的原因在《一千零一日》中《图兰朵的三个谜》里有较为合理的解释,是父皇要她嫁给配不上她的西藏王子,"她拒绝嫁给西藏王子为妻"①,"还说如果强迫她嫁人宁愿死掉",并且要求父皇:"你永远不要强迫我嫁给答不出我三个谜的男子为妻。"并进一步向父皇提出:"凡是答不上我三个谜语的求婚者,你要用锁链把他锁起来,拉到刑场上去!"其实皇帝把那些答不出谜底的求婚者拉到刑场后,就带到一个很舒服的房间去,等待机会再恢复他们的自由。公主报复心理起因于对包办婚姻的强烈不满,是对她父亲(皇帝)所代表的父权和皇权的一种反抗。因为卡拉夫王子在见到图兰朵的画像时

---

① 杜渐:"关于《一千零一日》这本书",《一千零一日》,杜渐译,沈阳:辽宁人民出版社,1981年,第151页。

就感觉到,图兰朵表面上是憎恨和蔑视她的求婚者,如果一旦遇上心仪的男子,她也会以全部的身心去爱他的。歌剧未能充分表现出中国公主的另一方面,即对真挚爱情的渴望。

歌剧的结局更缺乏合理性和可信度。当一直爱着男主角鞑靼王子卡拉夫的侍女柳儿为了保护自己心爱的人而自杀后,卡拉夫竟然无动于衷,并心安理得地立即用自己的长吻去溶化公主那颗冰冷的心,赢得了图兰朵的爱,在对爱情的礼赞中以大团圆的形式结束了全剧。这真是不可思议的怪诞结局。在原作中,是爱着卡拉夫王子的公主侍女亚狄玛坦白了自己的罪过而受到国王的宽恕。公主也因将众多求婚者杀死而"良心上感到内疚",觉得"永远也赎不了我这大罪孽"。在得知这些求婚者并未被国王杀死后,她终于人性复苏,悔过自新。故事在对人性深刻的反省中缓缓结束,让人掩卷沉思。很显然,原作在图兰朵形象的塑造上,比改编的歌剧更合理。

张艺谋在谈及导演这场世纪演出时曾说:"在导演《图兰朵》之前,我对歌剧所知甚少,后来我知道了,让《图兰朵》回故乡,是许许多多的人几十年来的梦想。我很幸运能担任此次演出的导演,来替许多人圆这个梦。"①当然这个梦圆得如何,还要由观众和评论家来评论,要由历史来验证。

张艺谋在执导这场会引起世界歌剧史轰动的演出中,确实费了不少的精力。他虽然对原歌剧的情节和音乐没有做多少改动,但是却大大加强了该剧的中国文化、中国氛围、中国气质、中国风格等成分。例如,演员借用传统京剧的服装,以突出中国戏剧艺术那种庄严华贵的服装美;每幕开场之前增加了身穿中国古代武士服装的锣鼓方阵表演,烘托出一种博大恢宏的演出气氛;将国王手下的平、彭、庞三位大臣设计为"福、禄、寿"形象,更富有中国传统文化的色彩;尤其是将原作中的柳儿从士兵手中夺刀自杀改为从公主图兰朵头上抢簪自戕,这不仅充满中国古代妇女那种为名节而殉情的味道,而且强化了戏剧张力。

川剧《图兰朵》全称《中国公主图兰朵》,突出的是有中国味的公主形象。著名戏剧评论家余秋雨指出:"《中国公主图兰朵》针对多年来西方人心中的一个中国故事,投射出当代中国智者的审美反馈。"他认为,此剧是魏明伦"在更大天地中的创

---

① 《世界文化》2001 年第 4 期,第 25 页。

造性突进"①。川剧《图兰朵》"故事情节大体与国际通行的歌剧接轨,但人物性格发展更为多彩,主题内涵开拓更为多义——爱美之心,人皆有之;雌雄之配,人皆共之。世人往往好高骛远,奢望蜃楼,其实最美者早在身旁!痴男骄女一旦彻悟,从外貌羡透心灵,弃权势回归自然,升入至善至美境界"②。

川剧《图兰朵》不仅像魏明伦自己所说的仅仅把一个"外国人臆想的中国故事"加以中国化、川剧化,更重要的是他使这原来不合理的浅薄故事合理化、深刻化了,使之成为一个"中国人再创的外国传说"。在川剧《图兰朵》中,中国公主因长期生活在宫闱深处,对去了势的男人世界和性爱产生错觉和心理抵触。她一方面认为,男人皆是须眉浊物,另一方面又对性爱怀有恐惧心理,因此企图以杀一儆百的方式吓退、惩罚那些想攀龙附凤的求婚者。这种根据变态心理学所作的解释,比莫名其妙的复仇更容易被读者和观众所接受。

在关于中国公主图兰朵的故事中,失败的求婚者是否被杀,是证明女主人公性格的一个重要关目。在《一千零一日》中,由于公主之父阿尔敦罕王的英明,失败的求婚者仅仅被用锁链锁起来,提到刑场去,但并未被处死。当图兰朵公主得知这一消息后,由于激动和忏悔,泪水从脸上淌流下来。在魏明伦的川剧中,失败的求婚者也并没有被杀头,它只是成为公主拒绝男人求婚设下的一个圈套,于是原作中一个自负傲慢的中国公主终于成为一名通情达理的女性。

和原作《一千零一日》中《图兰朵的三个谜》及改编成的歌剧《图兰朵》不同的是,川剧《图兰朵》的结局改为男主人公"无名氏"(在川剧中,男主人公由原作的"鞑靼王子"改为隐逸海外孤岛的无名隐士——笔者注),目睹自己的侍女柳儿的悲壮自杀和痴情专一,悔恨交加,并终于悟出一个道理:"千里寻美美何在?回头望一最美的姑娘早在我身旁!"他呼天抢地企盼:"让柳儿重新回到人世上,我与她青春结伴好还乡。"③而公主图兰朵也因柳儿之死而"汗流浃背如雨水,醍醐灌顶似惊雷"。她唱道:"一夜间无知女长大几岁,领悟了人与人美丑是非",并真正懂得了"真情挚爱心灵美,千秋万载映光辉"。最后图兰朵换上柳儿的服装,学着柳儿的样子,驾起一叶扁舟,追随"无名氏"于烟波深处。"川剧如此结尾,与歌剧大不相同","也许川

---

① 魏明伦:《魏明伦剧作精品选》,上海:上海古籍出版社,1988年,第5页。
② 同上书,第205—206页。
③ 同上书,第237—238页。

剧的构想还更接近原作者普契尼的本意",魏明伦如是说。其实这种结局真情感人,更能深刻表现中国人的情感,也更能反映中国人的心理。

无论是歌剧《图兰朵》还是川剧《图兰朵》在北京演出,人们都说"中国公主回家了",这其实是"后殖民心态"的一种反映,不要只因为外国人用中国人的名字和中国的曲调编了一个中国故事,便觉得自豪,因为有些人会在不知不觉中,用西方审美观代替民族审美观,认为只有西方人觉得美的东西才是美的,只有被西方人肯定了的东西才有价值。其实,不仅中国是,而且阿拉伯、波斯、俄国、意大利、德国等也都是图兰朵的家。经过几个世纪的文学文化交流,图兰朵和关于这个中国公主的故事早已成为世界文学文化遗产的一部分。图兰朵公主这个形象也早已成为一个国际化的人物,产生了世界性的影响。

第三节 "灰姑娘"形象的现代启示

灰姑娘是德国《格林童话》中塑造出来的经典童话人物形象,是主题学研究领域里经常涉及的主题人物。从题材学角度研究,可以发现有关灰姑娘的题材已形成一个具有世界性的民间故事网络和系统。它流传在亚洲、欧洲、美洲的许多国家和民族之中,以及埃及等地。因此,才能形成有如此影响的人物形象。据英国学者柯各斯考证后的不完全统计,"这故事在欧洲和近东共有三百四十五种大同小异的传说"[①]。19世纪末,民俗学家将民间故事中有的极其类似的基本元素,总结成民间故事形态的AT分类法。其中有一个类型就以"灰姑娘"命名。包括"后母虐待""神力帮助""丢失金鞋""王子寻人"和"美好姻缘"五个环节。学者已记录到近千个类似的故事,可见这一形象流传之广泛。欧洲最古老的灰姑娘形象出现于1634年的意大利民间故事中。1697年法国作家夏尔·佩罗(Charles Perrault,1628—1703)收集整理成民间传说《灰姑娘》。

中国的"灰姑娘"名叫叶限,出自唐代段成式《酉阳杂俎》《支诺皋》篇。比西方已知的最早的灰姑娘,要早1000年左右。段成式"北人南仕",大部分人生在南方度过。"酉阳"也地处四川,为土家族、苗族居住地。《酉阳杂俎》是段成式随父入蜀

---

① 杨宪益:《译馀偶拾》,北京:生活·读书·新知三联书店,1983年,第78页。

时所撰写。书中所载多为南方各地各民族的故事。《叶限》是"洞中人"所记得的"南中旧事","南中"在唐代指西南地区。"叶限"故事讲南方土人吴洞之女叶限的神奇经历。此事由作者记旧家人李士元所说。故事开始称"南人相传",关键情节即叶限"遂遗一只履为洞人所得",被视为中国版的"灰姑娘",即一位少数民族少女的形象。"洞"是西南少数民族社会基层组织的称谓。故事最后写道:"士元本邕州洞中人,多记得南中怪事。"邕州地处今广西壮族自治区的南宁,且故事发生在秦汉之前,由此可见,此故事已在西南少数民族之间长期流传。故事中叶限所嫁的陀汗王,其国在现今苏门答腊,"南中"诸族后裔、苗、壮、傣、京等民族中类似故事多有流传。

一、"灰姑娘"的主题意义

中外文学中这类主题的故事都写一个受虐待的少女形象,因忙于灶边的劳动,意译为"灰姑娘"。她偶然获得意外帮助,参加某种集会,并因匆忙逃离而不慎丢失一只鞋。最后通过鞋子而被意中人找到,终于丑小鸭变为白天鹅。从主题学研究的角度考察,这类故事的一个典型情节就是一匆忙逃离现场的人不慎丢下一只鞋子。这只鞋子于是成为所有这类故事内核的枢纽。但是不同的是,灰姑娘遗落的鞋子的质地不尽相同,如:有皮制的、金制的、毛制的、水晶制的以及绣花鞋等各不相同。相同点在于鞋子的质量都很高贵。但是如果从主题学另外的角度来研究,鞋子作为一种器物,也可视之为一种意象符号。它使人物形象又具有了文化人类学的意义。因为鞋子具有了与婚姻相联系的某种"性"的隐喻,丢一只鞋再找到另一只何尝没有"配偶"的意味。[①] 古今中外的文学作品中有诸多关于鞋的故事,它们或者叙述了鞋的魔力与魅力;鞋与人的命运,尤是女性的命运;或者叙述了因鞋而起的两性关系和谐与否;以及与主人公构成的某种隐喻与换喻的关系等。在众多的民间叙事中,无论鞋的质量如何,"灰姑娘"都"丢掉"一只鞋,其实质是以"献鞋"为仪式,将自己的人身权利无私地一同献给了"那个他"。从此,她等待的是"那个他"对自己命运的裁决,接受还是拒绝。这已经完全由不得"灰姑娘"自己决定了。文化审美品位赋予了"鞋"以特殊的文本审美意蕴。它揭示了"鞋"文化中"灰

[①] 孟昭毅:《比较文学通论》,天津:南开大学出版社,2003年,第178页。

姑娘"形象的被审美、被评判、被结婚、被抛弃等一切被动的本质。

在这一节中,"灰姑娘"是作为主题学的一种人物主题来研究的。这种主题研究远比题材研究要深刻得多。它从近代到当代,从外国到中国,已成为文学研究的一种典型人物的代名词。"灰姑娘"作为一种从童话到现实都在感动着不同时空人们的人物形象,显然是从童话、寓言、故事或者文学作品中塑造出来的。童话应是人类所知的一切文学作品中最真挚美好的一种。它充满艺术魅力,有神奇的幻想和奇异的情节,当然也不乏强烈的道德训诫作用。其中的"灰姑娘"的故事则是许多小女孩成长为女性时的梦,因为除了"南瓜马车""老鼠车夫""12点的钟声"等一些符合儿童天真烂漫想象的元素以外,在她们心目中,她们脚上永远穿着一只或者鞋柜里永远保存着一只水晶鞋。当然中国的"灰姑娘"叶限的族人平常是不穿鞋的,可是那个时代他们在进行音乐舞蹈的娱乐运动中,却是要穿鞋的,所以她穿的是"其轻如毛,履石无声"的"金履",尽管如此,她们都一如既往地期待着另一只鞋带来的幸福。阅读童话"灰姑娘",人们感受到的是一种柔美,一种儿童的纯真、天然,仿佛儿童的天性与烂漫。然而格林童话中"灰姑娘"的故事结尾却颇让人感到冷峻,灰姑娘的两个坏姐姐在试水晶鞋时一个削掉了脚趾,一个削掉了脚踵,最后被鸟儿啄掉双眼,沦为乞丐。因为在格林生活的那个时代,除了安徒生以外,尚未发现其他原创的童话作品存在。即便有儿童读物和所谓的童话作品,那也是民间故事和民间传说的翻版。所以说,现今看来,这些童话固然有文学传承和文学传统上的意义和贡献,但过分地解读它也是不太恰当的。

二、"灰姑娘"的审美意义

格林童话的作品事实上是被诸多人修订和整理过的,所以要寻找其故事的原貌就需要进行考证了。从这一角度分析,与格林同时代的捷克著名现实主义作家、近代散文文学奠基人聂姆佐娃的《童话故事选》(1984年由人民文学出版社出版)中的童话故事基本上保留了原貌。比如说这两个作家在各自的"灰姑娘"故事里,聂姆佐娃笔下的三个女儿都是父母亲生的。大女儿和二女儿漂亮,三姑娘由于整天在厨房干活所以灰头土脸的,大家都叫她灰姑娘。但灰姑娘却最勤劳,心地也最善良。但在格林童话里,灰姑娘的那两个姐姐则是继母带来的孩子,这就为灰姑娘的卑微地位准备了潜台词等等。文学作品永远都是人类生活和社会状况的一种或显或隐的表述，无论如何被想象力虚构，如何经过艺术形式的改头换面，都逃离不了人的外在世界和内在心灵的拘囿。其中内容的改变尤其是结局的改变，往往表现了作者所处时代的一种真实感受。

童话自诞生之日起，似乎一直是代表着美好光明的叙事模式，犹如人们心目中的一块乐园净土，一方人世外的仙境。其中所蕴含的诸多美好元素，容不得世俗去亵渎。但是，当前有些人因为诸如格林童话中的种种不恰如人意的黑暗面而开始怀疑这样的童话是否适合儿童阅读。这也反映出当今社会文化对公认的或既定的价值标准的质疑。因为当人们陆续解构了人类文化中那些长期被奉为不朽范式的文学经典之后，又将审视的目光投向那些曾经支撑起所有成年人建立在童年认知经验基础上的经典童话。成年后的人们不想再看到王子与灰姑娘（或公主）能幸福和谐地生活在一起的理想化、老套路式的结局，而是想试图挖掘其中那些隐含的阴谋元素，努力发现人性中那些潜藏的不确定性和复杂本质。但是人们忘却了重要的一点，即童话遵循的不是事理的必然逻辑，而是想象的情感逻辑。正是童话中这种不现实因素既保护了孩子，也让他们在思考中成长。阅读童话能够让儿童学会与不开心甚至恐怖的现实面对面较量，从而获得心理上的满足与能量释放，直至他（她）们心理成熟后仍心存幻想。至于因继母和她两个女儿虐待灰姑娘而联想到自己（女性）在现实社会中的不公平待遇；由于灰姑娘遇到意外帮助而获得白马王子的青睐，而联想到自己可能会遇到种种意外惊喜，甚至收获梦想中的爱情，那当然是阅读审美中的必然想象。

"灰姑娘"的形象还出现在不断地被改编成各种各样的艺术表演形式中。其中之一，2002年俄罗斯音乐故事片《灰姑娘》（导演：谢·戈洛夫）就将灰姑娘的故事定位于一个现代姑娘的梦想。整个故事发生在圣诞夜，一个百无聊赖的年轻姑娘在街上徘徊，想入非非地梦想着自己嫁给了一个白马王子，并由此演绎出了格林童话中灰姑娘的故事。影片的开篇和结尾相呼应，唱响了世上姑娘们的爱情幻想，做梦的灰姑娘最终回到现实。这种结构故事的方式让人回味无穷。理想中的爱情让年轻的灰姑娘们憧憬无限。因为现实中很少有灰姑娘嫁给王子的经验，那终究是一个童话幻想。但是"灰姑娘"作为主题式的人物典型，其经历的人生之路颇有同质相似性。她们或者已经，或者正在，随着时代文化的演变而出现新的变化和新的解释。除了民间传说故事中的童话版"灰姑娘"，还有近现代作品中的现代小说版的"灰姑娘",例如:夏洛蒂的《简·爱》、狄更斯的《小杜丽》、奥斯汀的《曼斯菲尔德庄园》等作品中的女主人公等。在这个人物模式链中,灰姑娘一类的女孩或女性,总是处于被动、从属的地位,等待着白马王子之类的男性帮助、解救,这无疑是与女性自我解放的思想是相对立的,也是不现实的。虽然这些故事中的女主人公的名字并不叫"灰姑娘",故事的情节上也都有很多差异,但是其内容深层几乎都隐藏着共同的文化结构:即她们都是出身于较为贫寒的家境;生活中遭遇了种种不幸;但是性格坚韧自信;靠着自己的善良心地和贤淑的德行,收获了理想的美好姻缘。

这些故事内核的深层内涵反映出人类文化心理结构中普遍存在的好人要有好报的伦理思想,以及人们想打破贫富等级差距和要求平等的社会意识。可以说,灰姑娘形象仿佛一面镜子,折射出了被宏大叙事所忽略的或遮蔽了的某些真实的历史文化现象。直至当代社会,这种"灰姑娘"的思维模式仍很有市场。因为大部分人都生活在平凡的家庭中,诸多的不如意使现实中的女性自童话中"灰姑娘"的身上发现了自己时常被轻视或者遭受委屈的亲身经历。她们尤其希望依靠自己的努力成为一个有吸引力的女性,从而渴望一种"丑小鸭变为白天鹅",能够收获白马王子爱情的人间喜剧。当然,由于"灰姑娘"人物形象影响,演化成日本网络新词语"灰姑娘体重",则又有了新的社会学意义。这是当前在日本爱美的高中女孩中悄悄流行起来的概念,它源于格林童话中的灰姑娘,可怜的辛德瑞拉因为受到继母的虐待,每天都吃不好,还要做很多的重活粗活,所以体重应该较轻。因此,"灰姑娘体重"就代表着娇小、瘦弱,但却高贵、美丽的意思,于是"灰姑娘"形象又有了当代的新阐释。灰姑娘形象因其生成的社会、文化语境在不断变化、转型,和审美主体不断提升的价值评判,以及创作主体价值取向的多元化和复杂性等,因此具有多重的审美意义。尤其是接受者主客观理性色彩的不断增强,即使同样是灰姑娘形象,其形态和内涵既有对传统灰姑娘形象的继承和突破,甚至"回归"的倾向,又有许多新的、发展中的因素蕴含其中。

总之,正是由于新旧"灰姑娘"思想的橱柜里永远只有一只"水晶鞋",时时等待着而且一如既往地期待着手持另一只水晶鞋到来的意中人,即"那个他"。所以,"灰姑娘"才会从童话题材中的一个普通女孩升华变成为主题学研究中的一个主题人物。而对这类灰姑娘形象的类似的种种文化人类学意义上的考察,又总是试图从文学文本表层结构的差异中去发现其深层结构的相似性,从而完成对这一人物形象在主题学意义上的概括。"灰姑娘"的脚上永远穿着一只或两只质地不同的时过境迁的"鞋",一直走进了当前世界经济一体化的新时代。无论它们合适不合适自己的脚,都是她们心甘情愿的选择。她们只能被动地规约自己,无奈地接受被选择的命运,成为具有丰富内涵的人物形象。不同时代的文化语境就会生出不同标准的"灰姑娘"。她们穿着各种材料制成的"鞋",走在女性人生的艰难旅途上。当然,任何对传统的发展,都不失为一种颠覆性行为,认识上都具有某种重新阐释的必要。正是由于大多数人仍然更愿意将"灰姑娘"童话视为希望与美好的象征,所以"灰姑娘"形象才永远具有阐释不尽的当代意义,而不会产生过度阐释的嫌疑。

第四节 "哈奴曼"形象的经典化

印度梵文史诗《罗摩衍那》中的神猴哈奴曼是个重要的艺术形象,随着史诗和宗教的流传,这一形象在东方,尤其是喜马拉雅文化区域内不同语言文字,各异的艺术造型形成的过程中,表现出从神化到俗化、从娱神到娱人的经典化过程。其实,最初神猴哈奴曼的故事和罗摩、十首王等的故事彼此无关,后人将其纂撰在一起,成为后来这个样子。在公元前后,《罗摩衍那》的故事就被神化了。在古代印度梵文衰落以后,印度以印地语、孟加拉语、乌尔都语等为代表的几十种地方语言中,都有用自己语言叙述的《罗摩衍那》和神猴哈奴曼。《罗摩衍那》的内容和神猴哈奴曼的故事很早就开始口耳相传到了亚洲许多国家。古代东南亚各国几乎都有各种简繁的译本。近代,随着《罗摩衍那》被译成意大利、法文、英文等多种语言,神通广大、活泼可爱的神猴哈奴曼形象又被西方所熟知。在中国随着汉译佛经中多次提及《罗摩衍那》,以及少数民族地区如傣族、藏族、蒙古族等的地区多有流传,甚至古代西域地区的古代语言中也有《罗摩衍那》的故事流传等,所以神猴哈奴曼的形象和故事也几乎成为这一广袤大地上,人所共知的人物。

《罗摩衍那》的故事里,开篇就提到创造之神大梵天为了帮助下凡的毗湿奴大神消灭十首魔王罗波那,要求诸天神都生猴子。于是成千上万的猴子都来到尘世,其中风神生了哈奴曼。他们个个力大无穷,变化莫测,功力可以翻江倒海。罗摩在寻找被十首魔王劫持的妻子悉多时,遇到了猴国的哈奴曼。应邀帮助罗摩寻妻的哈奴曼不仅发现了悉多在海中的楞伽岛而且渡海找到悉多,并以大闹海岛的壮举回复罗摩。在哈奴曼的大力帮助下,罗摩终于找回悉多。史诗在最后的部分补充说明了哈奴曼形象的变化,即为什么初时很普通,在故事中无足轻重,但是这一形象在继后的发展中越来越重要,本领也越来越大,直至他准备渡海时才意识到自己的功力。原来他童年时因调皮捣乱,受到修道仙人的诅咒,只有在关键时刻,他才能发挥出极大的能量。总之,印度梵文史诗《罗摩衍那》中的神猴哈奴曼被描绘的栩栩如生、活灵活现。他虽为神猴却高度人格化,不乏顽皮、率真的猴性,但又大胆机智、极富正义感和助人为乐的人性。他不畏任何艰难险阻、毫无功利地为代表正义的罗摩尽力。在寻找悉多的过程中,他足智多谋、英勇善战,给人印象深刻。自古以来,《罗摩衍那》故事所到之处,哈奴曼都是匡扶正义的化身。史诗中罗摩和罗什曼那兄弟二人受重伤,是哈奴曼用手将吉罗婆山从千里之外托到阵前,找到仙草,治好他们兄弟的伤痛,又将大山用手托回原处。这在印度古代神话中是极具浪漫主义色彩,而又脍炙人口的故事,至今还在人民中广泛流传,历经千年而不衰。

《罗摩衍那》的故事和神猴哈奴曼的形象通过留在古代汉译佛经中的文字,终于被中国所认知。在唐玄奘翻译的《阿毗达磨大毗婆沙论》第四十六卷中,就对《罗摩衍那》有概括介绍:"如《罗摩衍那书》有一万二千颂,惟明二事:一明罗伐拏(罗波那)将私多(悉多)去,二明逻摩将私多还。"此外,《杂宝藏经》中的《十奢王缘》,讲述罗摩如何失妻又得妻,将这两个故事合在一起,即《罗摩衍那》的故事核心。① 重要的是在第二个故事中,已出现一个本领高强、统领千军万马、救助他人于危难之中的猕猴王。这一形象的出现,使许多学者对它与《西游记》中孙悟空的形象是否有某种联系的问题产生了极大的兴趣。

1923 年,胡适先生在为上海亚东图书馆出版的《西游记》一书所写代序《〈西游记〉考证》中,提出"《罗摩衍那》中的哈奴曼是猴行者的根本"②的观点。他写道:"我总疑心这个神通广大的猴子不是国货,乃是一件从印度进口的。也许连无支祁的神话也是受了印度影响而仿造的。……在印度最古的纪事诗《拉麻传》(Ramayana)里寻得一个哈奴曼(Hanuman)大概可以算是齐天大圣的背影了。"虽然鲁迅对此持反对意见,在《中国小说的历史的变迁》中指出:"所以我还以为孙悟

---

① 参见《印度文学研究集刊》第二辑,上海:上海译文出版社,1986 年,第 3—7 页。
② 胡适:《〈西游记〉考证》,亚东图书馆,1923 年,第 26 页。

空是袭取无支祁的。"("无支祁"是"形若猿猴"的淮水神——笔者注)但是尽管如此,这些观点仍然不失为20世纪文坛孙悟空形象研究的一大突破。其实,早在10年前,德国传教士卫礼贤(1873—1930)就在德译的《中国童话》①中将孙悟空与哈奴曼联系在一起了。继后,1930年陈寅恪先生在《〈西游记〉玄奘弟子的故事之演变》一文中考证了孙悟空大闹天宫的故事,猪八戒及高老庄招亲故事,沙僧故事等在汉译佛典中的来源。这无异于支持了胡适的观点。以后的学术界对孙悟空到底是"进口货"还是"国产货",始终各执一端,难分轩轾,但毕竟扩大了《罗摩衍那》,尤其是哈奴曼在中国的影响。季羡林认为:"中国小说《西游记》中的孙悟空身上就有哈奴曼的影子。他是中国的无支祁和印度的哈奴曼合二为一的人物。他那大闹天宫的故事,同他的印度同事哈奴曼的托山故事一样,深受中国人民的喜爱,至今还在中国人民中传播,也同样历千年而常新。"②

《罗摩衍那》及神话哈奴曼的故事,经学者研究,与中国文学还有另外一些关系。唐传奇中还有一篇《补江总白猿传》,说南梁欧阳纥将军率师南下,行至福建长乐,其妻被白猿精掳去。宋话本、南戏剧本和明代洪楩的同名小说《陈巡检梅岭失妻记》,也记载了一个猿精在梅岭掳人的故事。这些作品与《罗摩衍那》中的故事似乎有某种联系。郑振铎先生就曾大胆推测:"最早的戏《陈巡检梅岭失妻记》(《永乐大典》作《陈巡检妻遇白猿精》),其情节与印度的大史诗《拉玛耶那》(Ramayana 即《罗摩衍那》)很有一部分相类似。"③他的判断虽最后未下结论,但意思是很清楚的,即中印这两部作品之间存在着某种联系。而神猴哈奴曼和白猿精相近的题材故事,则是敢于这样大胆推测的重要依据。

文学的传播和交通往来是分不开的。中印两国海陆有2000多年的贸易和文化的沟通渠道。尤其是近代以来,南方丝绸之路的发现,学者注意到除西域的丝绸之路以外,中印文化、文学的交流还可以通过"川滇缅印道"进行。况且由于以往西域道、西藏道这两个人所共知的中印文化通道,在音乐、建筑、绘画、雕刻、戏曲、诗歌小说、天文历法、医学等方面,中印互鉴,受惠于对方。其中敦煌石窟中藏有古藏文《罗摩衍那》的简译本,即是中印文化交流的产物。据估计,梵文《罗摩衍那》是7

---

① Richard Wilhelm. *Chinesische Volksmärschen*. Jena:Eugen Diederich, 1914, p. 410.
② 季羡林:《中印文化关系史论文集》,北京:生活·读书·新知三联书店,1982年,第461页。
③ 李肖冰等编:《中国戏剧起源》,北京:知识出版社,1990年,第127页。

世纪以后传入西藏的。后吐蕃赞普赤松德赞(755—797 在位)乘唐天宝年间"安史之乱"无暇顾及,攻打了 11 年,于德宗建中二年(781)占领敦煌。宣宗大中二年(848)才得以收复。据考证,吐蕃占据敦煌的 67 年中开凿了大量的洞窟,现存的竟有 45 个之多。估计从梵文译成藏文的《罗摩衍那》,即是在这期间藏入的。在古藏文《罗摩衍那》中,不仅有哈奴曼(藏文译本称哈奴曼达——笔者注),而且形象生动,是罗摩与悉多数次团圆的重要力量。尤其是当罗摩将悉多母子送到吉姆园中生活时,是哈奴曼仗义执言、力挽狂澜,大胆指责罗摩说:"身为人间之王,行为要符合神规。投生为人,武艺能与狮子匹敌,天女(悉多——笔者注)无错却栽上了离奇大罪!"①国王罗摩听了很合自己心意,也觉得哈奴曼所言极是,就召回了悉多母子。哈奴曼成为他们团圆结局的主要推动力量。

中印文化交流的另一个重要渠道是始于汉代,而宋代得到长足发展的海上丝绸之路,而福建的泉州则是当时在这条海上通道上的最重要的港口。南宋初年,泉州开元寺先后修筑了两座砖塔,后改建为石塔。在南宋绍定元年至嘉熙元年(1228—1237)用石料建成的西塔第四层上,有一个猴行者的浮雕像。他猴面人身,头戴金箍,身穿直裰,足登罗汉鞋,颈项上挂着一圈大佛珠,腰悬药葫芦,右臂曲在胸前,左手握着鬼头大刀,造型逼真、形象生动。泉州学者黄梅雨认为:"……猴行者浮雕,很可能取材于这部著作(《罗摩衍那》)。它的出现,给 300 多年后的明代作家吴承恩,在创作《西游记》时对孙悟空形象的塑造,是产生过影响的。"②1983 年,精通汉文化、研究《西游记》人物形成史的日本北海道大学中文系教授中野美代子,来泉州考察后,"以《福建省和〈西游记〉》为题,提出'孙悟空生在福建'这个惊人论点"③。她认为:"印度古代史诗中哈努曼的形象随着婆罗门教传入福建沿海一带,形成的许多猿猴精的传说,这些传说和唐三藏西天取经的故事相结合,塑造成《西游记》故事的雏形。所以说,孙悟空的家乡在福建。"④继后,中野美代子教授在《泉州开元寺东西塔浮雕考》一文中,再次坚持自己的观点说:"此猕猴头戴金箍,颈挂

---

① 王尧、陈践:《敦煌古藏文(罗摩衍那)译本介绍》,《西藏研究》1983 年第 1 期,第 29 页。
② 黄梅雨:《话说泉州》,福州:福建人民出版社,1989 年,第 30 页。
③ 泉州市旅游局编:《泉州开元寺奇观》,福州:福建人民出版社,1986 年,第 31 页。
④ [日]中野美代子:《孙悟空的诞生——猿猴民族学和西游记》,转引自徐晓望:《文化人类学方法和孙悟空故事起源的"东南说"》,见《福建民间信仰论集》,北京:光明日报出版社,2011 年,第 118 页。

数珠,腰间悬挂《孔雀□王经》和葫芦,谁都会说这是孙悟空的前身。"①《罗摩衍那》中哈奴曼的形象经过南海传至泉州顺理成章。早在8—9世纪,《罗摩衍那》即已逐渐传入斯里兰卡、缅甸、泰国、老挝、柬埔寨、马来西亚、东南亚地区,作为宋代"东方第一大港"的泉州,和这些地区的海上往来极其频繁。《罗摩衍那》中哈奴曼的故事从这一地区直接或间接传入福建是极其便利的。南宋福建大诗人刘克庄在《释老六言十首》中即有"一笔受楞严义,三书赠大颠衣。取经烦猴行者,吟诗输鹤阿师"的诗句。可见当地文人对"猴行者"熟悉的程度,而它与哈奴曼牵手则是意料之中的事了。

　　2—3世纪印度大乘佛教就已传入斯里兰卡,古刹无畏山就有众多大乘经典和僧人,其结果是促使梵语兴盛,僧俗学者和王公贵族也开始以通晓梵语而自豪。在这种文化背景下,6世纪斯里兰卡产生一种重要的梵语作品《悉多落难记》。此作品主要取材于印度史诗《罗摩衍那》,其中重要情节是神猴哈奴曼帮助罗摩战胜十首魔王,携妻回国。因为《悉多落难记》中主要记载的是哈奴曼赴楞伽岛(即今斯里兰卡——笔者注)救危难中悉多的英雄事迹,所以在6世纪的斯里兰卡,哈奴曼就已不再是一个陌生的域外形象,而是一个在本国急公好义、救人水火而有一定影响的英雄了。而哈奴曼惩恶扬善、终得善果、神通广大、乐于助人的形象,正符合了广大斯里兰卡人民的愿望。他们在本国的土地上修庙建寺,祭祀哈奴曼,还表示了广大信徒对哈奴曼的爱戴与崇拜的心理。至今,人们能观赏到在斯里兰卡皇家植物园哈克嘎拉(Hakgala)不远处的 Seetha Amman 神庙。它为纪念印度史诗《罗摩衍那》中神猴哈奴曼曾到过此地而建,装潢华丽,香火很盛。主殿旁边的斜坡巨石上有5个单独的圆形洞穴和2个连体的洞,犹如一个大脚印。当地人坚信那是哈奴曼为救悉多而跨海纵身一跳时留下的痕迹。

　　《罗摩衍那》以口耳相传或写本的形式从陆海两路南传至泰国。"罗摩衍那"的意思是"罗摩传",传入泰国后被称为《拉玛坚》。其主要内容可能源于印度南传和流传于西北方向的故事,以及直接或间接吸收了周边国家和地区的罗摩故事,最后经过泰国本民族文人的再创造而形成的。其中重要的艺术形象神猴哈奴曼的所作所为深受广大人民的喜爱,给人留下深刻的印象。《拉玛坚》第一次以文字形式记

---

① 梅益主编:《中国与日本文化研究》,北京:中国大百科全书出版社,1991年,第280页。

录下来,是大城王朝德来路加纳时期(1448—1488)出现的,为皮影戏《拉玛坚》配音的不完全台本。继后在泰国出现的源于泰国民间文学艺术的舞剧"孔剧"中,最典型的 68 式舞姿中就有一种是"哈奴曼除魔"。孔剧《拉玛坚》中角色的面具都有具体的形制和颜色。主要分为王子面具、神猴面具和罗刹面具三大类。其中神猴的种类繁多,约有 30 余种,根据角色和剧情需要决定其面具的图案和颜色。重要角色神猴哈奴曼的面具以白色为底色,用红、绿、金蓝等颜色勾勒,头戴平顶金冠。这些五色缤纷的色彩装饰,不仅象征了哈奴曼丰富的情感与心理,也代表了人们对他智勇双全、忠于正义等行为的理解,以及对这一艺术形象的由衷喜爱。

其实在泰国还广泛流传着对《西游记》中孙悟空这个齐天大圣的崇拜,乃至荣登佛祖之位。《西游记》在 19 世纪就以《西游》之名被译成泰文,影响日隆。由此可见,从印度的哈奴曼、中国的孙悟空和泰国的大圣佛祖的发生学意义考释、故事框架、流传路线,形成了三个似是而非、别开生面的神猴形象体系。他们同根同源,都有哈奴曼的影子,但又都被人化、被世俗化,总之被异化,最后被经典化。泰国著名的万福慈善院是个有印、中、泰三国特色的大寺院,香火繁盛、香客众多。该寺院有广东潮汕特色的牌楼式山门,上面标有万福慈善院的中文和泰文。寺院内主要供奉着千手观音、大圣佛祖、财神爷、太上老君几位神祇。寺院中的大圣佛祖为三面大圣,三面分别代表了愤怒、喜悦、悔恨,这三种情绪用来提醒和规范男性的行为。寺院供有三尊主祀神,分别代表了平安、健康、财富。大圣代表了健康,佛像整体近 2 米高,金箍棒近 3 米长,有三个头。在中国的神祇中只有哪吒三头六臂,印度的哈奴曼是五面八臂。在中国,三头六臂往往表示其本领高强。而在印度则无论是四面佛、五面佛的哈奴曼,其每一面都被赋予不同的意义。那么泰国这一大圣塑像,无疑融合了印、中、泰三国崇拜神猴的心理,既突出了哈奴曼的本领、孙悟空的神通,又表现了佛祖三个面不同的寓意与象征。

"哈奴曼"形象的经典化过程说明,凡是印度《罗摩衍那》和印度宗教信仰所到之处,神猴哈奴曼的艺术形象就会以各种形式走上经典化的过程,成为南亚、东亚、东南亚各国人民心中的偶像或变异后的偶像。

小结

"人物研究"一章的实践表明,异域文学作品中同一人物形象无疑是主题学中重要的研究对象。它们既可以是一种母题式的人物主题研究,也可以是相同的题材研究,但都是以人物形象研究的视角进行分析的。因此,人物形象的经典化过程,使之研究具有了传统的母题、主题、题材研究难以企及的阐释深度和理论高度,从而有了更大的研究空间。

第五章　意象研究

第一节　丝路文学中的"蚕""蛾"意象

丝绸之路我们简称"丝路",众所周知其实主要指的是亚欧大陆之间政治、经济和文化交往的通道。在这些领域的交流互鉴中,文学不可能缺席,因此就有了"丝路文学"。具体而言,就是在这些交通网络中的口传表达和笔墨书写的文学作品。虽然丝绸之路贸易往来的物品不只是丝绸,但是丝绸却是早期贸易中的重要或可以说是主要的货物,这是不言而喻的。又因为丝绸是"蚕"和"蛾"的衍生物,所以丝绸所到之处,"蚕"和"蛾"必成为人们想了解和关注的对象。它们不仅成为丝路沿线国家蚕桑丝绸业的宠儿,也成为文人口中和笔下描述的尤物。

一、中国文化中的"蚕""蛾"意象

中国人最早发现了野蚕是可以被驯化的事实。2020 年,考古人员在河南巩义市河洛镇双槐树村南部,发掘出距今 5300 年左右"河洛古国"的都邑,认定其具有古国的都邑性质,可能是黄帝时代的都邑性聚落中心。考古发现证实当时黄河中游地区的先民已懂得养蚕缫丝。由于此事与人类生存息息相关,所以很快进入了文学领域。据民间流传,一说是伏羲氏化蚕桑为绵帛;另一说是黄帝的元妃西陵氏女嫘祖始教民育蚕治丝,以供衣裳。[①] 这两则传说都表明中国蚕桑业在远古即已产生,21 世纪考古发现也表明,"在 5000 多年前,中华民族的祖先已经开始驯养桑蚕了"[②]。因此蚕桑丝绸业也成为古代中国独有的产业部门,而养蚕织帛也成为中国对世界的伟大贡献。蚕丝出现以后,通过贸易往来,经陆路和海上远销异国他

---

① 季羡林:《中印文化关系史论文集》,北京:生活·读书·新知三联书店,1982 年,第 52 页。
② 刘迎胜:《丝绸之路》,南京:江苏人民出版社,2014 年,第 16 页。

乡,逐渐被广泛用于人类服饰生活的各个方面,成为人们的必需品,乃至奢侈品,深受世界多国人民的喜爱。当人们一旦深入了解了蚕的全部生活习性,尤其是它吐丝做茧,而茧可抽丝。最终它却为他人无私付出全部的精神以后,便与人类的精神生活有了某些心领神会的契合。当这些感触作用于文人的大脑,通过联想和想象就形成了具有主观意识的意象。"意象"作为中国古典诗学一个基本概念,它的形成是有个过程的。最初在刘勰的《文心雕龙·神思》"独照之匠,窥意象而运斤"一句中,是指尚未进入作品文本中的意念中的形象,后多与诗歌创作相关联,也不乏被用于叙事文学。意象作为中国古典诗学固有的范畴,虽然运用频繁,但学界未形成共识性的内涵。一般而言,意象是指被赋予了某种特殊意蕴和文学审美意义的具体物象。例如:"蚕"本身是一种能吐丝的昆虫,其本身并无任何与人类情感有关的含义,但它所表现出的种种特性,一旦进入作家的形象思维,就会被进行种种的再加工,正如袁行霈所说:"一方面,经过诗人审美经验的淘洗与筛选,以符合诗人的美学理想和美学趣味;另一方面,又经过诗人思想感情的化合与点染,渗入诗人的人格和情趣。"①在中外诗歌中,蚕与蛾被不约而同而又相互影响地反复运用,参与写作的诗人在精神上皆与之产生共鸣,从而形成一种类同的"观物取象"的心理状态。并逐渐使之具有了特定的内涵,即由内在之"意"显现为外在之"象",从而产生了一种特殊的审美感受,最终成为移情入景后的某些定型,即融入主观情意的客观物象——意象。

  蚕的一生要经历蚕卵到蚁蚕,再到蚕蛹,最后到蚕蛾四个重要的生命阶段。蚕卵是蚕蛾即蚕的成虫,由交尾生产的,刚刚孵化出来的幼虫称为蚁蚕,以桑叶为食,吐丝作茧以后在茧内变成蛹。这是蚕从幼虫到成虫的过渡形态。蚕蛹破茧而出变成蚕蛾,它交尾后死去。其中"吐丝作茧""蚕蛹破茧"和"蚕蛾扑火"是蚕一生中几个重要的节点,让人产生无限的遐想。由于蚕最早是在中国驯化的,中国文人最早有感受是很自然的。所以在中国诗人心目中,蚕赴汤蹈火的生活史变为生命史并与人类的精神史产生了某些联系,于是蚕升华为一种意象,被赋予了为爱情或事业而献身的内涵,逐渐成为舍己为人精神的一种象征。西方诗人也有以扃闭内外之心性,犹如思想之作茧自缚一样;豁然彻悟则像蚕蛹破茧,翩翩作白蝴蝶之类的比

---

① 袁行霈:《中国诗歌艺术研究》,北京大学出版社,2009 年,第 54 页。

喻。中外诗人对这种蚕、蛾意象给予了由衷的赞美和毫不吝啬的怜悯。他们运用相同的诗歌形式的表现手法，对类似的蚕与蛾的题材进行创作，并借助这种客观物象表现自己的主观情意，"立象以尽意"，尽情表达蚕、蛾意象给人的一种共通的感受，以及带有普适性的启发。

中国文学有案可稽最早出现关于桑蚕信息的是《诗经》，其涉及桑蚕的诗句主要有："蚕月条桑"(《豳风·七月》)；"休其蚕织"《大雅·瞻卬》；"期我乎桑中"《鄘风·桑中》等。其后的汉乐府名篇《陌上桑》则说明汉代采桑养蚕已成为古代女性分内之事，人人可以做得。从而有了《陌上桑》中女主人公"秦罗敷"，这种采桑女的泛称。继后从晋朝无名氏起就写有"七夕夜女歌"一类关于蚕的诗，"婉娈不终夕，一别周年期。桑蚕不作茧，尽夜长悬丝"等。直至唐代著名诗人李商隐在《无题》一诗中写下"春蚕到死丝方尽，蜡炬成灰泪始干"的千古绝唱，对春蚕吐丝作茧至死不休的坚守给予了高度赞扬。其先，白居易曾写有"烛蛾谁救护，蚕茧自缠萦"(《江州赴忠州至江陵已来舟中示舍弟五十韵》)；于濆写有："野蚕食青桑，吐丝亦成茧"(《野蚕》)的诗句，他们都对春蚕吐丝、作茧自缚给予了极大的同情与惋惜。其后，宋代诗人戴复古有"寒蚕啮枯桑，一身终茧丝"(《感寓》)的诗句，文人赵抃的"每念缠丝茧里蚕"，诗人谢枋得的"作茧怜吴蚕"，陈造的"蚕茧自缚良苦之"等。这些诗句无不表现了诗人对于蚕吐丝作茧，包住自己，自己束缚自己，毫无悔意的一种礼赞。自此以后历代文人几乎都对"蚕"意象情有独钟。尤其是清代咏蚕诗词尤多。汪东说："呕尽残丝肯见怜"；姚允迪说："痴蚕自缚亦可怜"；史震林说："自织藕丝衫子嫩，可怜辛苦赦春蚕"；李雯则有词云："浅碧柔黄玉颗长，倩人垂手入兰汤"；晚清文人郑珍说："同命蹈汤火，吾怜蚕此时"。甚至清初孔尚任剧本《桃花扇》的结尾，主人公侯朝宗、李香君再相遇时，二人皆已看破红尘，修真学道，剧中写道："你看他两分襟，不把临去秋波掉。亏了俺桃花扇扯碎一条条，再不许痴虫儿自吐柔丝缚万遭。"这些文人历数不尽的感慨，都出于他们从蚕吐丝作茧自缚到蚕吐尽丝后，却被人无情地投入沸汤和烈火这种生命史的过程中，看到了世人也包括他们自己，为了追求知识和真理，义无反顾地投身其中的那种视死如归的崇高境界，无论何时再读这些诗句，从对蚕的敬佩，联想到"蚕"的意象，都会产生令人感奋的慨叹。

蚕、蛾意象中，蚕身不为己、蚕丝为衣裳、蛾子扑灯蚕作茧，死生趋避总无端，以及身拙自怜蚕缩茧、春蚕制茧最堪怜等诗句中，都有诗人与之息息相通、顾影自怜的惆怅。他们看到作茧自缚的蚕、赴汤蹈火的蚕蛹、破茧而出的飞蛾、扑灯赴死的飞蛾,于是触景生情、情景交融、感同身受,达到物我同一的境地,写出了隐含自身情感投射的诗句。他们在蚕、蛾的意象中寄托了自己的精神追求,表现出胸怀天下的那种知识分子悲天悯人、民胞物与的人文主义情怀。无独有偶的是,由于丝绸之路的原因,与丝绸有关的蚕、蛾,其生活状态也受到沿途各国文人的关切,以至于又形成了他们笔下借以抒情达意的意象,成为他们寄托自己精神生命的象征物。由此可见,丝路文学中的蚕、蛾意象和象征似有相通之处,即它们都将客观事物作为载体或媒介体,在渗入诗人审美经验的前提下,间接地抽象地表达自己的情愫。如果说中国文人笔下的蚕、蛾意象秉承《诗经》"赋、比、兴"的传统和文艺重再现的手法,那么到了丝路文学域外文人的笔下,则主要表现为一种异质文化重想象的表现主义手法,即象征性的意象。

二、外国文化中的蚕、蛾意象

西方本没有蚕,早时蚕桑是从中国传过去的。英国国家博物馆馆藏一幅木版画,内容是古代中原内地公主从丝路和亲到瞿萨旦那国(于阗、和田)时,带去蚕桑种子,向西域传播的故事。该内容在《大唐西域记》卷第十二中有"桑蚕及丝织技术传入西域"的记载。① 英国探险家斯坦因在南疆于阗以东的丹丹乌里克遗址发现了此事之物证。② 由于地利之便,西域近邻波斯也较早地知道了蚕桑与丝绸的关系,并且逐渐垄断了中亚至地中海的丝绸贸易。据东罗马帝国史学家普罗科波(Procope de Césarée)记载,550 年左右有几位在拜占庭的印度僧人从于阗或其附近地区,即"赛林达"——相当于汉文史料中的"西域",取走蚕种,交给东罗马帝国皇帝查世丁尼一世(483—565)。③ 由此,古老的在中国起源的蚕桑业,才得以在东罗马帝国的土地上落户生根。由于地中海地区气候宜于桑树生长,蚕桑业发展得很快。6 世纪时,控制着草原丝绸之路的突厥汗国也知道了蚕桑业的秘密。7 世纪阿拉伯帝国兴起后,蚕桑业沿北非(马格里布地区)向西传播,跨越直布罗陀海峡到达西班牙。1146 年,斯加里野(今意大利西西里岛)国王利用俘获的拜占庭技工,

---

① 玄奘:《大唐西域记》,桂林:广西师范大学出版社,2007 年,第 190—191 页。
② 季羡林:《中印文化关系史论文集》,北京:生活・读书・新知三联书店,1982 年,第 66 页。
③ [法]戈岱司编:《希腊拉丁作家远东古文献辑录》,耿昇译,北京:中华书局,1987 年,第 96—97 页。

发展蚕桑业,最终传到了意大利全境及欧洲其他地区。从此,蚕蛾在西方再也不是陌生的昆虫,它们的生存状态也开始被西方的诗人所了解并关注。春蚕吐丝、作茧自缚、飞蛾扑火等现实同样唤起他们的丰富想象力,并被艺术加工后创造成诗歌形象,即蚕、蛾等象征性意象,并成为"可以言情,可以喻道"的一种具有异质文化底蕴的文学素材。随着丝绸之路的延伸,蚕、蛾意象到了域外又逐渐表现出象征性色彩。

古代印度是南方丝绸之路和海上丝绸之路的必经之地。据记载在公元前4世纪的《治国安邦术》(《政事论》)中就有一个词"cīnapatta",最初的意思是"从中国输入的成束的丝"①,但是印度在相当长的时间里并不懂得中国的桑蚕技术。直至13世纪蒙古西征时,蚕桑业在西域推广得还是很有限的,耶律楚材在撒马尔罕(中亚乌兹别克斯坦名城)看到那里"颇有桑,鲜能蚕者,故丝茧绝难"②的事实。所以唐代前期朝鲜半岛的新罗僧慧超(725年回国)在印度时看到的当地人还不能生产家蚕丝绸,是很自然的事。而至13世纪20年代女真人乌古孙仲端访问中亚时,已发现印度"丝枲极广"③。这说明印度已通过其他途径获得了桑蚕到茧丝的技术,它已并非陌生之事物了。所以在此之后,蚕蛾自然而然也成为诗人笔下抒情达意的物象。印度中古印地语诗人加耶西(1495—1542),在他的代表作叙事长诗《伯德马沃德》中,叙述公主殉葬自焚的情节时也有类似的描写:"我将为你献此身,化成灰烬无遗恨。女子似扑灯蛾,毕生守誓约。"④印度古代传统的殉葬自焚,写飞蛾扑火确实有物类联通的意象意义,不过正如诗句所言:"女子似扑灯蛾",这明显是从象征意义而言的,是艺术创作手法的表现,但是立象以尽意式的意象内涵已表现出来。

波斯地处东西方之间的商路要冲,当地人自古就有善于经商贸易的传统。中国丝绸无论从陆路还是海路运输,均需经过波斯商人之手才能抵达地中海。长期的丝绸贸易使波斯人了解了桑蚕吐丝作茧,蚕蛾赴死的生活经历,于是有些诗人也将其形象象征性地写进自己的诗中,并赋予了自己的理解。哈菲兹(1320—1389)是从中古时期至今都享有世界声誉的波斯抒情诗人。他在自己的诗中曾多次提及

---

① 季羡林:《中印文化关系史论文集》,北京:生活·读书·新知三联书店,1982年,第78页。
② 刘迎胜:《丝绸之路》,南京:江苏人民出版社,2014年,第136页。
③ 同上书,第139—140页。
④ 刘安武:《印度印地语文学史》,北京:人民文学出版社,1987年,第79页。

中国的麝香和画工,对中国文化有较深入的了解。他用蚕蛾与蜡烛的关系来比喻恋人内心的复杂情感:"假如你是恋人,就请围着美丽的情人身边转,只有在欲火中焚身才能从飞蛾那里学会爱。哈菲兹为了你即使不能像飞蛾那样殉情,他在你面前也势必像蜡烛那样熔化成灰。"①虽然哈菲兹在抒情诗中所描写的"恋人""情人"并非一定有确指的含义,而代表了诗人对自己祖国的诚挚的爱,但是,在诗中运用"飞蛾",原文为"Schmetterling",此字又指蝴蝶,乃是灵魂的象征。古埃及人就曾以蝴蝶象征灵魂,古希腊人也有相同的习惯。西方人画灯炷火灭,上有蝴蝶振翅,其寓意为灵魂摆脱躯骸之意。此类象征意象生动形象地抒发了作者的情感,也颇为符合波斯古典诗歌修辞传统。和凡间的爱情之火相比,静静的烛火是更神圣的光明的象征。飞蛾在夏夜投火自焚,乃有灵魂转世的象征意义。这种象征把所感知、体悟的情感对象隐蔽起来,用另外一种事物来做比喻,恰恰成为哈菲兹和其他波斯诗人常常寄托自己思绪的一种重要的象征性意象。

阿拉伯人遵循的《圣训》即"穆罕默德言行录",被视为仅次于《古兰经》的基本经典。《圣训》中"论人们扑向火狱之火犹如飞蛾扑灯"的比喻,则传述了先知穆罕默德的话。他说:"在敦促人们崇信伊斯兰教时,我好比是从火狱之火中挽救他们的人。人在背离信义和迷恋财色私欲时就像自扑于火的飞蛾和其他昆虫一样。"②飞蛾之所以为寻找白昼的光明而自扑于火或灯,是因为飞蛾在夜间见到灯光或火光时自己身处黑暗之中,便将灯光或火光误认为光明之源,为奔向光明而自己向灯和火飞扑。飞蛾附在灯或火上直至烧死也不逃离,甚至还在认为是摆脱黑暗而追求光明。伊玛目爱孜扎里说:"你们也许会想这是因为飞蛾无知与无能所致。须知,人的无知有过于飞蛾的无知,因人常为迷恋私欲而不能自拔并毁于此道,以致永留火狱。所以较之飞蛾的无知来说便是更大的无知了。因此圣人说:你们扑向火狱犹如飞蛾扑灯,而我要挡阻你们。"③先知穆圣的这一比喻在许多作品中都有回应。这表明在阿拉伯世界这种比喻不仅在于言情,更可喻道。这种"借树开花",即依托现实物象之树,绽放哲理益智之花的笔法,无疑具有了象征性意象的另外

---

① 中国社会科学院外国文学研究所编:《外国文学研究集刊》第11辑,1987年,第396页。
② [埃]穆斯塔发·本·穆罕默德艾玛热著:《布哈里圣训实录精华》,穆萨·宝文安哈吉、买买提·赛来哈吉译,北京:中国社会科学出版社,1981年,第101页。
③ 同上。

功用。

　　意大利自从 1146 年以后,通过南端的西西里岛获得蚕桑业的技术,并遍及整个国家。尤其是意大利北部的热那亚、威尼斯、佛罗伦萨、米兰等经济发达、技术先进、生活富庶的地区。生活在佛罗伦萨的伟大作家、诗人但丁由于天资聪慧,学习刻苦,成为当时最博学的人之一。他在代表作长诗《神曲》中的《天堂》第八篇中,描写在第三重天(金星天)里有一个已升入天堂的多情而幸福的灵魂即"加尔·马德罗"(1271—1295),他被欢乐的光辉包裹着,但丁问他:"那末你是谁?"他在回答但丁的问题时说:"我在尘世的岁月不长(仅仅活了 25 年——笔者注)……欢乐包围着我,遮蔽了你的眼光,像吐丝自缚的动物。"①很显然,此处"吐丝自缚的动物"是指"蚕"。在这里加尔·马德罗欢乐、幸福的灵魂被光辉所包围、笼罩,犹如蚕之在茧中一样。又被比喻为它能像青虫那样破茧而出,并化蝴蝶而飞舞。此时的蚕(意指加尔·马德罗——笔者注)有了作茧自缚时的一种幸福感。在这种象征性意象里,但丁反其意而用之,以显示当事者加尔·马德罗灵魂的优越处境,以及表现作者自己的智慧灵光和思想洞见。

　　德国是意大利北部最大的国家,相继也知道了桑蚕业的生产过程。18 世纪末19 世纪初,处于浪漫主义思潮中的德国作家和学者普遍受到德国古典哲学的影响,提倡个性解放、主观幻想强烈、追求奇异感。他们对现实中的异域之宝物,即蚕、蛾等情有独钟。歌德是其中生活经历最丰富、思想最开放的作家之一。在他1789 年完成的剧本《托夸多·塔索》中,就以 16 世纪意大利著名诗人塔索的身世为题材,自然也包含着作家深刻的自我体验,描写了一个勇于揭露宫廷腐败的反抗者,最终转变为一个安于现状者的过程。歌德就曾以春蚕吐丝来比喻诗人出于不可遏止的冲动而进行创作,其辞意和李商隐的诗所表达的意象很近似。他在该诗剧的第五幕,第二场中就写道:"你岂能禁止蚕宝宝吐丝? 即使死到临头,它还继续吐下去。它总是要从身体最深之处继续纺出华贵的织物,不到它自己躺进棺材绝不停止。"②诗人在继后的《东西诗集》(即《西东合集》)中还写道:"我要赞美那不幸的生灵,它向往投入火中焚死";"只要静静的烛火放光,你就发生奇妙的感触";"到

---

①　但丁:《神曲》,王维克译,北京:人民文学出版社,1980 年,第 400 页。
②　《歌德文集·戏剧选》,钱春绮等译,北京:人民文学出版社,1999 年,第 514 页。

最后,由于贪恋光明,飞蛾啊,你就以此焚身";"如果你一天不能理解,这就是:死而转生!"①《东西诗集》中大部分诗作于 1814 年至 1815 年间,当时欧洲正处于法国革命的动乱中,歌德为躲避现实的烦恼,就从东方世界寻找他理想中的"桃花源"。其实,他早就关注过东方文化,曾耽读过《古兰经》、译过《雅歌》、读过印度古典梵剧《沙恭达罗》,也读过中国小说。他尤其喜读波斯诗人哈菲兹的诗集,并深受影响。他常将身边的事物换成与东方文化有关的名称,以形成一种东方意境或东方想象,让人产生无限的遐思漫想。蚕宝宝和飞蛾在歌德的笔下被比喻、象征、暗示等诸多艺术手法创造成一系列借用化用的文字语符,将东方意象西方化,成为象征性意象而显现出更丰富的审美经验。

马克思在写《资本论》第四卷,关于《剩余价值理论》部分时,也涉及象征性的蚕意象的运用。他在"附录"中提及的英国著名诗人密尔顿(即弥尔顿,1608—1674——笔者注),即曾被恩格斯称为"第一个为弑君辩护的人",是 18 世纪欧洲启蒙思想家的先辈。马克思在附录中论述"同一种劳动可以是生产劳动,也可以是非生产劳动"这一论题时,举例指出:"密尔顿创作《失乐园》得到 5 镑,他是非生产劳动者。"接着又写道:"密尔顿出于同春蚕吐丝一样的必要而创作《失乐园》。那是他的天性的能动表现。"②在这里马克思以赞扬的语言指出弥尔顿创作《失乐园》从一开始就不从属于资本,也不是为了增加资本的价值而写作,而是像春蚕吐丝一样的天性使然。他恰如其分地将蚕的象征性意象运用到弥尔顿的创作上,不仅使人清楚地了解了他对资本价值的理解,而且让人明白了什么人才能算得上是一个为自己理想而创作的真正意义上的作家。正是由于非功利性的天性才使弥尔顿能够保持自己创作目的纯正。事实上也如此,只有非功利的初心,才能保证结果的纯正。

由此可见,在从中国南海一路向西直达地中海的丝绸之路上,也有不少运用类似题材的作家及作品,他们利用蚕、蛾意象或者是蚕、蛾的象征性意象,表现自己像蚕一样的不怕作茧自缚,以及像飞蛾一样敢于赴汤蹈火、牺牲自己的奋不顾身精神。不仅如此,在中国文化向东传播的过程中,以授受相随为传统的东亚国家中,朝鲜半岛和日本也不乏关于蚕、蛾物象的诗意表达,但深度和广度却相去甚远。

---

① 《歌德诗集》下卷,钱春绮译,上海:上海译文出版社,1982 年,第 338—339 页。
② [德]马克思:《剩余价值理论》,见《马克思恩格斯全集》第二十六卷第一册,北京:人民出版社,1975 年,第 432 页。

蚕桑业在东亚地区传播的轨迹表明,在中原地区出现的养蚕业应该是从中原到辽东,而后再从辽东到朝鲜半岛及日本列岛的传输过程。根据《汉书·地理志》记载,蚕是在3000多年前,由箕子传入朝鲜的。其后,历代的统治者都鼓励、发展了养蚕业。朝鲜太宗十一年(1411)还制定了"后妃亲蚕法",让后妃在皇宫中养蚕。世祖一年(1455)还为了养蚕而制定公布了种桑法,实施大户种300棵、中户种200棵、小户种100棵、贫户种50棵的规定。因未精心种植桑树而使其致死的农家要受到惩罚。朝鲜世宗时期(1418—1450)出现了谚文《养蚕书》;中宗时期(1506—1544)有金安国的《蚕书谚解》;高宗时期(1864—1907)有《蚕桑辑要》《蚕桑撰要》等书。由于初时朝鲜半岛引入汉地蚕桑业,只为发展生产丝绸,以供制衣之用,文人雅士尚未有闲暇过早地关注其形态与自己内心情感的关系,所以,如果按中原从有蚕桑业到蚕意象入诗而言,曾经历了千年以上的历史来推算,那么朝鲜半岛在诗中出现蚕意象的时间也理当较晚。例如朝鲜著名诗人、画家南启宇(1811—1890)的《田园八咏·右后庭晒茧》一诗:"耀眼新茧满一簾,团团形色雪霜兼,胜如吉贝开花白,堪笑壁钱弄络纤,嫌雨更怜铺澳垵,向阳时看晒烟簾,缫生蛾化多奇绝,喜是田家景物添。"这首汉诗主要写了田园晒茧的景象,其蚕、蛾意象几乎完全未能在作家笔下表现出来。日本的情况也与朝鲜相似。史书《魏志·倭人传》记载,3世纪日本西部已从事养蚕,显然比朝鲜要晚,但是也有1700年以上的历史了。学界一般认为,日本的养蚕业也是从古代中国传入的。直至江户时代(1603—1868)才真正发展起来。日本古代著名诗人菅茶山(1748—1827)是著名汉学家。他在崇拜黄、老、道家人物的汉诗篇《山行》中写道:"民风思羲轩,地形想鱼蚕。"①日本江户时期的文化思想家、教育家吉田松阴(1830—1859)在《苏道记事》一诗中写道:"苏道梅天不耐凉,山乡风物异他乡。新秧插后麦犹绿,方是家家蚕事忙。"可见蚕在日本虽已早有养殖,但其意象尚未有明显的书写表达,足见当时的作家对此反应的迟钝,当然也说明日本人的务实精神。由此观之,蚕、蛾由于地理、气候的原因在这一地区不是主要的生产与生活资料。它们在古代东亚作家笔下基本还是写实的形象,即只有物象的作用,尚未进入意象或象征意象的审美境界。

---

① 见扬雄《蜀王本纪》:"蜀王之先名蚕丛"。四川许多地名都有"蚕"字,有学者认为,古代四川大概以产蚕著称……而先王和许多地方的名字也都有了"蚕"字。

三、结论

上述丝路文学中在描写蚕、蛾这一相同的题材时,无独有偶的相同比喻、相同象征,由独特的、个性化的内含之意与外露之象之间相互融通所形成的逻辑推理式思维,最后整合为大道至简型的观象取意式的形象思维。并以相同的"蚕""蛾"意象或蚕、蛾象征性意象,呈现于中外文学的历史性书写之中。这是诸多中外文人在语言、文学方面思维同步发展的结果。他们在知性的判断之上,平添了哲思理趣,将平常所见的物象,渗透进人生感悟。由此可见,对于能生产出精美丝绸的蚕来讲,它以其生产过程和生活状态入诗,也是中外诗歌中都有反映的一种物象题材。但是就形成"意象"而言,却未进入文化心理结构的深层,即思想精神层面去体会,因而难以形成相同的意象或象征性意象。所以,只有当中外诗人在寓意于象,化哲思为引发兴会的物象符号并表现为一种悟性的觉醒时,才能转化成为意象。而只有意象在不同的文化传统中所形成的复杂联想和在不同民族心智活动中作为一种中心象征时,才与作品的主题产生紧密的联系,也才能进入主题学范畴。中外许多作家由于丝绸之路的商贸和文化交流的潮来潮去,才逐渐注意到了"蚕""蛾"的形象,并将其入诗,这才具有了形成相同审美意象的可能,从而拓展了情趣盎然的艺术空间。但是它们之间只有作为生产贵重丝绸的重要昆虫时才能受到各国文人的关注,并无其他文学因袭的元素存在。这种相同的感受所形成的相似的形象思维才应该是"蚕""蛾"意象在丝路文学的诗人心目中引起精神共鸣的根本原因。

第二节 中外文学的"蛇"及"蛇女"意象

蛇是一种很古老的生物,它的存在历史比人类要久远得多。它在热带和温热带地区生长繁殖得很快,天敌较少,数量众多。蛇的形象可怕可憎,攻击人时防不胜防,初民时期的人类对其无可奈何,只好神化它,崇拜它。自有创世神话以来,蛇在中国、印度、东南亚、西亚、北非以及近东一带,就一直被奉为神物,形成一种"灵蛇图腾文化"。主要包括对灵蛇本身的崇拜、对灵蛇衍生物的崇拜以及对灵蛇抽象化艺术化的崇拜等三个方面的内容。由于蛇与人类有着悠久而密切的关系,人类从潜意识里对蛇既害怕又敬畏。在极度无奈之中,为了自身的安全,慢慢衍生并发展成一种对蛇的崇拜和膜拜的复杂又畸形的心理。这种心理反映在形象思维的作品中，就形成了相关的"蛇意象"。它所呈现的是一个有情感、有意蕴的感性世界，也是以"象"为载体，以"意"为主导的即景会心，以形写神的心与物、情与景的统一过程。于是从蛇的神化完成了到蛇的人化的蜕变。这些蛇化的人在文学作品中表现的是人在社会关系中的情态。因此，不同时空背景下产生的民族文化心理，便浸润于蛇性与人性的统一体中。

在蛇意象的逐渐形成过程中，母系社会里的蛇主要是女神的重要化身，是女性象征物之一。进入父系社会以后，原来作为女神符号的各种动物发生了性别蕴含意义方面的分化，即一部分动物仍然保留着史前时期的女性、母性与阴性的身份，而另一部分动物则转化为了男性（阴茎象征）、父性或阳性的身份。蛇可以说就是这种性别转换的突出代表。因此，蛇意象在神话、传说、故事以及文学文本中，在表现其最本质的特征，如蛇行委曲、习水性、神秘性、毒性与药性等时，往往极为突出地体现出女性阴柔的特征。在最早出现的巴比伦英雄史诗《吉尔伽美什》中，曾三次出现了对蛇的描述。在巴比伦神话描述君权神授的《埃塔纳神话》中，有"鹫与蛇的故事"。在论述"吉尔伽美什"的第十一块泥板中，吉尔伽美什带着千辛万苦得到的返老还童的仙草，看到一个冷水泉，他便下到水里去净身洗澡。有条蛇被草的香气吸引，"[它从水里]出来把草叼跑。他回来一看，这里只有蛇蜕的皮"①。在"吉尔伽美什"的第十二块泥板中，"吉尔伽美什听到了伊南娜女神的悲叹就来帮她。他用大斧砍死了蛇，鹫带着雏儿逃到山里，利利特也跑到沙漠去了。吉尔伽美什和随他前来的乌鲁克人将树砍倒，交给伊南娜做床和椅子"②。吉尔伽美什带着千辛万苦得到的返老还童的仙草，这时蛇的意象应该是邪恶和狡黠的象征，但是还没有突出它的性别。在希伯来《旧约》中，引诱夏娃、亚当偷吃禁果的蛇仍然延续了《吉尔伽美什》中蛇意象的某些特征，但又有了新的发展变化。它有了不吉祥和邪恶力量的含义，并成为诱惑力和性欲的物化形象。虽然没有强调过它的性别，但已经和"性潜能"有了某种联系，可以说是"性"的媒介者。在西方文化中，蛇意象所表现出的意义主要是在这些内涵的基础上生发出来的。例如小亚细亚附近黑海之滨被古

---

① 《吉尔伽美什》，赵乐甡译，南京：译林出版社，1999年，第352页、86—87页。
② 同上书，第88页。

希腊称为斯基泰人(即塞人)的神话中就出现了"腰上是女身,腰下是蛇身"的蛇女形象。①

印度和印度尼西亚群岛地处热带和亚热带,温暖、潮湿的环境很适合蛇类的生成。民间口耳相传的有关蛇的故事和传说很多,书面记载下来的文字也不少。后经过诸多的制作者、传播者的道听途说、渲染铺陈、增删加工,使简单的事实变成了艺术作品,成为带有神话色彩的叙事文学。印度古代文学包括《摩诃婆罗多》和《罗摩衍那》两大史诗和《梵天往世书》中等都有许多关于蛇的故事和记载。其被神化的程度很高,所谓六大蛇王、八大蛇王,各主门户,各分家族。佛教中的"天龙八部""神龙八部"(其中的"龙"即"蛇"——笔者注)就将蛇和神、天并列在一起了。这都是将蛇神化的结果,只是蛇的行动和人没有什么两样,但又没有完全摆脱蛇的本性。印度的蛇是人、神结合生的,已经完全人格化了,非必要时,不显露蛇的原形。"蛇类成为人不是经过修炼,蛇女可以和人自由婚配,人也不把它们当成异类。"②在印度尼西亚丰富的民间故事中,蛇的形象随处可见。《本苏与蟒蛇》(Mah Bongsu dan Ular Ajaib)中塑造了一个因受到诅咒被变成蟒蛇的蛇王子形象。而《芝卡普特里安湖的由来》(Legenda Asal Mula Cikaputrian)塑造了一个因傲慢自大而被诅咒为蛇的蛇公主形象。《蛇精》故事则刻画了一条凶残恶毒的蛇精形象。它人首蛇身,要求女主人公在每个月满之夜都要为它献上鲜血等。印度尼西亚的蛇多由变蛇诅咒而来,而且既有蛇公主,又有蛇王子,蛇郎,很人性化。

中国创世神话中,开天辟地的盘古神"龙首蛇身";造人的女娲"蛇躯"。司马贞的《补史记·三皇本纪》载伏羲蛇身而人头;《楚辞·天问》曰女娲人头蛇身;《山海经·海外西经》云:"轩辕之国……人而蛇身,尾交而上。"在著名的《伏羲女娲》图中,伏羲女娲腰部以上为人形,穿袍子、戴冠帽,腰部以下为蛇躯或鳄龙躯。这时蛇意象表现的是蛇女形象,具有明显的女性脸部特征。人首反映的是她本质上是人,有理性、智慧的一面;而蛇身则表明她有动物性、本能的一面。蛇和蛇女在原始社会象征着人们的图腾崇拜、祖先崇拜、生殖崇拜,并无其他负面作用。《山海经》这部萌生于夏禹铸九鼎时期(约成书于西汉时期)的经书,记载了铜石并用时代所出

---

① 张志尧主编:《草原丝绸之路与中亚文明》,乌鲁木齐:新疆美术摄影出版社,1994年,第288页。
② 刘安武:《印度文学和中国文学比较研究》,北京:中国大百科全书出版社,2015年,第206页。

现、所听说的蛇、蛇怪以及赋予神性的蛇图腾、龙图腾、驾龙之蛇和祭祀之蛇等。《诗经》中曾多次提及蛇,并将它视为吉祥物。蛇被列为十二生肖也是见证。但是随着人类的逐渐成熟,蛇女意象在人类蒙昧时代曾经作为感生图腾而被顶礼膜拜的好时光已不复存在。人脱离对自然的过分依赖,而对社会事物认识也越来越深刻。蛇扭动时身形魅惑,花斑艳丽的外表让人眼花缭乱。蛇的眼神阴鸷、蛇信狠毒,令人紧张恐惧,于是蛇意象在人为的偏狭想象中被虚构,成为残忍阴毒的象征。其中固然不乏男权社会对女性的歧视与贬损。蛇女意象逐渐被视为男性罪错的"渊薮"或"替罪羊",古今中外概莫能外。

弗雷泽的《旧约中的民间传说》就从比较神话学的角度,对《创世记》素材被改编的情况进行了阐述,其中不乏对蛇意象的理解。他描述说,神在伊甸园中种植了两种奇妙的树,所结果实截然不同。"其中一棵树的果子使吃的人死亡;另一棵树的果子给吃的人以永久的生命。做完这些,神派出蛇作为使者去男人和女人那里,传达他的意思:'不要吃死亡树的果子,因为你吃它的日子你就要死去;要吃生命树的果子,永生不死。'可是那条蛇却比大地上的任何动物都精明。"它在乐园里给了夏娃相反的信息,"那愚蠢的女人相信了蛇的话,吃了那致命的果子,还把它给了丈夫,丈夫也吃了,而狡猾的蛇却自己吃了那生命树的果子"①。这就是为什么从那时起,人是必死的而蛇是不死的原因,蛇每年一度蜕皮从而恢复青春。② 在这里蛇的意象表现出"精明"甚至"狡猾"的特点,但它实际上道破了"善恶树"的真相,推动人类获取知识,走出伊甸园的壮举。另外,它不死是因为每年蜕一次皮而永葆青春,它对传统和秩序的反抗,使之获得了青春与不死的能力。由此可见蛇意象在上述的表述中尚没有多少贬义存在于文本之中。

在东西方人蛇婚恋故事中,蛇彻底完成了从神化到人化的转变。蛇往往作为雌性的最初意象而表露十分明显,因此"蛇女"就成为中外此类作品中挥之不去的负面形象之一。中国学界认为唐代谷神子所撰《博异志》中的《李黄》(又称《白蛇记》)、南宋话本《西湖三塔记》③、南宋洪迈《夷坚志》等作品中叙录的蛇变妇人的故

---

① Frazer, James G, *Folklore in the old Testament*, London: The Macmillan Company, 1923, pp. 19—20. 转引自叶舒宪:《金枝玉叶——比较神话学的中国视角》,上海:复旦大学出版社,2012年,第187—188页。
② 叶舒宪:《金枝玉叶——比较神话学的中国视角》,上海:复旦大学出版社,2012年,第187—188页。
③ 见于明洪楩所编《清平山堂话本》。

事,都对"蛇女"形象在情感上持贬义态度。20 世纪 30 年代,赵景深认为不能因为某些相似的现象就主观武断地认为将蛇变妇人的故事视为白娘子形象的原型。他在《〈白蛇传〉考证》(1938)一文中提出,白蛇的故事有可能来自印度,然后传至希腊的说法。丁乃通在此说流行将近三十年后认为:"白蛇的故事在耶稣在世前后即已在中西亚(即印度)地区流行,可其真正的原型(prototype)却无法找到。"①他还在《中西叙事文学比较研究》一书中提出,这个故事可能最早出于南宋时期杭州的说唱艺人之口,直至明代冯梦龙在《警世通言》中以"白娘子永镇雷峰塔"为题,首次以文学形式将其完整记录下来。② 从此,白蛇传一类的文艺作品和研究一发不可收。清代方成培的《雷峰塔传奇》是对后世传演白蛇传故事影响最大的剧作,男女主人公之间由开始时的"欲"发展到后来的"情",正面歌颂白娘子这一蛇女的意象已经定格。20 世纪中叶田汉改编创作的京剧《白蛇传》中,蛇女白娘子已经成为敢于反抗封建势力的形象。蛇的意象在不断深化扩大,表现出时代特色的内涵和意识形态色彩。

此外,这类人蛇婚恋故事由于《白蛇传》的影响,在新加坡、马来西亚等地也得到广泛流传和较大发展,具有了后现代的物类平等和女性主义思想。在中国邻国日本、越南等地都有根据白蛇传故事改编创作的小说、戏剧等作品。其中最著名的当数日本江户时代作家上田秋成创作的翻案小说《蛇性之淫》。它以冯梦龙《白娘子永镇雷峰塔》为主要蓝本改写,再创作成蛇化美女真女子与丰雄的情感纠葛。小说在情节结构、人物设定等方面与原作构思几近一致,情节推进与原作大同小异。但是蛇女形象在日本是有传统的。《古事记》中蛇妻故事已流露出人对蛇的恐惧;《日本灵异记》(9 世纪初)和《今昔物语集》(12 世纪中期)的传说中,蛇有不顾一切的情欲,对异性之爱极度疯狂。《今昔物语集》卷十四第三则《纪伊州道成寺僧写法华经救蛇语》中,道成寺传说中清姬化蛇复仇的影子,其意象表现的是"不知关乎善恶的爱原始的本象"③。可见在日本文学作品中蛇女意象的不断深化,从报恩的蛇妻变为复仇的蛇女,人化倾向更加明显。

西方流传的人蛇婚恋故事也不少。法国民间故事《蛇女》讲述的是古代波陶

---

① 陈鹏翔:《主题学研究论文集》,台北:东大图书公司,1983 年,第 7 页。
② [美]丁乃通:《中西叙事文学比较研究》,陈建宪等译,武汉:华中师范大学出版社,1994 年,第 39 页。
③ 严绍璗、王晓平:《中国文学在日本》,广州:花城出版社,1990 年,第 101 页。

国,一个名叫雷蒙的骑士在打猎迷途中与美女麦露西琳邂逅,一见钟情。结婚时女方要求雷蒙发誓每逢星期六不能见她。二人婚后生了十个相貌各异但颇有作为的儿子。雷蒙的表兄出于嫉妒,在雷蒙面前挑拨说麦露西琳是女巫或妖精。雷蒙违背誓言,跑到每星期六妻子独自休息的古塔,从锁眼中偷窥到美丽贤淑的妻子腰部以下竟然是蛇身蛇尾,蓝斑银鳞,吓得惊叫一声,只听见塔内麦露西琳也尖叫一声,化作一道白光飞出窗棂。最后,雷蒙因失去爱妻抑郁成疾而死。① 在这个故事里,"蛇女"意象很古朴、传统,让人同情。12世纪的威尔特·迈普记录了另一则"蛇女"的故事。一个贵族在野外遇到一个有女仆陪伴的美女,就带回自己的城堡,与她结婚并生有几个孩子。美女虽在各方面都有贤妻良母的表现,但做弥撒时却总是在洒圣水前便离开教堂。她婆婆起了疑心,就在儿媳卧室门上钻了个孔,窥探到儿媳与女仆洗澡时变为蛇的情形。贵族于是请牧师到家中,突然向妻子与女仆洒圣水,她们尖叫着变为蛇飞出屋顶。② 在这个明显与前一个法国故事有源流关系的故事里,由于它被记录于12世纪,此时正值西欧中世纪基督教占统治地位,"蛇女"并无害人意向,但因是精灵而害怕被淋洒代表神权的圣水,这明显是向人们渲染宗教的神圣与权威。她们最终因洒了圣水而露出原形,表明邪恶必定会屈服于宗教正义的内涵。尽管此时的"蛇女"是无辜的,也不能幸免于宗教神圣正义的惩罚。19世纪英国浪漫主义诗人济慈(1795—1821)在诗歌《拉米亚》中,描写了蛇精拉米亚的爱情悲剧。代表弱势和情感的拉米亚与李西亚斯的爱情,毁于代表理性、智慧的哲人阿波罗尼斯这一方。蛇女意象爱而不能,令人同情。③ 西方文学中的蛇女形象和东方的蛇女形象异曲同工。

在东西方人蛇婚恋故事演化的过程中,不仅借助了远古神话中关于蛇的意象和蛇的阴柔,而且逐渐强化了母系社会中蛇主要是女神化身的性指向。因为神话传说"很可能是所有民族寄托愿望的幻想和人类年轻时代的长期梦想被扭曲之后所遗留的迹象"④。"蛇女"意象及其原型和它所表现出来的象征意义无不包含着

---

① [英]利奥涅:《法兰西传奇》,朱洪国译,北京:中国民间文艺出版社,1983年,第60页。
② 参见万建中:《解读禁忌:中国神话传说和故事中的禁忌主题》,北京:商务印书馆,2001年,第79页。
③ [英]济慈:《济慈诗选》,屠岸译,北京:人民文学出版社,1997年,第240—270页。
④ [奥]弗洛伊德:《创作家与白日梦》,见伍蠡甫主编:《现代西方文论选》,上海:上海译文出版社,1983年,第147页。

人们原始、隐秘的性幻想的成分。蛇引诱人类偷吃禁果的行为和心理,就是它自己所欲想和要做的,而且它实际也这样做了,它抵抗不了这种禁忌给它带来的窃喜与快感。往往一件被强烈禁止的事情,会引来人们更大的好奇心去尝试它。艺术的虚构是形象思维的结果,不可能脱离对现实生活的反映。蛇和蛇女的形象是被人神化的结果,而蛇和蛇女的意象则是它们被人化的结果。"蛇"和"蛇女"意象至今仍有审美价值,其根因也在此。

第三节　东亚汉诗画的"渔父"意象

　　汉文化数千年的发展史上,渔樵耕读几乎是贯穿其中的生活主脉。无数的诗人、画家都对这四种社会生存情状进行描摹写照,其中以渔为生,以渔为乐,乃至以渔船为家,以渔父自居者不可历数。在东亚汉文化圈内各国,尤其是古代,"渔父"垂钓成为神秘且充满玄机的事。它既是东亚各国文人在汉文化氛围里极具意趣的雅事,也是可以让这些文人一举成名的好事。围绕东亚汉诗画"渔父"垂钓的题材和其中所涉及的禅机问题,进行比较文学主题学意义上的探讨,会发现"渔父"已成为一种意象,不仅轶事很多,而且其中不乏禅机种种。

　　"渔父"垂钓自殷商时代开始就不乏其人,最著名的"渔父"是姜子牙(姜太公,吕尚)。《史记·齐太公世家》:"吕尚盖尝穷困,年老矣,以渔钓奸(干)周西伯。周伯将出猎,卜之,曰:'所获非龙非螭,非虎非罴;所获霸王之辅。'于是周西伯猎,果遇太公于渭之阳。"① 姜子牙 80 岁时在渭水边垂钓,一钓十年,更为奇怪的是,他的鱼钩是直的。终于他"钓"上周公,最后他成为股肱大臣,并辅佐周文王、周武王灭了殷朝。于是姜太公垂钓有了后世心怀壮志、静候明主启用的意象。李白《梁甫吟》曰:"广张三千六百钓,风期暗与文王亲。"时值东汉,有"渔父"严光在富春江垂钓,他不要官而誉满古今。严光字子陵,后人省称为严陵,少时曾与后来的汉光武帝刘秀为同窗。刘秀登基后,严光反而更名隐遁。刘秀派人寻访并授他为谏议大夫。他不仅坚辞不受,还退隐富春山,至今那里还有严陵垂钓遗址。北宋范仲淹于仁宗明道年间被贬谪至睦州,为严子陵建造祠堂,作《严先生祠堂记》文中有四言歌

---

① 司马迁:《史记》,北京:中华书局,1982 年,第 1477—1478 页。

词:"云山苍苍,江水泱泱,先生之风,山高水长",高度赞颂了严子陵隐逸、闲适、不合浊流的清高。正因为以上姜子牙和严光二人以"渔父"的身份垂钓江湖的典故,使得不少中国文人,乃至波及东亚朝鲜、日本、琉球、越南等古国受汉文化濡染的一些文人,他们在出世与入世的困顿中,甘当"渔父"垂钓江湖,以求取进退的济世良方。这些人实质上不过是以"渔父"之名,垂钓其利而已。这就使得盛行东亚各国涉及"渔父"意象在汉诗画不断显露禅机。

一、"渔父"意象入诗

"渔父"垂钓既是一种生活态度,又是心溢于外的一种符号,即"身在江海之上,心居乎魏阙之下"的潇洒。这些"渔父"以隐居山林来博取清望,沽名钓誉,最终达到为官的目的。它们或者以隐居垂钓作为养望待时的手段,等待愿者上钩,就廓然出山,建功立业;或者谋官不成,心中没有把握,便采取以守为攻,欲擒故纵之策,走终南捷径。《新唐书》记载:卢藏用想入朝做官,却不去考功名,而是隐居在终南山里当隐士。当时的终南山因诸多居士隐居而名闻天下,皇帝慕名到此求贤。借隐居有了些名气的卢藏用受到皇帝关注,达到了做官的目的。"渔父"垂钓真实地反映了当事者心中的寂寥和孤傲。这种垂钓已非真的钓鱼,即"钓非钓",而在钓"誉"。正如《淮南子》中道出的真谛:"射者使人端,钓者使人恭。"渔父持竿水上,面对大自然心存恭谨,至于是否钓得上鱼来,那只是意外之事了。正所谓"双眼静观消长处,一竿宁计名利时"。东亚各国古代的汉诗中不乏这样的"渔父"意象和垂钓之心。

朝鲜是东亚受汉文化濡染时间最长的国家。不少著名的汉诗人都有表现"渔父"意象的汉诗问世。如著名的李奎报《江上晓雨》诗中有"江岸人归白露飞,渔翁日暮得鱼归"的诗句;《咏鱼》诗中有"细思片隙无间暇,渔父才归鹤又谋"的诗句。后者雄浑,且有比兴之趣。[1] 李奎报的《钓名讽》更是尽情讽刺了好名之士:"太公钓文王,其钓本无饵。钓名异于此,侥幸一时耳。"[2]崔滋的汉诗《太公钓周》中有"当年把钓钓无钩,意不求鱼况钓周。终遇文王真偶尔,此言吾为古人羞。"[3]此诗

---

[1] [朝鲜]南龙翼编,赵季校注:《箕雅校注》上册,北京:中华书局,2008年,第89—90页。
[2] 同上书,第144页。
[3] 同上书,第105页。

反其意而用之,认为"钓周非太公之本意",令人耳目一新。李齐贤的汉诗《范蠡》不仅有"论功岂啻破强吴,最在扁舟泛五湖"的佳句,而且在《渔矶晚钓》中,将渔父垂钓的那种随意心态摹写出来:"鱼儿出没弄微澜,闲掷纤钩柳影间。"成侃的《渔父》诗更是别有新意:"数叠青山数谷烟,红尘不到白鸥边。渔翁不是无心者,管领西江月一船。"①直指渔父之意不在名利之间。金时习的《渭川渔钓图》是为友人名画《姜太公钓鱼图》题的诗,颇有讽刺之意:"风雨萧萧拂钓矶,渭川鱼鸟识忘机。如何老作鹰扬将,空使夷齐饿採薇。"②成聘寿汉诗《垂钓》:"持竿尽日趁江边,垂脚清波困一眠。梦与白鸥游万里,觉来身在夕阳天。"意不在钓,而在闲。偰长寿汉诗《渔翁》有诗句:"不为浮名役役忙,生涯追逐水云乡。""紫陌红尘无梦寐,绿蓑青笠共行藏。"③人物闲适,意境清丽。上述以"渔父"垂钓为题材的朝鲜汉诗不一而足。

  禅宗认为:习惯性的语言和知识有时会妨碍智慧的获得。它主张佛心在心,自得自悟,不能外求;注重发掘个人的"佛心"来感悟生命,如人饮水,冷暖自知。渔父垂钓亦如此,其心理指向也与禅宗相同。禅宗言"空",渔父垂钓也在空旷的水域,意在舍去习惯性的思维方式,不重结果,重过程,达到"别出心裁"的创新思维。禅宗主张的"静默",并非无言以对的寂籁,而是静中求动。渔父垂钓更是需要静的氛围,以求动的结果,"于无声处听惊雷"。正如唐代香严智闲禅师语:"偶抛瓦砾,击竹作声,忽然省悟。"(《五灯会元》卷九)他从"竹空"悟出"心空"。"渔父"垂钓题材由于象征和寓意上与禅的联系,终于和禅机成为双胞胎。

  日本的汉诗中这种"渔父"意象带给人的感悟也有不少。其中嵯峨天皇(809—823在位)即较早的一位。《经国集》收录了178位作者的赋、诗、序、对策等汉文作品。其中收录的嵯峨天皇模仿中唐诗人张志和(约730—774)与颜真卿诸友宴乐即席而写的《渔歌子》5首,是"词"这种文学体裁最早出现于日本文坛的记录。嵯峨因此有了"填词之祖"的美誉。据《日本填词史话》记载,张志和的词《渔歌子》5首联章体,距其原作仅49年就传入日本。嵯峨天皇读后爱赏备至,以至在贺茂神社开宴赋诗时亲自模仿。当时,词这种在中国也是新兴的诗体,却能在很短的时间里,以全新的面目流传日本,并受到天皇贵族的模仿,足以说明日本接受汉文化的

---

① [朝鲜]南龙翼编,赵季校注:《箕雅校注》上册,北京:中华书局,2008年,第151页。
② 同上书,第156页。
③ 同上书,第709页。

高度敏感性和深刻性。张志和原词早已耳熟能详,不再赘述。

嵯峨天皇的仿作写道:

江水渡头柳乱丝,渔翁上船烟景迟。
乘春兴,无厌时,求鱼不得带风吹。

渔人不记岁月流,淹泊沿洄老棹舟。
心自效,常狎鸥,桃花春水带浪游。

青春林下渡江桥,湖水翩翩入云霄。
烟波客,钓舟遥,往来无定带落潮。

溪边垂钓奈乐何,世上无家水宿多。
闲钓醉,独棹歌,洪荡飘飖带沧波。

寒江春晓片云晴,两岸花飞夜更明。
鲈鱼脍,莼菜羹,餐罢酣歌带月行。

作者并没有简单、肤浅地仿效原作的形式,满足于随手拈来唐诗的词句加以编缀,而是潜入原作结构的深层,力图创造出一种高于原作的高雅、淡泊的意境。他寄情于景,以词入画,既描绘了"渔翁上船烟景迟""渔人不记岁月流"的初春秀丽景色,也对"烟波客,钓舟遥""闲钓醉,独棹歌""餐罢酣歌"的渔家乐,进行了诱人的渲染。比原作更多些渔人之乐的情味。用"片云晴""夜更明""带月行"三个描写晴空景色的词组,表现渔父由于内心欢悦,在食饱酒酣之后,边唱边行夜路的情形,一派山林闲适、世外桃源的野趣。与原作相比,这五首词尽管在语言的优美流畅、技巧的圆熟凝练上略逊一筹,却是深得原作的精髓,自有一种雍容华贵的气度,展示了嵯峨天皇在文学方面的杰出才华和追慕先进文化的丰采。

纵观这五首词,每阕结句的第五字为"带"字,与原作的"不"字相仿佛,显示出一种整饬美。在意象的选择和语言的运用上都围绕渔翁生活展开,表现了一种恬然自适的生活态度。而且五首词一气呵成,暗含了空间的转移和时间的流动,没有支离破碎之感。春天桃花盛开,枝头柳乱,烟波浩渺的江水边,渔父开始劳作。他兴致非常高,即使打不到鱼让风吹着也感到心旷神怡。在与鸥鸟狎戏、浪游江上的日子里,渔父忘记了岁月的流逝。他是往来无定的烟波钓叟,常宿水上,无牵无挂,闲钓独饮,餐罢鲈鱼莼菜的美味,在飞花月明之夜放歌而行。此渔父虽无沽名钓誉之意,但自由自在垂钓江中,让士人好不羡慕。

渔父意象在汉文化积淀中成为隐者的代名词,体现了一种无拘无束、逍遥自在的生活理想,一种归隐的倾向。嵯峨天皇贵为人主,自然不可能去体验这种生活,但他心存幻想,羡慕这种摆脱了一切束缚的神仙般的日子。在汉文化长期浸润下,他对归隐田园,远离尘世表现出由衷的憧憬和向往也是人之常情。这些情愫在其他汉诗作品中也早有流露。因为"渔父"平日所居舟船之中,所以一叶扁舟泛于水上,自由自在的情景常被文人写于诗中。日本室町时期五山文学高僧萨南学派始祖桂庵玄树(1427—1508)曾为遣明使游学中国七年,归国后讲授朱子学。由于受汉文化影响深远,将自己代表性的汉诗文集命名为《岛隐渔唱》,表达自己身居岛国,躲避战乱,隐居萨摩(鹿儿岛)的伊敷村结东归庵的心境。日本明治时期汉学家森槐南(1862—1911)在汉诗《夜过镇江》里写下"他日扁舟归莫迟,扬州风物最相思"的诗句。宋代贺铸(1052—1125)有《水调歌头》"尽任扁舟路,风雨卷秋江"的美句。可见渔父所乘"扁舟"不仅在中国,而且在日本也有放浪江湖,独立寒秋的意象。总之,这些在当时日本的汉诗文作品中不可多得的佳作,对后世也产生了深远影响。

相对而言,在东亚汉诗中,日本"渔父"意象描写得直白、简洁,其中的禅机要少得多。其主要是因为日本是海岛国家,内陆河流较少,而海洋面积很大,海上钓鱼与江河垂钓的意趣完全不同。日本从古老的"浦岛传说"到最早的汉文小说《浦岛子传》中的主人公渔父都是因在海里钓金龟而展开故事。在汉诗中也都写的是渔父在海里的感受。如赖山阳(1780—1839)的名诗《泊天草洋》:"瞥见大鱼波间跳,太白当船明似月。"① 斋藤拙堂(1797—1865)的《熊野道中杂诗》之一中,"一只鲸鱼润七乡,渔夫夸获气扬扬"等诗句,都表现的是渔父海钓的情景。在日本谣曲《白乐天》中,虚构大唐太子宾客白乐天奉旨去日本了解"日本智慧"。他乘舟渡海到达日本的松浦,遇到一位"垂钓渔翁"。二人在对答中,渔翁曰:"请览老翁之诗心哉!"剧中的渔父已与垂钓无关,而是一位和歌艺术之神的形象了。

在琉球古国的汉诗中,也不难发现这种以表现"渔父"意象为题材的佳作。其

---

① 蔡毅:《日本汉诗论稿》,北京:中华书局,2007年,第85页。

中蔡温(1682—1762)的《泛许田湖》就写出他第二次人生转折时的复杂心情。蔡温在《自叙传》中称,16岁时仍未显露天赋,无法理解讲义,后因遭友人羞耻,开始奋发努力,这是他人生的第一次转折。后蔡温于27岁以进贡存留身份渡福州,同行的正副使上京,他则滞留于琉球馆中。期间结交到锦鸡山凌云寺的长老,后经介绍得与来自湖广的隐士高人见面。交谈中隐士指出蔡温以前之所学与真正的学问相去甚远,要去其糟粕、取其精华,从书中体悟治国之道理。自此蔡温开始深刻反省所学,体味学问的真髓和治国的根本,这也成为他人生的第二次转折点。继后,蔡温拜湖广高人为师,成为阳明学信徒,潜心修学,后任琉球国历史上首任国师。他在琉球推行农政、林政、治水政策,将"致良知""知行合一"等思想播扬到了琉球。

蔡温有11首诗歌入选《琉球汉诗选》,著有《蓑翁片言》等。他以"蓑翁"自诩,在《泛许田湖》一诗中写道:

> 清湖十里抱村流,此日偷闲独泛舟。
> 枫树初飞堤上叶,钓竿殊狎水中鸥。
> 天涯风静霞光落,红面峰高月影浮。
> 才是沧浪渔父兴,敢云我续范蠡游。

蔡温寄情于景,偷闲泛舟垂钓,充分享受沧浪渔父的雅兴。《楚辞》中的渔父曾为屈原唱道:"沧浪之水清兮,可以濯我缨,沧浪之水浊兮,可以濯我足",劝其随波逐流。① 所以无论是诗中的"沧浪渔父"的规劝,还是"范蠡游"的归隐山水,都是蔡温内心所渴望达到的意境。

越南的汉诗中也不乏表现"渔父"意象的作品。李朝时(11—12世纪),由于越南统治者的提倡,中土传去的佛教达到发展的极盛时期。中越高僧互相往来,共同译注佛教经典,切磋汉文学,推动了汉文学文化在越南的发展。当时精通汉文、擅长写诗的高僧法师,在一些汉语的偈颂,通常被称为的"禅诗"中,常流露出汉文化影响的印迹,以及渔父垂钓汉诗的韵味。

空路法师(? —1119)刻意求学佛禅,攻读汉诗文,在他仅存的两首汉诗中,《渔闲》一诗别有一番诗趣:

---

① [日]岛尻胜太郎选,[日]上里贤一注:《琉球汉诗选》,日本ひるぎ社,1993年,第95—96页。

> 万里清江万里天,一村桑柘一村烟。
> 渔翁睡着无人唤,过午醒来雪满船。

这首禅诗犹如绘出了一幅山水画,画面空旷,氛围寂静,具有诗中有画,画中有诗的艺术境界。渔父泛舟万里清江,却意不在鱼,只是坦然酣睡。过午醒来时他才突然发现积雪已堆满小船,这是何等的惬意。客观物境的安谧空灵与主观心境的恬淡超然有机地融为一体。诗中那种淡泊无心、闲适自得、任运随缘的禅家意境,及其情趣,有柳宗元的《江雪》诗"孤舟蓑笠翁,独钓寒江雪"的味道。二者都是将"渔父"垂钓的场景安排在死寂的清江雪景中,达到"无我""性空"的境界。正如杨万里的诗《十一月朔早起》:"夜来富贵非人世,梦钓沧浪雪满舟。"这些诗篇反映了诗人内心的孤寂和"心头无事,无所执着"的"平常心"。正如越南慧开法师曾作的偈语云:"春有百花秋有月,夏有凉风冬有雪。若无闲事挂心头,便是人间好时节。"这类"渔父"垂钓的汉诗都表现的是一种"大彻大悟、法尔随缘"的淡定心态。

越南陈光朝(1287—1325)在《钓叟》诗中写道:"豚浪吹潮上碧滩,橹声移入碧云寒。几回薄饵悬钟鼎,那重桐江一钓竿。"①此诗虽将桐江渔父在江船上垂钓的艰辛描摹出来,但缺少中国诗中的那种玄机。阮秉谦(1491—1585)在《问渔者》一诗中将渔父的自由自在淋漓尽致地写出来:"潮海扁舟渔者谁,生涯一笠一蓑衣。水村沙近鸥为旅,江国秋高鲈正肥。短笛清风闲处弄,孤帆明月醉中归。桃源故事依然在,秦晋兴亡是却非。"②这首诗既有中唐诗人张志和《渔歌子》词中渔家乐的意境,又有晋人陶渊明《桃花源记》中遁世隐居的深意。郑天锡(?—1852)的《鲈溪闲钓》诗:"浪平人稳自悠哉,闲荡轻舟钓溯洄。缗直深沉钓饵重,鳞罗乱飑水纹开。昼寻云影随流泊,夜逐寒光带月回。笑傲烟波时出没,相期溪汐海潮来。"③诗中将渔父闲钓的那种悠然自在,随意自得的心情和神态都表达出来了。陈践诚(1813—1883)的《渔庄》诗写道:"生涯乐趣水边居,一叶轻舟纵所如,百尺笭箵鸥鹭静,棹歌几曲月清虚。"④诗中的渔父生活在其乐无穷的水边,轻舟随意漂泊,载着长长的盛鱼的竹笼,在明月初升时唱着船歌而归。越南诗人宁逊(生卒不详)还写过题为《渔

---

① 《越南百家诗》,胡志明市:柴棍文化出版社,2005年,第24页。
② 同上书,第51页。
③ 同上书,第55页。
④ 同上书,第81页。

樵耕牧》的汉诗:"富贵功名了不干,百年纵迹白云关。斧声断续烟霞里,歌韵高低木石间。万倾林湾生计裕,一天风月乐机闲。卖薪沽酒时时醉,肯为公侯换此山。"①诗中将汉文化的潜在主脉,即自给自足的农耕生活之趣,表现得一览无余,却缺少了禅诗的趣味。

汉文化倡导读书人要重诗教,诗可以言志。严羽在《沧浪诗话》中说:"禅道惟在妙悟,诗道亦在妙悟。"钱锺书在《谈艺录》"妙悟与参禅"中说:"了悟以后,禅可不著言说,诗必托诸文字。"于是作诗与参禅有了契合点,尤其是汉诗中的"渔父"意象便占尽了禅机。东亚汉诗传统,用字极简,炼字极精,颇类郢人斫垩的斧正,既需要巧思灵感策马驰骋,又需要事理逻辑和精神境界为之辅翼。表现"渔父"意象的诗中"渔隐之乐"不乏禅机。"渔父"打扮的士人,泛舟水上,并不急于捕鱼,而是尽享静谧安详的当下时光。正如《南史·渔父传》中载,在浔阳江上一渔父垂纶而钓,并大声唱叫,有太守觉得奇怪,问他是否有鱼可卖,渔父笑而答曰:"其钓非钓,宁卖鱼者乎。"悠然鼓棹而去。"渔父"垂钓并非真的要钓鱼,而是项庄舞剑,意在沛公,借垂钓之意钓其名利而已。所以这种"渔父"垂钓的禅机,常常通过阅读文本的经验中体味出来,即"是非不到钓鱼处,荣辱常随骑马人"。即使是"难得糊涂"的郑板桥也在自己的《道情》中吟诵道:"老渔翁,一钓竿;傍山涯,依水湾。扁舟来往无牵绊。沙鸥点点轻波远,荻港萧萧白昼寒。高歌一曲斜阳晚。一霎时,波摇金影;蓦抬头,月上东山。"②这首颇有昆曲韵味的曲调美不胜收。在清远旷逸之中,流露出无尽的情思,在无垠大化之中,蓦然举头,明月已上东山。"渔父"意象顿悟的禅机已达心田。

"渔父"意象的禅机在于"渔隐"的目的,因此,在东亚汉文化圈内多与隐士这一群体相联系。《辞海》将隐士解释为"隐居不仕的人"。"隐士"之称始见于《庄子·缮性》,继后《晋书》中有《隐逸传》,唐宋史书中也有"隐逸传"。《旧唐书·隐逸传》序,其中有"坚回隐士之车"的语句。就其早期见著文字而言,隐士要具备两个特点,即"隐"与"逸"。此后不同时代不同人的心目中,隐士有了多种不同的身份,如高士、处士、逸士、逸民、幽士、遗民、隐者等。其基本特征是有条件出世,但尚未出世者。在隐士中既有庄子那种乐观放达、醉心山水,以清虚为怀的人物,例如日本

---

① 《越南百家诗》,胡志明市:柴棍文化出版社,2005年,第64页。
② 王家诚:《郑板桥传》,天津:百花文艺出版社,2008年,第232页。

最早的汉诗集《怀风藻》里中臣大岛的《咏孤松》就有"孙楚高贞节,隐居悦笠轻"的诗句。说明隐者的高贞节。也有陶潜那种辞官朝隐、清高不浊,以农耕为乐的庶民。他们之所以作出隐逸的选择,正如唐代诗人李白的两句名诗:"人生在世不称意,明朝散发弄扁舟。"历代不少有名的隐士,只是在扮演"隐士"的角色而已,那些遁居深山老林修行的真隐士,实际是不为人所知的。即所谓"真人不露相,露相不真人"。他们宣告隐居,是怀着未被人识,或理想未能实现的遗憾的。所以这个"隐"是和"显"相对而言的,即身隐心不隐,只是在等待时机,以隐求显而已。他们"不为五斗米折腰",但只要米给得多,也是会折腰的,毕竟"学而优则仕"是立身之本。而"渔父"意象之所以能够成为东亚汉诗中具有普遍意义的素材且表现出某种禅机,则是因为在汉文化影响下,这些国家的知识分子在困顿场屋、蹉跎仕途的苦恼中,看到同类人在悲愤失望中走向归隐之路,心中油然产生的一种"同是天涯沦落人"的同情与理解、羡慕与欣赏的复杂心理,也是一种在精神价值取向上遇到知音后的自然共鸣。而"渔父"垂钓则自然而然成为文人难以把握自己命运,感叹生不逢时、怀才不遇、有志难酬的最佳抒情题材,其中的禅机主要表现在"身在江海,心在魏阙"的伺机而动所给人的茅塞顿开的妙悟。

二、"渔父"意象入画

魏晋以来的隐逸在政治上有平民的傲骨成分,如左思的《招隐》、郭璞的《游仙诗》、陶渊明的《归园田居》等,其中不乏明快、亢奋,有锐气。而中唐以来的隐逸却显得孤寂、萧瑟。林庚在谈到柳宗元《渔翁》诗时,认为其诗"偶有清新活跃","这隐逸萧瑟的诗情后来便成为宋元文人山水画的肇源"。① 正是由于"渔父"意象所蕴含的禅机和隐情,才使得它成为东亚汉诗中常开不败的文苑之花,并在起于隋唐,盛于两宋的发展中,逐渐由诗歌领域延伸到绘画、盆景园苑等领域。于是"题诗画"则成就了"画乃无声诗"和"诗画同源"之说。汉文化传统中天人合一的文化心理结构使得受其濡染的文人生成了"仁者爱山,智者爱水"的风景审美意识,并通过阅读文艺作品的经验,在形象思维层面发生转换,形成塑造绘画的观念,其中尤以描绘山水和风景的文学作品对绘画影响最深。

---

① 林庚:《中国文学简史》,北京:清华大学出版社,2007年,第216页。

渔父垂钓的题材,离不开水的环境,而江南离不开水乡。于是心灵与自然共感、诗情与画境同辉。正如董其昌在《画禅室随笔·评诗》中说:"大多诗以山川为境,山川亦以诗为境"。因此,诗画就成为外师造化、中得心源;意合造境,意象叠加的精神产品。五代画家卫贤使南唐时,因画《春江钓叟图》而名世,其旨在赞美春暖花开时节,渔父诗酒垂钓的人生乐趣。据《五代名画补遗》记载:南唐后主李煜观画甚觉可爱,情不自禁调寄《渔父》题词两首。其一:"阆苑有意千重雪,桃李无言一队春。一壶酒,一竿鳞。快活如侬有几人?"其二:"一棹春风一叶舟,一纶茧缕一轻钩。花满渚,酒满瓯,万顷波中得自由。"① 在仙境阆苑里泛舟,在春满花溪里垂纶,鱼儿戏水,美酒助兴,其乐无穷。这也是早有遁世归隐之心者对渔父垂钓的感受与羡慕。

因诗画意境相通,除佳画绘景似诗,也有好诗意境如画,使渔父诗演化成图终于有了契机。唐代柳宗元的名诗《江雪》就曾被宋人王远演画成《独钓寒江图》,不仅配上诗,并将诗中老渔翁不畏严寒,雪中独钓的孤傲性格展示得一目了然。明人又将它演绎成雪钓图,突显了辽阔寒江,渔父独钓求鱼的坚毅精神。张志和的《渔歌子》词,是他烟波钓徒生活的真实写照。随后他又将词中之意用绘画再次传达,绘成一幅《玄真子图》,配上诗后再以图像表明他羡慕渔父生活,渴望隐逸的心迹。宋人张元干(1091—约1161)观后非常欣赏,爱慕有加,作词《渔家傲·题玄真子图》,以名句"钓笠披云青嶂绕"赞美渔父垂钓的乐趣。张志和的原词,还被后人演画为"渔钓图",收编在明代的《诗余画谱》里。

宋朝初年,社会在动荡之后趋于太平,隐士生当盛世,却依然淡泊名利,不肯出世,尽情享受着隐逸生活带来的惬意与快活。许道宁(约970—1052)所绘的《渔父图》正是这一时期归隐之士享受"渔隐之乐"情趣的观念被图像化以后,在绘画上的表现。此图画的是深谷清寂的江景:深秋时节,峰峦清峻,幽谷中的江边,渔父身披蓑衣独钓一隅。在这个深山幽谷的世外之所,画面上还有一些小贩、旅人和驴的形象。整体画面动中有静,动静结合,意在表现"渔父"即作者,身处喧闹的环境中,仍然保持着淡泊宁静的垂钓心态。作者出身市井,在画面上表现的不是远离人间烟

---

① 周晓薇、赵望秦译注:《历代名画记图画见闻志选译》(修订版),南京:凤凰出版社,2011年,第167页。

火的隐士,而是生活在现世生活中的市井"渔父"。作者在绘画中明显追求一种"小隐隐陵薮,大隐隐朝市"的意境。

元朝时期,废除科举。"海内文章在公等,不应空老道途间"(金·元好问《东平送张圣与北行》),士人还想通过这种十年寒窗博取功名的想法化为泡影。于是不少人经过彷徨、苦闷之后悲凉地踏上隐居之路,一时间,隐逸成风。这一时期无论隐逸之士,还是市井平民都渴望安宁祥和的自由生活。这种隐逸心态,成为元代山水画表现的重要元素。隐逸方式可以使文人的灵性情操得以释放,隐逸思想可以对艺术进行积极的滋养。元代的山水画与元曲、元杂剧等文艺形式相比,艺术美有雅化的特征,思想表露也更为含蓄。元代山水画的艺术魅力主要表现在借助隐逸之风,将山林之美与人生之乐巧妙融合,营造出幽淡、清雅、高远、超逸的审美意趣。元至正五年(1345),吴镇(1280—1354)为同乡吴瑾作《渔父图》一幅,成为反映世人心态的缩影。画面中,渔父打扮的士大夫乘一叶扁舟,泛于江上,意不在捕鱼,而在尽情享受着远离尘世自由自在的静谧安详。另一幅《洞庭渔隐图》上部巨峰雄峭,下部松草相杂,中部一片空旷,给人以碧波万顷的视觉效果。偏右一叶渔舟,小半隐于画外,船头渔父把竿垂钓,风姿潇洒。作者题诗:"洞庭湖上晚风生,风搅湖心一叶横。兰棹稳,草衣轻,只钓鲈鱼不钓名。"不仅诗画相映成趣,而且将渔父垂钓的禅机点明。此画看似是无关宏旨的"良辰美景",实则正是元代的知识分子面对人生荣辱沉浮、世态炎凉,想在荒蛮之地寻觅一块精神乐土,以寄托自己情思的一种自然流露和艺术表现。

明代最具代表性的杰出画家沈周(1427—1509)的《江村渔乐图》较之前辈画同一题材的传世渔父图另有新意。画中描摹的是一个春天的小孤洲前,湖水荡漾,波光粼粼,岸边杨柳轻拂,众渔船或停泊如小屋,或出发捕鱼。画中人物形象生动,一群男女老少捕鱼人,有的在撒网,有的在垂钓,有的在水里,有的在岸上,或嬉戏玩耍,或谈笑吹箫,或饮酒行乐,一片欢乐无忧的逍遥生活景象,犹如一处远离尘嚣的世外桃源。正是由于画中这种全景式描绘,才让王世贞在题跋上写道"备极诸趣"之赞誉。

至现代具有"渔父"意象的画作仍然是人们入箧收藏的精品。例如,现代画家陆俨少(1909—1993)作于1978年的《荒江钓艇》,上部以层峦的远山及萦绕其间的云气构图,下部由河岸沙渚及渔父垂钓组成。上下两部分由贯穿于画面的江水相联接,构图巧妙,和谐天然。尤其是下部江水以留白方式处理宛若天降,令人遐想。近处水中两只小舟上各有一渔父盘坐垂钓,是全画的点睛之笔。整幅画面虚实相间、动静结合,洋溢着一派祥和安逸的生活气息。该作品之所以受到众多收藏家的青睐,究其原因,还是画中透出的儒家汉文化传统氛围和"忘我""无我"的禅机。

此外,"潇湘"画中的"渔父"意象题材也成为东亚画坛上的共同主题。"潇湘"二水现指:"湘水中游于永州市北与潇水汇合后称潇湘"。广义的"潇湘"指二水合流后湖南零陵到洞庭湖一带。它是古代朝廷流放罪臣之地,历来有"蛮烟瘴雨"之说。此处的"潇湘"并不对应具体的地理空间,而是泛指贬谪流徙生活的缩影,已具有了约定俗成的文学意象,是一种诗意的表达与象征。自北宋中期宋迪第一次画《八景图》始,到南宋1127年前后王洪(1131—1161)绘《潇湘八景图》,八景中的四景,即"潇湘夜雨""江天暮雪""远浦帆归""渔村落照",都与"渔父"意象结下不解之缘。画面上的整体意象给人以文人画、禅画在山水画中交融互动的一种韵律美。其中"渔村落照"以安详、远逸之风表现尤为突出。那些"处江湖之远"的士大夫仿佛真的心安理得,竟无怨念,犹如真正的渔父一般,享受着"隐逸之乐"。其实他们何尝不是等待着朝廷再召,其内心深处还是"忧其君"而迫切愿意结束流逐生涯。因此,在流放隐逸诗中,"渔父"垂钓题材则备受瞩目,但在"渔村落照"的静谧清远之中也不乏悲伤的流露。如唐代孟浩然《望洞庭湖赠张丞相》一诗:"欲济无舟楫,端居耻圣明。坐观垂钓者,空有羡鱼情。"①此诗写出来作者徘徊于出世与入世之间的矛盾心态,即身为隐士却不甘心,还渴望辅佐贤君的复杂心理。

胡铨(1102—1180)在广东绘成《潇湘夜雨图》,曾题诗曰:"一片潇湘落笔端,骚人千古带愁看。不堪秋著枫林港,雨阔烟深夜钓寒。"②通过题诗不难看出胡铨的画作中透露出的是不得意的文人墨客心中的苦闷。成为"渔父"身份的这些文人,在雨阔烟深时节夜钓寒江的失落感跃然纸上。作者不仅将不平之气孕育在看似无关宏旨的"良辰美景"之中,而且还将流贬士大夫的个人的生命体验倾注于画面,使人在"阅读风景"的过程中发现宋代贬谪文化的语境和流寓文学的张力。

北宋时期的"潇湘"绘画,不乏逐臣意象,借助画题和题跋更为立体地解读了当

---

① 黄仁生、罗建伦校点:《唐宋人寓湘诗文集》(一),长沙:岳麓书社,2013年,第39页。
② 韦居安:《梅磵诗话》卷上,南京:江苏古籍出版社,1988年,第31页。

时流贬士大夫在竞争中遭罢免的心境。与这些绘画相比,同为隐喻性质的《渔父图》则体现出更多的"隐逸之乐"。人们看到渔父如庄子般的逍遥。但是最后,由于大多数北宋文人都深受儒家传统思想影响,难挡仕途正道的诱惑,终于还是迎合了"学而优则仕"的文化心理,想实现修身、齐家、治国、平天下的志向,结束了隐逸,归顺了流俗。他们中大多数虽然怀才不遇,也敬仰屈原,但是还是愿意听从"渔父"的规劝:"沧浪之水清兮,可以濯我缨,沧浪之水浊兮,可以濯我足。"①随波逐流了。政治清明,有真才实学者有机会脱颖而出,即使一时不如意,只要对仕途充满信心,做隐士者就少;反之政治昏暗,则有志之士不愿与统治者同流合污,隐士自然就多。所以隐士的多寡,隐逸风尚的盛衰,是政治清明与否的一面镜子。其实"治世则出,乱世则隐";"用之则行,舍之则藏",始终是汉文化中的智者对仕途的明智抉择。东晋陶渊明拓展了"渔父歌"中的意象,《归园田居》诗之五:"山涧清且浅,遇以濯我足",隐者以山泉濯足或缨为喻,意在说明世道是否清明,因为与自然山水相比,仕途的肮脏可怖,是士人所不齿的。"渔父"垂钓题材所表现出的那种隐士淡泊名利,洁身自好的风格,对沽名钓誉、争名逐利的社会风气,都是有着激浊扬清的作用的。潇湘画中的"远浦帆归""渔村落照"的意境何尝不是那些不如意的知识分子避祸全身的一个"世外桃源"呢!

北宋末年以后,以《潇湘八景图》为代表的"潇湘"绘画逐渐开始东传,并最终扎根朝鲜和日本。朝鲜高丽王朝前期著名诗人李仁老(1152—1220)写有《潇湘八景图》诗:"云端滟滟黄金饼,霜后溶溶碧玉涛。欲识夜深风露重,倚船渔父一肩高。"另有《潇湘夜雨》诗:"一带苍波两岸秋,风吹细雨洒归舟。夜来泊近江边竹,叶叶寒声总是愁。"②李齐贤(1287—1367)也写有《潇湘夜雨》诗:"枫叶芦花水国秋,一江风雨洒扁舟。警回楚客三更梦,分与湘妃万古愁。"③可见朝鲜文人创作"八景图"题画诗时已深受中国诗画的影响。李仁老之作是现今所见最早的"八景"题咏之一,只是高丽朝的《潇湘八景图》仅流行于士人之间,与北宋中期此类题材画作的小众性如出一辙。日本的"八景图"与朝鲜"八景图"多学北宋风格不同,而是多学南宋画风。当时修行于杭州的禅僧曾将《潇湘八景图》带入日本,影响深远。室町时

---

① 王逸章句,洪兴祖补注,夏剑钦校点:《楚辞章句补注楚辞集注》,长沙:岳麓书社,2013年,第177页。
② [朝鲜]南龙翼编,赵季校注:《箕雅校注》上册,北京:中华书局,2008年,第56页。
③ 同上书,第103页。

代(1336—1573)之后,日本各地甚至也选出了本国的"八景"。《潇湘八景图》还影响了江户时期的浮世绘创作,一时间以"八景"为主题的浮世绘不断涌现,良莠不齐。江户后期著名汉学家斋藤拙堂的名诗《从京都赴但马途中》有"雪溪图里行三日,又上潇湘画里舟"的句子,可知《潇湘八景图》在日本的深远影响。越南汉学家莫挺之(1280—1346)的《晚景诗》颇有潇湘画意:"空翠浮烟色,春蓝发水文。墙鸟啼落照,野燕送归云。渔火前湾见,樵歌隔岸闻。旅颜愁冷落,借酒作微醺。"①总之,东亚古代文人画家在"阅读风景",即阅读描绘山水风景文学作品的过程中,不仅借助画题和题跋,更为立体地解读了贬谪文化氛围中的那些生命体验,而且深刻理解了山水画与文学范式以及现实生活的内在联系。

"渔父"意象的诗和"潇湘"题材绘画之所以能在东亚汉文化范畴内广为传播,尤其是渔父垂钓和潇湘八景中的"潇湘夜雨""江天暮雪""远浦帆归""渔村落照"等画面上所流露出的"天然之境""空灵之美""淡远之趣""乐土之悦"等意境,使禅机从诗界进入画境,成为东亚文艺的内在旨要,并长期流露于诗画之间。

佛教发源于印度,传入中国后得到了弘扬与发展,禅自然包含其中并成为重要成分。印度禅重在寻求解脱,以禅定为主,是单纯的冥想会禅修行。经达摩传入中土后,中国禅以见性为主旨,追求禅悟及自觉的人性实现。它尤其强调"迷时师度,悟时自度",即"感靠他助,悟靠自省"的禅机。在佛教八宗中,禅宗最为豁达,最具情趣,在东亚文化圈中流传广泛,表现在文学作品和绘画艺术中,即是让人有醍醐灌顶之感。禅在无常观的点染之下,寓动于静;在"无我"的境界里,睿智深沉,这些都与文学艺术找到了精神追求的契合点,形成审美上的禅诗禅画之意趣。

唐宋之间,文人雅士从偶尔参禅到深入参与禅理禅行,由此对禅宗的发展产生影响。从王维到白居易,皆有禅诗问世,"独坐幽篁里,弹琴复长啸。深林人不知,明月来相照"(王维《竹里馆》);"须知诸相皆非相,若住无余却有余"(白居易《谈禅诗》)。寒山更是身体力行,其诗:"今生又不修,来生还如故。两岸各无船,渺渺难济渡。"诗句浅白易懂,其中包含因果论,往生、今世、来生的三界说,普渡苦海等意象。道川禅师的诗句:"竹密不防流水过,山高岂碍野云飞"也有发人深省的禅理。香严智闲禅师和唐宣宗李忱合作《瀑布》:"千岩万壑不辞劳,远看方知出处高。溪

---

① 《越南百家诗》,胡志明市:柴棍文化出版社,2005年,第26页。

涧岂能留得住,终归大海作波涛。"不乏激情,又富于禅悟。这些都表明唐宋之间、僧俗两众的诗人参禅悟道的心理。两宋时期,禅法趋于逻辑分析,也重语言思辨,具有神秘主义色彩,常常使人感到参禅的美感。如苏轼曾为惠崇画僧的《惠崇春江晓景》题诗:"竹外桃花三两枝,春江水暖鸭先知";陆游《游山西村》诗:"山重水复疑无路,柳暗花明又一村";杨万里的《小池》:"小荷才露尖尖角,早有蜻蜓立上头。"朱熹的《观书有感》:"问渠那得清如许,为有源头活水来。"这些诗道与禅道皆在妙悟的文辞,都别开生面给人以灵感。

自元以降,禅宗进一步发展,禅悟更加隐藏于文艺的机锋之内,变成一种沉潜的理想,一种无尽的遐思,时显时隐地流淌于僧俗两界文人的笔端和墨迹之中。禅悟可以解释为当人们用常规思维解决不了困惑时,可以换个角度去思考,这种解决问题的思维就是禅悟。这种禅悟是一种灵性思维,往往可以通过非常规的思维为一些棘手的问题找到创造性的答案,从而使人豁然开朗,云消雾散。如郑板桥在乾隆十七年年底辞官回乡时画了一幅墨竹图,并题诗《予告归里,画竹别潍县绅士民》:"乌纱掷去不为官,囊橐萧萧两袖寒。写取一枝清瘦竹,秋风江上作渔竿。"充分表现了他做人虚心而有节、为官清廉而骨耿,辞官画竹卖字;追慕渔父垂纶钓竿,漂泊江湖的自由。近人弘一法师李叔同在《归燕》中也描绘到:"树杪斜阳淡欲眠,天涯芳草离亭晚。不如归去归故山。"一派淡雅、萧疏、绵长的艺术境界尽在眼中,溶化心底。这些诗作已不再有禅宗高亢时期那种惊醒之笔,惟剩禅机的余味。诗画之作在僧俗两界文人的笔下,达到了文艺精髓与家国境界完美的统一,成就了文艺与禅机水乳交融的审美情趣。"渔父"意象终于在禅悟中找到了文艺审美的归宿。

渔父意象其禅机主要在于渔隐之乐。汉文化的哲学基础,即物我融通、天人合一。心系林泉的渔樵耕读的社会形态,是对自然的一种尊重。在东亚汉文化氛围里,从来就不是主客观二分法的对立关系,而是二者之间的互相渗透,融合协调的和谐关系。这种文化心理结构和审美心理取向使得渔父意象能达到情景交融,志存高远的意境。个体的人和整体的自然之间,由于渔父的形象和渔隐的方式,被聚合成一个和谐的统一体,并由于其中的禅机而达到物我两忘,自在逍遥的精神境界。这就是这种表现"渔父"意象题材的诗画作品之所以能够得以在东亚汉诗画界中广为流传并产生影响的根源。

第四节 《室思》与《云使》的"云"意象

著名诗词评论家叶嘉莹先生曾指出:"中国文学批评对于意象方面虽然没有完整的理论,但是诗歌之贵在能有可具感的意象,则是古今中外之所同然的。"①印度古典梵文抒情诗《云使》和中国建安文学著名诗人徐干的《室思》,都将抽象的情意概念化为可具感的意象——"云"来表情达意。云是一种常见的自然现象,它飘忽不定、自由自在,是古人寄托自己情思的选择对象之一。中印诗人让云彩像信使一样传递了自己的生命情怀。透过白云人们寻觅到的是中印两国人民不同的文化心理结构和各异的审美情趣。通过对"云"意象的探讨与阐释,会发现中印两国古代诗人相近的美学理想,他们就像"整个世界相会在一个鸟巢里"②一样,表现出异质同构的艺术想象力。

一、中印诗歌中的"云"意象传统

印度《云使》讲述一个玩忽职守的药叉被贬谪到南方的山中,已与爱妻分别数月,雨季北行的雨云激起他的相思之情。他托雨云带去自己对爱妻的眷恋与爱意,感情真挚、细腻、分外感人。建安诗人徐干的《室思》是中国传统的"思妇"诗,它委婉细腻地描绘了一位妇女对身在远方的丈夫的深切思念。其中一章生动地摹写了她将自己的相思之苦托浮云传递给远方的丈夫,情感缠绵悱恻,摄人心魄。这两首诗在各自民族文坛都享有盛誉,代表了印中两国诗史上不同发展阶段的高水平,但它们之间也明显存在着创作上的时空差距。尽管如此,它们都将自然现象人格化,将"云"作为倾听自己诉求的叙述客体,将个体自我的生命意识投射到习以为常的而又具有特定蕴含的物象上,以至形成意象。于是"云"意象成了一种寄托,一种文人内心的某种程式化的又难以排解的想象材料。这种审美的情绪定势一旦形成,"云"意象就出现在印中许多诗人的作品中,并表现出历时性和共历性的特点。

其历时性特点表现在印度方面,古代诗人通过"云"意象表达自己喜怒哀乐等

---

① 叶嘉莹:《迦陵论诗丛稿》,北京:中华书局,1984年,第240页。
② [印]克里希那·克里巴拉尼:《泰戈尔传》,倪培耕译,桂林:漓江出版社,1984年,第333页。

爱憎情感的诗不胜枚举。意象，就其发生学意义进行分析，往往同原始思维有联系，有初民时期原始心态的遗痕，这种遗痕就其人类学、美学建构整合的层面进行分析，有时的确形成一些神话元素较明显的作品的一种创作契机。尤其在古代印度这样神话异常发达的国度，"云"自然成为不少诗人笔下经常描写的意象。

在印度上古的诗集《梨俱吠陀》中就曾以"火"（阿耆尼）、"朝霞""雨云""大地""水""蛙""苏摩酒""夜""森林""风"等自然景物为诗中歌咏的意象。它们实际是作为外在的物象经心理表象折射映照后被固定化，也是物化了的内心观照物。《雨云》写道："请用这些颂歌召唤那强大的雨云／请赞颂他，以敬礼去求他"，"在他的支配下，草木茂盛／雨云啊！请赐我们洪福"。① 这只是众多诗句中的一些例句，但足以表明"雨云"是古代印度人民在诗中寄托情感的重要意象，具有吉祥、美好的意味。在约生于公元后不久的诗人伐致呵利的《三百咏》中，雨云也是人们在诗中祈福的意象。诗句有："云也不待请求就下雨／善人是自愿为人尽力"，"顶上有浓密的乌云／旁边山上有孔雀欢鸣／大地上一片草木滋生／旅人的眼光何处能停？"在《云使》出现以前，以云为意象的诗既已不乏其例。虽然这些云意象尚无《云使》中被赋予的那种"信使"的职能，但其受人祈祷，能给人以幸福的内涵却早已具备。这是印度古代泛神思维意识在诗歌中的表现。在诗人心目中，每一棵草、每一片云、每一种色彩、每一点声响，几乎都是与人的心灵、人的命运相互感染、紧密相连的。具有浓厚泛神论思想的泰戈尔就曾深刻指出："人与自然的关系就犹如感情和理智的关系。这种不同凡响的矛盾统一，在印度之外的任何一个国家里是不可能、也不会见到的。"②

云意象的历时性特点在中国与在印度的表现相似。中国古代诗人通过云意象抒写自己的情志，认为"云"是一种思想与情感容量较大的具象性意象，并且同形成神话的原始思维关系密切，所不同的是中国古代神话不系统而且过早的历史化，加之《诗》《骚》以来广泛流播传扬的根系发达的文学传统，遂使具体个别的文学意象一般也形成传统。云意象在《室思》以前就已成为不少诗人笔下常常摹写的对象。

在《诗经》中就有《谷风》《风雨》等以"风雨"起兴、引出男女之情的诗句。《离

---

① 季羡林、刘安武选编：《印度古代诗选》，桂林：漓江出版社，1987年，第4、5页。以后引印度古诗均出自本书。
② ［印］泰戈尔：《泰戈尔论文学》，倪培耕等译，上海：上海译文出版社，1988年，第154页。

骚》有"吾令丰隆乘云兮,求宓妃之所在"的诗句,是说屈原让雷神乘霓去寻找宓妃在何处。云开始有了连接男女感情的作用。在屈原对神歌颂礼赞的《少司命》一诗中,又有"入不言兮出不辞,乘回风兮载云旗"的诗句,意为神从来到去未说一句话,便乘风驾云而逝。在这里云意象又具有了一种随风飘浮的不确定性。在汉代古乐府诗《行行重行行》中,"浮云蔽白日,游子不顾返"的诗句,是讲游子在外可能会别有所恋,不想回家,像日光被浮云遮住一样,句中的云意象又有了移情别恋的比喻意。《室思》出现以前,在中国古典诗赋中就已出现不少以云意象为物象,并表示男女感情联系的诗句。中国诗中云意象的内涵已经与印度诗中的有了差别。云意象在中国古代诗人心目中,由于民族集体无意识的作用,不需要诸多个性化的情感及表达方式,而是依靠本体的某种心理定势去自觉地运用前人的叙事抒情传统,如"比""兴"等手法,即将云意象的内涵延续下去。尚古而重吟诵的中国古代诗人依靠传统的心理意识和审美经验,依靠自己的记忆和触景生情时的感发而得出前人对"云"意象的经验是顺理成章的。正如美国学者苏珊·朗格所说:"回忆是一种特殊的经验,因为它是由经过选择的印象组成的……记忆筛选了所有的材料,再把这些材料用一种由有特色的事件构成的形式再现出来。"①这种经验就是中国《诗》《骚》传统中的意象,"云"意象即其中之一。

在印度古代诗歌中,"云"意象的共时性特点表现得也很突出。在印度古典抒情诗典范《云使》的作者迦梨陀娑的另一首著名抒情诗《时令之环》(又译《六季杂咏》)中,诗人以抒情短诗的形式,描绘印度夏、雨、秋、霜、寒、春六季的自然美景、男女欢爱和相思之情。在《雨季》中,乌云、雷鸣、大雨、急流、花草树林等意象均成为激活恋人情爱的物象,抒发了游子闺妇的愁思:"饱含雨水而低垂的乌云黑如青莲/在微风吹拂下偕同彩虹缓缓飘游,/旅人的妻子因与丈夫分离而忧愁,翘首凝望/心儿仿佛已被乌云带走。"②此处"云"意象又被赋予了表现恩爱夫妻离愁别绪的生命力,它可以带给人们希望与幸福。"云"这种给人以希望,给人以幸福,获得人们寄托某种情愫载体的美学意义,在迦梨陀娑时代终于形成了一种较为固定的意象表达。

云意象这种共时性的特点同样也表现在中国古代建安文学的诗歌中。曹丕的

---

① [美]苏珊·朗格:《情感与形式》,刘大基、傅志强、周发祥译,北京:中国社会科学出版社,1986年,第305页。
② 季羡林:《东方文学史》,长春:吉林教育出版社,1995年,第186页。

《燕歌行·其二》也是思妇诗,在描写游子和思妇二人相会无期时,诗中写道:"郁陶思君未敢言,寄声浮云往不还。"由于二人久别离后,苦苦相思,满腹愁肠,往事不堪回首,忧思之深之苦,可以想见。诗中进一步强调音讯不通,寄去的书信如同浮云一样,一去不复返,相会更成为不可能,苦中更苦,悲中更悲。"云"意象在这里具有了强化悲苦的意义,它不仅没有起到寄托相思之情的作用,而且成为一去不复返,杳无音信的象征。曹丕在拟古诗《杂诗》二首之二中,以"浮云"比喻游子,以"车盖"即车篷随车而动来形容浮云的无依无靠,以浮云被吹拂比喻游子四处漂流。这些"云"意象表现了游子漂泊不定的生活及其久居异乡的抑郁之情。诗中写道:"西北有浮云,亭亭如车盖。惜哉时不遇,适与飘风会。吹我东南行,行行至吴会。吴会非吾乡,安能久留滞?"诗中感叹浮云即游子未遇良机而遭遇狂风,只好从西北一直漂泊游荡到东南,而吴会不是故乡,岂能是久居之地?诗中的云意象强化了诗人因思乡而不得归的那种无可奈何之状,给人以言已尽而意无穷之美感。

中印古代诗歌中"云"意象在形成过程中的这种历时性和共时性的特点表明,纵向分析它具有一种传统性,甚至会形成意象史,影响后人。横向分析,它又反映了时代的风尚,也激发和强化了人的一种"从众心理"。

二、《云使》和《室思》的云意象

"云"意象到了迦梨陀娑和徐干笔下已形成一种意象符号。它先在的规定性于复杂纷纭的情感心态和接受情境中,虽然有时会出现一些细微的变异,但新的情思恰恰是在新的情境中重新陶铸了旧有的"云"意象,以至于形成一种"前理解",使之有一种亲切感。中印文学史上的后起之秀,在依傍前人云意象的同时,赋予他所借重的符号以新的情味价值。这就形成了从绝对化的角度分析,每一次旧有的云意象被因袭重复时又都有了创新的意味。在这种逻辑推理分析中,印中两位诗人笔下的"云"意象各有了增殖性的新意。

印度诗人迦梨陀娑在自己的得意之作《云使》中,描述药叉将自己对爱妻的无限眷恋寄托在一片由南向北飘去的雨云上,诗中生动地写道:"云啊……你是出身雨云卷云的名族,……你是焦灼者的救星,请为我带信,带给我那由俱毗罗发怒而分离的爱人。"①诗中借"云"意象的描写,表现出印度古代"自然人"的特征,充满人性美、自然美的艺术光辉,大胆率直又直朴热烈,没有丝毫禁欲主义的痕迹。徐干则在《室思》中写道:"浮云何洋洋,愿因通我辞。飘摇不可寄,徙倚徒相思。人离皆复会,君独无返期。自君之出矣,明镜暗不治。思君如流水,何有穷已时。"这几句诗写思妇的相思之苦。她与丈夫天各一方,山高路远,望不到,盼不来,仰望空中舒卷的浮云,突发奇想,托浮云传话给远在天涯的丈夫,寄去她思念的一片衷情。片片浮云飘摇而去,她只好依然悲苦凄凉地企盼着、思念着。诗人利用云意象,使思妇相思难寄,无处宣泄的思想情感有了依傍,也使自然景物染上感情色彩。思妇最后表达了空守闺房无欢乐的幽、哀、怨,无心容颜思不归的愁绪。"云"意象在徐干生活的建安时代已经被赋予了较为固定的审美价值取向。

在迦梨陀娑的《云使》之后,不断出现后人的模仿之作,如:《风使》《月使》《鹦鹉使》《蜜蜂使》《天鹅使》《杜鹃使》《孔雀使》等,形成印度文学史家统称的"信使诗"的诗歌模式。其中,不仅风、月同云一样成为一种意象,而且鹦鹉、蜜蜂、天鹅、杜鹃、孔雀等,也成为一种意象,极大地丰富了印度古典诗歌的表现力和美学内涵。14世纪印度诗人维德亚伯迪在写男女主人公相思的诗中曾多次以云意象为抒情对象。如"啊,乌云/请你让天黑下来/我会拿珠宝重重谢你","八月里雨云来临/我的家却空无人影"②。"云"意象在这里成为男女相会之必需。

同样,步徐干之后尘,傅玄的征妇诗《青青河边草》有"回流不及返,浮云往自还。悲风动思心,悠悠谁知者?"的诗句。他的《云歌》一诗写道:"白云翩翩翔天庭,流景仿佛非君形。白云飘飘,舍我高翔。青云徘徊,为我愁肠",皆以云为意象,巧妙构思,语简情深。唐代吴融诗《云》中有"南北东西似客身,远峰高鸟自为怜"的诗句;宋代苏轼《和文与可洋川园池三十首·望云楼》诗有"出本无心归亦好,白云还似望云人"的诗句;宋代词人贺铸在《芳心苦》词中也有"返照迎潮,行云带雨,依依似与骚人语"的诗句;清代李念兹《天云》中有"片片浮云去,愁人正望乡"的诗句。在这些诗句之中,云意象总是与游子、思妇和他乡异客形影相随。

托马斯·门罗在将同一题材的多种艺术形式进行比较时曾指出:"诗的价值并

---

① 参见[印]迦梨陀娑:《云使》,金克木译,北京:人民文学出版社,1956年,第13页。
② 季羡林、刘安武选编:《印度古代诗选》,桂林:漓江出版社,1987年,第4、5页。

不存在于表现抽象观念的诗行或散文诗中,而在于通过意象的美妙编织,能唤起情绪和沉思。然而,观念在这里是作为一种组织原则在发生作用的,它帮助我们在一种既是理性的,又是情感的方式中去把握整个的意义。"①印中两首古典诗歌《云使》和《室思》在通过"云"意象的"美妙编织",以"唤起情绪和沉思"方面是相同的。究其原因,主要是印中人民的审美意识、印中文学的独立意识乃至印中诗歌的自觉意识在长期发展过程中已经达到某一特定历史阶段的思维产物。

马克思指出:"只有当对象对人说来成为人的对象或者说成为对象性的人的时候,人才不致在自己的对象里面丧失自身。"②而印中两国特定的历史条件下,两国的人和自然的关系,大体经历了"异化""神化""人化"和"情化"这四个不同的阶段,对于印中两国而言,在对"云"意象的描摹上又有了"人同此心,心同此理"的"同化"倾向。揭开印度早期历史帷幕的印度河流域的哈拉巴和摩亨佐·达罗的文明还处于自然崇拜阶段,到吠陀时代开始进入祖先崇拜阶段。而中国早期历史的殷文化和周文化,也是由自然崇拜转向祖先崇拜阶段。印中两国早期社会农业性的自然崇拜和两国初民时期原始意识所产生的"万物有灵论"是密切联系在一起的,也就是把诸多的自然现象当作神来崇拜,虽然这种现象和原始社会早期由于不了解自然,而使自然与人类为敌,即"异化"的情况已经迥然有别,但这种泛神论的自然观仍然使印中古代人对自然保持着相当的距离,并产生敬畏感。

随着人类意识和文化的发展,印度自进入史诗时期,中国自进入春秋战国时代,印中两国人的自然观就从"神化"进入到"人化"阶段。这种自然观一方面已经使自然从与人为敌转化为与人为友,另一方面这种"人化"的自然观还不是马克思所说的那种"人化",而是对自然物的某种本质属性的联想和比拟人的某种品德和人格。它实际上只能说是拟人化,和西方诗学的"移情说"也有所不同。西方的移情说是从人到物,而印中两国的"人化说"则是从物到人。因此,这种自然观主要表现的不是审美意识而是伦理意识,不是感官的而是精神的,是人类意识积淀中依然存留的自然崇拜痕迹与社会意识相渗透、杂糅的表现。但是这种情况到印度的古典梵文文学时期和中国的魏晋时代,由于受到当时各自的历史、社会和文化环境的

---

① [美]托马斯·门罗:《走向科学的美学》,石天曙等译,北京:中国文联出版公司,1985年,第346页。
② [德]马克思:《1844年经济学哲学手稿》,见《马克思恩格斯全集》第四十二卷,北京:人民出版社,1979年,第125页。

影响,而发生很大变化。即印中两国人民的自然观已经由"人化"(实际上是拟人化)转变到"情化"阶段。这种"情化"才是马克思所说的"人化",这时也只有这时,自然美才真正成为人们的审美对象。因为它既有了自然的人化和人的自然化的特殊形态,又有了审美主体对它发现、选择与创造的审美愉悦。而代表印度古典梵文文学水平之一的抒情诗《云使》和中国魏晋时代备受激赏的抒情诗《室思》,皆以"云"意象为抒情之所,并使之有了深层的审美意义。

"云"作为一种意象,从历时性角度分析,在印中两国各自文学传统中具有某些不同的美学内涵,但是从共时性角度分析,它们则表现了同处于"情化"阶段,即诗人对"云"意象的刻意描摹,是作为理想的寄托、人格的写照和自我的化身。迦梨陀娑和徐干向外发现了大自然之云,向内则发现了自己的情。他们在追寻和描摹"云"这种自然现象时,形成一种四维的文化审美心理。第一层次是以"云"为寄托,第二层次是对"云"的向往和迷恋,第三层次是由吟咏"云"而引发的幽怨之情,第四层次则是超越"云"而走向印度的"梵我合一"和中国的"天人合一"。他们最终完成了一种审美感受,即从世外宏观的立场观照律动的大自然,并以自己的心灵去映射自然万象,代"云"立言。正如著名美学家宗白华先生所言:"它所表现的是主观的生命情调与客观的自然景象交融互渗,成就一个鸢飞鱼跃,活泼玲珑,渊然而深的灵境。"[①]"云"意象终于在印中两位大诗人的笔下得到审美层次的升华,具有了相同的自然美的内涵。

小结

"意象研究"一章的实践表明,具体可感的意象是古今中外作品中普遍存在的一种特殊的文学形象。它存在于中外叙事文学,尤其是诗歌中相同的主题、母题或题材的具体构思中。这些相同的意象反映了不同时空的作家对某些相似的形象所产生的某种认同的心理感知。于是他们运用了异质同构的形象思维所产生的思维定式,将某些能知与可视的形象升华为具有象征性的意象,从而获得了特殊的审美效果。

[①] 宗白华:《艺境》,北京:北京大学出版社,1987年,第151页。

第六章 情境研究

第一节 面具的"情境"意义

面具是人类文化现象的一种历史积淀,它记录了迄今为止人类审美活动的一个侧面。从原始文化的一种造型艺术,进而成为戏剧艺术的一种服饰,面具经历了历史长河源远流长的冲刷。无论是作为一件艺术品,还是作为具有装扮性的戏剧服饰,面具始终是人类美学意识凝固成的特殊的物化形态。它融绘画与雕塑为一体的神韵,极大地丰富了戏剧艺术的美学功用。因为"我们的美学是现代的,和旧美学不同的地方是从历史出发而不从主义出发,不提出一套法则叫人接受,只是证明一些规律"[①],因此,对面具进行历史的和现实的分析与考察可以发现,它具有"情境"的作用。情境作为主题学研究之一种,是从现实生活中提取的素材,经过艺术加工再造成的一种作品中人物在某种特定时空环境里的关系,是一种可以重复出现的人物典型的境遇。"面具"作为情境母题塑造的是一种经过高度浓缩与抽象以后形成的程式化类型化的文化气氛。它在发展变化过程中,又不断地诱发了人的想象,不仅展示出作家及作品中人物的观点和感情,而且还牵制、影响,甚至操控了人物的行为。

一、原始想象与原始面具

面具的出现固然离不开原始生活的现实,然而却是初民原始想象的产物。人类早期思维阶段,往往把主观和客观混合、把想象和现实混淆。具有这种"先逻辑思维"的人类,难以把自己与自然分开。他们往往把一个自然对象在他们自身"所激起的那些感觉,直接看成了对象本身的性态。有益的、好的感觉和情绪,是由自

---

① [法]丹纳:《艺术哲学》,傅雷译,北京:人民文学出版社,1981年,第10页。

然的、好的、有益的引起的;坏的、有害的感觉,像冷、热、饿、痛、病等,是由一个恶的东西,或者至少是由坏心、恶意、愤怒等状态下的自然引起的。因此,人们不由自主地、不知不觉地——亦即必然地——……将自然的东西弄成了一个心情的,弄成一个主观的亦即人的东西"①。面对这种主观想象出来的超自然力,人类或者制伏它,或者屈服它,或者取悦它。当时社会生产力很低下,想尽办法求得这种超自然力的和解与宠幸,才是唯一出路,而巫术"表演者自己从模拟舞蹈中享受到乐趣,认为超自然力量在观看这种表演时也同样会享受到乐趣,这种乐趣就会促使它和解和让步"②。表演者为了避免自然力的伤害,或者显示自己精神的力量,也可能是想进一步取悦于超自然力,就采取了涂面或戴上简陋面具的方法,于是这些"涂面"或"面具"就有了"情境"的作用,它使人物在表演时的特定时空里形成了某种关系,并且由此而衍生出各种各样的故事。

原始人类的思维进一步发达,就对超自然力和巫术仪式之间的偶然性联系产生某些怀疑,于是有些仪式被修改或放弃,经筛选后的仪式形式上日臻完美、意义也日趋明确。后来,人类还处于"在野蛮时代低级阶段……对于人类的进步贡献极大的想象力这一伟大的才能,这时已经创造出神话、故事和传说等等口头文学,已经成为人类的强大的刺激力"③。人类试图用这些想象去阐释巫术仪式,想使之进一步理想化。于是仪式就逐渐从满足实际需要的巫术仪式转化为满足抽象需要的宗教仪式。人类终于把在现实中对赖以生存的超自然力的敬畏、崇拜与祈求的心理偶像化了。在宗教仪式中慢慢出现的扮演故事或神话中角色的活动,歌、舞、面具等表演就有了新的美学功用。角色意识使扮演者学会使用面具将自己与旁观者间离开来,并把人们的想象进一步形象化、具体化了。从面具中,他们"看见具体化了的痴情希望——愚不可及的崇高希望"④,面具一出现实际上就以其独特的绘画、雕塑技艺与造型美进入原始艺术领域,并具有了营造"情境"的作用。它开始用

---

① [德]路德维希·费尔巴哈:《费尔巴哈哲学著作选集》下卷,荣震华、王太庆、刘磊译,北京:生活·读书·新知三联书店,1962年,第458页。
② 吴光耀:《西方演剧史论稿》,北京:中国戏剧出版社,1989年,第6页。
③ [德]马克思:《摩尔根〈古代社会〉一书摘要》,转引自《马克思古代社会史笔记》,北京:人民出版社,1996年,第178—179页。
④ [英]马林诺夫斯基:《巫术科学宗教与神话》,李安宅译,北京:中国民间文艺出版社,1986年,第78页。

于有歌舞表演的宗教仪式,预示着它将与戏剧结下不解之缘。在仪式中,人类把自己的想象通过头戴面具的表演者"手之舞之,足之蹈之"的简单动作表现出来。这些动作无需表演者以更多的意志进行控制,但有时也可根据他们的本能和想象有意地仿效野兽和飞鸟的动作,即兴进行歌舞。这种模仿性是戏剧美的神髓。中国的今本《竹书纪年·帝舜元年》《尚书·舜典》《吕氏春秋·古乐》等史籍中都有"百兽率舞"的记载,这实际是尧舜时代一种图腾仪式中的歌舞表演。这种假形舞蹈的表演者头戴假面,主要是用熊、虎等兽的假头进行表演,是一种有利于现实性意识的想象或幻想的产物。亚·泰纳谢也在《文化与宗教》中指出带有普遍性的结论:"神话剧就是从纪念图腾的礼仪中演变出来的。献祭是这种神话剧的高潮,剧中人带着假面具、装扮成神圣的植物或动物,来进行献祭活动,并象征性表演出祖先的经历和图腾真实的形象的生活。"①尽管东西方戏剧在不同文化背景的制约下形成了不同的存在方式和流变趋向,但是最早的胚芽,却都是在相同的原始文化的沃土中,经过人类的想象培育出来的,而面具是具有这种情境作用的重要元素之一。

《国语·楚语》载:"古者民神不杂,民之精爽不携贰者。而又能齐肃衷正……如是则明神降之,在男曰觋,在女曰巫。"②在早期仪式中,巫觋凭借着自己独特的聪慧,被认为是可以沟通人神信息的使者。王国维在《宋元戏曲考》中指出:"盖群巫之中必有象神之有服形貌动作者,而视为神之所冯依,故谓之曰灵。"③这些模拟为神的装扮者都被视为神灵,面具在其中起了不小的作用。《周礼·夏官·司马下》所载"傩祭"的情景更有说服力,"方相氏,掌蒙熊皮,黄金四目,玄衣朱裳,执戈扬盾,帅百隶而时傩,以索室驱疫"。"黄金四目"即指面具而言。至今江西、湖南、浙江、广西、贵州等部分地区,仍有保留面具的傩舞流行。在西藏和蒙古也广泛流传着戴有面具的"羌姆"(意即"舞蹈")表演。保加利亚著名藏学家亚历山大·费多代夫认为:"'羌姆'作为一种宗教和社会现象,最早出现于印度。从远古的时候起,演员就要戴上特殊的面具,穿上特制的服装,扮作鬼魅和神灵表演。后来,西藏人知道了这种神秘的宗教舞蹈。"④据藏文史料记载和一些藏、蒙学者研究认为,"羌

---

① 王朝闻:《戏剧美学思维》,北京:中国戏剧出版社,1987年,第45页。
② 左丘明撰,鲍思陶点校:《国语》,济南:齐鲁书社,2005年,第247页。
③ 参见王国维:《宋元戏曲考》,北京:朝华出版社,2018年。
④ 王尧编:《国外藏学研究译文集》第六集,拉萨:西藏人民出版社,1989年,第241页。

姆"传入中国西藏大约在 8 世纪后期。当时,赤松德赞执政,印度(现属巴基斯坦)僧人莲花生大师组织跳神法会,驱鬼酬神,为藏南建造桑耶寺,大兴佛法而表演过。而后,"羌姆"又由西藏慢慢渗透到中国其他的广大地区。1811 年传到蒙古的乌尔加寺,后又蔓延到蒙古其他地方的寺庙。虽然其内容和形式由于民族文化的交融而与西藏传统的"羌姆"略有差别,但二者的实质都是由头戴面具的跳神占卜仪式构成。

美国当代戏剧界权威布罗凯特也指出:"原始仪典中还蕴蓄着戏剧的根苗,因为音乐、舞蹈、化装、面具与服装等在仪典中几乎无可或缺。"[①]这些主持仪典的祭司,代表部族,穿戴服装面具,模仿人兽或鬼神之属,并以歌舞表演仿拟期求得到的各种想象中的结果,如狩猎成功、祈雨、丰收等。英国著名戏剧史家哈特诺尔也认为:"戏剧起源于很远古时期人类最初的村社的宗教仪式。"[②]苏联著名学者兹拉特科夫斯卡雅在研究了大量的公元前两千年前的古代克里特人的宗教观念的资料以后,大胆提出:"可能,希腊人创造的关于可怕的牛人——米诺牛的神话是由戴牛头假面具的祭司跳的仪典舞或者带上牛头的卖艺人的表演促成的。"[③]在发掘梯林夫和斯巴达的城市遗址时,发现那里有克里特-迈锡尼文化时期使用过的假面具,这足以说明欧洲古代确实有面具存在。

综上可以发现,由原始想象演变出来的面具,在原始歌舞与祭典仪式混合而成的原始艺术中,已成为一种重要的服饰,具有了艺术美的成分,和创造"情境"的作用。头戴面具所进行的各种仪式中的表演,由于营造了种种情境,无疑为原始戏剧美增加了装扮性和观赏性,为戏剧的萌生奠定了基石。

远古人类之所以对各种仪式中的面具产生了一种特殊的想象,是和人的心理作用有关的。人类婴幼时期的心理主要靠着成人面部的喜怒哀乐等表情来调节。面具的作用,即形成一种氛围,使人由于看不到常见的表情而在潜意识里产生一种神秘感和恐惧感。而鬼神也是人类惧怕自然力的心理的产物,当面具与无人形的

---

① [美]布罗凯特:《世界戏剧艺术欣赏——世界戏剧史》,胡耀恒译,北京:中国戏剧出版社,1987 年,第 61 页。
② [英]菲利斯·哈特诺尔:《简明世界戏剧史》,李松林译,北京:中国戏剧出版社,1986 年,第 1 页。
③ [苏]兹拉特科夫斯卡雅:《欧洲文化的起源》,陈筠、沈澂译,北京:生活·读书·新知三联书店,1984 年,第 110 页。

鬼神由祭仪的表演者联系在一起时,会产生很强烈的心理感受,这种潜意识难以用理智消除。远古人类有意识地利用这种潜意识的心理作用,用极简陋的工具制成极简单的面具,用它起到把现实与想象维系起来的作用。现保存在德国柏林民俗学博物馆中的出自阿拉斯加的满面血污的吃人山魈模样的仪礼面具,和英国国家博物馆收藏的出自新几内亚埃利马县的仪礼面具,以及瑞士苏黎世里特贝格博物馆收藏的西非丹族人的各种假面等,都是珍品。① 它们那强烈的表现力、特殊的美学内涵,至今仍会使人产生压抑不住的丰富想象。面具由想象的产物,到形成能给人以美的"情境",完成了由原始想象到原始艺术再现的过程,并开始渗透出戏剧美的原始信息。

二、宗教寄托与戏剧面具的萌芽

面具通过仪式中的歌舞表演而登上戏剧艺术的大雅之堂,似乎可以表明戏剧艺术离不开宗教文化的熏陶。当然也不是所有的戏剧都源于宗教文化,戏剧从本质上说决定了它是一种再现性与模拟性的艺术。这两种性质决定了面具与戏剧美学的关联。亚里士多德认为"人最善于模仿,他们最初的知识就是从模仿得来的"②,戏剧应该让模仿者"化身为人物""用动作来模仿",这些成了戏剧的再现性与模仿性的理论基础之一,从中也可以发掘面具在戏剧中使用的原因。面具在戏剧萌芽状态中就给人以情境美的享受,可用来满足观念中的某些求知欲望和超凡想象。面具同样满足了启蒙思想家狄德罗对艺术家的美学要求:"你必须先感动我,惊吓我,使我心碎、恐怖、战栗、流泪、愤怒;然后如果你还有余力,你才怡悦我的双目。"③面具是对人类想象中的事物的一种再现与模拟,当它从原始艺术蜕变而进入带有宗教色彩的萌芽状态的戏剧之中时,面具开始有了更明确的"情境"意义。

原始仪式中的歌舞表演,经过漫长的发展之路,慢慢由民间进入宫廷,于是混杂着原始宗教性的戏剧开始萌芽。中国古籍南宋罗泌《路史·后记》十三注引《史记》以及汉代刘向所著《列女传·孽嬖传·夏桀末喜》中,都载有夏代最后一个皇帝

---

① 参见[美]阿纳森:《西方现代艺术史》,邹德侬等译,天津:天津人民美术出版社,1986年,第213—314页。
② 伍蠡甫:《西方文论选》上卷,上海:上海译文出版社1982年,第380页。
③ 同上书,第387页。

桀"大进倡优""造烂漫之乐"的传说。"所谓'烂漫之乐',即'曼延之戏',是指人扮巨兽的假形舞蹈"①。这种假形舞蹈的化装是戴面具的,极富感染力,它是汉百戏的雏形。在"百戏杂陈"的汉代,包括戴假面具的傩舞在内的古代乐舞和杂技表演进入宫廷。东汉文学家张衡就在《西京赋》中详细记载了这些总称为"百戏"的演出盛况,其中重点提及"鱼龙曼延""总会仙倡""东海黄公"等。"鱼龙曼延"就是由人头戴面具装扮成大鱼和巨龙表演的假形舞蹈。人一会儿扮成"舍利之兽",一会儿又化作"黄龙"。"舍利"是佛家语,"黄龙"有以蛇为主体的"龙"图腾的痕迹,都有宗教意味。"总会仙倡"中的兽舞是由演员头戴假面扮成豹、罴、虎、龙等巨兽的表演,伴随着神仙娥皇、女英的歌唱,笼罩着宗教气氛。在南阳出土的一块汉画砖上,刻有多组头戴假面的舞蹈表演。其中一组,一人戴牛头假面,卧地假寐,另一人戴大面具持棍偷袭,表现了一定的内容。戏剧史家周贻白先生认为,这可能即是"总会仙倡"中的一种表演。"东海黄公"也是由演员头戴虎头假面,身着虎皮、虎爪和人相搏的角抵戏。而角抵戏可上溯至上古时代祭祀战神蚩尤的歌舞,含有图腾巫术的意味。周贻白先生认为:"中国戏剧的起源,便是孕育在古代的'百戏'中。"②可见百戏中的宗教文化成分也是显而易见的。东方艺术史家常任侠先生说得更为明确:"'角抵'与'大傩',便是从远古流传下来的两种原始戏剧","拟兽的装饰,而作威赫的战斗,即是中国戏剧里假面化装的开始"。③唐文标先生也指出假面剧起源的两种可能性,一是"角抵",一是"巫觋"。④无论怎样,事实是戴假面的表演已初具戏剧艺术必备的再现性和模拟性等美学特质,并且有了令人产生观赏性心理的诸多因素。它所具有的浓厚的宗教"情境"色彩,开始对文学艺术中的人物行动产生影响。

中国不少地区在民间流行的傩舞,明清时期有的发展成傩戏,如湖南的"傩愿戏",湖北的"傩戏",贵州的"傩坊戏""脸壳戏"等。这些傩戏有的只表演有一定情节的歌舞,有的仅仅有了雏形的角色行当,但都清楚地表明宗教仪式和民间戏剧之间的血缘关系。从藏戏的舞蹈、唱腔、面具、服饰等戏剧美方面考察,都可以寻觅到

---

① 叶大兵:《中国百戏史话》,杭州:浙江人民出版社,1985年,第17页。
② 周贻白:《中国戏剧史讲座》,北京:中国戏剧出版社,1958年,第6页。
③ 常任侠:《东方艺术丛谈》,上海:上海文艺出版社,1984年,第48页。
④ 唐文标:《中国古代戏剧史》,北京:中国戏剧出版社,1985年,第42页。

从"羌姆"仪式中脱胎的痕迹。西藏自莲花生大师导演了酬神醮鬼的"羌姆"之后,民间也流传着跳神的"面具舞"。"到了 14 世纪,噶举派僧人汤东结布,在跳神仪式中,融合进去一些宗教神话和民间故事的内容,向群众进行宗教宣传,从而形成了最初的藏戏。"① 而流传到中亚蒙古地区的"羌姆",最后也发展成为一种具有明显戏剧美学特征的"佛教戏剧",并成了"佛教戏剧发展的最高标志"②,人们始终是以宗教寄托的心理去感受萌芽状态的戏剧美的。

在亚洲其他国家,戏剧的萌芽也和宗教文化的培植分不开。在日本民间流传的假面舞蹈和戴面具的歌舞剧,面具主要"表现为神、恶魔和鬼怪,类似我们(西方)的幽魂面具"③,都有宗教仪式的印迹。产生于 11 世纪前期的印度尼西亚假面剧,最初也是一种宗教仪式,人们在殡葬仪式上常戴假面具为亡灵招魂,后逐渐发展为假面戏剧。泰国孔剧又称假面剧,1238 年在素可泰王朝时初具规模,其最大的特色是演员都必须戴着精美的面具表演,而且专演传到泰国的印度史诗《罗摩衍那》中的故事。16 世纪由泰国传入缅甸的"罗摩剧"也是主要表演《罗摩衍那》故事的剧种,剧中人罗王子和十首魔王都戴假面具。斯里兰卡祭神时也用面具,后在民间流传的魔鬼舞的基础上,形成假面具舞,也有不少宗教戏剧成分。以此看来,亚洲许多国家的雏形戏剧从形式到内容都和宗教仪式有密切联系,而且大都使用面具作为服饰。其实,那时的戏剧还只能称作是宗教歌舞与表演故事相混杂的一种艺术形式,还只是一种萌芽状态的戏剧艺术。

印度作为东方戏剧的发源地之一,和东方大多数国家相同的是梵剧也和宗教有关联,所不同的是,它虽然可能在雏形时期也使用过面具式脸谱一类的服饰,却未能延续下来。著名梵文学者许地山先生曾引用西人麦东那的观点指出:"印度戏剧很像与祭祀韦纽天(Vishnu)和遍入天(亦称黑天)典礼有关,即从颂神底歌曲和拟神底行为发展而来底。"④ 德国梵文学者温德尼兹认为:"印度戏剧的起源得在

---

① 佟锦华等:《藏族文学史》,成都:四川民族出版社,1985 年,第 355 页。
② [保加利亚]亚历山大·费多代夫:《西藏宗教舞蹈"羌姆"向中亚的传播》,严申村译。见王尧编:《国外藏学研究译文集》第六集,拉萨:西藏人民出版社,1989 年,第 249 页。
③ [德]罗伯特·京特编:《十九世纪东方音乐文化》,金经言译,北京:中国文联出版公司 1985 年,第 179 页。
④ 郁龙余:《中印文学关系源流》,长沙:湖南文艺出版社 1987 年,第 32 页。

古代的谣歌中去找寻,大半与宗教崇拜有关。"①牛津大学梵文学家麦唐纳则指出:"印度戏剧产生的最可能的原因是背诵的史诗传说与古代哑剧艺术的合并。"②这种哑剧很早就在中印度的寺院中为弘扬佛法而向俗人表演。金克木先生则提供了进一步的信息:"节日迎神赛会的戏剧性的表演,即使不能把《吠陀本集》中的对话诗算进去,也可以上溯到史诗时代。在公元前二世纪的语法书《大疏》里……还说有人表演、讲说黑天的故事,黑天和敌人双方还分了颜色,似乎有面具或脸谱。"③国内外这么多著名学者都指出印度戏剧起源与宗教仪式有关,有的甚至还指出可能使用过面具和脸谱,那为什么现在印度戏剧中没有留下什么痕迹呢?主要原因大概和《舞论》有关。《舞论》是公元前后印度的一部戏剧理论专著。它从理论上总结了印度戏剧艺术的发展实践,详细制定了戏剧美的原则,对戏剧表演的程式进行了规范化的限定。按《舞论》归纳,表现不同的情感需用7种眉毛的动作、9种颈部的动作。书中还对脸、眼、下巴、面颊、鼻子、嘴唇、牙齿,甚至舌头等的动作与表情的关系,作了极细致而不免琐碎、极具体而不免呆板的规定,在这种情况下要想戴上面具进行表演,是根本不可能的。印度古代戏剧一直未用面具为服饰,其根本原因恐怕就在于此。没有面具营造的情境氛围,印度古代戏剧则弱化了生动性和表演色彩。

宗教与戏剧有因缘关系,并用面具形成的"情境"增加戏剧效果的现象,影响观众的审美,这在西方戏剧的渊源古希腊戏剧中表现也很明显。古希腊戏剧是具有极高美学特质的艺术形式,它起源于身穿兽皮、头戴假面的祭司和神的崇拜者在仪式上表演的歌舞,而后发展成在丰收季节装扮成羊形人,取悦酒神狄奥倪索斯,并有了酬答颂词,逐渐具备了戏剧的表演、装扮、再现、模拟等美学特质。因此。罗念生先生指出:"古希腊戏剧特别是悲剧的另一个特点,是它始终带有宗教色彩。"④面具作为宗教的活化石也进入了古希腊的戏剧世界。古希腊戏剧中的面具相传是生于公元前6世纪初的一位希腊歌舞教师忒斯庇斯最先使用的。他被希腊人称为悲剧创始人,他使用铅粉涂面,用轻质软木或麻布制作面具,表演逼真动人。古希

---

① 冯黎明等:《当代西方文艺批评主潮》,长沙:湖南人民出版社,1987年,第532页。
② [英]A. A. 麦唐纳:《印度文化史》,龙章译,上海:上海文化出版社,1984年,第83页。
③ 金克木:《梵语文学史》,北京:人民文学出版社,1980年,第253—254页。
④ 罗念生:《论古希腊戏剧》,北京:中国戏剧出版社,1985年,第3页。

腊戏剧中的面具可以表示角色的年龄、身份和性别,可以变换角色喜怒哀乐的感情,具有较明显的"情境"功能。

东西方戏剧萌芽时期都使用面具作为服饰,这说明宗教仪式与戏剧美之间的密切关系。古希腊宗教仪式上采用的多是兽形面具,当戏剧成熟之后,演员多使用人的面具,这些面具直接流传到罗马戏剧里。中国的戏剧也不乏宗教色彩,由于面具有很大的美学功用,终究还是被"引渡"到中国戏剧中来了。这说明宗教会给人以巨大的精神寄托,而与宗教有千丝万缕联系的戏剧,则恰恰表现了这种寄托,二者巧妙地融合了。人们从宗教因素中找到了心理上的平衡,从作为形成"情境"的面具运用到戏剧艺术中得到审美享受,这不仅是宗教与戏剧联姻的一种强大的外力,也使演员与观众之间,角色与人物之间有了更多的沟通与认同。

三、娱乐功能与面具美的嬗变

随着生产力的发展,人类的视野不断开阔,在实际生活中,审美意识越来越多地取代了实用心理。宗教仪式中的表演活动由于被越来越多的观众所接受,就逐渐脱离了宗教的禁锢,而变得世俗化了。于是戏剧作为一种独立的艺术门类就诞生了。在宗教仪式中,戴上面具的人变成了神或鬼;在戏剧艺术中,戴上面具的人变成了另一个人,即由演员变成了剧中人。面具的这种美学功能的变化,取决于剧中人和观众对其情境的抉择。娱神的仪式变为娱人的戏剧,使面具有了新的美学意义,并逐渐被观众的欣赏心理和审美意识所接受。精神分析学鼻祖弗洛伊德曾说:"我想人生的目的主要还是由享乐原则所决定。"①这种观点有显而易见的偏颇不当之处,但它无疑也是艺术发展的一种催化剂。德国著名戏剧家布莱希特也认为:"使人获得娱乐,从来就是戏剧的使命。"②面具不但具备娱神的功能,而且也具备娱人的功能,它进入戏剧情境领域,并成就了艺术的成熟。

当从原始文化的母体中躁动着的戏剧胚胎,经过宗教文化孕育,完善了娱人职能以后,戏剧就以其独立的特性而与宗教分道扬镳了。戏剧要完成本体的建构,必然要遵循自身的发展规律,从美学角度协调所有的演出程式。面具作为戏剧多重

---

① 中国社会科学院外国文学研究所外国文学研究资料丛刊编辑委员会编:《外国现代剧作家论剧作》,北京:中国社会科学出版社,1982年,第87页。

② 同上。

本体的建构层之一,要从为种族生存的实用功能和精神寄托的宗教功能中解脱出来,加强表现剧中人心理的美学功能,以某种特定的情境来强化观众的心理反应。由于使用了面具,并形成一种特定的情境,才使得剧中人和观众不同属于一个世界,才保持了二者的心理距离,才能引起观众的联想,产生更大的审美感受。

　　面具有了娱人的美学功能,在中国最早的记载当推隋代的《文康乐》。据说此乐是东晋的太尉庾亮(289—340)的家人为悼念他的死,戴着面具,手持雉尾扇,用舞蹈模仿其举止动作的表演,因庾亮死后,追谥"文康"而得名。此乐虽还不是完整的戏剧,但已没有宗教意味。由此可联想到隋代薛道衡的《和许给事善心戏场转韵诗》,其中有"羌笛陇头吟,胡舞龟兹曲。假面饰金银,盛服摇珠玉"的诗句。"假面"即是由扮演故事者头戴面具演出的歌舞戏。历史剧目《兰陵王入阵曲》堪称是最早的戏剧,唐代段安节在《东府杂录·鼓架部》中称此戏为"代面",崔令钦在《教坊记》中称之为"大面"。原来北齐兰陵王高长恭虽勇武过人,但因貌美而不足以畏敌,因此上阵时戴一面具。北齐人将此事编成歌舞戏,模仿他当日上阵指挥、击剑等姿势而得名。面具在此戏中已明显有了娱乐性质。据《全唐文》卷二十九郑万钧《代国长公主碑文》记载,武后久视元年(700),5 岁的李隆范(李隆基之弟)在 76 岁的祖母武则天面前就表演过"大面戏"《兰陵王》。这种叙述个人英雄事迹的歌舞戏尽管还有不完善之处,但已初具成熟戏剧的规模。娱人的美学功能已成为戏剧的主要成分了。此后,有不少文人墨客描写过面具戏演出的盛况,如白居易《新乐府·西凉伎》一诗中的"假面胡人假狮子"。《宋史·列传·狄青传》中也有散发并带铜面具入队者的记载:"临敌被发,带铜面具,出入贼中。"元杂剧中也有不少演员头戴面具装扮成鬼神的剧目,如《楚昭王疏者下船》《看钱奴买冤家债主》《陈季卿悟道竹叶舟》《蔡顺奉母》《西游记》等。明代文学家袁宏道还在《迎春歌》一诗中写下"假面胡头跳如虎"的诗句。清人汤古曾在康熙三十三年(1694)十二月十四日观看礼部排练后,写了《莽式歌》,其中有"轻身似出都卢国,假面或著兰陵王"的诗句,可见面具戏中由于面具形成的情境使其影响深远。

　　日本古代文化受中国影响的史实久为人知,日本不少文化史家也早有宏论。如尾形龟吉的《中世艺能文化史论》、盐古温的《中国文学概论讲话》、西村真治的《文化移动论》、山根银二的《日本的音乐》等,都颇有代表性。他们认为被中国称为百戏的散乐,随唐文化而输入日本。散乐在日本因音近转讹为"猿乐"。日本头戴面具演出的"能乐"就是在猿乐和其他日本民间艺能的基础上,发展形成的一种比较成熟的戏剧。从能乐中不难发现中国唐代参军戏、宋代杂剧和南戏,以及元杂剧的影响。能乐剧目有不少取材于中国历史,如《昭君出塞》《四面楚歌》《白乐天》《东方朔》《杨贵妃》《项羽》等。能乐中的假面又称能面,制作精美,种类繁多。保存至今的有二百余种,包括人、鬼、兽、男、女、善、恶,应有尽有,可表现各种复杂的表情。中国《兰陵王破阵曲》传入日本后,称为《兰陵王》或《罗陵王》,简称《陵王》,其面具和彩绘全被保存下来。对此,中、日、苏、德等国学者略有歧义。中、日面具戏的不同点在于,在中国,面具是按剧情需要而定,哪个角色都可以戴;在日本,则必须是主角(仕手)一人戴。中国传统戏剧中的面具线条色彩极富夸张,有整面具和头戴面具(可露出演员嘴部)之分,形象鲜明,但表情呆板。日本能面(即面具)一般比真人脸要小一些,构图匀称,简洁有力,每个面具都有极细腻的感情色彩。中国的面具不是戏剧表现的中心,而是人物性格心理的一种外在表现形式和类型模拟,演员要靠唱、做、念、打等手段刻画人物,推动剧情发展。而日本的能面则是能剧的中心,演员要不遗余力地用手、脚、声音,乃至身体的每个动作,把所要表达的一切细腻感情,淋漓尽致地反映在能面上。这说明外来文化的影响,在经过民族文化融摄之后,会发生某种文化折射现象,即产生出一种新的适应本民族需要的文化形式。20世纪,日本文学家川端康成就在名作《山之音》中,多次细腻地描写了能面,借以表现主人公的性格。芥川龙之介也在小说《火男面具》中,写一个头戴吹火表情的丑男面具的男子,在模仿祭神舞蹈的狂跳中丧命的悲惨命运。由此可见面具借助形成的情境,不仅在能乐中,而且在日本民间也流传得很广泛。

在西方,古希腊罗马戏剧就有了明显的娱人性质。文艺复兴时期,意大利出现了两种以面具为主要特征、以娱乐为目的的戏剧——假面舞剧和假面喜剧。两种剧名仅一字之差,本质却有很大区别。假面舞剧由宫廷诗人写成,是职业演员和皇亲国戚、命臣贵妇在宫廷串演出的贵族化表演。主要目的是消遣娱乐,纵情声色。这种剧后来又传到英国,甚至于像本·琼生那样著名的戏剧家也写了32部假面舞剧,并获得英国第一位"桂冠诗人"的赞誉。莎翁受这种剧的影响,在喜剧《温莎的风流娘儿们》中有面具装扮的喜剧场面,在传奇喜剧《暴风雨》第四幕中还有假面舞会的场景等。假面喜剧是流传在意大利民间的即兴表演,又称即兴喜剧。虽然对其渊源众说纷纭,但因其浓厚的娱乐性与世俗性,一直流传到18世纪中期,以至20

世纪仍有不少喜剧演员从中汲取营养。由于意大利假面喜剧演员巡回演出,足迹遍及欧洲,因而影响很广,在法国扎根尤深。17世纪,法国古典主义喜剧大师莫里哀就明显受过假面喜剧的影响。18世纪中期,假面喜剧开始衰落。意大利伟大的喜剧家哥尔多尼也曾对喜剧传统的固定角色进行了改革,他在《喜剧》一书中提倡废弃面具,他认为刻板的面具妨碍细腻感情的表达,限制了演员的表现。因此,假面喜剧渐渐湮没。但在19世纪英国哑剧中的丑角及其情人身上,在法国的一些喜剧人物身上,都可以发现假面喜剧的影响。欧洲文学家雪莱的政治诗歌《虐政的假面游行》、司汤达的名篇《法尼娜·法尼尼》、巴尔扎克的中篇《假面具下的爱情》、莱蒙托夫的诗剧《假面舞会》、哈代的《还乡》等,都曾直接或间接描写过面具,或者引用过面具的本义或引申义。其目的就是利用面具形成的情境来烘托气氛,或增加神秘感。

东西方的主要戏剧种类几乎都萌生于原始仪式中的歌舞表演,但是以面具为特征的世俗剧,因其美学功能由娱神到娱人的变化,以及所形成的情境的变化,在戏剧艺术成熟之后,东西方戏剧仍然有明显的差别。首先,东方的戏剧,主要包括中国、印度、日本等国的戏剧,发展到近现代,与原始宗教文化的母体仍有这样或那样的联系;而西方的戏剧,一般只在古代才与宗教文化有关联,到了近现代则突出对人与外界冲突的探索。其次,东方戏剧一般来讲一直与歌舞融合在一起,有载歌载舞的多体艺术的性质;而西方戏剧起初也是熔歌、舞、戏于一炉的多体戏剧。文艺复兴后表演元素单一化,形成歌剧、舞剧和话剧。再次,东方戏剧相比较而言,更注重视听效果的审美观赏性,在叙述中达意抒情。而西方戏剧则较为重视戏剧的矛盾冲突,通过冲突的解决达到感情的宣泄。尽管如此,面具在东西方具有娱乐性与世俗性的戏剧中,形成审美对象之一的"情境",始终给人以"欲真则不实"的心理作用这一点是相同的。它利用面具的线条、色彩、图案等外部特征与角色的内部性格去统一,帮助完成戏剧人物的总体塑造,推动了情节的发展。面具作为一种"情境"的功能体现,从娱神到娱人的变化,使神秘感变成了审美快感,毕恭毕敬的恐惧心理变为一种自然流露的审美心理,这正是戏剧独立于宗教仪式以后的戏剧美的演变。

四、象征夸张与"情境"的魅力

艺术离不开想象,即使是最写实的艺术形式,也存在着想象的思维活动。因为现实中的素材经过人脑的加工,才能成为艺术,而思维活动中的象征夸张成分也自然而然地浸透在艺术中。面具由于人类想象,而生成为一种情境,使神秘的鬼怪世界——仪式,进入人的世界——戏剧。它能更直接地表现出人类真、善、美,假、恶、丑的本质,给人以美的享受,这主要依靠象征夸张的艺术魅力。这种奇特的魅力为观众提供了发挥想象、修正自我体验,以至揣测未来发展的情境空间。正是由于人的思维常处于感性与理性、模糊与明晰、具体与抽象的交织状态,才使面具的象征夸张有了形成这种"情境"的可能。到了近现代,面具在戏剧中表现出更加具体的象征和更加合理的夸张。它既没有一味地去追求"逼真再现",也没有听信西方现代艺术大师毕加索"艺术就是欺骗"的箴言,而是恰到好处地达到了想象而不玄妙,象征而不神秘,夸张而不失真,虚实、表里完美统一的"情境"氛围。

  面具的象征性主要表现在,作为一种情境,它是可以通过某种感知觉或想象联想体察到的一种具象。它有个别性、形象性和有限性的特征,而被象征的对象却有普遍性、抽象性、无限性的特征。二者之间只存在结构与表象上的相符,却有质的差异。而审美主体正是通过自己的想象将二者联系起来,使表象与本质沟通,从而构成象征的实现。面具的夸张性实际上是利用对情境的审美想象与实际经验间的差距形成的。客观存在只有在人的理性思维可接受的限度之内,才能得到认同。随着社会的进步、生产力的发展、人的思维的发展,面具的象征夸张愈来愈受到重视,对此,中外戏剧界都作出了可喜的探索。

  中国自元代以后,戏剧艺术成熟。据《元史·礼乐志》载,宫廷演出《乐音王队》,表演者皆头戴面具。明朝初年,朱权在《太和正音谱》中把杂剧分为"十二科",称"神佛杂剧"为"神头鬼脸",明代弘治年间游潜就在《梦蕉诗话》中描写过流行在民间的"神头鬼脸"戏。明清传奇中,神鬼角色戴面具者数量很多,后来大多改为勾脸。这种主要是由面具派生出来的涂面化装,既简便,又丰富,使用很广泛,堪称中国戏剧艺术的杰作。勾脸的象征性比面具更加浓厚,夸张更加强烈。这种涂面化装进一步完美、定型,成为脸谱。其黑、红、花、青、蓝等色彩经过艺术夸张,被绘制成特定的纹样,丰富了象征指向。把象征人物性格品质、暗示人物本质特征的纹样图案固定下来,激发了观众的定向联想与不定向漫想,使演员与观众有了情感上的交流。因此,鲁迅先生就曾深刻地指出,脸谱是"优伶和看客共同逐渐议定的"①。当然,在传统剧目中,仍有戴面具的情节,因为面具可以营造一种情境,可以使观众产生联想。在东方许多古老的剧种中都是面具与涂面化装共同存在的,面具的那种象征夸张的艺术魅力,有时是任何其他艺术形式所取代不了的。

现当代的西方剧坛,由于受现代派思潮的影响,对面具的象征夸张有了理论上的再认识与实践的新探索。意大利 20 世纪具有世界影响的戏剧家皮兰德娄就是这样一位开拓者,他于 1934 年获得诺贝尔文学奖,是"由于他果敢而灵活地复兴了戏剧艺术和舞台艺术"。其中自然包括了将面具成功地运用于现代舞台的贡献。他从反传统的审美意识出发,不注重塑造人物性格,而强调表现人物精神面貌。试图将剧中人的心理活动加以"直观性"、加以"外化",使角色成为某种时代精神的体现者。因而他在一些剧目中利用了面具形成的情境,以期达到强烈的感官和思想上的双重刺激所形成的戏剧美效果。《亨利四世》写一位青年绅士在化装游行中遭到情敌的暗算,大脑受伤而导致精神失常,从此以神圣罗马皇帝亨利四世自居。12 年后,他从迷狂中清醒,发现恋人早被情敌夺走,就在佯狂中将情敌杀死。为了逃避罪责,只好再次借亨利四世的身份掩护自己,永远装疯,苟延残喘。亨利四世在剧中只是一副假面具,初时,主人公在化装舞会上戴上它追求欢爱,残酷的现实铸就他永远不能摘下这具假面。他的心理与面具的功能在审美意识上合而为一。皮兰德娄将"幻觉"和"现实"、"灵魂"与"面具"巧妙地统一起来,从而调动起观众对面具的象征夸张的想象力。主人公从盲目到自觉、从情愿到违心、从自信到内疚,这一系列复杂的心理变化都与面具所形成的情境相交织,产生了超越前人的艺术效果。

西方另一位将面具用于戏剧,并从理论上大加阐发的,是美国著名戏剧家尤金·奥尼尔。"由于他那种体现了传统悲剧概念的剧作所具有的魅力、真挚和深沉的激情"②,而获得 1936 年诺贝尔文学奖。他曾深入研究了古希腊悲剧和东方尤其是中国的戏剧,证明面具曾广泛应用于戏剧,而且进一步阐明:"面具是人们内心世界的一个象征","面具本身就是戏剧性的……它比任何演员可能作出的面部更微妙、更富于想象力、更耐人寻味、更充满戏剧性。那些怀疑它的人尽可以研究一下

---

① 鲁迅:《且介亭杂文集·脸谱臆测》,见《鲁迅全集》(第 6 卷),北京:人民文学出版社,1981 年,第 134 页。
② 中国社会科学院外国文学研究所外国文学研究资料丛刊编辑委员会编:《外国现代剧作家论剧作》,北京:中国社会科学出版社,1982 年,第 76—77 页。

日本能剧中的面具、中国戏剧中的脸谱或非洲的原始面具！"他认为戏剧使用面具可增强表现力与感染力，可激发观众的想象力。他在自己创作的《毛猿》《古舟子吟》《上帝的孩子都有翅膀》《大神布朗》《拉撒勒斯笑了》等名剧中，都大胆使用过面具。其动机是"希望扩大观众想象的范围，一定要给公众一个这样的机会。据我所知，公众数逐年增多，并且在精神上日益渴望参加对生活作出富于想象力的解释，而不把戏剧等同于忠实模仿生活的表现现象"。因此，他的结论是："面具并没有消灭希腊演员，也没有妨碍东方的戏剧表演成为一门艺术。"①实际上这是面具形成的情境造成的。应当实事求是地指出，奥尼尔的"新型面具戏剧原理"虽不失为一种新颖的戏剧观，尤其是在关于面具在戏剧中的作用问题所进行的全面、系统、深刻的阐述，具有划时代意义，但由于和观众在对待情境的审美习惯上尚有差距，而未能进一步扩大影响。

德国现代重要戏剧家布莱希特使欧洲剧坛出现了别开生面的新局面。他不仅仔细研究过欧洲的戏剧，而且还研究过亚洲的戏剧，而中国戏曲艺术直接影响了他的史诗剧理论。他提出的"间离效果"（陌生化效果）的理论，丰富了面具象征夸张的美学。他认为："间隔的反映是这样一种反映：对象是众所周知的，但同时又把它表现为陌生的。古典和中世纪的戏剧，借助人和兽的面具间隔它的人物，亚洲戏剧今天仍在应用音乐和哑剧的间离效果。"他认为"戏剧必须使它的观众惊讶，而要借助一种对于令人依赖的事物进行间隔的技巧"②。面具就是他采用过的"间隔"手法之一。他在与别人合写的《措施》一剧中，被共产国际派往中国沈阳开展地下工作的四个宣传员，在化装成中国人时就一直戴着面具，而其中之一的青年，在公开暴露自己身份时，就采用了撕下面具的做法。"间离效果"的实质是引导观众在艺术欣赏过程中进行积极的思考。布莱希特认为："一台戏的演员，他们的表演可能是一场欺骗；另一台戏的演员，他们带着怪诞的面具，全心全意的表演却可能完全是真实的。"③因为他始终强调的是戏剧手段要为目的服务，戏剧要加强对观众的教育作用，所以他对面具造成的情境，对观众的影响是很重视的。

---

① 中国社会科学院外国文学研究所外国文学研究资料丛刊编辑委员会编：《外国现代剧作家论剧作》，北京：中国社会科学出版社1982年，第81—82页。
② 张黎：《德国文学随笔》，北京：外国文学出版社，1986年，第102—103页。
③ 同上书，第144页。

东西方戏剧中的面具,在早期多数是角色"造型性性格"的外在表现,是类型化的一种外在表现,明显具有情境的认识作用。在近现代戏剧中,由于人物内心世界成为向观众揭示的重点,因而向内开掘日深。表演时要求从内心到外形完全与角色吻合,这时面具又成为内向性戏剧的一种表现手段。然而角色表演上的这种变化并未能减弱面具本身象征夸张的艺术魅力。东西方的现当代戏剧家在相互借鉴和影响中,都对面具的"情境"功能进行了不同程度的改进和利用,取得了引人注目的效果。

如上所述,面具作为人类文化的一种活的艺术标本,无不打上戏剧发展轨迹与审美心理结构的印迹。它从萌生到成为戏剧艺术的一种服饰,从宗教功能发展为娱人功能,以自己顽强的生命力和表现力保持了一种独特的"情境"意义。面具依靠想象在角色与观众之间架起一座牢固的桥梁;在情境与审美之间进行了沟通。因此,只要人类还有想象力,面具就永远不会消失其作为"情境"的审美意义。

第二节 中外文学中的"徒劳"

嫦娥奔月是中国著名、美丽而启人遐想的神话故事之一。在神话传说中,嫦娥奔月,化为蟾蜍,长居月宫。后月中又有一只玉兔与蟾蜍为伴。再后又出现了仙人桂树之说。晋代虞喜的《安天论》中载有"俗传月中仙人桂树,今视其初生,见仙人之足,渐已成形,桂树后生焉"[①]。所谓俗传就是指民间传说。唐代段成式在志怪小说集《酉阳杂俎》中所记异闻奇谈中就有关于吴刚伐桂的神话。它可能就是从虞喜所记的这一古老的民间传说演化而来的。《酉阳杂俎》中这样记载:"旧言月中有桂,有蟾蜍,故异书言月桂高五百丈,下有一人常斫之,树创随合。人姓吴刚,西河人,学仙有过,谪令伐树。"这则神话的重点在于,吴刚用刀斧砍月中的大桂树,树干随砍随合,始终砍不断,因此他永远得不到自由。他之所以会受这样痛苦的折磨和不公正的待遇,是因为他在学道时犯有过失。与之相类似,荷马史诗《奥德修纪》十一章中也有一则古希腊神话传说。科任托斯的创建者和国王西叙福斯,是个自

[①] 《太平御览》卷九五七引《淮南子》:"月中有桂树。"又卷四引晋·虞喜《安天论》:"俗传月中仙人桂树,今视其初生,见仙人之足,渐已成形,桂树后生焉。"

私、狡猾、罪恶多端的人。因而他死后受到了应有的惩罚,他必须永远不停息地向山上推巨大的石头。石头快要被他推到山顶时,就会因自身的重量和推力的减弱,而不可遏止地滚落下来。于是他只好又重新开始为完成这项艰巨的劳动而努力。这两则相似的神话虽然地点、人物、过失与原因、无效劳动的方式与对象毫无相同之处,一个是学仙有过,一个是罪恶多端;一个刀斧砍树,树创随合,一个推石上山,到顶即落。但是这两篇神话给人的审美感受与逻辑思辨是相同的。表面上都描写了一种无谓的劳动,一种劳而无功的"徒劳",从而形成一种"情境"母题。它表现了初民时期的人类在与自然进行斗争时,努力抗争,但又无可奈何的心理。但这种徒劳境遇本身却足以表现人类对现实生活的无限热爱。他们的行为虽然徒劳无益,却意味着人类对光明和幸福的憧憬与向往。面对荒诞世界的逆境和不公平的待遇,他们屡战屡败,屡败屡战,越挫越勇,从不气馁,也不屈服。有趣的是20世纪美国著名科幻小说家菲利普·迪克(1928—1982)在代表作《仿生人会梦见电子羊吗》一书中,描绘了一种"默瑟主义"的宗教。即由一个年老蹩脚演员、一个酒鬼,扮演默瑟在反复攀爬一座无尽头的山峰,攀爬过程中不断有飞石击中他。每当他要抵近山顶时,默瑟就又会重新跌落山脚,他又开始再一次攀爬。其目的是让人感受到彼此的情绪与存在,进而相互产生怜悯与同情。这些徒劳情境既可以使人追溯人类精神中的原始心态,又可以成为触发寻根意识的最好诱因。

中国古代《毒语心录》一书中记有一段禅宗公案,即宋代禅僧所写禅诗:"德云闲古锥,几下妙峰顶,唤他痴圣人,担雪共填井。"①无疑"担雪填井"不可能有明确的结果,明显也是一种"徒劳"情境母题。这段公案意在说明人类行为过程的重要性。而行为的结果却不是禅宗追求的终极目的,这与禅宗追求的寂灭、虚无是一致的。现代人通过探索神话传说的原始意蕴,可以弥补现代生活和现代文化所缺乏的精神要素。现代东西方作家面对人生的徒劳情境,可能得出积极或消极的两种截然不同的解释。当代女作家陈染在小说《私人生活》中也描写了一个徒劳情境母题的情节。在女主人公倪拗拗的心中,一遍又一遍地扫着下个不停的雪。雪不停,她就不停地扫,夜以继日,循规蹈矩。上述二例正与吴刚伐桂神话中那种毫无意义的疲惫劳动相一致。中国从古代到现代的这种徒劳母题的演进,缺乏哲理思考与

---

① 雪窦重显:《明觉禅师语录》,《大正藏》(第四十七册),台北:新文丰出版公司,1983年,第698页。

生命激活力,不仅没有亮色,而且表现一种灰色无奈的氛围。法国著名存在主义作家阿贝尔·加缪(1913—1960),"因他的重要文学创作以明彻的认真态度阐明我们时代的意识问题",而于1957年获得诺贝尔文学奖。在他的思想转折时期,出版了著名的哲学笔记《西叙福斯神话》(1943)。他针对希腊神话中相同的故事即西叙福斯推石上山,永远到不了山顶的核心部分进行思辨,说明人类这种徒劳行动具有与荒谬世界对抗的能力。尽管这种力量丝毫也改变不了现实世界本身,但也不应该悲观绝望、终止这种努力,更不能轻易了结人生。因为人应该意识到:"征服顶峰的斗争本身足以充实人的心灵。应该设想,西叙福斯是幸福的。"他认为在与荒诞现实的反抗中西叙福斯找到了自身的价值和存在的意义。这种建构性的积极的追求,是人类面对科学技术理性所产生的深层的精神危机和心灵焦虑的一种生存选择与价值坚守。人类一旦选择了如此方式的反抗与努力,那么人就显示出他有自由的身心趋向,意味着人对光明和幸福的渴望。这种对"徒劳"情境母题的分析,使加缪的结论无疑具有了积极向上的乐观精神和进步性质。其实,东西方人的攀岩运动、中外的登山运动等许多终极挑战行为对现实世界而言都形成一种徒劳的情境。即表现出人类的一种征服欲,一种争取战胜自然的自豪感,一种对自我的挑战与超越。

日本现代著名作家川端康成(1899—1972),"由于他的高超的叙事文学以非凡的敏锐表现了日本人的精神实质",而获得1968年度的诺贝尔文学奖。他虽然没有直接联系相关"徒劳"母题的神话进行创作,但也涉及徒劳的一些"情境"问题。在他的代表作《雪国》里,真实地描写了生活在现代社会底层的日本艺妓的遭遇。但是他主要还是试图以男主人公岛村的艺术形象来说明,人在生活中所作的一切牺牲、所进行的一切追求都是徒劳的一种情境,流露出面对他所不想了解的世界而产生的一种虚无思想与悲观情绪。

中国古典小说名著《红楼梦》《石头记》何尝不是如此。开篇即说女娲炼石补天,炼出通灵的石头三万六千五百零一块。其中一块因无缘补天而不堪入选,被弃之大荒山无稽崖青梗峰下。所有的故事都是从这块石头说起。如果让《红楼梦》的作者曹雪芹与西叙福斯穿越时空,隔空对话,那么从这一刻起,曹雪芹实际上也将青梗峰下的这块补天石推动了。二者的不同点在于西叙福斯面对的是一块普通冰冷的巨石,而曹雪芹所面对的是一块通灵宝玉。曹雪芹一直在想尽办法挪动这块石头,但直到小说第 80 回时,仍然无法将其推上顶峰。这种努力犹如西叙福斯的无奈一样,同样具有"徒劳"情境母题的色彩。但是曹雪芹不论其身世如何,其行为都让人敬佩。他皓首穷经的执著与倔强,直面凄凉世界的顽强与抗争,无不表现出一个堂吉诃德式的英雄应有的本色。而《红楼梦》也依然未失其为世界经典的审美品格,因为它反映的"徒劳"情境的母题,至今仍有顽强的生命力和不朽的激活力。

古代神话传说流传至今的对人生徒劳的感叹说明,无论这种徒劳是有积极意义,亦或是消极意义,其本质都是一种直面现实的反抗行为。加缪从中汲取了力量,陈染表现出无奈,川端对现实丧失信心,曹雪芹展示了悲愤。同是生活在自己当下的现实世界里,一个阐明了"时代的意识问题";一个反映了对人生的反省;一个表现了"日本人的精神实质";最后一个对封建社会进行了批判。"徒劳"这种情境都成了他们表达自己对现实世界态度的晴雨表。这显然是由于他们不同的创作个性和相异的心理感受决定的。诚如加缪所言:"反抗不创造任何东西,表面上看来是否定之物,其实它表现了人身上始终应该捍卫的东西,因而十足地成为肯定之物。"①由此看来,"徒劳"情境,不仅成就了这些作品的经典意义,而且也向读者和后人无保留地揭示出这些作家深邃的精神世界。

第三节 东方戏剧审美与"情境"

戏剧本体的研究,有助于加深对戏剧审美属性的认知,东方戏剧尤其如此。因为多年以来东方理论界长期存在的失语状态,它们难以准确发现或正确评价自身的价值。东方戏剧的社会作用、历史地位,必须通过对其审美属性的感受与参悟才能确立。东方戏剧本体的建构过程,要全方位地考察戏剧审美属性的诸种表现形式,如假定性、戏剧性、冲突性等等。而戏剧中的"情境",即用以表现主题的情节和塑造人物的境域,则是表现上述审美属性的基础。通过这些综合而具体的审美分析,掌握东方戏剧的基本构成因素及其美学功能,是东方戏剧本体建构的先决条件。东方戏剧的发展有其内在的规律性,既有沿袭民族戏剧传统的流程,又有因各民族戏剧吸收外来因素而形成的互补关系。因此,东方戏剧处于持续性的活动状

---

① [法]阿尔贝·加缪:《反抗者》,吕永真译,上海:上海译文出版社,2010 年,第 21—22 页。

态之中。尽管如此,它毕竟还有某些相对稳定的审美形态表现出来,其中的"情境"即可供驻足细观品评。倘若能将这些有益的结论进行理论上的总结与升华,就能逐渐完成东方戏剧多元美的本体建构,形成对东方戏剧全景式的宏观揽胜。

一、东方戏剧"情境"的构成

戏剧"情境"是戏剧审美中用以表现主题的情节及境域。一般包括人物活动的具体环境,如剧中人的动作展开的时间、场所,人物之间的矛盾关系,以及由人物心理活动凝结具体动机的事件等。它是可以使观众和剧中人产生情感共鸣的媒介环境和因素。因为戏剧性的"情境"必然会产生悬念,而"悬念"又关系到戏剧作品本身的美学特质是否具有吸引力和诱导力。当观众知道剧中人处在怎样的情境时,不仅戏就好演了,而且观众也能感受其中的美了。朱光潜先生曾指出:"戏剧(小说或叙事诗也一样)在内容上一般不是像古典作品那样侧重动作或情节,就是像近代作品那样侧重人物性格。狄德罗却提出'情境'作为新剧种内容重点,并且明确指出,'人物性格要取决于情境',所以情境比人物性格更重要。"①他认为狄德罗所说的"人物性格和情境的对比","其实就是矛盾对立,就是冲突"。而情境实际即是戏剧艺术作品的基础。日本评论家岩琦昶在探讨了日本著名电影剧作家黑泽明的创作特点后指出:"他是要把人放在试验管中,给予一定的条件和一定的刺激,以测定他的反应。"②而"把人放在试验管中"进行实验的原则,同样适用于戏剧艺术,而那"一定的条件和一定的刺激",则是戏剧中的情境。那被测试人的反应,则正是观众所期待的、亦即接受美学中所说的审美期待视野。当然观众尤为期待的则是戏剧中那些产生悬念的情境。

古代印度文艺理论中对戏剧情境虽无相对应的词可以阐释,但是在对"情"与"味"的解说中,可以发现戏剧情境的美学意蕴。在《舞论》中说:"因为[情]使这些与种种表演相联系的味出现,所以戏剧家认[之]为情。""正如烹调的食物随许多种类的不同的[辅佐烹调的]物品而出现,同样,情与一些表演一起使味出现。""没有味缺乏情,也没有情脱离味,二者在表演中互相成就。"③在论及"味"和"情"的关系

---

① 朱光潜:《西方美学史》上卷,北京:人民文学出版社,1979年,第257页。
② [日]岩崎昶:《日本电影史》,钟理译,北京:中国电影出版社,1985年,第251页。
③ 《古代印度文艺理论文选》,金克木译,北京:人民文学出版社,1980年,第6页。

等方面,它似乎实际上已经接触到了现代所谓的美和美感问题,以及情境问题。《舞论》中分析现实生活中人物的心理状态与情感特征而归结出 8 种"味"和许多"情",借复杂的表演以求传达出统一内容的以"情"为基础的"味",则可以划入戏剧情境的范畴。它既是演员创造的最高艺术境界,又是观众看演出的鉴赏标准,它还是演员与观众在情绪上的一种联系。演员在舞台上,观众在剧场里,几乎都抛弃了个人的好恶与喜怒哀乐,而服从或者沉浸于一种具有美学共性的情境之中。

中国传统文学作品包括戏剧的写作。其结构被理论家总结为"豹头、熊腰、凤尾",就戏剧而言,这一规律的形成,既是情境的需要,又符合观众审美心理的要求。戏剧开始要像豹头,开门见山地提出问题和事件,或很醒目、或很惊人,使观众一目了然。但是其后的发展,都要变幻莫测,"既有这样变化的可能,也有那样变化的可能,向观众提出悬念,使他们一下子就被抓住。从一开头就要随时设下伏笔,才能叫单一的问题,贯串到底"①。而戏剧悬念则是产生"情境"的基础。

戏剧开始就有醒目的"情境",如《乌龙院》的第一场《刘唐下书》,立即将观众的心紧紧抓住。随即将观众挟裹进宋江与阎婆惜的矛盾冲突中。宋江的处境越来越危险,观众的审美心理也逐渐向着他倾斜,内心的共鸣油然而生。另外,戏剧开篇也可就单一的"情境"推进悬念的生成。如《四进士》从四个进士盟誓开始,营造总的情境,后转入杨春买妻,事件单一清楚。但后来却引出一系列错综复杂的悬念,纠葛越来越大,悬念接踵而至,观众因急切想知道官府怎样处理此案而产生心理共鸣,又形成情境。由此可以看出只有叙述而没有悬念的情境是很难感动观众的。

二、"情境"与戏剧假定性

假定性原是美学和艺术理论术语,从艺术形象决不是生活自然形态的机械复制、艺术并不要求将其作品视为现实等意义上讲,假定性乃是所有艺术固有的本性。在戏剧艺术中,假定性是指戏剧艺术形象与它反映的生活自然形态不相符的审美原理。即艺术家根据认识原则与审美原则对生活的自然形态所作的、程度不同的变形和改造,因而它成为了戏剧的最基本的艺术法则。对假定性的认同与把握,使戏剧有了广阔的创造空间和发展余地。东方戏剧的假定性,在凭借人的想象

---

① 焦菊隐:《焦菊隐戏剧论文集》,上海:上海文艺出版社,1979 年,第 281 页。

力构筑无所不有、无所不在的艺术世界方面，形成了形形色色的"情境"，因而有了更为独到之处和特殊的表现形式。

东方戏剧舞台的空间与时间的假定性问题尤为引人瞩目，并使戏剧家逐渐产生了具有审美意义的共识。印度古典梵剧的舞台没有布景，有关时间及地点的指示，主要依赖剧情开始前舞台监督的致语，或者每场开始时，通过演员的叙述及表演来说明。正因为如此，情境可以扩大、压缩与延展，可以表现几天、几十天，乃至几十年的剧情时间跨度。有些剧目的情境可以从人间演到天上，可以从乡间演到城市，从自然界演到宫廷，演出空间不受限制，给人以充分想象的余地。中国戏曲也是借助演员的虚拟动作和说明性的台词，暗示空间和时间的变化，并由于观众的默契配合而获得了极大的时空表现自由。当演员提起衣服、小心翼翼地踏着并不存在的石块，渡过想象中的水流时，舞台空间就得到了所需要的情境。当演员在舞台上只用几分钟时间表演翻山越岭以后，为观众造成一种认识上的时空差，仿佛角色已经花费了很长的时间才完成此目的。日本古典戏剧，尤其是能乐和歌舞伎中的时间和空间概念，除却演员以虚拟动作暗示以外，是由合唱队（地谣，由 6 人、8 人或 12 人组成——笔者注）在演出开始时唱出此剧的主要情节，接着由主要配角"胁"交代故事的时间、地点等。在剧情发展过程中，配合演员的舞台动作，合唱队通过齐唱促使情境的形成。此外，当作走道使用的花道①也经常被用来表示山峦、河流等，为观众提供了想象的空间。东方其他国家的戏剧，如泰国的"孔剧"、印度尼西亚的哇扬戏等，也都是如此。正是这种用语言结合动作来表现舞台时空假定性的艺术处理方式，才突出了东方戏剧情境的虚拟美和象征美。

此外，在东方戏剧中，最能说明其假定性的虚拟与象征美的莫过于傀儡戏。它是东方戏剧舞台演出的第一幕，也是对西方影响最早、最大的剧种。其结构形式的可塑性、演出形式的逼真性、表现形式的趣味性等等，无不基于演员生命形式的假定性这一点上。正是由于傀儡戏连同"登台演员"的生命形式都是以假定性为基础的。因此，在傀儡戏中，凡是人与世间一切可以摹仿的东西，几乎都能以人的审美观念进行假定，并形成特定的情境。从而在各种生命形式的感知方式的差异上，丰

---

① 花道最初产生于贞亨年间(1684—1687)，原来是观众给演员献花时用的走道，故称花道。后成为一个特殊的表演区。

富了傀儡戏的表现技巧。这就是傀儡戏之所以能够对许多源于民间的戏剧施以影响,并且能波及几乎整个世界的原因。即使西方现代戏剧评论家乔治肯诺德面对上述事实也不得不承认:"东方戏剧的假定性方法也能创造一种现实的假象,就像我们的写实戏剧一样令人信服,或许更令人佩服。"①他所谓的"假象",其实就是东方戏剧中的一种"情境"。

三、"情境"与戏剧悬念

印度古典梵剧的情境是逐渐展示在舞台上的,其悬念与震撼观众心灵的力量,是经过合情合理的情节发展,慢慢激活起来的。如戒日王(约590—647)的五幕剧《龙喜记》,主人公云乘是个具有自我牺牲精神的王子,在庙宇里邂逅一位供养女神的公主。两人互不知对方身份,而暗暗相思爱恋,情境和悬念由此而生。一次两人先后到一凉亭。公主窥见王子在画着所爱慕女子的像,因不知是自己而心中忐忑不安。云乘王子也因不知被提亲的公主即自己的意中人而加以拒绝。如此的情境使公主羞愧沮丧而自缢,当被王子解救之后,两人的误会才解除。但是全剧并未因二人结婚而失去悬念。当婚后的王子发现被金翅鸟吃剩的龙(蛇)骨之后,心生恻隐之情。尤其是他见到将成为牺牲品的龙宫太子和其母难分难舍时,暗下决心以身相替。当金翅鸟把云乘王子叼到山顶准备吃掉时,遁迹而至的众亲人赶来,这样的情境让大家很感动。最后女神救活了王子,金翅鸟也发誓改邪归正,不再杀生。全剧悬念丛生,情境引人入胜,令人感到心动不止。此剧明显具有弘扬佛法的思想倾向,由于文化传统的影响和审美心理的认同,剧本颇受印度人民的欢迎和喜爱。

就创造戏剧情境而言,人扮演角色的演出理应会胜过木偶的演出。但是日本戏剧家近松门左卫门(1653—1724)的净琉璃剧本《景清出家》不仅词句出众、构思超群,而且创造出分外动人的戏剧情境。主人公景清是平氏家族的后裔,在企图刺杀仇人赖朝时,被情人阿古屋告发,怕连累妻子的景清并未逃跑而自首入狱。阿古屋因未能得到景清谅解在内疚中刺死和景清所生的两个孩子而自杀。赖朝下令砍掉景清的头,但他未死,被示众的却是景清信仰的观音的头,赖朝只好释放了他,并给以俸禄。内心充满矛盾的景清既感谢赖朝的宽大之恩,又因未能报仇而不甘心,

---

① 夏写时、陆润棠编,《比较戏剧论文集》,北京:中国戏剧出版社,1988年,第69页。

在极度痛苦中,他挖掉双目,出家为僧。全剧情节动人,线索复杂,人物内心冲突激烈,悬念丛生,扣人心弦。观众从木偶演出的情境里,感受到的是活生生的真情表演,同样体味到悬念造成的情境魅力,得到审美享受。

在戏剧艺术中,有无悬念是戏剧情境是否吸引人,是否能使观众产生共鸣的重要戏剧因素。悬念指的是观众对戏剧中的人物命运和情节变化的一种期待心理落差。当然其他文艺作品中也有。尽管戏剧观众的期待心理广泛多样,但是只要有悬念,一种能抓住大多数观众的悬念,就能产生相应的情境,并使之能获得某种艺术享受。那么就戏剧情境而言,戏剧可以说是成功的。因此,如果有人说悬念是"戏剧中最能抓住观众的魔力之一",或者有人认为,"引起戏剧兴趣的主要因素是依靠悬念",应该说这不是臆断。通观东方的戏剧艺术,在戏剧悬念的制造方面,有丰富的实践经验。当然总体论述到某一国别或某一剧种,乃至具体到某作家或导演,在运用悬念的技巧方面会有高下之分。但是如果戏剧没有了悬念,营造不出相应的情境,难以想象演员用怎样的艺术手段引起观众的共鸣。只有那些不仅尊重观众的"期待",而且善于利用观众"期待"的戏剧家,才能使观众随戏剧情境发展而不断产生新的期待,并一步一个脚印地使之产生共鸣,诱发观众期待戏剧结局的耐心,在审美享受中产生一种心理共振。

相比较而言,东方戏剧的悬念一般比西方戏剧的悬念,从情节安排上考察,较为缓慢。悬念的完成也较为舒缓,情境使人感到从容不迫。比较适合于东方人民那种和合、虚静的文化心理结构所造成的审美承受力。另一方面的原因是东方许多剧种还可以依靠唱腔、武打、声器乐、婆娑的舞姿、艳丽的服装,多彩的面部化妆等多种艺术手段,赢得观众的兴趣,并使之激赏不已。而以诗为本体的西方戏剧,则格外需要利用悬念的力量来吸引观众,可以说在几乎所有的西方戏剧技巧中,悬念尤为重要,没有悬念的戏剧对西方观众审美而言,明显是不可取的。围绕着戏剧悬念所展示的特定事件和特定的人物关系所构成的情境,自然可以产生多种多样的共鸣美。它也顺理成章地成为东方戏剧艺术中"戏剧性"的中心问题。

四、"情境"与舞台时空

东方戏剧情境的构成也表现出不同程度的假定性。戏剧情境指戏剧艺术中那些用以表现主题的情节和境域,是戏剧作品的构成要素之一。在构成戏剧情境的因素之中,剧中人物活动的具体的时空环境,最富有假定性的特点。如印度古典梵剧《沙恭达罗》中,国王和摩多梨一起在空中飞行、下降、俯视地面等表演中所指示的具体时空环境;中国元杂剧《窦娥冤》中,窦娥屈死的阴魂向其父窦天章述说冤情的时空处理;以及日本风行的能乐剧目《敦盛》中,死于战争的敦盛其鬼魂几欲为死者报仇的时空环境等,都具有极度夸张且怪诞的成分。这些因素构成的戏剧情境,都表现出鲜明的假定性。观众在欣赏戏剧时,与这些情境中的假定性产生了密切的认同与沟通。演员对特定情境中的特定人物进行体验与表现时所形成的假定的戏剧效果,使观众感同身受般体会到角色所处的情境。他们通过自己对剧中人"设身处境"地体验,对演员的表演进行审美判断。假定性不仅使东方戏剧观众得到审美享受,也与演员的虚拟美、象征美的表演产生了认知上的共鸣。这时情境中的假定性不仅是观众与演员之间的一种默契、一种媒介,而且也是对人物形象进行审美判断的前提条件之一。

就某种意义而言,东方戏剧情境塑造的某些表现手段和表演方式,同样具有假定性特征。这种假定性是东方戏剧本体建构中多元美的重要组成部分。印度古典梵剧中,别具风格的动作及姿态可以显示上山、骑马、渡船、驾车以及其他种种行为。演员凭借他的动作语言所表现的假定性去沟通和刺激观众的想象,以完成剧本所要达到的情境要求。如《小泥车》第一幕,天色昏黑时,被国舅追赶的春军逃到善施的住宅外,舞台指示里写道:"向前走了几步,用手摸索",然后说:"啊,这是摸到院子的墙壁啦!……这儿有一个旁门。……嗳呀!这旁门怎么关着哪?"①于是慈氏打开旁门,让春军进去。这种假定性是靠虚拟的动作来完成的。又如《优哩婆湿》第一幕,天女呼救后,国王坐着看不见的车子上场,然后又有爬山、降车等动作,这些表现手法自然也都是虚拟性的,为营造情境而设置的。

在中国戏曲中,演员可以用动作表示扣门、登楼入室,演员带几片布条飞跑表示风,用特制的桨划动,可以表示船行或浮载沉载等。主仆两个演员在不大的舞台上绕行几圈,就可能意味着他们去远方进京赶考。如《秋江》中的老艄公把不存在的船用根本不存在的绳子拴到不存在的系船桩上去的动作。以及为了推动搁浅的船,他费劲地做出脱鞋的动作。艄公和姑娘的身体此起彼伏则象征着船在江中等,

---

① [印]首陀罗迦:《小泥车》,吴晓玲译,北京:人民文学出版社,1957年,第28页。

这些充满假定性的虚拟动作形成的情境无不给人以象征美的感受。

日本的能乐在某些剧目的演出时,舞台中央放一个四方形的框架,可用来作宫殿、庙宇、楼台、农舍、车船等,借助演员的表演和话语提示,即可确定它的舞台造型。观花赏月、骑马行船等,只能采用象征性的表演手段来加以解决。在道具中,扇子的象征性运用的最多。它配以演员的表演动作,可以制造月升、雨落、流水、风吹等情境,表示欢乐、悲愤、激动、平静等种类繁多的感情变化等。如《熊野》中风吹雨过,樱花落地,女主人公见景生情,心中悲切,就以扇接落花,举扇仰望天空等动作来表达。这些运用道具和似舞非舞的象征性动作,不仅形成一种情境,而且流露出一种东方假定性美的意韵。俄国戏剧家梅耶赫德在评论日本歌舞伎演员的精彩演技时说道:"歌舞伎演员的表演风格的主要特色和卓别林的一样——质朴。不管在悲剧里还是在喜剧里,他们的表演都很质朴。所以,他们的舞台演出的假定性形式显得很自然。如果没有表演的质朴,导演艺术的假定性形式就会显得很勉强和不自然。"①假定性使舞台上的空间形成了不同的情境,感动了读者和观众。

假定性对东方戏剧情境的生成至关重要。中国焦菊隐先生认为中国民族戏剧是"……贵乎神似。然而神似必须通过形似"②,通过形似达到神似,主要在神似,不追求所谓的"真实"。日本河竹登志夫说:"在日本演技论中,重视神似的艺谈,在元禄③前后尤为出人意料地多。"④印度泰戈尔在论述舞台的美学作用时也指出:"刻板写实主义就像蝗虫一样钻入艺术内部,像蟑螂一样汲干艺术的所有情味。"⑤他主张用虚拟和象征的手法,使观众相信舞台上表演的真实。这种以假定性为前提的重神似的演剧体系,在东方各国的戏剧界不乏同调。就美学而言,这是因为东方戏剧追求一种精神性,一种在和谐的氛围中,以内敛的方式酝酿的情境。戏剧艺术中简洁、质朴的动作和物象也蕴含着精神的意韵,形成一种诱发人心领神会的精神氛围。而东方戏剧的假定性恰恰以这种情境为媒介,表现出虚拟、象征的美学韵味。但是这种假定性一旦完全被观众接受,就已经是真实的了,从这一角度讲,假

---

① 《外国戏剧》1982年第2期,第21页。
② 焦菊隐:《关于话剧吸取戏曲表演手法问题——历史剧〈虎符〉的排演体会》,《焦菊隐戏剧论文集》,上海:上海文艺出版社,1997年,第150页。
③ 元禄,本山天皇年号(1688—1703)。
④ [日]河竹登志夫:《戏剧概论》,陈秋峰等译,北京:中国戏剧出版社,1983年,第117页。
⑤ [印]泰戈尔:《泰戈尔论文学》,上海:上海译文出版社,1988年,第130页。

定性就已不复存在了。因为它从生活中抽象出来，现在又被观众认同为生活的真实。大多数东方戏剧的传统剧作中的内容都包含着这种生活的真实，但是这绝不会使东方重神似的戏剧表演体系黯然失色。因为它植根于古老悠久的东方历史文化之中，其所形成的情境也早已被视为东方戏剧审美活动中的重要组成部分了。

结论

总之，对戏剧情境和假定性、悬念的研究，是戏剧本体研究的重要内涵。这是有效地沟通创作者（戏剧家）与欣赏者（观众或读者）相互联系的必经之途，对东方戏剧艺术的研究与认知有重要意义。创作主体（戏剧家）本质力量对象化的实现，必然最终将落实到作品（剧本）本身，并且必然会通过作品表现出来。而审美接受者（观众或读者）的感受与认知，自然也会受到作品美感形式，尤其是情境的触发。所以对"戏剧本体"的审美认识，不仅使之成为剧作家和观众之间的中介与桥梁，而且能有效地调动审美接受者的想象思维，逆向回返，可充分地探求并发掘出作者创造性思维的艺术价值。东方戏剧艺术虽然也能给昔日和当今的观众心灵以感应性融动，但观众一般还仅仅局限于对情境所形成的剧情美的感受，而对戏剧本身的审美含义还应有更深层的理解和更加充分地解析和领悟，只有如此才不会影响到戏剧审美价值的有效实现。因为戏剧不仅有教育作用，同时审美感召力也是它所特有的美学功能。通过对戏剧情境与审美关系的研究，东方戏剧艺术那种特有的多元美的品质会更加令人注目与赞叹。

第四节　东亚汉诗中的"禅境"

中国佛教的禅宗名义上源于印度，实际上是与中国传统文化相结合的产物。东汉末年来华的伊朗（安息）高僧安世高（安清）带进的禅学属于小乘，而后流传于中国的达摩禅法则属于大乘。两种禅法完全不同。以达摩顿悟为主的禅宗理论和实践进入中国诗的时间约在两晋南北朝。禅宗勃兴于唐，盛于宋，其间相继传入朝鲜、日本和越南，并慢慢浸润了它们的诗坛，因此汉诗得以与禅结缘。严羽在《沧浪诗话》中说的好："禅道惟在妙悟，诗道也在妙悟。""禅道"和"诗道"二者的契合点和相通之处恰恰在"悟"上。诗自渗入禅理而愈显灵性，禅自有了诗意而尤显深幽。

朝、日、越三国的僧俗两类诗人同在用汉诗表达的禅的情境中觅得思想归宿。诗禅的结合令他们心驰神往、浮想联翩,成为他们表现各自文化心理和审美感受的最佳选择。他们常将那些江松暮雪、山村落照、渔歌晚唱、远浦归帆、石幽水寂、林泉野趣等富于禅机的意象,巧妙地纳入自己用汉诗构筑的自由王国,追求一种清远幽深的意境。在享受自然风物之美的同时,含蓄委婉地传达出自己的心性所在。在这种时刻,"禅"又成为诗人为读者营造的一种情境。诗人通过意境表达自己的主观情感,通过情境传达客观美感,二者颇有不同。但是,正如东方学家季羡林先生指出的:"诗与禅,或者作诗与参禅的关系,是我国文学史、美学史、艺术史、思想史等等中的一个重要问题。在一些与中国文化有关的国家,比如韩国和日本等等中,这也是一个重要问题。"①其实,"禅"即为"悟",禅境即为悟境。"禅境"在东亚汉诗中就是诗人营造的一种奇妙的"情境",读者通过各种"情境"即"悟境"得到审美享受。

一、"禅":意境中之"悟境"

禅是梵文 Dhyna 和巴利文 jhna 的音译缩写,意译为"静虑""冥想",英文为 meditation。禅宗认为,要开发真智必先入禅,只有心绪宁静关注,才能深入思虑义理,才能有所悟,非顿悟,即妙悟。禅宗主张远避俗世,修身于自然,提倡"五戒"与"六根清静"。这种以天地自然为静,并以之为修身养性之所,以求有所悟的禅宗思想,时隐时现地贯穿于朝、日、越三国汉诗的发展进程中。禅宗所提倡的无论是达摩之顿悟,还是古人所云之妙悟,都指出参禅要悟到"无我"的境界,要悟出"空"的层次。禅宗五祖弘忍在选择衣钵传人时,曾令寺僧各做一偈。神秀主张渐悟,其偈曰:"身是菩提树,心如明镜台,时时勤拂拭,勿使惹尘埃。"慧能主张顿悟,让人代书作偈曰:"菩提本无树,明镜亦非台,本来无一物,何处惹尘埃。"就是因为神秀之偈颂不如慧能之偈颂在"无我"与"空"的问题上悟得彻底,弘忍才将慧能定为法嗣,后为六世禅祖的。这种追求无我的境界与空的思想,在进入受汉文化影响很深的朝、日、越三国的汉诗创作以后,"其结果是将参禅与诗学在一种心理状态上联系了起来。参禅须悟禅境,学诗需悟诗境,正是在'悟'这一点上,时人在禅与诗之间找到

---

① 季羡林:《人生絮语》,杭州:浙江人民出版社,1996 年,第 64 页。

它们的共同之点"①。而在"境"这一点上,人们发现了禅与诗之间的相通之处,以及意境和情境的区别之处。

禅宗在朝鲜半岛影响很大。早在中国禅宗盛极之前,新罗僧人法朗就从中国禅宗四世祖道信(580—651)学得禅法,返归新罗。神行(又名信行、慎行,704—779)随法朗学禅法后觉不足,又赴唐投师北宗禅神秀弟子普寂(大照禅师,651—739)的门人志空的门下修习,返回新罗后弘扬北宗禅法。但是真正使禅宗在朝鲜大行其道的却是南宗禅慧能之法孙道义等。道义、洪直、惠彻、玄昱、道允、无染、梵日等新罗僧人,都先后到过唐朝,向不同流派的禅师学法,归国后成为朝鲜各派禅法的大师。在这种氛围中,禅理入诗尤显三昧之境中的"情境",诗中有禅则"情境"更多解脱之趣。

高丽诗人崔冲(985—1068)擅长汉诗,不少作品立意新颖。其《绝句》一诗借月夜景物自然流露出空寂的禅佛之趣:"满庭月色无烟烛/入座山光不速宾/更有松弦弹谱外/只堪珍重未传人"。全诗以象外之象、意外之意描绘出一个静极的空灵意境。只有内心与外物合一,才能体会到月色山光那种"无烟烛""不速宾""未传人"等空寂的禅旨,已入禅家"即空即有,非空非有"之境。高丽诗人李奎报(1169—1241),号白云居士,流传至今的汉诗有 2000 余首,其中《咏井中月》一诗颇具禅味:"山僧贪月色/并汲一瓶中/到寺方应觉/瓶倾月亦空"。此诗如偈颂,点出佛心禅修,佛境禅理。诗中以月喻微妙的禅义,山僧渴求,并汲于瓶中,于是瓶中之月随瓶倾而空,虚空一片,无色可取,有"道可分不可分,无在无不在"的禅机。高丽末期诗人郑道传(1342—1398)能诗善文,崇尚朱子理学。在《访金居士野居》一诗中表现了一种求禅悟的无我空寂之境:"秋云漠漠四山空/落叶无声满地红/立马溪桥问归路/不知身在画图中"。这首诗禅同道的诗,以秋云山空,落叶无声,来表现自然外物之空寂。心怀禅机的诗人进入无我之境,心问禅旨在哪里,不知不觉豁然开悟,在禅的意境中流露出一种心向佛性,参悟得道的喜悦。全诗意在表明"人性中皆有悟",只要能善持自性,就会发现围绕在身边的快乐。

中国禅宗早在奈良时期(710—794)即传入日本。日僧最澄(767—822)、圆仁(793—864)来唐时都学习过禅宗。荣西(1141—1215)于 1168、1187 年两度入宋,

---

① 敏泽:《中国美学思想史》(第 2 卷),济南:齐鲁书社,1989 年,第 290 页。

从临济宗黄龙派八世虚庵怀敞受法,于 1191 年返日后弘扬禅法。此后道元(1200—1253)在中国从曹洞宗第十三世如净(1163—1228)受禅法,将该宗传入日本。1246 年,中国著名禅师兰溪道隆(1213—1278)应邀赴日传播禅法 32 年,埋骨他乡,确立了南宗禅在日本的根基。此后中日两国禅僧互学之风多年不衰。禅宗的"即心是佛""明心见性""见性成佛"等依靠自力即可解脱成佛的观点,激励了镰仓时代(1185—1333)那些在生死搏斗中渴望掌握自己命运的武士。这种强调自身修养,追求淡泊宁静的精神需求,为镰仓末期的"五山文学"提供了诞生之机。日本禅学大师铃木大拙(1870—1966)曾深刻指出:"要想从其他方面去理解日本人的文化生活,无论如何也必须深刻地探讨佛禅的秘密。""因为禅与日本人的性格,特别是在审美的精神方面,很是适应。"① 这其中不无"禅境"的功劳。

镰仓时代武士崛起,日本奉行武人政治,使得一部分文人隐居山林或遁入空门,汉诗的写作也由宫廷转入禅院。以镰仓和京都的五所寺院为中心,形成隆盛一时的"五山文学"。僧侣们将汉诗文修养作为禅家必备条件之一,涌现出一批杰出的禅宗诗人。五山文学开山奠基人雪村友梅(1290—1347),曾师从宋归化僧一山一宁②,学习汉学,在参禅之余喜读汉诗。所作《过邯郸》一诗,表达了自己"人空法亦空"的禅学思想:"莫笑区区陌上尘/百年谁假复谁真/今朝借路邯郸客/不是黄粱梦里人。"③ 此诗明显为模仿金代诗人元好问的《过邯郸四绝》之四而作,但他一反原诗本意,将自己比作人生苦旅中的匆匆过客,难想百年身后事。他认为尘世中的一切,"触目无非是幻空"。此诗为元好问被元人关入死牢中所作。原诗为:"原城烟水一枝筇,触目无非是幻空。童子曾参无厌足,镬汤炉炭起清风。"因此自号"空幻"。雪村将原诗中"犹是黄粱梦里人"的"犹是"改为"不是",表达了自己的新意。仅以一字之别就明确表示其在入世与出世间的人生抉择,充分显示出他淡泊名利、恬静高洁的性情,以及"眼中无贵贱"的禅家品格。此诗表现出诗人在禅悟中,"意"与"境"的完美统一。

---

① 张锡坤主编:《佛教与东方艺术》,长春:吉林教育出版社,1989 年,第 874 页。
② 中国禅宗临济宗高僧妙慈弘济大师(1247—1317)之法名。1299 年,他受元成祖之命,出使日本,在五山讲学,培养出一批儒禅兼通的学问僧,终老未归,被视为五山文学始祖。参见张锡坤主编:《佛教与东方艺术》,长春:吉林教育出版社,1989 年,第 874 页。
③ [日]佐竹昭广:《新日本古典文学大系》(第 48 卷),东京:岩波书店,1990 年,第 265 页。

堪称五山文学翘楚的义堂周信(1325—1388)博通佛典禅录,涉猎经史百家汉籍,尤其擅长汉诗文的写作。其居室名为"空华",取"空兮无相,华兮无实"之意。他的《小景》诗写道:"道旆翩翩弄晚风/招人避暑绿荫中/谁家钓艇来投宿/典却蓑衣醉一蓬"。这幅夏日黄昏醉人图一派超然物外的出世气氛。诗中既有无我之境,又有禅家普渡之意。渔翁钓艇垂钓非为游鱼,暗示禅家之追求禅境亦非世俗所能喻,渔翁之醉是达到悟境后的得意忘言而又忘形之举。诗中表现出"以无念为宗"的禅旨,即在接触外物时,心并不受外境影响,"不于境上生心",此诗虽无禅语,却大有"禅境"。

梦窗疏石(1275—1351)是一山一宁的弟子,义堂周信的老师。他精通孔孟老庄之学,也精通禅学,晚年曾为五山十刹之一的天龙寺住持,对日本禅宗的发展起了很大的推动作用。他好赋汉诗,诗中禅味甚浓。《暮春游横洲旧隐》二首之一云:"日映苍波轻雾收/四洲叠嶂斗奇尤/满船载得暮春兴/与点争如此胜游"。虽然诗中最后一句用了《论语》中曾皙(曾点,字皙,孔子弟子——笔者注)言志的典故,但是悟得禅理后的喜悦却洋溢在字里行间。诗中前两句写春游之兴致,暗示参禅求悟之兴,直至满船载得春兴而归,正是禅家自性最完满、最充实的体现,也是意境充沛淋漓之处。

6世纪末,中国佛教禅宗传入越南。印度僧人毗尼多流支(意译"灭喜",? —594)于南朝陈宣帝太建六年(574)到达长安,曾师事中国禅宗三祖僧璨(约510—606),学习禅法。太建十二年(580),由广州到达今越南河东省法云寺,创建"灭喜"禅派。唐元和十五年(820),中国禅僧无言通(? —826)于今越南北宁省建初寺创立无言通禅派。11至13世纪,佛教在越南得到长足发展,李朝(1009—1225)开国初年,曾被定为国教,出现了"百姓大半为僧,国内到处皆寺"的繁盛景象,其中禅宗也顺时发展。在当时精学汉文、擅长汉诗的文人中,一些高僧法师的汉诗表现出更多的禅宗情境。

圆照法师(俗名谭器,999—1091)阐说禅道教理的诗《妙性》:"妙性虚无不可攀/虚无心悟得何难/玉焚山上色常润/莲发炉中湿未干。"[①]诗中之妙性即指佛性禅心,它有而若无,实而若虚,只能心悟。后两句是禅家的奇特用语,以超思维、反知性的语言说明

---

① 孟昭毅:《比较文学与东方文学》,北京:中国社会科学出版社,2006年,第206页。

"真知"、佛性禅心是通常语言所无法表述的。万行禅师(？—1018)在即将涅槃时,写有《示弟子》一诗以警世:"身如电影有还无/万木春荣秋又枯/任运盛衰无怖畏/盛衰如露草头铺。"①诗中一派无我之境,宣扬了禅宗的虚无玄妙观,即世间万物既有也无的思想,其本质即"空"。因此,诗中无一字写"空",却又无处不空。这种超生死得佛道,不求自外之物的心态,也是一种禅境,足以示人。满觉大师(俗名李长,1052—1096)学识渊博,精于禅道。他仅存的偈颂《告疾示众》很著名:"春去百花落/春到百花开/事逐眼前过/老从头上来/莫谓春残花落尽/庭前昨夜一枝梅。"②前四句是说"花落""花开",一"过"一"来",随时间推移万物枯荣变化,都不被放在心上,表示了禅客处世的淡泊与无心。最后两句点出禅悟所在,春残花尽之时自有梅花独放,表现了禅不必刻意寻觅,它无处不在,只要悟即可得的意境。

由此可见,禅与诗的融通,这种精神文化领域内的互相渗透在朝、日、越三国的汉诗中并不鲜见。尽管禅悟与诗悟有心领神会的相通之处,但也有明显区别。禅悟毕竟是一种佛教哲学所追求的精神境界,诗悟则是从艺术审美的角度对外部世界的感发。不需要文字表达,只须参禅者精神投入与参与的禅悟,在域外汉诗作者的心中向诗悟转化,并述诸文字。汉诗中禅悟原本那种神秘感、形而上倾向,因为在审美时升华一种意境,而成为"情境"而被公开化、通俗化。这使汉诗中禅悟所传达的神韵更趋向于艺术之美,所渲染的情境接近于文学之美。这是将文化诗学表现为艺术哲学的一种进步与深化。

二、"悟":情境中之"诗意"

在表现"禅境"的域外汉诗中,一个显著的特点即是多妙悟、顿悟,绝少人间烟火,而洋溢着一派山林、田园蔬笋的清新之气。尽管佛祖释迦牟尼一生未曾号召僧人普遍坐禅,亦不提倡佛法与山水、田园有何关联,但是"灵山会上,释迦拈花,迦叶微笑",这种禅的起源之说还是有了自然的因素。至于释迦牟尼在王舍城外尼连禅河畔伽耶的一株毕钵罗树下,坐禅七天七夜达到"觉悟";悟道之后到贝拿勒斯城外的鹿野苑宣讲佛法,初转法轮,也无一不是在大自然环境中进行的,只是不格外强

---

① 《越南百家诗》,胡志明市:柴棍文化出版社,2005年,第9页。
② 同上书,第12页。

调而已。佛教传入中国以后,禅宗初祖达摩所修大乘禅法认为,修禅最好远离尘嚣,因而他于梁武帝时期(约6世纪前半叶)来中国授法,并不住在洛阳城外的白马寺中,而是远遁隐居在嵩山少林寺。达摩之后的二祖慧可、三祖僧璨、四祖道信、五祖弘忍、六祖慧能,甚至包括神秀在内,基本上都提倡独宿孤峰,端居树下,空山静坐,以求有所大彻大悟的一种情境。

禅境虽然从主题学的角度分析,可以是一种情境,但其可外化为"悟",而只有悟出"无我"或"空"时,才能称得上"觉"。要达到此目的,参禅者的主观条件是必须要达到一个标准,即不论"心如明镜台"(神秀语),还是"明镜亦非台"(慧能语),都要求"慧心"①一尘不染。而在参禅者的思想深处,无论"身是菩提树"(神秀语),还是"菩提本无树"(慧能语),都会外化为自然界景物之一的"境"。当心中之物与外物相沟通,达到物我合一的程度,才会产生悟解。即五世禅祖弘忍所说"法以心传心,当会自悟",才会参透禅之妙法。参禅者求"悟"的客观条件,就禅的本质而言,要想"静虑""冥想",最好是有一个静谧的自然环境。它最好是秋意浓郁的溪,春花绚烂的林,云雾缭绕的山,宁静明澈的水,漂泊不定的船,黑夜明亮的月,古朴简陋的屋,青灯木鱼的刹,以及与此背景融和为一体的情趣。这一切就使那不受尘世干扰的深山野林成了最理想的营造情境之地。禅宗所谓人人皆有悟性,与诗家所说"人性中皆有悟"②有相通之处。但"悟"不会自然生出,只能有感而成,即触景生意而有所悟。这对于那些在山林深处坐禅与闲云野鹤为伍的僧人,或者徜徉于名山大川之中的旅人,都是很自然的事。他们将心中所悟之意外化为诗,由禅家的不立文字,到诗家的大立文字,见自然山水之景,悟禅佛之道,引起他们内心对"禅境"的共鸣,于是山水诗就成了他们表现"悟"的最得心应手的工具。刘勰在《文心雕龙·明诗》中说:"宋初文咏,体有因革,庄老告退,而山水方滋。"在玄言诗为山水诗所取代的晋宋时代,正是佛教日隆之时,禅宗思想也杂糅其间。山水诗日后成为诗坛重要组成部分,恰为那些企图从自然山水景物中求禅悟的僧俗两界诗人准备了条件。诗歌空前繁荣的唐、宋时代,恰逢禅宗鼎盛,在山水诗中表现禅悟势在必然。而深受唐、宋诗影响的朝、日、越三国的汉诗,也一脉相承,并有不少佳作问世。

---

① 佛学上的"慧心"一词,指的是能够顿悟真理之人。
② 钱锺书:《谈艺录》,北京:中华书局,1984年,第99页。

9世纪与10世纪之交的朝鲜诗人朴仁范(生卒不详)曾到唐求学,写有《泾州龙朔寺》一诗:"翚飞仙阁在青冥/月殿笙歌历历听/灯撼萤光明鸟道/梯回虹影倒岩扃/人随流水何时尽/竹带寒山万古青/试问是非空色里/百年悉醉坐来醒。"①诗人面对青冥中的龙朔寺"翚飞仙阁""月殿笙歌",顿生飘飘欲仙之感。而"灯撼萤光""梯回虹影"尽写龙朔寺超然之静。"流水""寒山"这些表面看来的实在之物实际是幻象。诗人悟出是非真理即在色空之中,在于醉醒之间。《心经》讲:"色不异空,空不异色,色即是空,空即是色。"这里的"色"指有形质、能感触到的事物。"空"则认为客观事物皆幻象,都不是独立存在的实体。诗人在禅宗的色空观中发现了一生悉醉、悟道即可醒的禅理。朝鲜另一位诗人成侃(1427—1456)的《渔父》诗写道:"数叠青山数谷烟/红尘不到白鸥边/渔翁不是无心者/管领西江月一船。"②这首山水诗句与句之间并无必然的逻辑联系,明显暗示禅理。前两句写青山、白鸥是远离世俗之景物,渔翁垂钓的本意也并不在鱼,而在禅理(西江月)之中,暗示了禅家追求禅旨有所得之后的参悟之情境。

日本平安朝前期最负盛名的高僧之一空海(774—835),18岁时大量修习汉籍,后专研佛典,并入山修行。20岁为僧,31岁入唐研修佛典,并致力于诗学。他常与唐诗名家往来唱和,表现出很深的汉诗功底。其《后夜闻佛法僧鸟》一诗是颇具禅味的作品。"闲林独坐草堂晓/三宝之声闻一鸟/一鸟有声人有心/声心云水俱了了。"③诗中"三宝"指佛教中的"佛、法、僧"。"了了"即了悟、悟入、明白。诗人闲林独坐,在鸟声与人心及山林云水相融和的寂静之中,悟得禅宗真境,即悟得事物的真实状况、真实性质。日本近代诗人广濑淡窗(1792—1856),号淡窗,其汉诗主要受陶渊明、王维、孟浩然等影响,虽无禅语,却有禅意。《隈川杂咏》则颇有代表性:"观音阁上晚云归/忽有钟声出翠微/沙际争舟人未渡/双双白鹭映江飞"。诗人在晚云飞渡的薄暮时分,忽闻古刹钟声,静中之动,此一悟;沙际旅人争渡,惊起白鹭双飞,鸟比人自由,此二悟。诗人在自我与大自然融为一体的情境中悟出真性。

越南陈朝(1225—1400)仁宗(1258—1308)在位14年,逊位5年,出家8年,自号竹林大师,开创了越南自己创造的竹林禅派。其汉诗中常常流露出浓厚的禅宗

---

① [韩]韩国文化促进会编:《东文选》,首尔:民文库,1989年,第568页。
② [朝鲜朝]成侃:《真逸遗稿》,首尔:亚细亚文化社,1985年,第39页。
③ [日]小岛宪之:《王朝汉诗选》,东京:岩波书店,1987年,第241—242页。

思想。《登宝山台》一诗写道:"地僻台逾古/时来春未深/云山相远近/花径半晴阴/万事水流水/百年心语心/倚栏横玉笛/明月满胸襟。"①诗中将奥妙的禅理"心即佛,佛即心"寄寓山水之中。文笔遒劲有力,情境飘忽高远。"台逾古""春未深"以示时间不可确定;"云山""花径"等自然山水也难以确指。在诸多不定中参透禅定:世间万事如流水,一生心中求佛心。最后在倚栏吹玉笛的情境中,永恒的佛性、微妙的禅旨(明月)使胸臆外露。后黎朝(1428—1789)初年,圣宗(1442—1497)因提倡儒学限制了佛教的发展,但是在其诗中禅宗思想却时有流露。他的《绿云洞》一诗写道:"绿云深洞碧巉岏/名赖尘消宇宙宽/夕照溪山花掩映/春开杨柳鸟间关/清泉洗耳猿心静/幽室悬灯鹿梦寒/无相虚灵机事少/壶天日月不胜闲。"②这首山水诗虽有吟风弄月之意,但不失典雅清丽之风。尤其是在描写山水之秀美时,将禅定思想融于参禅的完整体验之中,别开生面。"深洞""尘消",无处不悟,"夕照""春开",景色豁然。诗人进一步利用山水意象——清泉洗去世俗的贪欲,幽室照亮了鹿野苑之梦,来指出真如、涅槃、法性等虚灵禅机之难得。

从上述山水诗的分析、阐发之中,进一步可以发现,禅的实质就是要通过自我调心达到主体自我与客体自然界的和谐、统一,达到精神上超脱、安宁的一种禅境。这种意境与情境的合流,在朝、日、越三国的汉诗中,经常通过欣赏自然山水田园之美来达到表现作者内心的安恬,或从对人事和自然现象的观察反省中抒发万法皆空、人生如梦的感触,以及随缘任远、超脱自如的生活态度。这种禅境与诗意的融合,是以东亚为代表的域外汉诗受到佛教影响后而表现出的一种特殊情况。对这种"顾左右而言他"式的"禅境"进行的欣赏,形成了受中国禅宗思想波及的域外文人的一种特殊的审美情趣与感受。

其实,诗歌创作几乎是世界上所有的民族最初所共有的精神活动之一。闻一多先生就曾在《文学的历史动向》一文中指出:"对近世文明影响最大最深的四个古老民族——中国,印度,以色列,希腊——都在差不多同时猛抬头,迈开了大步。约当纪元前一千年左右,在这四个国度里,人们都歌唱起来,并将他们的歌记录在文字里,给流传到后代……"③而参禅却不是所有民族所共有的精神活动,它似乎仅

---

① 于在照:《越南文学史》,北京:军事谊文出版社,2001年,第39页。
② 孟昭毅:《东方文学与文化讲谈录》,天津:南开大学出版社,2008年,第291页。
③ 闻一多:《闻一多全集》第1卷,北京:生活·读书·新知三联书店,1982年,第201页。

限于在信奉佛教禅宗的少数国家里流行。朝、日、越三国的禅宗兴起以前,就已开始了汉诗的写作,这表明作诗与参禅并无必然的逻辑联系。但当禅宗流行,且作诗与参禅在"悟"这一点上找到共通之处,即诗之言与禅之意相统一以后,禅悟便以汉诗为载体大行其道。正如钱锺书先生在论及"妙悟与参禅"问题时所指出的:"了悟以后,禅可不著言说,诗必托诸文字。"①正是禅宗之禅将域外汉诗从一般的说理、写景的玄言诗、山水诗、田园诗的层次,上升到"理趣"的高度和成熟的境界。这些汉诗在空灵、清淡、恬静、和谐的情境中,将禅悟的博大宏深,以及深受禅理影响的那种文人的精神境界融合得如此恰到好处,以至营造出一个令后人永远神往的诗禅合鸣的艺术世界,一种可以重复组合出现的"禅境"之悟。禅境可欲而不可求,情境可意会而不可言传。

小结

　　"情境研究"一章的实践表明,由于"情境"一词的定义在学界存在不同的解释,及其内涵、外延的不确定性,使得"情境"研究出现五花八门的情况。目前的研究实践中,除戏剧艺术以外,还很少有学界认同的范例。因此,本章所进行的探索,实为一家言,颇多值得商榷之处。所研究的具体内容至多是一种"抛砖引玉"式的实践尝试,供后来者借鉴。愿后继者在此铺路石的基础上能有更大的进步和发现。

　　总之:"实论编"主要解决主题学研究从理论到实践的运用过程,即利用实践的成功来验证理论的可行性。实践是通过实际活动来认识和改造现存世界的尝试,并用以验证理论是否正确的标准。主题学本质上是一种文学类型的研究。它既需要理论上的认知和结论,也需要具体的实例来证明理论的可操作性和实效性。因此对主题学研究主要涉及的主题、母题、题材、人物、意象、情境等具体内容,要进行举例分析,以供"三隅之反"。事实上,"实论编"基本完成了主题学从理论到实践的"蜕变",并向学界表明理论联系实际的研究,才是主题学研究的正途。

---

① 钱锺书:《谈艺录》,北京:中华书局,1984年,第101页。

余论　中外会通 东西交流：
21世纪比较文学主题学

21世纪已经走过了五分之一的时间,在翻腾着人文主义浪花的历史长河中,比较文学主题学的发展必然处于中外会通、东西交流思潮的裹挟之下,奔向世界文学的大目标。这是不以个人的意志为转移的学术发展规律。当前世界各国的政要、财团、科学家取得的共识是:21世纪正在走向可持续发展的道路。信息经济、生命科学、生物技术、人工智能等高科技领域的迅猛发展会极大地加快人类文明的发展进程,提高人类的物质生活水平,但是也会不可避免地给人类自身的生存带来威胁和障碍,使人类的精神产生诸多的迷惘与困惑。21世纪人类会越来越面临着知识架构急遽更新变化的挑战;必然会面对由于社会快速发展而造成的各种心理和精神上的不适应。这就像在极速飞升或下降的过程中要克服超重或失重现象一样。人类在面临这些共同的状况时,用各种传媒手段表达出来的任何叙事或抒情,都为跨越民族、语言和学科界限的比较文学主题学研究提供广阔的学术天地和抉择空间。21世纪的比较文学主题学研究也会随之呈现出下列新气象。

首先,主题学研究将越来越明确自身兼顾影响研究和平行研究的方法论定位。任何学术研究都要植根于"问题"之中,即发现问题、解决问题,主题学研究自然也不例外。主题学研究范型的出现和转换,发展过程中的被排斥和被接受,主要因素在于考察它是以何种学科专业的方式介入对人类社会现实问题的研究。主题学产生于19世纪初的德国,当时正是德意志民族国家体系确立的时代,本身就有潜行的民族国家意识在主导。它所使用的方法是实证主义,但是并未得到当时也强调实证主义方法的法国比较文学界的认可。其原因是法国早已经在欧洲确立了民族国家,背后的强大推动力是统一的民族意识。两国的主题学研究不是孰先孰后、孰优孰劣的问题,而是确立主题学研究的"主仆关系"的本质问题。同样,中国从民俗学入手的主题学研究,初期的代表人物和成果也有让民族文学、文化自立于世界民族之林的潜台词。主题学之所以在20世纪60年代前后的冷战时期被美国和西方比较文学界广泛接受，是因为当时主要包括主题学研究的平行研究方法可以排除文学以外的多种因素干扰，更关注文学性或美学价值等具有共同意义的关键问题。20世纪80年代前后，比较文学主题学研究在国内外兴起。这不仅是后殖民主义文化使然，也是与世界多极化的政治格局、世界文化的多元化相适应的一种文化选择。比较文学主题学是处于影响研究和平行研究之间兼容的交感区域的新型研究。它是一种旨在把握"双边"或"多边"文学、文化或文明内在关系，进而认识其本质的、具有特定内涵的思维形态和思维过程。它体现的是一种交叉融合的思想与视域，不仅关注人类共同命运的精神、情感和审美结构，并与时俱进，关注全社会乃至全人类共同面临的重大人文课题。主题学的这种本质属性在21世纪不仅尚未消失，而且会表现出更为强大的生命力。由此可见，比较文学主题学的发展过程和世界政治变化的大环境、大趋势有着密切的关系。

其次，主题学作为人文研究的一种思维模式不会消失，也不会被其他学科取代，但可能会融入其他文学研究之中。主题学中的许多研究内容都属于一个封闭结构中的"焦点叙事"问题。它可能是反复出现或消失的主题、母题、题材、原型人物、情境、或意象等。世界文学中的经典，在审美研究过程中，大都主要想解决三个事关人生的根本问题："我是谁""我从哪里来""我要到哪里去"。"我是谁"的叙事在西方表现为"认识你自己"，在中国表现为"自我认同"与"自我确认"；"我从哪里来""我要到哪里去"的叙事则主要体现为追寻人类生存的终极目的，解决自在和存在的问题，即庄子称之为"出生入死"的终极关怀问题。由此可知，当今世界上几乎没有超越人类自身及其相关利害之外的叙事主题。文学时代无论其形式是口耳相传还是文字记录，都是人类难与世界和解的产物。人类的理性这时成为叙事焦点，反复出现或消失的焦虑、困惑、生死、轮回、对抗、忏悔等就成为文学所表现的主题。人类竭尽全力想提出解决这些问题的方案，否则不得安宁。当理性成为人类叙事无法规避的中心时，不断追求和发现新的主题就成为主题学研究的永恒动力了。无论是文学经典还是普通叙事，因为它们不能逃避人类对于自身和环境的诸多叩问，因而会形成形形色色的反复出现或消失的主题。所以主题学的这些远方"诗意"会令研究者、探索者的精神活动永远在路上，不可能停止或消失。因此，比较文学主题学在未来发展过程中，会不断吸收新论题、借鉴新方法、形成新跨界、登上新高度。

　　再次,主题学中的"爱情"主题、"命运"主题、"生死"主题等,同样也可视为人类生存中不可须臾离开的几大永恒母题。当影响研究盛行时,可以进行"莎士比亚在中国"的研究;当平行研究盛行时,又可以进行"莎士比亚与汤显祖"的研究;当今运用主体三维思考,进行中外会通、东西交流背景下的主题学研究时,还可以进行"杜丽娘与朱丽叶"的研究。例如,在当前全球化语境下,由北京外国语大学艺术研究院承办,中国戏剧学院表演系协办,进行了一次"把世界介绍给中国""把中国介绍给世界"的重要尝试。400多年前,中国戏台上唱着《牡丹亭》,西方舞台上演着《罗密欧与朱丽叶》。当时杜丽娘和柳梦梅恋得深沉,朱丽叶和罗密欧爱得炽热。400余年后的今天,汤显祖、莎士比亚笔下的戏剧人物在同一个舞台上出现,东方昆曲和西方歌舞交相辉映。"中西艺术表现形式上的差异,加之爱情观、生命观上的不同,使这部初次展现在人们眼前的跨界融合剧极具张力。"①《杜丽娘与朱丽叶》采用了昆曲、现代舞和话剧的表演形式再次演绎了"爱情""生死"和"命运"的主题。这出跨界融合剧的最后,"罗密欧与杜丽娘重新解释各自的爱情经验,并试图对原始的命运提出质疑和修正"。总导演表示:"创作'跨界戏',首先是要提取东西方不同戏剧种类中带有共通性的'形式因子',并将其融合。"②其实她所说的带有共通性的'形式因子'就是主题学研究中的"典型人物""题材""主题"和"情境"在剧中的综合表现与实践运用。

　　又次,主题学在人文科技领域的研究大有可为。人工智能和科幻小说研究将"乌托邦"主题进行刷新性再创造。陈鹏翔在《主题学研究与中国文学》一文中就指出,主题学在19世纪初德国产生后,初时侧重探索民间传说和神仙故事的演变,"目前则已大大跨越出此一范围……而且也扩大探讨诸如友谊、时间、离别、自然、世外桃源和宿命观念等与神话没有那么密切相关的课题"③。"世外桃源"作为主题学研究的主题,无论是在中国被称为"世外桃源",还是在西方被称为"乌托邦",都是理想社会的代名词。因为人类不可能失去理想,不可能生活在一个没有理想的社会形态之中。所以在具体的历史过程与逻辑结构中,"乌托邦"与意识形态是

---

① 罗群:《跨界戏剧〈杜丽娘与朱丽叶〉首演》,《中国文化报》(艺术版)2017年3月29日第5版。
② 同上文。
③ 陈鹏翔:《主题学理论与实践》,台北:万卷楼图书有限公司,2001年,第229页。

一对相互对立否定、又相互依存转化的范畴。这种理想社会想象性的内在逻辑起点,或者是超越的颠覆性的社会现象,或者是整合的巩固性的社会现象。即是说在具体的历史进程中,乌托邦可能转化为意识形态,而意识形态也可以取代乌托邦。陶渊明在自己的想象中营造了一方净土——"桃花源",一个远离动乱,没有世俗黑暗的理想世界。诗人在其中寄托了个人的理想,为自己也替天下人构建了一个中国式"乌托邦"。西方的托马斯·莫尔也是如此。他塑造的"乌托邦新岛"就是西方人心目中的"理想国"。问题在于当乌托邦被发现是遥不可及的梦想时,其悲观情绪则形成了"反乌托邦"现象。而当"乌托邦"想象又作为意识形态的理想精神再次高扬时,又形成具象化为现实物理空间的"异托邦"。现在基于人工智能的发展前景,科幻小说又营造出具有"穿越性""超越性"的"变体乌托邦"。其意在表明人工智能实现了人类部分的"乌托邦"想象,而人类又利用形象思维来构筑新的乌托邦。如耶鲁大学以列奈特教授(W. Lehnet)为首的人工智能小组,利用人工智能深度学习的知识,"来分析故事的'情节单元'(plot unit,或称为主题抽象化单元 TAU= Thematic Abstraction Unit——笔者注)"。这里说的"单元"即是"母题"①。由此可见,乌托邦与意识形态存在着不断反复上升,相互依存转化的关系。科技人文的跨学科研究使主题学有了新的发展空间。

　　最后,人类的性别主题研究是对人本体的研究,也是对人身体的研究,永远不会过时。因为人的认识是从自身开始的,即是说人类自身伴随着对身体的思考来认识世界,也是从自己的身体出发去认识其他事物的。在当代语境下,身体已经不仅仅是单纯的生物学的概念,它与历史、文化、经济、政治等学科都有密不可分的关系。女性在求生存、图发展的道路上,对身体尤为关注。学界也开始对性别造成的身体政治意识与身体建构美学进行探讨,并深掘女性沦为第二性的根因。中国当代女性主义文学方兴未艾的事实与研究,与苏珊·巴斯奈特在 1993 年出版的《比较文学批评导论》中专辟的"性别与主题"一章的内容有异曲同工之妙。她从主题学角度探讨了历史上跨越民族界限且反复出现的现象、主题和情节,与男性主导文化中的女性的社会心理和美学经验之间的关系。这在女性主义批评进入深度发展阶段和强调"主题学研究对当代批评家的重要性"是相一致的。由此可见,当代的

---

① 参见陈鹏翔:《主题学理论与实践》,台北:万卷楼图书有限公司,2001 年,第 259 页。

女性主义文学主题学研究已经不能仅仅停留在对历代文学作品中女性形象嬗变史的描述，或阐释文学经典是如何排斥女性人物和女性作家批判的层次上，而是应该运用女性主义批评的理论对男性话语文学如何塑造女性形象进行分析了。这种研究实际上和主题学所涉及的其他内容一样，往往会超出纯文学批评的范畴而具有了意识形态色彩。

  总之，比较文学主题学研究在中外会通、东西交流的大背景下进行，在"一带一路"倡议和"人类命运共同体"构建中发展，已经并正在展示出多彩多元的美好愿景。尤为值得一提的是，2015年2月，高等教育出版社出版了"马克思主义理论研究和建设工程重点教材"《比较文学概论》。在这部由曹顺庆、高旭东任首席专家，10位比较文学专家共同撰写的新著中，第五章"文学的类型研究"的第三节"主题和主题学"中，笔者运用了近2万余字的篇幅对"主题和主题学的联系与区别""主题研究的分类""主题学研究的主题""主题学的平行研究与影响研究"四个涉及主题学范畴的问题进行了系统、全面地从理论到实践的阐发。它代表了当前中国比较文学界对主题学研究的最新、最前沿的学术成果和水平。中国比较文学学会前会长、《比较文学概论》主编曹顺庆教授2015年12月2日在《光明日报》上发表署名文章《构建比较文学研究的新体系与新话语》中，论及《比较文学概论》创新之处时，就以"文学的类型学研究与比较诗学"板块为例，评价它"囊括了'主题学''文类学'的影响研究和平行研究，打通了以往教材将影响研究与平行研究严格区分的结构，解决了比较文学教材以往的结构难题"①。即是说类型研究中的主题学在影响研究和平行研究的实际操作层面上，并没有严格的区分和界限。事实上，它不仅解决了长期以来的比较文学理论上的结构难题，而且也打破了比较文学两种主要的研究方法即影响研究和平行研究之间学理隔阂的藩篱。这表明主题学已从理论上形成了研究的交感与兼容区域，即"第三空间"。因为只要是在异质文化背景下进行的比较文学研究，就会发现各民族文学作品中确实存在着共通而又共同的主题。而这些相同的主题既不是影响研究中的异质文化间的简单流通，也并非平行研究中的异质文化间的肤浅比照，而是类型研究中异质文化间的复杂性转向。于是在"第三空间"这种异质文化背景下的文学主题最终会整合为一种异质文化相互叠加

---

① 曹顺庆：《构建比较文学研究的新体系与新话语》，《光明日报》2015年12月2日。

交叉的契合点,成为一种关联性的新产物。这才是比较文学主题学研究的本质和意义所在。恰如《比较文学概论》中论述"主题学的平行研究与影响研究"问题时所指出的:"正是这些具有动态特质的母题、题材、主题,使主题学研究始终充满活力。它们不可能被任何界限所束缚而成为专有物。恰恰相反,它们会越来越活跃,成为平行研究和影响研究中都不可或缺的重要元素。"①

主题学研究作为比较文学的一朵奇葩,由于影响研究和平行研究共同滋养,在中外会通、东西交流的大趋势下,会更加跨界化、国际化,给比较文学带来勃勃生机;也会越来越拔新领异、逸丽芬芳,为世界文学增光添彩。我们应该拭目以待比较文学主题学研究在"后理论"时代的荣耀和辉煌。

---

① 《比较文学概论》编写组:《比较文学概论》,北京:高等教育出版社,2015年,第207页。

主要参考文献

中文部分：

1. [奥]彼得·V. 齐马:《比较文学导论》,范劲、高晓倩译,安徽教育出版社,2009年。
2. [比]J. M. 布洛克曼:《结构主义》,李幼蒸译,商务印书馆,1980年。
3. [丹麦]勃兰兑斯:《十九世纪文学主流》第五分册,李宗杰译,人民文学出版社,1997年。
4. [德]H. R. 姚斯、[美]R. C. 霍拉勃:《接受美学与接受理论》,周宁、金元浦译,辽宁人民出版社,1987年。
5. [德]艾伯华:《中国民间故事类型》,王燕生、周祖生译,商务印出馆,1999年。
6. [德]恩斯特·R. 库尔提乌斯:《欧洲文学与拉丁中世纪》,林振华译,浙江大学出版社,2017年。
7. [德]恩斯特·卡西尔:《神话思维》,黄龙保、周振选译,中国社会科学出版社,1992年。
8. [德]恩斯特·卡西尔:《语言与神话》,于晓等译,生活·读书·新知三联书店,1988年。
9. [德]黑格尔:《美学》(1—3卷),朱光潜译,商务印书馆,1979年。
10. [德]胡戈·狄泽林克:《比较文学导论》,方维规译,北京师范大学出版社,2009年。
11. [德]吕迪格尔·萨弗兰斯基:《荣耀与丑闻——反思德国浪漫主义》,卫茂平译,上海人民出版社,2014年。
12. [俄]巴赫金:《巴赫金全集》,钱中文主编,河北教育出版社,1998年。
13. [俄]波利亚科夫编:《结构—符号学文艺学——方法论体系和论争》,佟景韩译,文化艺术出版社,1994年。
14. [俄]李福清:《神话与鬼话》,社会科学文献出版社,2001年。
15. [俄]普罗普:《故事形态学》,贾放译,中华书局,2006年。
16. [俄]普罗普:《神奇故事的历史根源》,贾放译,中华书局,2006年。
17. [俄]维·什克洛夫斯基:《散文理论》,刘宗次译,百花洲文艺出版社,1994年。
18. [俄]维·什克洛夫斯基等:《俄国形式主义文论选》,方珊等译,生活·读书·新知三联书店,1989年。
19. [俄]维谢洛夫斯基:《历史诗学》,刘宁译,百花文艺出版社,2003年。

20. [法]埃德加·莫兰:《方法:思想观念》,秦海鹰译,北京大学出版社,2002年。

21. [法]布吕奈尔等:《什么是比较文学》,葛雷、张连奎译,北京大学出版社,1989年。

22. [法]德里达:《书写与差异》(上、下),张宁译,生活·读书·新知三联书店,2001年。

23. [法]德里达:《文学行动》,赵兴国等译,中国社会科学出版社,1998年。

24. [法]蒂费纳·萨莫瓦约:《互文性研究》,邵炜译,天津人民出版社,2003年。

25. [法]梵·第根:《比较文学论》,戴望舒译,商务印书馆,1937年。

26. [法]克劳德·列维-斯特劳斯:《结构人类学——巫术·宗教·艺术·神话》,陆晓禾、黄锡光等译,文化艺术出版社,1989年。

27. [法]列维-布留尔:《原始思维》,丁由译,商务印书馆,1981年。

28. [法]罗兰·巴尔特:《符号学原理》,王东亮等译,生活·读书·新知三联书店,1999年。

29. [法]罗兰·巴尔特:《符号学原理——结构主义文学理论文选》,李幼蒸译,生活·读书·新知三联书店,1988年。

30. [法]洛里哀:《比较文学史》,傅东华译,商务印书馆,1931年。

31. [法]马·法·基亚:《比较文学》,颜保译,北京大学出版社,1983年。

32. [法]托多洛夫:《巴赫金、对话理论及其他》,蒋子华、张萍译,百花文艺出版社,2001年。

33. [法]谢弗雷:《比较文学》,冯玉贞译,远流出版公司,1991年。

34. [荷]佛克马、易布思:《二十世纪文学理论》,林书武等译,生活·读书·新知三联书店,1988年。

35. [荷]米克·巴尔:《叙事学:叙事理论导论》,谭君强译,中国社会科学出版社,1995年。

36. [加]诺思罗普·弗莱:《批评的解剖》,陈慧、袁宪军、吴伟仁译,百花文艺出版社,2006年。

37. [加]诺思洛普·弗莱:《伟大的代码:圣经与文学》,郝振益、樊振帼、何成洲译,北京大学出版社,1998年。

38. [罗]亚历山大·迪马:《比较文学引论》,谢天振译,上海译文出版社,1991年。

39. [美]J.希利斯·米勒:《解读叙事》,申丹译,北京大学出版社,2002年。

40. [美]M.H.艾布拉姆斯:《欧美文学术语词典》,朱金鹏、朱荔译,北京大学出版社,1990年。

41. [美]大卫·达姆罗什、陈永国、尹星主编:《新方向:比较文学与世界文学读本》,北京大学出版社,2010年。

42. [美]大卫·丹穆若什:《什么是世界文学》,查明建、宋明炜等译,北京大学出版社,2014年。

43. [美]戴维·利明、埃德温·贝尔德:《神话学》,李培茱、何其敏、金泽译,上海人民出版社,1990年。

44. [美]戴卫·赫尔曼主编:《新叙事学》,马海良译,北京大学出版社,2002年。

45. ［美］丁乃通:《中国民间故事类型索引》,郑建成等译,中国民间文艺出版社,1986年。
46. ［美］丁乃通:《中西叙事文学比较研究》,陈建宪等译,华中师范大学出版社,2005年。
47. ［美］厄尔·迈纳:《比较诗学》,王宇根、宋伟杰等译,中央编译出版社,1998年。
48. ［美］哈罗德·布鲁姆:《比较文学影响论——误读图示》,朱立元、陈克明译,骆驼出版社,1992年。
49. ［美］哈罗德·布鲁姆:《批评、正典结构与预言》,吴琼译,中国社会科学出版社,2000年。
50. ［美］哈罗德·布鲁姆:《西方正典》,江宁康译,译林出版社,2005年。
51. ［美］哈罗德·布鲁姆:《影响的焦虑———种诗歌的理论》,徐文博译,江苏教育出版社,2006年。
52. ［美］拉斐尔·比尔斯等著:《文化人类学》,骆继光、秦文山等译,河北教育出版社,1993年。
53. ［美］雷纳·韦勒克:《近代文学批评史》(1—8卷),杨自伍、杨岂深译,上海译文出版社,1987—2006年。
54. ［美］R.韦勒克:《批评的诸种概念》,丁泓、余徵译,四川文艺出版社,1988年。
55. ［美］李达三:《比较文学研究之新方向》,联经出版事业公司,1978年。
56. ［美］罗伯特·休斯:《文学结构主义》,刘豫译,生活·读书·新知三联书店,1988年。
57. ［美］乔纳森·卡勒:《结构主义诗学》,盛宁译,中国社会科学出版社,1991年。
58. ［美］苏源熙编:《全球化时代的比较文学》,任一鸣、陈琛等译,北京大学出版社,2015年。
59. ［美］汤普森:《世界民间故事分类学》,郑海等译,上海文艺出版社,1991年。
60. ［美］雷·韦勒克、奥·沃伦:《文学理论》,刘象愚等译,生活·读书·新知三联书店,1984年。
61. ［美］乌尔利希·韦斯坦因:《比较文学与文学理论》,刘象愚译,辽宁人民出版社,1987年。
62. ［美］约翰·迪尼:《中西比较文学理论》,刘介民编译,学苑出版社,1990年。
63. ［美］约翰·迈尔斯·弗里:《口头诗学:帕里—洛德理论》,朝戈金译,社会科学文献出版社,2000年。
64. ［日］大塚幸男:《比较文学原理》,陈秋峰、杨国华译,陕西人民出版社,1985年。
65. ［日］柳田国南:《传说传》,连湘译,紫晨校,中国民间文艺出版社,1985年。
66. ［瑞士］埃米尔·施塔格尔:《诗学的基本概念》,胡其鼎译,中国社会科学出版社,1992年。
67. ［瑞士］弗朗西斯·约斯特:《比较文学导论》,廖鸿钧等译,湖南文艺出版社,1988年。
68. ［苏］梅列金斯基:《神话的诗学》,魏庆征译,商务印书馆,1990年。
69. ［英］安纳·杰弗森、戴维·罗比等:《西方现代文学理论概述与比较》,陈昭全、樊锦鑫、包华富译,湖南文艺出版社,1986年。

70. [英]弗雷泽:《金枝》,徐育新、汪培基、张泽石译,大众文艺出版社,1998年。
71. [英]卢伯克、福斯特、缪尔:《小说美学经典三种》,方土人、罗婉华译,上海文艺出版社,1990年。
72. [英]罗吉·福勒:《现代西方文学批评术语词典》,袁德成译,四川人民出版社,1987年。
73. [英]戴维·洛奇:《二十世纪文学评论》(上、下),葛林等译,上海译文出版社,1987年、1993年。
74. [英]马林诺夫斯基:《巫术 科学 宗教与神话》,李安宅译,中国民间文艺出版社,1986年。
75. [英]苏珊·巴斯奈特:《比较文学批评导论》,查明建译,北京大学出版社,2014年。
76. [英]特雷·伊格尔顿:《二十世纪西方文学理论》,伍晓明译,陕西师范大学出版社,1987年。
77. [英]特伦斯·霍克斯:《结构主义和符号学》,瞿铁鹏译,上海译文出版社,1997年。
78. [英]以赛亚·伯林:《浪漫主义的根源》,吕梁等译,译林出版社,2008年。
79. 《中国比较文学年鉴》,北京大学出版社,1987年。
80. 北京大学比较文学研究所编:《中国比较文学研究资料(1919—1949)》,北京大学出版社,1989年。
81. 北京师范大学中文系比较文学研究组编:《比较文学研究资料》,北京师范大学出版社,1986年。
82. 曹顺庆等:《比较文学论》,四川教育出版社,2002年。
83. 陈惇、刘象愚:《比较文学概论》,北京师范大学出版社,2010年。
84. 陈建宪:《神话解读:母题分析方法探索》,湖北教育出版社,1997年。
85. 陈建宪:《神祇与英雄:中国古代神话的母题》,生活·读书·新知三联书店,1994年。
86. 陈鹏翔:《主题学理论与实践》,万卷楼图书有限公司,2001年。
87. 陈鹏翔主编:《主题学研究论文集》,东大图书公司,2004年。
88. 方珊:《形式主义文论》,山东教育出版社,1999年。
89. 干永昌等选编:《比较文学研究译文集》,上海译文出版社,1985年。
90. 高文汉:《中日古代文学比较研究》,山东教育出版社,1999年。
91. 侯金萍:《华裔美国小说成长主题研究》,暨南大学出版社,2014年。
92. 户晓辉:《地母之歌:中国彩陶与岩画的生死母题》,上海文化出版社,2001年。
93. 黄维樑、曹顺庆编:《中国比较文学学科理论的垦拓:台港学者论文选》,北京大学出版社,1998年。
94. 蒋承勇、武跃速等:《20世纪西方文学主题研究》,中国社会科学出版社,2013年。
95. 蒋承勇:《西方文学"人"的母题研究》,人民出版社,2005年。

96. 李达三、罗钢主编:《中外比较文学的里程碑》,人民文学出版社,1997年。
97. 刘惠卿:《佛经文学与六朝小说母题》,中国社会科学出版社,2013年。
98. 刘介民:《比较文学方法论》,天津人民出版社,1993年。
99. 刘介民编:《比较文学译文选》,湖南人民出版社,1984年。
100. 刘魁立:《刘魁立民俗学论集》,上海文艺出版社,1998年。
101. 刘守华:《比较故事学论考》,黑龙江人民出版社,2003年。
102. 刘守华:《民间故事的比较研究》,中国民间文艺出版社,1986年。
103. 刘献彪:《比较文学及其在中国的兴起》,广西人民出版社,1986年。
104. 刘绪源:《儿童文学的三大母题》(第四版),复旦大学出版社,2015年。
105. 罗钢:《叙事学导论》,云南人民出版社,1994年。
106. 罗志野:《西方文学批评史》,广西师范大学出版社,1991年。
107. 吕微:《神话何为——神圣叙事的传承与阐释》,社会科学文献出版社,2001年。
108. 吕智敏主编:《文艺学新概念辞典》,文化艺术出版社,1990年。
109. 马昌仪编:《中国神话学文论选萃》(上、下),中国广播电视出版社,1994年。
110. 孟华主编:《比较文学形象学》,北京大学出版社,2001年。
111. 孟湘:《西方文学生命超越主题研究》,中国社会科学出版社,2016年。
112. 孟昭毅:《比较文学通论》,南开大学出版社,2003年。
113. 钱锺书:《谈艺录》(补订重排本),生活·读书·新知三联书店,2001年。
114. 上海外语学院外国语言文学研究所编:《中西比较文学手册》,四川人民出版社,1987年。
115. 孙宏:《中美两国文学中的地域主题研究》,外语教学与研究出版社,2007年。
116. 孙景尧:《沟通》,广西人民出版社,1991年。
117. 孙景尧:《简明比较文学》,中国青年出版社,2003年。
118. 孙景尧选编:《新概念新方法新探索——当代西方比较文学论文选》,漓江出版社,1987年。
119. 陶东风、徐莉萍:《死亡·情爱·隐逸·思乡:中国文学四大主题》,杭州大学出版社,1993年。
120. 万建中:《解读禁忌:中国神话、传说和故事中的禁忌主题》,商务印书馆,2001年。
121. 王瑾:《互文性》,广西师范大学出版社,2005年。
122. 王立:《伟大的同情——侠文学的主题史研究》,学林出版社,1999年。
123. 王立:《文人审美心态与中国文学十大主题》,辽海出版社,2003年。
124. 王立:《文学主题学与传统文化》,中国社会科学出版社,2016年。
125. 王立:《心灵的图景——文学意象的主题史研究》,学林出版社,1999年。

126. 王立：《永恒的眷恋——悼祭文学的主题史研究》，学林出版社，1999年。
127. 王宪昭、李鹏主编：《文学的测量：比较视野中的文学母题研究》，中国社会科学出版社，2015年。
128. 王宪昭：《中国各民族人类起源神话母题概览》，民族出版社，2009年。
129. 王宪昭：《中国人类起源神话母题实例与索引》，中国社会科学出版社，2016年。
130. 王向远：《比较文学学科新论》，江西教育出版社，2002年。
131. 王晓平：《佛典·志怪·物语》，江西人民出版社，1990年。
132. 王政：《中国古典戏曲母题史》，中国社会科学出版社，2015年。
133. 吴光正：《中国古代小说的原型与母题》，社会科学文献出版社，2002年。
134. 肖远平、杨兰、刘洋：《苗族史诗〈亚鲁王〉形象及母题研究》，中国社会科学出版社，2017年。
135. 徐志啸：《比较文学与中国古典文学》，学林出版社，1995年。
136. 杨滨：《飞鸟与诗学：中国古代诗歌鸟类意象系列的主题学研究》，人民日报出版社，2018年。
137. 杨利慧、张成福：《中国神话母题索引》，陕西师范大学出版社，2018年。
138. 叶舒宪：《高唐神女与维纳斯：中西文化中的爱与美主题》，中国社会科学出版社，1997年。
139. 叶舒宪：《文学与人类学——知识全球化时代的文学研究》，社会科学文献出版社，2003年。
140. 叶舒宪：《中国神话哲学》，中国社会科学出版社，1992年。
141. 叶舒宪编选：《结构主义神话学》，陕西师范大学出版社，2011年。
142. 殷学国：《青山青史：中国诗学渔樵母题研究》，东方出版中心，2017年。
143. 袁珂、周明编：《中国神话资料萃编》，四川省社会科学院出版社，1985年。
144. 乐黛云、叶朗、倪培耕主编：《世界诗学大辞典》，春风文艺出版社，1993年。
145. 乐黛云：《比较文学与中国现代文学》，北京大学出版社，1987年。
146. 乐黛云：《比较文学原理》，湖南文艺出版社，1988年。
147. 乐黛云主编：《中西比较文学教程》，高等教育出版社，1988年。
148. 张冰：《陌生化诗学：俄国形式主义研究》，北京师范大学出版社，2000年。
149. 张汉良：《比较文学理论与实践》，东大图书公司，1986年。
150. 张隆溪、温儒敏编选：《比较文学论文集》，北京大学出版社，1984年。
151. 张隆溪：《二十世纪西方文论述评》，生活·读书·新知三联书店，1986年。
152. 张隆溪选编：《比较文学译文集》，北京大学出版社，1982年。
153. 张敏：《冰点的热度：比较文学和世界文学论集》，山西人民出版社，2002年。
154. 张玉安、陈岗龙主编：《东方民间文学比较研究》，北京大学出版社，2003年。

155. 张哲俊:《中日古典悲剧的形式:三个母题与嬗变的研究》,上海古籍出版社,2002 年。
156. 赵毅衡、周发祥编:《比较文学研究类型》,花山文艺出版社,1993 年。
157. 赵毅衡:《当说者被说的时候——比较叙事学导论》,中国人民大学出版社,1998 年。
158. 赵毅衡:《苦恼的叙述事者——中国小说的叙述形式与中国文化》,北京十月文艺出版社,1994 年。
159. 赵毅衡:《文学符号学》,中国文联出版公司,1990 年。
160. 郑翔:《生命意义与文学表达:对中国现代文学中一个母题演变的考察》,中国社会科学出版社,2013 年。
161. 钟敬文:《钟敬文民间文学论集》(上、下),上海文艺出版社,1985 年。
162. 周发祥主编:《中外比较文学译文集》,中国文联出版公司,1988 年。
163. 朱维之主编:《中外比较文学》,南开大学出版社,1992 年。

外文部分:

1. Azzolina, David. "Motif, Type and Genre: A Manual for the Compilation of Indices and a Bibliography of Indices and Indexing". *Journal of American Folklore*. Vol. 116, No. 460, spring 2003. p236-237.
2. Bassnett, Susan. *Comparative Literature: A Critical Introduction*. Blackwell Publisher,1993.
3. Behdad, Ali. *A Companion to Comparative Literature*. Wiley-Blackwell, 2011.
4. Bernharmer, Charles. ed. *Comparative Literature in the age of Multiculturalism*. The Johns Hopkins University Press, 1995.
5. Brandt Corstius. *Introduction to the Comparative Study of Literature*. Random House, 1968.
6. Bremond, Claude ed. *Thematics: New Approaches*. State University of New York Press, 1995.
7. Bronner, Simon J. *American Folklore Studies: An Intellectual History*. University Press of Kansas, 1986.
8. Chevrel, Yves, *ComparativeLiterature Today: Methods and Perspectives*. Thomas Jefferson University Press, 1995.
9. Chris, Baldick, *The Concise Oxford Dictionary of Literary Terms*. New York: Oxford University Press, 2001.
10. Damrosch, David. *The Princeton Sourcebook in Comparative Literature : From the European Enlightenment to the Global Present*. Princeton University Press, 2009.
11. Domínguez, César, *Introducing Comparative Literature : New Trends and Applications*,

Routledge, 2015.

12. Dundes, Alan. *The Flood Myth*. University of California Press, 1988.
13. El-Shamy, Hasan M. *Types of the Folktale in the Arab World: A Demographically Oriented Tale-type Index*. Indiana University Press, 2004.
14. Harner, James L. *Literary Research Guide: An Annotated Listing of Reference Sources in English Literary Studies*. Modern Language Association of America, 2008.
15. Hell, Julia, *Ruins of Modernity*. Duke University Press, 2010.
16. Louwerse, Max. ed. *Thematics: Interdisciplinary Studies*. J. Benjamins Pub. Co., 2002.
17. Lindellt, Kristina. "Indexing Folk Literature of South American Indians", *Asian Folkore Studies* Vol. 54, No. 1, 1995, pp. 119—125.
18. Metevelis, Peter. "The Dog Star and the Multiple Suns Motif: An Asian Contribution to European Mythology", *Asian Folklore Studies* Vol. 64, No. 1, 2005, pp. 133—137.
19. Prince, Gerald. *Narrative as Theme*. University of Nebraska Press, 1992.
20. Saussy, Haun. *Comparative Literature in an Age of Globalization*. The Johns Hopkins University Press, 2006.
21. Sheckes, Theodore F. *The Island Motif in the Fiction of L. M. Montgomery, Margaret Laurence, Margaret Atwood, and Other Canadian Women Novelists*. Lang Press, 2003.
22. Stalknecht, Newton and Frenz, Horst (eds), *Comparative Literature: Method and perspective*, Carbondale: Southern Illinois Press, 1961.
23. Steven Tötösy de Zepetnek and Tutun, Mukherjee. Ed. *Companion to Comparative Literature, World Literatures, and Comparative Cultural Studies*. Cambridge University Press India, 2013.
24. Thompson, Stith. *Motif-Index of Folk-literature*. Indiana University Press, 1989.
25. Todorov, Tzvetan, *French Literary Theory Today*. Translated by R. Carter, Cambridge University Press, 1982.
26. Toorn, Karel Van Der. "In the Lions' Den: The Babylonian Background of a Biblical Motif". The Catholic Biblical Quarterly Vol. 60, No. 4, Oct. 1998. pp. 626—640.
27. Trommler, Frand, ed., *Thematics Reconsidered: Essays in Honor of Horst S. Daemmrich*, Amsterdam-Atlanta Podopi, 1995.
28. Ursula, K. Heise, *Futures of Comparative Literature: ACLA State of the Discipline Report*, Routledge, 2017.

29. Weisstein, Ulrich, *Comparative Literature and Literary Theory: Survey and Introduction*, Indiana University Press, 1973.
30. Wellek, René. *Concepts of Criticism*. Yale University Press, 1963.
31. Werner, Sollors, ed. *The Return of Thematic Criticism*, Harvard University Press, 1993.
32. Wood, Juliette. "The Holy Grail: From Romance Motif to Modern Genre", *Folklore* Vol. 111, No. 2, Oct. 2000, pp. 169—190.
33. Prawer, S. S. *Themes and Prefigurations in Comparative Literature*, London, Duckworth, 1973.

后　记

　　30多年来,"比较文学主题学"这一课题在我脑海里随波逐浪、荧惑人心,仿佛是夜航中遥望远方的一簇光亮,忽而隐隐约约忽而光灿诱人。冥冥之中我总觉得这一定是一个颇具探究价值的领域。至于我所认为的它的学术价值我不想低估,进入这一领域的艰难险阻我也没去多想。我虽持重,但时光无情、刻不容缓。20世纪80年代发表的一些论文《长生殿与〈沙恭达罗〉》《仓央嘉措情歌与〈诗镜〉》等,都有主题学研究的雏形。在第一部比较文学专著《比较文学探索》(吉林大学出版社,1991)一书中,我先用了不足4000字的笔墨急促插下了我开始探索这一课题的路标。到1990年我发表在《天津师范大学学报》上的论文《伏尔泰的美学抉择——从〈赵氏孤儿〉到〈中国孤儿〉》,应该算是我有意识的研究这一课题的尝鼎一脔。

　　最初的这些论述,虽然,具备了明确的主题学题材研究的色彩,但主题学学科的自觉意识显得单薄肤浅。可以说1993年我在《伊朗文学论集》中的论文《〈列王纪〉父子相残主题探得》的发表,才算是我有学科意识的主题学研究的开始。继后不久,在理论探索与实践研究的基础上,我又发表了具有明显理论色彩与建构性质的《比较文学理论与实践》(1997)一书,其中有涉及"主题学"的专章文字。

　　凡形成一个问题、一个课题的研究,从无到有、从有到被认识,都需要交给时间去裁夺。开始的这些文字并未在学术界产生多大影响。现在想起来,可能有三个原因:一是当时比较文学主题学的研究实例还比较少,而对于东方文学范畴的主题研究又是少之又少;二是论述都发表在影响甚微的专业学术论文集中,人们对这些成果还很陌生;三是这些论述只是一些实践研究性质的文字,并未对主题学理论有多少探索。因此,这些论述虽然公开发表,但反响寥寥,犹如石沉大海一般杳无音信了。

　　2001年在明确的学科意识指导下我又发表了《外国文学中情感与义务:主题学辨析》一文,并从此自觉开始了对比较文学主题学理论的深入研究与探讨。直至2004年1月26日的《中华读书报》上,以"新视点文章"登出《孟昭毅:比较文学中的主题学》一文以后,学界才对我的主题学研究有了些许的了解。而重要的是我也在比较文学的研究领域里对"主题学"真正"刮目相看"。

21世纪以后,又经过数年的努力,我在《比较文学理论与实践》的基础上,出版了《比较文学通论》(南开大学出版社,2003)一书。此书后来成为"十一五"国家级规划教材。在这本书中,我将主题学归入平行研究范畴,并对主题学进行了全面、细致、认真的理论总结,并用自己大量的研究成果予以证明。此书社会反响较大,被诸多大学列为教材或参考书。经过多年的授课实践与研究考察,我发现在主题学诸多的研究对象中,如在主题史、母题史、题材史等的梳理中,有些主题、母题、题材有影响接受的明显轨迹,有的则没有,而只是因为"人同此心,心同此理"的原因导致了它们的类同。因此我开始注意实践研究中那些在影响研究与平行研究两个领域兼容的交感区域里出现的主题、母题和题材,并对它们展开拓展性研究。

自此,我犹如醍醐灌顶,思维禁锢开始放开,主题学研究开始从平行研究拓展到影响研究,此前的疑惑也豁然开朗。随后我将这些最新的体会和研究成果,写进了"马克思主义理论研究和建设工程重点教材"《比较文学概论》(高等教育出版社,2015)一书里。并在第五章"文学的类型研究"中开宗明义地指出:"在基本了解类型学、主题学与文类学这三者各自的学术疆界和独有的研究对象和方法之后,本章明确指出:类型学、主题学与文类学既属于平行研究,又属于影响研究。这是本教程结构上的一大创新。"主题学终于在这本书中找到它安身立命之所,也是最准确的栖身之地。

我现今刚刚完成的这部60余万字的《比较文学主题学》一书,自国家社科基金立项之日起至今已历经近八年的时间了。在这期间,"主题学"三个字就如同挥之不去的思绪一直萦绕在我脑际。因为我不用电脑查阅资料,也不用电脑打字,资料都是眼见为实的文本,文字也是我一个一个地写在纸上的,其艰辛程度可想而知。因此,在这里我要感谢帮助我进行书稿整理工作的诸多青年学者,其中尤以吕超教授、甄蕾副教授、王鸿博副教授、王征副教授,以及凌云博士、董珊珊博士、王晓林博士、曲慧钰博士等为代表。感谢他们在书稿文字整理过程中所做的贡献。我时常以古人云"焚膏油以继晷,恒兀兀以穷年"的精神勉励自己。因此,无论这本书的质量如何,我都敢问心无愧地说我已尽最大的努力去做了。可是,书中肯定还有许多不尽人意之处,所以祈请专家学者对其多多批评指正。

从提笔写《比较文学主题学》这本书开始,我就确定了几个写作原则:第一,要有"史学在场"的意识,即用材料说话,"有一份材料说一分话";第二,要写自己明白、清楚的理论和实践内容,不能"以其昏昏,使人昭昭";第三,要将那些言之成理,有代表性的观点和具体实例吸收进来;第四,要努力构建一种立足于文化自信的体系,不能认为"'主题学'是个筐,什么东西都往里装";第五,要有自己的观点和分析评论的标准,不能只做客观介绍,更不能人云亦云,谬称解人。有了这几点,在写作中就有了准绳和信心,并且避免了以往的写作通病。尽管如此,书中待商榷之处在所难免,再次请方家、同人不吝赐教。

在该书的最后一隅,我要感谢为拙著提供出版机会的北大出版社张冰编审和严悦编辑,还要感谢那些为我提供信息的专家、学者,是你们的著述让我汲取了大量的学术营养,是你们追求学术的精神给了我求索主题学奥秘的力量。我一直在学习、研读其学术巨著的饶宗颐先生于今年2月6日凌晨辞世了,使我感到在难望大师项背之后又失去景仰先贤机会的痛苦,于是写诗一首,悼念饶公:

大化无虞
——惊悉饶公仙逝有感

一花一世界,一叶一菩提。
恒沙藏天宇,芥子纳须弥。
出生即入死,何故笑与啼,
造化成自在,庄周化太极。

今年是我第六个本命年,不少友人劝我在这本书写完之后就可以封笔了,我心里很不情愿。所以愿以"苟日新,日日新,又日新"自勉,因为我还想在日后续写华章。朦胧之中总觉得"远方有诗意",诱惑着我一定会"永远在路上"。这篇后记也是我写作生涯的一个坐标,它将立在那里让我永记:何忧晚岁,笑看流年;像春蚕吐完最后一根丝,像蜡炬燃尽最后一滴泪。

戊戌年春
又记:该书初稿修改、校对于庚子年初,抗击新冠病毒之际,
齐、清、定稿完成于庚子年末,最终校对稿完成于辛丑年末
孟昭毅于学者公寓小叩斋